Caballo de Troya 7
Nahum

T0125145

Narrativa

Biografía

J. J. Benítez (1946) nació en Pamplona. Se licenció en Periodismo en la Universidad de Navarra. Era una persona normal (según sus propias palabras) hasta que en 1972 el Destino (con mayúscula, según él) le salió al encuentro, y se especializó en la investigación de enigmas y misterios. Ha publicado 52 libros. En julio de 2002 estuvo a punto de morir.

J. J. Benítez

Caballo de Troya 7
Nahum

Planeta

Obra editada en colaboración con Editorial Planeta – España

© 2005, J. J. Benítez
© 2011, Editorial Planeta, S.A. – Barcelona, España

Derechos reservados

© 2011, Editorial Planeta Mexicana, S.A. de C.V.
Bajo el sello editorial BOOKET M.R.
Avenida Presidente Masarik núm. 111, 2o. piso
Polanco V Sección, Miguel Hidalgo
C.P. 11560, Ciudad de México
www.planetadelibros.com.mx

Diseño de portada: OPALWORKS
Fotografía del autor: © Jorge Nagore

Primera edición publicada en España en esta presentación en trade:
noviembre de 2011
ISBN: 978-84-08-10810-8

Primera edición publicada en México en esta presentación: noviembre de
2011
Décima sexta reimpresión en México: noviembre de 2022
ISBN: 978-607-07-0961-6

Ediciones anteriores:
En esta colección y con otras presentaciones:
1a. edición a 4a. impresión: septiembre de 2005 a diciembre de 2005
En bolsillo:
1a. edición a 3a. impresión: octubre de 2006 a enero de 2007

Impreso en los talleres de Impregráfica Digital, S.A. de C.V.
Av. Coyoacán 100-D, Valle Norte, Benito Juárez
Ciudad De Mexico, C.P. 03103
Impreso en México – *Printed in Mexico*

Índice

A Blanca, que conoce parte de la verdad

SÍNTESIS DE LO PUBLICADO

Enero de 1973

En un proyecto secreto, dos pilotos de la USAF (Fuerza Aérea Norteamericana) viajan en el tiempo al año 30 de nuestra era. Concretamente, a la provincia romana de la Judea (actual Israel). Objetivo aparente: seguir los pasos de Jesús de Nazaret y comprobar, con el máximo rigor, cómo fueron sus últimos días. ¿Por qué fue condenado a muerte? ¿Quién era aquel Hombre? ¿Se trataba de un Dios, como aseguran sus seguidores?

Jasón y Eliseo, responsables de la exploración, viven paso a paso las terroríficas horas de la llamada Pasión y Muerte del Galileo. Jasón, en su diario, es claro y rotundo: «Los evangelistas no contaron toda la verdad.» Los hechos, al parecer, fueron tergiversados, censurados y mutilados, obedeciendo a determinados intereses. Lo que hoy se cuenta sobre los postreros momentos del Maestro es una sombra de lo que sucedió en realidad. Pero algo falló en el experimento, y la operación Caballo de Troya fue repetida (eso le hicieron creer al mayor norteamericano).

Marzo de 1973

Los pilotos norteamericanos «viajan» de nuevo en el tiempo, retornando a la Jerusalén del año 30. Allí comprueban la realidad del sepulcro vacío y las sucesivas «presencias» de un Jesús resucitado. Los científicos quedan desconcertados: la resurrección del Galileo fue incues-

9

tionable. La nave de exploración se traslada al norte, junto al mar de Tiberíades, y Jasón, el mayor de la USAF, asiste a nuevas apariciones del Resucitado. La ciencia no sabe, no comprende, el porqué del «cuerpo glorioso».

Jasón se aventura en Nazaret y reconstruye la infancia y la juventud de Jesús. Nada es como se ha contado. Jesús jamás permaneció oculto. Durante años, las dudas consumen al joven carpintero. Todavía no sabe quién es realmente.

A los veintiséis años, Jesús abandona Nazaret y emprende una serie de viajes «secretos» de los que no hablan los evangelistas.

El mayor va conociendo y entendiendo la personalidad de muchos de los personajes que rodearon al Maestro. Es así como «Caballo de Troya» desmitifica y coloca en su justo lugar a protagonistas como María, la madre del Galileo, a Poncio y a los discípulos. Ninguno de los íntimos entendió al Maestro y, mucho menos, su familia.

Fascinados por la figura y el pensamiento de Jesús de Nazaret, Jasón toma la decisión de acompañar al Maestro durante su vida pública o de predicación, dejando constancia de cuanto vea y oiga. Eliseo le secunda, pero por unas razones que mantiene ocultas. Nada es lo que parece. Para ello deben actuar al margen de lo establecido oficialmente por «Caballo de Troya». Y aunque sus vidas se hallan hipotecadas por un mal irreversible —consecuencia del propio experimento—, Jasón y Eliseo se arriesgan en un tercer «salto» en el tiempo, retrocediendo al mes de agosto del año 25 de nuestra era. Buscan a Jesús y lo encuentran en el monte Hermón, al norte de la Galilea. Permanecen con Él durante varias semanas y asisten a un acontecimiento trascendental en la vida del Hijo del Hombre: en lo alto de la montaña sagrada, Jesús «recupera» su divinidad. Ahora es un Hombre-Dios. Jesús de Nazaret acaba de cumplir treinta y un años.

Nada de esto fue narrado por los evangelistas...

El diario

(SÉPTIMA PARTE)

17 DE SETIEMBRE, LUNES (AÑO 25)

Aquel amanecer se presentó extraño; hermoso e incierto al mismo tiempo. Los relojes de la «cuna» marcaron el orto solar a las 5 horas, 16 minutos y 6 segundos.

Una espesa niebla ocultaba la cumbre principal del Hermón. Lenta, sin prisas, rodaba pendiente abajo, devorando los bosques de cedros. No tardaría mucho en alcanzar también la explanada en la que se levantaba nuestro campamento. El sol, naranja, se anunciaba ya entre los blancos y largos jirones de la inesperada niebla.

La tienda de pieles del Maestro aparecía recogida y dispuesta para el transporte. Y, junto a ella, el saco de viaje de Jesús de Nazaret.

Eliseo tampoco se encontraba en el campamento. Supuse que ambos podrían hallarse en la «piscina», en la zona de las cascadas.

Y digo que aquel lunes, 17 de setiembre del año 25 de nuestra era, se presentaba incierto porque, para estos exploradores, todo era nuevo. Nada sabíamos de los planes del Maestro. El Destino quiso que diéramos con Él cuatro semanas antes y que tuviéramos la fortuna de ser testigos de un suceso del que no hay constancia y para el que, sinceramente, no tengo explicación: el proceso (?) de recuperación (?) o materialización (?) de la naturaleza divina. Desde el punto de vista de la comprensión humana, al menos desde mi corto conocimiento, ese cambio (?) resulta difícil de entender, aceptando que se tratara de un cambio. Sea como fuere, lo que contaba es que aquel Hombre, a partir de agosto del año 25, se transformó en un ser muy especial (más todavía). Para quien esto escribe, la definición más aproximada sería «Hombre-Dios», tal y como he manifestado en otras páginas de estos diarios. Es decir, un Hombre con un poder que nada tenía que ver con la mísera naturaleza humana. Algo nunca visto en la historia del mundo.

Éste era nuestro amigo y ésta, la nueva misión: seguirlo día y noche y dar testimonio de cuanto viéramos y oyéramos.

Me apresuré a desmontar la tienda y revisé los petates. Sospechábamos que Jesús regresaría al *yam* (mar de Tiberíades), aunque, como digo, ignorábamos sus planes. Las noticias proporcionadas por el Zebedeo padre terminaban ahí: «En el mes de *tišri* (setiembre-octubre), el Maestro descendió del Hermón...» ¿Se trasladaría a Saidan, al viejo caserón de los Zebedeo, a orillas del lago? ¿Cuáles eran sus intenciones? ¿Se aproximaría al *yam* por la ruta acostumbrada? ¿Se desviaría hacia Nazaret? ¿Cuánto tiempo dedicaría al viaje de regreso? Estas cuestiones, en esos momentos, me mantenían relativamente preocupado. Hacía casi un mes que habíamos abandonado la cumbre del Ravid y, aunque la «cuna» se encontraba en las mejores manos —las de *Santa Claus*, el ordenador central—, la seguridad de la nave seguía siendo una de nuestras prioridades. Debíamos regresar lo antes posible. Pero quizá el mayor desasosiego lo provocó la alarmante escasez del fármaco que actuaba como antioxidante (dimetilglicina) y que, como se recordará, trataba de frenar el mal que nos aquejaba, consecuencia de las sucesivas inversiones de masa de los *swivels*. Al repasar la «farmacia» de campaña verifiqué lo que ya sabía: sólo quedaban dos tabletas. Al día siguiente, martes, el tratamiento se vería inexorablemente interrumpido, animando así, en teoría, la producción de óxido nitroso (NO) que estaba «canibalizando» nuestros cerebros. Esto, en suma, como ya expuse en su momento, podía significar una catástrofe...

En cuanto a las provisiones, reducidas a unos pocos huevos y a los recipientes que contenían sal, aceite, vinagre y miel, casi ni lo consideré. La invasión de las hormigas arbóreas, las insaciables *camponotus*, había malogrado muchas de las viandas pero, como digo, ése no era el principal problema. Nuestras bolsas de hule conservaban buena parte del dinero con el que iniciamos esta nueva exploración (treinta denarios de plata). Al entrar en la cercana aldea de Bet Jenn podíamos adquirir todo lo necesario. «Por cierto —seguí reflexionando—, hoy es lunes, uno de los días en los que el joven Tiglat, el fenicio, debe aprovisionar el campamento. Si el Maestro se dispone a dejar estas cumbres, ¿cómo piensa resolver el asunto de los víveres?»

¿El Maestro? ¿Eliseo? ¿Dónde demonios estaban? Inspeccioné el banco de niebla. Proseguía el descenso, lamiendo ya los corpulentos cedros que rodeaban la explanada por la cara norte. En cuestión de minutos cubriría el campamento, haciendo muy difícil el avance de estos exploradores. Pero mis pensamientos regresaron a los antioxidantes. Los cálculos habían fallado. Si Jesús de Nazaret no retornaba al lago de inmediato, ¿qué podíamos hacer? La reserva de fármacos finalizaba, justamente, ese lunes... Y los viejos fantasmas se presentaron de nuevo. ¿Qué sucedería si las neuronas se colapsaban y provocaban un accidente cerebrovascular? ¿Qué sería de nosotros ante una súbita pérdida de memoria o de visión?

En ello estaba cuando, de pronto, en el fondo del saco, mis dedos tropezaron con la pequeña plancha de madera, obsequio de Sitio, la posadera del cruce de Qazrin. Casi la había olvidado.

«Creí no tener nada, pero, al descubrir la esperanza, comprendí que lo tenía todo.» La leyenda, en koiné (griego internacional), me conmovió. Y sentí una cierta vergüenza. ¿No había aprendido nada en aquellas cuatro semanas junto al rabí de Galilea? ¿Por qué me preocupaba? Según el Maestro, todo estaba en las manos del Padre...

Me sobresalté. No oí sus pasos, que se aproximaban por mis espaldas. Unas manos se posaron dulcemente en mis hombros y, al volverme, aquellos ojos rasgados, acogedores, luminosos como la miel líquida, me sonrieron. Jesús presionó ligeramente con los largos y estilizados dedos. Eliseo, a escasos metros, contemplaba la escena con curiosidad.

—Confía —exclamó el Maestro, acariciándome con aquella voz firme y profunda. Y tomando la pequeña madera, tras algunos segundos de atenta lectura, concluyó—: Aquí lo dice bien claro... Si tienes esperanza, si confías, lo tienes todo.

Era imposible acostumbrarse. Aquel Hombre, de pronto, se deslizaba en nuestras mentes, saliendo al paso de los pensamientos. Supongo que este poder formaba parte de su recién estrenada divinidad. A decir verdad, nunca nos acostumbramos...

—Vamos, es la hora...

Y cargando sacos y tiendas, el Maestro y estos exploradores se alejaron del *mahaneh*, el rústico campamento ubicado en la cota 2.000, muy cerca de las nevadas cumbres del Hermón; un paraje difícil de olvidar y al que Eliseo tendría la fortuna de regresar en su momento.

El Galileo, en cabeza, tomó el senderillo que culebreaba entre los árboles, e inició el descenso hacia el refugio de piedra en el que la familia de los Tiglat acostumbraba a depositar las provisiones todos los lunes y jueves. Mi hermano lo seguía a corta distancia, y quien esto escribe, como siempre, cerraba la menguada expedición.

La niebla, advertida quizá por el sol, parecía detenida en los alrededores del dolmen. Eso nos benefició, permitiendo un avance más rápido y seguro.

¿Un avance? ¿Hacia dónde nos dirigíamos? Ni Eliseo ni yo cambiamos impresiones con el Maestro. Sencillamente, nos limitamos a seguirlo. Él, en todo momento, tomó sus propias decisiones. No podía ser de otra forma. Según mi hermano, esa mañana, mientras acompañaba a Jesús al último baño en la llamada «piscina de yeso», poco faltó para que lo interrogara sobre sus inmediatos planes. El ingeniero, sin embargo, fiel a las normas, optó por el silencio. Era mejor así.

Alcanzamos el «refugio», en la cota 1.800, en cuestión de minutos. Jesús parecía tener prisa.

Pensé que haría un alto y esperaría la llegada de Tiglat con las provisiones. Me equivoqué. El Maestro dejó atrás el pequeño semicírculo de piedras negras que había servido de almacén y prosiguió por la senda, rumbo a la aldea de Bet Jenn. Eso, al menos, fue lo que supuse. Era verosímil que Jesús quisiera despedirse de la amable familia.

La estrecha y voluntariosa huella de ceniza volcánica desembocó, al fin, en un claro de tristes recuerdos. Jesús se detuvo y, en silencio, contempló la media docena de osamentas y vísceras de cabras que colgaban de las ramas de la corpulenta sabina. Allí, casi descarnada, oscilaba también la cabeza de *Ot*, el fiel y valiente perro de Tiglat, decapitado por uno de los *bucoles* (bandidos de la Gaulanitis). Y durante algunos segundos rememoré la lucha bajo el fortísimo aguacero y la huida de los bucoles.

Eliseo y yo cruzamos una significativa mirada. Nadie dijo nada.

Jesús reanudó la marcha. Mi hermano se encogió de hombros y se apresuró a seguirlo. Por un momento pensé en la reaparición de «Al», el bandido de la pata de palo. Pero ¿por qué me atormentaba? Nosotros éramos unos simples observadores. Debíamos esperar. Sólo eso...

Al llegar a la altura de los restos del bucol llamado «Anaš» («castigo»), entre el camino y el apretado bosque de pinos albar, el Galileo se detuvo nuevamente. Su atención se hallaba centrada en el fondo del senderillo. Ni siquiera reparó en el esqueleto de Anaš. Avanzó algunos pasos y volvió a detenerse. ¿Qué sucedía? Al final de aquel tramo, si no recordaba mal, se alzaba el *asherat*, la formación megalítica integrada por cinco piedras cónicas de basalto negro, toscamente labradas, que representaban a otros tantos dioses fenicios.

La inquietud se prolongó unos segundos. Mis dedos, instintivamente, se deslizaron hacia lo alto de la «vara de Moisés»...

Al poco respiré aliviado. Por la negra senda vimos ascender al joven Tiglat. Caminaba despacio, tirando de las riendas del alto y poderoso onagro, el asno propiedad del Maestro. Al vernos detuvo la marcha. El sol, despegando sobre la sierra, lo iluminó de frente, entorpeciendo la visión. Supongo que necesitó asegurarse sobre la identidad

17

de aquellos tres inesperados caminantes. Finalmente, sentándose en la orilla del Aleyin, el aprendiz de río que nacía en los ventisqueros, aguardó nuestra llegada.

El muchacho, en efecto, conducía al animal hasta el «refugio» de piedra. En las dos grandes alforjas de junco, la familia había reunido las acostumbradas provisiones, suficientes para tres días.

Y me hice una pregunta cuya respuesta conocía muy bien: ¿cómo había detectado aquel Hombre la presencia del joven guía fenicio? Ni Eliseo ni yo lo descubrimos hasta tenerlo a la vista.

Jesús se acomodó al pie de uno de los ídolos de piedra y nos invitó a que lo imitáramos, descansando. Tiglat, lógicamente confuso, nos interrogó sobre el destino de las provisiones. Mi hermano y yo guardamos silencio. Y Jesús, ausente, continuó con la cabeza reclinada en el basalto negro, ofreciendo el rostro al azul del cielo y a los tibios y primerizos rayos solares. Tiglat no repitió la pregunta. Se dirigió al onagro y buscó entre las viandas.

Eliseo se alejó unos metros del *asherat*, confundiéndose entre el oloroso maquis de tomillo, menta y salvia amarilla. Comprendí que deseaba orinar.

Y mi atención regresó al Hijo del Hombre.

El rostro, bronceado, alto y estrecho, de frente despejada y barba partida en dos, ahora algo descuidada por la larga permanencia en el Hermón, aparecía sereno, casi radiante. Tenía los ojos cerrados, mostrando aquellas hermosas y tupidas pestañas. No había duda. Jesús era un Hombre feliz, al menos en esos instantes.

Era desconcertante. El Maestro había ido a sentarse al pie de la representación de Resef y Aleyin, hijos del también dios fenicio Baal-Ros, el señor de los promontorios. A pesar de su condición de *yehuday* (judío), no pareció importarle, en absoluto, la naturaleza pagana de la hilera de piedras. Pronto nos acostumbraríamos también a esta actitud del Galileo, siempre respetuosa y comprensiva con todos y con todo.

Tiglat extendió una estera de hoja de palma sobre la hierba que cubría el *asherat* y, en silencio, procedió a ordenar una serie de provisiones. Entonces recordé que todavía no habíamos desayunado.

Mi hermano se aproximó eufórico a la improvisada mesa e interrogó al muchacho. En esos momentos, Jesús abrió los ojos y, buscándome con la mirada, me hizo un guiño...

—Tarta de semillas de amapolas —anunció Tiglat, señalando un esponjoso pastel de color dorado—. Recién horneada por mi madre... Miel, sultanas, manzanas, mantequilla, huevos y cáscara de limón...

El delicioso dulce fue rematado con una capa de salsa de almendras y huevo batido. A su lado, mantequilla, confitura de granada y queso.

Jesús inspiró profundamente. Se recogió los largos y lacios cabellos color caramelo en la acostumbrada cola y, frotándose las largas y velludas manos, procedió a trocear el pastel, repartiéndolo.

¿Por qué me había guiñado el ojo? Sólo se me ocurrió una explicación. Él sabía lo que estaba pensando...

El Maestro, entonces, aclaró las dudas del joven fenicio y, de paso, algunas de las nuestras. Su hora estaba cercana —dijo—, y debía regresar con los suyos, preparándose para el momento en el que revelaría al Padre. No habló de fechas. Y ante el asombro de Tiglat, el Maestro le cedió el onagro, la tienda de pieles y la casi totalidad de las provisiones. Cargó algunas de las viandas en su saco de viaje y, tras desear la paz al muchacho y a los suyos, se alejó del *asherat* con sus típicas y rápidas zancadas. Eliseo y quien esto escribe, tan desconcertados como el fenicio, nos deshicimos igualmente de la tienda y, sin casi despedirnos, salimos tras Él, a la carrera.

Nos equivocamos de nuevo. El Maestro tenía muy claro qué y cómo hacer. E hicimos bien en situarnos en un discreto segundo plano. Lo sucedido en la cadena del Hermón fue una excepción. Nosotros, ahora, no debíamos hacer la más endeble o insignificante de las insinuaciones. Aun así...

Y decía que erramos en las apreciaciones porque, al llegar al cruce de caminos ubicado frente al aserradero, el Maestro, siempre en cabeza, tomó la dirección de Paneas, olvidando el senderillo que se alejaba hacia Bet Jenn, la aldea de los Tiglat. Aquella ruta, igualmente intrincada y solitaria, descendía entre los bosques en dirección suroeste. En la referida encrucijada, un poste de madera anclado en la escoria volcánica era la única señal de vida en varios kilómetros a la redonda: «Paneas. Siete millas.» Eso, más o menos, dependiendo del Destino, significaba alrededor de hora y media de marcha. Busqué el sol y deduje que podrían ser las ocho de la mañana. Ahí terminaron mis cálculos. ¿Quién podía ir más allá con aquel Hombre?

Eliseo se unió a este explorador y me interrogó sobre la nueva senda. Poco pude decirle. Sospechaba que moría en la ruta de Damasco, muy cerca de la citada ciudad de Paneas o Cesarea de Filipo. Y de buenas a primeras, sin saber cómo había empezado, nos vimos enzarzados en una estúpida polémica. Mi hermano se preguntó si habíamos actuado correctamente a la hora de regalar la tienda de pieles al joven fenicio. Yo argumenté que era lo adecuado. Ahora caminábamos más ligeros y, además, en cierto modo, se lo debíamos. Los Tiglat habían sido generosos y hospitalarios. No hubo forma de aunar opiniones. Mi hermano esgrimió que el camino hasta el *yam* era largo y que esa dichosa tienda seguía siendo necesaria. Quien esto escribe protestó y lo acusó de ruin. Comprendo que me excedí. Y el ingeniero replicó, tachándome de manirroto, «sin conciencia alguna del valor del dinero». Las voces se alzaron y también los insultos. Lo dicho: absurdo.

Y así caminábamos cuando, al salir de un recodo, fuimos a tropezar con un Jesús al que casi habíamos perdido de vista y, por supuesto, al que habíamos olvidado momentáneamente.

Se hallaba inmóvil en mitad del camino y con el saco de viaje a los pies. Evidentemente nos esperaba. Eliseo y yo enmudecimos. Lo más probable es que hubiera oído los gritos y los improperios. Nos detuvimos a dos o tres metros, avergonzados. Su rostro aparecía grave. Sobre la frente lucía ahora aquel lienzo blanco, enrollado y anudado a la parte posterior de la cabeza, tan familiar en las largas caminatas. La mirada, serena, fue de uno a otro. Mi hermano terminó bajando la cabeza y yo, como un idiota, pinté una sonrisa de circunstancias. Entonces se inclinó, buscando en el interior del petate. Al poco nos hacía entrega de un par de porciones de la amarillenta *keratia*, las tabletas confeccionadas con las dulces semillas del *haruv* (algarrobo), que, sabiamente mezcladas con huevos, leche y miel, recordaban el sabor del chocolate. Un alimento típico de las montañas de la Gaulanitis, tan sabroso como energético.

—¿Por qué os empeñáis en saborear lo amargo cuando podéis disfrutar de lo dulce?

Fueron sus únicas palabras. De pronto, aquella familiar e irresistible sonrisa amaneció de nuevo en el bronceado rostro, dejando al descubierto la blanca e impecable dentadura. Nos abrazó con la interminable sonrisa y, sin más, dando media vuelta, cargó el saco de viaje, reanudando la marcha.

Ni Eliseo ni yo supimos qué decir. No era necesario. Tenía toda la razón.

En el tiempo previsto divisamos Paneas, pero el Maestro, sin titubeos, evitó la populosa ciudad, rodeándola. Dejamos atrás igualmente las obras en la calzada romana y, sin contratiempos dignos de mención, fuimos a entrar en la transitada ruta que discurría casi paralela al primer tramo del río Jordán y en la que mi hermano y quien esto escribe habíamos vivido momentos tan intensos. La negra y crujiente ceniza volcánica gimió bajo las sandalias, anunciando una nueva etapa en aquella magnífica e inolvidable aventura...

Caminábamos hacia el *yam* por la ruta que habíamos bautizado como la de los «catorce puentes». Eso era todo lo que sabíamos en esos momentos.

El Galileo se distanció nuevamente. Era su particular forma de decirnos que deseaba estar solo. Y Eliseo y yo nos mantuvimos a medio centenar de metros, siempre pendientes. A pesar del intenso trajín de hombres, caravanas y ganado, en uno y otro sentido, la notable estatura del Maestro (1,81 metros), muy superior a la media judía de aquel tiempo, nos permitió un seguimiento cómodo. Ya me he referido a ello en otros pasajes de estos diarios, pero creo oportuno recordar que Jesús de Nazaret era también un atractivo ejemplar humano, con una constitución física envidiable, más propia de un atleta que de un artesano. Sus hombros eran anchos y poderosos, con una musculatura elástica y armoniosamente desarrollada. Jamás percibí un gramo de grasa. Las piernas, especialmente duras y fibrosas, destacaban por su potencia y agilidad. Su capacidad torácica era tal que difícilmente conseguíamos igualarlo en las marchas o, como habíamos tenido oportunidad de presenciar en las cumbres del Hermón, en la natación. En el año 25 de nuestra era, en el que nos hallábamos en esos instantes, el Maestro, con sus treinta y un años recién cumplidos, se encontraba en plena forma física.

Y fue esa excelente forma física lo que me hizo dudar. ¿Se proponía llegar al mar de Tiberíades en esa jornada del lunes? A juzgar por las referencias tomadas en el viaje de ida hacia el Hermón, en esos momentos —más o menos hacia las diez de la mañana— podíamos estar a poco más de cincuenta kilómetros del *yam*. Demasiados para un solo día, si teníamos presente lo ya recorrido desde el amanecer. Y supuse, acertadamente, que Jesús tomaría la sensata decisión de pernoctar a lo largo de la agitada «arteria». Pero ¿dónde?

Decidí no darle más vueltas al asunto. Y los pensamientos volaron más allá...

Como he dicho, el Maestro no se había pronunciado sobre sus planes. Al menos, sobre los inmediatos. Eso me intranquilizaba. Teníamos algunas pistas, proporcionadas por el Zebedeo padre, la Señora y los discípulos, pero sólo se trataba de conjeturas y recuerdos, todos ellos, obviamente, sujetos a la duda. El viejo Zebedeo calificó aquellos meses previos al período de predicación como «especialmente importantes», ratificando lo expuesto por María, la madre del Galileo, y los íntimos respecto al bautismo de Jesús en las proximidades del Jordán (mes de *sebat* o enero del año 26) y al célebre «milagro» (?) de Caná (febrero de ese mismo año 26). De ser ciertas estas opiniones, aún deberían transcurrir alrededor de tres meses para que el Maestro entrara en escena, oficialmente. Y digo bien —de ser ciertas— porque, a las lógicas dudas, se unieron las resultantes del estudio del evangelio de Lucas, el único que apunta una fecha que podría estar asociada (?) a los inicios de la vida pública del Hijo del Hombre (1). El problema, de muy difícil solución, era que la fecha indicada por el escritor sagrado (?) —«año decimoquinto del reinado de Tiberio César»— se hallaba sujeta a diferentes interpretaciones por parte de exégetas e historiadores. Para unos, ese año 15 se correspondería con el 29 de nuestra era, ajustándonos al momento de la muerte de Augusto, el emperador que precedió a Tiberio (Augusto falleció el 19 de agosto de 767 *ab Urbe Condita*, es decir, en el 14 de nuestra era). Según este cómputo, Jesús habría sido bautizado en las cercanías del río Jordán en ese año 29. Eso significaba más de tres años de espera...

Para otros especialistas, el año decimoquinto del reinado de Tiberio debía contemplarse desde el cómputo sirio. Ello nos situaría dos años atrás (12 de nuestra era). En esas fechas, Augusto dispuso que Tiberio fuera nombrado «colega imperial», iniciando así un período de gobierno conjunto. Aceptando esta hipótesis, el Bautista habría aparecido en la región del Jordán en el año 26 o 27 de nuestra era.

¿Quién tenía razón? A juzgar por los errores y las manipulaciones de los evangelistas, mi corazón se inclinó por la versión del Zebedeo. Y no tardaríamos mucho en comprobarlo...

Con el sol en el cenit (hora sexta), Jesús dejó que lo alcanzáramos. Habíamos descendido a poco más de cien metros sobre el nivel del mar, y la temperatura en el fértil valle del Hule seguía aumentando. Ahora, a las doce del mediodía, debía de oscilar entre los 20 y los 25 grados Celsius.

---

(1) El capítulo tres del evangelio de Lucas dice: «En el año decimoquinto del reinado de Tiberio César, siendo gobernador de Judea Poncio Pilato, tetrarca de Galilea Herodes, Filipo, su hermano, tetrarca de Iturea y de la Traconítide, Lisania tetrarca de Abilena, en tiempos de los sumos sacerdotes Anás y Caifás, fue dirigida en el desierto a Juan, hijo de Zacarías, la palabra de Dios. Y vino por toda la región del Jordán...» *(Nota del mayor.)*

Dejamos atrás el cruce a la pequeña aldea de Dera y, tras comprar algunas provisiones ricas en vitaminas E y C, especialmente recomendadas para combatir nuestro mal, buscamos una sombra cerca del camino, en una de las prósperas plantaciones de *zayit*, los centenarios olivos de la alta Galilea. Era el momento de reponer fuerzas.

Eliseo, hambriento, dio buena cuenta de los huevos crudos, del trigo tostado, de las zanahorias, de los dátiles y de las nueces. Jesús prefirió una ración de lomo de ciervo curado. Yo compartí la carne y, de postre, higos secos.

Lo noté extraño. ¿Cómo describirlo? El Maestro parecía distante. Conversaba con nosotros, sí, pero su mirada terminaba perdiéndose en las caravanas y reatas de burros que iban y venían sin cesar por la ruta del *yam*. En algún momento, mi hermano y yo intercambiamos una mirada de complicidad. Después lo confirmaríamos. Algo le sucedía. Aquél no era el expresivo, alegre y comunicativo Jesús del monte Hermón. Sólo fue una sospecha —quizá una intuición—, y como tal lo expreso: era como si el súbito contacto con las gentes lo hubiera transformado, casi volatilizado. Parecía temer algo. Parecía como si el Dios que ahora lo acompañaba le hubiera mostrado, de pronto, la inmensa distancia existente entre Él y sus criaturas. Pero, como digo, sólo fue una ráfaga de luz que cruzó por mi mente. ¿Quién sabe?

Y su atención, al final del almuerzo, fue a centrarse, casi exclusivamente, en los rostros tensos de los burreros, en sus gritos, en los pasos presurosos de los cargadores y en el polvo negro levantado por las caravanas, ahora arrastrado hacia el este por el puntual *maarabit*, el viento procedente del Mediterráneo. Y así permaneció largo rato, con una cierta tristeza posada en sus ojos...

Nos sentimos impotentes. No sabíamos qué le sucedía con exactitud y, además, poco o nada podíamos hacer. Como ya dije, sólo éramos observadores.

—Prosigamos —anunció finalmente—. Dejemos que el Padre haga su trabajo...

Esta vez fuimos nosotros los que, intencionadamente, nos quedamos rezagados. Eliseo, en efecto, lo había captado. ¿Qué sucedía? ¿A qué se debía aquel singular cambio? ¿Ya no éramos sus amigos? ¿Habíamos fallado en algo?

Le hice ver que, probablemente, como había sucedido en la jornada del 9 de septiembre en el Hermón, nosotros nada teníamos que ver con esta actitud del Maestro. Él tendría sus razones. Quizá, en algún momento, llegásemos a descubrirlas. Y así fue.

Serían las tres de la tarde (hora nona) cuando, inesperadamente, Jesús se detuvo. El viento arreció, lo que dificultó la marcha. Espesas masas de polvo se levantaban sobre la senda, obligándonos a adivinar la llegada de las caballerías y, sobre todo, forzándonos a no perder de vista la blanca y ondeante túnica del Galileo. Lo más probable es que, de no haberse detenido, estos torpes exploradores no habrían reparado en el nuevo rumbo tomado por el Maestro.

Jesús hizo un gesto con la mano izquierda y, señalando un desvío, desapareció por la derecha de la ruta principal. Poco faltó, como digo, para perderlo...

Al entrar en el senderillo, el paisaje cambió. Los huertos y las plantaciones de olivos y manzanos desaparecieron y nos vimos rodeados por una familiar y enredada «jungla» de altísimas cañas, de hasta cinco metros de altura, venenosas adelfas y compactas espadañas, con sus esbeltos tallos buscando la luz. Y en lo alto, sobre los agitados penachos de plumas y las finas hojas de *suf*, que sirvieron para trenzar la canasta que salvó a Moisés, millones de zumbantes y peligrosos mosquitos, zarandeados por el *maarabit*.

No tardé en reconocer la estrecha huella. Era el camino que conducía al *kan*, el siniestro refugio en el que nos habíamos introducido cuando marchábamos hacia el macizo montañoso del Hermón. El recuerdo de los enfermos que alcanzamos a ver en dos de las chozas me estremeció. ¿Qué nos reservaba el Destino en esta nueva e inesperada visita (1)?

(1) Los *kanes*, en la época de Jesús, eran algo similar a lo que hoy entendemos por albergues de paso. La mayoría tenía un carácter público, y eran subvencionados por gobernantes, casta de los saduceos, y donativos privados. Estaban destinados, fundamentalmente, a los extranjeros, aun-

Según mis cálculos, en esos momentos nos hallábamos a unos seis kilómetros de la posada situada en el cruce de Qazrin y a veinte de la costa norte del lago o mar de Tiberíades. Dudé. ¿Era aquél el lugar en el que el Maestro se proponía pasar la noche? ¿En las chozas, junto a los lisiados y los dementes? Rechacé la idea y supuse que sólo se trataba de una visita. El sol huía hacia el oeste, pero aún faltaban tres horas para el ocaso. Lo lógico es que siguiéramos caminando, pernoctando, quizá, en el albergue de Sitio, el homosexual.

Al descubrir las chozas nos detuvimos. Eran siete, levantadas en círculo en una explanada de unos cien metros de diámetro, sobre una ceniza negra y volcánica, y rodeadas de un no menos impenetrable bosque de *arundos*. Por detrás del *kan*, a no mucha distancia, se adivinaba el rumor del río Jordán, que se alejaba del lago Hule. Cientos de aves acuáticas se recortaban en el cielo azul, preparándose con sus chillidos para la prometedora pesca de la puesta de sol. Algunas garzas y cigüeñas blancas, supongo que aburridas, habían optado por esperar sobre los tejados de ramas de palma de las chozas. Y desde allí, a tres metros del suelo, observaban o espantaban con displicencia los nubarrones de insectos que dominaban el calvero.

El Maestro avanzó seguro hacia el centro de la explanada. Estaba claro que conocía el lugar. Y Eliseo y quien esto escribe esperamos.

En mitad de la referida explanada, alguien se empeñaba en encender un fuego. El viento racheado, sin embargo, hacía inútiles los intentos de aquellos dos personajes. A nuestra izquierda, junto a la pared de cañas de una de las chozas, trajinaba una docena de hombres y mujeres.

---

que, en realidad, los ocupaban judíos y gentiles, según la necesidad de cada cual. Algunos, como el existente al sur del lago Hule, eran mucho más que una «caravanera», como cita Jeremías. En estos refugios, siempre alejados de ciudades y aldeas, se aislaba a los enfermos que carecían de medios económicos o que eran rechazados por la sociedad a causa de su comportamiento o aspecto físico. Dada la gratuidad de estas «posadas», muchos de los *kanes* terminaron convirtiéndose en asilo de pícaros e indeseables. *(N. del m.)*

Otros, sentados o tumbados sobre la ceniza, dormitaban o contemplaban el ir y venir de los primeros. Algunos de los hombres, con las túnicas arremangadas, limpiaban y troceaban pescado, arrojando las vísceras a grandes barreños de barro.

El corazón aceleró. Miré a mi hermano y éste, pálido, no replicó. Tenía la vista fija en el más joven de los dos individuos que luchaban por hacer prosperar el fuego.

¡Era Denario, el niño sordomudo que había tratado de robarnos en las proximidades del *yam*! Y recordé la información proporcionada por Sitio. El jovenzuelo, de ocho o nueve años de edad, cuyo verdadero nombre era «Examinado» (designación que se daba en aquel tiempo a los niños abandonados), había sido recogido en el *kan* por Assi, el responsable y administrador del albergue. A raíz del incidente en lo que llamábamos el «calvero del pelirrojo», justamente en recuerdo de Denario, Eliseo le tomó un especial cariño. Denario, sin embargo, al alcanzar la posada de Qazrin, desapareció de nuestra vista.

El niño, de pronto, alzó la cabeza y fue a distinguir la alta figura del Galileo, que se aproximaba. Se puso en pie y, alarmado, fue a tocar el hombro del que continuaba arrodillado. Al principio, cubierto con un blanco y generoso turbante, no lo reconocí. Además, era cinco años más joven...

El hombre se incorporó y, tras unos segundos de atenta observación, sonrió al Maestro. Rodeó las piedras que formaban el hogar y se dirigió a su encuentro.

Al desearle la paz y besarlo en la mejilla, Jesús le correspondió con el mismo saludo. Entonces supe que se trataba de Assi, el esenio. Era el único en el *kan* que vestía de blanco inmaculado, con una túnica hasta las rodillas. Lucía en el pecho la insignia de latón (la *haruta*) que lo acreditaba como médico o *rofé*: una hoja de palma. Él, sin embargo, rechazaba este título, asegurando que sólo Yavé era el verdadero *rofé*. Prefería proclamarse como un modesto «auxiliador». Lo conocí en la casa de los Zebedeo, en la aldea de Saidan, y en circunstancias «delicadas». Pero eso fue en el año 30. Ahora, cinco años atrás, no podía reconocerme.

Fue casi simultáneo. Mientras el Maestro y el «auxiliador» caminaban complacidos hacia el centro de la explanada, Denario emitió uno de aquellos sonidos guturales y, saltando sobre el hogar, corrió como un gamo a nuestro encuentro y se abrazó a la cintura de mi hermano. Eliseo, sorprendido, acarició el desnutrido, casi esquelético, cuerpo del jovencito, y le besó los cabellos. Y el pelirrojo, tembloroso, permaneció así durante más de un minuto.

Assi y el Hijo del Hombre fueron a tomar posiciones alrededor de las piedras, turnándose en un nuevo intento por hacer brotar el fuego. Parecían viejos conocidos. Más adelante tendríamos puntual información sobre la amistad entre Jesús y el egipcio, destacado por la comunidad esenia de Qumran en la lejana Gaulanitis con la finalidad de ejercer como médico entre los más desfavorecidos. Assi se hizo cargo del *kan* y conoció al Maestro en una de sus habituales visitas a Nahum (Cafarnaún). Allí nació una sincera amistad. Jesús visitaba el *kan* con frecuencia, y ayudaba, incluso, con algunas contribuciones económicas. Siempre era bien recibido. Meses más tarde, en plena vida pública, como creo haber referido, aquel esenio dulce y compasivo y, en especial, los lisiados y dementes que habitaban el *kan*, jugarían un papel importantísimo en uno de los prodigios del rabí de Galilea. Pero vayamos paso a paso...

Jesús susurró algo al esenio y éste, levantando los negros y profundos ojos hacia estos inmóviles exploradores, nos animó de inmediato a que nos acercáramos.

Eliseo y el niño tomaron la delantera, uniéndose al jefe del *kan* y al Galileo. Yo respondí igualmente a los saludos de Assi y fui a sentarme a una prudencial distancia de los cuatro. El Maestro parecía más animado. El instinto, sin embargo, me previno.

Algo o alguien acechaba...

Fue necesario esperar. El *maarabit* no cedería hasta la puesta de sol. Con aquel viento obstinado no era fácil preparar el fuego.

Denario, acurrucado en el regazo de Eliseo, terminó por dormirse. Jesús y Assi siguieron conversando, y quien esto escribe, recordando la pasada experiencia en el interior de las chozas, se retiró discreta y silenciosamente, caminando hacia el grupo que procedía a la limpieza del pescado. Era casi seguro que el Maestro deseaba hacer noche en aquel lugar y, movido por la intuición, quise explorarlo en la medida de lo posible.

En un primer momento centré la atención en tres grandes canastos repletos de peces. Todavía saltaban, haciendo huir a las moscas y a las nubes de mosquitos. Los cortadores me observaron con curiosidad. Varias de las mujeres procedían a la selección y al lavado previos. Creí reconocer carpas, tilapias, barbos y siluros, todos ellos capturados en las cálidas aguas del Hule. Aunque la mayor parte de los «inquilinos» del *kan* no era judía, Assi, como esenio, respetaba estrictamente lo establecido por la ley mosaica sobre animales puros e impuros (1). En

(1) En el Pentateuco (cinco primeros libros de la Biblia), especialmente en el Levítico y en el Deuteronomio, Yavé habla al pueblo judío y determina qué animales pueden comer (puros) y cuáles deben ser rechazados (impuros): «...Yavé habló a Moisés y Arón, diciendo: "Hablad a los hijos de Israel y decidles: 'He aquí los animales que comeréis de entre las bestias de la tierra. Todo animal de casco partido y pezuña hendida y que rumie lo comeréis; pero no comeréis los que sólo rumian o sólo tienen partida la pezuña. El camello, que rumia, pero no tiene partida la pezuña, será inmundo para vosotros; el conejo, que rumia y no parte la pezuña, es inmundo; la liebre, que rumia y no parte la pezuña, es inmunda; el cerdo, que divide la pezuña y no rumia, es inmundo para vosotros. No comeréis su carne ni tocaréis sus cadáveres; serán inmundos para vosotros.' He aquí los animales que entre los acuáticos comeréis: todo cuanto tiene aletas y escamas, tanto en el mar como en los ríos, lo comeréis; pero abominaréis de cuanto no tiene aletas y escamas en el mar y en los ríos, de entre los animales que se mueven en el agua y de entre todos los vivientes que en ella hay. Serán para vosotros abominación, no comeréis sus carnes, y tendréis como abominación sus cadáveres. Todo cuanto en las aguas no tiene aletas y escamas lo tendréis por abominación. He aquí entre las aves las que tendréis por abominación, y no las comeréis por ser cosa abominable: el águila, el quebrantahuesos y el halieto; el milano y el buitre, según sus especies; toda clase de cuervos; el avestruz, la lechuza, el loro, la gaviota y el gavilán de toda clase; el búho, el mergo, el ibis; el cisne, el pelícano, el calamón; la garza, la cigüeña, en todas sus especies; la abubilla y el murciélago. Todo volátil que anda sobre cuatro patas lo tendréis por abominación; pero entre los insectos alados que marchan sobre cuatro patas comeréis aquellos que tienen más largas las de atrás para saltar sobre la tierra. He aquí de entre éstos los que comeréis: toda especie de langosta: de *solam*, de *jargol*, de *jagab*, según las especies. Todo otro volátil de cuatro patas lo tendréis por inmundo y, comiéndolos, os haréis inmundos. Quien tocare uno de sus cadáveres se contaminará y será inmundo

este sentido, los alargados y «cilíndricos» siluros, sin escamas, de piel mucosa y prácticamente sin aletas, eran apartados y olvidados en un enorme cesto. Así lo disponía el extraño Yavé...

Las carpas, en cambio, azules, verdes y rosadas, eran abiertas por el vientre y, una vez extraídas las entrañas, depositadas en barreños de piedra. Allí, otras mujeres las sazonaban con especias y sal gruesa. Algunos de los ejemplares —tipo «espejuelos»— podían pesar del orden de los ocho kilos.

Al inspeccionar las tilapias y los barbos, dispuestos ya para el asado o la fritura, mis ojos se detuvieron unos instantes en los hombres y mujeres —supuestos «viajeros», de paso por el *kan*— que permanecían sentados o tumbados al pie de la choza. Me extrañó porque casi no se movían. No hablaban. Las miradas, vidriosas, como hipnotizadas, perseguían con frenesí los destellos de los machetes de los cortadores de pescado. Presentí algo pero, rechazando la idea, bajé la vista, simulando interés por uno de los ejemplares capturados por Assi y su gente en el Hule. Se trataba de un *bīnīt* (1) —así lo llamaron los cortadores—, un barbo de casi un metro de longitud y más de cinco kilos de peso, de aspecto similar al de las anguilas y que, días después, de regreso a la «cuna», *Santa Claus*

---

hasta la tarde; y si tocare algo de esto muerto, lavará sus vestiduras y será inmundo hasta la puesta de sol. Todo animal que tenga pezuña, pero no partida, ni rumie, será para vosotros inmundo, y quien tocare su cadáver será inmundo. Los que andan sobre la planta de los pies serán para vosotros inmundos, y quien tocare su cadáver será inmundo hasta la tarde, y quien transportare su cadáver lavará sus vestiduras y será inmundo hasta la tarde. También estos animales serán para vosotros inmundos de entre los que andan por la tierra: la comadreja, el ratón y la tortuga, en todas sus especies; el musgaño, el camaleón, la salamandra, el lagarto y el topo. Éstos son los para vosotros inmundos entre los reptiles; quien tocare su cadáver será inmundo hasta la tarde. Todo objeto sobre el que cayere uno de estos cadáveres será manchado, y los utensilios de madera, vestidos, pieles, sacos, todo objeto de uso puesto será en agua y será inmundo hasta la tarde; toda vasija de barro donde algo de esto caiga quedará manchada y la romperéis; todo alimento preparado con agua quedará manchado, y lo mismo toda bebida..."» *(N. del m.)*

(1) La palabra *bīnīt*, en arameo (plural, *bīnīot*), procedía del sustantivo *binita* (pelo), por las barbillas que cuelgan en los barbos; fueron descritos por los asirios miles de años atrás *(bu-nu)*. *(N. del m.)*

identificó como el *Clarias Macracantus*, una de las especies autóctonas de Galilea, con ocho barbas, en lugar de las dos o cuatro que presentan el resto de los barbos en el labio superior. El *Clarias*, aunque perteneciente al mismo orden y género de los *barbus*, se diferenciaba también del resto de las familias por el hecho insólito de lanzar unos «gritos» que erizaban los cabellos en las noches de otoño.

Supongo que mi condición de médico fue decisiva. Había prometido no presentarme como tal en aquel tercer «salto», evitando así los problemas en los que me vi envuelto en las aventuras precedentes. Y estaba dispuesto a mantener esta decisión, pero, a la vista de lo que tenía delante, no pude o no supe alejarme...

No me equivoqué. La intuición jamás traiciona.

La verdad es que nadie me prohibió que los examinara. Y, lentamente, fui haciéndome a la idea. Aquel *kan* era muy especial...

Allí, junto a los que preparaban la cena, vigilados en cierto modo por cocineras y cortadores, aguardaba una serie de enfermos a los que no tuve acceso en mi primera visita al refugio. Assi, poco después, confirmaría la sospecha: se trataba de los «menos agresivos y problemáticos»; los únicos que no exigían una vigilancia estrecha y continuada.

¡Dios de los cielos! ¿Qué era aquello?

Uno de los hombres, hecho un ovillo, con la espalda reclinada en las cañas, miraba sin ver. Moscas e insectos lo devoraban, pero, inmóvil como un mármol, ni siquiera pestañeaba. Pasé la mano frente a los azules ojos y verifiqué lo que imaginaba: era ciego. Los dedos, especialmente los de las manos, eran extraordinariamente largos (los pulgares alcanzaban diez o doce centímetros). Examiné el resto de los tejidos de las extremidades y deduje que me hallaba frente a un posible síndrome que alteraba el crecimiento del esqueleto, la dolencia que padeció Abraham Lincoln (1).

(1) La enfermedad recibe hoy el nombre de «Marfan», en recuerdo del pediatra francés que la describió en 1896. Probablemente estábamos ante un grave trastorno hereditario que provocaba alteraciones en el tejido co-

A su lado, totalmente desnudo, aparecía un niño, de unos nueve o diez años de edad, de rodillas y con las manos atadas a la espalda. El mugriento rostro se hallaba igualmente torturado por nubes de insectos. Una mordaza, más sucia que la cara del infeliz, mantenía la boca abierta. Espanté las moscas y comprobé que los labios estaban destrozados. Al aproximarme no se movió; se limitó a gemir. Inspeccioné los dedos de manos y pies. No había duda. Faltaban falanges completas. Quizá se trataba de un caso de autocanibalismo, conocido en medicina como síndrome de «Nyhan», otra dolencia de origen cromosómico y, como la anterior, de muy difícil solución (1). El niño, víctima de un retraso mental y motor, terminaba devorando sus propios labios y dedos. De ahí la necesidad de atarlo y amordazarlo de forma permanente.

Antes de proseguir el examen de aquellas pobres criaturas lancé una ojeada al grupo que permanecía en el centro de la explanada. El Maestro y el resto, aunque aparentemente absortos en la conversación, seguían mis movimientos con curiosidad. Eso, al menos, fue lo que deduje de sus furtivas miradas.

En cuanto a las mujeres, y los cortadores, ninguno de ellos se preocupó demasiado por mi presencia.

El tercer y cuarto enfermos me dejaron igualmente desarmado y con el corazón en un puño...

Sentado sobre la negra ceniza volcánica, un «niño-anciano» sostenía entre sus brazos a un joven (?) paralítico. Era la primera vez que me enfrentaba en las tierras de Is-

---

nectivo, anomalías cardiovasculares y dislocación parcial del cristalino. Los investigadores sospechan que el síndrome está originado por alguna mutación en el gen FBN1 (fibrilina). La alteración en la proteína, localizada en el cromosoma 15, puede ser la responsable del estiramiento de los tejidos. La curación, de momento, es altamente improbable. *(N. del m.)*

(1) El llamado síndrome de «Lesch-Nyhan», descubierto en Estados Unidos en 1964 por los referidos doctores Lesch y Nyhan, aparece únicamente en hombres (se encuentra asociado al cromosoma «X»). Las principales consecuencias son de orden neurológico (retraso psicomotor y parálisis cerebral), movimientos involuntarios de las articulaciones (hasta alcanzar la fase de automutilación) y, por supuesto, el incremento de ácido úrico que suele provocar la muerte. *(N. del m.)*

rael a un caso de «progeria» o muchacho con el aspecto de anciano.

Me situé en cuclillas y aventuré una amplia sonrisa. El niño respondía a las principales características de esa enfermedad: cabeza enorme, desproporcionada, calva, con gruesas venas sobresalientes, ausencia de cejas y pestañas, ojos saltones y diminutos, nariz en forma de pico de loro, mentón retraído, casi inexistente, pecho angosto, articulaciones grandes y rígidas y numerosas manchas marrones en brazos y manos.

Replicó con otra sonrisa, mostrando unos pocos dientes, tan irregulares como mal repartidos. La piel era fina, muy frágil, y los brazos y las piernas, casi esqueléticos. No creo que levantara más de un metro de altura.

—¿Qué edad tienes?

Abrió de nuevo la enorme boca y respondió feliz:

—Veinte...

Aquello también era singular. Según mi información, pocos síndromes de envejecimiento prematuro (1) alcanzan tanta edad.

—...Éste es mi amigo Tamim. Yo soy Tamid.

Y volvió a sonreír ante el juego de palabras. Tamid, entre otras cosas, quería decir «vivir al día». En cuanto a su amigo, el paralítico, Tamim era sinónimo de «íntegro o intachable». Comprendí y sonreí para mis adentros. El que los había «bautizado» con estos apodos era muy consciente del doble significado: «vivir al día» era lo único a lo que podía aspirar el «niño-anciano». La progeria arrastra generalmente anomalías cardíacas y respiratorias, así como lesiones cerebrales o del sistema nervioso, que desembocan siempre en una muerte prematura. En cuanto a Tamim, el calificativo era «intachable»..., y sangrante. El joven, antaño fuerte y musculoso, sólo movía los ojos. Ni siquiera estaba capacitado para hablar. ¿Cómo no ser íntegro en tales circunstancias?

(1) La progeria, también conocida hoy como síndrome de Hutchinson-Gilford, es una patología poco frecuente en la que los niños presentan el aspecto de un anciano, así como algunas de las señales y degeneraciones propias de la vejez. Las posibles causas de la enfermedad hay que buscarlas en alteraciones genéticas. (*N. del m.*)

Tamim había sido buscador de esponjas en las aguas de Chipre y de Grecia. Un día empezó a sentirse mal. Los músculos de las manos fallaron y, poco a poco, la dolencia fue extendiéndose por los brazos. Fue trasladado a las costas de Fenicia y, desde allí, al *kan* del Hule. Hacía semanas que había dejado de comer. Sólo admitía líquidos (1). Tamid, el «niño-anciano», cuidaba de él día y noche.

El muchacho paralítico, que parecía conservar intacta la inteligencia, me observó desde los profundos y vivísimos ojos negros. No supe qué hacer, ni qué decir. Y la tristeza, una inmensa tristeza, cayó sobre este impotente explorador. Yo no lo sabía en esos momentos pero, sin querer, estaba pasando revista a los protagonistas de un futuro y extraordinario suceso en el que, naturalmente, se vio envuelto Jesús de Nazaret. Pero esa historia llegará a su debido tiempo.

Algo más allá, tumbados en angarillas de tela y fibras vegetales, impasibles al viento y a las mortificantes moscas, se alineaban los más ancianos del *kan*. La mayoría, por lo que pude apreciar, se encontraba en las fases más avanzadas de Parkinson y Alzheimer. En los primeros, el temblor ya no era importante, aunque las funciones motoras aparecían muy deterioradas, haciendo inviable la marcha. En realidad, ninguno de ellos era capaz de ponerse en pie. Se hallaban en decúbito supino, con las cabezas inclinadas sobre el tórax, las bocas abiertas y negras por el mosquerío y con un permanente babeo. Algunos hablaban a gran velocidad, con un hilo de voz tan monótono como ininteligible. Por supuesto, nadie respondía (2).

Con los afectados por el mal de Alzheimer sucedía algo

(1) A juzgar por las indicaciones recibidas, era posible que el joven buscador de esponjas sufriera una enfermedad de origen oscuro, neuronal, que recibe el nombre de «esclerosis lateral amiotrófica», un mal irreversible, por el momento. La esperanza de vida es corta. *(N. del m.)*

(2) El parkinsonismo es otra dolencia de origen cerebral (probablemente se trata de una alteración de las neuronas llamadas dopaminérgicas pigmentadas de la sustancia negra). La disfunción puede estar ocasionada por trastornos del metabolismo o por procesos patológicos que alteran la neurotransmisión dopaminérgica de los ganglios basales, entre otros. *(N. del m.)*

parecido. La fase última los había reducido a simples y molestos «vegetales», incapaces de valerse por sí mismos. Y allí permanecían durante horas, mudos y rígidos, aguardando a que una neumonía, una infección urinaria o las terribles úlceras provocadas por la permanente postura en decúbito acortaran su desgraciada existencia. Los cuidadores (?), ahora atareados en la preparación del pescado, no se distinguían precisamente por el cariño y la dedicación a estos infelices.

El último de los enfermos que alcancé a distinguir en aquellos momentos fue una mujer. Podía rondar los cuarenta años. Se hallaba sentada entre los «parkinson». Las muecas y los bruscos movimientos de manos y pies me indicaron de inmediato el mal que padecía: muy posiblemente un corea de Huntington, otro trastorno degenerativo y hereditario que se caracteriza por los movimientos rápidos y complejos, en especial en las extremidades (1).

Al llegar a su altura las muecas arreciaron. Y la mujer, asustada, inició una rápida y continuada expulsión de la lengua, elevando las cejas y procediendo a la ininterrumpida contracción de labios y párpados. Me eché hacia atrás, tratando de evitar un empeoramiento de la demente. La fortuna, sin embargo, no estaba de mi lado. Al retroceder fui a tropezar con otro de los inquilinos del *kan*, y me precipité sobre él. Me incorporé a gran velocidad y, ante la atónita mirada de cortadores, limpiadoras y de quien esto escribe, la mujer que había resultado arrollada se puso en pie, gritando como una poseída.

Fue todo vertiginoso.

Hizo presa en mis testículos y, berreando, exigió que «le devolviera lo que era suyo».

Al zarandearme, el manto que le cubría resbaló dejando al descubierto unos ojos prominentes, grandes como huevos y con las córneas ensangrentadas y ulceradas.

Fuera de sí, tras soltar los genitales, echó mano del

(1) Corea, del griego *khoreia* (danza). Se denomina así porque el enfermo interrumpe la marcha como consecuencia de los movimientos involuntarios, recordando, en cierto modo, una especie de baile o danza. El mal, de carácter hereditario autosómico dominante, conduce irremediablemente a trastornos de conducta y a la demencia. *(N. del m.)*

vientre, y, tirando con violencia del ceñidor, reclamó «su estómago y los intestinos».

—¡Me habéis robado, ladrones!... ¿Dónde está mi sangre? ¿Dónde habéis puesto mi estómago y mis entrañas?

Los ojos, con las pupilas dilatadas, incapaces de parpadear, con una exoftalmía (proyección anormal del globo) progresiva y aguda, me asustaron. Al reparar en el cuello y observar el abultado bocio estuve seguro. Aquella enferma padecía un hipertiroidismo (quizá la llamada enfermedad de Graves) al que había que sumar un problema mental grave que los psiquiatras denominan síndrome de Cotard o «delirio de negación». El sujeto, como consecuencia de una esquizofrenia o de una lesión cerebral, considera que le han robado, no sólo sus pertenencias materiales, sino también sus órganos. Y cree que los ladrones están por todas partes.

La mujer, entonces, tiró de la túnica que cubría mi pecho y, pasando de los gritos a los gemidos y el llanto, se preguntó y me preguntó por su corazón.

—¿Dónde lo has puesto?...

No hubo tiempo para nada más.

Dos de los cortadores de pescado y ayudantes del «auxiliador» saltaron sobre la pobre enferma y la redujeron. Yo recuperé la «vara de Moisés» y, avergonzado, sin saber qué hacer, me alejé del grupo.

Assi, en pie, alertado por los gritos de la demente, observaba atento. También Eliseo y el niño sordomudo se habían incorporado, expectantes. Sólo Jesús continuaba sentado. Tenía la cabeza baja, como si el incidente no hubiera existido.

Los cortadores hicieron una señal y el esenio, comprendiendo que todo estaba bajo control, volvió a arrodillarse frente a las piedras que formaban el hogar, aguardando mi llegada.

Mi mente, confusa ante lo que acababa de ver y lo que recordaba de la primera visita al *kan*, trató de estabilizarse. ¿Por qué habíamos ido a parar a semejante infierno? El Destino lo sabía...

Quizá caminé tres o cuatro pasos, no más, hacia el centro de la explanada, cuando, inesperadamente, el viento cesó. El *maarabit*, como creo haber mencionado, procedía del mar Mediterráneo y soplaba habitualmente entre el *nisán* (marzo-abril) y el *tišri* (setiembre-octubre), siempre entre el mediodía y la puesta de sol. Instintivamente me volví y comprobé que faltaba más de una hora para el ocaso.

Fueron segundos. Todo sucedió muy rápido...

Al contemplar la posición del sol, un súbito aleteo de las aves que descansaban en lo alto de las chozas me previno. Algo las había asustado. Y varias de ellas, extendiendo y batiendo las blancas alas, se alejaron hacia el horizonte de cañas.

Acto seguido, en mitad del silencio provocado por la caída del viento, oímos un aullido desgarrador. En un primer momento, desconcertado, no supe si era humano. Procedía de algún punto cercano del cañaveral, al este del refugio.

Y las garzas y las cigüeñas que aún permanecían sobre las cabañas huyeron hacia el sol.

El aullido, ahora más cercano, se repitió por segunda vez, terminando de alertar a la totalidad del *kan*. Assi, de nuevo en pie, dirigió la mirada hacia una de las chozas próxima al camino de acceso al albergue. Hizo un gesto a Denario y éste, rápido como una gacela, corrió hacia el punto del que parecía proceder el triste y prolongado lamento.

Hombres y mujeres se movilizaron y, antes de que mi hermano y yo acertáramos a comprender, se dirigieron hacia la choza en cuestión, en la boca del *kan*. Eliseo no tardó en sumarse al agitado grupo, intentando averiguar qué sucedía.

Los aullidos arreciaron y deduje que el hombre o el animal se hallaba muy cerca de los vociferantes cuidadores y cocineras. Era extraño. Si se trataba de una fiera, ¿por qué no habían huido? Todos, como una piña, corrieron al encuentro del responsable de los aullidos...

En esos momentos de agitación, no sé muy bien por qué, busqué al Maestro con la mirada. Seguía sentado en el mismo lugar, con los brazos apoyados en las rodillas. Miraba fijamente las ramas depositadas en el hogar y que habían tratado de encender inútilmente. Su rostro, grave y ligeramente pálido, me alertó más, si cabe, que los aullidos y el tumulto. ¿Qué sucedía?

Los aullidos, de pronto, cesaron. Y también el vocerío.

El Maestro, entonces, levantó el rostro hacia el celeste de los cielos. Inspiró profundamente y así permaneció durante algunos segundos, con los ojos cerrados. Mi mente siguió en blanco. No entendía nada.

Y tan súbitamente como se apagaron, así regresaron los aullidos. Esta vez más lúgubres y prolongados...

El grupo, como un solo hombre, dio un paso atrás, al tiempo que alzaban los puños, amenazadores. Aquello —lo que fuera— seguía avanzando. Algunas mujeres, aterrorizadas, dieron media vuelta y escaparon entre agudos chillidos.

Cuando caí en la cuenta, el Galileo se había incorporado y caminaba hacia el grupo. No lo dudé. Me fui tras Él.

Jesús, con paso decidido, rodeó a los cuidadores y fue a situarse a la cabeza de los nerviosos individuos, junto al esenio y el niño sordomudo.

¿Cómo pude olvidarlo?

Allí estaba el responsable de los aullidos. Eliseo y yo tuvimos un encuentro con él en la primera visita al *kan*. Se trataba del joven encadenado, un muchacho de unos veinte años, negro como el carbón y «tatuado» de la cabeza a los pies con pequeños círculos (en realidad, escarificaciones o incisiones en la piel, provocadas con algún punzón o arma blanca). Aparecía igualmente desnudo, sudoroso, con el rostro desencajado por la cólera y el tobillo izquierdo lacerado y sangrante por el continuo roce del grillete que lo aprisionaba. Una cadena de gruesos eslabones, de unos tres metros, lo anclaba a la base de una de las cabañas. El negro, alto y musculoso como el Galileo, había llegado al límite permitido por la cadena, a poco más de dos metros de Assi y de Denario. Jadeaba violentamente, amenazando a los habitantes del refugio con un pelícano muerto que sostenía por encima de la cabeza. Varias veces lo proyectó hacia el auxiliador, acompañando los ataques con otros tantos aullidos.

El desgraciado, como ya indiqué, padecía un síndrome ligado a la locura que provocaba furiosos ataques de ira. En esos momentos se transformaba en una bestia salvaje, sin control alguno, capaz de aplastar a quien se pusiera a su alcance. La posible dolencia, llamada *amok* («lanzarse furiosamente a la batalla», según interpretación malaya), era relativamente habitual entre los orientales y determinadas etnias del África central.

A cada acometida, Assi y el grupo retrocedían instintivamente. El esenio, nervioso, trataba de calmar al loco, aconsejándole que dejara en tierra la pesada ave del largo y afilado pico azul. Las palabras, los gestos y la proximidad del jefe del *kan* tuvieron un efecto contrario al deseado. Y el negro, en plena crisis, ciego por la rabia, lanzó otro ataque. Esta vez, frenado bruscamente por el grillete, aquella masa de odio y fuerza bruta perdió el equilibrio y se precipitó contra la ceniza volcánica. El pelícano rodó por tierra y Assi se apresuró a capturarlo.

Jesús, entonces, se dirigió a su amigo, el auxiliador, y pidió que liberara al negro. El rostro del Maestro continuaba serio.

Assi, como era de esperar, se negó en redondo, argumentando, con razón, que el estado de «Aru» era peligroso para todos.

¿Aru? Aquél, en efecto, era el nombre —mejor dicho, el sobrenombre— del joven negro *amok*. En arameo significa «mira» o «he aquí». Pero no entendí el porqué del apodo.

Y Assi prosiguió con sus razonamientos, tratando de convencer a Jesús de lo inadecuado de la petición. Según el esenio, *Aru* estaba poseído por un espíritu inmundo; liberarlo sería una provocación para dicho demonio.

Jesús no replicó. Clavó la rodilla izquierda en la ceniza y, lentamente, con ambas manos, acarició el húmedo y «tatuado» cráneo del demente. Nadie respiró. La reacción del *amok* podía ser fulminante y peligrosa. El grupo retrocedió otro paso e, imaginando un feroz embate, se disolvió, perdiéndose por la explanada y las chozas próximas.

Assi lanzó un grito, suplicando al Maestro que se alejara de Aru. Jesús siguió mudo. Los largos dedos del Hijo del Hombre se posaron una y otra vez sobre el pelado cuero cabelludo del agitado negro. La respiración de Aru era convulsa. Continuaba boca abajo, no sé si inconsciente. Busqué a Eliseo con la mirada. Permanecía detrás del niño, tan desconcertado como todos. En esos momentos no sabíamos —no podíamos saber— cuáles eran los pensamientos y las intenciones de aquel Hombre. Fue después, mucho después, cuando entendimos lo que realmente sucedió en aquel atardecer, en el *kan* del lago Hule...

El Maestro miró al excitado auxiliador, y aquellos ojos —firmes y dulces al mismo tiempo— lo traspasaron. Assi enmudeció. No cruzaron una sola palabra. Y el esenio, comprendiendo que la orden no admitía discusión ni demora, se volvió hacia Denario y, por señas, le indicó que buscara a alguien. El sordomudo, admirado ante el evidente valor del Galileo, obedeció al instante, desapareciendo por detrás de las cabañas.

No salía de mi asombro. ¿Por qué liberar al peligroso negro? ¿Qué pretendía Jesús?

Me hallaba muy cerca, a cosa de metro y medio, e intenté buscar una explicación en el rostro o en sus gestos. Lo que acerté a descubrir no me sirvió en esos críticos instantes. Como decía, era muy pronto para comprender...

El Maestro, en silencio, terminó por doblar la pierna derecha, arrodillándose frente al negro. Hizo girar el cuerpo de Aru y lo alzó suavemente, dejando que las espaldas descansaran sobre sus muslos. Inmovilizó la cabeza del *amok* sobre el vientre, buscó la cinta de tela que sujetaba sus cabellos y fue a desatarla.

Aru, con los ojos cerrados y la respiración entrecortada, parecía haber perdido la conciencia. Una de las cejas, rota por el impacto contra la escoria volcánica, manaba sangre en abundancia. El Maestro, entonces, se dirigió de nuevo al esenio y solicitó agua. Assi dudó. Al punto, sin embargo, rendido ante aquella voz afable y decidida, dio media vuelta, obedeciendo.

Jesús plegó el *sudarium* que le servía habitualmente para recoger los cabellos en las largas caminatas y, buscando una zona no contaminada por el sudor, taponó la herida de la ceja, presionando delicadamente. Al cabo de medio minuto levantó la improvisada gasa hidrófila y observó la brecha. Por lo que pude percibir sólo estábamos ante una herida incisa, de escasa importancia, pero aparatosa. La sangre (probablemente de los capilares), de un rojo vino, fluía de modo continuo, formando lagunas (napa).

El Maestro inspeccionó el «apósito» y su grado de absorción y, doblando la tela, repitió la operación, tratando de contener la hemorragia.

Fue un minuto largo, inolvidable. Difícil de entender, sí, pero inolvidable...

Un Dios, arrodillado, sostenía en su regazo a un mísero y anónimo negro. La mano izquierda, firme y segura, velaba sobre la herida, y la derecha, con dulzura, acariciaba la sucia mejilla de Aru. Los dedos se pasearon despacio por el mentón y los labios, agrietados y casi irreconocibles.

Espié cada gesto e intenté deslizarme entre sus sentimientos. ¡Pobre de mí! ¿Cómo pretender semejante cosa?

Jesús, ajeno a cuanto lo rodeaba, siguió frenando la hemorragia. La cabeza, ligeramente inclinada sobre el muchacho, empezó a recibir los anaranjados rayos de un sol que se retiraba más allá del Jordán pero que, a juzgar por su empeño en iluminar al Hijo del Hombre, sabía muy bien lo que estaba ocurriendo...

Quedé impresionado..., una vez más.

Los cabellos, color caramelo, ahora sobre los hombros, recibieron la luz del crepúsculo y yo diría que de Alguien más...

Fue en esos instantes, mientras rozaba con las yemas de los dedos los cerrados y ensangrentados párpados del *amok*, cuando quedé prisionero de sus ojos. No sé explicarlo. Las palabras, una vez más, son mi enemigo...

No fue posible desviar la mirada. Fue como si el universo entero lo hubiera visitado.

Los ojos, ahora más expresivos que nunca, más vivos y habladores, a pesar del silencio, se humedecieron. Y el rostro entero, dorado por aquel sol cómplice, se transfiguró. Yo vi la luz que lo bañaba y que se convertía en su verdadera piel. Entonces, estrangulándome el corazón, una lágrima rodó súbita y presurosa, y se escondió en la desordenada barba. Me pareció una lágrima azul, aunque sé que eso es imposible. Quizá fue un error de quien esto escribe. Quizá no...

Supongo que palidecí. ¿Cómo definirlo?

Era un Hombre-Dios con un hombre entre las manos. Quizá fue la misericordia lo que hizo rodar aquella lágrima azulada. Nunca lo supimos. Sólo lo sospechamos. Quizá fue una infinita piedad lo que movió e hizo descender el alma de aquel ser tan especial hasta los niveles en los que bregábamos. No sé explicarlo, pero el instinto me dice que fue el amor el que abrió la puerta de la ternura, conmocionando hasta la última célula de Jesús de Nazaret. Él había aparecido en un mundo imperfecto y cruel, y ahora tenía a una de esas imperfectas criaturas entre las manos. Quizá esa mezcla de misericordia, piedad, amor y ternura hizo el prodigio. Quién sabe...

Se presentaron al mismo tiempo, ahuyentando aquellas reflexiones.

Assi, con el agua y su inseparable caja de madera, en la que transportaba «lo necesario» para ejercer como médico o auxiliador. Y con él, Denario y otro singular personaje que nos dejó intrigados desde el primer momento. Yo lo había visto con anterioridad, pero no podía saberlo porque se presentó con la cabeza cubierta por un manto negro. Una túnica de un rojo encendido lo cubría hasta los pies, ocultando, incluso, las manos. Del ceñidor de cuerda colgaba un manojo de aquellas largas y pesadas llaves de hierro y madera a las que nunca nos acostumbramos.

Assi reclamó la atención de «Hašok» —así lo llamaban, con razón—, y ordenó que liberase el pie del negro. El embozado permaneció indeciso. Sus dudas eran comprensibles. Aru seguía inconsciente y nadie podía saber cómo reaccionaría al volver en sí. Pero el esenio repitió la orden...

—«Tinieblas»..., haz lo que te digo.

Hašok, en efecto, significa «tinieblas» en lengua aramea.

No fui capaz de descubrir el rostro del hombre. Tinieblas se las ingeniaba para moverse con agilidad y, al mismo tiempo, mantener la cara en la oscuridad del manto. Poco después descubriríamos por qué.

Soltó el grillete y, tras arrojar la cadena al pie de la choza, se mantuvo inmóvil y vigilante, con los brazos desmayados sobre la túnica.

El Maestro retiró el «apósito» y verificó con satisfacción que la sangre había empezado a coagular. El tejido de algodón cumplió su cometido. El auxiliador le proporcionó un nuevo trozo de tela, previamente empapada en agua, y Jesús, con idéntica paciencia y delicadeza, dedicó un tiempo a una minuciosa limpieza de la herida, retirando los granos de lava que permanecían enterrados en la brecha.

Denario contemplaba la escena, escondido tras Eliseo. Ninguno de los ayudantes se atrevió a regresar. Asistían al desarrollo de los acontecimientos desde el lugar en el que limpiaban y troceaban el pescado. Creo que ninguno se percató de la liberación del *amok*.

Assi abrió la caja de madera y mostró al Galileo algunos de los remedios que había que utilizar en el caso que los ocupaba. Indicó con el dedo tres pequeños frascos de vidrio. Uno contenía miel. Otro —según dijo—, hojas de nogal cocidas en agua, y el tercero, una infusión de sófora, un árbol poco conocido en Israel en aquellos tiempos y cuyas yemas eran transportadas por las caravanas desde las regiones más orientales de Asia (1). Una vez más me asombró el buen hacer del esenio. Tanto la miel como las hojas de nogal eran excelentes desinfectantes. En cuanto a la sófora, con un alto contenido en glucósido flavónico, qué podía decir. Ayudaría, y muy eficazmente, a la recuperación de los capilares heridos. Assi, como ya referí, estudió medicina en Alejandría, recibiendo una clara influencia de los seguidores de Hipócrates. Su veneración por el sabio de Cos se observaba, incluso, en la forma de ejecutar vendajes. Recordaba casi de memoria

---

(1) Se trataba de la sófora colgante, una acacia que crecía en el actual Japón, de gran utilidad en farmacia. Los capullos contienen hasta un 30 por ciento de glucósido flavónico, muy eficaz para multiplicar la resistencia de los capilares en las hemorragias. *(N. del m.)*

De la oficina del médico, una de las obras del prestigioso galeno griego.

El esenio remató el vendaje en torno a la cabeza y, cuando lo ultimaba, Aru abrió los ojos.

Tinieblas, pendiente, alertó al jefe del *kan*. Assi, pálido, se echó atrás y recogió precipitadamente la caja de madera.

Jesús no se movió.

El negro paseó aquellos enormes y sorprendidos ojos verdes a su alrededor y, al reparar en Tinieblas, se incorporó asustado.

El Maestro, de rodillas, lo dejó hacer. Aru retrocedió un paso y, súbitamente, se detuvo. Lanzó una ojeada al suelo de ceniza y, al comprobar que no estaba encadenado, se inclinó, y palpó el desollado tobillo izquierdo. Así permaneció unos segundos.

Tinieblas, consciente de la gravedad del momento, fue a interponerse entre el *amok* y el auxiliador. Era evidente que procuraba la defensa de Assi.

Y en cuclillas, entre la sorpresa y la confusión, Aru desvió la mirada hacia el Galileo. Temí lo peor. Jesús era el más próximo. Si el loco se arrancaba, ¿qué debíamos hacer? E instintivamente deslicé los dedos hacia la parte superior del cayado, buscando la cabeza de cobre de los ultrasonidos.

El Maestro no movió un músculo. Tenía la vista fija en el verde manzana de los ojos del corpulento muchacho. Ninguno de los dos parpadeó. Y de la inicial firmeza, la mirada del Hijo del Hombre, como la luz que nos rodeaba, fue descendiendo —¿qué palabras utilizar?— hacia una dulzura que podía tocarse. Y aquel hilo invisible entre el Dios y el hombre propició un benéfico final. Eso, al menos, es lo que deduzco ahora, al repasar lo escrito en aquellos inolvidables días...

Aru, para sorpresa de todos, sonrió. Assi y el embozado, mudos, lo observaron con desconfianza. El negro, sin embargo, se relajó y, curioso, fue a tocar el vendaje que protegía la ceja lesionada.

La crisis, aparentemente, se había alejado. E interpreté la calma como el período que sigue a los violentos ataques de furia. El enfermo queda abatido, sin fuerzas siquiera para ponerse en pie y con una demoledora amnesia que le impide recordar lo sucedido. Y allí mismo, al ser testigo del comportamiento del *amok*, algo me dijo que el diagnóstico no era del todo correcto. El negro «tatuado» se alzó de nuevo. No parecía exhausto. Todo lo contrario...

En esos instantes se produjo un detalle que multiplicaría mi confusión y, supongo, la del resto de los testigos. Aru reparó en su desnudez y, en un gesto instintivo, fue a tapar sus genitales con ambas manos. Nos miró avergonzado y terminó por bajar la cabeza.

No, aquélla no era la conducta habitual de un demente de esa naturaleza. Pero, entonces, ¿qué había sucedido? Y una idea, tan absurda como inquietante, me asaltó durante algunos segundos.

«No —me dije a mí mismo—, eso no es posible... Él mismo lo ha repetido: no ha llegado su hora.»

El Maestro alivió la incómoda escena. Se deshizo del manto color vino y, despacio, fue al encuentro de Aru. El negro, al principio, retrocedió. Jesús le mostró el ropón de lana y, sonriente, siguió caminando. El muchacho, comprendiendo, aguardó y el Galileo fue a cubrirlo.

No conseguía entender lo ocurrido...

Y el Maestro, feliz, abrazó al joven. Aru, más confuso si cabe, no reaccionó y dejó hacer al extraño Hombre. Poco después, tras aconsejar que le dieran de comer, el Galileo retornó al centro del *kan*.

Tinieblas, Denario y Eliseo lo siguieron. Quien esto escribe, intrigado, permaneció en el sitio, vigilante. Assi debió de leer mis pensamientos e hizo lo mismo. Y el joven negro, arropado con el manto de Jesús, se dejó caer sobre la ceniza, sentándose junto a la cadena.

Jesús y el resto se afanaron y, al poco, vi alzarse un nervioso y voraz fuego. Los ayudantes y las cocineras iban y venían, preparando la cena.

Tinieblas no tardó en regresar. Portaba dos escudillas de madera. Una con un pan oscuro y la segunda con un cargado racimo de uva blanca. Dejó la comida frente al negro y se alejó de nuevo hacia la hoguera.

El esenio y yo esperamos la reacción del *amok*.

Negativo.

Aru no hizo nada anormal. Observó los alimentos y, desviando la mirada hacia el auxiliador, volvió a sonreír. Fue una sonrisa limpia, sin asomo de demencia y cargada de gratitud. No era posible. Un loco no debería comportarse de esa manera, al menos después de una crisis tan aguda...

Y la absurda idea regresó. ¿Fue curado por el Maestro? Como he dicho, eso no era posible. No era su hora. ¿O sí?

Aru, finalmente, troceó el pan y empezó a comer con avidez. Assi, pensativo, se acarició la espesa y negra barba y siguió estudiando al demente. Creo que estaba tan asombrado como este explorador.

Tinieblas interrumpió las reflexiones del jefe del *kan*. Le mostró una calabaza con agua y esperó instrucciones. Assi tomó el recipiente y, sin perder de vista al hambriento negro, lo depositó sobre la ceniza, entre sus piernas. Y así continuó durante algunos minutos, sentado y en silencio. Por último abrió la caja de madera y tomó una de las ampollitas de vidrio.

Aru, tranquilo, estaba finalizando el racimo de uva. De vez en cuando, se detenía y nos miraba. Los ojos, insisto, aparecían serenos.

Y el auxiliador, tras dudar, procedió a verter el contenido de la ampollita en el agua. Lo hizo sin disimulo. Abiertamente. Me pareció, incluso, que exageraba los movimientos. Aru, por supuesto, percibió la maniobra de Assi. Fui yo, torpe como siempre, quien no se percató del alcance de la sutil operación...

Después, junto al fuego, Assi me aclararía el porqué del gesto y la naturaleza del brebaje que arrojó en el interior de la calabaza.

Según dijo, el líquido era un extracto de lúpulo, muy eficaz para calmar la ansiedad (1). Tenía, además, un

---

(1) La planta, cultivada en setos, vallas y muros, era bien conocida por los sanadores de aquel tiempo. Las flores femeninas de esta morácea son las que proporcionan los frutos ricos en taninos, trimetilamina, resina con ácido lupamárico y humuleno, entre otros, muy recomendados para el insomnio y las alteraciones nerviosas. *(N. del m.)*

efecto sedante que garantizaba un profundo y reparador sueño. El esenio no se fiaba y, dejándose llevar por el sentido común, prefirió drogar al peligroso negro. Era una fórmula habitual en aquel lugar y con muchos de aquellos enfermos. Pero había también otra intencionalidad en los exagerados gestos del inteligente egipcio. Aru, en su demencia, mostraba siempre algunos tics o señales que anunciaban o presagiaban las violentas crisis. Una de esas «manías» era una incomprensible obsesión por la caja de madera del auxiliador y, especialmente, por su contenido. Si el loco veía o sospechaba cualquier manipulación del agua o de la comida, directamente relacionada con los «fármacos» de Assi, la negativa a ingerirlos era automática, y se desencadenaba de inmediato otro ataque de ira. Era por eso por lo que Assi y su gente procuraban suministrar los sedantes a espaldas del *amok*.

En esta oportunidad, sin embargo, todo fue a la vista y con premeditación. Y el esenio y su ayudante, el Tinieblas, asistieron perplejos a la pacífica reacción del muchacho. Aru no se inmutó. Terminó las uvas y, satisfecho, siguió con curiosidad los movimientos de los allí presentes.

Assi pidió al embozado que le aproximara la calabaza. Ése fue otro momento de tensión, según el auxiliador.

Tinieblas, con gran templanza, se colocó en cuclillas frente al negro y le ofreció el recipiente. Ignoro si acertó a ver el rostro del embozado. La cuestión es que Aru respondió de una forma imprevisible, en palabras de Assi. Tomó el cuenco y bebió hasta apurar el agua y el lúpulo. Retiró la calabaza y dibujó una fugaz sonrisa. De nuevo me pareció descubrir la gratitud…

Después se recostó sobre la ceniza y cerró los ojos.

Assi expresó sus pensamientos en voz alta…

—No lo comprendo…

Dejamos a Aru y nos incorporamos a la hoguera que crepitaba en el centro de la explanada. Estaba a punto de anochecer. Los relojes del módulo debían de señalar las 17.30 horas.

Durante unos instantes observé los movimientos del jefe del *kan*. Aquel hombre entregado, generoso, paciente y amable se unió al trajín de Jesús y de los ayudantes en la preparación de la cena. Iba y venía, multiplicándose. De vez en cuando, con disimulo, espiaba al Maestro y, supongo, se preguntaba qué había sucedido con aquel violento y errático negro. Ahora, con la ventaja del tiempo y de la distancia, es fácil llegar a conclusiones. Entonces (setiembre del año 25 de nuestra era), no fue sencillo. Aquel auxiliador, como el resto de las gentes con las que convivió Jesús de Nazaret, no podía saber quién era en realidad el Galileo. Eran amigos o conocidos, sí, pero, insisto, nadie imaginaba su poder y, mucho menos, su naturaleza divina. Era lógico, por tanto, que Assi se preguntara por la singular persuasión de su voz y de su mirada. ¿Quién era aquel Hombre? ¿Por qué actuaba así? ¿Qué había sucedido con el negro «tatuado»?

Tampoco nosotros lo supimos con certeza en aquellos momentos.

Me incorporé a la tarea de vigilar la cena. El resto, con Assi a la cabeza, rescataba las olorosas carpas, los barbos y las tilapias de la gran parrilla de hierro y repartían las grasientas raciones entre los enfermos y los lisiados del otro extremo del *kan*, a los que este explorador había pasado revista. En muchos de los casos, el pescado tenía que ser desmenuzado y llevado a la boca de aquellos infelices, incapaces de sostener un plato. Varios de los cortadores cargaron algunas bandejas y se perdieron en el interior de las chozas de caña. Esta vez no me moví. Ya había visto suficiente...

¿Suficiente? Y el Destino, una vez más, me salió al encuentro.

Mientras vigilaba el asado de uno de aquellos enormes *bīnīt*, o barbos del Hule, de casi un metro de longitud, los vi aproximarse. Formaban dos hileras. Eran otros «inquilinos» del *kan*, permanentemente recluidos en las cabañas y que, al parecer, sólo pisaban la explanada para ser alimentados o lavados.

Los hombres —no todos— vestían modestos *saq* o taparrabos, negros y deshilachados. Las mujeres, con las cabezas rapadas, presentaban el mismo ropaje: túnicas que en su día fueron de color naranja, ahora mugrientas y hechas jirones.

Mientras se acercaban a la hoguera percibí unos movimientos anormales, casi grotescos. Poco después, al detenerse frente al fuego, empecé a comprender...

Caminaban en zigzag. Otros levantaban exageradamente los pies, y luego los bajaban de golpe sobre los talones. Algunos, con las piernas rígidas, se arrastraban con pasos lentos y cortos. Observé igualmente a individuos que avanzaban con la cabeza erguida, mirando fijamente al cielo. Y entre aquellos infortunados, varios niños y niñas, provistos de bastones, y con la típica marcha «en tijeras».

Un escalofrío me visitó de nuevo...

Los «poseídos», porque de eso se trataba según el auxiliador, habían sido atados con una larga cuerda, anudada a cada tobillo derecho, lo que anulaba cualquier intento de fuga. Entre las dos cuerdas de «posesos», vigilante, distinguí al enigmático Tinieblas. Sostenía en brazos a una criatura.

A un grito del embozado, los que encabezaban las hileras se detuvieron a escasa distancia del hogar. Entonces, aterrorizado, empecé a sospechar...

Los supuestos «poseídos» o «endemoniados» eran, en realidad, enfermos y lisiados que manifestaban, junto a los trastornos mentales, los estigmas de su dolencia. Así, los afectados por «parálisis cerebral» (encefalopatía estática) mostraban algunas de las consecuencias del problema: hemiplejía (con contracturas de cadera, rodilla y pie «equinos»), diplejía (con rodillas y pies equinovaros) y tetraplejía espástica (con las extremidades inferiores en la típica posición «en tijeras»). Otros, con la médula lesionada, presentaban lo que en medicina se llama «deambulación atáxica». Es decir, una falta de coordinación, especialmente en los movimientos musculares. Eran enfermos a los que, además, la «ataxia» en cuestión alteraba los músculos del rostro y de la lengua, lo que provocaba una mímica aparatosa al reír o al intentar hablar. Esa situación, en definitiva, los relegaba a la penosa e injusta clasificación de locos o poseídos por las fuerzas del mal.

Recuerdo a uno de aquellos infelices con especial tristeza. Era muy despierto. En su juventud, como consecuencia posiblemente de un tumor o de una hemorragia, su cerebro había resultado afectado, lo que le originó un caminar inseguro y llamativo. A cada paso se veía en la necesidad de separar las piernas, colocando los brazos en cruz con el fin de mantener el equilibrio (deambulación cerebelar). Esta patología, como digo, era suficiente para negar la indudable inteligencia del individuo, condenándolo al olvido y a la miseria. En este caso ocupaba el primer puesto en una de las cuerdas. Era uno de los pocos que obedecía las órdenes.

El que encabezaba la segunda tanda también sufría algún problema de origen nervioso. Al caminar, el pie, rígido, trazaba un arco, evitando que los dedos tropezaran con el suelo (marcha conocida como «del segador», por el parecido con el desplazamiento de la guadaña). Tanto éste, como otros síndromes, tenían su origen no en una «posesión», sino en alteraciones medulares o cerebrales que se remontaban al nacimiento o al período fetal (1).

¿«Endemoniados»? Pobre gente...

Tinieblas ordenó que se sentaran. Primero lo hicieron los «inteligentes». Después, a empujones, los ayudantes lograron a medias que los «posesos» se tumbaran sobre la ceniza. Las mujeres fueron las más recalcitrantes. Y entre risas nerviosas terminaron por ser acomodadas alrededor del fuego.

Al observarlas con más detalle presentí que aquellas infortunadas —igualmente «diagnosticadas» como «poseídas»— eran oligofrénicas (2). En otras palabras: se-

(1) Muchos de los casos de parálisis cerebral —en especial la llamada encefalopatía hipoxicoisquémica— se deben a traumatismos o complicaciones surgidos en el parto o en el embarazo. La escasez de oxígeno, por ejemplo, lesiona el cerebro, y da lugar a retraso mental, dificultades auditivas o visuales, convulsiones, hemiplejía o tetraplejía y deformaciones ortopédicas progresivas, entre otros trastornos. *(N. del m.)*

(2) Oligofrenia, término acuñado por Kraepelin, procede del griego (*oligos* significa «poco», y *phren* quiere decir «mente»). Según el criterio psicométrico (Binet y Simon), se consideran retrasados mentales los indivi-

res humanos de escasa inteligencia o, como prefieren los franceses, «débiles mentales». Sus ideas y conceptos son tan pobres, su experiencia tan escasa y su capacidad de relación tan breve que los rendimientos intelectuales resultan siempre muy deficitarios, por no decir inviables. Allí, obviamente, al aire libre, sólo permitían la presencia de las que demostraban una «posesión» leve o moderada. Las oligofrénicas graves o profundas no salían de las chozas. La incontinencia de esfínteres, los actos impulsivos elementales (masturbación, etc.) y, en suma, la absoluta incapacidad para valerse por sí mismas las mantenía prisioneras en las cabañas. Las débiles mentales de carácter leve eran las menos conflictivas. No sabían distinguir un pájaro de una mariposa o un niño de un enano, aunque eso, en aquel lugar, poco importaba. Estaban siempre apegadas a lo concreto y a lo material. Apenas tenían memoria y, como mucho, Assi y los suyos debían tener cuidado con los enseres que capturaban. Su egoísmo era tal que resultaba muy difícil la devolución. Las oligofrénicas «moderadas» eran más complejas. Desarrollaban también un lenguaje oral limitado, casi mímico, pero su dificultad para comprender las normas sociales las incapacitaba para casi todo.

¿Posesión diabólica?

¡Dios de los cielos! ¿Cómo hacerles entender que no se trataba de espíritus inmundos alojados en aquellos desgraciados? ¿Cómo explicarles que las oligofrenias tienen otro origen? ¿Cómo decirle al auxiliador que existen más de diez causas conocidas que pueden conducir a ese tipo de retraso mental (1)?

---

duos que no alcanzan un cociente intelectual superior a 70. La Asociación Psiquiátrica Americana, sin embargo, estima ese «límite» en la banda 65-75, considerando que la inteligencia no puede ser medida de forma matemática y mucho menos con el auxilio exclusivo de tests. *(N. del m.)*

(1)   Entre las causas (etiología) de este tipo de retrasos mentales, según especialistas como Pitt y Robot, podemos establecer los traumatismos, tanto prenatales como intranatales o posnatales (tentativas de aborto, anoxia fetal, hemorragias, etc.), aberraciones cromosómicas (casi un 20 por ciento de las oligofrenias), infecciones (prenatal: rubéola, toxoplasmosis y otras enfermedades, o posnatal: meningitis y encefalitis, entre otras dolencias), trastornos metabólicos (hipotiroidismo, hipercalcemia idiopática, deshi-

Naturalmente me abstuve. No era lo aconsejado. Para Assi, y para la sociedad de aquel tiempo, esas mujeres eran «territorio» ocupado por una legión de demonios, todos al servicio de Yavé o de los dioses, y todos encargados de castigar los pecados de aquellos infortunados o los de sus ancestros. El hecho de no conocer siquiera su propio nombre —¿cómo podía hacerlo una oligofrénica grave o profunda?— era una indudable «señal» del castigo divino. Eso decían. Y para «ejemplarizar» al resto de los ciudadanos sobre las consecuencias del pecado vestían a las «endemoniadas» de color naranja. Al ver esas túnicas, todos sabían a qué atenerse...

Jesús, de pronto, suspendió el desmigado del pan y, rodeando la hoguera, se encaminó hacia una de las cuerdas de «endemoniados». Uno de los infelices, no sé si como consecuencia de los empellones o por hallarse trabado con la cuerda, había caído pesadamente y permanecía mudo, con la cara hundida en la escoria volcánica.

Eliseo y yo lo seguimos con la mirada. Creo que el resto de los ayudantes no se percató de la decisiva maniobra del Galileo. Y digo decisiva porque aquel anciano, ciego y sordo, se estaba asfixiando con la ceniza que cubría el *kan*. Por lo que alcancé a distinguir, el hombre padecía lo que hoy llamamos enfermedad de Paget, una dolencia de origen desconocido que ataca esencialmente a los huesos y los destruye de forma rápida e irregular. Las piernas, muy arqueadas, parecían de trapo. No obedecían las órdenes cerebrales. La sobreactividad osteoclástica había erosionado el esqueleto, atacando, sobre todo, la cabeza. La enfermedad lo había transformado en

---

dratación hipernatrémica y fallos de los lípidos, aminoácidos y glúcidos), agentes tóxicos (envenenamientos, intoxicaciones maternas que pueden afectar al feto, e hijos de madres diabéticas) y neoformaciones (neoplasias intracraneales y facomatosis, fundamentalmente). A esta etiología hay que sumar otras influencias desconocidas para la ciencia y que, según todos los indicios, podrían tener raíces neurológicas. Ejemplos: defectos cerebrales congénitos, malformaciones múltiples diversas, anomalías craneanas primarias, síndromes de nanismo intrauterino, mielomeningocele, hiperterolismo, enfermedad de Crouzon, trastornos motores, epilepsia, leucodistrofias, ataxia de Friedreich, secuelas de psicosis infantiles y el denominado «retraso mental familiar cultural». *(N. del m.)*

un monstruo, con un espectacular engrosamiento de los huesos del cráneo. Yo jamás había visto una cabeza tan enorme y desproporcionada...

El Maestro lo incorporó y se apresuró a limpiar boca y fosas nasales. El hombre respiraba...

¿Endemoniado? ¿Un pobre viejo con una osteítis que estaba arruinando sus huesos y que, presumiblemente, se hallaba ciego y sordo como consecuencia de esa inflamación aguda y crónica de los huesos? Era injusto, lo sé, pero debía acostumbrarme. Éramos observadores. Sólo eso...

El Maestro, entonces, sentándose junto al anciano, solicitó de Assi una de las raciones de pescado. Tinieblas, atento, dejó al niño que portaba entre los brazos a los pies del esenio y se apresuró a cumplir los deseos del Hijo del Hombre. Jesús troceó la tilapia recién asada y fue introduciendo el pescado en la boca del «poseído». Una apagada bendición fue la particular forma de agradecer la ayuda del Galileo. Pero el anciano no obtuvo respuesta. Jesús, serio y grave, sólo se preocupó de alimentarlo.

Supongo que fue excesivo para él. Mi hermano, desolado, optó por retirarse. Me hizo una señal. Cargó el saco de viaje y se alejó unos metros del fuego. Lo vi cubrirse con el manto y buscar acomodo en el suelo de ceniza. Al poco oí sus familiares ronquidos...

La luna, en creciente, se despedía ya en un firmamento en blanco y negro.

Assi, tan agotado como Eliseo, tomó en sus brazos al niño y se dispuso a proporcionarle la comida. No lo permití. Le rogué que me cediera a la criatura. Yo lo haría. El esenio aceptó y, durante unos instantes, me contempló con curiosidad. El comportamiento de aquellos griegos de Tesalónica —silenciosos y pendientes del Galileo— no era muy normal. Me limité a remover el pan de cebada que flotaba en la leche. ¿Qué podía decirle?

Y fue al llevar la cuchara de madera a los labios del bebé —no creo que tuviera más de ocho meses— cuando recibí el penúltimo susto de aquel agitado día.

La oscuridad y la imagen del Maestro, depositando el

pescado en la boca del hombre de la enorme cabeza, me despistaron.

El niño no reaccionó a mi voz. La cabeza colgaba flácida por encima de mi antebrazo. Como digo, me asusté. Deposité la escudilla en tierra y le tomé el pulso. Estaba vivo, pero...

El auxiliador, que no perdía detalle, preguntó si, además de «rico comerciante», era médico. La forma de tomar el pulso, en el cuello, no pasó desapercibida para el rápido egipcio. Negué como pude, y Assi tomó de nuevo al bebé y lo suspendió en el aire, sosteniéndolo por el pecho. La criatura, en esa posición ventral, presentaba la característica forma en «U» invertida, con una fijación deficiente de los brazos y la referida flacidez de la cabeza. Era como un guiñapo.

—Sus padres pecaron —aclaró el esenio—. Ahora, el Santo, bendito sea su nombre, lo ha castigado. Un espíritu maligno lo mantiene dormido todo el día...

Guardé silencio.

El Santo, cuyo nombre no debía ser pronunciado, era Yavé. En cuanto al «castigo» —¡por el pecado de los padres!—, no se trataba, por supuesto, de la invasión de un demonio, sino de una hipotonía, un grave problema neurológico que afecta al sistema nervioso periférico y que, en definitiva, provoca una debilidad muscular.

No quise entrar en una discusión que, con toda probabilidad, no nos hubiera llevado a ninguna parte. Además, en todo caso, ése era uno de los cometidos del Maestro: mostrar al pueblo judío y al resto del mundo la «nueva cara del Padre».

E intentando contemporizar me interesé por el «demonio» que gobernaba —eso supuse— al negro «tatuado». Su extraño comportamiento, después de la crisis, me tenía desconcertado.

El esenio, acérrimo defensor de ángeles y demonios, asintió con preocupación. Él también había notado algo singular, pero no sabía qué pensar. En realidad, no estaba seguro del tipo de demonio que lo habitaba. Podía tratarse de un ángel caído —eso dijo— o quizá de uno de los hijos de Adán, «concebidos antes de los ciento treinta años, cuando el padre de la humanidad tuvo, al fin, un hijo según su imagen». Conforme hablaba, reconocí el capítulo quinto del Génesis.

—... Son invisibles —prosiguió Assi en voz baja, como si temiera que los diablos pudieran oírlo—, pero Tinieblas y yo hemos visto sus huellas en los pantanos. Son idénticas a las de los gallos, aunque más grandes...

Traté de averiguar algo sobre la procedencia y el perfil de Aru. Assi no sabía mucho. Formaba parte de un lote de esclavos. Era trasladado desde las tierras de África (posiblemente de los oasis al sur de la actual Libia) hacia el mercado de Damasco cuando la caravana se cruzó en el camino del jefe del *kan*. Assi, curioso, inspeccionó el «cargamento» y le llamó la atención el entonces adolescente. Era fuerte. Parecía sano. Señalaba los círculos que cubrían la totalidad de su cuerpo y repetía sin cesar: «¡Aru!... ¡Aru!» («¡Mira!, ¡observa!», refiriéndose a las escarificaciones o cicatrices que formaban el «tatuaje».) Nunca supo por qué, pero decidió comprarlo. Pagó una «mina» (aproximadamente, doscientos cuarenta denarios de plata); un precio regalado para lo que costaba entonces un esclavo no judío (1). No tardó en comprender y en arrepentirse del «negocio». Nadie le habló del mal que padecía. Por eso, probablemente, se lo cedieron a un precio tan irrisorio. De eso hacía cinco años. Al llegar al *kan* surgieron los problemas, y Aru tuvo que ser encadenado. En alguno de los ataques de cólera hirió gravemente a varios de los «endemoniados», que, obviamente, no podían huir o defenderse.

Algún tiempo después, como insinué en otro momento de estos diarios, el Destino revelaría el porqué de la presencia de Aru en aquel siniestro albergue. Todo, efectivamente, estaba «programado»...

Hablamos entonces del mantenimiento del *kan*. Assi,

(1) El precio de un esclavo pagano variaba considerablemente, según el lugar y las circunstancias del mercado. En Roma, por ejemplo, oscilaba entre cinco y cien «minas» (una «mina» equivalía a sesenta siclos o doscientos cuarenta denarios de plata). En Jerusalén, el coste mínimo era de 0,25 «minas», y podía llegar a las cien (véase Misná B. Q. IV, 5). En Judea, el salario medio de un *felah* o campesino era de un denario al día. *(N. del m.)*

complacido por el interés de aquel extranjero, se sinceró y manifestó que, a pesar de la voluntad de Filipo, el tetrarca de la Gaulanítide (1), que corría con buena parte de los gastos (un talento y medio anual: casi veintidós mil denarios de plata), la realidad de aquellos enfermos e impedidos (más de sesenta) era más bien penosa. Aun así, él seguiría al frente de aquel desastre. Era médico y esenio. Es decir, «doblemente humano». Verdaderamente estaba ante un gran hombre...

La cena terminó. El embozado recuperó al bebé hipotónico y con un par de gritos alertó a las cuerdas de lisiados. Fue preciso el concurso de varios de los ayudantes para ponerlas en movimiento. Al poco desaparecieron en la oscuridad. Denario se fue con ellos.

Jesús regresó y, tras alimentar la hoguera, se sentó entre Assi y este explorador. No hablamos durante un tiempo.

Observé al Maestro. Continuaba ausente. Sus ojos permanecían fijos en el manso y rojo oscilar de las llamas. Después, no sé si consumido por la tristeza, elevó la mirada hacia las estrellas. Quise penetrar en aquellos ojos y averiguar qué ocurría. No me dejó. En esos momentos, como había sucedido en las nieves del Hermón, aquel Hombre se hallaba muy lejos, en íntima comunicación con el Padre. Era su forma de rezar. Podía hacerlo en cualquier circunstancia, siempre que lo deseara o lo necesitara. Me resigné. Si Él no aceptaba el diálogo, no sería este pobre observador quien lo forzara. Debíamos ser muy sutiles —casi exquisitos— en el seguimiento del Hijo del Hombre. Por supuesto, no siempre lo logramos...

Assi, finalmente, rompió el silencio y dirigió la conversación hacia un asunto que había quedado en suspenso y por el que yo sentía una especial atracción: la «pose-

(1) Herodes Filipo fue uno de los innumerables hijos de Herodes el Grande. Empezó a reinar en el año 4 antes de Cristo y falleció en el 34 de nuestra era. Gobernó los territorios al este de la Galilea (Traconítide, Batanea, Auranítide y Gaulanítide). Poco tuvo que ver con la sangrienta familia herodiana. Era un sabio, amante de la naturaleza y, en especial, de la geografía. Dedicó parte de su vida a resolver el misterio del nacimiento del río Jordán. Se interesó también por aquel «extraño galileo» llamado Jesús. (N. del m.)

sión» de Aru en particular y la locura en general. Como ya he mencionado, el esenio fue adiestrado como *rofé* o «auxiliador» en las prestigiosas academias de medicina de la ciudad egipcia de Alejandría, en el delta del Nilo, y en el *per-ankh* o «Casa de la Vida» de Assi. De ahí tomó el nombre.

Era o se consideraba alumno de los discípulos del legendario Hipócrates. Había leído muchas de sus obras. Mencionó *De la epilepsia o enfermedad sagrada*, *De los humores*, *Del régimen de las enfermedades agudas*, *Aires, aguas y lugares* y *De la oficina del médico*, entre otras. Su devoción, sin embargo, era Herófilo, otro de los aventajados seguidores de la medicina hipocrática. De hecho, según confesó, pertenecía a la llamada escuela «herofilista», una especie de secta médico-filosófica que se extinguió a lo largo de ese siglo I de nuestra era y a la que, al parecer, pertenecieron médicos tan nombrados como Andreas de Caristos, experto en hierbas medicinales (el primero que informó sobre los peligros del opio adulterado); Facas, médico de Cleopatra; Demóstenes de Marsella, oculista, y Estrabón, que habla de los «herofilistas» en su obra *La geografía*. Fue de Herófilo de Calcedonia, a quien Plinio llamó «oráculo de la medicina», de quien aprendió la «doctrina del pulso», y estimó que las palpitaciones sólo se registraban en el corazón y en las arterias. De ahí su sorpresa al observar cómo este griego buscaba una señal de vida en el cuello del bebé. Y fue igualmente en Alejandría —notablemente influida por los «herofilistas»— donde recibió nuevas ideas sobre la *crasis* o armonía, una de las claves para entender las enfermedades, incluida la locura. Aunque Assi era judío y, como digo, perteneciente al grupo esenio, la obsesiva cerrazón de la ley mosaica respecto a la enfermedad no había hecho presa en él. Y, como buen observador, dudaba de aquel principio supuestamente inamovible: pecado = castigo de Yavé = enfermedad. Supongo que la revolución hipocrática lo arrastró a un saludable y permanente estado de duda...

Para Assi, las dolencias tenían un triple origen. Partía del supuesto —falso, naturalmente— de un cuerpo humano integrado por sangre, pituita (moco), bilis amarilla y bilis negra. Eso era todo. Si estos elementos se hallaban en «discrasia» o desarmonía, tanto en calidad como en cantidad, aparecía el conflicto. La enfermedad, por tanto, procedía de un desequilibrio de los humores, según rezaba *De la naturaleza del hombre*, de Hipócrates. En el momento en el que la pituita o la bilis amarga «hervían» (!), el individuo se convertía en un loco. Ese proceso —decía— presentaba diferentes intensidades. Por eso había locos peligrosos y otros mucho más calmados.

La segunda «fuente» de enfermedades se hallaba en el viento. Para el auxiliador del lago Hule se trataba de un alimento más, exactamente igual que el pan o la bebida. Ese aire penetraba en los vasos y en las cavidades del cuerpo, favoreciendo el ingreso de miasmas perniciosos y, lo que era peor, de toda suerte de espíritus inmundos. El viento enfriaba el interior de los órganos y provocaba tiriteras, calenturas y dolores. Lo más grave y comprometido —según Assi— era la invasión de los seres humanos por Lilit y los suyos, un grupo de diablos femeninos que, justamente, se desplazaban en el viento y que, una vez mezclados en la sangre y en el resto de los humores, ocasionaban parálisis de todo tipo, la enfermedad sagrada (epilepsia) y arrebatos de furia como los que padecía Aru.

La tercera etiología o causa de locura era todavía más embrollada. El egipcio hizo suyos algunos de los principios de Platón (1), y los modificó según las ideas mosaicas. El hombre disponía de una alma inmortal (en el caso de la mujer había intrincadas discusiones), sometida al cuerpo, que fue ubicada en el interior de la cabeza. Era el centro de la inteligencia y de los sentimientos. Por debajo, separada por el cuello, en el tórax, residía una se-

(1) Platón, aunque no fue médico, defendió el principio de las «tres almas». Consideraba que el mundo era esférico y que los dioses lo formaron con los cuatro elementos básicos (tierra, agua, aire y fuego). El hombre fue creado con estos mismos materiales y la divinidad le regaló una alma inmortal y otras dos mortales. Según los defectos y las debilidades del hombre, esa criatura inmortal podía ser transformada en mujer o en animal en una segunda encarnación. Las hipótesis de Platón causaron gran revuelo entre las culturas mediterráneas de su época y de siglos posteriores. *(N. del m.)*

gunda alma que participaba de la razón y que era regada por los influjos del corazón, nudo de venas y fuente de la sangre. Una tercera alma, tan mortal como la anterior, anidaba entre el diafragma y el ombligo. No dependía de la razón; sólo de la comida y de la bebida. Pues bien, las tres almas podían verse alteradas por el viento o el desequilibrio humoral. Si los espíritus maléficos se adueñaban de la segunda, residente en el pecho, el sujeto dejaba de utilizar la razón y se convertía en un «poseso». Si se apoderaban de la tercera, el infeliz perdía el apetito, dejaba de comer y caía en un estado de postración que desembocaba generalmente en la muerte.

Aunque tenía información al respecto, al oírlo de labios de Assi fue distinto. La realidad, una vez más, superaba toda ficción o imaginación. Aru, en definitiva, según el auxiliador, estaba siendo esclavizado por Lilit, el diablo mujer que se coló un día en su cuerpo y que invadió la «segunda alma». Y otro tanto sucedía con el resto de los lisiados y los dementes del *kan*. Todos, en mayor o menor medida, eran víctimas del «desfallecimiento» de las «tres almas», que, a su vez, era consecuencia de la ira de Yavé, provocada, naturalmente, por sus pecados o los de sus padres. Ésta era la situación y, en cierto modo, entendí el silencio del Maestro. No envidié su futuro trabajo como educador de aquellas atrasadas y supersticiosas gentes...

Assi percibió mi desaliento y, optimista a pesar de todo, se apresuró a enumerar algunos de los «remedios» con los que contaban para reducir a los espíritus inmundos y, si el Bendito quedaba aplacado, sacar de la «esclavitud física y moral» a cuantos enfermos lo mereciesen.

Al mencionar al Bendito (Yavé), miré de reojo al Galileo. Continuaba absorto, con los ojos fijos en los racimos de estrellas.

—... No es fácil —prosiguió el esenio con su exposición—, pero, de vez en cuando, nos hacemos con polluelos de halcón. En el Hermón abundan. La carne combate a los «diablos» y hace retroceder el *deavón* (pesar) y el *kilayón* (podría ser traducido como sensación de aniquilamiento).

Deduje que la supuesta acción curativa de las crías de halcón (más que supuesta) podría proceder del hecho de que los polluelos eran alimentados con carne de serpiente, el «antídoto», según los médicos de la época, contra las enfermedades mentales.

—...También incluimos carne de erizo, ideal para el *hipazón* (atolondramiento) y para el *iŝavón* (nerviosismo). Pero, como debes de saber, es la víbora la que, debidamente cocinada con sal, vinagre y miel, resulta definitiva contra todo tipo de *ŝiga'ón* (enajenación).

Algo sabía. *Santa Claus*, nuestro ordenador central, nos había informado al respecto. La carne de serpiente, cocida en vino o en aceite de oliva, era un «remedio» habitual, muy recomendado contra el asma, el reumatismo, la parálisis y la locura en general. En el Talmud y en la medicina griega de aquel tiempo se hablaba de la *tariaka*, una especie de «medicina de serpiente», vital para las enfermedades degenerativas, respiratorias y mentales. Si la serpiente se comía cruda, macerada en miel, mucho mejor...

—... Más escasos son el veneno y la sangre de cobra —añadió el auxiliador—. Aquí, en los pantanos, no se encuentran. Cuando alguien nos los proporciona pagamos un buen dinero. Son muy eficaces contra el *ivarón* (ceguera espiritual), el *ŝimamón* (estupor) y el *ŝigayón* (alucinación) (?).

Assi se lamentó por no poder practicar lo recomendado por los «herofilistas» para contribuir a la armonía de los humores del cuerpo. Tenía razón. Aquel *kan*, perdido en el fin del mundo, no era el lugar más apropiado para la música, el estudio o la filosofía, como pretendían los griegos.

Todos estos métodos, lo sé, eran de muy dudosa eficacia para luchar con los ya referidos síndromes neurológicos, hereditarios, etc. Pero tuve que reconocer algo: la entrega, el amor y la capacidad de sacrificio de aquel hombre eran tales que, en muchos momentos, la impotencia a la hora de sanar era lo que menos importaba. Cada vez que tuve la fortuna de tropezar con él —y fueron varias en el tercer «salto»—, aprendí mucho. Assi sentía una especial satisfacción con aquel ingrato trabajo de médico y repetía con frecuencia que el juramento hipocrático (1) lo obligaba hasta la muerte.

Assi insistió. Aunque no era un judío ortodoxo e intransigente, confiaba en la Ley y en su inspirador (Yavé). Era por esto por lo que, además, o por encima de fármacos y consejos, consideraba a Dios como el único *rofé* o sanador. Junto a los brebajes, y la armonía corporal, daba también especial importancia a la oración. En el *kan*, todos los días se escuchaba el «Schema Israel», unas bendiciones similares a una espada de doble filo, «definitiva contra los demonios nocturnos». «Y si el viento arrecia —añadió—, entonces hay que recurrir a los "tefilín" o "filacterias"», las pequeñas cajas de cuero negro que amarraban en brazo y frente y en cuyo interior se depositaban versículos de la Biblia. Uno en particular, el quinto del Salmo 91, era especialmente recomendado contra Lilit y compañía: «No temerás el terror de la noche, ni la saeta que de día vuela...» Hoy, muchos cristia-

(1) Los médicos educados en las escuelas de Hipócrates concluían su adiestramiento con el célebre «Juramento», una hermosa expresión de ética para aquella época y también para la nuestra. Dice así: «Juro por Apolo médico, por Asclepios, Higia y Panacea, y pongo por testigos a todos los dioses y a todas las diosas, cumplir, según mi poder y mi razón, el juramento cuyo texto es el siguiente: "Estimar igual que a mis padres a aquel que me enseñó este arte, hacer vida común con él, y si es necesario, dividir con él mis bienes; considerar a sus hijos como mis propios hermanos, enseñarles este arte, si necesitan aprenderlo, sin salario ni promesa escrita; comunicar los preceptos, las lecciones y todo lo demás de la enseñanza a mis hijos, a los del maestro que me ha instruido, a los discípulos inscritos y obligados según los reglamentos de la profesión, pero a nadie más.

»"Aplicaré los regímenes, en bien de los enfermos, según mis facultades y mi juicio, nunca para hacer mal a nadie. No daré a nadie, por complacencia, un remedio mortal o un consejo que lo induzca a su pérdida. Tampoco daré a una mujer un pesario abortivo. Conservaré puros mi vida y mi arte. No practicaré la talla a un calculoso, dejaré esta operación a los prácticos.

»"A toda casa donde vaya, entraré para hacer el bien a los enfermos, manteniéndome lejos de los placeres del amor con las mujeres y los hombres, libres o esclavos. Todo lo que en el ejercicio y fuera del ejercicio de la profesión, y en el comercio de la vida, hubiere oído o visto y que no debe divulgarse, lo conservaré siempre como secreto."

»Si cumplo este juramento con fidelidad, que pueda gozar de mi vida y de mi arte con buena reputación entre los hombres y por siempre; si no lo hago y lo quebranto, que me suceda lo contrario.» *(N. del m.)*

nos lo repiten durante el rezo de completas sin conocer muy bien el origen del mismo...

El misterioso hombre con la cabeza cubierta por el manto se incorporó de nuevo a la hoguera. El *kan* disfrutó entonces de un período de silencio. Todos los enfermos habían sido recluidos en las chozas.

Tinieblas, en pie junto al auxiliador, permaneció inmóvil unos segundos. Después se inclinó y susurró algo al esenio.

Assi me observó.

Instintivamente me puse en guardia. Desvié la mirada hacia mi compañero. Eliseo continuaba dormido. Más allá, en la oscuridad, entre las cabañas, adiviné el bulto de Aru, igualmente sumido en un profundo sueño.

¿Por qué Assi me escrutaba con tanta severidad?

Traté de recordar los movimientos en el refugio, pero, a excepción del incidente con la mujer que padecía el síndrome de negación, no era consciente de haber infringido ninguna norma. ¿O se trataba de algo relacionado con mi hermano?

—Tinieblas dice que te conoce...

La confusión se hizo más densa. La inesperada respuesta del esenio me dejó atónito.

—No sé... —balbuceé.

La verdad es que no tenía la más remota idea. El embozo impedía cualquier identificación...

Tinieblas, comprendiendo, fue a sentarse cerca de las llamas y, lentamente, retiró el ropón que lo cubría. El fuego lo iluminó y, al reconocerlo, sentí un escalofrío y entendí por qué siempre se presentaba embozado...

Era el individuo con el que había conversado brevemente durante nuestra primera visita al *kan*. Sufría un mal que provocaba el miedo y la repulsa de cuantos lo rodeaban. Era un «cara de perro», otro pobre enfermo aquejado de «hipertricosis lanuginosa congénita», un hirsutismo o abundancia de pelo duro y recio que afeaba el rostro y, supongo, la totalidad del cuerpo. Las conjuntivas enrojecidas, la carencia de dientes y la fibromatosis gingival (encías ulceradas e inflamadas) terminaban por convertirlo en un monstruo repulsivo, más próximo al mito del hombre-lobo que a la triste realidad de un síndrome de origen cromosómico. Por eso lo llamaban «Hašok» («Tinieblas» en arameo). Difícilmente se lo veía a la luz del día, y mucho menos con la cara al descubierto. Aquel hombre, sin embargo, era la mano derecha de Assi. Todos lo querían y lo respetaban. Su corazón, ignorando su propio problema, era amable y cariñoso. Siempre estaba dispuesto a colaborar y a socorrer a los más débiles. En su momento, en plena vida pública del Maestro, se convertiría en otra notable «referencia» para Eliseo. Una «referencia» que tampoco mencionan los evangelistas...

Tinieblas agradeció que no desviara la mirada y que no diera señal alguna de horror o de rechazo hacia aquel rostro enfermo. Sonrió con los ojos y, de inmediato, volvió a cubrirse, humillando la cabeza.

No sé por qué lo hice. Sentí, quizá, una rabia incontenible contra aquella situación. Tinieblas no era un «endemoniado» o un loco. ¿Por qué vivía en aquel lugar, apartado de todo y de todos? ¿Por qué Yavé permitía semejante injusticia?

Interrogué al esenio sobre el particular. Esta vez fui yo quien utilizó un tono severo.

—Responde primero a mi pregunta —repuso Assi con idéntica firmeza—. ¿Qué buscabais en el *kan*? ¿Quiénes sois?

No tuve oportunidad de responder. La voz profunda de Jesús se interpuso.

—Te lo dije, querido Assi... Ellos me buscaban.

Fue suficiente. El auxiliador aceptó y las dudas se disolvieron.

El Maestro, integrado nuevamente en nuestra realidad, fue a buscar una carga de leña. Alimentó el fuego y se sentó, dejando que el jefe del *kan* respondiera a mis cuestiones.

—Te diré lo que pienso, Jasón. Tinieblas no sufre un mal provocado por la posesión de los espíritus inmundos. Sus tres almas están en perfecto estado. Es algo peor...

No acerté a comprender. Miré a Jesús y me encontré con unos ojos serenos, casi cómplices. Tuve la sensación de que solicitaban paciencia.

—... Al principio, cuando llegó a mí, probé con toda clase de medicinas. El rostro de Hašok no cambió. Después, como aconseja el libro de los *Aforismos*, del gran Hipócrates, busqué la solución con el hierro. La enfermedad, no obstante, resistió.

»Y probé con el fuego...

Me estremecí.

—... Ahí concluyó mi labor como auxiliador. Lo que el fuego no sana debe considerarse incurable.

Seguía sin entender.

—Finalmente, Tinieblas confesó: era un *halal*, un hijo ilegítimo de un sacerdote (1). Su madre, una esclava, fue violada por uno de esos perros del Templo de Jerusalén...

Empecé a intuir. El gran «pecado» de Tinieblas, lo que, en definitiva, provocó su mal, fue el hecho de haber sido concebido en una unión no autorizada por Yavé. Esta «mancha» era una indignidad y, naturalmente, Dios la castigaba con extrema crueldad. Éste era el pensamiento de Assi. Aunque, como esenio, detestaba a los sacerdotes (de ahí el calificativo de «perro»), compartía las ideas sobre la pureza de origen. El hirsutismo del *halal*, en suma, aparecía perfectamente explicado a ojos de los judíos: los padres pecaron (poco importaba que hubiera sido una violación) y, en consecuencia, el hijo recibió el castigo...

—Así lo quiere el Santo, bendito sea su nombre...

---

(1) Como ya he mencionado en otros momentos de estos diarios, la pureza de origen era una obsesión para los judíos. En principio, estas ideas nacían de Yavé (Levítico 21, 7-14, y 21, 15). Cualquier hijo nacido de un matrimonio o de la unión entre un sacerdote y una mujer no reconocida como pura recibía la calificación de «profano» (*halal* o *halalah*). Además de carecer de los derechos más elementales, era tachado de inmediato como «pecador», y podía ser repudiado por el entorno social. Conviene recordar que los sacerdotes, levitas e israelitas de pleno derecho eran los únicos «no pecadores» ante los ojos de Yavé. El resto —hijos ilegítimos de sacerdotes, prosélitos, esclavos emancipados, bastardos, esclavos del Templo, hijos de padre desconocido, castrados, homosexuales y hermafroditas— era basura. *(N. del m.)*

Permanecí mudo, contemplándolos. No merecía la pena discutir sobre aquel injusto principio. ¿Así lo deseaba Yavé? ¿Quería el Dios de los judíos que la pureza en el origen fuera prioritaria? ¿Era capaz de castigar a un inocente con la enfermedad por la supuesta culpa de sus padres? ¿Qué clase de Dios era Yavé?

Traté de serenarme. La mezcla de fanatismo religioso, error y superstición era lo habitual en aquel tiempo y entre los celosos de la Torá o Ley judía. La situación, en especial desde el regreso del destierro de Babilonia y la reforma de Esdras (1), había llegado a extremos tales que los contratos matrimoniales entre mujeres y hombres judíos (de origen puro) sólo podían ser firmados y ratificados por sacerdotes, levitas o por otros varones que demostraran su pureza racial, al menos en cinco generaciones.

Pero había más...

A la oscura historia de la pureza en el origen, los más fanatizados añadían un elemento económico y otro —digamos— «estético» que hacían aún más insufrible la vida de «pecadores» como Tinieblas o Aru. Fue Yavé quien, desde el principio, fijó las normas sobre curaciones. Sólo

(1) La obsesión de Yavé por la pureza racial, presente en el Pentateuco, fue reforzada después del exilio babilónico como consecuencia de la mezcla sufrida con los conquistadores. Tras la victoria de Nabucodonosor sobre Judá en el año 587 antes de Cristo, las familias judías que fueron desterradas terminaron aceptando a los persas y, según Esdras, la legitimidad de origen implantada por el Dios del Sinaí peligró. Es por esto por lo que, siguiendo las instrucciones del profeta (Esd. 9, 1-10, 44), al regreso de Babilonia, los judíos puros terminaron de separarse de los que se habían «contaminado» con los paganos. Fue ahí, fundamentalmente, donde nació el problema racial y la prueba de la legitimidad se convirtió en moneda de uso legal. Para determinados judíos —los más exigentes con la Ley—, la pureza de origen era la garantía ante Dios y la única posibilidad de restablecer y conservar la nación judía. Sólo ellos formaban el verdadero Israel. Fue en esa época, inspirados probablemente por Esdras, cuando los judíos empezaron a utilizar los nombres de los padres de las doce tribus como designación de nombres propios. Con el tiempo, la pureza de origen se utilizó como «palanca» para mover influencias y, en definitiva, para acaparar poder y riquezas. Sólo los que demostraban esa «limpieza genealógica» tenían derecho a determinados trabajos y privilegios. Esa pureza era exigida, incluso, a los funcionarios y a todos aquellos que formaban parte de los consejos locales o nacionales. Obviamente, los «no puros» eran odiados por Yavé... *(N. del m.)*

los sacerdotes tenían esa facultad. Si alguien —pecador, «endemoniado» o aquejado de una enfermedad— deseaba ser curado (es decir, perdonado por Yavé), sólo tenía una opción: acudir al Templo y, previo pago, ponerse en manos de la casta sacerdotal. El «negocio», como es fácil imaginar, resultaba redondo. El problema surgía cuando el «pecador», que continuaba con la dolencia en cuestión, regresaba ante los sacerdotes y reclamaba una curación que no se había producido con el primer pago. El individuo tenía que hacer un segundo desembolso y un tercero y un cuarto... El ciudadano no mejoraba y, finalmente, el prestigio del Templo se veía mermado. Cuando eso tenía lugar, los sacerdotes se las ingeniaban para incluir a los recalcitrantes en el submundo de los «impuros» (individuos que no podían ser perdonados por Yavé), prohibiendo, incluso, que se acercaran al recinto sagrado. Si los «pecadores» protestaban o se mostraban irreverentes, el consejo (pequeño sanedrín) estaba capacitado para ordenar el destierro, argumentando que «la sola visión de los impuros alteraba el ánimo de los justos».

No pregunté si aquél era el caso de Tinieblas. Lo que importaba es que situaciones tan injustas habían conducido a la creación de guetos como el *kan* del Hule. Porque, en suma, de eso se trataba: un lugar escondido entre pantanos, lejos de los núcleos urbanos y de las conciencias de los más religiosos.

—... Así lo quiere —murmuró Assi por segunda vez—. Ése es el deseo del Santo, bendito sea su nombre...

No esperó respuesta. Se alzó y, tras desearnos la paz, se dirigió hacia una de las cabañas. Hašok, Tinieblas, se fue tras él. Imaginé que debían madrugar...

Jesús, sentado a la turca, me observó fugazmente. Fue como un calambre. Aquella mirada jamás pasaba desapercibida para el corazón. Nos habíamos quedado solos, con la única compañía del fuego y el silencio. Y, una vez más, hizo fácil lo difícil...

—¿Crees que el Padre lo quiere así?

Lo miré sin terminar de captar. La voz, templada, prosiguió:

—¿Crees que el Padre condena a sus hijos a la enfermedad?

—Lo importante, Señor, no es lo que yo crea, sino lo que ellos —y señalé la oscuridad de las chozas— entienden. Tú has enseñado que ese Padre es amor...

Guardó silencio durante unos instantes. Tuve la sensación de que medía las palabras.

En aquel tiempo, como ya he referido en otras ocasiones, la enfermedad era una consecuencia directa del pecado, incluso por omisión. Se trataba de una concepción exclusivamente religiosa de lo que hoy entendemos como dolencia o patología. Fue inventada por los mesopotámicos (1). La Biblia está sembrada de alusiones a esa trágica ecuación: pecado = cólera divina = castigo (enfermedad) (2).

—Lo que tú observes, lo que oigas y, sobre todo, lo que termines por creer, sí es importante. Eres un enviado. Después, cuando regreses, sé fiel. Otros descubrirán la verdad de tu mano. ¿Es importante o no?

Sonrió, acogedor. Jesús volvía a ser el del Hermón. Risueño, afable, comunicativo.

—Responde a mi pregunta: ¿consideras que el Padre desea el mal y la enfermedad?

—Si yo tuviera un hijo —repliqué, un tanto abrumado—, nunca lo castigaría con una enfermedad. Probablemente —rectifiqué—, no lo castigaría...

(1) La palabra mesopotámica *shêrtu* significaba «pecado», «ira divina» y «castigo» al mismo tiempo. Esa creencia obligaba al médico a diagnosticar después de someter al paciente a un intenso y minucioso interrogatorio en el que se buscaba, básicamente, la información sobre la posible conducta «delictiva» del sujeto. Algo parecido a la confesión de los católicos. Merced a este «hábil interrogatorio», el auxiliador estaba en condiciones de averiguar a qué dios se había ofendido y por qué. En el siglo VII antes de Cristo, en la biblioteca de Asurbanipal, existían ya documentos en los que se establecía el modelo que debía seguir el médico: «¿Ha instigado al padre contra el hijo? ¿Ha instigado al hijo contra el padre?... ¿Ha instigado al amigo contra el amigo?... ¿Ha dicho sí por no? ¿Ha utilizado balanzas y pesas falseadas? ¿Ha quitado vallas, lindes o hitos? ¿Ha expulsado de su familia a un hombre honrado?... ¿Ha sido su boca recta y su corazón falso?...» *(N. del m.)*

(2) Sirva como ejemplo lo recogido en el salmo 38: «Yavé, no me corrijas en tu enojo, en tu furor no me castigues. Pues en mí se han clavado tus saetas, ha caído tu mano sobre mí; nada intacto en mi carne por tu enojo, nada sano en mis huesos debido a mi pecado.» *(N. del m.)*

Y en mi mente quedó flotando una frase que no supe interpretar en esos instantes: «cuando regreses...». ¿Por qué hablaba en singular? Pero, sumido en la conversación, aquel «chispazo» —importantísimo— se extinguió y no volví a recordarlo..., hasta un tiempo después.

—En verdad te digo, Jasón, que estás próximo a la esencia de la cuestión. El problema es que no conoces al Padre —todavía—, y, por tanto, no sabes que las palabras «castigo» y «pecado» no son concebibles para Él. Sois vosotros los que habéis levantado esas calumnias contra Dios.

Percibió mi confusión y, animándome con una interminable sonrisa, trató de ir paso a paso.

—Empecemos por el final. ¿Qué es para ti el pecado?

—Si yo fuera religioso —maticé—, lo entendería como una transgresión de las leyes y los preceptos divinos.

—¿Y cuáles son esas leyes y normas?

Me sorprendió. Él lo sabía mejor que yo. Él conocía la Torá y los 613 mandamientos revelados por Moisés (365 prohibiciones, según el número de días del año solar, y 248 órdenes positivas que —decían— correspondían a las partes del cuerpo humano).

No me dejó responder.

—¿Crees que el Padre dictó esas leyes?

—Tengo entendido que fue Yavé...

La mirada, como una daga, me advirtió.

—No estoy hablando de Yavé, sino del Padre, el Número Uno, como dice tu hermano...

Me atrapó.

—¿Sabes cuál es la única ley para el Padre?

—El amor. Eso lo sabemos por ti...

—Y el profeta Amós lo resumió en un solo mandamiento: «Buscadme y viviréis.» Eso es lo que solicita el Padre: buscarlo. Ésa es la única ley.

»Pues bien, dime: ¿qué castigo puede derivarse del incumplimiento de esa ley? ¿Crees que si el hombre no busca a Dios es un pecador?

Me dejó perplejo, una vez más.

—Pero ésa, querido amigo, aun siendo importante, no es la cuestión principal. El problema, como te decía, es que la inteligencia humana no está preparada para entender la naturaleza del Número Uno. Es lógico. ¿Recuerdas la mariposa en el extremo de aquella rama?

Asentí en silencio. El Maestro se refería a la *Euprepia oertzeni*, el hermoso lepidóptero que se había posado en la rama que sostenía Jesús en una de las inolvidables noches en torno al fuego, en el Hermón. Recordaba muy bien sus palabras: «Dime, querido ángel, ¿crees que esa criatura está en condiciones de comprender que un Dios, su Dios, la está sosteniendo?»

—No (dijiste), hay demasiada distancia...

Y el Maestro siguió abriendo camino.

—... Correcto. Hay una distancia tan inmensa que ninguna mente humana puede sospechar cómo es el Padre. Lo finito (lo sabes muy bien) no está hecho para lo infinito. Mientras viváis sumergidos en el tiempo y en el espacio, no podréis intuir siquiera qué hay más allá, en las regiones del espíritu.

Jesús alivió la tensión. Señaló el negro y parpadeante firmamento y preguntó:

—¿Podría captar la mente de Aru el orden que rige las estrellas? Y, si no es así, ¿cómo aceptar que pueda ofenderlas? ¿Por qué sois tan vanidosos y engreídos? Si ni siquiera comprendéis a Dios, ¿cómo os atrevéis a colocarlo a vuestro nivel? ¿Cómo es posible que lo juzguéis capacitado para ser ofendido y para castigar?

No parpadeé. El Maestro fue rotundo.

—... ¿Pecar? ¿De verdad estimas que una criatura finita puede molestar, injuriar o provocar a Dios? ¿Crees que Dios es humano?

—Tú, sin embargo, has hablado (y hablarás) del pecado y de los pecadores...

—Os lo dije una vez: cuando llegue mi hora hablaré como un educador. Tú, mejor que nadie, deberías entender a qué me refiero. Habrá momentos en los que mis palabras deberán ser tomadas como una aproximación a la realidad. Ellos —añadió, refiriéndose a los que habitaban el *kan*— son la consecuencia de una época. Sólo conocen un lenguaje... Vosotros, en cambio, estáis más cerca...

Lo interrumpí. El asunto del «pecado» me tenía perplejo. Nunca fui un hombre religioso y, en cierto modo, me satisfacía la postura del Galileo. Pero...

—Si el pecado no existe, al menos como ofensa al Padre, ¿qué sucede con los asesinos, ladrones, etcétera? ¿No son pecadores?

El Hijo del Hombre esperaba la pregunta. Dibujó una media sonrisa y negó con la cabeza.

—Una cosa es intentar ofender al Padre (imposible, como te he dicho) y otra muy distinta causar daño a tus hermanos, los seres humanos. Cuando alguien incumple esas leyes está infringiendo las normas que rigen entre los hombres. No confundas ese pecado con el otro...

—Pero, a fin de cuentas, Dios castiga a esos pecadores, digamos, «de segunda»...

—Nuevo error, querido Jasón. El Padre es amor. Ya lo hablamos. Si el pecado no forma parte de la conciencia de Dios, y así es, ¿por qué pensar que es un juez castigador? Ni pecado, ni castigo son conceptos comprensibles para el amor. Y Él, tu Padre, el Número Uno, es el amor...

—Lo sé, con mayúsculas.

—¿Crees entonces que Él desea y envía la enfermedad? Silencio.

—¿Puedes admitir que una persona enamorada imagine siquiera cómo ofender y castigar a su hombre o mujer amados?

Jesús permitió que las ideas planearan sobre mi corazón. Después, pausadamente, fue descendiendo...

—El Padre (no Yavé) no lleva las cuentas. Te lo dije: confía. Ahora estáis ciegos, pero algún día se hará la luz en vuestras inteligencias. Todo obedece a un orden, incluida la maldad.

La palabra «orden» se propagó solemne en mi interior. Aquello era nuevo para mí. Demasiado nuevo...

—Lo sabes muy bien, Jasón. La enfermedad no es un castigo divino. Su origen es otro. La enfermedad sólo existe en los mundos materiales. Forma parte del proceso natural. Pero ¿cómo explicárselo a estos pequeñuelos? ¿Podríais hacerlo vosotros?

—Necesitan tiempo —murmuré con tristeza.

—Y vosotros también... Confía, querido amigo. Sólo se os pide eso: confianza. En el amor no hay resquicios.

—Entonces, Yavé... ¿quién es?

—Di mejor quién fue...

Esperé, intrigado. El Maestro se perdió en el flamear de las llamas y así permaneció durante un tiempo que se me antojó interminable. Me arrepentí de la pregunta. Quizá no era oportuna. Finalmente, regresando a mí, sentenció:

—Éste es otro momento en el que mis palabras sólo pueden aproximarse a tu realidad. Digamos que fue un «instrumento»...

—¿Quieres decir que no era Dios?

No respondió. Su mirada buscó de nuevo los rojos de la hoguera y quien esto escribe creyó «leer» en el silencio.

—¿Por qué tanta confusión?

El Maestro volvió a negar con la cabeza. En parte comprendí su impotencia a la hora de transmitir ideas.

—Te lo he dicho. Todo obedece a un orden. Nada es casual. Lo que tú estimas como confusión es falta de perspectiva. Acabas de ser imaginado por Él. Acabas de aparecer como criatura mortal. Todo te parece confuso. Eres un recién llegado. Confía y recibirás la información..., en el momento adecuado. Éstos conciben a Dios como un juez y creen que el ideal es la total sumisión a los preceptos. La justicia divina (para ellos) es algo lógico. En el futuro, gracias a mensajeros como tú, eso cambiará. El mundo recordará mis palabras. Reconocerá el verdadero rostro de ese Dios-Padre y, sencillamente, lo buscará...

—Un momento —lo interrumpí—, ¿estás diciendo que algún día, en el futuro, la justicia divina desaparecerá? No es fácil concebir a un Dios sin justicia...

—Ahora, así es. Ése es el orden del que te he hablado. El amanecer llega siempre después de la oscuridad. Pero habrá un mañana y el mundo descubrirá que el Dios justiciero (como Yavé) forma parte de un tiempo pasado. Es más: te diré algo que ya deberías saber...

Me observó con picardía.

—El Padre nunca ha sido justo...

Y el Maestro, comprendiendo mi extrañeza, suavizó la afirmación:

—Al igual que sucede con el concepto de pecado, sois vosotros, los hombres, quienes habéis decidido que Dios imparta justicia...

—¿Y no es lo justo?

—El amor no precisa de la justicia. Insisto: es el ser humano el que se empeña en hacer a Dios a su imagen y semejanza. Yo dije en cierta ocasión que la divina justicia es tan eternamente justa que incluye, inevitablemente, el perdón comprensivo. Ahora, en el silencio de este lugar, te digo que mis palabras se quedaron cortas. Ahora, y a ti, mi querido mensajero, te digo que el Padre jamás ha necesitado de la justicia. Si el pecado, como ofensa a la divinidad, no forma parte de la conciencia de Dios, ¿dónde queda la justicia? ¿Comprendes el porqué de mis palabras? ¿Comprendes cuando digo que Dios nunca ha sido justo?

—Permite, Señor, que vuelva sobre mis pasos. Si el Padre no precisa de la justicia, ¿qué hacemos con los malvados? ¿Quién los juzga? ¿Cómo y dónde pagan sus atrocidades?

El Hijo del Hombre inspiró profundamente. Sus ojos, lejos de reprochar, me acogieron con dulzura. E intentó descender a mi realidad, una vez más...

—Éste es un lugar especial —asocié sus palabras al *kan* (grave error)—. Aquí, por expreso deseo de la divinidad, se autoriza todo: lo más noble y lo más bajo. Pero eso, Jasón, no significa que la creación se le haya ido de las manos al Padre. Te lo he dicho: nada escapa al amor del Número Uno. La maldad, incluso, forma parte del juego...

Era cierto. No prestaba la suficiente atención. Y, como un tonto, insistí...

—Pero ¿quién hace justicia?, ¿quién pide cuentas?

—También lo hablamos. Después de la muerte, nadie

juzga. El amor nunca juzga. Sé paciente y confía. Existe un orden que tú apenas distingues…

—Entonces, ¿qué debemos hacer?

Jesús respondió con una sola palabra:

—¡Yeda!… ¡Dar gracias!

Así terminó aquella intensa jornada.

18 DE SETIEMBRE, MARTES

Aquel nuevo día, tan luminoso como el anterior, se presentó hacia las 5 horas y 16 minutos.

Al principio no entendí el porqué de las carreras de Assi y su gente. Iban y venían. Entraban y salían de las chozas y, a gritos, se interpelaban. Fue Eliseo quien me advirtió:

—Aru, el negro, ha desaparecido...

Minutos después, Jesús reemprendía la marcha. El esenio se excusó con el Maestro. El joven «tatuado» se había esfumado con el manto que le había cedido el Galileo. Era la primera vez que ocurría algo así, aunque, bien mirado, también era ésta la primera ocasión en la que el demente amanecía sin cadenas...

No me pareció tan extraño. Yo también hubiera huido de aquel infierno...

El Maestro no hizo comentario alguno. Se despidió del *kan* y lo vimos avanzar, con sus típicas zancadas, hacia la carretera principal.

Todo fue bien, sin incidentes, hasta que alcanzamos la encrucijada de Qazrin. Debían de ser las siete de la mañana, poco más o menos.

El Maestro proseguía en solitario. Nosotros, ligeramente retrasados, caminábamos en silencio. Cada cual, supongo, sumido en sus pensamientos.

Yo no podía dejar de pensar en los medicamentos que, justamente, habíamos apurado la noche anterior. Como he dicho, no portábamos una sola tableta de dimetilglicina, el antioxidante que trataba de luchar contra el óxido nitroso que amenazaba nuestras vidas.

Él, mágicamente, como siempre, procuró tranquilizarme en el campamento del monte Hermón. Sin embargo... Y las dudas me consumieron. No sabíamos hacia dónde se dirigía, aunque sospechábamos que pretendía llegar al *yam* o mar de Tiberíades en esa misma jornada. Ni Eliseo ni yo preguntamos.

Fue a la vista de la posada de Sitio, el homosexual de Pompeya, cuando el plácido discurrir de la marcha se vio súbitamente alterado.

El Maestro, a cosa de cincuenta metros de estos exploradores, se detuvo. Mi hermano y yo hicimos otro tanto. ¿Qué sucedía?

De pronto, por la izquierda, junto al muro de tres metros de altura que rodeaba el hospedaje, distinguimos a un individuo que, a la carrera, se dirigía hacia el Hijo del Hombre.

No acertamos a intercambiar una sola palabra. Sencillamente, nos lanzamos hacia el Maestro.

Pero, a medio camino, creí reconocer al joven.

«No es posible», me dije.

El individuo llegó a la altura de Jesús y, sin detenerse, se arrojó a los pies del Galileo, abrazándolos.

Eliseo y quien esto escribe, jadeantes y desconcertados, aminoramos la carrera. Al poco, al llegar junto a nuestro amigo, descubrí que estaba en lo cierto.

¡Era el negro «tatuado»!

Ni Eliseo ni yo comprendimos.

El muchacho, aferrado a las sandalias de Jesús, gritaba y lloraba con desconsuelo. Y en un pésimo arameo repetía:

—¡Aru! ¡Aru!... ¡Mira! ¡Mira!... ¡Yo, tu esclavo!... ¡Yo, para ti!...

El Maestro se inclinó y, con firmeza, sin una sola palabra, obligó al loco a incorporarse. ¿Loco? Lo observé con detenimiento y no me pareció un enfermo. Sencillamente, entre lágrimas, suplicaba que Jesús se convirtiera en su nuevo amo. Aru, como dije, era un esclavo de Assi, el esenio. Un esclavo pagano.

Y, de pronto, retiró el ropón color vino que lo cubría y fue a entregárselo a su propietario. Aru quedó desnudo.

Mi vista recorrió el bello y musculoso cuerpo, y se detuvo en algo que se me antojó extraño. Las heridas del tobillo izquierdo, consecuencia del grillete, habían desaparecido. Y la idea que me asaltó en el *kan* del Hule regresó...

El Maestro, sonriente, aceptó la entrega del manto y, por toda respuesta, abrazó al joven.

Mi compañero y yo nos miramos, atónitos. ¿Significaba aquel gesto que Jesús admitía al negro como esclavo? Rechacé la idea. Eso era absurdo...

Observé el rostro del Hijo del Hombre. Seguía radiante. Los fuertes brazos retenían al joven, consolándolo. Entonces, al cruzar las miradas, Jesús me hizo un guiño. Sentí un escalofrío. Fue, probablemente, la respuesta a la sospecha que, como digo, se presentó en los pantanos. Así lo interpreté...

Y en eso, mientras Aru iba cediendo en sus lágrimas y lamentos, algunos de los vendedores que se hallaban apostados al pie del negro muro de basalto, que rodeaba la *mutatio* o albergue, fueron aproximándose. Caminaban con curiosidad. Habían asistido a la escena e, intrigados, querían averiguar qué sucedía en sus dominios. La mayor parte, como ya referí, era *felah* o campesinos de la aldea de Qazrin y alrededores. Todos los amaneceres bajaban al cruce de caminos e instalaban sus tenderetes junto a la transitada arteria. Allí pasaban el día, ofreciendo a gritos frutas, verduras, cerveza, guisotes de carne y pescado y, sobre todo, los típicos dulces de la zona: el «chocolate» de *keratia*, la semilla del *haruv* o algarrobo, unos granos azucarados y ricos en calcio. Otra de las debilidades del Maestro...

Primero murmuraron. Después, con un mayor atrevimiento, se acercaron al negro y, señalándolo, lo identificaron. Ahí empezaron los gritos, los insultos, las maldiciones y los lamentos. La situación se precipitó.

El resto de los vendedores, alertado por los que acababan de reconocer a Aru, se unieron al grupo inicial, ratificando la identificación y multiplicando el vocerío y la confusión. Calculé que, sumando mujeres y niños, los *felah* no bajarían de cuarenta o cincuenta.

Eliseo me buscó con la mirada. No supe qué hacer. El Maestro, con el manto entre las manos, parecía tan perplejo como nosotros.

—¡Es el *ruah*! —repetían, amenazadores—. ¡Es el diablo del *kan*!

Ruah, en efecto, era un término que servía para designar a un tipo de espíritu o demonio (probablemente importado de Babilonia) que se distinguía por su especial maldad y ferocidad.

Comprendí. Nos hallábamos a unos seis kilómetros del *kan* de los locos, y aquella gente, conocedora de los «inquilinos» del refugio de Assi, descubrió en el negro al salvaje *ruah* que vivía encadenado. Y todos, lógicamente, se preguntaban cómo había escapado.

Aru, atemorizado, retrocedió. Las mujeres, entre alaridos, buscaron a los más pequeños y, con las amplias y multicolores túnicas al viento, huyeron hacia la encrucijada. Otras, también a la carrera y entre idénticos gritos solicitando auxilio, se precipitaron en el patio que rodeaba la posada.

Los hombres, contagiados por aquel pánico supersticioso, imitaron inicialmente a las hembras. Sólo fue una reacción momentánea. A los pocos pasos, animados por tres o cuatro *felah* más audaces, reaccionaron. Volvieron a increpar al «demonio tatuado» y, avanzando lentamente, se dirigieron hacia nosotros. Los que marchaban en cabeza se hicieron con piedras y, levantándolas, se dispusieron a apedrearnos.

Instintivamente llevé los dedos a la parte superior de la «vara de Moisés», y acaricié la cabeza del clavo de cobre que activaba el sistema de defensa de los ultrasonidos.

No fue necesario.

Los gritos y el amenazador avance de la chusma terminaron por movilizar al asustado Aru. De un salto se separó del Maestro y corrió como un gamo hacia el patio enlosado. El murallón que protegía la posada lo ocultó tras unos segundos. Y los vendedores arreciaron en sus alaridos y amenazas, e iniciaron la carrera tras el «demonio».

Permanecimos inmóviles. Los individuos cruzaron

ante nosotros y, sin mirarnos siquiera, se perdieron por el portalón.

Jesús procedió entonces a guardar el ropón en el saco de viaje y, con su habitual mutismo, se dirigió al interior del albergue.

La reacción del Galileo nos desconcertó. Aquello podía complicarse todavía más...

Eliseo se apresuró a seguirlo. Yo lancé una mirada a mi alrededor y, tras comprobar que la senda se hallaba desierta, me fui tras los pasos de mi compañero.

Los vendedores, en el centro de la explanada, formaban ahora un apretado círculo. Continuaban con los puños en alto, vociferando y blasfemando.

Temí lo peor. Aru, seguramente, estaba siendo acorralado y acosado. ¿Qué hacer? Nada. Ésas eran las normas de «Caballo de Troya». No podíamos intervenir. Sólo observar...

El Maestro rodeó la alterada cuadrilla de *felah* y, sin dudarlo un instante, siguió caminando hacia el arco de entrada de la posada propiamente dicha. Parecía conocer el lugar. Ésa, al menos, fue la primera impresión.

Y sin saber qué decisión debía adoptar me dejé llevar por el instinto. Eliseo se abrió paso entre los nerviosos campesinos y yo hice otro tanto. La verdad es que no me agradaba la idea de que Aru fuera lapidado.

Y el Destino, una vez más, se burló de quien esto escribe...

Entre los *felah*, pálido, sin saber a quién escuchar, encontramos a un viejo conocido: Sitio, el homosexual y dueño de la posada en la que habíamos pernoctado de camino hacia el Hermón. Vestía una vaporosa túnica de seda azul que realzaba el estrecho y huesudo rostro y el cráneo mondo y lirondo. En la mano derecha brillaba un largo y afilado cuchillo. Del negro, ni rastro...

Los *felah*, todos a la vez, exigían la devolución del *ruah*. Sitio, sin comprender, solicitaba calma. Las mujeres lo habían alertado y ahora, en mitad de aquel manicomio, intentaba averiguar el porqué de la súbita invasión. Fueron necesarios algunos minutos. Finalmente, gritando por encima del tumulto, se hizo con el control. Los vendedores cedieron y alguien explicó la razón del revuelo.

—¿Aru? —preguntó a su vez Sitio, sin conceder crédito a lo que oía—. ¿Aquí? Imposible. Está encadenado...

Las protestas regresaron.

Sitio, entonces, resignado, dio por concluido el asunto y autorizó a que registraran la posada.

Fue en esos momentos, al dispersarse, cuando Sitio se percató de la presencia de aquellos dos individuos, camuflados hasta esos instantes entre los *felah*. Nos reconoció de inmediato. Y, aturdido —¿o debería decir «aturdida»?—, se apresuró a saludarnos, pidiendo disculpas por lo impropio del recibimiento y, sobre todo, eso dijo, por no haber dispuesto del tiempo necesario para maquillarse. Eliseo y yo cruzamos una mirada de complicidad. Recordábamos muy bien el primer encuentro —más que un encuentro, una «aparición»—, la peluca amarilla, las castañuelas, la grotesca danza con la que nos recibió en aquel mismo patio y el rojo cinabrio, espantoso, de los labios. Pero Sitio, sobre todo, era amable y considerado. Eso tampoco lo habíamos olvidado.

Esperó a que los vendedores hubieran terminado la búsqueda. Nadie encontró al «demonio del *kan*». ¿Qué había sido del enigmático negro? Y en esos minutos, mientras los *felah* iban y venían, Eliseo le puso al corriente de lo acaecido en el *kan*, silenciando, inteligentemente, la presencia de Jesús en la posada.

—¿Assi liberó a ese «endemoniado»?

Como manifestó en la primera visita, Sitio conocía bien a la gente de la zona. El esenio era un viejo amigo y, como era de esperar, no aceptó fácilmente la versión de mi hermano.

—No puede ser... Assi sabe que ese negro es peligroso. Tiene la fuerza de diez hombres y está loco. Nunca lo dejaría libre...

—Pues así fue —intervine, confirmando las palabras de Eliseo.

Sitio comprendió que nada ganábamos con semejante afirmación. Además, estaban aquéllos, los *felah*, anormalmente alterados.

Y tartamudeando a causa de un naciente miedo preguntó casi para sí:

—Pero, entonces, ¿está aquí, en mi posada?

No supimos responder. No lo sabíamos.

—¿Y de quién dices que fue la brillante idea de soltar la cadena de Aru?

—De Jesús de Nazaret —replicó Eliseo, esperando la reacción del cada vez más sudoroso pompeyano.

Nosotros, en la primera entrevista, le habíamos hablado de Él pero, en aquellos momentos, el Maestro era un perfecto desconocido. Sitio no supo darnos razón aunque, intrigado por nuestro interés hacia el Galileo, prometió indagar y, sobre todo, si coincidía con Él, hacerle una pregunta muy concreta: «¿Eres como Hillel (1)?» El homosexual, como también expliqué, era un rendido admirador de este sabio judío. Buena parte de las paredes del interior de la posada se hallaban repletas de pequeñas y grandes planchas de madera, pintadas o grabadas a fuego, en las que se leían frases, dichos y adagios de especial profundidad y sutileza. Sitio, a pesar de su tumultuosa vida, seguía buscando la verdad...

—¿Jesús de Nazaret?

Sitio recordó.

—¡El carpintero!... Vosotros teníais interés en encontrarlo.

Asentimos en silencio.

—¿Y quién es ése para actuar de forma tan negligente?

(1)   Hillel o Hilel fue uno de los *jajamin* o interpretadores de la Ley mosaica más célebres de Israel. Nació en Babilonia (de ahí que lo llamaran «el Babilónico»). Su familia era tan pobre que regresó a Jerusalén a pie. Durante años trabajó como jornalero, recibiendo un *teroppaiq* al día (medio denario). Con eso alimentaba a su familia y acudía a las escuelas o casas de estudio. En cierta ocasión —según relata la Misná—, no disponiendo del dinero necesario para entrar en la clase, se vio obligado a escuchar desde la ventana. La nieve y el frío casi acabaron con él. Junto al también rabino Sammay formó una de las más célebres parejas o «pares» de la sabiduría judía de aquel tiempo. Falleció, probablemente, hacia el 20 de nuestra era. Jesús pudo conocerlo en su nombrada escapada al Templo cuando apenas contaba trece años de edad.

Hillel destacó por su humildad y su gran talla moral. La clave de la Ley o Torá —según el Babilónico— estaba en el espíritu, no en los detalles. *(N. del m.)*

Nuevo silencio.

Sitio exigió una aclaración. Sencillamente, no la teníamos. Ni mi hermano ni yo sabíamos qué había sucedido. Imaginamos que el gesto de Jesús, al liberar al negro, fue una consecuencia de la bondad de aquel maravilloso Hombre. Sí y no. Pero de eso me ocuparé a su debido tiempo...

—Pregúntaselo tú mismo...

Mi respuesta, acompañada por una significativa sonrisa, iluminó el demacrado rostro de Sitio.

Señaló con el cuchillo la entrada de la posada y, arqueando las cejas, exclamó:

—¿Está ahí?

No esperó. Ignoró a los *felah,* que se dirigían ya hacia el portalón del albergue. Todo parecía volver a la normalidad. Y con su habitual y descarado contoneo de caderas y manos se alejó hacia la pieza que hacía las veces de cocina y comedor.

Me eché a temblar. ¿Qué se proponía? ¿Se hallaba Aru en el interior?

Descarté la posibilidad. De ser así, los vendedores hubieran dado con él.

El tufo y la mugre me recordaron dónde estábamos. La posada de Sitio, como mencioné, no se distinguía, precisamente, por su pulcritud. La sala rectangular, pésimamente aireada por un par de estrechas troneras, mantenía el hedor y el desorden de un mes antes, cuando decidimos hacer un alto en el camino hacia las cumbres del Hermón.

Necesité unos segundos para acostumbrarme a la penumbra. Un par de lámparas de aceite descansaban sobre los tableros negros y sebosos de otras tantas mesas de pino carrasco, situadas en paralelo en el centro de la cocina-comedor.

El lugar, aparentemente, se hallaba desierto. Ésa fue la primera impresión...

Al poco, mientras la anfitriona trasteaba entre los pucheros, distinguí la breve luz amarilla de otra lucerna. Se movía en la casi oscuridad de uno de los rincones, frente a la pared que se levantaba a nuestra izquierda. Eliseo y yo, sin saber qué partido tomar, continuábamos inmóviles bajo el arco de entrada.

Sitio destapó una de las cinco tinajas que formaban el típico mostrador de aquellas posadas y de las tabernas en general y llenó una jarra con un vino tinto y espeso. Hizo una señal y nos indicó una de las mesas. Obedecimos, tomando asiento en la más cercana a la pared en la que seguía moviéndose la lucecilla.

Eliseo me advirtió:

—Es Él...

Así era. Al desplazarse distinguí la corpulenta y familiar silueta del Hijo del Hombre. Portaba la lucerna en la mano izquierda, alzándola y bajándola a lo largo del muro. Comprendí. Jesús se hallaba absorto en la lectura de las leyendas que Sitio había colgado en tres de las paredes. Recuerdo que en la anterior visita acerté a leer unas treinta, la mayoría en griego internacional (koiné) y arameo. Algunas eran de Hillel. En mi saco de viaje, justamente, guardaba una de estas tablillas, regalo de Sitio. «Creí no tener nada —rezaba la sentencia—, pero, al descubrir la esperanza, comprendí que lo tenía todo.»

Rechazamos el vino. Demasiado temprano para nosotros...

Sitio, todavía tembloroso, apuró el vaso y contempló en silencio los lentos movimientos del carpintero.

—No es posible —susurró—. Tiene que haber un error. Assi nunca permitiría que soltaran a ese poseso. Si mata a alguien...

Colmó una segunda ración y, sin esperar respuesta, prosiguió el cuchicheo:

—En Roma, esto no hubiera sucedido... Por supuesto, si lo atrapo, lo devolveré a su legítimo dueño (1).

(1) Aunque espero dedicar un espacio al penoso fenómeno de la esclavitud en los tiempos de Jesús, en especial a los esclavos judíos, creo que es oportuno aclarar, aquí y ahora, que Yavé autorizaba y protegía la esclavitud. Los testimonios en los supuestos libros sagrados (Éxodo 20, 10 y 23, 12, y Deuteronomio 23, 16, entre otros) son elocuentes. Pero, si lamentable era la situación de los siervos o *ebed* israelitas, la de los paganos aún era peor. Según nuestras informaciones, en la provincia romana de Judea, bajo el mandato de Tiberio, podía estimarse el número de esclavos en quinientos mil. En Jerusalén, por ejemplo, rara era la familia que no disponía de varios *ebed*

Sitio, probablemente, sabía que la Ley protegía al esclavo fugado. El Deuteronomio (23, 16-18) lo dice con claridad: «No entregarás a su amo al esclavo que se haya acogido a ti huyendo de él. Se quedará contigo, entre los tuyos, en el lugar que escoja en una de tus ciudades, donde le parezca bien; no lo molestarás.»

Se lo recordé, pero eludió la cuestión, argumentando que «esa falsa ley judía no iba con él».

—Como pompeyano y como ciudadano romano...

No alcanzó a concluir la frase.

Del fondo, con la flama amarilla en la mano, se destacó la figura del Maestro. Avanzó hacia la mesa y, al llegar a la altura de Sitio, depositó la lámpara de aceite junto a la jarra de barro.

Fue cuestión de dos o tres segundos.

Jesús miró fijamente al homosexual. Fue una mirada

(eufemísticamente llamados «siervos»). En otras regiones del Mediterráneo, esa población de esclavos era, incluso, superior. (En el caso de Ática, en Grecia, uno de los censos, en el año 309 antes de Cristo, arrojó el siguiente resultado: veintiún mil hombres adultos libres y cuatrocientos mil esclavos.)

Estos infelices, comprados habitualmente en los mercados, eran considerados, en general, como «herramientas», sin derecho alguno, a excepción de los que se convertían al judaísmo. Varrón predicaba que «el esclavo era una cosa que podía hablar». Para los judíos, los *ebed* no convertidos a su religión sólo tenían derecho a un día de descanso a la semana, como los animales. Nada de lo que pudieran poseer era suyo, ni siquiera lo que encontraran en la calle. No debían ser circuncidados contra su voluntad, pero, si a los doce meses de esclavitud persistían en la actitud de paganismo, la Ley obligaba su venta a no judíos. Esa misma Ley mosaica prohibía la tortura o la muerte de los esclavos, pero, al mismo tiempo, animaba a los amos a utilizar el castigo: «Haz trabajar al siervo —dice el Eclesiástico—, y encontrarás descanso, deja libres sus manos, y buscará la libertad. Yugo y riendas doblegan la cerviz, al mal criado torturas e inquisiciones..., si no obedece, carga sus pies de grillos.»

Por supuesto, el trato a los *ebed* dependía siempre de la bondad del dueño y de su grado de acatamiento a Yavé. La libertad podía llegar en cualquier momento, dependiendo de la voluntad o los intereses del propietario, pero también el abuso. Éste era el caso de las mujeres esclavas. Casi siempre eran compradas como objetos sexuales para los hombres de la casa. Si una de estas *ebed* tenía un hijo, automáticamente era considerado como nuevo esclavo. Si el amo así lo deseaba, o lo necesitaba, los esclavos eran regalados o utilizados como garantía. No tenían derecho a heredar, aunque formaban parte de la herencia familiar. Tampoco declaraban en un juicio. Si una mujer esclava «no judía» recibía la libertad, desde ese instante era tachada de prostituta. Todo el mundo sabía su destino: la calle o los burdeles. *(N. del m.)*

tan intensa como acogedora. No hubo palabras. Sitio, con su especialísima sensibilidad, debió de notar la fuerza de aquellos ojos. Observé cómo parpadeaba, nervioso. Trató de articular alguna palabra. Imposible. Su rostro había palidecido nuevamente...

Y Jesús, manteniendo la mirada en la del aturdido anfitrión, comentó:

—Vamos..., debemos seguir el camino.

Eliseo y yo nos pusimos en pie, dispuestos a reanudar la marcha. Y, súbitamente, dejando el vaso sobre el tablero de pino, Sitio se alzó y preguntó:

—¿Eres tú como Hillel, el sabio...?

Dudó, pero, amparándose en la luz de los ojos del Galileo, concluyó lo que pretendía decir.

—...Estos griegos aseguran que eres mucho más.

Nosotros no habíamos dicho tal cosa, pero guardamos silencio. Hablaba con razón.

El Maestro fue a colocar las manos sobre los hombros de Sitio. El jefe de la posada no supo qué hacer, ni qué decir. Aquel gesto típico y entrañable terminó por desarmarlo. Apuntó una fugaz sonrisa y, supongo, traspasado por la cordialidad de aquel Hombre, bajó los ojos, enrojeciendo.

—Amigo —respondió el Maestro con dulzura—, no soy como Hillel...

Sacudió levemente los hombros del homosexual, reclamando toda la atención del ruborizado Sitio. El «hombre» obedeció al punto y devolvió la mirada.

—Soy la esperanza...

Y señalando con la mano izquierda la pared que tenía a su espalda, añadió:

—...La que ahora te falta...

Lo había hecho, una vez más. Nunca me acostumbré. ¿Cómo podía saber que, en aquel muro, faltaba una tablilla de madera? Casualmente (?), la que hablaba de la esperanza, la que yo guardaba en el petate...

Y desviando los ojos hacia este atónito explorador, me hizo un guiño.

—Sí —balbuceó Sitio—, tienes razón. Pero dime, ¿cómo puedo recuperarla?

—La esperanza, querido amigo, siempre está contigo. Ahora duerme. Algún día despertará...

—¿Algún día? —reclamó Sitio, impaciente—. ¿Cuándo?

—No ha llegado mi hora...

—Pero ¿quién eres tú?

—Te lo he dicho: soy la esperanza. El que me conoce confía...

—Quiero conocerte mejor...

Jesús, conmovido, accedió en parte a la petición.

—Si tanto lo deseas...

Sitio animó al Maestro con varios y afirmativos movimientos de cabeza. El magnetismo de aquel Hombre lo había cautivado definitivamente...

—...busca a Aru. La esperanza va con él.

—¿Aru?

—Después, cuando oigas que el Hijo del Hombre está entre vosotros, si lo sigues deseando, búscame...

El posadero no comprendió.

—Búscame —insistió el Galileo— y, juntos, despertaremos a la esperanza...

—¿El Hijo del Hombre? ¿Quién es? ¿Dónde lo encontraré?

Jesús cargó el saco de viaje. Sonrió de nuevo a Sitio y, antes de alejarse hacia la puerta, le recordó y nos recordó:

—No ha llegado mi hora...

Y allí quedó el desconcertado jefe del albergue. ¿Qué quiso decir al referirse al negro «tatuado»? ¿Por qué la esperanza iba con él? ¿Por qué no se identificó plenamente? ¿Por qué invitó a Sitio a que lo buscara más adelante, cuando aquellas gentes empezaran a conocerlo como el Hijo del Hombre?

No supe responderme y decidí aguardar. Era lo único que podía hacer. Él sabía...

Fue una hora después, hacia la tercia (las nueve de la mañana, aproximadamente), cuando Eliseo rompió el silencio. Nos hallábamos en el cruce de Jaraba, el lugar en el que el niño sordomudo —Denario— tuvo la mala fortuna de caer arrollado por uno de los asnos nubios de Azzam, el árabe que traficaba con el preciado vino de enebro. Faltaban dos horas y media, según mis cálculos, para divisar la plateada superficie del *yam*, aceptando que Jesús se dirigiera hacia dicho mar de Tiberíades...

Al cruzar el nuevo entramado de vendedores, mi hermano y yo bajamos las cabezas, procurando que no nos reconocieran. El no muy lejano incidente en aquel paraje, en el que me vi en la necesidad de dejar inconscientes a tres de los campesinos, no había sido de nuestro agrado. Si alguien nos recordaba, los problemas podrían regresar.

Nada ocurrió.

Y cuando estábamos a punto de dejar atrás al grueso de los *felah*, Eliseo, como digo, planteó una pregunta al Galileo. La cuestión, por lo inesperada y audaz, me dejó mudo. Yo jamás me hubiera atrevido con un tema semejante. Eliseo, sin embargo, era así y, en buena medida, lo agradecí. Hoy sé más gracias a él...

—Dime, Señor, ¿cómo explicar la homosexualidad en un reino tan perfecto como el del Padre?

Entre curioso, y algo violento, aguardé la respuesta del Maestro. Pero Jesús, como si no hubiera oído, continuó caminando, escoltado por estos expectantes exploradores.

Comprendí las dudas de Eliseo. Sitio, además de pagano, era homosexual. Es decir, doblemente culpable a los ojos de los ortodoxos y estrictos observadores de la Ley de Moisés. Yavé los condenaba sin concesiones. La sodomía, apuntada ya en el Génesis (corrupción en Sodoma), era causa de lapidación. La unión con varón (así lo confirma el tratado *Yebamot*, cap. 8) era un crimen que merecía la muerte. Y lo peor es que la Ley mosaica y las tradiciones orales judías introducían en la misma «olla» y en el mismo concepto a eunucos, afeminados, andróginos (individuos de doble sexo), castrados y personas de sexo dudoso. El Deuteronomio (Yavé, en definitiva) lo proclama con claridad: «No llevará la mujer vestidos de hombre, ni el hombre vestidos de mujer, porque el que tal hace es abominación a Yavé, tu Dios» (22, 5). (Los judíos lo incluyeron entre los 365 preceptos negativos que todos debían evitar.) El desprecio de los rigoristas era tal que llegaron a incluirlos en una lista en la que, obviamente, ocupaban los últimos lugares (véase Tos. Meg. II, 7). Los primeros —los más dignos— eran los sacerdotes, levitas e israelitas de pleno derecho (por este orden), seguidos de los prosélitos, esclavos emancipados, hijos ilegítimos de sacerdotes, esclavos del Templo, bastardos y, por último, los homosexuales, incluyendo a los castrados, *tumtôm* (individuo con sus partes sexuales ocultas) y hermafroditas. Yavé —eso dice el Pentateuco— los maldecía, y rechazaba, incluso, a aquellos cuyos órganos genitales hubieran sido aplastados o amputados (Deuteronomio 23, 1) (1). Esta condición de homosexual, andrógino, etc., suponía una permanente mancha como «pecador». Eran sospechosos de relaciones sexuales «no autorizadas» y, consecuentemente, candidatos a la pena capital, como proclaman los Libros Sibilinos. Los hermafroditas (2) corrían con la peor parte. Eran considerados monstruos de feria y repudiados en su doble y supuesto papel de afeminado y mujer. Sobre ellos caía la impureza del semen y de la sangre menstrual. Así lo refleja la Misná (tratado *Bikkurim*): «Los andróginos se contaminan con lo blanco [esperma], como los varones, y con el rojo [menstruación], como las mujeres... Pueden traer las primicias [al Templo], pero no pueden hacer la recitación, ya que no pueden decir: "Que tú, Señor, me diste."» (Deuteronomio 26, 10). Según la Ley, «no podían estar solos, con los hombres, como las mujeres, ni tampoco solos con las mujeres, como los varones». No heredaban, como las mujeres. Tampoco estaban capacitados para declarar en un juicio o comer las cosas santas, exactamente igual que las hembras. No eran nada.

Jesús, por tanto, empezaba a tomar posiciones. Lla-

---

(1) Según las escuelas rabínicas, los eunucos a los que hace alusión Yavé eran los castrados por la mano del hombre. Según la Biblia, no podían pertenecer a la comunidad de Israel. Estaban igualmente malditos. No participaban en el sanedrín ni en los tribunales de justicia. *(N. del m.)*

(2) Hermafroditos fue un personaje mitológico, hijo de Hermes y Afrodita, o Venus, que participaba de los dos sexos. La presencia de uno y otro sexo, con órganos genitales internos y externos generalmente ambiguos, provoca estados patológicos de intersexualidad. *(N. del m.)*

mar «amigo» a un homosexual era un precedente que no debíamos olvidar. Estábamos aún en el año 25...

De pronto se desvió y fue a orillarse al filo izquierdo de la ruta. Allí, sobre la ceniza, entre voluminosos cestos de hoja de palma, aguardaba sentado un anciano *badawi* (beduino). Era un vendedor de uva.

El Maestro, curioso, paseó la vista por los apiñados racimos. Estaban casi recién cortados. Eran las célebres uvas de la alta Galilea, en especial, de las regiones de Batra y Rafid. Había granos rojos, de terciopelo, llamados *arije*, cultivados en cepas de un metro de altura. Otros, también enormes, originarios de África, brillaban en un negro terso y azabache. Distinguí igualmente las verdiblancas, del tipo albillo y abejar, de hollejos delgados y gruesos, respectivamente, dulcísimas...

El nómada, esperanzado ante la presencia de aquellos posibles compradores, espantó los escuadrones de avispas que zumbaban sobre los canastos y en un arameo de hierro animó al cliente más próximo —en este caso, Jesús— a que probara el género.

—... Las *anavim* (uvas) son un regalo de los dioses —dijo—. Además, aclaran la piel. Iluminarán tu rostro...

Jesús deslizó la mano izquierda sobre unos racimos blancos, con pintas negras, y, tras dudar, arrancó uno de los granos. Lo alzó y, dirigiéndolo hacia el sol, contempló satisfecho la textura y la firmeza de la pulpa. Después dio media vuelta y se lo ofreció al ingeniero, invitándolo a que lo degustara. Y, feliz, preguntó:

—¿Qué me decías?

Eliseo, desconcertado, no respondió. Ambos sabíamos que el Maestro había oído perfectamente y que su memoria era excelente. Algo tramaba...

—Muy dulce —replicó mi hermano finalmente—. En cuanto a mi pregunta...

Lo vi dudar. Pensé que daba marcha atrás. Pero no. Eliseo no era de los que atrancaban o retrocedían. Miró de frente al Maestro y prosiguió:

—... sólo quería saber qué opinas de la homosexualidad...

Jesús lo contempló en silencio. Adiviné unos gramos

de ironía en la mirada. Los tres recordábamos la pregunta inicial. El sentido no era el mismo. El Galileo, sin embargo, borró con rapidez aquella leve sombra y, depositando las manos sobre los fornidos hombros del ingeniero, respondió en un tono que no admitía discusión:

—Hijo, ¿crees que el Padre comete errores?

Acto seguido, sin esperar respuesta, pagó un cuadrante (un cuarto de as, pura calderilla) por un racimo largo y ralo de la uva que había ofrecido a Eliseo, nos invitó a compartirlo, y reanudó la marcha.

Casi no hablamos en el resto del camino.

Desde entonces he tratado de resolver el enigma que dibujó en el aire el Hijo del Hombre. No estoy seguro de haberlo logrado...

¿Qué quiso decir? El ejemplo utilizado —el grano de uva: dulcísimo y perfecto— fue muy didáctico. Así lo estimamos Eliseo y yo. Además de la belleza de aquella uva *engor*, su contenido no podía ser más rico y equilibrado (1). Si Dios era el responsable de semejante perfección —proseguí con mis reflexiones—, ¿cómo entender una «anomalía» como la homosexualidad? ¿Cómo explicar otros «errores» (?) de la naturaleza? ¿Por qué los síndromes que acabábamos de contemplar en el *kan* del Hule? Si el reino del Padre es perfecto —como expuso mi hermano en su primera pregunta—, ¿cómo interpretar tanta miseria y dolor?

En esos momentos, camino del *yam*, me vino a la mente un comentario del Galileo. La noche anterior, mientras conversábamos, al interrogarlo sobre los malvados y la justicia divina, Él replicó con aquella seguridad que me desconcertaba: «Éste es un lugar especial. Aquí, por expreso deseo de la divinidad, se autoriza todo: lo más noble y lo más bajo... Pero eso, Jasón, no significa que la creación se le haya ido de las manos al Padre.» Pensé que se refería al *kan*. Ahora sé que no fue así. El Maestro hablaba de nuestro mundo. ¿Un lugar especial? ¿Un plane-

---

(1) Entre el 12 y el 30 por ciento contiene azúcar, ácidos orgánicos, minerales, tanino, materias nitrogenadas, vitaminas y colorantes (localizados, sobre todo, en la película). El resto es agua. Su valor nutritivo es muy estimable. *(N. del m.)*

ta experimental, quizá, en el que «alguien» permite e, incluso, programa la enfermedad y el mal químicamente puro? Jesús nunca mentía. Si Él decía que la Tierra es un lugar especial, así debía de ser. Y me prometí profundizar en ello. No sé por qué, pero intuí que la respuesta proporcionada a Eliseo —«¿Crees que el Padre comete errores?»— guardaba una estrecha relación con el citado comentario del Maestro en el *kan*, junto al fuego: «Éste es un lugar especial...» Si la homosexualidad es algo «previsto» por los cielos —ni siquiera me planteé las razones—, su posible origen genético sería más fácil de entender (1). De ser así, ¿por qué condenarla o despre-

(1) En la actualidad, la mayor parte de los médicos considera la homosexualidad como una enfermedad psiquiátrica. Este supuesto trastorno mental (así lo califica la Organización Mundial de la Salud en su novena clasificación) afecta hoy a un 5 por ciento de la población, según los estudios de Kinsey (unos trescientos millones de individuos). Otros especialistas sitúan ese porcentaje alrededor del 10 por ciento. Personalmente, no estoy tan seguro del origen psiquiátrico de la homosexualidad. Hace años, por razones de mi trabajo, tuve conocimiento de un proyecto desarrollado por la Marina de Estados Unidos que recibió el nombre secreto de «Task Force» (Fuerza de Choque). Aprovechando los experimentos de genetistas tan nombrados como Dean Hamer, los laboratorios militares iniciaron una investigación para averiguar si la homosexualidad masculina tenía un carácter hereditario. Si los resultados eran positivos, se abriría una «puerta» que podría anular o frenar esta «deformación», que tantos problemas ocasionaba —y ocasiona— a la referida Armada. Los ensayos fueron realizados sobre un millar de gemelos verdaderos, y se comprobó que el 50 por ciento de los gemelos de padres homosexuales era, a su vez, homosexual. Este carácter parcialmente heredable animó a los investigadores. Poco después se localizó una región en los cromosomas («Xq 28») que podría ser el origen del problema. Entre los voluntarios, casi el 90 por ciento de los gemelos homosexuales presentaba el mismo conjunto de cinco marcadores. En otras palabras: eran los genes los que interferían en el hipotálamo, favoreciendo la homosexualidad. Los cinco marcadores (puntos del genoma en los que la secuencia del ADN varía de un individuo a otro: polimorfos) —¿casualidad?— fueron detectados en el extremo del brazo largo del cromosoma «X», en la referida banda «Xq 28». El número de genes implicados era de 101. El sistema, conocido como «clonaje posicional», dejó claro que la homosexualidad es transmitida siempre por la madre (el cromosoma «X» es heredado por vía materna). No se sabe por qué, pero la cuestión es que los individuos con esa zona cromosómica más larga tienen tendencia a producir un mayor volumen de serotonina (una vez y media superior a la que proporciona la forma corta). Para los investigadores, por tanto, parece claro: la homosexualidad tiene un origen cromosómico. Sencillamente, se hereda, al igual que el color de los ojos, del cabello o la tendencia a padecer determinadas enfermedades. Éste es el criterio de los militares. *(N. del m.)*

ciarla? «La homosexualidad no es un error de Dios.» Así interpreté las palabras de Jesús. Somos nosotros los ignorantes. «Todo obedece a un orden...»

Al dejar atrás el «calvero del pelirrojo», Jesús apretó el paso, distanciándose de estos exploradores. Poco después, al cruzar el puente sobre la primera desembocadura del río Jordán, siguió recto. Sólo entonces supimos con certeza que se dirigía a Nahum (Kefar Nahum), también conocida por los cristianos como Cafarnaum. Los mojones o miliarios marcaban 3,3 millas romanas a esta población y otras dos a Beth Saida Julias. En menos de una hora avistaríamos Nahum.

Observé el sol. Se aproximaba al cenit. Estábamos cerca de la sexta (doce del mediodía). Y me pregunté: si el Maestro se detenía en Nahum, ¿qué haríamos? ¿Y por qué iba a detenerse? Realmente, nada sabíamos sobre los planes inmediatos del Galileo. ¿Tenía familia en aquel pueblo? ¿Podía ser un lugar de paso —quizá para pernoctar— como lo fue el *kan* de Assi? Lo único claro es que, una vez en Nahum, nos hallaríamos a poco más de nueve kilómetros de la cumbre del Ravid. Allí seguían la «cuna» y nuestras reservas de antioxidantes. Quizá deberíamos ascender al «portaaviones» y verificar el estado general de la nave. Aunque todo se encontraba en las inmejorables manos del ordenador central, la intranquilidad aparecía de vez en cuando. «Si el Destino así lo quiere —me dije—, hoy mismo estaremos en nuestro hogar. El ocaso será a las 17 horas y 38 minutos. Hay tiempo suficiente para llegar a lo alto con luz.»

Pero el Destino tenía otros planes...

No tardamos en divisarlo.

Nahum, como ya he referido en estos diarios, era un pueblo grande; no me atrevería a calificarlo de ciudad. Reunía unas nueve mil almas, aunque la población flotante era notable.

Mi hermano y yo detuvimos la marcha unos instantes. El Maestro seguía a la vista, a escasa distancia.

Nahum era un todo negro, sin límites precisos, a excepción del *yam* o mar de Tiberíades, que se presentó azul y rizado por el extremo sur. La piedra negra y volcánica —el basalto— lo dominaba todo en aquel núcleo cosmopolita, ubicado en un privilegiado cruce de caminos. Era como una Jerusalén en miniatura. Aunque Nahum era judía, sus habitantes formaban una intrincada mezcla de gentiles, entre los que destacaban fenicios, beduinos, griegos, egipcios, mesopotámicos e, incluso, orientales, procedentes de las lejanas regiones de las actuales China e India. Allí coincidían las caravanas procedentes de la Nabatea, de Tiro, del delta del Nilo, de la ruta de la seda y del reino de Saba, entre otros. Allí, en sus calles y en sus mercados, convivían en paz credos, filosofías y esperanzas. Allí se adoraba a los dioses de Numidia, Córcega, Grecia, Egipto, los desiertos líbicos, la Galia, Persia, las remotas tierras germánicas y, naturalmente, al severo Yavé.

El humo blanco de los hogares fue tumbado repentinamente, difuminando la masa negra del pueblo. Era el aviso. El puntual viento del oeste se había arrojado sobre el Kennereth, agitando las aguas del lago y dando vida a las embarcaciones que lo cruzaban. El *maarabit* soplaría hasta la puesta de sol. A partir de esos momentos, Nahum, como otros pueblos y aldeas de las costas del *yam*, era casi irrespirable. El polvo de las calles se ponía en pie, y los torbellinos, con el humazo de los fogones, deambulaban por las esquinas, hiriendo y sofocando a cuantos alcanzaban.

Eliseo insinuó que no debíamos perderlo. Tenía razón. Si el Maestro desaparecía de nuestra vista podríamos tener problemas...

Y siguiendo su consejo lo alcanzamos en el pequeño puente que saltaba sobre el río Korazaín, en las cercanías de Nahum. Las aguas, terrosas, bajaban mermadas como consecuencia del estío.

Y, de pronto, apareció...

Lo olvidé, una vez más.

Junto al puentecillo, a nuestra izquierda, se presentó el viejo caserón de una planta que hacía las veces de «aduana». Al recordar, el corazón se sobresaltó. Allí trabajaba Mateo Leví, uno de los íntimos de Jesús. Mejor dicho, uno de los que —en el «futuro»— llegaría a ser su discípulo.

¿Cómo reaccionaría el Maestro? ¿Sabía ya quiénes formarían ese inicial grupo de apóstoles? Después de lo que había visto y oído en aquellas semanas, ¿de qué me asombraba? ¡Pobre ignorante! ¡No sabía nada sobre aquel Hombre!

El edificio, tan negro como la reputación de los inspectores del fisco que lo habitaban, era un lugar obligado. Se hallaba cercano al límite de los territorios regentados por Filipo, al norte, del que regresábamos, y Herodes Antipas, su hermanastro, que reinaba —en teoría— en la Galilea y la Perea. Todo el que cruzaba en uno u otro sentido era inspeccionado. El «peaje» dependía de la carga y del buen humor del publicano de turno...

Nos aproximamos despacio.

En la fachada norte, difuminado entre las sombras de dos frondosas higueras, roncaba un inofensivo Mateo (su nombre, en realidad, era Matatiahu). En esa misma pared, apoyados en las piedras de basalto, descansaban las picas, los escudos rojos y ovalados y los temibles *gladius hispanicus* (las espadas de doble filo) de los soldados romanos que custodiaban habitualmente el lugar. No acertamos a verlos. Quizá descansaban o dormían en el interior de la «aduana». La temperatura en el *yam* debía de rondar los 25 grados Celsius...

Me alegré. La presencia de las tropas auxiliares —generalmente samaritanos, sirios o germánicos—, de muy baja extracción social, era casi siempre una fuente de conflictos. Yo lo sabía por experiencia...

Esperamos la reacción del Maestro. No se movió. Durante unos segundos permaneció inmóvil a un par de pasos del recaudador de impuestos. Ni Eliseo ni yo nos atrevíamos a respirar. Sólo se oían los ronquidos —heroicos— y el zumbar de los insectos, apiñados bajo la frescura de las grandes hojas verdes de las higueras.

Mateo, como ya he dicho, era relativamente joven. En aquellas fechas (año 25 de nuestra era) contaba unos treinta y un años. La misma edad del Maestro. Y digo relativamente joven porque, en ese tiempo, la expectativa media de vida, para los varones, no superaba los cuarenta y cinco años...

Recostado en el muro, con una túnica blanca de lino empapada en sudor, Mateo replicaba de vez en cuando, y automáticamente, al asedio de moscas e insectos. Siempre lo conocí enjuto, ligeramente encorvado y con los cabellos rubios y ondulados meticulosamente lavados y peinados, descansando sobre los estrechos hombros. Su estatura —alrededor de 1,75 metros— y aquel perfil afilado proporcionaban una impresión equivocada. El publicano no era frágil. Todo lo contrario. Mateo era un judío de una especial fortaleza exterior..., e interior. En breve lo comprobaríamos...

Curioso Destino. El Maestro, de pronto, fue a tropezar con los dos símbolos más aborrecidos por sus compatriotas, los judíos: el invasor romano y los publicanos o recaudadores de hacienda. Estos últimos eran especialmente odiados por la población. Los *gabbai* —así los llamaban— representaban otro de los oficios despreciables, que rebajaban socialmente de forma inexorable (en una de las listas de los judíos ortodoxos, «Sanhedrin 25», aparecían en el último puesto, por debajo de los jugadores de dados, los prestamistas, los organizadores de concursos de pichones y de apuestas en general, los traficantes de productos del año sabático y los pastores). Al margen del trato despótico y de la falta de escrúpulos de dichos publicanos —no todos actuaban tan desvergonzadamente—, lo cierto es que la nación israelita los veía como una prolongación de Roma, los miserables *kittim*. A los impuestos de naturaleza religiosa, los judíos debían sumar los civiles, con el agravante de que esas tasas enriquecían a los invasores (1) y a sus colaboradores. Los

(1)   Desde hacía más de doscientos años, los pueblos dominados por Roma pagaban algunos de los impuestos a sociedades o individuos romanos (generalmente, caballeros de la orden ecuestre) que, a su vez, se comprometían a pagar cantidades concretas al tesoro público *(in publicum)*. Estos recaudadores o publicanos nombraban a sus representantes en los respectivos países, designándoles la nada grata misión de recaudar el dinero que ellos habían adelantado a Roma. Esta situación se prestaba a toda clase de abusos y corrupciones. Una vez subastada la cantidad que fijaba Roma, los publicanos eran libres de cobrar lo que desearan o pudieran, siempre muy

publicanos tenían fama de ladrones, mentirosos y traidores. Eran «pecadores» de la peor calaña, a la misma altura de bastardos y paganos. Nadie les daba crédito. Nadie los escuchaba. Vivían prácticamente apartados, con una escasa relación vecinal. Si alguien simpatiza-

por encima de lo satisfecho al referido tesoro público. En el caso de la Judea, las cargas fiscales establecidas por el invasor eran abrumadoras (alrededor del 50 por ciento de las ganancias anuales de una familia). Los judíos, de hecho, protestaron en diferentes oportunidades a los respectivos emperadores (así lo refleja Tácito en el año 17 después de Cristo). En ese «saco» de los impuestos indirectos entraba todo lo que pudiera imaginar el publicano: acceso a puentes, caminos o carreteras, transporte de mercancías (cada producto con su precio), apertura de comercios, venta de agua y un largo etcétera. Para que podamos hacernos una idea aproximada de lo que significaba este movimiento de dinero, según nuestras informaciones, los territorios de Antipas pagaban a Roma del orden de seiscientos talentos al año; es decir, unos dos millones ochocientos mil denarios de plata (más o menos, tres millones de dólares). A partir de esa cantidad, todo era beneficio. Y los judíos, con razón, murmuraban y alentaban toda suerte de levantamientos, obligando a los publicanos a contratar protección armada.

A estos impuestos indirectos, Roma sumaba los directos: los llamados *tributum soli* (por tierras y patrimonio) y los *tributum capitis* (personal). Para cobrar las rentas por tierras, casas, etc., el Estado recurría a las llamadas «toparquías» (divisiones administrativas con sus respectivos «archivos catastrales», en los que ni una piedra dejaba de ser registrada. En la Galilea, por ejemplo, existían cuatro: Garaba, Tarichea, Séforis y Tiberíades). Para la ejecución de este segundo impuesto —de «capitación»— se hacía imprescindible la existencia de censos (uno de ellos fue el que puso en camino a los padres terrenales de Jesús desde Nazaret a Belén). También los publicanos se hacían cargo de estas exacciones. Cuando el contribuyente no estaba en condiciones de abonar la cuota, el recaudador podía prestar dinero al ciudadano, sangrándole con un interés desproporcionado. Y se daba la paradoja de que una deuda pública terminara por convertirse en un «negocio» privado. Roma era implacable y demandaba una constante puesta al día de las propiedades, obligando a continuas evaluaciones y a las correspondientes rectificaciones de los tributos. El invasor exigía la décima parte de las cosechas de cereal, así como un quinto de las de vino. Cada trabajador debía abonar un tanto proporcional del valor de los efectos personales o profesionales. Si el industrial, campesino, pescador o comerciante tenía asalariados, estaba obligado a retener una parte del jornal, en concepto del referido impuesto de «capitación».

A este funesto cuadro había que añadir las obligadas tasas religiosas, a las que ya me referí en su momento, fijadas en el Génesis (14, 20), que presumían que el «diezmo de todo pertenecía al Altísimo». Dichos impuestos permitían el sostenimiento del Templo, en Jerusalén, y, naturalmente, de los miles de sacerdotes que estaban a su servicio. Los judíos mayores de doce años pagaban medio siclo (dos denarios de plata), amén de la contribución exigida por las sinagogas de las respectivas ciudades y pueblos. Pero este tributo era insignificante al lado del que se denominaba «diezmo». La ley esba con ellos o se sentaba a su mesa —éste fue el caso del Hijo del Hombre durante la vida pública o de predicación—, automáticamente era considerado «pecador» y, lo que era peor, «traidor» a la nación judía.

Ésta, en principio, era la «tarjeta de presentación» del hombre que teníamos delante...

En una de aquellas bruscas maniobras, al espantar con las manos las moscas que lo martirizaban, Mateo abrió los ojos. En un primer instante, al descubrir las tres figuras inmóviles y silenciosas, pendientes de su persona, el recaudador se alteró ligeramente. Parpadeó nervioso y los ojos azules trataron de acomodarse a la intensa luz del mediodía. Pero, con un excelente dominio de sí mismo, nos recorrió uno por uno, comprendiendo que su descanso había terminado.

Jesús le facilitó las cosas. Abrió el saco de viaje y, sin mediar palabra, lo aproximó a sus pies. Mateo Leví no respondió a las indicaciones del Maestro. Aunque él sabía que debía revisar el petate, continuó con la mirada fija en la del Galileo. Tuve la sensación de que trasteaba en la memoria. Quizá lo había visto antes. Quizá el rostro de Jesús le resultaba familiar. Nunca llegué a saber el porqué de aquel intenso y extraño cruce de miradas. Miento: en el caso del Maestro, sí lo sospeché. Él «sabía» quién era Mateo y lo que sucedería en cuestión de meses...

El publicano bajó la vista y, finalmente, curioseó en el interior del saco de viaje del Galileo.

De pronto dio con algo que, al parecer, llamó su aten-

---

tablecía que la décima parte de toda cosecha, rebaño, pesca y, en general, de cualquier producto del suelo, debía ser entregada al culto de la Ciudad Santa. La ambición de los sacerdotes llegaba a extremos insospechados. Diezmaban todo lo imaginable: desde los huevos de un gallinero a las modestas hierbas utilizadas para cocinar o la leña destinada al invierno. ¡Y pobre de aquel que ocultase sus propiedades a los levitas enviados a la requisa! Un producto no diezmado era calificado de «impuro» y, en consecuencia, su propietario caía en la ignominia del pecado. A partir del 15 de *adar* (febrero-marzo), largas caravanas de carros con los diezmos afluían a Jerusalén desde todos los rincones del país, transportando las «primicias» y lo más granado de la producción. Y los responsables del Templo se frotaban las manos de satisfacción. El sustento de todos ellos —y algo más— estaba garantizado «en nombre de Yavé». *(N. del m.)*

ción. Alzó los ojos y con aquella voz aflautada, característica de Mateo, interrogó a Jesús, al tiempo que lo extraía del petate.

—¿Y esto?

El Maestro se encogió de hombros y, señalando a Eliseo, comentó:

—Un regalo...

Mateo no respondió. Inspeccionó la húmeda tela que cubría las pequeñas raíces del vástago y, serio, exclamó:

—Apresúrate... Puede morir.

El Hijo del Hombre tomó entonces el retoño de olivo que, efectivamente, le había regalado mi hermano en su treinta y un cumpleaños, en las cumbres del Hermón, y, con énfasis, sentenció:

—En mis manos, nada muere. Y mucho menos la paz...

Y recordé con emoción las palabras del Maestro en aquel 21 de agosto, al recibir el olivo que nos entregó el general Curtiss: «...Un regalo de otro mundo para el Señor de todos los mundos... Lo plantaremos como símbolo de la paz... La paz interior: la más ardua...»

—De todas formas —insistió el publicano—, apresúrate...

El Hijo del Hombre guardó con mimo el vástago y replicó con unas frases que Mateo, lógicamente, no comprendió en esos momentos.

—Nunca tengo prisa... Dios actúa, pero nunca con prisa... Cuando llegue la hora, cuando decida plantar la paz en los corazones, tú serás de los primeros en saberlo...

—Está bien —repuso el recaudador con sorna—, también los *gabbai* tenemos derecho a un poco de paz... De momento, esa paz te costará un as...

»En cuanto a vosotros —añadió sin mirar nuestros sacos—, con dos leptas cada uno será suficiente...

Pagué el «peaje» y nos alejamos del caserón. Mateo volvió a buscar acomodo bajo las higueras y, al poco, los ronquidos sonaron «5 □ 5» (fuerte y claro) a nuestras espaldas.

Y el Maestro, tomando la iniciativa, rodeó la aduana, encaminándose despacio hacia la tela de araña que formaban los huertos y las plantaciones que rodeaban Nahum por aquel flanco oriental.

No sé de qué me sorprendía...

Jesús de Nazaret era así. Durante el tiempo que permanecimos con Él jamás se alteró por aquello que disgustaba a sus paisanos. El encuentro con el publicano y con las armas de los *kittim* no pareció molestarle. No torció el gesto ni se permitió comentario alguno al respecto. Nunca, que yo recuerde, se pronunció en contra —ni tampoco a favor— del invasor de su país o de la odiada presencia de los recaudadores. En ese aspecto fue también rotundo. Jamás mezcló la política o los negocios con su misión. Jamás.

Eliseo preguntó en voz baja si tenía idea de nuestro destino inmediato. Negué con la cabeza. Lo único que estaba claro era que el Galileo pretendía llegar a algún punto del pueblo.

Y con un perfecto conocimiento de la zona, el Maestro avanzó por los senderillos que esquivaban los muretes de piedra negra que delimitaban las decenas de frondosos huertos en los que destacaban altos nogales, granados, almendros, higueras y tupidos sicomoros. Apenas vimos *felah*. El intenso calor en el *yam* no hacía aconsejable el trabajo al aire libre. Imaginé que la mayoría de los campesinos, al igual que Mateo, el publicano, procuraban aliviar el rigor de aquellas horas con un buen sueño y una mejor sombra.

Algunos respondieron al saludo del Maestro, llamándolo por su nombre: «Yehošu'a» o «Yešúaʿ» («Yavé salva») [el Hijo del Hombre nunca recibió el nombre de Jesús. Esta designación fue muy posterior (1)]. Estaba claro que lo conocían. Y recordé las informaciones del viejo Zebedeo, el propietario de los astilleros en los que, al parecer, había trabajado el Galileo durante una temporada. Era verosímil que Jesús se hubiera alojado en

_____

(1) En realidad, el nombre de Jesús, por el que se lo conoce, es una «occidentalización» de la designación hebraica; más exactamente del término arameo Yešúaʿ o Josué. *(N. del m.)*

Nahum durante ese tiempo. ¿Era por eso por lo que devolvían el saludo, añadiendo el «Yešúaᶜ»?

Al dejar atrás el cinturón verde que rodeaba la población, el viento del Mediterráneo, colgado hasta esos instantes entre los frutales, se dejó caer sobre los callejones que formaban aquella parte del pueblo. Y azotó tenaz, rebozándonos en la mezcla de polvo y ceniza volcánica que «pavimentaba» Nahum.

Jesús siguió caminando con absoluta seguridad. La zona, en el extremo oriental, era desconocida para mí. Supuse que el Galileo había elegido un atajo, evitando las calles más concurridas. Pero, al momento, comprendí que estaba especulando.

Y, como pude, entre torbellino y torbellino, intenté hacerme con un máximo de referencias, siempre útiles a la hora de desplazarnos.

Nahum, salvo las dos calles principales, diseñadas según el patrón helénico-romano (*cardo maximus* y *decumani*), es decir, en forma de cruz, y un puñado de calzadas que interceptaban vertical y horizontalmente a estas vías básicas, era otro endiablado laberinto, relativamente parecido al de los barrios antiguos de la Ciudad Santa. Nos costó un tiempo, pero, finalmente, logramos orientarnos en aquel pandemónium de callejuelas.

¿Callejuelas? La mayoría era un dédalo de callejones, estrechísimos, en los que apenas podían cruzarse dos personas. Las casas, todas en piedra negra, casi siempre de una sola planta —excepción hecha del «centro»—, penetraban unas en las otras, haciendo invisible la separación entre propiedades. Nunca supimos dónde empezaba y dónde terminaba la vivienda de una familia.

El *maarabit* golpeaba los toldos que, con buen criterio, eran amarrados, durante los días veraniegos, de una terraza a otra, proporcionando así una temperatura más suave a los transeúntes y, por añadidura, unas sugerentes tonalidades naranjas, verdes y blancas a cuanto formaba parte del callejón en cuestión.

Algunas mujeres, alertadas por el ímpetu del viento, se asomaban a las estrechas ventanas —casi troneras—, avisando a las vecinas con agudos chillidos. Nos observaban brevemente, y desaparecían en las tinieblas, atrancando con fuerza las contraventanas de madera. Más allá, otras matronas repetían la operación, burlando así al mortificante viento.

Traté de distinguir en el interior de las casas. Imposible. La mayoría de las puertas, anchas y no muy altas, aparecía cubierta con una tupida red embreada que hacía imposible la observación desde el exterior. No ocurría lo mismo desde el interior...

En algunos patios abiertos sí acerté a descubrir las siluetas de sus habitantes, casi todos mujeres. Cocinaban, lavaban o atendían a los más pequeños. La lucha con el humo de los fogones era una batalla perdida. Y la tos y los lamentos se sumaron a los gritos de las «avisadoras», al llanto de los niños y a los amenazadores ladridos de los perros.

Jesús, inmutable, prosiguió. El terreno seguía descendiendo con suavidad.

¿Hacia dónde nos dirigíamos? Ni idea.

De vez en cuando, el Maestro y estos exploradores, forzados por la aparición de uno o varios asnos, nos veíamos en la necesidad de hacernos a un lado y refugiarnos en los huecos de las puertas o en el umbral de los patios. Animales y burreros tenían preferencia. Ésa era la costumbre.

Y fue en una de esas obligadas pausas, mientras aguardábamos el paso de uno de aquellos altos y marrones onagros, cargado de pescado del *yam*, cuando, entre los muros, divisé algo que me llamó la atención. No se hallaba muy lejos. Quizá a un centenar de metros, al otro lado del río que se deslizaba perezoso hacia el lago. Al principio no supe qué hacía aquella gente. Después, al observar las pequeñas llamas y el humo que coronaban buena parte del montículo, creí entender. Era el basurero de Nahum...

Alrededor de veinte individuos, todos ellos portando sacos y canastas, se desplazaban lentamente sobre la *géhenne* (1), buscando y seleccionando lo que otros desechaban.

(1) Los basureros, en Israel, recibían el nombre de *géhenne* o *gehenna* (infierno). El más célebre fue el existente al este de Jerusalén. El valle de los hijos de Hinón aparece ya en el libro segundo de los Reyes (23, 10). Proba-

El Destino, como siempre, me tenía reservada una sorpresa, directamente relacionada con aquel grupo de infelices. Pero de eso espero ocuparme en su momento...

Y poco a poco dejamos atrás el laberinto de piedra, el tufo de las hornillas, los chillidos y los rebuznos, la peste a orín, el rítmico golpeteo de las ventanas y el silbido del *maarabit*, enredado en toldos y redes.

La reconocí al momento.

Al salir del barrio oriental fuimos a desembocar al *cardo*, la calle principal de Nahum. La arteria, de unos seis metros de anchura, dividía el pueblo de norte a sur. Yo la había recorrido en diferentes oportunidades. La primera con Jonás, un *felah* amable que me prestó un buen servicio al conducirme hasta el astillero de los Zebedeo, en la desembocadura del río Korazaín.

El flujo de gente era menor. Supuse que la hora, con el sol en lo alto, y el rebelde viento no propiciaban las visitas a los comercios que se alineaban a uno y otro lado de la calzada, bajo los pórticos. Los comerciantes, aburridos, peleaban con el *maarabit*, protegiendo el género con grandes paños de tela. Aun así, a cada racha, frutas, verduras, carnes, especias, cereales y pescado resultaban contaminados con nuevas dosis de polvo y ceniza.

Noté una cierta alegría en el rostro de Jesús. Y sus ojos buscaron entre los paseantes y curiosos. Tuve la sensación de que esperaba encontrar a alguien entre los que iban y venían...

Seguimos caminando hacia el sur, en dirección al puerto, y quien esto escribe, contagiado por el mismo sentimiento, se dedicó a explorar los rostros de los clientes que inspeccionaban las mercancías o que regateaban con los encargados o dueños de los negocios. Pero ¿a quién

---

blemente se trataba de un nombre jebuseo o cananeo, anterior a la llegada de los judíos. Aunque inicialmente era un lugar en el que se adoraba al dios cananeo Molok, los israelitas, tras el exilio, lo adoptaron como el símbolo del infierno: un paraje oscuro, subterráneo, siempre en llamas, en el que eran atormentadas las almas de los impíos. Era el *Tofet*, según Jeremías (7, 31), donde todo se quemaba. Para los babilonios, estos basureros eran el reino de Nergal, el dios del infierno. Los cristianos, posteriormente, hicieron suya la idea, modificando el sentido de la palabra *géhenne*. *(N. del m.)*

debía hallar? ¿Quizá al viejo Zebedeo o a sus hijos, Santiago y Juan? Si la memoria no me traicionaba, en esos momentos eran los únicos del círculo del Maestro que frecuentaban Nahum. Su residencia, como mencioné, estaba en la aldea cercana de Saidan.

Y el Maestro aminoró el paso. Finalmente se detuvo. Nos encontrábamos a no mucha distancia del muelle. Quizá a un centenar de metros.

Eliseo y yo permanecimos muy cerca, expectantes. ¿Qué pretendía?

La mirada quedó fija en un muro de unos tres metros de altura. Era una típica construcción de Nahum: piedra negra basáltica, en forma de disco, apilada cuidadosamente y con los intersticios rellenos de barro y guijarros. Corría a lo largo de unos veinte metros, a la derecha del *cardo* (tomaré como referencia la dirección sur-norte que llevábamos en esos momentos). Casi en el centro se abría un portalón. Aquella fachada se hallaba retranqueada respecto a los pórticos y galerías del resto de la calle, formando una breve y estirada explanada. Aquel espacio, como el resto del *cardo*, aparecía enlosado con grandes planchas de basalto, desgastadas y brillantes por el paso del tiempo y de las caballerías. Tres escalones ayudaban a llegar a la base del portalón. Aquel sistema, elevando el nivel de las construcciones sobre el *cardo maximus* y el *decumani*, era muy útil. En invierno, con las fuertes lluvias, evitaba que el agua inundara las casas.

El Maestro siguió observando. No dijo nada. Parecía disfrutar con la visión de la puerta, totalmente abierta, y con las paredes que sobresalían por encima del muro. En un primer momento, mejor dicho, en un primer examen, no supe qué pensar. Podía tratarse de una de las habituales viviendas judías, compartidas generalmente por varias familias. Dos de los habitáculos, como digo, se alzaban por encima del muro protector, alcanzando los cuatro y seis metros de altura, respectivamente. Las azoteas aparecían protegidas por sendos muretes, tal y como indicaba la Ley. El Deuteronomio (22, 8) exigía que el terrado estuviera provisto del correspondiente pretil, «para que tu casa no incurra en la venganza de sangre en el caso de que alguno se cayera de allí». Por debajo de la protección señalada por Yavé, distinguí las vigas de sicomoro (resistentes a los gusanos) que armaban la techumbre. (En aquella región, los tejados eran frágiles. Los construían con las referidas vigas y un armazón de cañas, palos y viguetas sobre el que se extendía una gruesa capa de barro mezclado con paja. Al finalizar el período de lluvias, los propietarios remodelaban y alisaban la azotea.) Algo más abajo, las negras paredes habían sido abiertas con cuatro o cinco troneras, a cuál más estrecha, y cuya misión, en aquel caluroso clima, era, sobre todo, la ventilación.

¿Estábamos frente a una vivienda judía? Al reparar en las jambas de piedra del portalón me asaltó la duda. Allí no figuraba la *mezuzah*, el pequeño estuche metálico de apenas diez centímetros de longitud que se empotraba a la derecha de la puerta o en los postes que hacían de jambas y que, según la Torá, protegía la morada contra toda suerte de males y demonios (1). Cada vez que un judío entraba o salía de su casa, o de cualquier otra vivienda considerada «limpia» (2), tocaba la *mezuzah* con reverencia y se llevaba los dedos a los labios. La mayoría creía que este gesto era suficiente, no sólo para obtener la protección personal, sino, incluso, para lograr el éxito en el

(1)   En el interior del estuche metálico se guardaba un pequeño pergamino, plegado longitudinalmente, en el que se escribían las veintidós líneas conservadas en el Deuteronomio (6, 4-9 y 11, 13-21): «Escucha, Israel: Yavé, nuestro Dios, es el único Yavé. Amarás a Yavé tu Dios con todo tu corazón, con toda tu alma y con toda tu fuerza. Queden en tu corazón estas palabras que yo te dicto hoy. Se las repetirás a tus hijos, les hablarás de ellas tanto si estás en casa como si vas de viaje, así acostado como levantado; las atarás a tu mano como una señal, y serán como una insignia entre tus ojos; las escribirás en las jambas de tu casa y en tus puertas...»
La *mezuzah*, como las filacterias, era un símbolo externo que ayudaba a identificar a los judíos y también sus viviendas o propiedades. Para la casta de los fariseos, la *mezuzah* era una obligación, dictada por Yavé. Muchos de los que simpatizaban con estos rigoristas de la Ley exteriorizaban su postura con el uso del referido estuche metálico sobre las puertas. Para nosotros fue siempre de gran utilidad. *(N. del m.)*
(2)   Las llamadas *diroth cavod* o «moradas de honra» (exclusivamente judías) eran los únicos lugares en los que podía fijarse la *mezuzah*. Era importante que tuvieran el carácter de vivienda. Así, por ejemplo, las sinagogas, los baños y los comercios en general nunca debían lucirlas. *(N. del m.)*

trabajo o en los negocios durante esa jornada. La superstición se hallaba tan arraigada que hombres y mujeres vigilaban constantemente que la zona próxima a dicha *mezuzah* (en un radio de un codo, unos cuarenta y cinco centímetros) estuviera limpia y reluciente. De lo contrario —decían—, la casa podría ser invadida por 365 demonios...

Y en eso estábamos cuando, súbitamente, el Maestro arrancó.

Nos fuimos tras Él pero, antes de que pudiéramos reaccionar, una carreta, una de aquellas *redas* de cuatro enormes y sólidas ruedas de madera, se interpuso en nuestro camino. Poco faltó para que nos atropellara. El conductor, látigo en mano, nos maldijo y, azuzando a las mulas, se perdió por el *cardo* en dirección a la triple puerta, al norte.

Sólo fueron unos segundos, pero...

Nunca supimos de dónde salió y cómo se plantó frente a estos aturdidos exploradores. Quizá viajaba en la *reda*, entre los toneles. Fue la única explicación medio lógica...

La cuestión es que nos cerró el paso.

—¡Cambio monedas! —gritó, al tiempo que agitaba una bolsa de tela frente a los ojos de Eliseo—. ¿Necesitáis moneda romana? ¿Quizá judía?

El sujeto, de baja estatura, cetrino, con una barba larga y teñida de rojo, amarrada al ceñidor de cuerdas, lucía un parche negro de cuero sobre el ojo izquierdo.

Instintivamente levanté la mirada, buscando al Maestro. Se perdía ya por el portalón de la supuesta casa judía que había contemplado con tanto interés.

Quise esquivar al «cambista» pero, ágil, me sujetó por una de las mangas, insistiendo:

—... ¡Te ofrezco el dracma a veinticinco sestercios!

Ni siquiera me negué. Mis ojos continuaban fijos en el portalón. Eliseo, a mi lado, tampoco supo reaccionar.

—Está bien —aparentó el tuerto—, puedo pagarte a cuatro denarios y medio el tetradracma...

Y comprendí que estábamos ante uno de los rateros que infestaban Nahum. Ningún cambista oficial, autorizado por la Ley, se habría manifestado en esos términos. El dracma griego, en aquellos momentos, se cotizaba al mismo valor que el denario de plata romano. Un tetradracma o *stater* era equivalente a cuatro denarios o veinticuatro sestercios.

Allí, como digo, había gato encerrado...

Y fue al intentar zafarme del pegajoso sujeto de la llamativa barba roja cuando oímos los primeros gritos.

Procedían del edificio en el que acababa de entrar el Hijo del Hombre.

Nos alertamos. ¿Qué sucedía?

Los gritos se incrementaron. Parecían voces de mujeres.

Algunos transeúntes, igualmente alarmados, corrieron hacia el portalón y se arremolinaron bajo el dintel.

Me liberé, al fin, de la garra del tuerto y salté veloz hacia el muro. Supongo que Eliseo me imitó. Ni siquiera me volví para comprobarlo. Algo me decía que debía estar atento...

Traté de abrirme paso entre los curiosos que cerraban el portalón. Imposible. La gente, tan interesada como yo, no lo permitió. Y allí permanecí, atrapado, con una visión parcial de lo que ocurría en aquel patio abierto.

Lo primero que vi fue una mujer, fuertemente abrazada al Galileo. Casi colgaba de su cuello. Era joven. Por detrás, arrodillada frente a un barreño, arremangada, otra mujer contemplaba la escena. A un lado, sobre las losas, un niño de meses miraba boquiabierto. Estaba sentado y desnudo.

En un primer momento no supe quiénes eran. Jesús y la mujer, abrazados, me tapaban en parte a la que continuaba de rodillas.

¿Cómo no me di cuenta? Aquellos cabellos rojizos...

La joven siguió gritando, y el niño, asustado, rompió a llorar. Fue entonces, al levantarse, cuando la reconocí.

La de la túnica arremangada se apresuró a rescatar al pequeño y, apretándolo contra su pecho, intentó consolarlo.

—¡Es el *tektōn*! —exclamaron algunos de los que me aprisionaban—. ¡Es el carpintero!... ¡Ha vuelto!

Y la Señora, con el niño, se unió al abrazo, repitiendo:

—¡Yešúaᶜ!... ¡Has vuelto!...

Era, en efecto, Miriam o María —la Señora—, la madre de Jesús de Nazaret.

La encontré más delgada. En ese setiembre del 25 podía contar unos cuarenta y cinco años de edad. Conservaba parte de su belleza. Los ojos rasgados, verde hierba, ahora humedecidos, y los cabellos negros, lacios, peinados con raya en medio y recogidos en la nuca, me trajeron gratos recuerdos...

—¡Decían que había muerto! —aseguró uno de los vecinos.

—¡No —terció otro—, la familia mantenía que se hallaba en Alejandría, estudiando!

Empecé a comprender.

El Maestro había permanecido ausente durante casi cuatro años, con dos o tres breves y esporádicas visitas a los suyos. Fue el tiempo de los grandes viajes, como ya referí. Una etapa «secreta» —la única—, que jamás fue desvelada. Y corrió el rumor, efectivamente, de que el *tektōn* (carpintero y herrero) de Nazaret estaba muerto o desaparecido. La Señora hacía cinco meses que lo había visto por última vez.

No supe explicarlo en esos instantes, pero noté algo raro. Aquel abrazo, el de la Señora, no fue tan efusivo como el de la pelirroja. ¿Por qué?

Y la joven Ruth, alborozada, siguió besando y abrazando a su hermano mayor, al tiempo que gritaba el nombre de Jesús. El Galileo, emocionado, acarició una y otra vez los rojizos cabellos de la «pequeña ardilla» y, tímidamente, los de su madre.

Necesité un tiempo, pero, al final, caí en la cuenta. La muchacha que colgaba del cuello de Jesús era la pequeña de la familia, la hija póstuma de José, nacida en la noche del 13 de marzo del año 9 de nuestra era. Hacía seis meses que había cumplido dieciséis años. Me estremecí al reconocerla. Era más atractiva que en el año 30. Los ojos, igualmente almendrados y verdes —herencia de la Señora—, y el cutis transparente, de porcelana, levemente emborronado por un puñado de pecas, le proporcionaban una belleza casi enigmática. Vestía el clásico *cha-luk*, la túnica hasta los tobillos; en ese momento de un azul claro, luminoso, con un ceñidor ancho que realzaba el hermoso pecho.

El «incidente» empezó a esclarecerse. Se trataba, sencillamente, del retorno de un hijo. Así lo vieron y lo entendieron los vecinos y curiosos y, una vez despejada la incógnita de los gritos, dieron media vuelta y desaparecieron. Y Eliseo y quien esto escribe, al fin, pudimos avanzar sobre aquel patio a cielo abierto. Un patio común, típico en Nahum, al que daban las diferentes estancias que integraban la casa. Era largo y relativamente estrecho. Calculé quince por seis metros. Al fondo, alegrando el negro de las paredes, se abría un granado joven cargado de frutos. Aunque nos hallábamos en el final del verano, la copa verde y redondeada presentaba todavía algunos manojos de flores rojas, muy vivas. Ésa, diría yo, era la característica que distinguía aquella casa: las flores. Las había por todas partes. En los muros, en las azoteas y en los parterres practicados al pie de las paredes. Recuerdo, sobre todo, los lirios negros, las rosas encendidas de Sharón (en realidad, un tipo de tulipanes), las delicadas coronas de Salomón, las voluntariosas margaritas blancas y amarillas, la tulipa de montaña cantada por Isaías, los narcisos de mar, precursores de la lluvia, con las flores blancas como la nieve, y la menta, con sus variedades de hierbabuena y «piperita», suavizando los ásperos aromas de los fogones.

Fue en esos momentos, al situarnos en el umbral, cuando reparamos en la tercera mujer. Permanecía inmóvil, a nuestra derecha, casi pegada a una de aquellas bajas e incómodas puertas. Estaba embarazada. A su lado, agarrada a la túnica marrón, una niña de unos cuatro años, con la cabeza rapada, asistía curiosa a la escena de Ruth y la Señora, abrazando a aquel Hombre de 1,81 metros de altura. Era Esta, la esposa de Santiago, hermano del Maestro. Supuse que la niña, Raquel, la hija mayor del matrimonio, a la que conocí en Nazaret, no recordaba a su tío. Y me extrañó la actitud de Esta. Parecía huidiza. ¿Por qué no había corrido al encuentro de Jesús?

El Maestro se percató también de la presencia de la tímida (?) cuñada y, liberándose dulcemente del abrazo de la Señora, caminó hacia la embarazada. Ruth no permitió que su hermano mayor la soltase y, así, colgando del cuello, lo acompañó hasta Esta. Sólo allí accedió a descender sobre las losas del pavimento. Los pies, descalzos, lucían sendos aretes de un material negro y brillante.

Jesús, sonriente, esperó un saludo o una palabra de cortesía. Sin embargo, Esta, aturdida, sólo replicó con una media sonrisa.

Ruth salvó la situación. Con su natural espontaneidad tomó la mano izquierda del recién llegado y la colocó sobre el vientre de la mujer.

—¡Atiende! —comentó la «pequeña ardilla»—. ¡Ya se mueve! ¡Nacerá para *adar*!

Eso quería decir febrero, más o menos. Esta, por tanto, se encontraba en el quinto mes de gestación, aproximadamente.

El Maestro, con la mano extendida sobre la túnica, aguardó impaciente. Y, al poco, el asombro y otra sonrisa vinieron a confirmar las palabras de la pelirroja. El feto se había movido...

Y el Galileo pasó de la emoción a la risa.

—¡Se mueve! —gritó.

No conseguía acostumbrarme. Aquella imagen de Jesús de Nazaret, aguardando la patada de un bebé en el seno materno, era nueva para mí...

E igualmente desconcertante fue la siguiente escena.

Tras acariciar las mejillas de la niña de cabeza rapada, el Maestro cayó en la cuenta de nuestra presencia y, reuniéndose con su madre, le susurró algo. La Señora dejó al niño que sostenía entre los brazos sobre el oscuro pavimento de piedra, se acercó y, tras desearnos la paz, rogó que tomáramos posesión de la casa.

Me estremecí. María no me había reconocido. No podía...

Agradecimos la hospitalidad y, sin saber muy bien qué hacer, dimos unos pasos...

Todo fue muy rápido.

A una orden de la Señora, Ruth y Esta la siguieron, y se perdieron en el interior de una de las habitaciones. La niña, con los ojos fijos en aquellos tres hombres, a trompicones, siempre aferrada a la túnica de la madre, se perdió también en la oscuridad de la estancia.

Jesús, feliz, tomó entonces al pequeño que jugueteaba en las proximidades del barreño, lo alzó y preguntó:

—¿Quién eres tú?

El bebé, con el cráneo igualmente pelado (una sabia medida contra las epidemias de piojos que martirizaban a todas las poblaciones), observó a Jesús con sus enormes y azules ojos.

—¡Tú debes de ser Amós!

La voz del Galileo, cálida y templada, se quebró ligeramente. Imaginé que el nombre le traía lejanos recuerdos. Hacía mucho, cuando Él contaba dieciocho años, su hermano Amós falleció en Nazaret a la edad de seis. Probablemente, una epiglotitis aguda se lo llevó. Según pude averiguar algún tiempo después, Santiago y Esta habían decidido recordar al infortunado Amós designando con este nombre al primero de sus varones.

El Hijo del Hombre, inmerso en los viajes, casi no conocía a sus sobrinos...

Y el bebé reaccionó como era de esperar. Primero fueron los pucheros. Después, aunque el Maestro trató de congraciarse con la criatura, llegaron las lágrimas...

De nada sirvieron las buenas palabras. Amós, agitado en el aire por aquel extraño, arreció en su llanto. El Galileo, sin saber cómo actuar, lo levantó un poco más, por encima de la cabeza. Y sucedió...

El niño, asustado, se orinó y mojó el rostro y las barbas del inexperto tío.

Tuve que hacer un esfuerzo para no soltar una carcajada. Eliseo, en cambio, no pudo contenerse, y las risas llenaron el patio. Al poco, el propio Jesús se unía al regocijo de mi hermano con otras no menos sonoras carcajadas. Así era aquel Hombre...

Esta y Ruth regresaron en pleno alboroto. Fue Jesús, todavía con el niño entre las manos, quien confesó lo ocurrido. Y la «pequeña ardilla» soltó las esteras que portaba y se hizo cargo de Amós, colmando de mimos al pequeño. Esta ordenó las esterillas de esparto al pie del granado y, con una escueta indicación, nos invitó a tomar asiento. Después, sin palabras, rescató al bebé y volvió a perderse en el interior de una de las estancias.

Eliseo y yo obedecimos. Y durante unos instantes permanecí ensimismado, acariciando con las yemas de los dedos el curioso trenzado de las cuerdas. Era como un abarrote redondo, similar al utilizado en las cubiertas de los barcos. Alguien las había trabajado con gran paciencia y habilidad. El dibujo me resultó familiar —tres círculos concéntricos—, pero, en esos instantes, no supe por qué. Naturalmente, no pregunté. Fue unos meses más tarde cuando averigüé la identidad del artesano de las extrañas esteras y el porqué de los dibujos...

Creo que las siguientes escenas fueron prácticamente simultáneas.

La pelirroja, con los brazos en jarras, desafió al hermano con la mirada. Y el Maestro, retrocediendo un paso, negó con la cabeza.

Eliseo, sentado a mi izquierda, se removió inquieto. No supe qué ocurría...

Mi hermano tanteó la túnica y palpó el ceñidor una y otra vez...

—¡He dicho que te desnudes! —amenazó Ruth sin contemplaciones—. ¡No lo repetiré!

Jesús volvió a negar y siguió caminando de espaldas...

Eliseo, entonces, pálido, se incorporó de un salto y, mudo, prosiguió el repaso de la ropa. Pensé en algún insecto...

Fue visto y no visto.

Al retroceder, el Galileo tropezó con el barreño en el que, al parecer, lavaba la Señora cuando se presentó en la casa. Y el Maestro se precipitó en la espumosa agua con gran estrépito, provocando la fulminante risa de su hermana.

No supe a dónde mirar...

El ingeniero levantó las esteras. ¿Qué demonios buscaba?

Después, sin responder a mis preguntas, se alejó hacia el portalón con la cabeza baja.

Me puse en pie. Eliseo caminó despacio, paso a paso. Parecía escrutar cada losa de piedra. Giró hacia los parterres y lo vi revolver entre las flores.

Eché una ojeada a Jesús. Seguía sentado en mitad del barreño, empapado y con una sonrisa de oreja a oreja. Ruth corrió hacia Él y se apresuró a auxiliarlo. Pero el Maestro, a juzgar por su tranquilidad, sólo había sufrido el lógico susto. Y allí lo dejé, con las largas piernas sobresaliendo por encima del ancho recipiente. Mi hermano, aparentemente, tenía prioridad. Pero ¿qué sucedía?

Lo alcancé bajo el dintel de la puerta. Volví a interrogarlo, pero no me oyó. Estaba pálido.

Se inclinó, revisando los peldaños. Y, ante mi perplejidad, entró de nuevo en el patio, examinando lo ya explorado. La «pequeña ardilla», al fondo, había empezado a desnudar a un más que sumiso Jesús de Nazaret.

Al retornar al portalón, Eliseo, mascullando algo irreproducible, cruzó ante mí con celeridad. Se dirigió al centro de la calle y dedicó un tiempo a examinar las planchas de piedra del pavimento.

Los transeúntes, curiosos, se aproximaron y terminaron por preguntarle. Fue entonces, decidido a salir de dudas y a evitar males mayores, cuando lo arrastré lejos del pequeño grupo y lo obligué a hablar.

—¡La bolsa! —lamentó con un hilo de voz—. ¡Ha desaparecido!

Y señalando el ceñidor de cuerdas del que colgaba habitualmente su bolsa de hule, con el dinero, se excusó:

—¡Lo siento!… No sé qué ha sucedido…

Traté de animarlo. Aquello formaba parte del día a día. ¿Podía haberla perdido? Mi hermano, rotundo, negó tal posibilidad. Dudé. Aunque Eliseo era extremadamente cuidadoso, bien podría haberse desprendido durante el viaje. Quizá ocurrió en el incidente, frente a la posada de Sitio.

Siguió negando. La bolsa —afirmó— estaba con él al entrar en Nahum. Lo recordaba porque, en el laberinto del barrio oriental, en una de las ocasiones en la que nos hicimos a un lado, dejando paso a un onagro, el ingeniero la protegió con ambas manos. ¿La extravió en el camino hasta la casa en la que habitaba la familia de Jesús? ¿Se la robaron?

El ingeniero, tenaz, interrogó a los empleados y a los propietarios de los comercios más cercanos. Nadie supo darle razón. Y, si lo sabían, nadie quiso comprometerse...

Contemplamos la idea de un posible robo durante los minutos que habíamos permanecido inmovilizados, casi atrapados, en el portalón. Estuvimos de acuerdo. Ésos, quizá, fueron los momentos clave. En las apreturas, el ladrón o ladrones podrían haberse hecho con el botín. En total, unos quince denarios. Quedaban diez. Un dinero más que suficiente para llegar a lo alto del Ravid, suponiendo que dicho regreso se produjera en los próximos días. Ése era el problema. En realidad, nada sabíamos sobre los planes del Maestro. ¿Permanecería en Nahum? Y, de ser así, ¿por cuánto tiempo?

Me consolé. De haber perdido la segunda bolsa de hule, la que portaba en mi cinto, la situación habría sido más comprometida. Además de una parte del dinero, quien esto escribe, como se recordará, llevaba habitualmente las lentes de contacto —las «crótalos»—, fundamentales en la visión nocturna y en la aplicación de algunos de los sistemas ubicados en la «vara de Moisés», en especial, los defensivos.

Fue entonces, al deshacer el camino hacia la casa, cuando me asaltó aquel pensamiento...

Sin embargo, lo rechacé y guardé silencio. ¿Qué ganaba con atormentar a mi compañero? Pero, obstinada, la imagen regresó a mi mente... No me equivoqué.

Ni Eliseo ni yo hicimos comentario alguno. Nos sentamos nuevamente bajo el granado y esperamos. Ambos habíamos aprendido que no convenía rebelarse contra el Destino...

Ruth obligó a inclinar la cabeza a su hermano mayor y, con decisión, frotó los cabellos con un polvo blanco y espeso. Después, con la ayuda de un cuenco de madera, los fue aclarando. El Maestro, con las revueltas barbas pegadas al poderoso tórax, no rechistó. Por la espuma y el color deduje que la joven lo estaba lavando y desinfectando con natrón, una suerte de jabón, muy utilizado en

113

aquel tiempo, que se extraía de las raíces de la barrilla y del salicor, ricas en sales alcalinas. Una vez trituradas, estas raíces eran reducidas a cenizas y transformadas en detergente en piedra o en polvo. El carbonato sódico resultaba implacable con la suciedad y con los parásitos, en especial con las molestas familias de los *pediculus*, los piojos, también combatidos con el vinagre y el áloe púrpura. Casi todos los niños, una vez rapados, eran embadurnados a diario con estos productos. El olor, acre y desabrido, se percibía a distancia. Para los más rigoristas con la Ley mosaica, el natrón era todo un símbolo, cantado por el profeta Jeremías (2, 22), insuficiente para borrar el pecado de los infieles. Como confirmaríamos en posteriores visitas a Nahum, y a otras poblaciones, aquel «jabón», fabricado en Egipto y Siria, constituía un excelente negocio.

Jesús, obediente, echó la cabeza hacia atrás, y la pelirroja, con suavidad y dulzura, fue peinando los largos cabellos. El sol, tan atento como nosotros, colaboró con su luz. Y el Maestro, relajado, dejó hacer.

Poco después se retiraba por la misma puerta por la que habían entrado y salido las mujeres.

Ruth, incansable, trató de mover el barreño de piedra. Ni siquiera lo desplazó. El agua y las dimensiones lo hacían muy pesado para la frágil «ardilla». No creo que superase el metro y sesenta centímetros de estatura; más o menos como la Señora.

Nos faltó tiempo. Mi hermano y quien esto escribe, comprendiendo, alzamos el recipiente, dispuestos a trasladarlo. Y Ruth, complacida, se apresuró a abrirnos camino hasta el corral existente a unos pasos del granado, en la esquina norte de la propiedad.

Empujó una pequeña puerta de madera y entramos en un rectángulo sin enlosar, alfombrado por ceniza basáltica, tan abundante en Nahum. Señaló el rincón de la izquierda, junto a un cobertizo. Algunas gallinas negras, de escaso porte y con el cuello y el buche desplumados, huyeron precipitadamente, protestando por la súbita irrupción.

La mujer tiró de una segunda puerta y mostró el agujero por el que debíamos vaciar el barreño. Era el llamado «cuarto secreto». Un entarimado, un par de jofainas de metal y varias esponjas, pinchadas en la pared, a un metro de la tarima, en sendos clavos, eran todo el ajuar del váter familiar.

Percibí que la muchacha se sonrojaba...

Vertimos el agua y, discretos, la seguimos de vuelta al patio. Naturalmente aproveché para tomar referencias. Yo no lo sabía en aquellos momentos, pero la casa en la que nos encontrábamos resultaría de especial importancia durante una larga temporada...

En el corral, como sucedía en la vivienda de la Señora, en Nazaret, además de los animales y el referido «cuarto secreto», se almacenaban todo tipo de enseres, generalmente de poca utilidad, entre los que distinguí herramientas, capazos de hoja de palma colgados de los muros, paños de redes y varios sacos de arpillera, bajo el cobertizo de cañas, supuestamente repletos de cereal. En el rincón derecho, adosado al muro, reconocí el típico horno en el que cocían el pan.

Ruth se excusó y desapareció momentáneamente. Eliseo fue a sentarse sobre las esteras de los tres círculos, y yo, sin poder remediarlo, me dediqué a curiosear, mi afición favorita...

Estaba en un error. El patio a cielo abierto no era en realidad un rectángulo, como había estimado en un principio, mientras observaba desde el portalón. Ahora, al desplazarnos hacia el corral, comprobé que tenía forma de «L». Este patio dividía la propiedad en cuatro bloques o unidades familiares (para su descripción tomaré siempre el mencionado portalón de entrada como la referencia principal). A la derecha se alzaban dos dependencias. La primera se hallaba habitada por Santiago y su familia. Era el único edificio de dos plantas. Una escalera de piedra, adosada a la fachada, permitía el acceso a la azotea. Fue en la puerta de esta vivienda donde vimos, por primera vez, a la embarazada y a su hija, Raquel, agarrada a la túnica.

La siguiente unidad, pegada a la anterior, era la casa de la Señora, propiamente dicha. En ella vivía Ruth. Disponía de otra escalera exterior que conducía igualmente al terrado. Por esta puerta, siempre abierta, habíamos visto entrar y salir a las mujeres, y también desaparecer al Jesús cubierto con el lienzo y, ahora, a la «pequeña ardilla». Allí, frente por frente a dicha puerta, a tres metros, se abría el joven granado. Era el lugar habitual en el que se reunía la familia durante el buen tiempo. Allí, a la sombra del árbol, se cambiaban impresiones, se desayunaba, se cenaba y se recibía a los amigos.

A corta distancia del granado, el patio doblaba en ángulo recto, formando la citada «L».

En esa misma mano de la derecha, junto a la casa de la Señora y de Ruth, se hallaba el corral. La chirriante puertecilla de tablones que lo cerraba hacía esquina con el tercer edificio, también en piedra negra y de unos cuatro metros de altura. Cuando tuvimos acceso a él supimos que se trataba de la cocina-comedor, habitualmente utilizadas en invierno, cuando las condiciones meteorológicas no permitían hacer la vida en el patio. La sala, con dos niveles, era muy parecida a la de la casa de Nazaret.

Al fondo de ese segundo y más breve tramo de la «L», en el muro de tres metros que abrazaba la propiedad, descubrí otra puerta, más modesta que el portalón, casi siempre cerrada, que comunicaba con el exterior. Era una especie de «salida de emergencia», utilizada en muy raras circunstancias.

Frente a la cocina de «invierno», terminando de dibujar el patio abierto, se alzaba la cuarta unidad familiar: otro edificio, similar a los anteriores, que ocupaba el flanco izquierdo del patio. Era el granero y despensa. En él se había excavado una cisterna en la que se almacenaba el agua de lluvia. La techumbre disponía de un ingenioso sistema de recogida del agua, ideado por Santiago, el hermano del Maestro. Para alcanzar dicha azotea era necesario el auxilio de una escalera de mano.

La «casa de las flores» —así la bautizamos Eliseo y yo— reunía, por tanto, cuatro dependencias y un corral. Todas las puertas, que yo supiera, habían sido abiertas a lo largo del referido patio. Conté cuatro (sin mencionar la del corral y las dos exteriores), anchas y bajas, que obligaban a inclinarse. Todas presentaban la correspondiente cortina, formada por una red embreada que protegía el interior de los insectos y de las miradas indiscretas. Aquel tipo de patio, en definitiva, era común en Nahum y en otras muchas poblaciones de las orillas del *yam*. Era allí, a la sombra de los árboles, sobre las lajas de piedra negra y entre las flores, donde discurría buena parte de la vida de los galileos y, por supuesto, donde vivió también el Hijo del Hombre.

Jesús reapareció en el patio. Eliseo y yo nos miramos. Había cambiado su habitual indumentaria por una túnica, también de lino, pero en un rojo fuego, muy llamativo. Era la primera vez que lo veía vestido en un tono que no fuera el blanco. También a eso deberíamos acostumbrarnos.

Segunda sorpresa: en las manos portaba el vástago de olivo con el que le habíamos obsequiado semanas antes, en el Hermón.

No dijo nada. Observó el patio y se dirigió hacia el parterre situado en las proximidades de la puerta de la despensa, a la izquierda del portalón. Imaginamos que pretendía plantarlo entre las flores. Estudió el hueco que dejaba uno de los vivísimos corros de encendidas anémonas coronarias y, en efecto, se arrodilló, dispuesto a salvar el retoño.

Al poco, sin embargo, volvió a incorporarse, dejando el vástago sobre el suelo de ceniza del estrecho jardín. Retrocedió sobre sus pasos. Cruzó ante estos intrigados exploradores, caminó hasta la esquina derecha del patio y se situó frente a la puerta del corral.

Dudó unos instantes y, finalmente, abrió y se perdió en el cobertizo.

Eliseo se encogió de hombros.

Yo, asaltado de nuevo por aquel pensamiento en el que «veía» al responsable del robo de la bolsa de mi compañero, no presté mucha atención y esperé, casi mecánicamente, la reaparición del Galileo.

Pero lo que se presentó en el patio no fue el Maestro...

De pronto, veloces, irrumpieron en las losas las gallinas de «cuello desnudo». Eran diez o doce. Jesús, al abrir la portezuela, no tuvo la precaución de volver a cerrarla...

Y, en segundos, la inquieta familia aprovechó la circunstancia, desperdigándose y picoteando por aquel extremo del patio.

No le dimos mayor importancia...

Fue un minuto después cuando nos sobresaltamos.

Jesús retornó y, al comprobar la fuga de las gallinas, alzó los brazos, dirigiéndose con sus largas zancadas hacia las más próximas. En la mano izquierda agitaba un almocafre, una pequeña azada con dos dientes curvados que solía utilizarse en agricultura (generalmente en la limpieza y el trasplante de flores y arbustos). Evidentemente, era la herramienta que necesitaba para plantar el vástago y que había ido a buscar al corral.

Atónitos, nos pusimos en pie.

El Maestro, correteando, inclinándose y utilizando ambos brazos, trataba de sofocar la «rebelión», conduciéndolas hacia la puerta de tablones. El éxito, sin embargo, no parecía de su lado...

—¡Pita..., pita!

Cuando una de las aves, protestando por la persecución, era encarrilada hacia el corral, otras se cruzaban en su camino, malogrando los esfuerzos del Galileo. Y vuelta a empezar...

Eliseo, contagiado, se unió a la inútil persecución. No sólo no lograron devolver las astutas gallinas a su recinto, sino que, en más de una y en más de dos oportunidades, tropezaron entre sí. Y fue en uno de esos topetazos cuando ambos, finalmente, rodaron por el suelo.

Ahí concluyó la persecución. El alboroto llamó la atención de las mujeres y las tres se presentaron junto al granado, contemplando el desastre. Fueron ellas las que, hábilmente, redujeron a las intrusas y las devolvieron al corral.

Jesús regresó al parterre bajo la acusadora mirada de las hembras. Al pasar, malicioso, me hizo un guiño, al tiempo que susurraba:

—Lo mío no son las rebeliones...

Poco después lo vimos atareado en una cuidadosa operación, plantando y humedeciendo el *eb* o retoño de olivo. Allí permaneció el vástago, hasta que el Destino decidió trasladarlo.

Las mujeres hablaron de la cena. ¿Dónde la preparaban? Aún faltaban tres horas para el crepúsculo y el viento seguía recio e impertinente. Esta sugirió que el fogón, en el patio, no era buena idea. El *maarabit* podía convertir la cena en una tortura. Ruth se mostró conforme. Lo más sensato era la cocina de invierno. Allí trabajarían.

Y la pelirroja, tirando de la Señora, se encaminó hacia el inmueble que se levantaba al fondo del patio. La embarazada, por su parte, con la niña pegada a la túnica, se alejó en dirección contraria, hacia su casa.

No supe explicarlo. El mutismo de María, la madre de Jesús —la Señora—, me tenía desconcertado. En el año 30, cuando la conocí, era puro nervio. Ella gobernaba y se movía sin cesar. Ahora, en cambio, permanecía en segundo plano y, en la mayoría de los casos, ausente. ¿Qué estaba pasando?

Terminado el trasplante del vástago, el Maestro optó por acomodarse a nuestro lado, sobre las esteras. Fueron segundos densos e interminables en los que nadie abrió la boca. También nos acostumbraríamos a estas situaciones, aparentemente incómodas, dominadas por el silencio. Necesitamos un tiempo para entender que el Hijo del Hombre amaba el silencio. Era su color preferido en el arco iris. «¿Por qué hablar —decía—, si el silencio habla por nosotros…? El silencio es el idioma natal del amor.»

Y así permaneció, pensativo, recorriendo los círculos de esparto con la yema del dedo índice izquierdo. Y yo, torpe de mí, no caí en la cuenta del significado de aquel gesto, supuestamente trivial. ¡Tres círculos concéntricos!

Eliseo, menos diplomático, rompió el silencio y el misterioso juego del Galileo y fue a plantear una cuestión que —lo reconozco— también me tenía intrigado.

¿De quién era aquella casa? ¿Por qué se habían trasladado de Nazaret a Cafarnaum o Nahum?

El Maestro interrumpió el trazado sobre los círculos y

nos contempló con dulzura. Comprendía, perfectamente, nuestra curiosidad.

Echó atrás los húmedos cabellos y dejó que el *maarabit* los enredara. Después, con los ojos cerrados, fue recordando...

Sucedió cuatro años atrás, en el mes de *tébet* (diciembre-enero). En ese año 21 de nuestra era, en una lluviosa mañana de domingo, Jesús se alejó de Nazaret. Quería ver mundo. Quería saber de las criaturas. Jamás regresaría a la pequeña aldea, al menos para quedarse oficialmente. Su madre y sus hermanos no comprendieron...

Estaba a punto de estrenar la magnífica y secreta etapa de los viajes por el Mediterráneo y por el Oriente.

Pero el Destino —cómo no— le salió al encuentro...

Fue en el *yam*, en la vecina población de Saidan. Allí vivía una familia con la que José, su padre terrenal, guardó siempre una estrecha y entrañable relación.

Jesús sonrió y pronunció un nombre sobradamente conocido:

—Zebedeo...

El viejo pescador y constructor de barcos, en efecto, era socio y amigo de José, carpintero de exteriores y contratista de obras, fallecido, como se recordará, el 25 de setiembre del año 8, cuando el Galileo contaba catorce años de edad. El viejo Zebedeo y José trabajaron e hicieron negocios juntos. Toda la familia de Saidan lo conocía y lo estimaba. Por eso, cuando Jesús se presentó en el caserón de la playa, fue recibido con los brazos abiertos. Fue en ese mes de enero cuando el Maestro inició su amistad con la citada familia. Aunque se había cruzado con ellos en otras ocasiones, fue en ese arranque del año 21 cuando intimó con los hijos del patriarca, en especial con Juan.

Los Zebedeo necesitaban mano de obra en el pequeño astillero existente en la desembocadura del río Korazaín y, conociendo la habilidad de Jesús como carpintero y forjador, le propusieron que trabajara para ellos.

—... El Padre decidió que sí —manifestó el Maestro, encantado ante la posibilidad de recordar.

—¿El padre? —terció Eliseo sin comprender—. ¿Por qué decidió el viejo Zebedeo?

El Maestro negó levemente con la cabeza. Después, elevando el rostro hacia el azul del cielo, matizó:

—Tu Jefe... El «Barbas», como tú lo llamas...

Mi hermano, satisfecho, lo animó a que prosiguiera.

Jesús vivió en el caserón de Saidan durante trece meses. Todos lo querían. Especialmente las cuatro hijas, hermanas de Santiago, Juan y David (el que más adelante se convertiría en jefe de los «correos»).

Y por un momento pensé: ¿se enamoró alguna de las hijas del viejo Zebedeo y de Salomé del apuesto Galileo? Rechacé la estúpida idea, pero...

Durante esos meses, como prometió, Jesús envió dinero a su familia de Nazaret. Sólo en el *marješván* (octubre-noviembre) visitó de nuevo a la Señora, y asistió a la boda de Marta, la segunda de las hermanas (1). Después desapareció, una vez más. La Señora no volvería a verlo en dos años.

El Maestro se inscribió en el censo de Nahum. Allí pagó sus impuestos. Este pueblo, en definitiva, fue «su ciudad», como afirman Mateo y Marcos, esta vez acertadamente. Jesús figuró como «artesano especializado», sin más.

Y en el mes de marzo del siguiente año (22 de nuestra era), el Galileo, «ciudadano de Nahum» desde esas fechas, siguió su Destino. Ante la desolación de los Zebedeo —en especial de las hijas—, se despidió, rumbo al sur, e inició el primero de sus dilatados y apasionantes

(1) El Maestro, aunque las religiones no lo aceptan, tuvo más hermanos. Jesús fue el primogénito. Después nacieron Santiago (madrugada del 2 de abril del año 3 a. J.C.), Miriam (noche del 11 de julio del 2 a. J.C.), José (mañana del miércoles, 16 de marzo del año 1 de nuestra era), Simón (noche del 14 de abril del año 2), Marta (15 de setiembre del año 3), Judá (24 de junio del año 5), Amós (nacido en la noche del domingo, 9 de enero del año 7, y fallecido el 3 de diciembre del año 12) y Ruth (noche del miércoles, 13 de marzo del año 9). Los teólogos y exégetas, absurdamente preocupados por la virginidad de la Señora, consideran el término *ah* (hermano) y *ahot* (hermana) como «pariente». En el año 431, tras un agrio debate, la iglesia católica le concedió el título de «Madre de Dios». *(N. del m.)*

viajes. (Aún continúo preguntándome si debo incluir esa información en estos diarios. Quién sabe...)

Antes de emprender el camino, el Maestro solicitó un favor de su amigo, Juan Zebedeo. Durante su ausencia debería enviar regularmente una cierta cantidad de dinero a su madre, en Nazaret. Jesús había preferido recibir una pequeña suma mensual —a cuenta del salario establecido—, y guardar el resto para un futuro. Ahora era el momento de echar mano de esos denarios, auxiliando así a su gente. El Zebedeo aceptó, comprometiéndose a eso «y a lo que fuera menester». Cuando Juan preguntó sobre el destino del viaje, y el tiempo que permanecería lejos del *yam*, Jesús respondió: «Eso lo decide mi Padre. Regresaré cuando sea mi hora.»

Ni que decir tiene que el Zebedeo no comprendió. Tampoco era su hora...

Pero, como digo, cumplió su palabra. Y con el dinero acumulado respetó lo pactado e hizo algo más. Durante dos años envió mil doscientos denarios de plata a la Señora, y con el resto —otros mil— se aventuró a comprar una casa en Nahum. Justamente en la que ahora descansábamos. Pagó la hipoteca y procedió a la liquidación de la deuda, extendiendo el título de propiedad a nombre de su amigo, «Jesús de Nahum». De esta forma, mientras se hallaba ausente, el Maestro se convirtió en propietario. Fue la única propiedad a lo largo de toda su vida...

Sólo una persona, como ya expliqué, tuvo conocimiento de los lugares que visitó el Galileo en esos dos años. El viejo Zebedeo, sin embargo, no habló hasta la muerte del Hijo del Hombre...

Y a finales del año 23, al regresar a Nahum, el Maestro se encontró con una doble y grata sorpresa. Por un lado, la titularidad de la referida casa, muy cerca del muelle (1), y, por otro, la presencia de Santiago, su herma-

(1) Antes de que fuera iniciada la operación «Caballo de Troya» tuve la oportunidad de visitar las excavaciones arqueológicas que dirigían los franciscanos Virgilio Corbo y Estanislao Loffreda, del Instituto Bíblico de Jerusalén, en las actuales ruinas de Cafarnaum (Nahum). Corría el año 1968. Pues bien, siento no estar de acuerdo con las apreciaciones de estos honorables

no, en el astillero de los Zebedeo. A petición de la familia de Saidan, el segundo de los varones había ocupado el puesto que había dejado vacante Jesús. La vivienda, como he mencionado, era lo suficientemente grande como para acoger a varias personas. Así que, generoso, el Galileo invitó a Santiago y a Esta a que se trasladaran a la «casa de las flores». Y allí seguían, ocupando la primera de las dependencias (la de dos alturas).

Jesús acudió a Nazaret y visitó de nuevo a los suyos. Algunos lo creían muerto. Otros estimaron que se hallaba en tierras de Egipto, estudiando en las prestigiosas escuelas rabínicas. Ninguno acertó.

Y en el mes de *nisán* (marzo-abril) del año 24, el Maestro asistió a una doble boda: la de Simón y Judá, sus hermanos, de veintidós y diecinueve años, respectivamente. Sólo Ruth se hallaba soltera. Era la única que vivía con María, la Señora.

Y el Destino volvió a llamar a la puerta del Galileo...

Un segundo viaje estaba a punto de iniciarse. Un viaje que se prolongaría durante otro año.

Pero, antes de partir, el primogénito, con buen criterio, reunió a la familia y sugirió la posibilidad de un traslado: la Señora y la «pequeña ardilla» podían mudarse a la «casa de las flores», en Nahum, en compañía de Santiago. La idea fue discutida y, finalmente, aceptada. La situación en Nazaret, además, merced a las venenosas intrigas del *hazan* o responsable de la sinagoga, Ismael, el saduceo (1), se complicaba día a día.

Y en abril de ese año 24 de nuestra era, al poco de la partida del Hijo del Hombre hacia el este, su madre y su hermana viajaron a Nahum y se instalaron en el edificio contiguo al de Santiago y Esta. Salvo contadas ocasiones

---

investigadores. La auténtica casa de Jesús se hallaba algo más al sur y era menos espaciosa que la llamada *insula sacra*. Según una tradición cristiana, Pedro disponía de casa propia en Nahum y, sobre ella, al parecer, fue edificada una iglesia octogonal en el siglo v. La supuesta casa de Pedro, según la arqueología, reunía un total de doce habitaciones. La que yo estimo como auténtica «casa de Jesús», no de Pedro, sumaba seis cuartos o módulos, sin contar el corral. *(N. del m.)*

(1) Amplia información en *Saidan. Caballo de Troya 3, Nazaret. Caballo de Troya 4, Cesarea. Caballo de Troya 5. (N. del a.)*

—algunas de triste recuerdo—, la Señora no regresó a Nazaret. Vivió en Nahum y, al parecer, allí murió, al año, más o menos, de la crucifixión de Jesús (abril del 30). Y allí, supongo, siguen los restos, afortunadamente en el anonimato.

Ruth acababa de cumplir dieciséis años...

En abril del año 25, el Maestro dio por finalizado este segundo viaje, retornando a Israel. Pero fue por poco tiempo. Tras una fugaz visita a la familia se alejó nuevamente y desapareció. Nosotros lo encontramos en agosto, en la cadena montañosa del Hermón, al norte. Hoy, 18 de setiembre, Jesús había regresado a Nahum, a su casa, después de cinco meses de ausencia. Y comprendí el alborozo de la hermana pequeña. La actitud de la Señora, en cambio, fría y distante, no me cuadraba. Esa misma noche, durante la cena, creí entender el porqué del anómalo comportamiento de la madre...

Las explicaciones del Galileo fueron interrumpidas por la llegada de la bella Ruth. Se presentó con tres pequeños cuencos de madera con un refrigerio típico de la costa del *yam*: la *abattíah*, una deliciosa mezcla de zumo de sandía, granada y un vino negro y dulce que no supe identificar pero que agradecí. El primero en recibir la colación fue este explorador. Así lo exigían las leyes de la hospitalidad.

De rodillas, sobre las losas, la jovencita tomó una de las raciones y, en silencio, me la ofreció.

¿Cómo olvidar aquella mirada? Irradiaba la dulzura del Maestro y la belleza y la espontaneidad de la Señora.

No sé qué sucedió. Sencillamente, quedé atrapado en aquellos ojos verdes...

Y la mujer, tímida, bajó la mirada.

Eliseo agradeció la *abattíah*. Menos mal. Yo no pude, o no supe, articular una sola palabra...

Jesús fue el último en recibir el «aperitivo». Tomó el cuenco entre las manos y, siguiendo su costumbre, lo levantó ligeramente, brindando:

—*Lehaim!*

—¡Por la vida! —replicó mi compañero.

Yo, como digo, continué mudo, sin saber qué me sucedía.

Y Jesús, captando mi silencio, repitió el brindis, animándome a que me uniera al hermoso deseo.

—¡Por la vida! —respondí finalmente, con la voz prisionera por aquel súbito sentimiento—. *Lehaim!*

Y mis ojos, sin poder remediarlo, se fueron con la rápida y delicada silueta de la mujer. A partir de esos instantes, nada fue igual para este perplejo explorador...

Mi hermano elogió el buen gusto de las cocineras, y el Maestro, sin desviar sus ojos de los míos, traspasándome, aclaró las dudas del ingeniero sobre los ingredientes de la *abattíah*.

Esta vez fui yo, atrapado, quien bajó la mirada. No sé cómo explicarlo. Él leía en los corazones...

—¿Recuerdas la esperanza? —preguntó el Galileo manteniendo la intensa mirada—. ¿Recuerdas a Sitio?

Supongo que respondí afirmativamente. Mi corazón estaba en otra parte.

—Pues bien —replicó Jesús, dejando libre una de sus mejores sonrisas—, la tuya acaba de despertar...

Ahora sí entiendo sus palabras.

—¿Esperanza? —intervino Eliseo sin captar—. ¿Qué esperanza? ¿A qué te refieres?

El Maestro guardó silencio. En parte, imagino, por la repentina aparición en el patio de Esta y la niña, inevitablemente agarrada a su túnica.

Sea por lo que fuere, lo agradecí en lo más íntimo...

La embarazada cargaba al bebé y también una ristra de ajos y cebollas, pacientemente trenzados.

La mujer no había dado tres pasos cuando Jesús, incorporándose, le salió al encuentro y, sin palabras, la auxilió, haciéndose cargo de Amós. Esta y Raquel cruzaron frente a nosotros y doblaron a la izquierda, en dirección a la cocina.

El niño, profundamente dormido, había sido envuelto en una tela blanca y cuadrada —un *saq* de algodón— que hacía las veces de pañal. A juzgar por el perfume a romero, y por los cabellos rubios cuidadosamente peinados, acababa de ser bañado.

Aquéllos fueron otros momentos intensos e inolvidables...

Jesús, sosteniendo al bebé entre los poderosos brazos, fue a tomar asiento de nuevo junto a estos exploradores. Ni siquiera nos miró. Durante un tiempo permaneció embelesado, recorriendo las delicadas facciones de la criatura. Parecía estudiarlo y admirarlo.

Y quien esto escribe, respetuoso, disfrutó también con la imagen. Si aquel Hombre era un Dios, si Amós era una de sus criaturas, yo podía aproximarme un poco —no mucho— a los sentimientos del Maestro. Al igual que había sucedido con Aru, el negro «tatuado», una mezcla de piedad, admiración y amor se derramaba en la mirada del Galileo.

Era un Dios, sosteniendo la vida...

Lehaim.

Pero ¿cómo puedo ser tan estúpido y engreído? ¿Yo, un absoluto inútil, comprendiendo los sentimientos del Maestro?

El Galileo no resistió la tentación y, feliz, paseó el dedo índice izquierdo sobre la naricilla del bebé. Amós no reaccionó. Y el Maestro prosiguió las caricias, haciendo resbalar el dedo sobre los labios y el hoyuelo que apuntaba en la barbilla. El niño, lógicamente, despertó. Abrió los inmensos ojos celestes y, cuando todos esperábamos la tragedia, sonrió, mostrando el nacimiento de sus primeros dientes.

Jesús se precipitó entonces sobre el *jonek* (1) y lo colmó de besos.

---

(1) El término *jonek* designaba al niño que todavía estaba mamando. El pueblo judío era extraordinariamente sensible hacia los niños (al menos, hacia los suyos), hasta el punto de diferenciar las etapas de la niñez con sendas definiciones. *Jeled*, por ejemplo, servía para nombrar a los recién nacidos (éste es el caso de Moisés en el Éxodo [2, 3] y de la profecía de Isaías sobre el propio Jesús [9, 6]). *Jalde*, en cambio, servía para los bebés de los paganos, despreciándolos como algo impuro. *Olel* era el que reclamaba pan. *Gamul* era la palabra que señalaba al destetado (generalmente, a partir de los dos años de edad). Ese momento se celebraba con una fiesta. La siguiente etapa —conocida como *taf*— se prolongaba hasta los cuatro o cinco años. Después aparecía el *elem* (el niño demostraba ya firmeza y voluntad). Por último, el *naar* y el *bachur*, los adolescentes. *(N. del m.)*

Eliseo y yo nos miramos. Era la primera vez que contemplábamos al Hijo del Hombre entregado a un bebé. Y los besos, sonoros y acompañados de múltiples arrumacos, se multiplicaron entre las risas y el braceo del pequeño.

Fue en uno de esos manoteos cuando Amós, tan entusiasmado como el tío, hizo presa en las barbas del Galileo y tiró con fuerza. Y Jesús, dócil, permitió que el bebé siguiera jugando.

Aquella estampa me trajo otros recuerdos, no tan cálidos, acaecidos durante el traslado del *patibulum*, o madero transversal de la cruz, desde la fortaleza Antonia hasta el Gólgota (1)...

Esta, con la cena del bebé en las manos, terminó salvando la comprometida situación del Maestro. Amós soltó la barba y, agitando los brazos, manifestó su alegría ante la presencia de la madre. La mujer quiso recuperar al niño, pero su cuñado, con un gesto, rogó que le permitiera alimentarlo. Y así fue.

El Maestro, paciente y amoroso, fue llevando la cuchara de madera a la boca del niño. Y, poco a poco, Amós devoró el cuenco de harina tostada, leche y pan desmigado.

Después, satisfecho, volvió a dormirse en los brazos del Galileo, dulcemente arrullado por aquel Hombre. Un extraordinario Hombre...

Sería la hora décima (las cuatro de la tarde) cuando, en mitad de los preparativos para la cena, las mujeres advirtieron de la llegada de Santiago, el hermano de Jesús.

Se detuvo unos instantes bajo el portalón. La presencia de aquellos hombres, desconocidos para él, lo intrigó. Pero, al punto, al reconocer a Jesús, se apresuró a reunirse con el grupo, abrazando y besando a su hermano mayor.

Era casi idéntico a como lo había «dejado» en el año 30... Alto, corpulento como el Maestro, aunque no tan atlético, y con los cabellos y la barba prematuramente encanecidos.

(1)   Amplia información en *Jerusalén. Caballo de Troya 1. (N. del a.)*

127

Tras las presentaciones de rigor —Jesús nos calificó de *allup* o «compañero» (algo más que *alliz* y *oheb*, «amigo de diversiones» y «aliado», respectivamente)—, Santiago se excusó y se retiró al interior de su vivienda. Esta, su mujer, se fue tras él.

En esos momentos no estuve seguro, pero yo diría que hubo algo extraño en la actitud de Santiago. Abrazó al Galileo y respondió, cariñoso, a los besos en las mejillas, pero, como digo, algo no me gustó. Y asocié ese «algo» con el rostro frío y severo de la Señora. Ambos, como dije, se me antojaron distantes. ¿Qué estaba pasando en aquella casa?

Al poco, en el interior del inmueble de doble planta, se oyeron voces. El matrimonio discutía. Sólo capté una frase, pronunciada por el hombre...

—¿Por qué ha vuelto?

Jesús, serio, continuó pelando manzanas. No hizo comentario alguno. Algo sucedía, en efecto...

La Señora, atareada con la *pitah*, el plato principal, observó a su Hijo en un par de ocasiones. Percibí cierto reproche en aquellas fugaces miradas. Estaba claro que lo hacía responsable de la discusión entre Esta y Santiago. Pero ¿por qué?

Jesús, sin embargo, no levantó la vista de las *tappuah*, las dulces y pequeñísimas manzanas blancas y rojas de Siria. Las troceó y derramó sobre el postre un hilo de miel. Su rostro siguió impenetrable.

Ruth, turbada, sin saber cómo aliviar la molesta situación, sugirió a la madre que debían regresar a la cocina y terminar de trasladar al patio los ingredientes de la cena. El viento, efectivamente, estaba amainando.

La Señora, tozuda, no replicó y prosiguió con el relleno del pan *pitah*, un delicioso «bollo», recién horneado, en el que se introducía carne y verduras o, simplemente, lo que se tuviera más a mano. En este caso, las mujeres habían cocinado hígados de pollo y una generosa guarnición de cebolla igualmente frita. El resto de la *pitah* lo integraba una sabia mezcla de pimienta roja (picante), la olorosa cúrcuma, sal y comino. Cuando lo probé, descubrí que las hebreas se habían esmerado al máximo, limpiando hasta el último rastro de bilis, lo que evitaba que el sabor amargo arruinase la totalidad del plato.

Fue inútil. La argucia de la pelirroja, intentando que la atmósfera no siguiera enrareciéndose, no dio resultado. La madre, cada vez más enfadada, manifestó su enojo en el relleno de la *pitah*. Los movimientos, secos y violentos, me hicieron temer lo peor. Yo recordaba muy bien el carácter duro de la Señora...

Pero, poco a poco, la tensión aflojó. María tenía una personalidad difícil, pero sabía ceder...

Jesús, como el resto de los allí presentes, también lo captó. Y sus facciones se relajaron.

Santiago y la embarazada, con la silenciosa niña agarrada a la madre, no tardaron en reincorporarse al grupo. El hombre se sentó bajo el granado y Esta se unió al trabajo de las mujeres, disponiendo lo necesario para la última comida del día. Debió de notar el peso de las miradas porque, refugiándose en los cacharros, enrojeció como una amapola. No obstante, nadie los interrogó sobre la reciente discusión.

Y fue este nuevo silencio, alimentado por la rígida mirada de Santiago hacia el Maestro, el que avivó la tensión una vez más.

Jesús, al descubrir la severa mirada de su hermano, pareció inicialmente sorprendido. Después, entendiendo, bajó los ojos y regresó al juego del dedo sobre los círculos de las esteras. Así permaneció, pensativo, durante un rato.

Aunque nadie dijo nada, todos estábamos pendientes de Él. Mejor dicho, de su dedo...

La Señora fue la primera en reaccionar.

Interrumpió el majado de una de las especias —la cúrcuma—, y con voz segura, teñida por la tristeza, reprochó a Jesús:

—¿Es que nunca cambiarás?

El silencio se espesó.

Los labios de la Señora temblaron y su rostro palideció. Santiago movió la cabeza, afirmativamente, apoyando a la madre.

No supe a qué se refería. No en esos momentos...

El Maestro detuvo el dedo en el círculo central y respondió a la pregunta con idéntica o mayor firmeza:

—Eso, querida mamá María, está en las manos del Padre...

Y antes de que la mujer acertara a replicar, el Galileo, alzándose, se alejó hacia la casa de la Señora y de la «pequeña ardilla». Y desapareció tras la red...

—*Ab-bā!* —exclamó María, buscando el refrendo de sus hijos—. Él sabe que la sola pronunciación del nombre del Santo es una blasfemia...

«*Ab-bā*», en efecto, significa «padre». Jesús llamaba así al Dios de los cielos, su Padre.

Ninguno de los presentes se pronunció. Y la Señora, contrariada, prosiguió el rítmico majado, golpeando la blanca y lechosa cúrcuma con violencia.

La presencia del Galileo, en la puerta, detuvo, creo yo, los corazones. El mío, con seguridad...

Había regresado con el saco de viaje entre las manos. Eliseo me buscó con la mirada. ¿Qué pretendía? ¿Pensaba dejar la casa? La situación familiar no parecía atravesar su mejor momento, pero...

Traté de ubicar el sol. No faltaba mucho para el ocaso.

¿A qué lugar quería dirigirse?

Me hice un firme propósito. No importaba adónde, ni tampoco a qué hora. Le seguiríamos...

Ruth, temblorosa, se aferró al brazo de la Señora. Y Santiago, consciente de lo delicado del momento, se refugió en uno de sus gestos típicos, acariciando la barba con la mano izquierda. Todos nos equivocamos.

Jesús avanzó hasta el granado y, arrodillándose sobre las esteras, procedió a buscar en el interior del petate. Nadie respiró. Su rostro había recuperado la habitual serenidad.

Y, misterioso, extrajo dos pequeños bultos, envueltos en sendos lienzos blancos. Alargó el brazo y depositó el primero en las manos de Ruth. El segundo fue para su cuñada.

La pelirroja, intuitiva, pasó veloz de la incertidumbre a la alegría. Y, adivinando las intenciones del Hermano, se apresuró a descubrir el envoltorio. Y una lenta pero inexorable sonrisa fue iluminando al Hijo del Hombre.

Ruth, al contemplar el contenido, se arrojó al cuello de Jesús y lo besó una y otra vez. Y dejó que los recientes miedos y tensiones escaparan con el abrazo. Después, feliz, mostró el regalo: una cajita de madera, forrada en hueso, con un cosmético en polvo —el *kohl*—, muy apreciado en aquel tiempo como embellecedor de ojos.

No podía creerlo. El Maestro no pretendía abandonar la «casa de las flores». Ése no era su estilo. ¿Cuándo aprendería a conocerlo?

Esta, con el envoltorio en las manos, interrogó a Santiago con la mirada. El marido asintió, y la mujer, nerviosa, procedió a descubrirlo.

Era otra cajita, idéntica a la anterior, pero con un polvo rojizo. La embarazada lo aproximó a la nariz pero no supo identificarlo.

—Extracto de *murex* y algas de las costas de Fenicia —aclaró el Maestro.

El *murex*, efectivamente, era un molusco muy apreciado, tanto por el colorante que podía extraerse de él, y que teñía muchos de los tejidos de la época, como por su calidad a la hora de fabricar pintura para uñas y labios.

Esta, parca en palabras y gestos, sólo dio las gracias por el *mattenah*, el regalo.

Y Jesús, tan feliz, o más, que sus hermanos, se perdió nuevamente en el saco, buscando...

El siguiente fue para Santiago.

Un ceñidor o cíngulo en cuero labrado, bellísimo, con una interesante peculiaridad: disponía de una especie de «dobladillo» que servía para guardar monedas. Procedía de las montañas de Ankara (actual Turquía). Exactamente de la ciudad de Ancira, un importante núcleo de comunicaciones de la Anatolia. Ésa fue la explicación del Maestro. Y verifiqué que la información del viejo Zebedeo sobre los grandes viajes de Jesús era correcta...

Santiago admiró el cinto y esbozó una media sonrisa de agradecimiento. Eso fue todo.

El último *mattenah* fue para la Señora.

El Maestro, sonriente, lo depositó frente a la madre.

Parecía claro que había olvidado las críticas y las malas caras. Y esperó...

María se resistió. Ella, al contrario que el Hijo, no olvidaba tan fácilmente. Pero, mujer a fin de cuentas, terminó cediendo a la curiosidad...

Las largas y encallecidas manos se posaron sobre el objeto. Lo palparon. Era más voluminoso que los presentes de Ruth y Esta. El Maestro lo había protegido y ocultado con otro lienzo.

La Señora lo alzó y comprobó el escaso peso. Y las miradas la interrogaron. María, sin embargo, volvió a dejarlo en el suelo y exploró los ojos del Galileo. Fue una de las escasas ocasiones, a lo largo de aquellos meses, en la que reconocí el amor que le profesaba. El verde hierba de los rasgados ojos brilló durante unos segundos, revelando la verdad. Ella lo amaba profundamente, pero...

Y aquel chispazo se reflejó en el semblante del Hijo del Hombre. Cualquier sentimiento, por muy insignificante y escondido, llegaba a Él como la luz a la retina. Por unos instantes, la felicidad se sentó a su lado...

—¿Quieres abrirlo de una vez?

La petición de la pelirroja devolvió a la madre a la realidad, consumiendo el invisible pero intenso abrazo...

La Señora procedió y todos, admirados, elogiaron el buen gusto de Jesús. Y el *mattenah* pasó de uno a otro.

Cuando llegó a mi poder lo examiné con detenimiento. Era una de las modas del momento: un huevo de avestruz, previamente vaciado, que hacía las veces de contenedor de líquidos (fundamentalmente ungüentos y aceites perfumados). A diferencia del barro, este material, además de impermeable, no absorbe los olores, conservando así la fragancia del contenido. Los artesanos de Cartago, desde donde fue exportado a Antioquía (1), lo habían

(1) Antioquía (actual Antakya, en el sur de Turquía) fue fundada por Seleuco Nicátor en el 301 antes de Cristo. Fue una ciudad clave en el comercio con Siria y Mesopotamia. Nicátor la levantó según los planos de Alejandría. Tras la muerte y resurrección de Jesús, algunos de los discípulos se instalaron en ella. Éste fue el caso de Bernabé, Pablo y, posteriormente, Pedro. En Antioquía, los seguidores del Maestro recibirían, por primera vez, el título de «cristianos». Fue la tercera población del Imperio romano, después de Roma y Alejandría. *(N. del m.)*

provisto de un cuello de bronce, así como de una agarradera y cuatro bandas protectoras, también de bronce.

El Maestro —según dijo— lo compró en la citada ciudad de Antioquía. Nosotros, durante la estancia en el Hermón, no llegamos a verlo.

Los regalos fueron una bendición. Desterraron momentáneamente el malhumor y la cena discurrió en una discreta calma.

La Señora casi no comió. Por lo que pude observar, se limitó a servirnos y, sobre todo, a contemplar a su Hijo.

María, «la de las palomas», reflejaba una profunda tristeza. Aquella mujer nada tenía que ver con la que conocí. La Señora del año 30 era también obstinada, pero desbordaba actividad y optimismo. Ahora, en cambio, parecía víctima de una distimia (exageración morbosa del estado afectivo en sentido de exaltación o frustración). No estoy seguro, pero ésa fue la primera impresión. La Señora presentaba un estado general de abatimiento, próximo a la depresión, aunque, como es lógico, no llegué a verificar los síntomas que hubieran avisado sobre un episodio de depresión mayor (1).

Y volví a preguntarme: ¿qué había sucedido?

La primera luz llegó cuando Ruth, incansable, trató de sonsacar a su Hermano sobre los viajes y, especialmente, sobre el último. Jesús se resistió. Tal y como informó el patriarca de los Zebedeo, el Maestro no deseaba que aquella etapa terminara filtrándose, al menos por el momento. Y esquivó el acoso de la pelirroja, respondiendo con una parte de la verdad:

—Me he limitado a estudiar a los hombres...

—Pero ¿por qué? —insistió la muchacha sin comprender—. ¿Por qué dejar a los tuyos para estudiar a los extranjeros?

—Ésa es parte de mi misión. A eso he venido...

(1)   La depresión es una manifestación de una enfermedad psiquiátrica subyacente. Entre los síntomas más destacados (concomitantes) aparecen la pérdida de interés, alteraciones del apetito, molestias gastrointestinales (estreñimiento), alteraciones del sueño y de la memoria, disminución de la libido, sensación de inutilidad y deseos de morir. *(N. del m.)*

La Señora, atenta, no desaprovechó la ocasión y, dirigiéndose a Ruth, proclamó con sarcasmo:

—¿A eso ha venido?... ¿Abandona a su familia durante casi cuatro años para estudiar a los gentiles? ¡Cuatro años sin noticias!

Ésa fue la primera pista. Comprendí. Después, a lo largo de nuestra estancia en Nahum, fui redondeando la información. Esto fue lo que supe y lo que deduje: la familia, excepción hecha de Ruth y de Judá, otro de los hermanos de Jesús, no perdonó las prolongadas ausencias del Maestro. Mejor dicho, no aceptaron de buen grado los dilatados silencios. Primero fueron dos años. Jesús no dio señales de vida. Nadie supo si estaba muerto, prisionero de los bandidos o esclavizado en alguna remota región. Y la madre se consumió en una dolorosa agonía. Después fue otro año. Y de nuevo la incertidumbre. Después, otros cinco meses...

Quise imaginar el suplicio de la Señora, pero, sinceramente, no fui capaz. Nunca he tenido hijos y, por tanto, difícilmente puedo acercarme siquiera a esa sensación. Y acepto que, en ese aspecto, María y los suyos tenían razón. Al menos, su razón. Tampoco era la primera vez que el Galileo actuaba así. A los doce años y medio, en una visita a Jerusalén, aquel jovencito se «olvidó» de sus padres terrenales y permaneció tres días «a su aire», frecuentando los patios del Templo. El susto de María y José fue de infarto...

«Tres años y medio de silencio ha sido mucho para todos. Jesús ha regresado, pero eso no justifica el dolor provocado a la familia.» Ésta fue la respuesta de Santiago cuando lo interrogué sobre el particular; una respuesta compartida por casi todos. El Maestro, naturalmente, tenía otra forma de ver las cosas...

Esta realidad, sin embargo, aun siendo grave, no constituía el problema de fondo que estaba condicionando la actitud de la Señora y de Santiago, entre otros. Una actitud que terminaría desembocando en un hecho doloroso, en especial para el Hijo del Hombre...

El origen de aquel malestar, de las críticas y de la tristeza de la Señora se hallaba a gran profundidad, en lo más remoto del pensamiento de la madre de Jesús. Todo obedecía a una decepción. El viejo sueño de María se había esfumado prácticamente. Casi no quedaba nada de lo construido a raíz de la promesa del ángel. Aquel «ser de luz» que la había visitado en Nazaret a mediados del octavo mes, en pleno *marješván* (noviembre), en el año 8 a. J.C., fue muy preciso: «... esta casa ha sido escogida como morada terrestre de este niño del Destino (1).» Jesús era el «niño de la promesa», el Mesías tanto tiempo esperado, el Libertador, al fin, de un pueblo dominado y apaleado. Roma recibiría su castigo. Ésta era la idea que iluminó buena parte de la vida de la Señora y también de su familia. La mujer, como ya señalé en otro momento de estos diarios, hizo planes. Compartió la revelación con Isabel, su prima lejana, e idearon el cuándo y el cómo de la aparición en escena del Libertador y de su lugarteniente, Juan, conocido después como el Bautista. Todo estaba previsto. Su Hijo, señalado por los Cielos, sería el guerrero del que hablaban las profecías. Conduciría a Israel al dominio del mundo y al definitivo establecimiento del reino de Dios en la Tierra. Las «señales» no dejaban lugar a la duda. Un ángel lo había anunciado. Isaías lo había proclamado: «Saldrá un vástago del tronco de Jesé (padre de David), y un retoño de sus raíces brotará. Reposará sobre él el espíritu de Yavé...» (capítulo 11). Ella, la Señora, era del tronco de David. Otros aseguraban que el Mesías sería hijo de José. Jesús lo era. «Y

(1)   El mensaje exacto del ángel, según la Señora, fue el siguiente: «Vengo por mandato de aquel que es mi Maestro, al que deberás amar y mantener. A ti, María, te traigo buenas noticias, ya que te anuncio que tu concepción ha sido ordenada por el cielo. A su debido tiempo serás madre de un hijo. Lo llamarás "Yešúaʿ" e inaugurará el reino de los cielos sobre la Tierra y entre los hombres. De esto, habla tan sólo a José y a Isabel, tu pariente, a quien también he aparecido y que pronto dará a luz un niño cuyo nombre será Juan. Isabel prepara el camino para el mensaje de liberación que tu hijo proclamará con fuerza y profunda convicción a los hombres. No dudes de mi palabra, María, ya que esta casa ha sido escogida como morada terrestre de este niño del Destino. Ten mi bendición. El poder del Más Alto te sostendrá. El Señor de toda la Tierra extenderá sobre ti su protección...»
Como es fácil de comprobar, este mensaje nada tuvo que ver con lo escrito después por Lucas, el evangelista (1, 26-39). Todo fue manipulado... *(N. del m.)*

será llamado "Emmanuel" o "Yavé sidqenu" ("Yešúaᶜ" o "Dios con nosotros").» Ése era su Hijo. Así rezaba en uno de los salmos apócrifos de Salomón: «Ese rey, hijo de David, suscitado por Dios para purificar de paganos a Jerusalén, puro de todo pecado, rico de toda sabiduría, depositario de la Omnipotencia, quebraría el orgullo de los pecadores como cacharros de alfarería, en tanto que reuniría al pueblo santo y lo conduciría con justicia, paz e igualdad...»

Pero ese sueño, alimentado durante años, empezó a derrumbarse...

Primero fueron algunos acontecimientos —incomprensibles para la Señora— los que oscurecieron el «brillante proyecto». Ejemplos: a la edad de siete años, Jesús era ya un solitario que buscaba la soledad de la cima del Nebi, en Nazaret (*Nebi*, en arameo, curiosamente, significa «profeta»). A los once años pidió explicaciones a José, su padre, sobre el uso de la *mezuzah* en la puerta de la casa. Jesús lo consideraba una superstición. A partir de ahí, la *mezuzah* fue retirada. Por eso no la hallamos en la «casa de las flores», en Nahum. A los doce años y medio, al llegar a la mayoría legal y visitar Jerusalén por primera vez, el muchacho «olvidó» sus deberes como hijo y, sin avisar, permaneció tres días en la Ciudad Santa, supuestamente «perdido», según la iglesia católica. Aquel comportamiento llenó de estupor a sus padres. María, sobre todo, quedó destrozada. A los trece, en contra de los preceptos religiosos, Jesús se negó a comer el cordero pascual. Entendía que aquella carnicería, en el Templo, no guardaba relación con su Padre. Dios no quería eso. Y la Señora, una vez más, se sintió defraudada. El Mesías no era así. A los catorce años, tras la muerte de José, el adolescente se distanció de la madre. Los pensamientos de Jesús sobre Dios *(Ab-bā)* torturaron a María. El joven pretendía hablar directamente con el Santo, sin intermediarios. Eso era una blasfemia, castigada con la pena capital. Los intentos de la Señora para reconducir al extraño y rebelde Hijo fueron estériles. Y Jesús, a ojos de la familia y de sus paisanos, en la pequeña Nazaret, se convirtió en un *ewil*, un descarado y un necio. En el año 11 de nuestra era, cuando contaba diecisiete años de edad, Jesús tomó otra decisión que, naturalmente, empañó el viejo y cada vez más deteriorado sueño de la madre. Contra todo pronóstico, declinó la invitación de los extremistas que habían visitado la aldea de Nazaret. Él no formaría parte de los zelotas (1) que luchaban contra los romanos y que ensangrentaban el país. María lo tomó como un deshonor y, sobre todo, como un desafío. Si Jesús era el Mesías prometido —el «niño del Destino»—, ¿por qué se negaba a formar parte de una revolución nacionalista como aquélla? Él debía estar al frente de los judíos...

Y la Señora, por enésima vez, vio naufragar su proyecto.

A partir de ahí, todo fue de mal en peor. Jesús se alejó definitivamente de la órbita de María, negándose a compartir planes y pensamientos. Era inútil. La Señora no comprendía. Y Jesús, inteligentemente, eligió el silencio. No había llegado su hora...

(1) Como ya referí en su momento, los zelotas integraban una secta que trataba de liberar a su pueblo del yugo romano o de cualquier otra dependencia. Sólo Yavé era el dueño de Israel. Los zelotas, al parecer, se desgajaron de la también secta de los fariseos o «santos y separados», formando una especie de «brazo armado» del fariseísmo. Eran radicales y violentos. Hoy serían calificados de terroristas.

En el año 6 de nuestra era protagonizaron un primer y violento intento de sublevación contra Roma. Un galileo llamado Judas de Gamala y un fariseo de nombre Saduc o Sadoc lograron lo que parecía imposible: arrastrar a miles de judíos contra las legiones. Lógicamente fracasaron. Pero la semilla estaba sembrada. Desde entonces, los zelotas o «celosos» por la Ley de Moisés, con el apoyo de buena parte de la población que los ocultaba, alimentaba y pagaba un secreto «impuesto revolucionario» para la adquisición de equipos y de armas, actuaron en guerrillas, acosando a los ejércitos y funcionarios romanos y cometiendo toda suerte de crímenes y vilezas «en nombre de la causa». Nada nuevo. Eran conocidos también como «sicarios», a causa del *sica*, un puñal corto y temible que escondían bajo la ropa y con el que daban cuenta de los que juzgaban traidores, infieles o colaboracionistas. Lo malo es que, como siempre, amparándose en supuestas traiciones al pueblo y al Dios de Israel, satisfacían sus venganzas personales o las de aquellos que decían simpatizar con ellos. Y el hombre de bien, en definitiva, se vio envuelto en una atmósfera de miedo y de permanente desconfianza. Este amenazante oleaje de alzamiento nacional contra el usurpador de Israel (Roma) fue encrespándose y, con los años, desembocaría en la gran rebelión del 70 y en la destrucción de Jerusalén por Tito. Una destrucción —la del Templo— anunciada por Jesús de Nazaret durante su vida pública. *(N. del m.)*

En enero del año 21, como fue dicho, Jesús se despidió de su madre y de Nazaret. Nadie fue capaz de retenerlo. María se quedó sin argumentos y empezó la segunda parte del suplicio: las referidas largas ausencias. Y la mujer se hundió definitivamente...

La decepción, en suma, fue total. «Jesús no atendía a razones.» No quería hablar del Mesías esperado. «Ése no era su objetivo.» Sólo buscaba la soledad y a su Padre de los cielos. Era lo único que le importaba. Y la Señora llegó a pensar que la presencia del ángel sólo había sido un sueño. Un mal sueño...

Muchos de los cristianos tienen una imagen equivocada de María, la madre de Jesús de Nazaret. Fue una mujer espléndida, llena de amor y con un temperamento de hierro. Lo que no fue es una mujer sumisa. No entendió la labor de su Hijo y, mucho menos, su mensaje. Discutió con Él. Se enfrentó al Maestro en numerosas oportunidades. Trató de convencerlo y de llevarlo por el camino que a ella le convenía: el de la gloria política. Fue un continuo forcejeo. Sólo después de la muerte del Maestro comprendió, a medias...

—¡Cuatro años sin noticias!...

La Señora repitió el comentario aunque, en esta ocasión, sonó a pensamiento en voz alta. Más que un pensamiento, un lamento...

El Hijo la observó mansamente. La tristeza se reunió de nuevo con Él. Y Jesús bajó los ojos, terminando su ración de *tappuah*.

Fue Ruth, hábil, la que procuró enmendar el rumbo. Ninguno de los presentes hubiera resistido otra discusión.

—¿Y hallaste al Padre en las nieves del Hermón?

El Galileo agradeció la ayuda con una breve, casi forzada, sonrisa.

—No, mi querida Ruth... El Padre no está ahí fuera...

Entonces, señalando el ancho tórax, aclaró:

—...Dios está aquí, en el interior. Al Hermón no he subido para hablar con Ab-bā, aunque también lo he hecho...

—Entonces, ¿para qué?

Jesús desvió la mirada hacia mi compañero. Después me buscó. Entendimos. Y mis ojos se cruzaron de nuevo con los de Ruth. Ella, esta vez, sostuvo la mirada. Y un fuego desconocido me recorrió...

—Era el momento de recuperar lo que siempre fue mío...

La rotunda afirmación del Galileo fue seguida de un significativo silencio. Fue una respuesta clara, para nosotros. Ellos, en cambio, no comprendieron. No captaron la trascendencia de lo que acababa de decir el Hermano mayor. No podían imaginar siquiera que estaban ante un Dios. La recuperación de su divinidad —el gran enigma que nunca supe resolver— había sido el objetivo que lo había impulsado a retirarse a una de las cimas del Hermón. Nosotros lo vivimos paso a paso (1).

En mi humilde opinión, el Maestro hizo lo correcto. De haberles revelado la verdad, ¿qué hubiera logrado? Supongo que, únicamente, sumar confusión a la confusión.

No era el momento. No era su hora...

—Pero ¿qué habías perdido? —reaccionó finalmente Santiago—. Que yo sepa, nunca estuviste en ese lugar...

El Maestro debió de leer mis pensamientos.

—Cuando llegue la hora..., todos lo sabréis.

Asunto zanjado.

Y la oscuridad cayó de repente, como era habitual en aquellas latitudes. Los relojes del módulo marcaban las 17 horas y 38 minutos.

Las mujeres se apresuraron a encender las lámparas de aceite y las depositaron sobre el enlosado del patio.

Era tarde. Todos madrugaríamos. Así que, tras desearnos la paz, la familia se retiró. Sólo Jesús permaneció frente a estos agotados exploradores. Nos contempló unos instantes y manifestó:

—Ahora descansad... Yo siempre estoy con vosotros, aunque dejéis de verme. El Padre tiene planes a los que, por ahora, no tenéis acceso, pero confiad.

¿Qué quiso decir? Lo averiguaríamos pocos días después...

Él mismo, tomando dos de las lucernas de barro, nos condujo hasta el lugar donde descansaríamos: el terrado

(1) Amplia información en *Hermón. Caballo de Troya 6. (N. del a.)*

existente sobre la «cocina de invierno», en el extremo suroeste de la casa. Una estrecha escalera, también de piedra negra, basáltica, adosada al muro de la fachada, permitía el acceso a dicha terraza. En esos momentos, todavía temporada seca y calurosa, muchos de los vecinos de Nahum y del *yam* en general preferían estas zonas a la hora de dormir. Según mis anotaciones, la temperatura nocturna a orillas del lago no bajaba de los 18 grados Celsius, al menos durante el período estival. Los invitados, naturalmente, compartían esta costumbre. El terrado, además, merced a la citada escalera exterior, concedía al huésped una cierta libertad, pudiendo descender al patio, o abandonar la vivienda, cuando lo estimase conveniente.

Las terrazas eran la segunda vivienda. Allí se extendían los frutos, las cebollas y el lino para su secado, y allí se lavaba, se tendía la ropa, se hilaba e, incluso, se rezaba. Era otro lugar habitual de tertulia, juegos o retiro. Así lo proclama el libro de los Proverbios (21, 9 y 25, 24): «Estar sentado en un rincón del desván era mejor que estar con mujer rencillosa en casa espaciosa.» La azotea era también como el «ala del pájaro» (las fuentes): desde allí se gritaba a las casas próximas y se proclamaba toda clase de noticias. Era, en definitiva, un segundo trazado urbano, en el que todos se movían con gran agilidad. Los niños, en especial, saltaban de una terraza a otra, bien jugando, haciendo de «correos» o transportando toda suerte de mercancías. Era lo que la tradición llamaba «el camino de los tejados», utilizado para el bien y para otros asuntos menos honestos. En general, como ya expliqué, estos terrados eran sumamente sencillos, construidos con vigas calafateadas (1) que volaban de un muro a otro y sobre las que se depositaba un maderamen más ligero; todo ello cubierto por varias capas de juncos, cañas o ramas y arcilla apisonada. Después de las lluvias, el dueño se veía en la obligación de restaurar el piso con el auxilio de un rodillo de piedra.

---

(1) Los constructores sellaban las grietas de las vigas con estopa y una mezcla de resina y un «alquitrán» que flotaba en las aguas del mar Muerto. (*N. del m.*)

El Maestro depositó una de las lucernas sobre la superficie de la terraza. Era la más grande, con cuatro mechas; una de las habituales lámparas de barro rojo —llamadas «herodianas»—, cuya carga de aceite de oliva podía durar tres «vigilias»; es decir, casi toda la noche.

Entonces, señalando el todavía vacío firmamento, exclamó a manera de despedida:

—Confiad...

Y lo vimos desaparecer por la escalera exterior.

Instantes después, apremiado por un Eliseo lógicamente inquieto, me ajusté las «crótalos», las lentes de visión nocturna, e inspeccioné la cumbre del Ravid. Hacía un mes que habíamos abandonado la base. Era natural que estuviéramos intranquilos, aunque sabíamos que *Santa Claus*, el ordenador central, era el mejor de los «vigilantes».

En el supuesto de alta emergencia (avería grave en la «cuna»), la computadora había sido programada para modificar la direccionalidad del «ojo del cíclope» (1), lanzando hacia el cielo un gigantesco abanico luminoso. Ésa sería la señal de que algo no iba bien en lo que llamábamos el «portaaviones». La cima del Ravid, a 138 metros sobre el nivel del mar y a diez kilómetros, en línea recta, de Nahum, era una excelente atalaya. Mientras permaneciéramos en el *yam*, al atardecer, o durante la noche, mi hermano o yo debíamos ajustarnos las «crótalos»

(1) El «ojo del cíclope» era uno de los sistemas de defensa de la nave. Partía de lo más alto de la «cuna» y se hallaba formado, básicamente, por una radiación infrarroja integrada por millones de láseres. El sistema trabajaba merced a treinta pares de espejos de arseniuro de aluminio y galio. En cada centímetro cuadrado fueron «grabados» dos millones de láseres, utilizando la combinación de «pozos cuánticos», la «epitaxia de haz molecular» y las técnicas habituales de fotolitografía. Bajo el control de *Santa Claus*, el «ojo» podía barrer la superficie del Ravid un centenar de veces por segundo. El dispositivo emitía en una longitud de onda de un micrómetro, resultando invisible al ojo humano. Sólo con las «crótalos», o con los canales de visión nocturna de la nave, era posible la visualización de esta espectacular «cortina de luz». Cuando se hallaba conectado, la irrupción de cualquier intruso en la «popa» del «portaaviones» rompía el circuito, alertando a la computadora. Cualquier ser vivo, con una temperatura corporal mínima, capaz de emitir IR (radiación infrarroja) era fulminantemente detectado. El sistema registraba variaciones de temperatura de dos décimas de grado Fahrenheit. *(N. del m.)*

e inspeccionar lo alto del monte con regularidad. Era la única servidumbre «impuesta» por el fiel *Santa Claus.*

—¿Y bien? —preguntó Eliseo con impaciencia.

—Todo de primera clase...

El ingeniero respiró, aliviado. Todo, en efecto, parecía en orden en «base-madre-tres». ¿Todo?

Y algo más relajados dedicamos unos minutos al análisis de la situación. Ambos nos mostramos preocupados ante dos problemas con los que no habíamos contado a la hora de programar aquel apasionante tercer «salto» en el tiempo. En primer lugar, y más importante, la falta de información a corto y medio plazo sobre la actividad del Maestro. Disponíamos de una relativa seguridad en relación con el posible bautismo de Jesús, en el río Jordán. Nos hablaron del mes de *sebat* (quizá enero), pero nada era seguro. Y mientras llegaba ese supuesto bautizo, ¿qué sucedía con el Galileo? Él no había anunciado sus planes y nosotros tampoco preguntamos. Eliseo era partidario de despejar la incógnita, interrogándolo abiertamente. Yo tenía mis dudas. Y le expliqué que no debíamos forzar el Destino (con mayúsculas). Era mejor así. Estaríamos atentos, por supuesto, pero dejaríamos correr los acontecimientos. En el fondo, el hecho de no saber resultaba electrizante.

Mi hermano aceptó. Después de todo, él era el experto en sorpresas...

Respecto al segundo problema, ambos estuvimos de acuerdo desde el primer momento. El agrio ambiente detectado en la familia —algo impensable durante los preparativos de aquella aventura— nos inclinó a dejar la «casa de las flores». Ellos nos brindaron su hospitalidad, pero, sinceramente, nos hubiéramos sentido incómodos. La situación podía empeorar. Era más sensato que procediéramos a la búsqueda de otro alojamiento. No nos equivocamos... ¿O sí?

Así, con esta decisión, dimos por finalizado aquel 18 de setiembre del año 25, martes. Otra jornada difícil de olvidar...

Mi compañero, nervioso, necesitó un tiempo para conciliar el sueño. Lo vi agitarse y dar vueltas sobre las este-

142

ras preparadas por las mujeres. Lo atribuí a la dureza de la «cama». Quizá era eso lo que lo mantenía despierto. Me equivoqué, una vez más. A Eliseo lo atormentaba otro «asunto». Pero de ese tema, quien esto escribe no tendría conocimiento hasta algún tiempo más tarde, cuando ocurrió lo que ocurrió...

E intenté ordenar y pacificar los sentimientos. En especial, uno de ellos...

¿Cómo pudo suceder? Yo estaba entrenado para casi todo, menos para «eso». ¿Qué hacer? ¿Cómo actuar? Si «aquello» prosperaba —y temí que así fuera—, ¿debía comunicárselo a Eliseo? ¿Cómo reaccionaría? Yo sabía muy bien que estaba terminantemente prohibido. Sin embargo...

Y luché por desterrar aquel sentimiento, refugiándome en la misión. Repasé los planes inmediatos y también los futuros. Mejor dicho, los supuestamente futuros.

Fue imposible. La imagen se había colado en mi mente y, lo que era más preocupante, en mi corazón.

Honradamente, me desbordó.

Y por una vez en mi triste y solitaria vida decidí «confiar», tal y como repetía el Maestro.

Fue instantáneo.

Al permitir que el Destino siguiera su rumbo, una paz interior tomó tierra en mi espíritu y todo, a mi alrededor, apareció distinto.

¿Era a esto a lo que se refería el Hijo del Hombre cuando hablaba de «dejarlo todo en las manos de Ab-bā»?

«Que se haga siempre tu voluntad...»

Fue una decisión acertada. Durante un tiempo, a mi manera, fui feliz. Intensamente feliz.

Y fascinado por el «hallazgo» disfruté de aquella Nahum nocturna, tan nueva y prometedora...

El calor y el agitado trasiego del día menguaron progresivamente y una cierta calma asumió el mando, apenas incomodada por algunos lejanos ladridos y el vocerío del turno de noche de los cargadores del puerto, amortiguado por la distancia.

De vez en cuando, los cascos de las caballerías, golpeando las losas del *cardo*, daban ritmo a la oscuridad.

Las reatas, probablemente con pescado fresco del *yam*, se alejaban hacia el norte y, con ellas, los gritos ininteligibles de los burreros, siempre descontentos y con prisas, y los varapalos secos y silbantes sobre los sufridos onagros. Eran, prácticamente, los únicos transeúntes.

A mi alrededor, en otras terrazas, las lucernas denunciaban la presencia de numerosas familias. Todas habían elegido el frescor de los terrados. Y, cómplices, las pequeñas llamas amarillas hablaban unas con otras, siempre por señas, siempre oscilando.

Al sur, en el lago, una docena de embarcaciones faenaba frente a la primera desembocadura del Jordán, muy cerca de Saidan, la aldea de los Zebedeo. Las antorchas, a popa y a proa, trataban de encandilar a las tilapias. Creí distinguir una canción. Hablaba de un amor no correspondido...

Alcé los ojos y, en la negrura del firmamento, las estrellas Vega y Altair, leyendo mi pensamiento, replicaron con sendos destellos.

«Afirmativo —traduje—, la esperanza acaba de despertar.»

DEL 19 AL 22 DE SETIEMBRE

Al alba, de acuerdo con lo planeado, partimos de Nahum. Jesús, sonriente, poco amante de las despedidas, nos deseó paz y repitió algo que, en esos momentos, no supimos interpretar adecuadamente:

—Confiad...

Minutos después, sin volver la vista atrás, nos alejábamos de la «casa de las flores», rumbo a la cima del Ravid, nuestro «hogar». Mi corazón sí se volvió...

Y a buen paso, animados por el prometedor azul del cielo, rodeamos la costa norte del *yam*, buscando el *nahal* (río) Zalmon, el camino «habitual» hacia lo alto del «portaaviones».

Todo fue perfecto, sin incidentes dignos de mención.

En cuestión de dos horas cubrimos los nueve kilómetros que separaban Nahum de la base del promontorio. Y al divisar lo que llamábamos la «zona muerta» entramos en la pista que conducía a la población de Migdal, en la costa oeste del *yam*. Antes de ingresar en el módulo debíamos pensar en las provisiones necesarias para aquellos días. En principio, si todo marchaba correctamente, la estancia en la «cuna» sería mínima. Lo justo para revisar los sistemas, descansar y reorganizarnos, aunque, insisto, no sabíamos muy bien qué nos deparaba el Destino. El regreso a Nahum fue fijado para el sábado, 22. El Destino, sin embargo, tenía otros planes...

Camar, el viejo beduino, atendió nuestras peticiones con su proverbial hospitalidad. Deshicimos lo andado hasta la «zona muerta» y, una vez seguros de que nadie nos observaba, ascendimos por el tramo más desprotegido en el camino hacia lo alto del Ravid, aproximándonos al manzano de Sodoma. Desde allí hasta la «proa» del «portaaviones» (el vértice sobre el que reposaba la nave) la distancia era de 2.300 metros, aproximadamente. Y nos preparamos para el momento clave: la desactivación de los cinturones de seguridad que protegían la «cuna». Uno de ellos, en particular, el gravitatorio (1), era vital para acceder a la máquina que nos había transportado al año 25 y que debería situarnos de nuevo en nuestro «ahora». Si algo fallaba, una especie de «viento huracanado» nos impediría el paso.

Fue otra de mis obsesiones.

¿Qué sería de nosotros si olvidábamos la «contraseña»?

Tanto al ingresar en la cima del peñasco, como al abandonarla, el cinturón gravitatorio era anulado y restablecido, respectivamente, gracias a una «llave» ideada por el ingeniero. La conexión auditiva transmitía la clave al ordenador y éste —si la señal era correcta— procedía en consecuencia. Acto seguido, en un efecto do-

(1) Una poderosa emisión de ondas gravitatorias (algo sólo intuido hoy por los científicos) partía de la compleja membrana exterior de la nave, siendo proyectada, a voluntad, tanto en distancia como en intensidad. De esta forma, el cinturón gravitatorio envolvía y protegía la «cuna» como una semiesfera invisible. Nadie ni nada estaba capacitado para penetrar esa barrera.

El segundo cinturón de seguridad lo formaba una densa IR (radiación infrarroja), ya explicada con anterioridad. Detectaba la presencia de cualquier cuerpo vivo y a la distancia previamente establecida. El sistema se basaba en la propiedad de la piel humana, capaz de comportarse como un emisor natural de IR. La alta velocidad de barrido permitía analizar la totalidad de un cuerpo hasta cincuenta veces por segundo. Fue igualmente útil a lo largo de toda nuestra estancia en los llamados montes de los Olivos, de las Bienaventuranzas y, por último, en el Ravid.

El tercer sistema de protección de la nave consistía en la proyección de grandes hologramas, dotados de sonido y movimiento, ideados por Eliseo al descubrir una colonia de «ratas-topo desnudas» bajo nuestros pies (*Haterocephalus glaber*, unos expertos excavadores «de cabeza diferente y lampiña», de la familia de los batiérgidos, con aspecto terrorífico). Si alguien lograba acercarse hasta los restos de la muralla romana existente a 173 metros de la «cuna», el ordenador central activaba los referidos hologramas, provocando una «visión» de infarto de los mencionados «bebés morsa» o «salchichas con dientes de sable», como también se los denomina. Este cinturón sólo era eficaz durante la noche. *(N. del m.)*

minó, los restantes cinturones de seguridad resultaban igualmente anulados o activados. «Base-madre-tres» era la primera «contraseña», la que abría el gravitatorio. «Ravid» (en inglés) lo cerraba.

Si teníamos la desgracia de perder la memoria, ¿cómo regresaríamos a nuestro verdadero tiempo? ¿Cómo «abrir» aquel muro infranqueable? ¿Cómo retener el «santo y seña»?

Por supuesto, cuando me veía asaltado por estos pensamientos, yo mismo me recriminaba el absurdo planteamiento con otra realidad mucho más trágica: si el mal que padecíamos desembocaba en una amnesia, ¿qué importaba la «contraseña»? Lo más probable es que no supiéramos qué era la «cuna» ni dónde hallarla. Aun así, no sé por qué, continué envuelto en aquel conflicto...

Nada falló. Y me reproché la pérdida de energía. El Destino, sin embargo, estaba avisando...

Santa Claus desconectó los sistemas y, a los treinta minutos, nos hallábamos en el interior del módulo.

Todo parecía en orden...

Y recordé el consejo del Maestro en la mañana en la que nos disponíamos a partir del Hermón: «Confía... Si tienes esperanza, lo tienes todo.»

Era increíble. Allí estábamos, en la «cuna», sanos y salvos. Y me reí de mi desasosiego cuando, aquel lunes, en la montaña, comprobé que ya no quedaban antioxidantes. Sólo había transcurrido un día sin las necesarias dosis de dimetilglicina...

Chequeamos los parámetros, aunque, a decir verdad, no era preciso. El fiel *Santa Claus* era infinitamente mejor que nosotros. A Eliseo le preocupaba el estado del combustible (1) y, obviamente, la remota posibilidad de una fuga. Los propulsores hipergólicos (se queman espontáneamente cuando se combinan, sin necesidad de

---

(1) Al proceder con esta nueva aventura, por elemental precaución, desconectamos las mangueras que suministraban oxidante y combustible al motor J 85 y a los restantes motores auxiliares. Una fuga accidental del tetróxido de nitrógeno y la mezcla de hidracina y dimetilhidracina asimétrica (propulsores hipergólicos de la «cuna») hubiera provocado una catástrofe, dejándonos en aquel «ahora» para siempre. *(N. del m.)*

ignición) estaban diseñados para una conservación indefinida, siempre y cuando se encontraran almacenados en el lugar adecuado y con las condiciones mínimas exigidas. Como ya mencioné, al aterrizar sobre el Ravid, la nave disponía de algo más de siete toneladas de combustible (sin contar la reserva). No se había producido ningún descenso apreciable en el nivel de los tanques. Seguíamos a un 44 por ciento de nuestras posibilidades (conviene recordar que el vuelo de regreso y el descenso sobre Masada demandaban algo más de seis mil ochocientos kilos de combustible).

El ingeniero y piloto respiró aliviado.

Todo se hallaba OK, todo de «primera clase». Ésa, al menos, fue la primera impresión. Pero no...

La pila atómica —el SNAP— fue el siguiente objetivo (1). De su perfecto funcionamiento dependía todo. La respuesta fue impecable.

Y, más tranquilos, dedicamos aquellas jornadas al descanso, a la revisión del resto de los equipos, a la puesta al día de mi diario y a los planes (?) inmediatos.

Supongo que me descuidé. Al retornar al Ravid e intentar proseguir la minuciosa redacción de mis recuerdos, comprobé, alarmado, que no quedaban papiros. Los últimos soportes vegetales —del tipo *amphitheatrica*— fueron trasladados al Hermón y allí los agoté. Fue una contrariedad y, al mismo tiempo, una suerte. Merced a esta imprevisión no tuve más remedio que seguir los consejos de mi compañero, tecleando cuanto llevaba registrado en el ordenador central. Fue así como modifiqué el procedimiento. El cambio resultaría vital. ¿Quién podía imaginar en aquel mes de setiembre que la misión terminaría como terminó?

---

(1) SNAP: *Systems for Nuclear Auxiliary Powers* (Sistema de Energía Nuclear Auxiliar). Este tipo de batería era capaz de transformar la energía calorífica del plutonio radiactivo en corriente eléctrica (50 W). Como medida precautoria, «Caballo de Troya» incluyó una batería de espejos metálicos —doce en total— que fueron ensamblados en el exterior de la nave. La radiación solar generaba hasta 500 W, más que suficiente para atender las necesidades técnicas del módulo. El invento del profesor israelí Tabor fue decisivo para nuestro trabajo. *(N. del m.)*

Otro de los asuntos que nos mantuvo ocupados durante buena parte de aquellos cuatro días fue el láser de gas, uno de los sistemas de defensa, alojado en la «vara de Moisés» (1). En el duro ascenso hacia lo alto del Hermón, a la búsqueda del *mahaneh* o campamento en el que se hallaba el Maestro, estos exploradores, en compañía del joven Tiglat y *Ot*, el singular perro *basenji*, fueron asaltados, como se recordará, por un grupo de *hetep* o bandidos montañeses, al mando de un tal Al (2). Pues bien, tras utilizar el láser en cuatro oportunidades, en el quinto intento falló, lo que propició que uno de los ladrones alcanzara al perro con la espada y lo decapitara. ¿Qué sucedió? ¿Por qué el láser se negó a funcionar? Nunca lo supimos. Cuando lo revisamos, todo se hallaba en perfectas condiciones. De hecho, nunca volvió a defraudarnos. Supongo que fue el Destino, como siempre. Ahora, al final de mis días, después de ser testigo de lo que fui, no tengo la menor duda: todo está escrito, incluso lo más pequeño y aparentemente insignificante. Quizá me decida a escribir sobre ello. Quizá...

Sucedió hacia el mediodía del viernes, 21. Todo se hallaba dispuesto para el regreso a Nahum. La partida fue programada para las 13 horas. Si todo discurría sin alteraciones, el ingreso en el pueblo se produciría hacia las 15 (hora nona). Disponíamos, por tanto, de dos horas y media para procurarnos un primer alojamiento. Quizá una de las posadas...

El plan era sencillo. Una vez instalados, estos exploradores acudirían de nuevo a la «casa de las flores», y se reunirían con el Maestro. A partir de ahí, nos convertiríamos en su sombra, más o menos.

El Destino, sin embargo, no pensaba así...

Chequeamos el equipo y la indumentaria. Poco cambió

(1) Este láser de gas —basado en el dióxido de carbono— fue dispuesto en la «vara de Moisés» como un sistema de defensa, puramente disuasorio. Dada su peligrosidad, sólo debía ser utilizado sobre animales u objetos. La potencia oscilaba entre fracciones de vatio y varios cientos de kilovatios. El «chorro de fuego», apantallado en IR, perforaba el titanio a razón de diez centímetros por segundo, con una potencia de veinte mil vatios. *(N. del m.)*

(2) Amplia información en *Hermón. Caballo de Troya 6. (N. del a.)*

respecto a nuestra anterior aventura, en la búsqueda del Hijo del Hombre por el Hermón.

Decidimos cargar cincuenta denarios. En la «cuna» quedaron los veinte restantes, el valioso ópalo blanco y la mayor parte de los diamantes, providencialmente fabricados por Eliseo (1). Estimamos que era dinero más que suficiente para las dos o tres semanas que, en principio, podíamos estar ausentes. Como ya referí, lo ideal era regresar al Ravid cada siete días. Pero no siempre fue así...

Nada más pisar Nahum, resuelto el problema del alojamiento, uno de los objetivos era la adquisición de ropa, calzado y, sobre todo, un par de cíngulos o ceñidores —de los que llamaban *ezor*—, con bolsillos interiores, parecidos al que Jesús había obsequiado a su hermano Santiago. Estas «fajas», generalmente de cuero, resultaban más útiles que las bolsas de hule, y evitaban las tentaciones. Ni Eliseo ni yo estábamos dispuestos a que nos robaran por segunda vez...

En cuanto a las «crótalos», fundamentales en el manejo de los sistemas de defensa y en todo lo relacionado con la radiación infrarroja, también experimentaron un pequeño cambio. A partir de esa salida de la «cuna» debería transportarlas en un saquete, igualmente impermeabilizado, que colgaría permanentemente de mi cuello. A simple vista se trataría de un «amuleto», como tantos otros, similar, por ejemplo, al que me había regalado el joven Juan Marcos, en Jerusalén, y que, por cierto, permaneció en la nave durante el resto de la misión (2). El riesgo de portar las lentes de visión nocturna en la bolsa de hule, con el dinero, era demasiado alto.

_____

(1) Para la elaboración de estas falsas gemas, el ingeniero dispuso una «cámara de deposición» en miniatura, e hizo crecer en ella varias láminas de diamantes. Para ello utilizó filamentos de tungsteno, manteniendo presiones inferiores a la atmosférica. Probó también con oxiacetileno, rico en combustible. Las llamas terminaron produciendo hidrocarburos de bajo peso molecular, así como hidrógeno atómico, y se condensaron en diamantes. Unas descargas de microondas hicieron el resto, propiciando el crecimiento de las gemas «sintéticas». En total, veinte «diamantes». La mayoría de unos milímetros; tres o cuatro —espectaculares— de dos centímetros y medio. Fue nuestra salvación. *(N. del m.)*

(2) Véase *Masada. Caballo de Troya 2. (N. del a.)*

El capítulo de las medicinas no varió. Incluí los obligados antioxidantes y las ampollitas de barro con los antibióticos, fármacos antiinfecciosos, etc. La cloroquina —especialmente aconsejada contra el paludismo— era obligatoria dos veces por semana (reforzamos la barrera quimioprofiláctica con una asociación de pirimetamina-dapsona ante las fundadas sospechas de que algunas de las cepas —caso de la *P. falciparum*— se hubieran vuelto resistentes a la mencionada cloroquina).

Finalmente, la seguridad personal experimentó una modificación. Los «tatuajes» quedaron en la nave (1). La protección se vio así sensiblemente reducida pero, dado que el trabajo programado inicialmente consistía en el continuo seguimiento de Jesús de Nazaret, no consideramos oportuna su presencia. Fue un problema de respeto...

La «piel de serpiente» siguió con nosotros, utilísima. Fue otra de las claves.

Y, naturalmente, el cayado de augur: la inseparable «vara de Moisés» con los dispositivos electrónicos ya referidos y los dos sistemas de defensa (ultrasonidos y láser de gas).

Y, nerviosos, aguardamos...

Fue entonces, hacia la hora sexta (mediodía), cuando ocurrió, desbaratando los planes. Ya se sabe: el hombre propone...

Disponíamos de un cierto margen de tiempo, y Eliseo, incapaz de permanecer inactivo, fue a sentarse frente al ordenador central, reabriendo un desagradable asunto. Un mes antes —el 16 de agosto, para ser exacto—, al solicitar acceso al directorio de los ADN, *Santa Claus*, ante nuestra sorpresa, denegó la entrada. Los informes elaborados sobre las muestras del Galileo, de su madre, de José y del pequeño Amós, hermano de Jesús, fueron inexplicablemente clasificados, haciendo inútiles los intentos de apertura. En total, si no recuerdo mal, cinco intentos. Y mi compañero, sospechando de Curtiss y su gente, pro-

(1) Amplia información sobre los «tatuajes» en *Cesarea. Caballo de Troya 5. (N. del a.)*

metió hallar una «puerta trasera» o una clave que nos permitiera recuperar la valiosa información sobre la paternidad de José. Aquella «maniobra», como mencioné, encerraba algo oscuro. ¿Por qué los militares tenían tanto interés en los ADN del Maestro y de su familia?

Y al llevar a cabo el nuevo intento, al solicitar el CD-GMA («acceso a material genético»), la respuesta de la computadora fue la misma: «El usuario no tiene prioridad para ejecutar esta orden.» Y sucedió algo más...

De pronto se dispararon las alarmas acústicas y luminosas, lo que provocó el caos. El *panel panic*, pulsante, convirtió el recinto en un manicomio.

El ingeniero, lívido, permaneció inmóvil. Yo salté junto a él e inspeccioné los sistemas.

¿Qué sucedía?

Y durante segundos no supe adónde mirar. Las alertas se encendían y se apagaban, avisando con los pitidos de que algo grave estaba ocurriendo. Jamás, hasta ese día, vivimos unos momentos tan difíciles y angustiosos. Ni siquiera cuando Eliseo perdió el conocimiento en el aterrizaje sobre el monte de los Olivos...

No tuve manos suficientes.

Cuando rectificaba uno de los sistemas, otro saltaba a su lado, igualmente enloquecido.

Aquello no tenía sentido. La máquina no podía fallar en cadena. ¿O sí?

Y, súbitamente, como empezó, así finalizó el «desastre». No creo que se prolongara más allá de un minuto.

Al hacerse el silencio, mi compañero y yo —sin habla— quedamos atrapados por una solitaria luz. Era la única alarma que seguía activa.

Nos precipitamos sobre ella, intentando resolver el misterio.

Era el ECS (Sistema de Control Ambiental), responsable, entre otros asuntos, de la presión y la temperatura en cabina, presurización de los trajes y absorción del dióxido de carbono. De él dependía, sobre todo, el mantenimiento de la temperatura adecuada en los múltiples circuitos eléctricos y electrónicos. Algo esencial para la vida y el buen rendimiento de la «cuna». Si alguno de los intercambiadores de calor, radiadores o evaporizadores de *glycol* llegaba a fallar, el equilibrio térmico en el enjambre de cables podía romperse y provocar un cortocircuito. Eso, en otras palabras, significaba un más que posible incendio...

Nos estremecimos. Los dos conocíamos las consecuencias de un siniestro semejante, tanto en tierra como en vuelo. Y la sombra del *Apolo 204* planeó sobre nuestros corazones (1).

Fue inútil. No logramos desconectarla. Y el ECS prosiguió pulsando, barriendo los ánimos como el peor de los *maarabit*. *Santa Claus* tampoco supo (?) despejar la amenaza. Y ocurrió algo que no fuimos capaces de resolver..., en esos críticos momentos. El Sistema de Control Ambiental fallaba. Eso parecía claro. Sin embargo, los indicadores internos de temperatura —independientes del ECS— ofrecían lecturas normales. La contradicción incrementó la angustia. ¿Por qué saltaron todas las alarmas? ¿Por qué de forma simultánea? ¿Por qué fueron borradas de la misma forma? ¿Por qué permaneció la advertencia de avería en el ECS y, no obstante, la temperatura en el cableado de la nave era correcta?

Eliseo y yo estuvimos de acuerdo: aquello no era normal. Algún tiempo después caí en la cuenta...

Una hora más tarde, sin que ninguno de los tres supiera cómo (*Santa Claus* era como un tercer tripulante), el *panel panic* volvió a la normalidad. El ECS se apagó, pero las dudas se mantuvieron intactas, forzándonos a una revisión tras otra.

La tensión era tal que el descenso a Nahum fue aplazado. Es más: Eliseo, abiertamente, planteó la posibilidad de suspender la misión y regresar de inmediato a Masada, a nuestro verdadero «ahora». Solicité calma. La

---

(1) Aunque el mayor no hace referencia a ello, supongo que, al citar al *Apolo 204*, hacía alusión al incendio sufrido por la cápsula ocupada por Grissom, White y Chaffee, astronautas de la NASA, el 27 de enero de 1967. Ese día, la citada cápsula espacial, situada a sesenta metros de altura, en el extremo de un cohete Saturno I-B, en Cabo Cañaveral, sufrió un aparatoso incendio durante una de las pruebas. La causa del accidente pudo estar en un cortocircuito en los sistemas eléctricos. Los astronautas norteamericanos resultaron muertos. *(N. del a.)*

situación, en efecto, tal y como aparecía sobre el papel, era peligrosa. En esos momentos, justamente, debíamos actuar con frialdad.

Y decidí esperar. Solicité un plazo de veinticuatro horas.

Si se repetía el aviso, regresaríamos.

El ingeniero aceptó.

Fueron horas terribles, pendientes del instrumental y de unos estúpidos relojes. Casi no intercambiamos palabra. No era necesario. Los dos, supongo, pensamos lo mismo. Proyectos, vida e ilusiones se desvanecen en menos de un segundo. A lo largo de esa dura jornada pensé que no volvería a Nahum...

Y el Destino, burlón, siguió tejiendo y destejiendo.

No recuerdo haber dormido ni una hora. Y hacia la *nona* del sábado, 22, concluido el plazo, tomé la decisión de proseguir con lo establecido. Las «averías» no se repitieron.

Eliseo aceptó la orden a regañadientes. Ésa, al menos, fue mi impresión.

Tenía razón. Ninguno de los dos estaba seguro del buen funcionamiento de la «cuna». No en aquellas circunstancias...

Sin embargo, «algo» que no soy capaz de explicar, «algo» hermoso y, al mismo tiempo, insensato, me situó en el bando de los héroes. Héroe casi a la fuerza, empujado por Él y por el naciente sentimiento...

Eran casi las 16 horas. El ocaso tendría lugar a las 17.37. No disponíamos de tiempo para hacer el camino con luz. El agotamiento, además, era notable. Necesitábamos un mínimo de descanso y de paz interior.

Y, con buen criterio (?), el ingreso en Nahum fue aplazado hasta el día siguiente. A primera hora, si no surgían nuevos inconvenientes, abandonaríamos el «portaaviones».

Ahora, al contemplar los hechos en la distancia, sólo puedo sorprenderme. «Alguien» lo tenía —y lo tiene— todo perfectamente calculado. Insisto: hasta el último «detalle»...

23 DE SETIEMBRE, DOMINGO

Los relojes del módulo marcaron el orto solar a las 5 horas, 20 minutos y 17 segundos de un supuesto tiempo universal.

Y absurdamente obsesionado por el hipotético problema de la amnesia, ante el escepticismo de Eliseo, fui a grabar la «contraseña», en griego, en el tronco del manzano de Sodoma, en la «popa» del Ravid. Con aquellas letras a la vista —eso pensé—, la desactivación del cinturón gravitatorio no ofrecería dificultad alguna en el futuro... ¡Pobre necio!

«B M 3» (Base Madre 3).

El láser de gas hizo su trabajo, y allí quedaron las siglas, perdidas en lo alto de un peñasco. Si alguien acertaba a descubrirlas no sabría «traducir» el significado. Fue en esos momentos cuando reparé en algo que me estremeció. Acababa de grabar unas letras que yo «había visto» en el futuro, en el año 30, cuando procedía a explorar la cima del Ravid. No hice ningún comentario, y emprendimos el camino hacia el pueblo de Nahum. En mi ánimo todavía sonaban las alarmas...

Ahora, más que nunca, deberíamos vigilar el «abanico luminoso» del «cíclope». Mejor dicho, que no fuera proyectado hacia los cielos. Si eso sucedía, si se repetía la avería, adiós a «Caballo de Troya» y, sobre todo, a Él.

Y ya que mencionaba la «casualidad», ¿qué debo pensar sobre lo acaecido aquella mañana de domingo, nada más pisar la calle principal de Nahum? ¿Casualidad o «todo previsto»? Lo dijo el Maestro. El pobre mortal no ofende a Dios, aunque lo pretenda. Pues bien, quizá esa palabra —«casualidad»— es la única injuria que podríamos arrojar a la cara del Padre (y tampoco). ¿Fue consecuencia del azar lo que vivimos? El hipotético lector de estas memorias sabrá juzgar...

Ocurrió, como digo, al entrar en el *cardo maximus* o arteria principal del pueblo. Podían ser las ocho de la mañana. Hacía tiempo que las gentes se afanaban en sus tareas. Estábamos en el primer día de la semana para los judíos, y eso siempre se notaba. A uno y otro lado de la calle, bajo los pórticos, los vendedores repasaban el género, reclamando con sus gritos a los transeúntes. Cestería, tejidos, recipientes de barro y de vidrio de todas las formas y tamaños, sacos de especias, verduras, muebles, ropa y artículos de cosmética, entre otros, hacían difícil el avance sobre el enlosado negro. En uno y otro sentido —hacia el *yam* o hacia la triple puerta, en el norte, por la que acabábamos de pasar— se cruzaban interminables reatas de onagros, cargadas con toda suerte de fardos. Y entre los jumentos y los mulos, los inevitables burreros, semidesnudos, con los palos en alto, amenazando y abriendo paso entre los desprevenidos.

Un día más, supuse...

Y a cosa de un centenar de metros del cruce con el *decumani*, la segunda calle principal, a nuestra derecha, conforme caminábamos, creí reconocer la taberna en la que había entrado —en el «pasado»— con Jonás, el *felah* que me condujo hasta el astillero de los Zebedeo.

Aquél era un buen sitio para preguntar por un primer alojamiento. Estas tiendas de bebidas, en las que servían también comidas, constituían los más destacados «centros de información» sobre la vida en Nahum. Allí lo sabían todo sobre todos y, si era necesario, lo inventaban. La cuestión era no defraudar al posible cliente...

Expuse la idea y, decididos, entramos en el lugar. Recordaba que el dueño era un tal Nabú, un sirio afincado en el lago desde hacía años.

El antro, iluminado con dificultad por varias lámparas de aceite que colgaban de las vigas, se hallaba poco concurrido. En el centro de la sala, completamente borrachos, canturreaban dos individuos. Se sujetaban, peor que bien, a sendos taburetes y a una mesa de pino, más negra que las paredes de piedra. Frente a la puerta, el típico mostrador, formado por una hilera de panzudas tinajas. Una plancha de madera, tan sebosa como el resto de las mesas, servía de tablero. Siete orificios permitían el acceso a las referidas tinajas.

En un extremo de la «barra», acodado y aburrido, se hallaba Nabú, hinchado como un odre de vino, sudoroso y somnoliento, esperando pacientemente que los clientes reclamaran una nueva jarra de *schechar*, la cerveza caliente, destilada con mijo, especialidad de la casa. A su espalda, colgados en el muro y como único adorno, aparecían los dos gruesos remos que había observado en mi anterior visita. Grabado a fuego, en griego, se leía en una de las palas: «¡Ay del país que pierde a su líder! ¡Ay del barco que no tiene capitán!» Nada parecía haber cambiado...

Al vernos, con desgana y paso tambaleante, el tabernero se acercó y, sin preguntar, llenó un par de jarras de barro con el líquido amarillo y espumoso de uno de los recipientes.

Fue mi compañero quien se interesó por algún alojamiento cercano, a ser posible en el *cardo*.

Nabú nos exploró de arriba abajo y, comprendiendo, señaló hacia los que cantaban, exclamando con voz de trueno:

—Sobre eso, mejor preguntad al *kuteo*...

Dio media vuelta y regresó al extremo del mostrador.

Kuteo era un apodo con el que se designaba a los samaritanos. Los judíos lo utilizaban como un insulto, así como la propia palabra: «samaritano» o *samareīs* (habitante de Samaría, una de las regiones de Israel). Kut o Kuta, en Persia, era la zona de la que, inicialmente, procedían los samaritanos. Al parecer, fueron colonos, llegados hacia el siglo VIII a. J.C. Ahí nacía el odio de los judíos ortodoxos, que no los consideraban de origen puro. Las alusiones de Moisés, en el Deuteronomio (32, 21) —hablando de los «no pueblo» y de la «gente insensata»—, y las del Eclesiástico (50, 27), todas supuestamente dirigidas a los samaritanos, terminaron por envenenar las relaciones. *Kuteos* y judíos se odiaban.

¿Quién de los dos era el *kuteo*?

Poco faltó para que desistiéramos. El estado de los individuos no parecía el mejor para facilitar ningún tipo de información.

Eliseo, sin embargo, se alejó hacia la mesa. Yo continué junto al mostrador y, por pura curiosidad, tomé una de las jarras y olfateé la supuesta cerveza caliente. Y digo bien: supuesta *schechar*...

Repetí la inspección y, al verificar el contenido, palidecí.

Nabú sonrió pícaramente y me hizo un guiño de complicidad. Por supuesto, allí quedaron las jarras, con la «especialidad» de la casa: cerveza de mijo y orina...

Los borrachos, al descubrir al forastero, interrumpieron la monótona e insufrible cantilena, ofreciendo las jarras e invitando a mi compañero a que se uniera al coro. Uno de ellos, al incorporarse, osciló y fue a derrumbarse entre los brazos del ingeniero. Acudí en su auxilio y, como pudimos, lo sentamos de nuevo, dejando que durmiera la mona sobre la mesa.

En esos instantes, Eliseo llamó mi atención, señalando con el dedo al segundo sujeto.

El tipo, ciego de cerveza —o de lo que fuera—, no nos reconoció. Nosotros, en cambio, no tardamos en identificarlo..., y en comprender.

¡Bastardo!

La ira de Eliseo estaba justificada, pero, en voz baja, procurando no alertar al tabernero, le rogué que se mantuviera tranquilo. Teníamos que actuar con eficacia y discreción.

Lancé una ojeada a Nabú. Seguía nuestros movimientos, paso a paso, en el mismo lugar en el que lo había dejado.

Conversé brevemente con el borracho. Dijo llamarse tal y como lo tituló el sirio —Kuteo—, y ser originario de Siquem o Sichem, al norte de la Samaría.

No tuve duda. Se trataba del supuesto «cambista» que nos salió al encuentro cuando estábamos a punto de entrar en la casa de Jesús. La larga barba, teñida de rojo sangre, la baja estatura y el semblante enjuto y amarillo verdoso, eran inconfundibles. Pero ¿qué había sido del parche de cuero negro que le cubría el ojo izquierdo? Otra artimaña, supuse, para engañar a incautos. Aquel timador era tan tuerto como nosotros...

Y Eliseo, olvidando mi recomendación, hizo presa en la bolsa que colgaba del cuello del samaritano y la arrancó sin miramientos.

¡Bastardo!

El tal Kuteo, en efecto, portaba la pequeña bolsa de hule que había desaparecido del cinto de mi hermano en la referida jornada del martes 18. No era difícil imaginar lo ocurrido. En las apreturas, bajo el portalón de la «casa de las flores», Kuteo se deslizó entre los curiosos y terminó soltando el cordón que unía la bolsa al cíngulo. El «teatro» previo, invitándonos a cambiar moneda, sólo fue una «inspección del género»...

El instinto nunca se equivoca.

Pero el ladrón no estaba tan ebrio como parecía. O, al menos, al ver cómo el dinero «volaba», se recuperó notablemente. Y levantándose, alzando los brazos y chillando como un puerco, reclamó la bolsa, acusándonos de ladrones.

A partir de ahí, todo sucedió a gran velocidad.

Mi compañero se negó a devolver lo que era suyo y Nabú, avisado por los alaridos de aquella comadreja, se hizo con un enorme machete, rodeó el mostrador y se dirigió hacia nosotros, blandiendo el arma por encima de la cabeza.

—¡Te cortaré la mano, miserable!

Y antes de que pudiéramos reaccionar, el sirio llegó a la altura del perplejo Eliseo, lo atrapó por la garganta y lo catapultó contra la pared. Mi hermano cayó al suelo y el tabernero se precipitó hacia él, dispuesto a cumplir la amenaza. Mis dedos se deslizaron rápidos por la «vara de Moisés», buscando el clavo de cobre que activaba los ultrasonidos. Pero, al pulsarlo, el berreante Kuteo, obsesionado por el dinero, se interpuso y la descarga destinada a Nabú la recibió el samaritano en plena espalda. El disparo no sirvió de nada. Sólo era eficaz en el cráneo (1). La súbita

(1) El complejo sistema defensivo de los ultrasonidos, ya expuesto con

irrupción del falso tuerto, sin embargo, evitó lo peor y me concedió unos segundos, suficientes para rehacerme...

Kuteo, enloquecido, terminó topando con el sirio y ambos rodaron por el pavimento. Eliseo, veloz, consciente de mis intenciones, se quitó de en medio.

Un instante después, una segunda descarga bloqueó el oído interno de Nabú y provocó su inmovilización. El sujeto quedó inconsciente durante algunos minutos.

El samaritano no se enteró de nada. No supo qué le había sucedido al tabernero y tampoco por qué había perdido la conciencia, segundos después de Nabú. Nosotros sí lo supimos. La tercera descarga ultrasónica impactó de lleno en su frente, anulándolo. Aunque no tuve tiempo material de apoyar la acción con las lentes de contacto, el resultado, afortunadamente, fue bueno. Aquel machete y el maldito vendedor de orina no bromeaban...

Y tomamos buena nota. El «aviso» no fue ignorado. Nos encontrábamos en un «ahora» apasionante y peligroso al mismo tiempo. Era preciso extremar las precauciones.

Nos faltó tiempo para abandonar la taberna. En el exterior, cada cual seguía en sus quehaceres. Nadie se percató de lo ocurrido en el establecimiento de Nabú. Al menos, por el momento...

E intentando no levantar sospechas, a buen paso, nos alejamos de aquel sector del *cardo*.

Eliseo examinó el contenido de la bolsa de hule. Sólo quedaban cinco denarios de plata y algunas monedas de bronce (ases y leptas). El *kuteo* se había dado prisa en quemar los otros cinco denarios...

---

anterioridad, consiste, esencialmente, en la emisión de ondas con una frecuencia que oscila entre los dieciséis mil y los 10^{10} hercios. Los ultrasonidos, protegidos del aire por un «cilindro» IR, actúan sobre el aparato vestibular, bloqueando el conducto semicircular membranoso (oído interno) y ocasionando la consiguiente y transitoria pérdida de la posición de la cabeza y del cuerpo en el espacio. Unido a las impresiones visuales y táctiles, el referido aparato vestibular proporciona las variaciones de situación que experimenta el cuerpo, desencadenando reacciones automáticas que tienden al mantenimiento del equilibrio, en colaboración con la contracción sinérgica de los músculos antagonistas. Nada importante, a decir verdad, aunque de gran utilidad a la hora de inmovilizar temporalmente a un presunto agresor. El arma se encuentra en período de experimentación por parte del ejército de EE. UU. *(N. del m.)*

Al distinguir el muro de piedra que protegía la «casa de las flores», mi corazón se agitó. Pero ¿por qué? Mejor dicho, ¿por quién? A esas alturas, yo sabía muy bien por quién...

Cruzamos el portalón con cierta timidez. Los reencuentros con el Maestro y su familia siempre fueron así, un tanto inseguros por mi parte...

El patio común se hallaba casi desierto. Caminamos despacio. Al fondo, bajo el granado, sentada sobre las esteras y acunando al bebé entre los brazos, se encontraba Raquel, la hija de Esta y Santiago. Tenía los ojos bajos, posados sobre el niño. Oímos sonidos. Al principio no acerté a distinguir. Pensé que alguien rezaba o cantaba muy suavemente. Después fueron suspiros; procedían de la casa de la Señora.

No fue necesario saludar. La niña se percató de nuestra presencia y, rápida, cargando a Amós, se perdió tras la cortina de red de la primera estancia.

Al instante vimos aparecer a Esta. Detrás, la niña, agarrada, como siempre, a la túnica de la embarazada.

No supe muy bien qué decir. Deseábamos ver a Jesús...

La mujer no replicó. Se encaminó hacia la siguiente puerta —la de su suegra— y se perdió en la oscuridad del recinto.

Eliseo y yo, extrañados, nos miramos fugazmente. ¿Qué sucedía? ¿Dónde estaba el Galileo?

Los suspiros, de pronto, arreciaron. Y también lo que yo había interpretado como un rezo o un cántico. Eran lamentos. Era la voz de la Señora...

Nos alarmamos. Poco faltó para que rompiéramos las normas de la hospitalidad y penetráramos en la estancia. Pero supimos esperar...

Esta retornó y, con su parco lenguaje, preguntó el porqué de nuestro interés por Jesús. No acerté a entender. Le recordé que éramos amigos y que, sencillamente, queríamos estar con Él.

La mujer, inmutable, volvió al interior.

El instinto, como un relámpago, me advirtió...

—No está en la casa —aclaró la embarazada, asomándose entre los paños de red—. Se ha marchado...

Esta esperó una respuesta. Sin embargo, al contemplar nuestra incredulidad, cambió de parecer y nos dio la espalda por tercera vez, retornando junto a los lamentos.

Quise hilvanar los pensamientos. No fui capaz. La sorpresa me dejó en blanco. Mi hermano, atónito, no parpadeaba. ¿Dónde estaba Jesús? ¿Qué había querido decir?

La nueva presencia de la seca mujer bajo el dintel me hizo reaccionar y, antes de que abriera la boca, formulé la cuestión clave:

—¿Está en el pueblo?

Negó con la cabeza.

—¿Adónde ha ido? —intervino Eliseo sin poder contenerse—. ¿Cuándo?…

—No es posible…

Mi comentario terminó de confundirla. No supo dónde mirar ni a quién responder. Finalmente, atendiendo a mi compañero, repuso lacónicamente:

—No lo sé…

Era preciso no perder los nervios. Teníamos que averiguar lo sucedido y, sobre todo, dónde se hallaba el Maestro. Y esbozando una sonrisa intenté tranquilizarme y tranquilizarla. Esta, a cada pregunta, acudía al interior de la vivienda, a interrogar, supongo, a la Señora. El empeño fue casi un fracaso…

Las mujeres lo vieron partir con las primeras luces del alba de aquel domingo, 23 de setiembre. Probablemente, a la misma hora que estos torpes exploradores abandonaban el Ravid. Colgó el saco de viaje de su hombro y desapareció. La Señora preguntó, interesándose por los planes de su Hijo. Jesús le proporcionó un solo dato: deseaba estar a solas con su Padre, en la Ciudad Santa…

Eso fue todo.

El resto era fácil de imaginar. La madre, sorprendida y desolada por esta nueva marcha, cayó en otro episodio de profunda tristeza. Ruth y Esta intentaban consolarla…

Ahí, como digo, concluyó el laborioso interrogatorio. El Hijo del Hombre había dejado Nahum con destino a Jerusalén. Y recordé sus palabras, poco antes de que nos condujera al terrado: «El Padre tiene planes a los que, por ahora, no tenéis acceso… Confiad.»

Y, por un momento, imaginando que Jesús no deseaba nuestra compañía, me vine abajo. ¿Qué hacer ante una situación como aquélla? ¿Regresábamos al Ravid? ¿Nos resignábamos?

Fue Eliseo quien me hizo reaccionar.

¿Abandonar? Por supuesto que no. El objetivo de aquel tercer «salto» era seguirlo sin descanso. Y así sería mientras pudiéramos...

Traté de serenarme y de pensar lo más rápidamente posible. Si la información era correcta —Jesús jamás mentía—, sólo cabía una solución: emprender viaje hacia el sur. El Maestro, según mis cálculos, nos llevaba unas tres horas de ventaja. No era mucho. Podíamos darle alcance. Otra cuestión era el camino que debíamos seguir.

¿Eligió alguna de las orillas del *yam*, rumbo al río Jordán, o tenía en mente la ruta que atravesaba Samaría? Imposible saberlo. El Maestro era imprevisible...

«Lo lógico —me dije a mí mismo en un vano intento por economizar el problema— es que tome la senda del Jordán. Cruzar la región de los *kuteos* supone un riesgo...»

¿Lógico? ¿Qué era lo racional en todo aquello? ¿Por qué el Maestro, recién llegado a su casa, había tomado la decisión de salir de nuevo a los caminos? ¿Podría haber influido el frío recibimiento de María y de su hermano? ¿Y por qué Jerusalén? En cuestión de días, el pueblo judío celebraría la fiesta del Perdón o de la Expiación (1). En esa sagrada jornada, la nación hebrea, como un solo hombre, se inclinaba ante el temido Yavé y solicitaba perdón por los pecados cometidos en el año anterior. Sin

---

(1) El Yom Kippur (Día del Perdón) se celebra, generalmente, diez días después del Rosh Hashaná o Año Nuevo judío. En aquel año 25, la jornada de la Expiación tuvo lugar a finales de *tišri* (octubre). Era un día de ayuno y reflexión. Durante dicha festividad, el sumo sacerdote entraba en el «Santo de los Santos» del Templo —la única ocasión en todo el año— y presentaba ofrendas a Yavé, solicitando disculpas por las ofensas del pueblo. Era también el único momento en el que pronunciaba el Nombre (YWHW o Yavé). El sumo sacerdote colocaba las manos sobre la cabeza de un macho cabrío y traspasaba al animal las culpas de los hombres. Después, el chivo expiatorio era conducido a veinte kilómetros de Jerusalén, en el desierto de Judá, y despeñado. De esta forma, los pecados —todos— quedaban perdonados... *(N. del m.)*

embargo, dudé. No creo que fuera ésa la razón que había impulsado al Galileo a trasladarse a Jerusalén. Jesús respetaba las leyes y la tradición, pero sus pensamientos discurrían por otros cauces. En especial, los relacionados con el pecado y la divinidad. Tenía que haber otra explicación para ese súbito viaje. Y prometí que lo averiguaría.

Saldríamos de inmediato hacia Jerusalén. Y lo haríamos por el camino más corto. Primero navegaríamos por el Kennereth, o mar de Tiberíades, hasta la orilla sur. Era la ruta más rápida. Una vez allí tomaríamos la senda que descendía paralela a la margen derecha del Jordán. En el «pasado» (aunque sería más propio hablar del futuro), quien esto escribe había hecho ese camino, aunque amparado en la seguridad de una caravana que procedía de Tiro. Fue después de la muerte del Hijo del Hombre. La marcha, de casi tres días hasta Jericó, resultó de gran utilidad a la hora de tomar referencias y de evaluar los peligros de la importante carretera.

Así fue decidido. El Destino se ocuparía del resto...

¿El Destino? ¿De qué hablaba? Era Él el que gobernaba. De no haberse producido la avería en la «cuna», nada de esto hubiera ocurrido. Es el Destino el que dispone. Nosotros sólo cumplimos lo «contratado». Pero no debo desviarme. Tiempo habrá, quizá, de regresar al importantísimo asunto del Destino...

Y para dar validez a mis palabras, allí estaba, de nuevo...

Ocurrió al caminar hacia el portalón. Como digo, estaba decidido. Así lo hablamos después de interrogar a Esta. Lo seguiríamos por el valle del Jordán.

Pero, de improviso, el ingeniero se detuvo y miró hacia atrás. No sé cómo lo adivinó...

Ruth se hallaba en la puerta de la casa de la Señora, medio oculta por la cortina de red.

Estoy seguro. Nuestras miradas se reunieron, una vez más. Fueron segundos. No podría describir o clasificar aquella mirada con exactitud. Sólo sé que sus ojos me llamaron en el más clamoroso de los silencios. Y obedecí.

Entonces, aquel sentimiento —desconocido para mí— trepó hasta lo más alto de los cielos...

Y Eliseo alzó la mano, despidiéndose. Ella, sin dejar de mirarme, respondió al saludo...

Y ahora, sabiendo lo que sé, me pregunto con amargura: ¿a quién saludó realmente?

El Destino lo sabía... Y conocía también lo que nos aguardaba al otro lado del portalón.

Fue casi simultáneo. Al pisar la calle, cuando apenas habíamos dado unos pasos en dirección al muelle, oímos un vocerío. Comerciantes y transeúntes, y nosotros con ellos, dirigieron la atención hacia el extremo norte del *cardo*.

Fue un presentimiento.

Y tirando de la manga de mi compañero le hice ver que debíamos retirarnos y alcanzar los atraques lo antes posible. Según nuestros cálculos, allí podríamos embarcar y poner proa al sur, a la segunda desembocadura del Jordán.

Eliseo protestó. ¿Por qué huíamos? No había tiempo para explicaciones. Tampoco le hablé del extraño presentimiento. Sólo quería poner tierra de por medio.

Pero el ingeniero, tozudo como una mula, pudo más que yo. Se plantó en mitad de la calle y dijo que no daría un solo paso si no le proporcionaba una buena justificación.

No fue necesario. Los gritos, al fondo, y los dos sujetos que encabezaban la algarabía, hablaron por mí. Eliseo, comprendiendo, arrancó a toda velocidad. Yo me fui tras él, más rápido si cabe...

Al pisar el muelle nos detuvimos. Si los capataces y los jefes de cuadrillas de los cargadores observaban a dos individuos, corriendo entre los fardos y sorteando las hileras de esclavos y *am-ha-arez* (1), ahí terminaría nuestra fuga. El muelle, como todas las mañanas, aparecía satu-

---

(1) Nahum y su puerto eran uno de los principales reductos de los *am-ha-arez* o «pueblo de la tierra». Así llamaban los judíos ortodoxos a los que no eran demasiado conscientes de la Ley. Con el tiempo, el término sirvió para señalar a los más pobres y desheredados de la fortuna. Eran la escoria, tan impuros como los paganos, bastardos e hijos ilegítimos de sacerdotes. (*N. del m.*)

rado de hombres y mercancías. ¿Qué hacer? ¿Qué dirección tomar? ¿Debíamos ocultarnos o hacerles frente?

Aquellos instantes fueron decisivos. Por un lado, mi compañero reparó en uno de los terraplenes próximos, perpendicular, como los otros diez o quince, al espigón o muelle principal. Una de las embarcaciones, al parecer, se disponía a abandonar el atraque. Los marineros, por la proa, intentaban soltar los amarres. Digamos que ésa fue la parte positiva. La negativa estuvo en los rostros de los fulanos que se aproximaban y animaban el tumulto. Nos reconocieron y, aullando, arengaron a la tropa contra estos exploradores. Y se lanzaron como chacales. Pensé en la «vara de Moisés». Con suerte podía anular a media docena, no más. El resto nos destrozaría.

No hubo alternativa. Eliseo indicó los peldaños de piedra que descendían por el terraplén hasta el agua del lago, y dio la señal:

—¡Vamos!

Nunca había corrido y saltado con tanto empeño. En la carrera, atónitos e indignados, más de uno de aquellos «am-ha-arez» terminó tropezando con estos exploradores y rodando por las húmedas y resbaladizas losas. Nunca supe cuántas cántaras se quebraron y cuántas maldiciones cayeron sobre nosotros y sobre nuestras respectivas familias…

Lo único que importaba era salvar el muelle, descender por el atraque y saltar sobre el barco.

Y así ocurrió.

Yo fui el último en caer sobre la proa del pequeño navío. Las caras del patrón, de los tripulantes y del resto de los «pasajeros» no pueden ser descritas. Fue tal el susto que no reaccionaron, afortunadamente…

Y el barco siguió alejándose. En el puerto, rabiosos, quedaron los perseguidores. Los puños de Nabú y del *kuteo*, en alto, lo dijeron todo. El tabernero y el ladrón no perdonarían la burla con facilidad…

Y antes de que la situación empeorase —aún más—, Eliseo, rápido de reflejos, depositó la bolsa de hule en las manos del patrón. El hombre, un fenicio que se volvía sordo, mudo y ciego al contacto con el dinero, examinó el contenido y se llevó uno de los cinco denarios a la boca. Mordisqueó la plata y, satisfecho, aceptó la propuesta del ingeniero, gritando a los marineros:

—¡Rumbo a la «Luna»!

Y una vela blanca, cuadrada, se abrió por encima de nuestras cabezas. Y el carguero navegó hacia la laguna que formaba la segunda desembocadura del río sagrado —el Jordán— y que recibía el nombre de «Yeraj», la «Luna». Allí decidiríamos. Mejor dicho, allí decidiría nuestro «acompañante», el Destino...

Fue entonces, al ver cómo Nahum se difuminaba en la distancia, cuando caímos en la cuenta de la naturaleza del barco al que habíamos ido a parar. Era lo que, en aquel tiempo y en aquel paraje, llamaban *mot* (literalmente, «muerte»).

Eliseo y yo, prudentes, nos retiramos a proa, contemplando la escena.

El patrón dio las órdenes y una segunda vela, atravesada en el mástil de popa, se hinchó entre protestas, ayudando a la mayor. El viento, a esas horas (poco más o menos la *tercia* [las 9 horas]), no había saltado aún sobre el *yam*. Y el *mot* cabeceó lento pero voluntarioso. La mesana era también blanca. Todo, en aquel pequeño carguero —de apenas doce metros de eslora—, era blanco. Obligatoriamente blanco...

El fenicio regresó al remo que hacía de timón y mantuvo el rumbo. Después, tras acariciar de nuevo la plata entregada por mi compañero, hizo un gesto a los «pasajeros» que ocupaban el centro de la cubierta. Y la mujer, toda de blanco, tocada con un largo velo, se inclinó sobre el cuerpo que yacía en el maderamen y, sin tocarlo, comenzó a lamentarse, gimiendo y braceando exageradamente. Poco a poco los lamentos se intensificaron, y también los lloros.

Eliseo, todavía agitado por la reciente carrera, me interrogó alarmado.

Solicité calma. De momento, todo iba bien...

El patrón hizo una segunda señal y el jovencito que acompañaba a la mujer tomó una larga flauta de caña e inició una dulce y melancólica melodía. Parecía una adaptación del *kaddisch*, una hermosa oración judía que se recitaba y se cantaba en los funerales, y en la que se glorificaba al Dios de la vida...

Y así navegamos durante casi tres horas.

El *mot*, propiedad del fenicio, era uno de los barcos autorizados por la estricta legislación judía para el transporte regular de cadáveres a lo largo y ancho del mar de Tiberíades. Dada la rigurosa prohibición de tocar o aproximarse a un difunto, los fanáticos religiosos optaron por delegar en los paganos para la necesaria labor de transporte, tanto por tierra como por las aguas del *yam*.

Los escrúpulos de los judíos (al menos de los más rigoristas), a la hora de conservar la pureza exigida por Yavé (1), llegaban a extremos de pesadilla. El Hijo del

(1) Las prácticas relacionadas con el «no contacto» con cadáveres se remontaban, una vez más, a los textos supuestamente escritos por Moisés y, en consecuencia, dictados directamente por Yavé. Así figura en Números (19, 13-14): «Quien tocare un muerto, el cadáver de un hombre, y no se purificare, contamina el tabernáculo de Yavé, y será borrado de Israel, porque no se purificó con el agua lustral; será inmundo, quedando sobre él su inmundicia. Ésta es la ley: cuando muriere alguno en una tienda, todo el que entre en la tienda y cuanto en ella hay será inmundo por siete días.» Pero la obsesión de los judíos por los cadáveres no terminó ahí. Con el paso de los siglos surgieron decenas de nuevas normas (el tratado *ohalot* reúne dieciocho capítulos sobre la impureza en las tiendas). Algunas, como las que expongo a continuación, no necesitan comentario...

«Si un hombre toca a un cadáver —dice el referido *ohalot*—, contrae impureza, y si otro hombre toca a éste, permanece impuro hasta ponerse el sol.

»Si unos objetos tocan a un cadáver y estos objetos a otros objetos, contraen impureza por siete días. El tercero, sea una persona o sea un objeto, que toca a estos objetos, contrae impureza hasta el atardecer.

»Si una estaca es clavada en una tienda (en la que se encuentra un cadáver), la tienda, la estaca, la persona que toque la estaca y los objetos que toquen a este hombre, contraen impureza por siete días...

»El hombre no propaga impureza mientras no haya expirado. Incluso cuando estuviere mortalmente herido o agonizante, no contamina... Del mismo modo, un animal doméstico o salvaje no contamina en tanto no expire. Si les han sido cortadas las cabezas, a pesar de que todavía se agiten las extremidades, son impuros, tal y como, por ejemplo, el rabo de la lagartija...

»En el cuerpo humano hay 248 miembros. Cada uno puede contaminar por contacto, transporte y por estar bajo un mismo techo.

»Un cuarto de *log* de sangre [un *log* equivalía a 600 gramos], emanada de una persona después de su fallecimiento, o un cuarto de *log* de sangre mezclada con un muerto, la sangre de un recién nacido, muerto, que ha fluido totalmente, comunican impureza debajo de una tienda (entendida como techumbre en general).

Hombre tuvo muchos problemas con este delicado asunto...

Los *mot*, por ejemplo, al igual que los sepulcros, debían distinguirse en la distancia. Por eso eran pintados de blanco. Era la señal. Eran barcos «prohibidos». Nadie, entre los fieles observantes de la Ley, se acercaba a ellos. La presencia de un cadáver en el navío significaba contaminación, y eso, a su vez, un dinero extra (sólo los sacerdotes —previo pago— estaban autorizados a «limpiar» este tipo de «impurezas»). Y los gentiles responsables del transporte guardaban especial cuidado en satisfacer las obsesivas normas judías. Todo, como digo, aparecía pintado en blanco: casco, cubierta, palos, velas, cuerdas y hasta los cuencos y marmitas utilizados para la comida y la bebida. Los tripulantes, por supuesto, también vestían de blanco. Cuando otros barcos divisaban un *mot*, variaban el rumbo, alejándose del transporte funerario. Al atracar en puerto sucedía lo mismo: las gentes procuraban distanciarse, evitando todo contacto. De ahí, al miedo y a la superstición sólo había un paso...

Nosotros, en la precipitada huida, no supimos distinguir. La «elección» (por parte del Destino) fue acertadísima. Nadie, en su sano juicio, se hubiera atrevido a perseguirnos...

Y a lo largo de la travesía supimos que el *mot* trasladaba el cuerpo de un zelota hasta la aldea de Ha-on, en la costa suroriental, relativamente cerca de Kefar-Zemaj.

»Una cucharada, y más, de polvo de una tumba es contaminante.

»La tierra de un país extranjero comunica impureza por transporte y por contacto [se suponía que podía contener restos humanos, aunque sólo fueran del tamaño de una aceituna]. Si un judío viaja al extranjero —aunque no toque la tierra—, se contamina hasta el atardecer.

»Si un perro que ha devorado la carne de un muerto muere y yace en el umbral de la casa, si su pescuezo tiene un palmo de ancho, da paso a la impureza.

»Si una persona toca a un muerto y luego a unos objetos o si proyecta su sombra sobre un cadáver y luego toca unos objetos, éstos devienen impuros. Si sólo proyecta la sombra sobre un cadáver y luego la proyecta sobre unos objetos, éstos permanecen puros. Pero si su mano tiene una extensión de un palmo (!), los objetos quedan contaminados...»

Como dije, sin comentarios... *(N. del m.)*

De allí a nuestro destino, la distancia era de cuatro o cinco kilómetros. El fenicio hizo un buen negocio...

Y al son de la flauta dulce y de los fingidos, y no tan dulces, sollozos y aspavientos de la plañidera oficial fuimos aproximándonos a Yeraj.

Ni mi compañero ni yo olvidaríamos fácilmente aquella agitada mañana...

Todo parecía ir en contra. Y mis pensamientos regresaron, una y otra vez, al Hijo del Hombre. ¿Seríamos capaces de encontrarlo?

Al atracar en Yeraj el sol se hallaba muy cerca del cenit. Era la hora sexta. Si el Maestro partió de Nahum hacia las seis de la mañana, e hizo el camino hacia la segunda desembocadura del Jordán por cualquiera de las dos orillas, eso significaba, como mínimo, cuatro horas de marcha. Jesús pudo llegar a la «Luna» hacia las diez. Si mis cálculos no erraban, en esos momentos, las doce, quizá habíamos reducido la ventaja. Jesús podía estar a unas dos horas del lugar donde nos encontrábamos. Pero todo esto, claro está, sólo eran suposiciones...

Y me consolé. Lo hallaríamos. La búsqueda en las alturas del Hermón tampoco fue fácil.

Yeraj era una laguna de unos doscientos metros de longitud, situada al sur de la mencionada segunda desembocadura del río Jordán. El brazo de tierra que la separaba del *yam* era consecuencia del continuo arrastre de sedimentos y del intenso batir de las olas. Los lugareños supieron aprovecharla como ensenada natural, muy abrigada de los vientos y de las furiosas tormentas invernales. Tal y como comprobamos en el «circuito aéreo» —cuando nos dirigíamos al llamado monte de las Bienaventuranzas (1)—, el Jordán desembocaba más hacia el oeste de lo que hoy conocemos. Exactamente, a un kilómetro y medio (2).

La presencia del *mot* en la laguna nos benefició. Cuan-

(1)   Amplia información en *Saidan. Caballo de Troya 3. (N. del a.)*

(2)   En el siglo XX, la antigua desembocadura se encuentra en el palmeral conocido como el «Jardín de Raquel», plantado en memoria de la citada poetisa. El desvío de las aguas, según los geólogos, pudo deberse a un fuerte terremoto registrado hacia el año 1100, aproximadamente. *(N. del m.)*

do saltamos a tierra, nadie se atrevió a salirnos al paso, ni siquiera el funcionario de la aduana marítima, encargado de inspeccionar los equipajes.

Y, decididos, nos adentramos en la «metrópoli», a la búsqueda de la senda que corría casi paralela a la margen derecha del Jordán (1). A partir de la observación desde la «cuna», aquel extenso núcleo humano, ubicado al sur del mar de Tiberíades —que reunía a Bet Yeraj, las dos Deganias, Philoteria, Senabris y Kinnereth, entre otras poblaciones—, recibiría, entre nosotros, el nombre de «metrópoli», si se me permite la expresión. Realmente nos impresionó. Las ciudades y pueblos, entrelazados, formaban un todo urbano en el que resultaba difícil averiguar dónde empezaba una y en qué lugar terminaba el siguiente. Según nuestros cálculos, la «metrópoli» podía sumar del orden de cuarenta mil habitantes (2).

Y por un momento dudé. ¿Debíamos buscar en semejante caos de casas, edificios públicos, villas, calles y callejones? ¿Se había detenido Jesús en alguna de aquellas localidades?

Mi hermano, tras la amarga experiencia frente al machete de Nabú, se negó. Lo último que deseaba en esos

(1) La carretera del Jordán —la más importante— unía Jerusalén con el mar de Tiberíades, siguiendo la margen derecha del río. Otra senda, no tan transitada, saltaba el Jordán al sur, cerca de Jericó, y recorría la margen izquierda, atravesando los territorios de la Perea y de la Decápolis. En el *yam* se unía a la calzada que rodeaba la costa este del referido mar o Kennereth, perdiéndose hacia la Gaulanitis, y en el norte (la ruta que habíamos recorrido recientemente, al ir y regresar del Hermón). Otros caminos cruzaban estas dos arterias —hacia el este y hacia el oeste—, comunicando regiones tan alejadas como las costas de Fenicia, Siria, la Nabatea y Egipto. *(N. del m.)*

(2) Bet Yeraj o «Casa de la Luna» era la ciudad más populosa y antigua de aquella zona. Fue fundada por los cananeos hace cinco mil años. El nombre, posiblemente, procede de la diosa Luna, a la que adoraban. Era un emplazamiento importante, en pleno cruce de caminos. En una de las visitas, con el Maestro, acerté a ver un enorme granero, con diez torres de nueve metros de diámetro cada una. Al igual que el resto de las poblaciones del *yam*, fue construida con la piedra negra —basáltica— que alfombraba la región. Poco a poco fue creciendo y terminó por «absorber» Senabris (el lugar en el que situó Vespasiano sus legiones durante la última gran revuelta judía) y las Deganias. La mayor parte de la «metrópoli» se dedicaba a la agricultura y a la industria derivada de la pesca (salazones, tonelería, fabricación de barcos, etc.). *(N. del m.)*

momentos eran nuevas complicaciones. Y optamos por lo más sencillo y razonable: dejar atrás la «metrópoli».

El Destino fue benévolo...

Al poco, al abandonar las atestadas calles, fuimos a parar al nacimiento del valle del Jordán propiamente dicho: la reunión de los ríos Yavneel y Jordán, a escasa distancia del *yam*. Allí, en un descampado, judíos y gentiles, previsores, habían organizado una base de aprovisionamiento para todos aquellos que iniciaban el camino hacia el sur o que, a la inversa, procedían de Jericó, Jerusalén o del desierto de la Judea y pretendían continuar hacia el norte. Astutos y comerciantes, unos y otros ofrecían los más variados productos y servicios. Al recorrer el lugar quedamos perplejos. Los habitantes de la «metrópoli» vendían toda suerte de alimentos, agua, pellejos de vino, cerveza helada, sandalias con suelas de madera (especialmente recomendadas para los ardientes suelos del Jordán) y de paja prensada, amuletos «para el feliz regreso» (bajo la protección de otros tantos miles de dioses), «acompañantes» para la soledad del camino (masculinos y femeninos) por la «irrisoria cantidad de un denario de plata por día», tiendas de piel de cabra, mosquiteras personales o colectivas, «almohadas» de piedra volcánica y, por supuesto, carros de dos ruedas *(cisium)* o de cuatro *(redas)*. El viajero podía alquilarlos y trasladarse así con más comodidad y rapidez. Uno de estos «taxis» a la Ciudad Santa —para una sola persona— costaba alrededor de quince denarios (siempre negociables), incluyendo comida y alojamiento. El *sais* o propietario del carro y de los caballos garantizaba absoluta seguridad y un máximo de día y medio de viaje. Un lienzo blanco amarrado al carro significaba que el «taxi» se hallaba libre.

Lo pensamos y lo hablamos. El alquiler de uno de aquellos carros hubiera aliviado la marcha y, quizá, habría ayudado a una más rápida localización de Jesús. Lamentablemente no disponíamos del suficiente dinero para afrontar dicho gasto y el que, sin duda, generaría la estancia fuera del Ravid. Podríamos haber cambiado uno de los diamantes, pero, francamente, no nos pareció el lugar adecuado.

El *sais*, además, no admitía la devolución del dinero —ni siquiera una parte— en el caso de que el viaje resultara interrumpido. Si estos exploradores encontraban al Maestro antes del ocaso, ¿qué hacíamos con el carro? Y, movido por la intuición, olvidé las ofertas. Seguiríamos a pie.

La inspección de la base de aprovisionamiento —al margen de la compra de algunos víveres y del agua necesaria— fue otro fracaso. Allí no estaba Jesús o, al menos, no fuimos capaces de hallarlo. Nadie parecía conocerlo. Era lógico. En setiembre del año 25, el Hijo del Hombre era un perfecto desconocido. Nadie supo darnos razón sobre el tal Yešúaᶜ, vecino de Nahum. Yešúaᶜ, o Jesús, los había a miles...

Recorrimos, incluso, la confluencia del Jordán con su afluente, el Yavneel, interrogando a los trabajadores de las diez enormes ruedas de madera que extraían el agua de los ríos y la depositaban en otras tantas y gigantescas «piscinas» o aljibes que suministraban a las poblaciones de la «metrópoli» (1). Ni funcionarios ni burreros —responsables de los onagros que hacían girar las norias día y noche— supieron a qué Jesús nos referíamos.

Y, decepcionados, regresamos junto a los mercaderes. Estaba decidido, sí, pero, ¿cómo planificábamos la marcha? Eliseo, más impulsivo, sugirió que lo dejáramos en manos de mi «amigo», el Destino. Al principio me resistí. El camino hasta Jerusalén era largo (algo más de ciento treinta kilómetros). Era importante que trazáramos un plan. Deberíamos caminar atentos y con cierta prisa. Jesús lo hacía a grandes zancadas, devorando prácticamente las millas. Pero ¿qué sucedería si no dábamos con Él? ¿Permaneceríamos en Jerusalén? ¿Por cuánto tiempo?

(1) Una de estas construcciones —ya observada en el periplo aéreo— nos dejó perplejos. Se trataba de una «tubería», a cielo abierto, que transportaba el agua hasta la ciudad de Tiberíades, a veinte kilómetros de la desembocadura del Yavneel en el Jordán. La interesante obra de ingeniería, financiada por Bet Yeraj, Senabris y la referida capital del *yam*, descansaba sobre decenas de pequeños puentes que se alzaban sobre gargantas y colinas. Numerosas acequias y canalillos de menor calibre nacían de la «tubería», regaban campos y abastecían granjas y poblados. *(N. del m.)*

La decisión era mía y dediqué unos minutos a la reflexión. Mi hermano, a la espera, se alejó hacia el corazón de la base de aprovisionamiento.

Lo había visto al pasar. Lo examiné fugazmente y no le presté mayor atención. Allí, en el centro del lugar, se alzaba un curioso «monumento», venerado por los gentiles y repudiado por los judíos más conservadores. Eliseo, curioso, se fue hacia él y procedió a repasarlo con detenimiento.

Sumé trece obeliscos. Se trataba de trece piedras negras, cilíndricas, de unos treinta centímetros de diámetro y de un metro y medio de altura, sólidamente ancladas en tierra. Formaban una hilera. Cada obelisco aparecía delicadamente tallado, con el extremo superior en forma de cono. A dos cuartas del vértice, las piedras presentaban una característica que las hacía singulares: sendos orificios, perfectos, de dieciocho centímetros de diámetro. Todos iguales. Todos trabajados con gran mimo. Todos taladrando la roca basáltica de parte a parte. Eran trece hermanos. Así bautizamos el paraje: «los trece hermanos».

Los examiné en diferentes oportunidades —en especial, a raíz del «hallazgo» del ingeniero—, pero nunca supe su significado exacto (1). Unos asociaban el «monumento» al dios Baal. Otros aseguraban que fue idea de los constructores de la ciudad de Ugarit, en la costa siria (al norte de la actual Ra's Samra), y que protegía a los caminantes. De ahí que fuera ubicado en el segundo nacimiento del río Jordán. Por así decirlo, en el punto de partida hacia cualquier destino. Oí comentarios para todos los gustos. Había quien afirmaba que fueron transportados por el aire —en una noche— desde los templos

(1) Estas piedras fueron descubiertas en los años cincuenta (siglo XX) por Bar-Adon y su equipo. El peso medio oscila alrededor de ciento cincuenta y doscientos kilos. En opinión de algunos expertos —caso de Mendel Nun— se trataría de anclas, utilizadas por los pescadores del *yam* o mar de Tiberíades. Otros rechazan la propuesta, argumentando que el peso era excesivo. Personalmente estoy de acuerdo con los que creen que fueron «monumentos a los dioses». Jacob ya lo hizo (véase Génesis 31, 45). Hoy, no se sabe por qué, estas piedras son conocidas entre los arqueólogos como «víboras». *(N. del m.)*

de Gebal y Kitión, en Chipre, y quien juraba que eran obra de los *jenum*, los diablos del cercano desierto de Judá. Para los judíos más rigoristas, en cambio, sólo estábamos ante una muestra más de la idolatría «que arrasaba el país».

Al pie de los boquetes —en tres de las piedras— aparecían otras tantas inscripciones, grabadas en arameo y koiné.

Ahora, al revisar estas memorias y rememorar lo sucedido, me estremezco. Definitivamente, nada es casual. Nada...

Como decía, fue Eliseo quien hizo el «descubrimiento».

Me reclamó y, al aproximarme a los «trece hermanos», señaló el situado más al sur (la hilera se hallaba perfectamente orientada de norte a sur). Me encogí de hombros. No terminaba de comprender el súbito interés de mi compañero por aquellas piedras.

—¿Qué dice ahí?

Examiné la inscripción. Era la letra griega omega.

Seguía sin entender...

Entonces, enigmático, me invitó a mirar por el «ojo» que perforaba aquel primer obelisco. Así lo hice, pero, inicialmente, no descubrí nada anormal. Como era lógico, sólo observé parte de los siguientes, con los correspondientes orificios.

—¿Te refieres a la alineación? —pregunté, intrigado—. Es perfecta...

Eliseo negó con la cabeza y sonrió malicioso.

—Por favor, vuelve a mirar...

Repetí la observación, prestando más interés. Estaba claro que la insistencia era por algo...

Las piedras se hallaban separadas entre sí poco más de un metro. Busqué minuciosamente, pero, salvo las inscripciones en el segundo y en el tercer obelisco, también al pie de los orificios, no fui capaz de hallar lo que había movilizado al ingeniero.

—No entiendo...

—¿Qué lees?

Conocía aquel tono, entre divertido y mordaz. Eliseo disfrutaba con estos «juegos».

Inspeccioné la segunda inscripción. Tampoco me dijo nada. En cuanto a la tercera y última...

—... «El principio»...

Eliseo me contempló, expectante.

—Sí, «el principio» —subrayó, satisfecho—. ¿Comprendes ahora?

Miré de nuevo por el boquete y creí entender. Lo comprobé una vez más. No había duda.

—¡Asombroso!

Aquello, en efecto, parecía tener sentido. Un cierto sentido...

Y sin poder contenerme caminé entre los «hermanos», ratificando lo observado por el primero de los orificios. Las tres inscripciones eran nítidas. Por más que exploramos los restantes pilares, no hallamos ninguna otra leyenda. Curiosamente, las inscripciones podían ser leídas en un sentido o en otro, partiendo del primer obelisco o del tercero, respectivamente. Su verdadero sentido, sin embargo, aparecía cuando eran observadas a través de los citados boquetes en las piedras.

Y el ingeniero, intrigado, preguntó:

—¿Casualidad?

No supe qué decir. Ahora, insisto, al saber lo que sucedería algún tiempo después, creo que todo, en esta operación, fue mágicamente planificado. ¿Por quién? Supongo que el hipotético lector de estos diarios ya habrá adivinado a quién me refiero...

Recuerdo que terminé encogiéndome de hombros, incapaz de despejar el misterio.

«Omega es el principio.»

Así rezaban las tres inscripciones, leídas de sur a norte. Es decir, mirando por el orificio del primer obelisco sagrado.

«Omega» era la primera inscripción. «Es» la segunda, y «el principio» la tercera y última.

¿«Omega es el principio»?

¿Qué había querido decir el autor de la leyenda? Omega es la última letra del alfabeto griego: el fin, desde un punto de vista puramente simbólico. Aquí, en cambio,

176

cobraba un significado distinto. ¿Por qué el «fin» era el «principio»?

Leído al revés —«el principio es omega»—, también presentaba sentido. Un cierto sentido...

Pero deberíamos esperar para alcanzar su verdadero y pleno significado. Una vez más, el Hijo del Hombre sería protagonista de este singular e inesperado enigma. Pero vayamos paso a paso...

Permanecí un tiempo absorto, intentando descifrar el «hallazgo». Las inscripciones no eran recientes, aunque, probablemente, no presentaban la antigüedad del tallado de los obeliscos. La presencia de omega fue determinante. Como saben los expertos, esta letra fue introducida en el ático, la lengua de la ciudad de Atenas, hacia el año 400 antes de Cristo. La influencia ateniense hizo de este dialecto del griego antiguo la base para la koiné, el griego internacional (una especie de «inglés» portuario de gran importancia en las relaciones comerciales en todo el Mediterráneo). La leyenda, por tanto, no tenía más de cuatrocientos años.

Y eso, ¿qué importaba?...

Lo increíble es que estaba allí. Alguien —consciente o inconscientemente— grabó unas palabras «proféticas». Y nosotros, por esos caprichos (?) del Destino, acabábamos de descubrirlas. Como digo, en el momento adecuado...

Y también en el instante oportuno hizo su presencia aquel viejo nómada. Supongo que nos observó durante el examen de los «trece hermanos». Y sin rodeos exclamó:

—Es el ojo del Destino. Sólo unos pocos aciertan a saber que está ahí... Pero, atención: el hombre que lo descubre necesita de todas sus fuerzas para seguir en la lucha.

Entonces tampoco entendí el sabio mensaje del beduino. Todo un regalo para quien lo sepa apreciar...

Y poco después del mediodía partíamos hacia el sur.

¿Qué importaban los malditos planes? Viviríamos al día. Lo único importante era Él. Era preciso que lo halláramos, y lo antes posible. Ésa era nuestra misión. Nos comprometimos a ser testigos de su vida, y así sería.

De momento disponíamos de unas cuatro horas de luz; suficiente para seguir buscando. Tenía que estar en alguna parte...

Y, animados, pusimos rumbo a Jerusalén.

Mi preocupación, en aquellos primeros momentos de la marcha, fue el agua. Habíamos cambiado de paisaje. Las exigencias, ahora, eran de otro tipo. De las montañas y la nieve de la Gaulanitis pasamos a la sequedad del valle del Jordán, con temperaturas diurnas que, en ese final del verano, no descendían por debajo de los 25 grados Celsius. Un suplicio añadido.

Nuestras reservas eran suficientes. Las antiguas calabazas utilizadas en el camino hacia el Hermón fueron reemplazadas por un odre de piel de cabra, adquirido en la base de aprovisionamiento. Lo que me inquietaba era el riesgo de contraer algún tipo de infección intestinal, tan frecuentes en aquel tiempo y en aquel lugar y, al mismo tiempo, tan peligrosas. La *Escherichia coli*, por ejemplo, era una grave amenaza. Si el agua de los «trece hermanos» se hallaba contaminada podíamos sufrir un proceso diarreico agudo que, sin duda, entorpecería nuestro trabajo, sin contar, obviamente, con otras posibles enfermedades, tales como la disentería bacilar, las fiebres tifoideas, la amebiasis, el cólera, etc. Naturalmente, no fue posible potabilizar el agua mediante el sencillo procedimiento de la ebullición, pero traté de conjurar el peligro con las pertinentes dosis de tintura de yodo y de doxiciclina (200 miligramos en el primer día y 100 al día durante las siguientes semanas). Las cinco o diez gotas de yodo disueltas en el odre le daban un sabor no muy agradable al agua, pero nos resignamos. No había alternativa.

Aquel primer tramo fue una tortura. Y no por el terreno en sí, plano y en ligero ascenso. Necesitamos un tiempo para acostumbrarnos al asedio de los *sais* y de sus carros. Durante cinco largos kilómetros, los «taxis» procedentes de la base de aprovisionamiento nos abordaron sin descanso, repitiendo la misma cantinela: «¿Jericó?... ¿Jerusalén?... ¡Barato!»

Ante las negativas, los conductores insistían, rebajando precios y cerrándonos el paso con los caballos o jumentos. El final siempre fue el mismo. El *sais*, molesto, golpeaba las grupas, y los animales arrancaban con violencia, levantando un polvo espeso y asfixiante. Y el individuo se alejaba entre insultos y maldiciones.

En otras oportunidades, siempre con los lienzos blancos al aire, los *sais*, aburridos, organizaban carreras, adueñándose de la estrecha carretera de tierra batida y poniendo en peligro la integridad física de cuantos marchábamos en una u otra dirección. De poco servían las airadas protestas, los palos en alto de los caminantes o, incluso, las piedras que terminaban lloviendo sobre los grupos de carros. Poco a poco nos acostumbraríamos. Así era la carretera del Jordán...

Y el paisaje, como decía, cambió sustancialmente. Ahora marchábamos por un valle relativamente angosto en el que el río Jordán aparecía como dueño y señor. Lo que contemplamos en aquella aventura nada tiene que ver con el Jordán conocido en nuestros días. Hoy, en el siglo XX, el río sagrado se presenta como una corriente de menor rango, con una escasa y tímida vegetación asomándose a las aguas. El resto es casi desierto. En aquel tiempo, por el contrario, como ya descubrimos en el referido periplo aéreo (1), el Jordán era un cauce más notable, capaz de alimentar extensas áreas de selva subtropical, cerradas, casi impenetrables, y en las que habitaban felinos (especialmente leopardos y linces), cocodrilos, peligrosas manadas de cerdos salvajes, chacales, serpientes de todo tipo (diez de ellas altamente venenosas), *behemoth* o leviatanes (hipopótamos), zorros y una numerosísima colonia de aves.

Era el Gor, la tercera gran región de Israel, después de las montañas y la costa. Una formidable falla que recorre el país de norte a sur y que los arqueólogos llaman *graben*, con su mayor desnivel en el mar Muerto (menos cuatrocientos metros).

El Jordán era un lugar próspero, densamente poblado

(1) Véase *Saidan. Caballo de Troya 3. (N. del a.)*

—especialmente en su mitad sur—, y en el que, al igual que en la Galilea, convivían en paz judíos y paganos de mil orígenes.

El río discurría por nuestra izquierda (tomaré siempre el sentido de la corriente como referencia principal), más o menos a medio kilómetro. Salvo en contadas ocasiones, el camino que descendía hacia Jericó se mantenía a una prudencial distancia de la cúpula vegetal —ahora verde y amarilla—, que recordaba la presencia del cauce; un cauce de 101 kilómetros en línea recta (desde el sur del *yam* al mar Muerto) y 222 de río, propiamente dicho (1). Esta proporción (1:2) hacía del Jordán un río tortuoso, con varios cientos de meandros, algunos casi circulares, y gargantas profundas, de paredes verticales, de hasta sesenta y cien metros de altura. En su momento, me adentraría en aquellos parajes solitarios y peligrosos. Y también en compañía del Hijo del Hombre...

¿El Hijo del Hombre?

(1) Según nuestras investigaciones, el Jordán, en aquellos años, disponía de una cuenca que sumaba 13.600 kilómetros cuadrados. Este valle se hallaba dividido en dos grandes regiones: la occidental (Samaría y Judea), con dos mil kilómetros cuadrados, y la subcuenca oriental (al este del río: actual Transjordania). Esta segunda zona, más rica en precipitaciones, aparecía surcada por numerosos afluentes del Jordán (contamos nueve, con un volumen total de agua de 616 millones de metros cúbicos). El Yarmuck era el más destacado, con 480 millones de metros cúbicos. Por el lado occidental sumamos cinco afluentes, con algo más de treinta millones de metros cúbicos de caudal. El Fari'a era el más importante, con diecisiete millones de metros cúbicos. Por supuesto, estos caudales no eran constantes, provocando continuos nuevos trazados en el dibujo del Jordán. Las paredes de marga (roca sedimentaria formada por arcilla cementada) sufrían las lógicas tensiones, derrumbándose a cada crecida y modificando el perfil de las orillas. Las aguas, durante miles de años, excavaron un canal o *ga'ón* que discurría entre grandes planicies de marga. En ocasiones, el valle alcanzaba hasta seis millas, aunque la anchura media oscilaba alrededor de un kilómetro. La velocidad de la corriente era alta (1,37 metros por segundo en reflujo, 1,69 en estado medio y 5,1 en nivel alto de lluvias). La inclinación del valle —entre 212 metros por debajo del Mediterráneo en el *yam* y menos cuatrocientos en el mar Muerto— era de 1,79‰. La del cauce suponía el 0,8‰. Debido probablemente al fuerte empuje de los afluentes orientales, el Jordán sufría un desplazamiento hacia el oeste, incrementando así la superficie de la subcuenca oriental y reduciendo al mínimo el valle occidental. En nuestros estudios detectamos también una alta salinidad en las aguas, con un nivel de entre mil y dos mil miligramos de cloro por litro. *(N. del m.)*

De momento no habíamos tenido suerte. Recorrimos la larga recta del primer tramo sin la menor señal del Galileo. A derecha e izquierda de la ruta, entre las colinas y la «jungla» del Jordán, se derramaban miles de viñas de un metro de altura, minuciosamente apuntaladas y amarradas unas a otras con largas y oscuras cuerdas. Las últimas partidas de *felah* procedían a la recogida de una uva negra y brillante que era cargada en grandes cestas. Los campesinos, en interminables hileras, transportaban el fruto hasta los carros o los *gat*, unos lagares de ladrillo rojo, estratégicamente situados entre las plantaciones.

Preguntamos. Indagamos en las chozas de paja y adobe que salpicaban los campos. Negativo. Ni una sola pista. Nada...

Y proseguimos. Quizá perdimos tiempo en los «trece hermanos». Teníamos que forzar el paso. Si Jesús nos precedía, no debía hallarse muy lejos...

Consulté el sol. Podía ser la hora *nona* (las 15.00). Quizá algo menos.

Y, de pronto, la marcha se vio interrumpida. Lo había olvidado...

A cinco kilómetros del *yam* terminaba la Galilea y empezaba otra región —la Decápolis—, formando una cuña que se introducía hacia el oeste. El nuevo territorio avanzaba hacia el sur, hasta el río Yavesh, haciendo frontera con la Perea de Herodes Antipas, el viejo «zorro».

Allí se alzaba la aduana, un mísero edificio de barro y cañas, consumido por el sol y por la desidia de unos funcionarios, al servicio de Roma, cuya única preocupación era enriquecerse lo antes posible. Estos publicanos de la Decápolis (1), como la mayoría de los que conocimos,

---

(1) En aquellas fechas, la Decápolis se hallaba bajo control romano. Era un conjunto de ciudades helenizadas, fundadas, en su mayoría, por Alejandro Magno y los Diádocos. Tras la guerra provocada por Alejandro Janeo, Pompeyo liberó el territorio de la opresión judía. Los núcleos más importantes eran Scythopolis, Pella, Gadara, Hippos, Dión, Gerasa, Filadelfia (actual Amán) y Rhaphanam. Plinio estimaba que Damasco era otra de las poblaciones que formaban la liga de «las diez ciudades» o Decápolis, pero no está demostrado. Damasco, además, no se regía por el calendario conocido como «era pompeyana», utilizado por las ciudades anteriormente citadas, sino por el de la era seléucida. *(N. del m.)*

eran también judíos. Es decir, doblemente odiados por sus paisanos.

Una larga fila de caminantes, con sus carros, jumentos y camellos (en realidad, dromedarios), esperaba pacientemente su turno. Los publicanos, a la sombra de un improvisado cobertizo, se turnaban, codiciosos, en la revisión de las mercancías y de los bultos o enseres personales. Eran tres. Todos ellos con el distintivo de latón sobre las túnicas. Por detrás, a la izquierda del edificio de la aduana, sentados sobre el polvo y aprovechando el dudoso frescor de un tejadillo de juncos y ramas, dormitaban cinco soldados romanos. Las ropas, con el tradicional pantalón rojo ajustado hasta la mitad de la pierna, y las afiladas jabalinas o *pilum*, con bases de hierro, me hicieron pensar que estábamos ante una patrulla o un pelotón, integrante de una *turma*, una unidad de caballería, generalmente formada por treinta y tres jinetes. El sofocante calor y la ausencia del decurión o jefe de fila los habían llevado a prescindir de la pesada y molesta cota de malla, así como de los cascos de cuero. Todo, junto a las temibles *gladius*, las espadas de doble filo, reposaba a corta distancia.

Eliseo y yo nos miramos en silencio. Eran tropas auxiliares. Su ferocidad y malos modales eran bien conocidos. Este explorador ya había tenido una amarga experiencia con dos de ellos en el camino de Nahum a Saidan. Era preciso actuar con cautela.

Y, lentamente, nos fuimos acercando a los funcionarios...

Por delante de estos exploradores, aguardando turno, se hallaban tres judíos —galileos, a juzgar por su cerrado acento— que conducían un alto camello de pelo suave y rojizo, con dos enormes canastas a cada lado de la joroba.

Al principio no presté mayor atención. Parecían comerciantes, como tantos otros...

Eran jóvenes.

Los vi susurrar entre ellos y mirar a los soldados con desconfianza. Imaginé que, como a la mayor parte de los hebreos, la presencia de los odiados *kittim* les revolvía el estómago. Por supuesto, pero había más...

Y cuando les tocó el turno, uno de los publicanos los interrogó sobre la naturaleza del cargamento.

—Cebollas...

El funcionario, experto en semejantes lides, miró a los ojos al que acababa de responder. Fueron segundos. El galileo dudó. Parpadeó y repitió inseguro:

—Cebollas de Ginnosar para el mercado de Jerusalén.

Fue suficiente. El funcionario «supo» que había algo raro. Y, señalando la carga, ordenó que la hicieran descender a tierra. El tono, autoritario, no dejaba margen a la negociación.

Los *felah* protestaron y se negaron a cumplir las exigencias del publicano. Uno de ellos argumentó, con razón, que no era bueno liberar el camello. Esa operación —y bien lo sabía el publicano— sólo debía llevarse a cabo al concluir la jornada. Arrodillar al animal, soltar la carga, volver a montarla y hacer que se incorporase representaba un vigoroso esfuerzo, nada recomendable (el camello podía lastimarse y derramar la carga). Y el que parecía más sensato pidió al publicano que subiera a lo alto del animal y verificase el contenido de las cestas.

Supongo que fue un problema de «mantenimiento de la autoridad». El publicano, cerril, con una corta y obstinada visión de la situación, dijo que no. Él era quien mandaba, y ordenó que el camello fuera descargado de inmediato. Eso, o dar media vuelta...

E imaginé que la orden significaría otro considerable retraso en nuestro empeño de búsqueda de Jesús de Nazaret. Me equivoqué, una vez más...

Súbitamente, sin mediar palabra alguna, el primero de los galileos —el que había dado la explicación sobre las cebollas de Ginnosar— extrajo una daga del interior de la túnica, se lanzó sobre el publicano y le cortó el cuello con un rápido y certero tajo. Los gritos y la sangre, brotando a borbotones, provocaron un inmediato caos. Eliseo y yo nos retiramos, tropezando con otros viajeros y caravaneros. Y los galileos, como un solo hombre, saltaron sobre el camello y emprendieron la fuga. Sobre el polvo, en un charco de sangre, yacía el funcionario.

Pero la huida fue abortada por los mercenarios romanos. Alertados por los aullidos de los otros dos publicanos se hicieron con las jabalinas y corrieron tras los judíos. Al poco, las *pilum* atravesaban el vientre del camello y lo derribaban. Y con él, los galileos y la carga. Y antes de que los huidos hicieran uso de sus *sicas* o dagas curvadas, los soldados enterraron las lanzas en los cuerpos, terminando con la vida de los tres jóvenes. Y allí quedaron, en mitad de la senda, sobre la tierra batida y el negro reguero de estiércol de las caballerías.

No hubo más revisiones, ni pago de «peaje». Y el descontrol nos favoreció.

Mi hermano y quien esto escribe, como otros caminantes, nos alejamos de la aduana, rumbo al sur. Al pasar junto a los galileos y al agonizante camello comprendimos. Entre las célebres cebollas de Ginnosar, esparcido por el suelo, aparecía un arsenal de armas: *gladius*, dagas, hachas de una y dos cuchillas y mazas metálicas con y sin púas. Eran zelotas —enemigos declarados de Roma— con un cargamento oculto...

Quizá fuera la décima (las cuatro de la tarde) cuando divisamos el cruce de caminos de Gesher. Eliseo y yo no hicimos un solo comentario sobre lo acaecido en la aduana. Los corazones estaban todavía sobrecogidos. Poco o nada podríamos haber hecho en favor de los nacionalistas judíos...

Nuestro código, además, prohibía este tipo de intervención.

Dos de los mojones cilíndricos de piedra caliza (los utilísimos miliarios), a uno y otro lado de la carretera, indicaban los desvíos a Scythopolis (actual Bet She'an), al suroeste, y a Gadara, al nordeste. La senda del Jordán continuaba recta, hacia el sur (1).

---

(1) Los miliarios, como ya referí en su momento, resultaron de gran utilidad. El Imperio romano se había encargado de situarlos en casi todas las rutas importantes, señalizando direcciones y distancias (aparecían plantados a una milla romana: 1.182 metros). En todos se hallaba grabado el nombre del emperador de turno (en este caso, Tiberio, «hijo del divino Augusto»). *(N. del m.)*

Dudamos.

¿Qué camino había tomado el Maestro? ¿Eligió el de Scythopolis o siguió por el «habitual», el que corría paralelo al río sagrado? La calzada hacia la notable ciudad de la Decápolis era más cómoda que la tierra batida de la ruta por la que marchábamos. Seleccionar aquel camino, sin embargo, suponía dar un importante rodeo. Era preferible el polvo y la incomodidad de la senda que discurría por el valle. Y así fue. Optamos por lo que conocía. El sol, además, escapaba veloz, burlándose de nuestra incompetencia. Sólo quedaba una hora y media de luz...

¿Qué hacer?

No supe cómo responder a la cuestión planteada por el ingeniero. De momento, la búsqueda de Jesús era un fracaso.

Y me resigné, confiando no sé muy bien en qué. Si la figura del Hijo del Hombre no surgía en breve, nos veríamos forzados a interrumpir la persecución, al menos hasta el día siguiente.

¿Dónde dormir?

Tampoco pude aclarar la lógica duda de Eliseo. Lo dejaríamos en manos del Destino. Él «sabe»...

Y ya lo creo que sabía...

Al dejar atrás el segundo gran afluente occidental del Jordán —el Tabor—, el paisaje cambió de nuevo. Las miles de viñas desaparecieron y, a derecha e izquierda, surgió el *jamrá*, la tierra roja —muy fértil— que proporcionaba un excelente cereal y unos no menos codiciados pastos. Una tupida red de acequias y canalillos espejeaba por doquier, transportando el agua de los pozos y los manantiales, abundantísimos en el valle. El clima, cálido, y la salinidad del *jamrá* (1) obligaban a un riego permanente. Buena parte de esta agua terminaba evaporándose, lo que provocaba, a su vez, un incremento de la referida salinidad. Los *felah*, sin embargo, incansables,

(1) La cuenca del Jordán es la fractura más profunda de la Tierra. Adoptó la forma actual hace un millón de años, aproximadamente. En esa época, el mar penetró en la citada cuenca por la región de Yizreel y Bet She'an. Las aguas saladas permanecieron en el lugar hasta el año 17000 antes de nuestra era. (*N. del m.*)

trataban de restablecer el equilibrio con un intenso abonado de la tierra, casi siempre con excrementos de cabra y oveja.

Apretamos el paso. Si no recordaba mal, a cosa de siete u ocho kilómetros del cruce de Gesher, se levantaban dos o tres pequeñas aldeas. Uno de esos humildes poblados de ladrillos rojos y techumbres de paja podía servirnos para pernoctar. El ocaso decidiría cuál de ellos...

Newe'ur fue la primera de estas aldeas. Cruzamos rápidos entre los dólmenes que se alzaban a corta distancia de las chozas de adobe. Mi hermano, asombrado ante las colosales dimensiones, preguntó cómo los habían levantado. Nadie lo sabe. Las losas que los cubrían —de una o dos toneladas de peso— aparecían a más de tres metros de altura, sostenidas por grupos de piedras verticales, sólidamente hincadas en tierra. Las rocas fueron removidas hacia el tercer o cuarto milenio antes de Cristo. Puede que mucho antes. Se supone que eran tumbas. Los lugareños, supersticiosos, los llamaban «casa de los espíritus». Difícilmente entraban en ellos. Los zelotas, conscientes de la estratégica ubicación de los mismos, al filo del camino, los tomaron como objetivo de sus hirientes graffiti contra Roma. Las pintadas, en cal, hacían referencia, sobre todo, al «viejito», el emperador Tiberio, calificándolo de «asesino» y «*anaš*» (castigo) del pueblo judío. «¿Podrás con el próximo rey?», rezaba otro de los graffiti, haciendo alusión, probablemente, al esperado Mesías.

Y la palabra Mesías me trajo de nuevo la imagen del Maestro. ¿Dónde se hallaba?

¿Mesías? Ése era otro concepto que debería rectificar en su momento. No importa adelantarlo: Jesús nunca se consideró el Mesías...

Bet Yosef fue la siguiente aldea, tan pobre como la anterior. Ésa, al menos, fue la primera impresión, al contemplar las míseras y destartaladas cabañas entre las que corría y jugaba una legión de niños desnudos, sucios y siempre acosados por nubes de moscas y tábanos de ojos protuberantes e iridiscentes. Y digo que fue la primera impresión porque, con el tiempo, al conocerlos mejor, descubrimos que aquellas gentes no eran tan pobres como imaginamos. Vivían en chozas de barro y carecían de muchas de las comodidades (?) de la ciudad, pero difícilmente pasaban hambre. El cultivo de la tierra, en el valle, era pesado y sofocante, pero muy rentable. Las altas temperaturas permitían la maduración adelantada de los frutos, incluso en primavera, y el crecimiento tardío en otoño. Esto se traducía en varias cosechas y, lógicamente, en suculentos beneficios. Por otra parte, la fuerte radiación solar influía positivamente en la calidad de los productos. Las uvas, los melones, las sandías, las verduras, los frutales y los cereales de la cuenca del Jordán eran exquisitos. Todos los reclamaban. Y las exportaciones llegaban a las lejanas tierras de Germania, Partia y Loyana, en China. La zona por la que caminábamos era célebre, por ejemplo, en el cultivo de flores. Los huertos y las plantaciones, pequeños o interminables, se extendían hasta donde alcanzaba la vista. Allí florecían nardos, de especial aplicación en perfumería y elogiados en el Cantar de los Cantares, lirios samaritanos, numerosas especies de crisantemos, azafrán (recolectado, sobre todo, con fines curativos), mandrágora de frutos amarillos (reclamada como remedio contra la esterilidad femenina, la única concebible en aquel tiempo, y como afrodisíaco) y la llamada rosa «fenicia» —la *vered*—, de grandes pétalos blancos, cubriendo la cuenca con una imposible nevada.

El comercio de las flores en el Jordán era igualmente próspero. Las coronas de rosas o lirios, tanto en las cabezas de las novias como en los banquetes y demás fiestas y celebraciones, eran demandadas a diario. En el Día de la Expiación, por ejemplo, una moda impuesta por las escuelas rabínicas situaba la venta en más de cuarenta mil *vered*, sólo en la ciudad de Jerusalén. El «negocio» se fundamentaba en la demostración del perdón, hacia los enemigos, con el regalo de una rosa fenicia, siempre anónimamente. De esta forma, el judío que obsequiaba la flor quedaba redimido de las culpas cometidas el año anterior, y el que la recibía sabía que tenía un enemigo menos (al menos, en teoría). Por unas o por otras razones, el volumen de flores que se cortaba todos los años superaba los sesenta millones de unidades, según la «asociación o sindicato de *felah*» que controlaba dicho mercado y que tenía su sede en Jericó. En total, en el centenar de kilómetros que ocupaba el valle, sólo en la cuenca occidental, sumamos más de trescientas granjas con una superficie de unas mil setecientas hectáreas dedicadas al cultivo exclusivo de flores. Para protegerlas de los intensos y abrasadores vientos locales que descendían por las colinas del oeste durante el verano, los ingeniosos campesinos habían construido barreras de juncos y carrizos que permanecían en tierra hasta el final de la primavera. Al llegar la estación estival, y levantar dichas protecciones, el valle sufría una curiosa metamorfosis, con cientos de «paredes» verdes y blancas, siempre oscilantes por los vientos (1).

Alcanzamos la aldea de Yardena con el tiempo justo. El sol, naranja e inmenso, rodaba ya hacia la llanura de Esdrelón, en el horizonte. La noche no tardaría en caer.

La jornada, en fin, parecía condenada al fracaso. Nuestro objetivo —el Maestro— se había volatilizado...

Y buscamos refugio.

Yardena, dedicada casi exclusivamente al cultivo de las flores, era otro puñado de cabañas, a poco más de seiscientos metros de la «jungla» del Jordán.

El Destino tuvo piedad de estos agotados exploradores y, al poco, soltábamos los petates y el odre en una de las «habitaciones» del «hotel» local. Pensaba que la suciedad y la miseria de la posada de Sitio, en el cruce de Qazrin, no podían ser superadas. Me equivoqué. Aquella «caravanera» era mucho peor. El título de posada, incluso, era una exageración. Una docena de chozas de barro y techumbre de hoja de palma, levantadas anárquicamente en el interior de un círculo, también de adobe rojo, que, supuestamente, debía defender a los clientes de bandidos y asaltantes, formaban el lugar donde pasaríamos la noche. Un lugar infecto, con un pozo y una letrina comunes, donde, sin embargo, nos esperaba una

(1) El duro régimen de vientos, en los meses veraniegos, provocaba también la consiguiente e importante evaporación del río, de sus afluentes y del agua de los canales y acequias, a un ritmo de 15 metros por día. *(N. del m.)*

sorpresa. Cosas del Destino, que escribe recto con renglones torcidos.

El examen de la habitación terminó de hundirnos. Ni siquiera disponíamos de un catre. Las «camas» eran el puro suelo. Si deseábamos un par de esteras, teníamos que pagarlas. En un rincón, como único mobiliario, una lucerna apagada y un recipiente metálico, alto y cilíndrico (semejante a un bacín), que, supuse, hacía las veces de orinal. Todo un «lujo», colonizado, eso sí, por un escuadrón de fétidas y amenazadoras chinches, los huéspedes permanentes de la «inolvidable posada» de Yardena. En uno de los muros, alguien —no muy satisfecho— había dejado un par de frases: «Los clientes veraniegos (se refería a las chinches) no me han dejado dormir. Paga tú la limpieza de la pared.»

Salimos del antro y buscamos oxígeno. Los primeros luceros parpadeaban ya en el firmamento. No teníamos opción. Pasaríamos la noche en el recinto aunque, naturalmente, al aire libre. La búsqueda del Maestro quedó aplazada.

Y durante unos minutos dediqué mi atención al inútil rastreo del Ravid. Nos hallábamos muy lejos. Según mis cálculos, a treinta y cuatro kilómetros en línea recta. Demasiada distancia para distinguir el abanico luminoso que debería proyectar hacia el cielo el «ojo del cíclope», en el supuesto de una grave avería en la «cuna». El terreno, además, no nos favorecía. Yardena se encontraba a 244 metros por debajo del nivel del Mediterráneo, y el monte Arbel —por delante del Ravid—, con sus 181 metros, hacía las veces de pantalla, ocultando la nave (el módulo fue estacionado en la cumbre del Ravid, a 138 metros). No nos quedaba ni la posibilidad de conexión con *Santa Claus* mediante el láser de larga distancia (1). Y el recuerdo de la última avería me intranquilizó.

(1) Uno de los dispositivos técnicos, alojado en las sandalias «electrónicas», permitía la conexión con la nave a larga distancia. Un microtransmisor emitía impulsos electromagnéticos a un ritmo de 0,0001385 segundos. La señal era registrada en la «vara de Moisés» y, una vez amplificada, «transportada» en un láser hasta el módulo. Allí, el ordenador central la decodificaba y procedía a la ejecución de la orden. *(N. del m.)*

Pero estábamos donde estábamos. Era preciso seguir. De ese «problema» nos ocuparíamos a su debido tiempo...

Fue entonces cuando oímos las voces. Procedían de un grupo de individuos —posibles clientes del albergue— que cenaba alrededor de una gran marmita.

Discutían.

Mi hermano y yo, incapaces de soportar un nuevo incidente, nos mantuvimos alejados. Y nos dispusimos a dar buena cuenta de las provisiones compradas en los «trece hermanos».

Eliseo, pendiente de la discusión, fue el primero en hacer una señal, recomendándome que escuchara. Al hacerlo me sobresalté. E interrogué al ingeniero con la mirada. ¿Había oído lo que creía haber oído?

Así era...

A partir de esos momentos nuestra atención quedó amarrada al vocerío.

Eran pastores. Conducían ganado desde Hebrón, al sur de la Judea, hasta los pastos de la Batanea y de la baja Galilea, menos rigurosos que los del desierto de Judá.

Hablaban de alguien.

Unos defendían que se trataba de un profeta, enviado por Dios. Otros se mofaban, argumentando que «nadie, en su sano juicio, vestía como lo hacían los antiguos». Y añadían: «Está loco...»

¿A quién se referían? ¿Hablaban de Jesús de Nazaret?

Rechazamos la idea. Según nuestras informaciones, el Maestro no había inaugurado su vida de predicación. Eso llegaría más tarde. No hacía ni cuatro días que lo habíamos dejado en Nahum...

La discusión, cada vez más encendida, tomó un camino insospechado cuando otro de los judíos mencionó al profeta Elías, haciendo ver a sus colegas que, quizá, estaban ante «el retorno del desaparecido». Elías, como se recordará, tuvo un papel muy destacado durante el reinado de Ajab (hacia el año 869 antes de Cristo) (véanse libros de los Reyes). Según la tradición, fue arrebatado a los cielos por un «carro de fuego» cuando acababa de cruzar el río Jordán, en compañía de otro profeta, Eliseo. Para muchos, esa desaparición tuvo lugar en las proximidades de la desembocadura del Yaboq, en el wadi Zarqal, otro de los afluentes del Jordán por la margen izquierda. De Elías nunca más se supo. Como sucedió con Moisés, los restos no han sido hallados. No se sabe qué fue de ellos...

Y los pastores se enzarzaron en otra agria polémica. La mayoría rechazó la sugerencia de un «nuevo Elías», asegurando que éste no hacía prodigios. «Nadie vio que los cuervos le hablaran o que abriera las aguas con la ayuda del manto.»

¿De quién demonios estaban hablando? Esos supuestos «milagros» son atribuidos al citado Elías...

Para complicar el debate, uno de los pastores aportó otra hipótesis que, lejos de ser rechazada, fue motivo de nuevas especulaciones y de más de un significativo silencio. Después lo comprenderíamos.

El individuo, bajando la voz, apuntó la posibilidad de que el hombre en cuestión fuera, en realidad, un espía de Antipas, de Roma, de los zelotas o de los nabateos.

Quedamos perplejos.

Algunos se mostraron de acuerdo. Podía ser. Todo podía ser —dijeron— en aquellos malos tiempos, en los que nadie se fiaba de nadie.

En eso hablaban con razón. Desde la época de Herodes el Grande, fallecido en el año 4 a. J.C., un ejército de «espías» se infiltró entre la población, e informaron a unos y otros de lo que pensaba y de lo que hacía el pueblo. Ciudades, puertos, aduanas y posadas eran los «centros de operaciones» de estos confidentes. Los había que trabajaban para los romanos o para los tetrarcas —o para ambos a la vez— y también para los terroristas o, incluso, para el poderoso rey Aretas IV, de la Nabatea, al sur del mar Muerto. Gracias a estos informantes camuflados, reyes, gobernadores, castas sacerdotales, zelotas y empresarios estaban al día de los movimientos de los adversarios y de los competidores. Nosotros, en su momento, también fuimos testigos de las infames acciones de estos «servicios de inteligencia»...

No pude contenerme y, tratando de averiguar de quién

estaban hablando, me aproximé al grupo. Me disculpé por la intromisión y los interrogué.

Eliseo permaneció en silencio, a mi lado.

Los pastores, sorprendidos, enmudecieron. Nos observaron a la luz del fuego que alimentaba la olla y se negaron a responder. Repetí la pregunta, solicitando el nombre del «nuevo Elías». El silencio se espesó un poco más.

Comprendí. Acababa de cometer un error al calificar al protagonista de la polémica de «nuevo Elías». Los judíos, desconfiados, nos tomaron por lo que no éramos.

Uno de ellos, finalmente, maldiciendo nuestra condición de extranjeros, replicó a regañadientes:

—No sabemos de qué nos hablas...

Insistir fue inútil.

Mi hermano, prudente, tiró de mí y ahí murió el intento con los de la Judea.

¿Un enviado de Dios? ¿Un loco? ¿Elías, de nuevo? ¿Un espía al servicio de quién sabe qué poder?

Poco faltó para que olvidara el asunto, pero el instinto —una vez más— me llevó de la mano. Tenía que desvelar el misterio. Algo me decía que esa persona formaba parte de nuestra misión. La intuición no se equivocó.

Fue el posadero, esa misma noche, a cambio de unas monedas, quien nos proporcionó el nombre y algunos datos complementarios, no menos útiles.

El grupo, como digo, era un reducido clan de pastores de ovejas que ascendía por el valle, rumbo al norte. A su paso por la zona de Damiya, a una jornada, más o menos, de donde nos encontrábamos, se detuvieron en la confluencia de los ríos Jordán y Yaboq. Allí vivía un hombre que estaba revolucionando la región. Unos —así lo confirmó el jefe de la «caravanera»— aseguraban que era un profeta. Otros, como los pastores, dudaban, y los más tomaron el caso a título de «inventario». Un iluminado más... El valle entero, sin embargo, hablaba de él. Todos sentían curiosidad. Todos deseaban verlo y oírlo. Todos —como los pastores— terminaban discutiendo sobre su misión.

El nombre nos dejó sin habla: «Yojanán» o «Yehohanan»...

24 DE SETIEMBRE, LUNES

¿«Yehohanan»?

La inesperada presencia de aquel hombre en nuestra persecución del Maestro nos dejó confusos. Sabíamos que, tarde o temprano, formaría parte del trabajo de reconstrucción de la vida del Galileo. No imaginábamos, sin embargo, que surgiría tan pronto y en semejantes circunstancias. ¿Estaba equivocada la familia de Jesús? ¿Marchaba el Maestro a Jerusalén o deseaba visitar a Yehohanan, su primo lejano? ¿Se hallaba el viejo Zebedeo en un error cuando aseguraba que el Hijo del Hombre fue bautizado por Yehohanan en enero del año 26? Porque «Yehohanan», en efecto, era Juan, también conocido como el Bautista o el Anunciador.

Esta vez, el prudente fue Eliseo. No debíamos confiar en una partida de pastores o en un posadero. Ambas profesiones aparecían en las listas «negras» de los rabinos, sospechosos de ladrones y mentirosos. Eran oficios «despreciables», según los judíos ortodoxos. Los pastores conducían los rebaños a propiedades ajenas y robaban parte de la leche, queso, etc. Por eso les estaba prohibida la venta de cabritos o de cualquier producto derivado de los animales que pastoreaban. En cuanto a los segundos, eran tan poco de fiar como los primeros, e incluso más, y eran acusados, en la mayoría de los casos, de proxenetas y chulos.

Aun así, la coincidencia nos desconcertó. No creo que pastores y posadero se hubieran puesto de acuerdo.

¿Qué hacer? ¿Proseguíamos tras el Galileo? ¿Verificábamos la recién obtenida información sobre el Bautista? El personaje —no lo niego— me atraía. Era muy poco lo que sabía de él...

El paraje donde se hallaba —según el posadero— era conocido como Damiya, a cosa de cincuenta kilómetros de Yardena, siempre hacia el sur. Eso representaba un día de camino, si todo transcurría con normalidad (?). Para alcanzar Jerusalén, la zona de Damiya era un paso prácticamente obligado. Si no recordaba mal, la aldea en cuestión quedaba a la izquierda de la ruta, a no mucha distancia del río.

Y Eliseo y yo apostamos por una solución intermedia. La prioridad era Jesús. Debíamos hallarlo. Si al entrar en Damiya no habíamos tenido éxito, si la búsqueda del Maestro seguía siendo un fracaso, entonces pensaríamos qué hacer. Yo me inclinaba por un «alto en el camino» y por una primera investigación en torno a Yehohanan. Si el Galileo se dirigía a Jerusalén, lo más probable es que estableciera la hacienda de su amigo Lázaro, en Betania, como «cuartel general». Allí, quizá, lo encontraríamos. El ingeniero no se pronunció, dejando el futuro en las manos del Padre. Eso dijo...

Y al amanecer, más que partir, huimos de Yardena.

Absortos en la inesperada noticia de Juan, el Bautista, en plena acción, caminamos a buen ritmo, dejando atrás la aldea de Hasida. Todo, a nuestro alrededor, era luz y verdor. Decenas de *felah* se movían entre los huertos, aprovechando la suavidad del alba. En breve, el valle del Jordán se transformaría en un horno, con temperaturas superiores a los treinta grados Celsius.

La pregunta era desde cuándo. ¿Cuánto tiempo hacía que Jehohanan recorría el Jordán, reclamando la atención de judíos y gentiles? Hicimos memoria. Durante la estancia en las nieves del Hermón, el Hijo del Hombre no se pronunció al respecto. En ningún momento apareció el nombre del Bautista. Era agosto. Y aceptamos la posibilidad de que el Maestro —que había emprendido su último gran viaje en abril de ese año 25 de nuestra era— no supiera de la actividad de su pariente hasta el regreso a Nahum. Es más: ¿lo sabía en aquellos momentos?

Mi hermano creía que sí. Las noticias, en la pequeña

provincia romana de la Judea, corrían como la pólvora. Según los pastores, aquel individuo «era una revolución».

Yo expresé mis dudas. Si el Maestro hubiera querido visitar al Bautista, ¿por qué anunciar que deseaba viajar a la Ciudad Santa? A no ser, claro está, que tuviera un doble interés: ver a su primo y, posteriormente, continuar hacia Jerusalén. Jesús, distante con su familia, no tenía por qué dar demasiadas explicaciones sobre el nuevo viaje. Y la Señora, aunque preguntó, tampoco podía sospechar de estas supuestas intenciones.

Eliseo abundó en la idea. Hacía trece años de la última conversación de Jesús con Yehohanan. En setiembre del año 12 de nuestra era, cuando el Galileo contaba dieciocho recién cumplidos, Juan y su madre, Isabel, visitaron Nazaret. Las mujeres, como ya referí en su momento (1), influenciadas por las respectivas apariciones del ángel o «ser de luz», trazaron planes, diseñando el futuro de sus hijos. Jesús —el «niño de la Promesa»— sería el Mesías libertador de Israel. Él conduciría los ejércitos victoriosos, arrojando al mar a los *kittim* y proclamando el nuevo reino: la hegemonía judía sobre el mundo. Juan sería su brazo derecho.

Quizá había llegado su hora —añadió el ingeniero—. Quizá era el momento de reanudar o resucitar los «planes», interrumpidos hacía trece años. Quizá el principal objetivo del Maestro en aquella marcha era, justamente, el Anunciador. ¿Estábamos ante el inminente bautismo de Jesús en el Jordán? ¿No era sospechoso que caminara, precisamente, en la dirección en la que, al parecer, se hallaba su primo lejano?

Rechacé las proposiciones.

En primer lugar —y tiempo habría de confirmarlo—, Jesús no se consideraba un libertador político, tal y como planteaba la madre. Ésa fue una continua fuente de conflictos. Él era otra cosa. Él era algo mucho más importante...

No creí que el Maestro deseara sacar a flote unos planes que ni siquiera consideraba. Si buscaba a Yehohanan

---

(1) Amplia información en *Nazaret. Caballo de Troya 4. (N. del a.)*

—algo que estaba por ver—, la razón tenía que ser otra. No descarté, naturalmente, la hipótesis del bautismo, aunque pensaba que mi fuente de información —el jefe de los Zebedeo— era sólida.

También cabía una tercera posibilidad: que Eliseo y yo estuviéramos equivocados. Quizá Jesús se dirigía directamente a Jerusalén, sin más.

Obviamente, sólo había un medio para despejar los interrogantes: continuar avanzando.

Hora y media después de nuestra partida, bajo un cielo azul y un sol amenazante, tras cruzar el puente de piedra que salvaba el río o *nahal* Harod, fuimos a desembocar en otro destacado cruce de caminos. Uno de los miliarios, a nuestra derecha, anunciaba la proximidad de Scythopolis (actual Bet She'an), la populosa ciudad de los escitas (1), con una población superior a la de la «metrópoli» (posiblemente, más de cincuenta mil habitantes). Era, sin duda, el núcleo humano más notable de la Decápolis. Como Eliseo tendría ocasión de comprobar algún tiempo después, la «puerta del Edén» era la más abigarrada mezcla de paganismo de todo el Mediterráneo. Allí, en paz y armonía, convivían expertos tejedores de lino de Egipto, mercaderes del «barro milagroso» del mar Muerto, domadores de fieras de Persépolis, contadores de cuentos de Sian, caldeos o adivinos y, sobre todo, miles de legionarios y mercenarios romanos. Nysa, como la llamaban popularmente, era una ciudad de paso para las legiones que se desplazaban hacia Oriente o que retornaban a Roma. Y, como tal, una población destina-

(1) Numerosos estudiosos —basándose en Sincello— consideran que Scythopolis o Bet She'an (para otros, Bet Sán o Byt šn) fue la ciudad en la que se establecieron los escitas durante su invasión de Palestina en el siglo VII a. J.C. Otros, como Plinio y Solino, sus discípulos, afirman que estos escitas fueron los que acompañaron al dios Dioniso y que protegieron la tumba de su nodriza, Nysa. Bet She'an existía ya en el siglo XIX antes de Cristo. Es mencionada en el reinado de Tutmosis III, en las cartas de Amarna como «Bîtsuani» y en estelas de los faraones Seti I y su hijo, Ramsés II. En el 107 a. J.C. cayó bajo el dominio del judío Hircano I. Pompeyo, como fue dicho, la liberó en el 57, siendo reconstruida por Gabinio en el 54 a. J.C. A partir de esas fechas permaneció independiente, aunque bajo el control económico de Roma. *(N. del m.)*

da a proporcionar servicios, fundamentalmente. Los prostíbulos —de todas las categorías— se contaban por cientos. Disponía de circo, teatros, hipódromo, baños y una destacada colección de estatuas dedicadas a Nyke, la diosa de la prostitución. Sus gimnasios eran famosos y también el gigantesco mercado, «capaz para cien mil personas», según sus orgullosos habitantes. Algunos la llamaban la «Pompeya del Este». La colonia judía era minoritaria (aproximadamente un quinto de la población total: alrededor de diez mil personas). Nysa, en fin, se alzaba blanca y ruidosa sobre un montículo, a ochenta metros por encima del Harod, con un perímetro de cuatro kilómetros. Su distancia al Jordán era de una hora. Nysa, además, ostentaba el título de «ciudad libre». Cualquier perseguido político podía refugiarse en ella sin temor a ser entregado a las autoridades de su país (1).

A nuestra izquierda, un segundo miliar indicaba las alturas de Galaad, al este del Jordán, con ramificaciones a Pella y la Gerasa oriental. Era otro de los numerosos caminos de tierra que unía Oriente con Occidente, ahora repleto de vendedores —la mayoría procedentes de Nysa—, carretas lentas y chirriantes, atestadas de frutos y *felah*, y los inevitables carros de dos ruedas, con los *sais* gritando precios y direcciones.

Prudentemente nos alejamos del cruce, avanzando hacia el sur por la única senda que conocía, la «habitual», que seguía más o menos paralela al río y ahora a un par de kilómetros de la «jungla» jordánica.

Y penetramos en otro sector difícil de olvidar...

Podían ser las siete de la mañana.

Los campesinos o *felah* lo llamaban la «selva». En realidad, eran palmerales. Miles y miles de esbeltísimas palmeras de hasta treinta metros de altura, con las copas estiradas, inmóviles y brillantes, rendidas a un sol que las sometería en breve. A partir de aquel cruce, junto a las flores, se convertiría en la reina del valle (sólo en las tie-

---

(1) También Hippos (Susita), Abila y Gadara, en la Decápolis, disfrutaban de este mismo privilegio. Así aparece en sus monedas y en otros documentos. El derecho de asilo, al parecer, surgió en el año 246 antes de Cristo, en tiempos de Seleuco II Calínico. *(N. del m.)*

rras que rodeaban Jericó, al sur, se contabilizaban más de medio millón de ejemplares). Reconocí dos especies: la datilera, con media docena de subespecies, y la de aceite, muy apreciada también en aquel tiempo y de cuyos frutos se extraía una especie de grasa, muy útil para la fabricación de «jabón». Las semillas de la *élaion* eran igualmente buscadas por cocineros y amas de casa. La manteca blanca que producía proporcionaba un delicioso sabor a muchos de los platos locales. La *Phoenix dactylifera*, por su parte, extraordinariamente mimada por los agricultores del Jordán, producía hasta ciento cincuenta kilos de dátiles al año. Un fruto que se utilizaba para casi todo y del que, incluso, se destilaba un aromático brebaje, tan delicioso como peleón. La *dactylifera*, de especial resistencia a los suelos salinos, podía vivir muchos años (llegamos a contemplar ejemplares que, según los *felah*, sumaban dos siglos). Para el mejor desarrollo de la «selva», y de los cultivos de la cuenca en general, los ingeniosos campesinos idearon un sistema —importado, al parecer, del delta del Nilo— que evitaba, en buena medida, la proliferación de insectos y parásitos, muy dañinos para las cosechas. El suelo era cubierto con largas hojas de ravenala, también llamado «árbol del viajero», que, en cuestión de horas, incrementaban la temperatura de la superficie de la tierra, provocando una especie de «desinfección térmica». Y los citados insectos eran «cocidos vivos».

En breve se presentó ante estos exploradores otra importantísima arteria de la Decápolis: la calzada romana que unía Scythopolis con la ciudad de Pella, al este del Jordán. Dedicamos unos minutos a la observación de la vía, tomando las obligadas referencias. El tránsito de hombres y caballerías era más intenso que en la senda anterior. El calor empezó a apretar, y buscamos de nuevo la gratificante penumbra de la «selva». Jesús seguía desaparecido...

Al poco, en pleno palmeral, cuando llevábamos recorridos unos doce kilómetros desde la aldea de Yardena, mi hermano me alertó. Al fondo, entre los troncos, se divisaba, en efecto, un poblado. Supuse que se trataba de

Ruppin, otra aldea de mediano porte, silenciosa y aparentemente pacífica.

Avanzamos y, relativamente confiados, como siempre, nos dispusimos a cruzarla. Las chozas aparecían solitarias. Imaginé que los hombres se hallaban en la «selva», atendiendo las plantaciones.

Fue al salir de un recodo de la ruta, casi en las afueras del poblado, cuando lo vimos...

Eliseo y yo reaccionamos simultáneamente. Detuvimos la marcha y observamos con atención.

Un escalofrío me recorrió de pies a cabeza.

Mi compañero, más impulsivo, exclamó:

—¡No es posible!

Teníamos que asegurarnos.

Y, lentamente, fuimos acercándonos.

Se hallaba de espaldas. Conversaba con algunas de las mujeres de la aldea.

No había duda. La considerable altura, la poderosa musculatura, el cabello recogido en una cola, el saco de viaje en bandolera y la túnica roja...

Sí, era la túnica que lucía en Nahum...

—¡Es Él! —susurró Eliseo, sin poder dar crédito a lo que tenía a la vista—. Al fin...

Habían sido necesarios treinta kilómetros, desde el *yam*, para localizarlo...

Y a cosa de cincuenta pasos, advertido por las campesinas que nos vieron llegar, el hombre giró levemente, ofreciendo parte del perfil.

Y volvimos a detenernos, también al unísono.

¡Imposible!

El hombre reparó en nosotros, pero continuó hablando.

No supimos qué decir. ¿Cómo era posible que lo hubiéramos confundido? Se suponía que estábamos habituados a su persona. Pues no...

Aquel caminante, en efecto, no era el Maestro. En la distancia guardaba un sensible parecido, pero sólo en la distancia...

Era fuerte. Alto como Jesús, con el cabello también acastañado, pero con un rostro muy distinto. Una señal en la frente lo hacía inconfundible. Era la huella de una quemadura. Posiblemente, un hierro al rojo. Simulaba un pequeño sol, de unos tres centímetros de diámetro, con cuatro rayos. En el rostro, muy blanco y minuciosamente rasurado, destacaban unos ojos negros, profundos y ligeramente achinados.

Al pasar a su altura deseamos paz y, casi sin levantar la vista del camino, proseguimos, ciertamente avergonzados por el error y decepcionados. ¡No era el Galileo!

Las mujeres, sin conceder mayor importancia al fugaz encuentro, respondieron a lo que, al parecer, preguntaba el de la llamativa cicatriz en la frente.

Oímos el nombre de Damiya. Aquello volvió a alertarnos.

—¿Estáis seguras? —insistió el individuo con un acusado acento extranjero.

—Sí —replicaron a coro—, ahora está en las «Columnas». Dicen que sigue bautizando...

Al oír la última palabra —«bautizando»— reaccioné. Di media vuelta y, ante la sorpresa de todos, me sumé al grupo, interesándome por la identidad del que bautizaba en las «Columnas». Las mujeres, desconfiadas, guardaron silencio. Supongo que tenían sobrada razón. No era muy normal que tres extranjeros, en una mañana, preguntaran por el mismo hombre.

Fue el del sol, abierto y sonriente, quien confirmó las sospechas. Él también buscaba a Jehohanan.

Así, aparentemente por casualidad (?), conocimos a Belša (su verdadero nombre era Belša'ssar o Baltasar). Dijo ser nativo de Susa, al este del río Tigris, en Persia. Era, por tanto, un *parsay*. Más exactamente, un *šušankay* o natural de la referida ciudad mesopotámica de Susa (en el actual Irán). Residía, provisionalmente, en la aldea de Hayyim, muy cerca de Nysa o Scythopolis. Ahora trabajaba como jefe de «escaladores» en la «selva» (una curiosa profesión cuyo objetivo era recolectar racimos de dátiles de las altas palmeras, así como proceder a la poda y a la polinización de las mismas). Había sido caravanero por medio mundo. Hablaba persa, koiné, arameo, egipcio, beduino y algo de latín. Conocía muy bien la región, y se brindó encantado a acompañarnos hasta la zona de Ga'ón Ha Yardén, en la confluencia de los ríos Jordán y Yaboq. Allí, según todas las noticias, en un paraje conocido como las «Columnas», se encontraba en esas fechas el pariente del Hijo del Hombre, Juan el Anunciador.

Durante un tiempo me costó superar el lógico asombro. Aquel hombre, a corto y medio plazo, resultaría de utilidad en nuestra misión. Y no sólo como eficaz guía. ¿Quién podía imaginarlo en aquella luminosa mañana del lunes, 24 de setiembre del año 25? Pero así es y así juega el Destino…

Belša, como digo, era un buen conocedor del valle del Jordán y, sobre todo, de sus variadas gentes. Estaba al corriente de cuanto merecía la pena. Y supo de la presencia de Jehohanan al sur del río, cerca de la orilla norte del mar Muerto, hacia finales del mes de *nisán* (marzo) de ese año 25. Si la información proporcionada por el persa era correcta, mis sospechas se confirmaban: Jesús, al ausentarse de Israel en abril, no sabía que su primo lejano acababa de estrenar su particular vida pública. Fue al descender del monte Hermón y regresar a la «casa de las flores», en Nahum, cuando probablemente recibió las primeras noticias. Naturalmente, sólo se trataba de una especulación. Habría que confirmarla.

Y proseguimos el camino, en animada charla. Prudentemente silenciamos nuestro verdadero objetivo, el Maestro. Y a mi pregunta sobre el porqué de su interés hacia el Bautista, Belša, sincero —o supuestamente sincero—, confesó que le había llamado la atención la práctica del bautismo por parte del referido Jehohanan. Y se proclamó seguidor del mitracismo, una religión importada de Oriente (1) por el Imperio romano y que hacía furor en

---

(1) El dios Mitra nació en la India (siglo XIV antes de Cristo). Era un genio de los elementos. De allí pasó a Persia. Su nombre surge por primera vez en el año 500 a. J.C., bajo el reinado de Ciro I. Las legiones romanas lo hicieron suyo, y trasladaron el culto al Mediterráneo. Era especialmente venerado en los puertos y guarniciones militares. Se ocupaba de pesar el alma de los muertos en el más allá; un más allá puramente espiritual en el que existía la inmortalidad. Durante siglos fue un duro competidor del recién

aquel tiempo, en especial en las grandes ciudades del Mediterráneo. Los fieles del dios Mitra, justamente, tenían la costumbre de bautizarse, con el fin de limpiar así sus culpas o manchas morales. ¿Era este loco o profeta un seguidor de Mitra? Por eso se puso en marcha. Por eso quería verlo y conocer sus intenciones. Y el antiguo caravanero, a preguntas de estos exploradores, fue facilitando nuevos datos sobre su pasión: Mitra. Los consagrados a este dios estaban organizados en diferentes estadios de iniciación. Él era un «*miles*», un «guerrero». Antes había pasado por las etapas de «*corax*» («cuervo») y «*cryphius*» («oculto»). El sol, en la frente, era la confirmación del «guerrero». Era una de las pruebas a las que debía someterse: el hierro al rojo vivo. Si demostraba el valor necesario pasaba al siguiente grado, «león». Después podía ser «*persa*», «*heliodrimus*» o «mensajero del sol» y, finalmente, «padre» (Tertuliano lo designa como «Sumo Pontífice»).

Él se encontraba al final de la fase preparatoria. A partir del grado de «león» todo era diferente. Entonces empezaría a conocer los secretos de Mitra y el porqué de su

---

nacido cristianismo. Su doctrina era dualista: Ormuzd era el dios del bien y Ahriman el del mal. Mitra ocupaba un puesto intermedio, una especie de mediador entre el cielo y la tierra que se identificaba con el sol. La leyenda dice que Mitra nació de una roca. Apresó un toro (un animal divino) y lo sacrificó por orden de Ormuzd. De la sangre nacieron animales y plantas. Este toro purificador —decían los seguidores— era la clave de la inmortalidad. Fue el gran símbolo del mitracismo, hallado en numerosas excavaciones arqueológicas. Los fieles practicaban también el ayuno, la flagelación y los banquetes sagrados, en los que consagraban el pan, el agua y el vino. Con ello —decían—, al tomar el pan y el vino consagrados, se convertían en «hombres diferentes», casi dioses. Los secretos de Mitra eran celosamente guardados por una casta sacerdotal (Tertuliano habla de *virgines* y *continentes*), muy similar a lo que hoy entendemos como monjes. Los ritos tenían lugar en grutas excavadas en la roca. Los fieles se distribuían en bancos, a uno y otro lado del *templum*. Por su estrecha relación con el sol, en Occidente recibió también la designación de *Sol invicto*. Su fiesta se celebraba el 25 de diciembre, inmediatamente después del solsticio de invierno, cuando las horas diurnas empiezan a alargar. Los devotos de Mitra animaban al sol en esa noche con grandes hogueras, intentando infundirle *mana* o *numen*. Después festejaban el «triunfo del sol» con una cena e intercambiaban regalos. La iglesia católica sustituyó esta fiesta pagana por el supuesto nacimiento de Jesús de Nazaret. Como ya referí en su momento, el Maestro nació en verano, no en diciembre. *(N. del m.)*

propia vida. Ninguna otra religión le resultaba tan atractiva. Mitra era un ser en el que confiaba: justo, leal y perfecto (santo). Eso dijo. Mitra era la encarnación de la verdad. La mentira le repugnaba. Eso dijo igualmente...

Además de las pruebas a las que eran sometidos, los practicantes del mitracismo debían demostrar —por encima de todo— limpieza de espíritu. Belša insistió: «La honradez es lo primero. Cuando alguien muere, Mitra pesa su alma y sabe si ha sido una persona limpia, caritativa y sacrificada. Sólo así se obtiene la felicidad eterna...»

La religión, como digo, causó furor. Los romanos, sobre todo, la consideraron una verdadera alternativa a los treinta mil dioses que los esclavizaban. Los más humildes o despreciados vieron en Mitra un salvador que juzgaba, no por las riquezas o el poder, sino por la actitud de cada cual en la vida (1). Esa promesa de felicidad aseguraba el paso de un cielo a otro, hasta llegar al «séptimo», según el mitracismo. Sólo había un «problema»: las mujeres no formaban parte de este culto...

Una vez iniciados (2), los seguidores de Mitra se reconocían por una serie de señales secretas, por la huella en la frente del «sol victorioso» y por el tratamiento —sólo entre hombres, claro está— de «hermanos queridísimos» (*fratres carissimi* o *dilectissimi*).

---

(1) Es muy posible que el mitracismo llegara a Roma de la mano de los esclavos, soldados y piratas procedentes de Oriente (Plutarco asegura que entró en Italia mucho antes, merced a los piratas trasladados desde Cilicia por Pompeyo: 106 al 48 a. J.C.). El ejército, después, introduciría el culto en todos los rincones del imperio. Se sabe que su influencia —mezclada con el maniqueísmo— se prolongó hasta la Edad Media. *(N. del m.)*

(2) Tertuliano —una de nuestras fuentes informativas— aseguraba que estas pruebas recibían el nombre de «sacramento». Además del bautismo y la «confirmación», el neófito tenía que enfrentarse a la simulación de la muerte (a veces no tan simulada), a fin de expresar su grado de valor. Otros, como el aspirante a «guerrero», eran tentados con el éxito (se les presentaba una corona y, tras mirarla fijamente, debían rechazarla). Sólo Mitra estaba capacitado para el triunfo. También eran atados con tripas de pollo y, con los ojos vendados, arrojados a una cisterna o depósito de agua. Mitra enviaba entonces a un «salvador» que rescataba al aspirante. Era el símbolo del dios. Sólo Mitra otorgaba la salvación eterna. Los siete grados iniciáticos del mitracismo se asemejaban a los «siete cielos o siete moradas existentes después de la muerte». Siete pasos obligados, según esta religión. *(N. del m.)*

El culto a Mitra, en definitiva, constituyó toda una esperanza en los tiempos de Jesús. Fue otra opción en las llamadas religiones mistéricas (la mayoría oficiales), practicadas por los gentiles. Junto a éstas, como fue dicho, aparecían los epicúreos, los estoicos, los cínicos y los escépticos, amén de una constelación de creencias paganas, a cual más absurda y peregrina.

Cuando pregunté a Belša por Jesús de Nazaret, se encogió de hombros. Era la primera vez que oía el nombre. No insistí. No era el momento...

Y guiados por el experto jefe de «escaladores de palmeras» proseguimos por la senda que descendía hacia el mar Muerto. La temperatura, en ascenso, podía rondar los treinta grados Celsius. El día se presentaba nuevamente agotador.

Y tras la providencial aldea de Ruppin, nuestros pasos se dirigieron a lo que Belša llamó las «once lagunas». Los palmerales, huertos y plantaciones de flores fueron sustituidos, de pronto, por un bosque apretado como un puño, verde y amarillo, con hermosos y desafiantes álamos del Éufrates, algunos de treinta metros de altura. Y al poco, entre las cortezas grises, aparecieron las lagunas.

El «guía» apretó el paso. Sobre las verdosas aguas temblaban y se desplazaban numerosas nubes de insectos y mosquitos. Era la peor de las amenazas, la malaria...

Una familia de francolines, asustada ante la intromisión de aquellos humanos, voló rápida y escandalosa, agitando su plumaje moteado, y despabilando, a su vez, a otra colonia de garzas nocturnas.

—Son tan exquisitas como las perdices —aclaró el persa, señalando a los huidizos francolines—. Sobre todo, los de collar castaño...

Y las blanquísimas garzas, lentas y molestas, avisaron también con sus planeos a las *passer*, las golondrinas del Jordán. Nunca había visto tantas. De las ramas de los álamos colgaban miles de nidos en forma de pera, pacientemente construidos con barro y diminutas porciones de ramas y juncos. Protestaron con sus trinos y se perdieron entre el boscaje, dibujando picados sobre las cañas y los perezosos plumeros que crecían en las orillas de los pantanos. Una barrera de mimbres, estirados y amenazantes, de hasta diez metros de altura (posiblemente la salguera blanca), cerraba el paso ante cualquier intento de aproximación a las lagunas. Tampoco era nuestra intención. Aquellas aguas salobres, demasiado tranquilas, eran refugio de ofidios y cocodrilos. Algunas se comunicaban con el Jordán. Belša lo advirtió. Entre los arbustos de salsola y siemprevivas, en especial entre los intrincados manglares que conquistaban las aguas, habitaba «una criatura feroz y despiadada que asaltaba al caminante y lo dejaba sin sangre». Dijo que era un demonio, con los ojos rojos y brillantes como antorchas. Tenía la capacidad de volar, aunque las huellas que dejaba en la tierra húmeda de las «once lagunas» eran similares a las de un perro. Nadie, con dos dedos de frente, se aventuraba a cruzar aquel territorio en solitario…

Sonreí para mis adentros. El persa, sin duda, hablaba de una criatura fantástica, fruto de la superstición. Eliseo, a juzgar por su cara, no compartía esta opinión…

Belša, naturalmente, creía en la realidad de «Adamadom». Éste era el nombre que daban los naturales del valle del Jordán al siniestro «diablo» de los manglares. Una especie de juego de palabras: *Adam* («hombre») y *adom* («rojo»), en hebreo. «Hombre-rojo», por la luz (?) rojiza que proyectaban sus ojos y que —según decían— le permitía avanzar con soltura en la oscuridad de la noche.

Adam-adom…

¿Se trataba de una fantasía popular? ¡Qué poco sabía de aquellas gentes!

Y hacia la *tercia* (más o menos, las nueve de la mañana), divisamos una granja. Era el final del tramo que también nosotros denominaríamos en el futuro como el de las «once lagunas».

La modesta construcción de adobe y hojas de palmera nos reservaba otra sorpresa…

Belša se detuvo en la puerta y, a gritos, reclamó la atención de los moradores. Al poco, un *felah* viejo y esquelético le salió al encuentro, saludando al persa con una interminable reverencia. Mi hermano y quien esto escribe experimentamos la misma y extraña sensación. ¿Por qué el campesino se inclinaba —y de qué forma— ante el jefe de los «escaladores»? A fin de cuentas, ambos eran *felah*. Aquello nos intrigó. Pero, por el momento, no le dimos mayor importancia.

Estábamos en un lugar dedicado a la cría de cocodrilos.

El anciano parlamentó brevemente con el persa y, acto seguido, nos condujo hasta una de las lagunas, infestada de reptiles. Los *felah* la habían acondicionado, cercándola con altas y gruesas cañas. Al pie de la empalizada, inmóviles como estatuas y con las poderosas fauces ligeramente abiertas, dormitaban varias decenas de *niloticus*, los temibles cocodrilos del Nilo. Nunca me gustaron estos animales. A Eliseo tampoco.

Algunos eran enormes. Calculé entre ocho y diez metros. Hacía siglos que habitaban el Jordán, probablemente desde los tiempos de la XVIII dinastía egipcia. Los faraones los transportaron por mar hasta el golfo de Aqaba y, desde allí, por el camino real, a las aguas del río Jordán. Un viaje de mil kilómetros, sujeto a todo tipo de peripecias. La inversión resultaba siempre rentable. El *niloticus*, de hocico más corto que los caimanes, dispone de una piel más fina y resistente y también, según los entendidos, de una carne más sabrosa. Y los criaderos de cocodrilos se hicieron famosos en el valle.

Ante nuestra sorpresa, Belša solicitó una cría. Y los *felah*, sin dudarlo, penetraron en el recinto, caminando decididos por la orilla de la laguna. El viejo, el persa y estos exploradores permanecieron a las puertas, pendientes de los ejemplares que flotaban entre dos aguas con los hocicos emergiendo como leños y aparentemente dormidos. Sólo aparentemente...

Aquellas criaturas, extraordinariamente rápidas, no eran de fiar. Al menor descuido hacían presa y arrastraban a la víctima al fondo del pantano. Allí, una vez ahogada, la devoraban. Y, prudentemente, deslicé los dedos hacia lo alto de la «vara de Moisés», acariciando el láser de gas...

Los campesinos evitaron a los *niloticus*, rodeándolos. Una cuadrilla de pájaros «basureros» abandonó las fauces de los animales, levantando el vuelo hasta lo alto del cañizal. Y los empleados del criadero desaparecieron en un laberinto de cañas. Uno de ellos portaba un largo palo, con un lazo en un extremo. Otro de los *felah* iba armado con una antorcha y una afilada daga. El viejo que nos recibió continuó conversando con el «guía» y, a cada afirmación de Belša, respondía con sendas y pronunciadas inclinaciones de cabeza, llamándolo «*be'el*» («señor»).

¿Por qué «señor»?

Los blancos y negros «pluviales» volaron de nuevo hasta los impasibles cocodrilos y saltaron sin temor al interior de las fauces. Allí prosiguieron la interrumpida faena de limpieza de dientes y encías, picoteando toda clase de insectos, sanguijuelas y restos del reciente «desayuno»: pollos y cabras, siempre vivos...

Al poco, Belša recibía su cocodrilo. Un ejemplar de un metro, sacrificado en el corral destinado a las crías. Todavía colgaba del lazo. El segundo campesino le había atravesado el cerebro, introduciendo el afilado cuchillo por uno de los ojos.

Y el persa, satisfecho, cargó el animal sobre los hombros. El viejo *felah* se negó a cobrarle. Aquel gesto fue todavía más extraño. El *niloticus* podía costar un par de denarios, como mínimo...

Y con una última y enésima reverencia, el hombre se despidió del persa. A nosotros, simplemente, nos deseó paz.

Las dudas aumentaron. ¿Quién era realmente el jefe de los «escaladores de palmeras»?

A partir de la granja de los cocodrilos, la senda se dulcificó. El valle continuó inclinándose hacia el mar Muerto y, tras dejar atrás las aldeas de Zevi y Salem, se presentó ante nosotros una gran planicie. Los álamos desaparecieron y, en su lugar, a derecha e izquierda de la ruta, surgieron de nuevo los huertos y los interminables y gratificantes blancos, rojos y violetas de las plantaciones de flores.

Belša, señalando el edificio de la siguiente aduana, trató de animar a estos exploradores. Nos hallábamos a poco más de veinte millas romanas de nuestro destino: Damiya. Eso significaba unas cinco horas de viaje. Y en mi mente se puso en pie la imagen del Maestro. Esta vez, con más fuerza. ¿Estábamos cerca? ¿Lo encontraríamos junto al Bautista? ¿O sólo eran imaginaciones y mi intenso deseo de volver a verlo?

No muy lejos de Salem o Salim, en efecto, nos aguardaba el edificio que servía de aduana entre los territorios de la Decápolis y la Perea (1). Nos disponíamos a penetrar en este último, en aquellos tiempos bajo el control administrativo de uno de los hijos de Herodes el Grande, Herodes Antipas. El verdadero «dueño» no era el «viejo zorro», sino Roma...

Esta vez no hubo esperas. El persa, con decisión, fue adelantando a los caminantes y a las carretas que hacían cola y, con el *niloticus* sobre los anchos hombros, se aproximó a los publicanos. Eliseo y yo, asombrados, nos temimos lo peor. Y a nuestro paso, efectivamente, surgieron voces de protesta. Belša, inmutable, se volvió hacia los airados judíos y gentiles y, sencillamente, los taladró con la mirada. No abrió la boca.

Entonces, los de las protestas guardaron silencio. Algunos, incluso, atemorizados, dieron un paso atrás. Y todos aceptaron que el individuo de la túnica roja y el sol en la frente los adelantara. Nosotros, más perplejos si cabe, observamos a unos y otro, sin saber qué pensar.

¿Quién era Belša? ¿Por qué lo temían y lo reverenciaban?

Los funcionarios, al verlo, olvidaron el registro de petates y mercancías y se volcaron en la persona de nuestro

_____

(1)   El territorio judío de la Perea era una estrecha franja que discurría paralela al Jordán. La frontera occidental la formaba el citado río y la costa este del mar Muerto. Por el sur llegaba hasta Maqueronte, en las proximidades del wadi Mujib (río Arnón). Por el norte limitaba con la ciudad pagana de Pella. La mitad sur —desde la desembocadura del río Yaboq— era la más poblada. La capital era Gador, la ciudad más notable de toda la Perea. En el norte destacaba Amatus, una ciudad-fortaleza, sede de una toparquía y de uno de los «pequeños sanedrines». También la visitaríamos, en su momento. *(N. del m.)*

amigo (?) y acompañante. Todo fueron atenciones: agua de los manantiales de Enón, carne salada de la vecina «jungla» o vino negro y recio del Hebrón, en las montañas de la Judea y, probablemente, requisado por las buenas o por las malas. Belša aceptó un par de tiras de cecina de cerdo salvaje y guardó en su saco una pequeña bolsa con monedas. Aquello no me gustó. Definitivamente, el caravanero y fiel seguidor de Mitra no era lo que decía ser...

Como imaginábamos, los publicanos le franquearon el paso, liberándolo del «peaje». Y nosotros con él.

Ni Eliseo ni yo nos atrevimos a interrogarlo. Era mejor así. De momento, la compañía del persa —o supuesto *parsay*— nos beneficiaba. ¿Por qué tentar al Destino?

Y Belša, alegre y pletórico, cantando alabanzas al «salvador» Mitra, nos condujo por la gran llanura.

Y las aldeas de Mehola, Juneidiya, Ghirur, Khiraf y Coreae, blancas y dormidas, quedaron atrás, agazapadas bajo los palmerales o difuminadas entre los mares de rosas fenicias que las rodeaban por doquier. Aquellos veintisiete kilómetros, entre la aduana y el poblado-fortaleza de El Makhruq —final del trayecto—, fueron una delicia. La senda, recta y cómoda (descendiendo desde menos 252 metros en la zona de Mehola a menos 284 en El Makhruq), con la «jungla» jordánica a ochocientos o novecientos metros por nuestra izquierda, se hallaba permanentemente perfumada por el incienso quemado en los cruces, otro de los reclamos de los vendedores del valle. Tanto el incienso como la mirra, así como la planta de bálsamo, crecían en abundancia en la cuenca (especialmente en Jericó). Los *felah* vendían estas gomorresinas al Templo de Jerusalén y también a los paganos de Egipto y Mesopotamia. Según Belša, el humo de la mirra y el incienso tenía el poder de ahuyentar a los malos espíritus. Por eso se utilizaba en los rituales sagrados y también en las modestas casas del Jordán, conjurando la posible presencia de criaturas inmundas como Adamadom. (El cristianismo y otras religiones heredaron esta costumbre, utilizando el incienso en la liturgia. En aquel tiempo, tal y como verificamos durante el período de predicación del Hijo del Hombre, la totalidad de los exorcistas judíos empleaban el incienso para poner en fuga a los demonios, haciendo desaparecer así el nauseabundo olor de las criaturas «infernales». Ésa era la creencia.)

Y digo que la marcha fue una delicia, aunque no soy sincero del todo. Lo hubiera sido al completo si, naturalmente, lo hubiéramos hallado. Pero el Maestro no dio señales de vida. Ni rastro. Y al detenernos al pie de la fortaleza de El Makhruq se presentaron las viejas dudas...

Nos encontrábamos a 88 kilómetros de Nahum y a 67 de la costa sur del *yam*. ¿Dónde estaba? Aquél era el camino «habitual» a la Ciudad Santa. Él lo hizo y lo haría en otras oportunidades. ¿Qué sucedía? ¿Por qué no dábamos con el Galileo?

E, inevitablemente, regresaron a mí las palabras de Jesús: «El Padre tiene planes a los que, por ahora, no tenéis acceso...»

Algo no cuadraba. ¿Por qué habíamos llegado hasta allí, aparentemente para nada?

Y el Destino —estoy seguro— sonrió de nuevo...

¿Aparentemente? Nada de eso. Todo se hallaba atado y bien atado.

Fortaleza de El Makhruq. Como decía, final del trayecto. Al menos, de aquella etapa.

El sol marcaba la décima (las cuatro de la tarde, aproximadamente). Y, rendidos, nos dejamos caer sobre las peñas grises que daban base a una construcción cuadrangular, en ruinas, que los lugareños llamaban «el quemado». Se trataba de una torre de unos veinte metros de lado, levantada por los antiguos cananeos y cuya misión era la vigilancia del importante nudo de comunicaciones existente en aquel paraje (allí coincidían el camino «habitual» del Jordán y la calzada romana que unía Filadelfia, en el este, con Nablus y la costa del Mediterráneo). Por extensión, el término «quemado» o «abrasado» —eso significa *Makhruq*— servía en aquel tiempo para designar la barrera rocosa que interrumpía la próspera vegetación de la cuenca jordánica; una barrera de caliza blanca y gris-azulada que se prolongaba perpendicular al Jordán y que se perdía hacia el oeste, en dirección al monte Sartaba.

Calculé hora y media para la puesta de sol.

Belša nos sacó de dudas. Indicó un pueblo modesto y encalado y nos hizo ver que ése era el destino final. Hablaba de Damiya. Algo más allá, hacia el este, se encontraba el «vado de las Columnas». Allí, según todas las informaciones, bautizaba Jehohanan.

Experimenté una sensación agridulce. Quizá Jesús se había reunido con su primo lejano. ¿Seríamos testigos del bautismo del Maestro? En ese supuesto, el Galileo se hallaba cerca. Damiya aparecía a cosa de tres kilómetros del punto donde descansábamos. Pero ¿y si no era así?

El persa, agradecido por la compañía de aquellos inquietos y curiosos griegos —«viajeros en busca de la verdad», según Eliseo—, trató de complacernos, una vez más, mostrando la belleza del lugar al que nos había conducido el enigmático Destino (Mitra, según él). Y eligió el paraje exacto: la citada torre de El Makhruq, en lo alto de la cadena rocosa, a 281 metros sobre el nivel del mar.

El espectáculo fue inolvidable. A nuestros pies corría el Jordán, ahora libre de la cúpula selvática, alimentando con sus aguas claras y mansas los acostumbrados huertos y plantaciones. Por el este bajaba uno de los afluentes más destacados: el Yaboq o Zarqal, destellando también como la plata. A nuestra izquierda, por la margen derecha del Jordán, menos pretencioso, se abría paso, entre el verde y negro de los palmerales, el río Tirza, padre del valle que llamaban Fari'a. Ambos afluentes desembocaban casi frente por frente, dando nombre a la rica región de Ga'ón Ha Yardén (algo así como «Garganta del Jordán»). En la reunión de los tres cauces, los sedimentos arrastrados por las aguas habían formado una isla de regulares dimensiones. Quedé asombrado. La práctica totalidad del islote se hallaba ocupado por una singular construcción de caliza, con muros y techos ennegrecidos. Una pared alta, de cuatro o cinco metros, rodeaba los edificios, aunque no creo que la palabra «edificios» sea la más correcta. El único con un cierto porte era el central, totalmente circular, rematado por una cúpula en la que destacaban cinco estrechas chimeneas. Por todas ellas escapaban sendas columnas de un humo negro y espeso. En el patio, pegadas al murallón, se alineaban numerosas casitas, también de piedra caliza, tiznadas por el hollín y sospechosamente iguales. Por una de las puertas del bloque circular —el que parecía más importante— observamos unas intensas llamaradas. Imaginé que estábamos frente a una *yesuqah* o fundición de hierro o cobre.

—Sí y no...

La respuesta de Belša me confundió.

—Es la cárcel del cobre. Un lugar maldito...

Era una *yesuqah* y, al mismo tiempo, una de las más temibles prisiones de la Perea. Allí terminaban los asesinos, los violadores de niños, los defraudadores de impuestos y los que trataban de alzarse contra Roma o contra el tetrarca Antipas. Lo «mejor de lo mejor»...

Según el persa, allí sólo se entraba para morir. La población reclusa era de un millar de personas, la mayoría de origen pagano.

Trabajaban los lingotes de cobre que llegaban regularmente de las fundiciones de Esyón-Guéber, en el mar Rojo, las antiguas y auténticas minas del rey Salomón. Largas caravanas ascendían por el Jordán con los cargamentos. Éstos eran desembarcados en la isla y allí reelaborados por la técnica del martilleo. Los hornos eran alimentados día y noche con madera talada en las montañas de Galaad. La fusión del cobre (a 1.083 grados Celsius) se conseguía mediante la utilización de enormes fuelles de cuero, activados manualmente, y con el concurso —eficacísimo— de los vientos locales, especialmente fuertes en la desembocadura de los referidos ríos. Las bocas de los hornos habían sido estratégicamente orientadas hacia poniente, de forma que los vientos que descendían por el valle de Fari'a incrementaran el tiro, alcanzando así «el naranja del sol en el ocaso» (los expertos fundidores establecían los diferentes grados de fusión según los colores del sol. La obtención del cobre, partiendo de la cuprita, la azurita y la malaquita, demandaba un naranja similar al de la puesta de sol. El hierro, por ejemplo, exigía una temperatura —1.539 grados— que transformaba el metal, proporcionando un color parecido al del «blanco mate del sol entre la niebla» y así, sucesivamente, para el bronce, el oro, la plata o el estaño).

Pronto nos acostumbraríamos al monótono y lejano golpeteo de los martillos sobre las dúctiles y maleables láminas de cobre. Un martilleo que no cesaba durante la noche y que recordaba, a propios y extraños, la naturaleza del lugar del que procedía el rítmico sonido...

Según Belša, la cárcel del cobre era otro de los saneados «negocios» de Antipas, en el que participaban los de siempre: las castas sacerdotales y los más notables funcionarios de Roma. Allí, gracias al esfuerzo de los prisioneros, se fabricaban toda clase de armas, herramientas y adornos, tanto masculinos como femeninos. Todos los días, con las primeras luces del alba, una o dos embarcaciones atracaban en las orillas del islote, cargando los productos manufacturados: lanzas, puntas de flechas, espadas de toda índole, dagas, hachas de combate o para el trabajo, azadones, azuelas, zapapicos, cinceles, bocados de caballo, armaduras, brazaletes, colgantes y toda suerte de utensilios de cocina.

No supe qué pensar ante los comentarios del jefe de los «escaladores de palmeras». Criticaba al tetrarca Antipas y a los funcionarios y, al mismo tiempo, se beneficiaba de ellos. La actitud no parecía muy limpia...

El promedio de fallecimientos en aquel campo de concentración era alto: dos o tres «obreros» por día. Los cuerpos terminaban en los hornos, fundidos con el cobre líquido. Eso —decían— proporcionaba *hitpa* al metal («el espíritu del muerto enriquecía la mezcla»). En el tiempo que permanecimos en las cercanías de la cárcel del cobre llegamos a saber de tres caravanas con nuevos «refuerzos», entre los que destacaba una partida de zelotas, capturada al sur, en el desierto de Judá. Antipas, como su padre, no permitía un solo movimiento (religioso o civil) que pudiera amenazar el poder establecido. La temida prisión que teníamos a la vista fue otro ejemplo de la crueldad de la familia herodiana. Allí perdieron la vida muchos judíos cuya única culpa fue soñar con la liberación de Israel.

Damiya, el pueblo blanco al que nos disponíamos a descender, vivía en buena medida de esta prisión. Era una aldea al servicio de los fundidores y de sus guardianes. Los cinturones de huertos que la rodeaban no eran suficientes para abastecer la *yesuqah* y, todos los días, por la senda del Jordán, amanecían numerosas carretas con suministros de toda índole, incluidas las célebres «burritas» o prostitutas de Bet She'an y de la ciudad de Pella. De Damiya salían los aguadores, los médicos, los adivinos, los carpinteros, los albañiles, los prestamistas o sacerdotes de los más diversos dioses que se ofrecían al personal de la isla. Las puertas de la prisión eran un mercado en el que se traficaba con todo y con todos. La corrupción de los guardias era tal que muchos de los vecinos de Damiya terminaban por penetrar en el recinto, vendiendo sus productos en los barracones de los condenados. Algún tiempo más tarde, cuando el Destino lo consideró conveniente, quien esto escribe cruzó el umbral de aquel infierno, aunque por razones muy diferentes...

Otra de las referencias de utilidad en nuestra misión —perfectamente visibles desde las rocas de El Makhruq— fueron los caminos y los puentes que menudeaban en lo que iba a ser nuestro inminente escenario. El lugar era un intrincado nudo de comunicaciones. Los huertos aparecían surcados por una compleja red de caminos vecinales y pistas de tierra que conducían a decenas de cabañas ubicadas en las plantaciones. En ambas orillas del Jordán, y también en las de sus afluentes, no quedaba un palmo de tierra por cultivar. El verdor, roto aquí y allá por el brillo del agua en acequias y canalillos, era absoluto.

Conté más de diez ruedas de madera, sólo en la margen izquierda del Jordán, permanentemente en movimiento, abasteciendo con sus cangilones el agua necesaria para las frutas y hortalizas que maduraban en la vega.

Tres puentes de piedra unían las orillas. Uno sobre el Tirza y dos sobre las aguas del «padre Jordán». Uno de ellos nos llamó la atención. Era largo (más de cien metros). Arrancaba casi a los pies de la fortaleza en la que nos hallábamos y saltaba cómodamente sobre el río sagrado. Allí nacía una senda menor, de tierra roja, que culebreaba entre los huertos hasta la mencionada aldea de Damiya. Calculé unos dos kilómetros hasta el poblado. Más allá, por detrás de Damiya, hacia el este, la senda roja desaparecía entre bosques. A nuestra derecha, el tercer puente, también sobre el lento Jordán. Era lo que llamaban el «segundo vado», en recuerdo de otros tiempos, cuando no existían estas construcciones de piedra. Una calzada romana, impecable, discurría sobre el puente, de Scythopolis a Filadelfia, convirtiendo el Ga'ón Ha Yardén en un sobresaliente cruce de caminos, uno de los más frecuentados del valle. Por allí atravesaban las interminables caravanas de camellos procedentes del camino de los Reyes, al este del mar Muerto. Aquel tercer puente era otra de las «llaves» del comercio entre los cuatro puntos cardinales. Por allí cruzaban a diario cientos de judíos y paganos, transportando todo lo imaginable y algo más. Popularmente, el sector en cuestión (en especial los dos puentes sobre el Jordán) era conocido como los «pasos o vados de Adam». El río ya era cruzado por los hicsos en esos lugares en el siglo XIV antes de Cristo. Por aquí huyeron los medianitas, hacia el este, cuando escapaban de Gideon, como cuenta el libro de los Salmos (83, 10-11). Por aquí, en definitiva, entraban y salían los ejércitos y, lo que era más importante, el dinero y las ideas.

Jehohanan, efectivamente, había elegido bien el lugar de predicación. El flujo de hombres y mercancías era continuo y agotador...

El paraje recibía el nombre de «pasos de Adam» por la ciudad situada más al sur, en la margen izquierda del Jordán, y que apenas era visible desde El Makhruq. Se hallaba a unos cinco kilómetros de Damiya y a casi treinta de Jericó (1). Era venerado por los judíos como el lugar

(1) Algunos arqueólogos e historiadores —erróneamente— pretenden identificar el actual tel E-Damiyya (Damiya) con Adam, en Jordania. Ambas, como vengo narrando, eran poblaciones diferentes. *(N. del m.)*

en el que Yavé hizo el milagro de retener las aguas, permitiendo que Josué y el pueblo elegido pasaran a Canaán, la tierra prometida (1). Fue el primer prodigio del arca de la Alianza o del Testimonio, según la Biblia (2).

Finalmente, en el horizonte, por detrás de Damiya, se divisaba una masa verdinegra de la que huían el río Yaboq y otros afluentes de menor rango. Eran los bosques de tamariscos del Nilo, acacias, álamos y salvadoras. Bosques cerrados y remotos...

Y el instinto me advirtió.

«Algo» importante nos aguardaba en esta bella y exuberante región. ¿Jesús de Nazaret? ¿Lo hallaríamos, finalmente, en aquel jardín? ¿Cuáles eran los designios del Destino?

Pronto lo sabríamos...

Belša dio por bien empleado el relajante respiro y

---

(1) En el libro de Josué (3, 14-17 y 4, 10-19) se dice: «Cuando el pueblo partió de sus tiendas para pasar el Jordán, los sacerdotes llevaban el arca de la Alianza a la cabeza del pueblo. Y en cuanto los que llevaban el arca llegaron al Jordán, y los pies de los sacerdotes que llevaban el arca tocaron la orilla de las aguas, y el Jordán baja crecido hasta los bordes todo el tiempo de la siega, las aguas que bajaban de arriba se detuvieron y formaron un solo bloque a gran distancia, en Adam, la ciudad que está al lado de Sartán, mientras que las que bajaban hacia el mar de la Arabá, o mar de la Sal, se separaron por completo, y el pueblo pasó frente a Jericó. Los sacerdotes que llevaban el arca de la Alianza de Yavé se detuvieron a pie firme, en seco, en medio del Jordán, mientras que todo Israel pasaba en seco, hasta que toda la gente acabó de pasar el Jordán...»

Para la mayor parte de los exégetas y estudiosos de la Biblia, este milagro de Yavé podría ser explicado por un seísmo que taponó el cauce del Jordán, justamente en la zona de Adam. Las orillas, en esos parajes, están formadas por enormes bloques de marga (arcilla y carbonato de cal), muy sensibles a los movimientos sísmicos. Un temblor —dicen— pudo romper la marga y cortar el paso de las aguas. Hay testimonios históricos que parecen confirmar esta hipótesis (años 31 a. J.C., 1267, 1546, 1906 y 1927, entre otros). En esas fechas, otros tantos terremotos —relativamente frecuentes en el valle del Jordán— desmoronaron las paredes del río, lo que provocó importantes obstrucciones y, según cuentan los testigos, «sequías de dos y tres días». El Jordán se detuvo —como cuenta Josué— y el cauce quedó seco. El profesor Stener también oyó hablar de ello en Kefar Rufin, en 1956. El derrumbe de una colina detuvo las aguas durante horas. En 1970, veinte soldados judíos fallecieron en Neot Ha-Kikar, al sur del mar Muerto, como consecuencia de uno de estos derrumbes. Yo, personalmente, no comparto esta hipótesis... (N. del m.)

(2) Amplia información en *Planeta encantado*, «Una caja de madera y oro». (N. del a.)

aconsejó descender hacia Damiya. El sol no tardaría en ocultarse por detrás del Sartaba.

Pregunté sus intenciones. Fue tan claro como rotundo: éramos amigos, buscábamos al mismo «profeta» y Mitra nos protegía. Eso significaba que lo acompañaríamos. Esa noche dormiríamos en la casa de un «hermano», en el pueblecito que teníamos enfrente (Damiya).

Me eché a temblar. La palabra *«ah»* («hermano» o «compañero») fue pronunciada en un tono —cómo diría— malicioso...

Y el persa, al percibir mi inquietud, sonrió irónico.

Eliseo, creo, no se percató de las segundas intenciones del singular «guía». Caminaba en último lugar. Hacía horas que permanecía mudo, algo serio y con la mirada perdida. Me preocupó. En esos momentos no supe qué le sucedía. Después, al descubrir lo que lo atormentaba, comprendí. Pero ésa es otra historia...

Qué podíamos hacer. En esos instantes no sabíamos lo que nos aguardaba en Damiya. Buscábamos al Bautista, sí, pero, sobre todo, al Maestro. Belša conocía el terreno y también a sus habitantes. Y seguí pensando que lo más razonable era confiar en él, al menos inicialmente. Era preciso que aprendiera a confiar en la gente. ¿O no?

Todos los días, a lo largo de aquella fascinante aventura en Israel, aprendí algo. Todos los días...

Cubrimos los dos kilómetros sin novedad.

Damiya, como he dicho, era un pueblo blanco, edificado con la caliza blanda de la cima del Qeren Sartaba, la montaña existente hacia el oeste, a poco más de diez kilómetros del Jordán. Era una población pujante, beneficiada por la próspera agricultura, la proximidad de los «vados de Adam» y, sobre todo, por la cárcel del cobre. Estos reclamos habían atraído a numerosos *felah* de toda la cuenca y también a paganos de los vecinos territorios de Moab, la Nabatea e, incluso, Egipto y los desiertos de la Cyrenaica. Las pequeñas casitas de una planta, nacidas en el más absoluto desorden, eran el escenario de un enrevesado cruce de lenguas y del ir y venir de atareados *sitones* o compradores de cosechas «en verde», caravaneros de turbantes y túnicas de seda, esclavos negros con el lóbulo de la oreja derecha perforado, *am-ha-arez* (la «escoria» humana, según los judíos ortodoxos), artesanos del mar Rojo llegados expresamente para trabajar el cobre (capaces de golpear el metal a razón de cincuenta martillazos por minuto y durante diez horas) y un largo etcétera de las más asombrosas «profesiones», todas a la sombra del flujo de hombres y dinero. En general, buenas gentes, abiertas, deseosas de complacer y respetuosas con todas las creencias y las decenas de dioses que viajaban también en las carretas o en los sacos de viaje de cada cual. En los días que permanecimos en contacto con los habitantes de Damiya, todo fue cordialidad y buenas intenciones. Mejor dicho, casi todo...

Y a la puesta de sol fuimos a tomar posesión de una de las casas, una de las más grandes y acomodadas. El dueño, un nabateo llamado Nakebos, se mostró feliz al reconocer a Belša, «viejo compañero de venturas y desventuras», según sus propias palabras. Y, torpe de mí, lo asocié a la mencionada profesión de caravanero, ejercida por el persa tiempo atrás, suponiendo que dijera la verdad...

Como exigía la hospitalidad del valle, Nakebos nos recibió con los brazos abiertos y puso a disposición de aquellos cansados caminantes dos espaciosas habitaciones, agua en abundancia, perfumes, lienzos de algodón y media docena de sirvientes.

Una hora después, bañados y relajados, los criados nos condujeron al patio central, a cielo abierto, en el que aguardaban el anfitrión y una suculenta cena. Suculenta a primera vista, claro está...

Allí prosiguió la cordial conversación. Y Belša —más que complacido— procedió a informarnos sobre su amigo, el nabateo. Era un hombre de confianza de Antipas, el tetrarca de la Perea y la Galilea. Eliseo y yo intercambiamos una mirada de complicidad. Aquello podía ser más interesante de lo que suponíamos...

¿Amigo de Herodes Antipas?

Nakebos confirmó las palabras del persa y añadió que había sido nombrado *al-qa'id* o alcaide corregidor de la prisión del cobre. Su verdadera profesión era capitán de la guardia personal de Antipas.

Y el instinto volvió a tocar a mi puerta, avisando...

¿Oficial de la guardia «pretoriana» del reyezuelo que «gobernaba» aquellas tierras? Muy interesante...

Al parecer, el tal Nakebos era tan rico como corrupto. Parte de los ingresos obtenidos por la venta de los utensilios de cobre iba directamente a su bolsa. Todos lo sabían, incluido el «viejo zorro». El pueblo entero pagaba un «extra» a Nakebos, agradeciendo, además, que el trabajo se quedara en Damiya. Al menor desaire o falta de pago por parte de los vecinos, la *yesuqah* podía cortar el negocio, favoreciendo a cualquiera de las poblaciones de la cuenca. Coreae o Adam eran las rivales más próximas y codiciosas.

Y las sospechas resucitaron.

¿Qué hacía el jefe de los «escaladores» —un supuesto campesino— en la casa del alcaide de una de las más temidas cárceles de Israel? ¿Por qué lo trataba como un amigo íntimo? ¿A qué venía semejante agasajo? Aquello, como digo, no cuadraba...

Pero mis pensamientos quedaron en suspenso. Los sirvientes presentaron la cena: el *niloticus* que Belša había cargado desde las «once lagunas». Cocodrilo a la brasa...

Un olor acre y repulsivo me puso en alerta. No tuve más remedio que probarlo. Y el sabor áspero —entre pollo y pescado— casi me hizo vomitar. A mi compañero, en cambio, le pareció delicioso. Y comió hasta saciarse. Yo, prudentemente, me refugié en la abundante variedad de dátiles, recuperando fuerzas con lo que llamaban el *r'fis*, una pasta de harina de trigo tostada en la que enterraban dátiles sin hueso y macerados. El *r'fis* —delicioso— fue acompañado por una legumbre única: corazón de palmera. Y todo ello rociado con un jarabe dulcísimo, de irisaciones ambarinas, extraído igualmente de los dátiles y rebajado con vinagre negro. Mis acompañantes se inclinaron por una bebida más fuerte y popular: el *legmi*, un licor típico del valle del Jordán, obtenido en la fermentación de la savia de la palmera datilera; un brebaje perfumado y traidor que conducía siempre a la borrachera...

Y eso fue lo que me tocó vivir en aquella interminable noche; una noche de insomnio...

Como era previsible, entre ración y ración de cocodrilo, Nakebos y Belša dieron buena cuenta de las primeras jarras de *legmi*. Y los efectos no se hicieron esperar. Eliseo, supuestamente contagiado, se unió al «simposio», bebiendo sin moderación. No fui capaz de frenarlo. Rechazó mis advertencias, acusándome de «aguafiestas» y «poco amigo». Y los bebedores, cada vez más cargados, hicieron causa común, arropando y consolando al ingeniero.

Las lenguas terminaron por trabarse y de ahí pasaron a la siguiente fase: las canciones y los juramentos de «amistad eterna». El nabateo y el persa se incorporaron en varias oportunidades, alzando las jarras e intentando formular sendos brindis. Fue imposible. Los vapores del *legmi* los hicieron tambalearse y rodaron sobre la mesa. Los criados, acostumbrados a estas reuniones, no se inmutaron, y se limitaron a llenar las jarras por enésima vez. Y en una de éstas, Eliseo, levantándose con dificultad, se dirigió a los abotargados «colegas», pronunciando un brindis que me dejó atónito. En inglés (lengua prohibida durante la misión), con más voluntad que claridad, exclamó:

—Por ella... Por la más hermosa... Por un amor imposible...

Y los ojos del ingeniero se llenaron de lágrimas. Después, sin dejar de mirarme, volvió a sentarse, apurando el licor.

No sé cuánto tiempo permanecí en silencio, contemplando a mi compañero.

No fue el hecho de que hablara en inglés, ni tampoco la soberana curda, lo que me heló la sangre. Nuestro anfitrión y el «guía» se hallaban tan borrachos que no podían distinguir sonido alguno. En cuanto a los sirvientes, probablemente tomaron la extraña lengua como lo que era: otra lengua propia de extranjeros, llegados quién sabía de dónde.

Fue el contenido del brindis lo que me sumió en la confusión. ¿Cómo no me había dado cuenta? ¿Era ésta la razón de la anormal sequedad de Eliseo en las últimas horas de marcha? ¿Estaba enamorado? ¿Por eso había bebido?

¡Dios! ¿Qué estaba pasando?

Y la intuición dibujó un rostro...

Me negué a aceptarlo.

El cansancio me hacía ver lo que no existía. Mejor dicho, lo que no debía existir.

No... Eso era inviable, absurdo y loco.

Y súbitamente comprendí que me hablaba a mí mismo.

Allí terminó la lucha interior. Solicité el auxilio de uno de los criados y, cargando a mi hermano, nos retiramos a la habitación. Nakebos y Belša, dormidos, no se enteraron.

Y quien esto escribe aguardó el amanecer. Fue una noche interminable y dolorosa. Muy dolorosa...

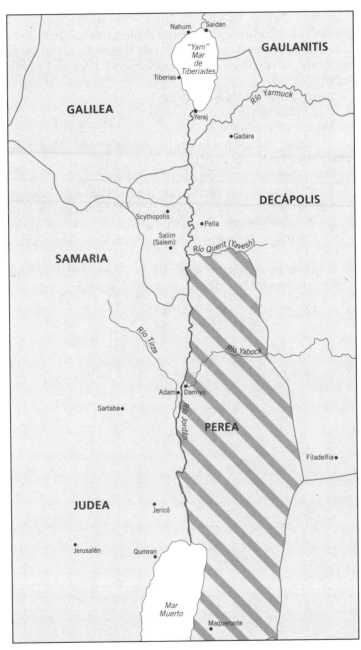

Río Jordán, en los tiempos de Jesús, con dos de los más notables afluentes: Yarmuck y Yaboq, por la margen izquierda.

Al alba, partimos.

Tuve que echar mano de la farmacia de campaña para medio despabilar a mi compañero. La servidumbre, acostumbrada a las espesas resacas que provocaba el *legmi*, colaboró eficaz y discreta. A una generosa dosis de ibuprofeno, un analgésico de acción rápida, añadí un remedio proporcionado por uno de los viejos esclavos: corteza de sauce. Eliseo debería masticarla, liberando así una forma natural de silicato. El calmante orgánico en cuestión fue providencial.

No fue preciso disculparse ante Nakebos por la precipitada salida de su casa. Al igual que el «guía» persa dormía una mona que se prolongaría muchas horas. Los siervos prometieron trasladar nuestros saludos y agradecimientos al capitán y *al-qa'id* de la prisión del cobre.

Mi única obsesión en aquellos momentos era alejarme del lugar e interrogar al ingeniero. La misión no debía correr ningún riesgo...

Y, tal y como fue planificado con Belša, dirigí los pasos hacia el «vado de las Columnas». Allí, supuestamente, predicaba y bautizaba Jehohanan, el Bautista. Allí, quizá, se hallaba también el querido y añorado Jesús de Nazaret...

Eliseo, mudo y pálido, me siguió tambaleante. No protestó. Y supuse que el silencio era consecuencia del lógico malestar general ocasionado por la bebida. Me equivoqué...

El camino hacia el vado se hallaba muy cerca. Las orientaciones de los criados de Nakebos fueron precisas:

el «vidente» (así llamaban en aquel tiempo a los profetas e iluminados) acampaba a orillas del río Yaboq, al nordeste de Damiya.

El Destino fue benevolente.

A trescientos metros del poblado, un caminillo de tierra roja fue a situarnos frente al mencionado Yaboq, en la margen izquierda. La modesta senda, siempre entre huertos, se aproximaba con timidez a las transparentes aguas del afluente del Jordán, y huía después hacia los bosques que habíamos divisado desde la fortaleza de El Makhruq.

Las referencias coincidían. El río, de apenas veinte metros de anchura, formaba en aquel paraje un considerable ensanchamiento —algo similar a un «lago»— de aguas poco profundas, perfectamente vadeables. En el cauce sobresalían cuatro bases de piedra, muy deterioradas por el tiempo y la fuerza de la corriente. Eran los restos de otros tantos pilones, destinados, en su momento, al sostenimiento de las bóvedas de un puente. Quizá nunca llegó a terminarse. La cuestión es que daban nombre al lugar: el «vado de las Columnas». En otras épocas —supuse—, el río fue más caudaloso, lo que aconsejó la referida construcción del puente de piedra.

En la otra orilla, en la margen derecha, a poco más de cincuenta metros de donde nos encontrábamos, se levantaba un muro de acacias del Karu, ahora florecidas, alegrando verdes y azules con millones de flores amarillas y esféricas.

El resto eran colonias de cañas, juncos y *Cyperus*, los sarmentosos bejucos, tan útiles en la fabricación de muebles y cestos. Aquí y allá, en las riberas, fieles a la línea del agua, despertaban también al nuevo y radiante día algunos altos y despeinados tamariscos del Nilo, con las flores rosas formando estrechos racimos. Algunos, descuidados, tocaban el agua, con el peligro de ser arrastrados.

Observé con atención. El silencio era casi redondo, apenas incomodado por el rumor de la corriente entre las «Columnas» y el confuso trinar de los averíos en bosques y cañaverales.

Un grupo de unas doscientas personas acampaban, en efecto, junto al Yaboq. Ocupaban buena parte de una larga «playa» formada por terreno guijarreño (miles y miles de pequeños cantos rodados de un blanco asombroso). Dormían. Era comprensible; no hacía ni media hora del orto solar.

A uno y otro lado de la senda roja se levantaban algunas tiendas de pieles de cabras, no muchas. Las mujeres, siempre madrugadoras, atizaban tres o cuatro hogueras, preparando el desayuno, y obligando a los ejércitos de mosquitos a buscar territorios sin humo. Varios hombres, en taparrabos, se habían adentrado en el «lago» para proceder a un dudoso lavado del cuerpo. Tomaban el agua con las manos y la arrojaban sobre cabellos, pecho, brazos y espaldas. De inmediato retornaban a la orilla, gesticulando y comentando a gritos «la frialdad de las aguas». ¿Frialdad? El Yaboq no bajaba en esas fechas de 25 o 30 grados... Un poco más allá, aguas abajo, otros dos individuos, también en *saq*, se afanaban en la limpieza de ollas y platos.

¿Por dónde empezar?

¿Estaría Jesús entre los que descansaban sobre los guijarros? También podía hallarse en el interior de alguna de las tiendas...

A primera vista no fui capaz de distinguirlo. Tenía que acercarme e indagar. Quizá la clave estaba en Yehohanan...

Eliseo, ausente, se había sentado al filo del camino. Seguía pálido y demacrado. Lo dejé al cuidado del odre y los petates y le hice ver mi intención de explorar el campamento. No respondió. Continuó con la cabeza baja, atrapado en la resaca. Eso creí. Y, decidido, me fui hacia el grupo.

¿Yehohanan? Ni siquiera sabía qué aspecto tenía. ¿No era mejor que preguntase por él? Aquella gente, sin duda, estaba allí por el Bautista...

Las reflexiones fueron súbitamente interrumpidas. Las cañas y los bejucos que prosperaban muy cerca de la orilla lo ocultaban.

Me detuve, indeciso.

Al pie de un corpulento árbol, escondido, como digo, por el cañaveral, descubrí un segundo grupo de individuos. Dormían también, acurrucados alrededor de un grueso y original tronco que, en principio, no supe identificar. Las nudosidades eran enormes. Parecía el «anciano» del lugar. Algún tiempo después, al retornar a la nave, *Santa Claus* ofreció la información exacta: estaba ante una sófora colgante de veinte metros de altura, copa redondeada y cientos de años de antigüedad (1). Me recordó un sauce llorón, con la madera «epiléptica» y atormentada.

No supe qué hacer. Dos de los hombres que aparecían bajo la sófora acababan de sentarse y se desperezaban sin rubor.

El árbol en cuestión se encontraba a escasa distancia del camino y en el filo mismo del río, sobre un ligero pronunciamiento del terreno. Al principio me extrañó. ¿Por qué aquel segundo grupo se hallaba tan separado del primero? La distancia entre ambos era de un centenar de metros.

Y opté por los de la sófora. Estaban más cerca.

Me vieron caminar y aproximarme. De pronto, cuando me hallaba a treinta pasos, uno de ellos se levantó con prisas. El segundo no tardó en imitarlo. Las miradas parecían fijas en este explorador. Ninguno era el Maestro. Y pensé que podía encontrarse entre los que yacían al pie del árbol.

Al reparar en los rostros de los que me observaban tan atentamente, «algo» me advirtió. Las miradas no me gustaron; eran hoscas, poco amigables. Pero seguí avanzando.

Y a cosa de diez metros del árbol, los individuos dieron un par de pasos hacia quien esto escribe. Las caras, abrasadas por el sol, presentaban unas barbas largas y

---

(1) En la actualidad, el extraño árbol es conocido como *Sophora japonica*. El origen, muy posiblemente, es árabe. A Europa llegó en la segunda mitad del siglo XVIII (jardines de Kew). Nosotros, en aquel viaje al río Jordán, fuimos testigos de la variedad *péndula*. Aguas arriba, en la región de Enón, contemplamos otros ejemplares de sófora, también de espectaculares nudosidades. Las flores y frutos eran utilizados como colorante amarillo. *(N. del m.)*

negras, muy descuidadas. Yo diría que llevaban mucho tiempo al aire libre.

Fue entonces, al aminorar la marcha, cuando me percaté de los «frutos» que colgaban de la sófora. Terminé deteniéndome. Y los hombres hablaron entre sí...

Eran vasijas. Mejor dicho, trozos de vasijas. Habían sido anudadas y suspendidas de las retorcidas ramas del árbol. Apenas se balanceaban.

¿Qué significaba aquello?

Intenté memorizar. Fue inútil. En mi entrenamiento no supe de nada parecido entre los judíos. Los paganos sí tenían la costumbre de colgar osamentas y vísceras de cabras de los árboles que consideraban sagrados. La sabina albar, en el camino hacia el Hermón, en la Gaulanitis, fue un ejemplo. Un triste ejemplo. Aquello, sin embargo...

Y creí leer algo en uno de los trozos de arcilla roja: «Ardo en celo...»

No acerté a distinguir el resto de la leyenda. Y, curioso e inocente, proseguí la marcha hacia el grupo. A partir de ahí todo sucedió tan rápido que necesité un tiempo para aclarar lo ocurrido...

Los dos hombres, al ver cómo avanzaba hacia ellos, desenfundaron las espadas que ocultaban en las fajas y se dirigieron hacia este desconcertado explorador. Volví a detenerme, naturalmente, buscando, en vano, una explicación. ¿Qué sucedía?

Y los individuos, amenazantes, siguieron caminando, al tiempo que gritaban:

—¡Fuera del *guilgal*!... ¡Fuera, maldito pagano!

¿*Guilgal*? La palabra significa «círculo». Pero ¿qué círculo? ¿Y cómo sabían que era un pagano?

Retrocedí. No lograba entender...

Pero, al caminar de espaldas, fui a tropezar con una piedra y me precipité sobre el pasto. No estuve rápido ni acertado. En la caída, la «vara de Moisés» rodó entre los dedos, dejándome indefenso. Y la punta fría y afilada de uno de los *gladius* se reunió con mi garganta. La «piel de serpiente» no contaba. La protección, en esta oportunidad, fue establecida a partir de las clavículas...

Si aquel energúmeno hundía el hierro en mi cuello, estaba perdido.

Y en esos críticos instantes —casi eternos— fueron sus ojos, su mirada, lo único que llenó mi corazón. Ella, de nuevo...

Pero el Destino no había marcado mi hora. No allí, ni en aquel tiempo.

Una voz sonó en el silencio. Por un momento creí que se trataba de Eliseo. Quizá estaba contemplando la escena. No se hallaba muy lejos. Pero no. La voz, aflautada, no era la de mi compañero. Y la oí por segunda vez, exigiendo calma. Procedía de la sófora.

El de la espada obedeció. Retiró el *gladius* y ordenó que me alzara. Al incorporarme observé que la veintena de hombres que dormía bajo el árbol se hallaba en pie, alarmada por los gritos de sus compañeros. Ninguno me resultó conocido.

Uno de ellos —el de la salvadora voz— se destacó del grupo y fue a reunirse con los individuos armados. Me observó de arriba abajo e, inclinándose, recogió el cayado y me lo ofreció.

—¿No has visto el *guilgal*?

El tono, afable, me tranquilizó relativamente. Miré a mi alrededor y, entre la hierba, descubrí un círculo de piedras. Eran cantos rodados, probablemente de la «playa» que tenía a la vista, a orillas del Yaboq. Había sido trazado alrededor de la sófora, con un radio de ocho o diez metros. A decir verdad, pendiente de la búsqueda del Galileo, no reparé en la blancura de las piedras, medio ocultas por la maleza.

—Lo siento —me excusé, sin saber cuál había sido mi error—. No lo he visto...

El hombre, comprendiendo, admitió la excusa y, buscando una salida a la embarazosa situación, sonrió, mostrando una dentadura calamitosa, con las encías enrojecidas y sangrantes y media docena de dientes inclinados y peleados entre sí. El pequeño hombrecillo —no creo que levantase más de 1,50 metros de estatura— padecía una grave periodontitis (piorrea). La enfermedad estaba destruyendo el hueso que soporta los dientes, así como los ligamentos, lo que provocaba la lógica movilidad y la caída de los mismos. Probablemente había sufrido una primera fase (gingivitis) y la falta de un tratamiento adecuado terminó por arruinar la boca. En breve, si no se detenía la infección bacteriana, la destrucción del tejido óseo sería total. Aquélla, como ya informé en su momento, era una de las dolencias más extendidas entre los varones. También las mujeres y los niños la sufrían, aunque en menor proporción.

—¿Buscas a alguien?

Esta vez fui yo quien exploró la figura menuda y esquelética de mi interlocutor.

¿Quién era? Al parecer tenía cierto dominio sobre el grupo que se cobijaba bajo la sófora. Los hombres de los *gladius,* las temidas espadas de doble filo, continuaban a su lado, pendientes de sus palabras y, naturalmente, de mis movimientos.

Parecía mayor de lo que realmente era. Quizá tuviera treinta años. La piel, arrugada por el sol, y la catástrofe dentaria, le daban aspecto de anciano. El cuerpo, con las costillas al aire, cubierto por un sencillo faldellín, no le favorecía. Su aspecto era tan aparentemente frágil que el menor soplo de viento lo hubiera colocado en un serio aprieto. Aquella lámina delicada, sin embargo, no era real. El «hombrecillo» era un *ari,* todo un león, según el lenguaje de los judíos.

Necesité un tiempo para responder. ¿Le decía que buscaba a Jesús de Nazaret? Estaba seguro de que ese nombre no le diría nada.

Y el hombrecito, paciente, sin apearse de la horrible sonrisa, esperó una explicación.

—No sé... —balbuceé.

Mi segunda torpeza impacientó a los que vigilaban. El del faldellín solicitó calma de nuevo...

—No conviene precipitarse, hermanos... No tiene por qué ser un espía...

¿Hermanos? ¿Un espía? ¿Me tomaban por un confidente?

Y me apresuré a identificarme como un griego que recorría el mundo, a la búsqueda de la verdad. Eliseo, también de Tesalónica, era mi acompañante en aquella aventura.

No sé si me creyó. Dirigió la mirada hacia el lugar señalado, en el que se divisaba a mi compañero, y, rascándose la enredada y sucia cabellera negra, exclamó casi para sí:

—¿Buscas la verdad?... Sólo él puede complacerte.

E indicó el ramaje de la sófora.

No supe interpretar sus palabras. ¿A quién se refería? ¿Hablaba de Dios? ¿Por qué señaló las vasijas que colgaban de las ramas? ¿O no fue así?

—Busco al que bautiza con agua —me adelanté, sospechando que me hallaba ante el Anunciador—. Me han dicho que es un vidente... ¿Eres tú?

El hombrecillo siguió rascándose con furia, utilizando las dos manos. Los piojos, evidentemente, lo consumían. Y así permaneció un tiempo, ajeno a la pregunta. Por último, examinando las negras y largas uñas, se afanó en destripar los *pediculus*, sonriendo con alivio. Finalmente, mirándome a los ojos, replicó:

—El «Anunciador», como tú lo llamas, es más que un vidente. Tendrás que esperar el toque del sofar, como todos...

Y dando media vuelta se alejó hacia la base del árbol. Los armados permanecieron al otro lado del *guilgal*, inmóviles y, supongo, esperando mi reacción.

Aquél no era mi día. Tampoco comprendí el significado de las últimas palabras. Sabía lo que era un sofar, un cuerno de carnero, habitualmente empleado para reclamar la atención de las gentes en las solemnidades, en el inicio y la finalización del sábado y como anuncio de otras actividades religiosas. Pero ¿qué tenía que ver con el Bautista? Y lo más importante: ¿me encontraba en presencia de Jehohanan? ¿Era aquel hombrecito el pariente del Maestro?

Una ligera brisa hizo oscilar los trozos de vasijas que colgaban del corpulento árbol. Entonces terminé de leer algunas de las leyendas pintadas sobre el barro: «Ardo en celo por Yavé»... «Yavé, mi roca y mi baluarte»... «Yavé, mi escudo.»

Eran manifestaciones de fervor religioso. Eso saltaba a la vista, pero ¿por qué suspendidas de las ramas?

E intentando no crear más conflictos me alejé del «círculo de piedras» y reanudé la marcha hacia el objetivo inicial: el campamento existente en la orilla de los guijarros blancos. Era la última oportunidad. Si el Maestro no se hallaba entre los acampados proseguiríamos hacia la Ciudad Santa. En una jornada podríamos situarnos a las puertas de Jerusalén. Antes haríamos una breve parada en Betania, en la hacienda de la familia de Lázaro. Jesús era amigo. Quizá supieran algo...

¡Pobre ingenuo!

Los planes del Destino eran muy diferentes...

Los cálculos fueron correctos. En la «playa», junto a la suave corriente del Yaboq, dormían o desayunaban unas doscientas personas. Formaban grupos. Imaginé que serían amigos o miembros de una misma familia. Había niños y ancianos. A juzgar por las sencillas túnicas, los turbantes o los *saq* o taparrabos de vivos colores, casi todos eran *felah* o campesinos. Gente humilde y poco ilustrada.

Me paseé despacio entre las tiendas y las hogueras, pendiente, sobre todo, de los que descansaban.

Negativo. El Maestro seguía sin aparecer...

Algunas de las mujeres, amables, me ofrecieron leche y pan. Lo agradecí. Al conversar, el cerrado arameo me hizo sospechar que procedían de Judea; probablemente de la región del Hebrón. Otros eran del valle y del este del Jordán. La mayoría estaba allí porque había oído hablar del vidente Yehohanan y, ante mi asombro, deseaba que los curase o, simplemente, que los mirase. Con eso —decían—, cambiaría su suerte. Fue entonces, a raíz de estas revelaciones, cuando caí en la cuenta de un hecho que casi pasó desapercibido. En el grupo observé algunos tullidos —especialmente cojos— y niños atacados por el virus de la polio. Empecé a comprender. Aquella gente, en realidad, no buscaba el consuelo espiritual o la palabra del Bautista; eso quedaba lejos para su corto entendimiento. Lo que los movía era la posibilidad de un milagro. Algo inherente a la naturaleza de un profeta o vidente, según la mentalidad de aquel tiempo. No sé por qué razón, ésos eran los rumores que corrían en torno a la figura de Juan o Yehohanan.

Pero mi obsesión era otra. Y proseguí la búsqueda, atreviéndome, incluso, a penetrar en la oscuridad de las tiendas de pieles.

Nada. El único resultado fueron algunas maldiciones y varias sandalias, arrojadas por los individuos a los que terminé despertando con mis inoportunas preguntas.

Y durante minutos permanecí sentado al filo de uno de los fuegos, tratando de aclarar nuestra situación.

¿Habíamos errado de nuevo? Allí, aparentemente, no estaba el Galileo. ¿Qué podíamos o qué debíamos hacer? Eliseo no presentaba buen aspecto. Necesitaría horas para recuperarse de la borrachera. Quizá no había indagado con precisión. Volvería a buscar. Removería el campamento, una vez más. Después, si el Hijo del Hombre seguía sin aparecer, trataría de arrastrar al ingeniero hasta Jericó.

Y sumido en estas cavilaciones asistí a la llegada a la «playa» de otro grupo, no menos importante en el conjunto de los sucesos que estaban por llegar...

Eran vendedores. Tenían su «base de operaciones» en Damiya. Desde allí, todas las mañanas, se acercaban al campamento del Yaboq. Vendedores y algo más...

Empezaron a mezclarse entre los doscientos, ofreciendo víveres, pan recién horneado, agua, grandes hojas de palma para protegerse del sol, «lociones» contra los mosquitos, «abanicos» trenzados con esparto para los momentos más calurosos del día, cuando soplase el ardiente *jamsín* o viento del este, colirios fabricados con antimonio («refrescantes y milagrosos contra la violenta radiación del valle»), espinas de acacia para el aseo de los dientes, y cualquier otro servicio que pudiera requerir la parroquia. Era muy simple. El pueblo, como decía, se hallaba a poco más de trescientos metros. Todo dependía del precio o de la urgencia...

Era elemental. La presencia en el «vado de las Columnas» de Juan el Bautista se había convertido en un intere-

232

sante negocio. Todos, en Damiya y alrededores, pujaban y se las ingeniaban para sacar partido. Todo servía...

Uno de los vendedores pasó muy cerca, pregonando lo que llamaban «agua de Dekarim», un zumo de raíces de palmera, muy recomendado para combatir «las mañanas tristes» (especialmente después de una borrachera por *legmi*) y los frecuentes trastornos intestinales ocasionados por las dudosas aguas de pozos y manantiales de la cuenca. Me pareció interesante, y solicité una de las calabazas. A Eliseo le vendría bien. Fue entonces, al servirme, cuando descubrí algo que me desconcertó. El hombre caminaba con la ayuda de una pata de palo. Le faltaba el pie izquierdo o, al menos, eso parecía.

¡Maldito bribón!

Al fijarme me percaté del truco. El pie, supuestamente mutilado, se hallaba oculto en el interior de la prótesis. Una de las mugrientas bandas de tela que aparecían enrolladas sobre el doble armazón que sujetaba la madera a la pierna se hallaba suelta, y revelaba el engaño.

El individuo, hábil, siguió la dirección de mi mirada, y descubrió, a su vez, el fallo. Se apresuró a anudar la tela y, sonriendo con malicia, me hizo un guiño de complicidad. Y se negó a cobrarme. Estaba claro: agua «milagrosa» a cambio de silencio.

Acepté. Deduje que se trataba de un pícaro; otro de los muchos que frecuentaban las aglomeraciones o las puertas de las ciudades, provocando la compasión del prójimo. Sí y no...

Olvidé al rufián y procedí a una última inspección de los allí reunidos. Algo, en el fondo del corazón, me dijo que la búsqueda era tan inútil como las anteriores. Pero no me rendí. Jesús de Nazaret tenía que estar en alguna parte...

Dos de los vendedores se acercaron a la orilla del agua y descargaron media docena de parihuelas, ordenándolas con minuciosidad. Las varas fueron dispuestas a un metro del río y las plataformas, de cuero, cepilladas y aseadas escrupulosamente. Y me pregunté: ¿quién podía necesitar las «camillas»? ¿Las vendían o las alquilaban?

Finalmente me rendí.

El Maestro no se hallaba en el vado. Por supuesto, nadie supo darme razón. Nadie sabía a quién me refería.

Y, decepcionado, caminé entre los grupos, dispuesto a regresar junto al ingeniero.

No lograba entender lo sucedido. ¿Cómo era posible que no lo hubiéramos encontrado? Eliseo y yo habíamos caminado sin descanso. Aquélla —la del Jordán— era la senda «habitual» hacia la Ciudad Santa. ¿Dónde estaba el error? ¿Podría haber tomado otro camino? ¿Quizá por la Samaría?

Y ahora qué...

No tuve oportunidad de atormentarme con nuevas dudas. Un sonido bronco y cavernoso me hizo volver el rostro hacia el agua.

Los hombres del *guilgal* aparecían ahora en la «playa». Uno de ellos hacía sonar un cuerno de carnero, el sofar. Y recordé las palabras del hombrecito al interrogarlo sobre Yehohanan: «...Tendrás que esperar el toque del sofar, como todos.»

El grupo se adentró en las aguas y fue aproximándose a la pilastra más cercana. Sólo el del cuerno continuó en la «playa», reclamando la atención con un segundo y prolongado toque.

La gente, alertada, guardó silencio. Algunos se pusieron en pie y otros, los menos, caminaron hacia el punto en el que permanecía el del sofar. Yo seguí inmóvil, muy cerca de las parihuelas.

A diez metros de la orilla, junto a la referida pilastra (el primero de los pilones del antiguo puente), los hombres que se cobijaban en la sófora se detuvieron. Rodearon la base de piedra y, con la corriente por las ingles, dieron la cara a la gente que observaba desde la «playa». Los conté. Con el del cuerno del carnero y el hombrecito, dieciocho. Y permanecieron firmes y silenciosos.

Acto seguido, ante la expectación general, el hombre de los piojos dio un salto y se encaramó sobre la pilastra. Uno de los acompañantes le tendió algo. Era un trozo de vasija. Yo diría que uno de los «ostracones» que se balanceaban bajo la copa del árbol.

El hombrecito contempló el arameo escrito sobre la

arcilla y, tras aclararse la voz, alzó los brazos, dispuesto a dirigirse a los acampados.

Una extraña sensación —incómoda, diría yo— cayó sobre quien esto escribe, y me enturbió el pensamiento.

¿Me encontraba ante el Bautista? ¿Era ése el hombre «salvaje» del que habla Flavio Josefo?

A decir verdad, las descripciones físicas que acerté a consultar durante nuestro entrenamiento —esencialmente las proporcionadas por los evangelistas y el citado historiador judío-romanizado— no decían gran cosa. La única pista fiable (?) era la de la vestimenta: «... pieles de animales cubriéndole el cuerpo.» Aquel hombre no vestía con pieles. Lucía un faldellín de tela...

Naturalmente, a la vista de los numerosos y graves errores cometidos por los mal llamados «escritores sagrados», también la información ofrecida sobre el Anunciador podía estar equivocada. Hasta esos momentos, muy poco de lo observado en torno a la vida y al pensamiento de Jesús y su gente se ajustaba a lo escrito en los evangelios. ¿De qué me extrañaba?

Y el sentimiento de decepción ante la fracasada búsqueda del Maestro se vio temporalmente eclipsado. Si aquél era Yehohanan, el esfuerzo por el Jordán no había sido en vano...

—¡Yavé es mi roca y mi baluarte!... ¡Yavé es mi libertador y la peña en la que me amparo, mi escudo y la fuerza de mi salvación!

El predicador empezó bien. La voz, débil y algo afeminada, llegaba hasta el grupo con dificultad, pero llegaba.

De vez en cuando miraba el trozo de vasija, tratando de recordar. El «ostracón», evidentemente, servía de referencia o chuleta.

Y en tono monocorde y aburrido —como el que recita de memoria—, fue enumerando decenas de alabanzas hacia Yavé, el Dios de los judíos.

—Ciudadela, refugio, salvador de mis enemigos, rescatador de las olas, lámpara que alumbra mis tinieblas, el Dios que me ciñe de fuerza, el camino...

No tardé en reconocer el texto. El hombrecito recitaba uno de los pasajes del Libro Segundo de Samuel.

Y el discurso se prolongó, provocando el lógico cansancio entre los oyentes. El hombre estaba entregado y daba lo mejor de sí, pero no era suficiente. Y la gente, saturada ante tanto elogio, volvió a lo suyo. Los vendedores aprovecharon y siguieron merodeando entre los acampados, ofreciendo a gritos las mercancías. El predicador, tras unos instantes de vacilación, intentó recuperar el control, levantando la voz y recriminando el desinterés de los allí congregados...

—¡Yavé me recompensa conforme a mi justicia! Pero ¿y a vosotros?... ¿Merecéis justicia?... ¡Él me paga conforme a la pureza de mis manos!... ¿Y vosotros?... ¿Estáis limpios?

Uno de los judíos, mordaz y deslenguado, contestó a las insinuaciones:

—¡Nosotros nos lavamos!... ¿Y tú, piojoso?

El desplante fue coreado por una risotada general y por otros improperios menos caritativos. Y se produjo el desastre.

Los hombres que rodeaban al predicador respondieron a los insultos, amenazando al gentío con los puños en alto. Y algunos de los acampados, furiosos, se fueron hacia el agua, tomaron guijarros y la emprendieron con el grupo. Yo tuve el tiempo justo de echarme a un lado...

El del sofar se metió en el río y huyó entre una lluvia de piedras. Sus compañeros, rescatando al atónito predicador de lo alto del pilón, desaparecieron igualmente aguas abajo, rumbo a la sófora.

La trifulca terminó amainando. La gente se calmó, y los dieciocho, como una piña, permanecieron a distancia, en el agua y, a juzgar por los gestos, discutiendo qué hacer. Finalmente, persuadidos de que no era el momento para reanudar el sermón, dieron media vuelta y prosiguieron hacia la orilla en la que se recortaba el árbol de las vasijas.

Yo también estaba perplejo.

¿Era éste el Anunciador? ¿Era aquel hombrecito la mítica figura del Bautista?

Y del desconcierto pasé a una rabia sorda y progresiva. ¿Por qué nos habíamos desviado del objetivo fundamental? ¿Para ser testigos de un fanático?

Mi enojo no fue el único en aquella soleada mañana, junto al «vado de las Columnas». También los encargados de las parihuelas manifestaron su ira, pateando las varas entre juramentos. Las razones, sin embargo, como tendría oportunidad de comprobar algún tiempo después, eran distintas de las mías...

Y renegando de mi mala estrella busqué el senderillo de tierra roja, dispuesto a despabilar a mi compañero. En cuanto fuera posible abandonaríamos aquel lugar. Ya había visto bastante. Con Belša, o sin Belša, reanudaríamos la marcha. Jesús sí merecía la pena...

¡Pobre idiota!

¿Reanudar el camino hacia Jerusalén? ¿Cuándo aprenderé a no trazar planes más allá de treinta segundos?

Todo se vino abajo...

Al alcanzar el lugar en el que había dejado a mi hermano sólo distinguí los sacos de viaje y el odre con el agua. Eliseo había desaparecido.

Me extrañó. El estado físico del ingeniero no era el más indicado para emprender una caminata. Además, acordamos que esperaría mi regreso...

¿Podría haber vuelto a Damiya? ¿Por qué?

Paseé la mirada a mi alrededor. Al frente, en el círculo de piedras, al pie de la sófora, el grupo capitaneado por el predicador seguía enzarzado en la discusión inicial. Aguas arriba, acampados y vendedores continuaban como los había dejado, entregados a sus quehaceres. ¿Me crucé con él? No, lo hubiera visto, sin duda...

De pronto creí oír un lamento. Procedía de uno de los entramados de juncos que se levantaba muy cerca, a la orilla de la senda.

Corrí hacia la vegetación y el corazón me dio un vuelco...

Eliseo yacía sobre la hierba, hecho un ovillo. Temblaba como una hoja. Temblaba y gemía.

¿Qué había sucedido? Aquella tembladera no era propia de una resaca.

Al lado, sobre el pasto, descubrí una descarga diarreica. Esta vez fui yo quien tembló.

Empezaba a entender el porqué de la desaparición de mi compañero. Apremiado, buscó un lugar donde defecar y se escondió tras la barrera de juncos.

Traté de incorporarlo.

¡Dios! ¡Estaba ardiendo! La fiebre era alta.

Me miró y con un hilo de voz dijo:

—Lo siento...

Creo que no respondí. Estaba tan desconcertado que necesité algunos segundos para reaccionar.

No podía ser... Ahora no.

Y mis temores empezaron a confirmarse. El pulso era rápido. Examiné las heces. Eran casi líquidas y coleriformes, con el aspecto del agua de arroz, y de un olor nauseabundo.

«No es posible —me dije a mí mismo—, eso no...»

El muchacho continuaba temblando y gimiendo, pálido y, al mismo tiempo, consumido por la calentura.

Tenía que hacer algo...

Lo tomé en brazos y lo conduje de nuevo hasta el claro en el que nos habíamos detenido. Nada más depositarlo sobre la hierba, otro chorro diarreico me llenó de espanto. Esta vez contenía sangre...

Palpé el vientre y reaccionó con nuevos gemidos. El pulso aceleraba.

Después llegaron las náuseas y los vómitos...

El ingeniero, agotado y desmadejado, respondió como pudo a mis preguntas. La cabeza parecía que le fuera a estallar. También el vientre le dolía con intensidad. Era fácil oír los borborigmos o ruidos producidos por los líquidos y los gases.

Me separé y acudí a las ampollitas de barro que contenía la farmacia de campaña. Trasteé nervioso, sin acertar con el remedio adecuado. Pero ¿cómo saber el origen del problema? La etiología podía ser bacteriana, viral, parasitaria o tóxica. No tenía ni idea...

Y decidí esperar. Tenía que estudiar los síntomas con más calma y adoptar el remedio apropiado. Si estaba ante una disentería bacilar —Dios no lo quisiera—, el tratamiento debería ser más severo. Este tipo de infección intestinal era mortal en aquel tiempo. Me consolé y, hablando conmigo mismo, pensé en un «problema menor». Quizá había contraído una gastroenteritis. Quizá unas tifoideas o unas fiebres paratifoideas. ¿Una salmonelosis? ¡Dios santo! ¿Cuál de ellas? En el banco de datos de *Santa Claus* fueron registrados más de mil cuatrocientos tipos. ¿Fue contagiado por la *typhi* o por la *enteritidis*? ¿O estaba ante la infestación de la *Salmonella choleraesuis*? Sólo había una forma de averiguarlo, pero, lamentablemente, no estaba en mi mano. Al menos, en esos momentos. La «cuna» se hallaba a dos días de viaje. Allí podría haber efectuado los análisis necesarios y administrar a mi compañero el tratamiento idóneo. Olvidé la idea. Estaba donde estaba y tendría que salir adelante con los medios de que disponía...

Lo primero era tranquilizarlo. Regresé y, mientras le hablaba, restando importancia a los dolores y al malestar que lo tenía vencido, procedí a una nueva y exhaustiva exploración. Nada había cambiado. La fiebre, incluso, siguió aumentando. Solicitó agua y, al proporcionársela, percibí cierta dificultad al tragar. La respiración también aparecía alterada. Los temores aumentaron...

Le obligué a responder a diferentes cuestiones —supongo que absurdas—, y verifiqué con alivio que la coordinación mental y la dicción eran buenas. La visión parecía correcta. En cuanto a la debilidad muscular, la hallé dentro de los límites lógicos, dadas las circunstancias.

Estaba claro que Eliseo sufría un síndrome infeccioso patológico, probablemente contagiado por el agua o por los alimentos. Tampoco podía descartar la infestación por el contacto con personas, con objetos o con moscas. El valle del Jordán era un hervidero de insectos. Cualquier enfermo o portador, al manipular o cocinar los víveres, podría haber transmitido los gérmenes. ¿Dónde ocurrió? ¿Cuál fue la vía?

Me rendí. Pudo suceder en cualquier lugar...

Además, ¿qué importaba en esos críticos momentos? Lo que interesaba era frenar y hacer retroceder la infección.

El ingeniero, abrasado por la fiebre, pidió más agua. El odre, llenado ese amanecer en la casa de Nakebos, no tardaría en quedarse seco. La peligrosa deshidratación rondaba a nuestro alrededor. Tenía que actuar con rapidez y cautela. Las bacterias, al irritar el tracto intestinal, estaban provocando la pérdida de líquidos. Los vómitos, afortunadamente, no eran tan frecuentes como las diarreas. Aun así, la eliminación de electrólitos (especialmente, potasio, sodio y glucosa) era considerable. Necesitaba que Eliseo pudiera rehidratarse. Necesitaba sal, algún producto azucarado y todo el líquido posible. El zumo de frutas sería lo ideal. Si la deshidratación progresaba y vencía, mi amigo podría sufrir una insuficiencia renal oligúrica o un colapso vascular. También el fantasma de la acidosis, con la disminución de las reservas alcalinas de la sangre, aparecía de la mano de la pérdida de líquidos. Por fortuna, Eliseo no era diabético. Una acidosis extrema lo hubiera conducido a un coma...

Pero ¿por qué me atormentaba de esa forma? Ahora puedo confesarlo: sentí miedo...

Y todo —Jesús de Nazaret, la misión— quedó en segundo plano. Si mi hermano fallecía...

No, eso no era posible. Yo lo evitaría.

Lo primero era instalar a Eliseo en un lugar adecuado y proporcionarle reposo y el tratamiento más eficaz. Pensé en Damiya y en la casa del alcaide de la prisión del cobre. Supuse que no pondría impedimento. Belša, a su vez, me ayudaría. Sólo era cuestión de contratar los servicios de los responsables de las parihuelas y trasladarlo hasta el poblado. Después, ya veríamos...

Y así lo hice. Mejor dicho, así fue planificado.

Cuando corrí hasta la «playa», y propuse el alquiler de una de las citadas parihuelas, los vendedores preguntaron por el destino. Dependiendo de la distancia, así era el cargo. Mencioné la casa de Nakebos y, automáticamente, la totalidad de los porteadores se negó en redondo. «Nakebos y su gente, incluida la servidumbre, eran víctimas de una maldición. Se lo merecía —dijeron—. Ojo por ojo...»

El hombre de confianza de Antipas sufría una dolencia que, prácticamente, lo había fulminado de la noche a la mañana. Nadie quería pisar la casa. Y por las informaciones recibidas en la «playa» empecé a atar cabos. Los habitantes de la casa en cuestión estaban experimentando los mismos síntomas que Eliseo. La primera deducción fue inevitable: mi compañero fue contagiado durante la estancia en la residencia del *al-qa'id*, quizá en la cena. Y recordé la carne de cocodrilo. Yo fui el único que no la probó. ¿Se trataba de una salmonella? Es posible que el *niloticus*, previamente infectado, no hubiera sido cocinado con las debidas precauciones. Quién sabe...

No tenía más remedio que ajustarme a las circunstancias. Seguiríamos en el «vado». Y pensé en la compra o en el alquiler de una tienda, similar a las de los allí acampados. Eliseo necesitaba, con urgencia, un mínimo de sombra y de protección. En aquellos momentos podía ser la *tercia* (las nueve de la mañana). En breve, el Yaboq sería un horno.

Planteé la necesidad de un refugio, agua y víveres, y los vendedores, astutos, se pelearon por el «negocio». Tuve que zanjar la discusión. Yo mismo elegí a dos de ellos y les encomendé la compra de todo lo necesario. Y agradecidos, besando casi mis sandalias, desaparecieron hacia Damiya con un buen puñado de denarios. Prometieron regresar «como si tuvieran alas»...

La fiebre rondaba los 40 grados. Busqué la dudosa protección de uno de los cañaverales y esperé.

Maldije de nuevo mi estrella. Por no tener, no tenía ni un mal lienzo con el que aliviar la calentura. Rasgué mi túnica y preparé una compresa empapada en el agua del río. Aquel continuo ir y venir hasta la orilla, procurando refrescar la frente y las sienes del ingeniero, no pasó inadvertido para el grupo que continuaba bajo la sófora. Ahora, más calmados, se preguntaban el porqué de mi extraña actitud. Sinceramente, casi no reparé en ellos.

La respiración, entrecortada, me tenía obsesionado. No sé qué absurdas ideas se apoderaron de mí en aquellos instantes...

Y el miedo, como digo, se sentó a mi lado.

Pellizqué el dorso de las manos y verifiqué que la resistencia de los pliegues aumentaba. La deshidratación, imparable, fue la peor de las torturas. El agua del odre disminuía alarmantemente. Pensé en aproximarme al *guilgal* e implorar la que fuera necesaria.

De pronto, Eliseo dejó de sudar. El organismo, en alerta, bloqueó los conductos, evitando así nuevas pérdidas de agua. Le hice beber casi a la fuerza.

Y, semiinconsciente, entró en una fase de delirio.

¿Qué podía hacer?

Quizá si lo sumergía en el Yaboq podría equilibrar, en parte, el exceso de temperatura.

—Lo siento, mayor...

Eliseo empezó a balbucear, mezclando el inglés con el arameo. Traté de tranquilizarlo. Imposible. Ni siquiera me oía.

—...Ellos me obligaron... Lo siento, mayor... Sé que está prohibido, pero ella...

Y lo repitió una y otra vez...

—Ellos me obligaron...

No presté excesiva atención a sus manifestaciones. Sabía que estaba bajo los efectos de la fiebre. Sin embargo, ahí quedaron, en la memoria. ¿A quién se refería? ¿Quién le obligó? ¿De qué hablaba? Tendría que esperar un tiempo para entender el significado de las supuestamente absurdas palabras...

Más de una vez me planté en mitad de la senda de tierra roja, buscando con la mirada a los individuos a los que responsabilicé de la compra. Poco faltó para que me introdujera en el pueblo y los hiciera regresar a puntapiés...

«Calma —me repetí, intentando controlar los nervios—. Ya aparecerán. Ahora no debo abandonarlo.»

Pero no fue así.

El tiempo pasó y los bribones no dieron señales de vida.

No podía esperar ni un minuto más. Primero le suministraría un antibiótico y un analgésico. Después me arriesgaría. Entraría en Damiya y estrangularía a aquellos bastardos...

Lo haría con mis propias manos...

Y la cólera me fue cegando.

Sí, eran unos miserables...

Dudé. ¿Me inclinaba por una combinación de sulfamida triple y estreptomicina o elegía el cloramfenicol? Me arriesgué. Supuse que estaba ante alguna variante de salmonella y preparé el primer fármaco. La dosis fue reforzada con extracto de bayas de mirtilo. A la puesta de sol repetiría el tratamiento. Si no reaccionaba acudiría a un remedio más agresivo. Para la fiebre elegí sauce blanco, con una alta concentración de salicina. En la disolución del analgésico se fue lo poco que quedaba de agua. Y la irritación, como digo, fue invadiéndome...

Proseguí con las compresas húmedas, luchando contra la calentura. Mi hermano, derrotado, seguía respirando con dificultad. Los labios empezaron a agrietarse. El calor, denso, nos fue aplastando. En breve, el valle remontaría los treinta grados Celsius...

Necesitaba agua, líquidos, sal. Pero ¿dónde estaban aquellos malditos?

Me puse en pie y, desesperado, opté por la solución más rápida: solicitar agua a los del árbol de las vasijas. Si fallaba lo intentaría con los acampados. Y al pisar la senda, una voz me detuvo. Era uno de los vendedores a los que había encomendado las provisiones y la tienda. Procedía del poblado. Se acercaba presuroso, con una cántara sobre la cabeza y una cesta a la espalda. Del segundo vendedor, ni rastro.

No pude o no supe contenerme. Lo reconozco: fallé.

Al descubrirlo, antes de que acertara a hablar, la emprendí a gritos con el pobre infeliz, acusándolo de todo lo que uno pueda imaginar y algo más. Fue un estallido de cólera y, supongo, una forma de vaciar la tensión. No estuvo bien.

El hombre, aterrorizado, imaginando que de los gritos pasaría a las manos, depositó el agua y las frutas sobre el caminillo y, dando media vuelta, huyó a la carrera.

Los gritos lo persiguieron...

Y al inclinarme sobre la cántara, una mano fue a posarse sobre mi hombro izquierdo. Me sobresalté.

Era el predicador. Por detrás, mudos, como siempre, aparecían varios de los hombres armados.

—¿Por qué tanta violencia?

El tono, aunque severo, no era amenazador. Y volvió a sonreírme con aquella lejana dulzura. Fue providencial. La presencia y el interés del pequeño-gran hombre me aliviaron, devolviéndome al estado del que nunca debería haberme distanciado.

Le narré mis penas y, en silencio, acudió junto a Eliseo, y lo examinó.

Fue instantáneo. A una orden del hombrecito, su gente se movilizó. Los vi cortar los *arundos*, las cañas gigantes que crecían al amparo del Yaboq, y en un abrir y cerrar de ojos, hábiles, construyeron una «tienda» de dos aguas. Allí transportamos al ingeniero. El refugio, aunque rústico, resultaría eficaz contra los ardores tropicales. Y mi compañero y quien esto escribe dispusimos, al menos, de un techo.

Curioso Destino...

Los mismos hombres que me habían amenazado con sus *gladius*, ahora, entregados y dispuestos, se desvivían por cumplir los deseos de su jefe. Sencillamente, lo veneraban...

El resto del día fue menos agitado. Permanecí vigilante, manteniendo las dosis, las compresas mojadas y un permanente suministro de zumo de frutas con sal. La medicación hizo efecto, y mi compañero entró en una fase algo más relajada. Las diarreas, sin embargo, continuaron, aunque no tan coleriformes. Si el diagnóstico no estaba equivocado, la crisis debería ceder en uno o dos días. Ojalá...

Y ese mediodía, merced a los buenos oficios del predicador, el vendedor al que yo había puesto en fuga aceptó regresar y me ayudó. Me disculpé. Y el hombre, generoso, pidió que olvidara lo ocurrido. Lo llamaban «Kesil». La palabra tenía un doble significado: tonto y Orión (la famosa constelación). Imaginé que la bondad natural de aquel *felah* había llevado a sus paisanos a clasificarlo como «tonto». Del otro vendedor no sabía nada, aunque apostó por su vida «que no volveríamos a verlo». Y así fue. Con el desertor voló también parte del dinero. No importaba. Nada de eso me preocupaba en aquellos momentos; sólo la salud de Eliseo.

Y Kesil entró a nuestro servicio por dos denarios de plata al día y el sustento. Siempre estaré en deuda con él..., y con el Destino.

26 DE SETIEMBRE, MIÉRCOLES

Fue otra noche larga y en vela. La segunda.

Kesil, buen conocedor de las plantas de la región, colaboró en el sostenimiento del precario equilibrio orgánico de mi hermano con unas puntuales dosis de canela y pimienta de cayena diluidas en agua hirviendo. También recomendó un preparado de corteza de olmo con miel. Y las diarreas fueron cediendo.

La luna llena apareció naranja entre los dormidos tamariscos del Nilo. Y me invitó a evaluar la situación. Kesil, al otro lado de un pequeño fuego, cocinaba y canturreaba, sin perder de vista a Eliseo. En el campamento y en la sófora sólo se distinguían sombras.

Como dije, todo quedó en segundo plano...

¿Jesús de Nazaret? No tenía alternativa. Mi hermano me necesitaba. El seguimiento, el viaje a la Ciudad Santa, tendría que esperar.

¿Y si empeoraba?

Inspiré profundamente. Me tomé el tiempo necesario.

¿Qué hacer si el proceso infeccioso no remitía? La solución se presentó, nítida: regresaríamos al Ravid. Contrataría un carro y a los hombres necesarios. Alcanzaría el módulo. No importaba cómo. Si me veía en la necesidad de descubrir nuestro secreto, si tenía que hacer visible la «cuna», muy bien... Lo haría. Mi compañero tenía prioridad absoluta.

¿Y si no lograba su restablecimiento?

Ése fue otro momento duro y penoso...

¿Cuál sería mi decisión? También apareció con claridad en mi cansada mente. Pero desestimé la idea.

Eso no llegaría...

Y desvié los pensamientos hacia los acampados y hacia el que, por el momento, llamaba el predicador. No entendía los comportamientos. Si aquella gente estaba allí, en el «vado», para escuchar al Bautista, ¿por qué no le prestaban atención? ¿A qué venía tanta polémica sobre el posible profeta e, incluso, sobre el ansiado Mesías? Si la gente acudía al «lago» de las «Columnas» para ser curada o, simplemente, como me explicaron, para que él los viera y «cambiara su suerte», ¿por qué lo rechazaron? ¿Por qué la emprendieron a pedradas con Yehohanan? A no ser que...

No, eso no parecía lógico. El hombrecito ostentaba el mando en el grupo armado. Él se había dirigido a los acampados. Él controlaba la situación, en mayor o menor medida. Él tenía que ser el Anunciador...

Y si no lo era, ¿qué hacían allí, lejos de sus hogares y de sus trabajos? Aquella gente era ingenua e ignorante, pero no estúpida.

«Kése», la luna llena, se despegó del bosque. Todo, a nuestro alrededor, se volvió de plata. Las aves, en la espesura, siguieron en silencio. Un silencio cómplice. Por un momento creí que la luna, ahora de blanco, me daba la razón. Él era el Bautista...

Y ante mi sorpresa, enredado en estas reflexiones, vimos aproximarse un par de teas. Eran el predicador y uno de sus hombres. La coincidencia me dejó atónito y reforzó la sospecha. Aquel buen hombre tenía que ser el precursor del Maestro. Lo he dicho muchas veces: la casualidad sólo existe en la mente de los que no han superado el miedo.

Se interesó por Eliseo, una vez más, y solicitó permiso para visitarlo. Quedé maravillado y agradecido, en especial por su ternura. El aspecto físico, como creo haber mencionado, no le hacía justicia. Y durante unos minutos permaneció arrodillado junto a mi compañero. De pronto alzó las manos y fue a situarlas a corta distancia del rostro de Eliseo.

En la puerta de la improvisada choza, Kesil, el hombre de la antorcha y quien esto escribe contemplamos la escena con curiosidad; el criado y yo, probablemente, con más interés que el silencioso individuo que escoltaba al hombrecito de las enredadas y sucias melenas.

Levantó los ojos hacia las cañas y, tras cerrarlos, empezó a murmurar. Parecía una oración o un cántico. No logré descifrarlo.

Las manos, firmes, sin temblor alguno, continuaron a pocos centímetros del inquieto ingeniero. En ningún momento lo tocó.

Después, sonriente, mostró la arruinada dentadura y algo mucho más importante: la esperanza. Tomó mis manos y dijo: «Confía.»

Quedé perplejo. Esa palabra...

Al retirarse me entregó un cuenco de madera con un puñado de hojas triangulares, de un olor repelente. No debía preocuparme. Las había recolectado esa misma mañana. La llamaban «higuera loca». Al retornar a la «cuna» supe que se trataba del estramonio, una solanácea de la familia de la belladona, con interesantes principios activos (tanino, atropina y escopolamina, entre otros alcaloides). Funcionaba muy bien como sedante.

Y Eliseo, efectivamente, tras proporcionarle la infusión, entró en un profundo sueño.

Y yo me reproché mi ineptitud. ¿Por qué no lo había retenido? ¿Por qué no lo interrogué? ¿Era o no era Yehohanan, el Anunciador?

Poco faltó para que cruzara los escasos metros que separaban nuestra cabaña de la sófora...

«Algo» singular, que no pude definir en esos instantes, me retuvo junto al enfermo. Fui un perfecto idiota. Kesil lo sabía y yo no reparé en ello...

Ese miércoles, los cronómetros de la nave marcaron la salida del sol a las 5 horas, 22 minutos y 23 segundos (TU). El ocaso lunar, por su parte, se registró a las 6 horas, 44 minutos y 59 segundos. El alba, por tanto, jugó a perseguir a la luna llena por espacio de una hora y veintidós minutos. Ése fue el tiempo que permaneció a la vista. Cuando la luna huyó entre la espesura, él también se alejó...

Con el paso del tiempo comprendí.

Pero es mejor que me ajuste a los hechos, tal y como se registraron.

Esperé al amanecer. Necesitaba asearme y despejar mi mente. Era la segunda noche en vela...

Eliseo, más tranquilo, quedó al cuidado de Kesil. Y quien esto escribe caminó hacia la «playa» de los guijarros blancos. Casi todos dormían.

Me despojé de la túnica, del *saq* y de las sandalias, y me introduje en las tibias aguas del Yaboq. El río, claro y manso, me alivió. Y durante unos minutos nadé hacia el centro, en busca de la primera de las pilastras del antiguo puente. Al llegar, por pura curiosidad, rodeé los restos del pilón y verifiqué lo que había intuido. Se trataba de una muy antigua base de piedra blanca, caliza, que en su día sirvió para sostener las bóvedas de un puente. Apenas sobresalía treinta o cuarenta centímetros del agua.

Me agarré a uno de los bloques y, echando la cabeza hacia atrás, dejé que el agua recorriera mi cuerpo y peinara mis cabellos. El rumor y el olor me invadieron, compensándome, en cierto modo, por las últimas horas de incertidumbre y angustia. Y me dejé llevar por ese instante de paz...

Al fondo, por el este, entre los bosques, se agitó, amarillo y brillante, el disco solar. Prometía calor. Y el «vado», los cañaverales, la sófora y toda la espesura de aquel bello lugar despertaron al nuevo día. Fue un despertar dorado, silencioso, sin alardes...

Y, de pronto, todo cambió.

¿Cómo describirlo?

Oí el sonido del sofar...

Me alarmé. Uno de los hombres del predicador, apostado entre los juncos, muy cerca de la sófora, hacía sonar con fuerza el cuerno de carnero.

Al cabo de unos segundos el campamento se movilizó. Todos corrieron hacia la «playa». El predicador y su gente se lanzaron directamente al río, avanzando a saltos, y con gran excitación, hacia donde se hallaba este perplejo explorador. Los acampados también irrumpieron en el «lago». Gritaban. Señalaban hacia el norte, hacia el espeso bosque de acacias existente frente a la «playa de los guijarros».

Me volví, buscando el porqué de semejante reacción. ¿Quizá algún cocodrilo?

Observé la superficie de las aguas y, prudentemente, me parapeté detrás de las piedras.

Entonces, iluminado por el sol naciente, lo vi...

El sofar continuaba bramando.

Y, súbitamente, todos se detuvieron. Y allí quedaron, inmóviles, silenciosos y expectantes. También el grupo de los armados detuvo la marcha. Y esperaron, con el agua por las rodillas.

Era un hombre. Caminaba por el vado a grandes zancadas...

Me sobresalté.

¿Era Él?

Se dirigía directamente hacia la base de piedra en la que me ocultaba.

Pero...

No podía ser. Aquel hombre...

Y siguió avanzando, decidido y seguro, rompiendo las aguas.

Portaba algo en la mano izquierda. Parecía un tronco o una cesta estrecha y alargada.

Y él también se detuvo. Entonces, como si se tratase de una señal, el sofar enmudeció.

No supe qué hacer. Me hallaba exactamente en medio, entre el hombre y el gentío. En medio y desnudo...

Me pegué a las piedras e intenté pasar desapercibido. La luz era todavía tenue. Quizá no me vieran...

No, no era el Maestro. Por un momento, al verlo avanzar, lo confundí. ¿O fueron mis deseos de volver a encontrarlo?

Aquel hombre era más alto, espectacular. Calculé dos metros de altura.

Estaba casi desnudo, con un cinto negro de cuero, muy ancho, de unos veinte centímetros, y un *saq* o taparrabo breve, de piel de gacela. Un zurrón blanco colgaba en bandolera.

Examinó a la gente que esperaba en el agua y, de inmediato, continuó el avance hacia la pilastra. Era recio, aunque no tan musculoso como Jesús. La piel, abrasada por el sol, era correosa como el hule.

Pero lo que más llamó mi atención en esos momentos fue la cabellera rubia. Jamás había visto un pelo tan largo. Lo recogía en siete trenzas que llegaban casi hasta las rodillas. Al caminar se agitaban como látigos. Era un rubio llamativo, casi blanco.

Y al llegar a la base de piedra saltó sobre los bloques. Creo que no se percató de mi presencia. Lentamente, sumergido hasta la nariz, fui deslizándome por el perímetro del pilón hasta situarme a sus espaldas. La gente continuaba paralizada, con los ojos fijos en la increíble aparición. Nadie hablaba. Parecían hipnotizados por el singular personaje. ¿Quién era? ¿De dónde había salido? ¿Por qué lucía aquel aspecto tan extravagante? En toda nuestra misión, jamás había tropezado con un individuo tan fuera de lo común. Y he dicho bien: tan fuera de lo común...

Se inclinó sobre las piedras y apartó la tierra y el ramaje, acomodando el objeto que transportaba en la mano izquierda. Y lo hizo despacio, con especial miramiento. Desde mi escondrijo reconocí una especie de barril, de un metro de altura y unos treinta centímetros de diámetro. El cilindro se hallaba pintado en sucesivos anillos rojos, azules, amarillos y blancos. Y al depositar el supuesto «barril» sobre la plataforma rocosa, el gigante giró la cabeza y me descubrió.

La impresión, al contemplar aquel rostro, fue tal que no acerté a mover un solo músculo.

¡Dios santo!

El dorso de la nariz, las cuencas oculares y parte de las mejillas aparecían afectados por una gran «mancha» en forma de mariposa. En realidad no era una mancha, sino decenas de pequeñas cicatrices provocadas en su día por un LED (1), una enfermedad inflamatoria de la piel.

---

(1) El llamado «lupus eritematoso discoide» (LED) es una afección no tuberosa crónica de la piel que afecta principalmente al tejido conectivo y que se fundamenta en la degeneración fibrinoide de las fibras de colágeno de los tejidos mesenquimatosos. La enfermedad presenta localizaciones favoritas en regiones expuestas al sol. *(N. del m.)*

Las placas eritematosas discoides —rojas y de centro deprimido— y las correspondientes escamas, al secarse y caer, habían dejado una notable cicatriz que resaltaba por el color blanco sucio y, sobre todo, por la curiosa forma. Una forma que, en un primer momento, podía ser confundida con un singular tatuaje.

Y el hombre clavó sus ojos en los míos, intentando averiguar quién era el sujeto que se escondía en el agua. Fue una mirada de halcón, dura, penetrante. Una mirada con una característica difícil de olvidar. Fue, probablemente, lo que más me impresionó... Aquel hombre tenía el iris azul celeste y el centro del ojo de un rojo fuego. ¡«Pupilas» rojas! Con toda probabilidad, la señal de un albinismo ocular (1).

Quedé paralizado. ¿Denunciaría mi presencia?

Los ojos, como decía, me traspasaron, incendiándome. Me contempló unos segundos y, finalmente, me ignoró. Se incorporó y me dio la espalda de nuevo.

De su cuello colgaban varios y largos collares de conchas marinas.

El gentío, pendiente, parecía esperar algo habitual, algo a lo que estaba acostumbrado. Y así fue.

El hombre levantó los brazos y extendió los dedos hacia aquel cielo casi dorado. El silencio creció. Yo diría que todo se puso en pie...

Y el hombre de dos metros, con los brazos en alto, comenzó a hablar.

—Sabéis que el espíritu de Dios está sobre mí...

La voz ronca y quebrada llegó con fuerza, sin vacilación alguna. Era un arameo guerrillero, difícil y, en ocasiones, oscuro, propio de las montañas y del desierto de la Judea. Hablaba con rapidez.

(1) En realidad, no es que las pupilas fueran rojas (la pupila o niña es una abertura dilatable y contráctil por la que entra la luz). El albinismo ocular es ocasionado por un defecto genético, que altera la pigmentación (melanina), y provoca el referido efecto óptico.

En opinión de Fitzpatrick, el albinismo (falta congénita, total o parcial, de la pigmentación de la piel, ojos y pelo) se divide en seis grandes tipos. Por su parte, el albinismo ocular (con alteración pigmentaria en los ojos) comprende tres divisiones (dos ligadas al cromosoma «X» y una autosómica recesiva). (N. del m.)

—...Él me ha ungido...

Y fue bajando los brazos, lentamente. El predicador y su grupo se habían transfigurado.

—...Él me ha enviado para anunciar la buena nueva a los pobres. Estoy aquí para vendar los corazones rotos...

La voz, como una ola, iba y venía. La gente, entusiasmada, no respiraba.

—...Estoy aquí para pregonar la liberación de los cautivos. Para dar la libertad a los reclusos...

Hizo una pausa. Desde el filo de la pilastra no podía ver su cara, pero imaginé que estaba recorriendo los rostros de los acampados. Y, de pronto, en el fondo de aquel breve pero intenso silencio, oí un ruido. Era un zumbido, un sonido sordo y continuado. Levanté la vista y descubrí un grupo de abejas. Volaban inquietas sobre el «barril» de madera. Algunas fueron a posarse en las piedras, muy cerca. Eran grandes, con el tórax leonado y los tres primeros segmentos del abdomen de un amarillo rojizo. Quien esto escribe, en esos momentos, no sabía nada sobre estos increíbles insectos. Y reaccioné como cualquier persona que lo ignora todo sobre el particular. Me sumergí y me trasladé a otra de las esquinas del pilón...

—...Estoy aquí para anunciar la ira de Dios...

La voz regresó con renovados bríos y un segundo mensaje.

—...Es el día de la venganza de nuestro Dios. El filo del hacha está ya en la base del árbol...

Y alzando de nuevo los brazos, agitó las manos, repitiendo a voz en grito e invitando a la concurrencia:

—¡El día de la venganza!

Y los asistentes, enfervorizados, clamaron a los cielos:

—¡Venganza!

El pequeño gran hombre empezó a llorar. E intentando conquistar lo que ya estaba conquistado, entonó un nombre. Entonces se hizo la luz en mi mente...

Y la gente, entregada, coreó la iniciativa:

—¡Yehohanan!... ¡Yehohanan!... ¡Yehohanan!

El delirio se prolongó varios e interminables minutos. Era como un trueno. Las garzas y el resto de las aves de los bosques y cañaverales levantaron el vuelo, huyendo hacia el horizonte de acacias.

Tenía que haberlo imaginado...

Aquel gigante, salido de no se sabía dónde, era Juan el Bautista. El Anunciador. «Yehohanan» («querido por Dios») o «Iochanan» e «Iokanán», en hebreo.

—¿Buscas la verdad?... Sólo él puede complacerte.

Ahora entendía la respuesta del que yo había confundido con el Bautista, al pie del árbol del que colgaban las vasijas rotas...

¡Pobre estúpido! ¿Cuándo aprenderé?

—El fin de una era ha llegado... Dios regresa en el fuego. Como torbellinos son sus carros... Su cólera es mi cólera... Con fuego y espada juzgará toda carne... Nada quedará sin juicio... Y tú, Roma, ¿dónde te esconderás?...

La alusión al invasor encendió aún más los exaltados ánimos, y el gentío, dando saltos en el agua, interrumpió de nuevo al ardiente Yehohanan. Y una sola palabra se oyó en el «vado de las Columnas»:

—*Mot!... Mot!... Mot!*

«¡Muerte!»

Muerte a Roma. Muerte a los *kittim*. Aquella gente, con las caras desencajadas por el odio y el deseo de venganza, hubieran seguido al vidente hasta el fin del mundo. No debía olvidar lo presenciado...

El Anunciador dejó que se vaciaran. Después, desgarrando la voz, prolongándola, remachó:

—¡El año de mi desquite ha llegado!

Y todos, con el predicador a la cabeza, aullaron como lobos.

—...Pisotearé a los pueblos en mi ira... Los pisaré con fuerza y haré correr por tierra su sangre... Ante tu faz, los montes se derretirán... Tú harás cosas terribles e inesperadas... Para dar a conocer tu nombre a tus adversarios, tú harás temblar a las naciones ante ti...

Noté cierta agitación en la «playa», entre los que habían quedado en la retaguardia. Desde mi forzada posición no distinguí con claridad la razón de aquel inusitado movimiento. Los vendedores se interpelaban entre sí. Los responsables de las parihuelas eran los más excitados.

Las levantaban, discutían unos con otros y volvían a dejarlas sobre los guijarros.

No entendía...

—¡Arrepentíos!

El grito del hombre de las pupilas rojas tuvo un efecto fulminante. Se hizo el silencio.

Yehohanan apuntó a la gente con su dedo índice izquierdo y lo paseó lentamente, recorriendo al voluble auditorio. Algunos, asustados, retrocedieron.

—¡Arrepentíos! —cargó en un tono más amenazante—. ¡Andad por el buen camino!... ¡Preparaos para el fin de los tiempos! ¡El nuevo orden está al llegar!... ¡Lobo y cordero pacerán a una!... ¡El león comerá paja como el buey, y la serpiente se alimentará de polvo!... ¡Estáis avisados!... ¡El nuevo reino es hoy!...

El zumbido aumentó. Y lo que en un principio fue un grupo de abejas se transformó en un enjambre, negro, pulsante y, sobre todo, amenazador. Me asusté. ¿De dónde había salido aquella nube de insectos?

Los más próximos al Anunciador, al descubrir la «columna» de abejas, dieron la voz de alerta e intentaron huir. Pero Yehohanan, pendiente, lo impidió con un solo gesto. Levantó la mano derecha hacia el enjambre y miles de abejas, lenta y pausadamente, fueron a posarse sobre la mano y parte del brazo. Y la extremidad se transformó en una masa oscura e informe.

Pero el gigante sabía lo que hacía...

—¡El mal —exclamó, descendiendo a un tono suave y delicado— no hará más daño ni perjuicio en todo mi santo monte!... ¡Así habla Yavé!

Y todos, incluido este atónito explorador, permanecimos con la boca abierta, sin dar crédito a lo que teníamos a la vista.

—¡El nuevo reino —repitió sin levantar la voz— es hoy!

Y acto seguido, volviéndose hacia el «barril» de madera, procedió a abrirlo con lentitud. Y el rostro de Yehohanan quedó de nuevo a la vista de quien esto escribe. No me buscó entre las aguas. Probablemente me había olvidado. Varias de las trenzas ocultaban parte del lupus.

Y la «mariposa» en la cara se convirtió en un antifaz. Ye-hohanan sólo estaba pendiente de las zumbantes abejas. Destapó el supuesto «barril» con la mano izquierda y, muy despacio, aproximó el brazo derecho a la boca del cilindro. Todo, como digo, ocurrió con gran lentitud y en un silencio tenso. Después lo supe. El «barril» era una colmena. Al destapar la parte superior, el enjambre olió la miel almacenada en los panales y, progresivamente, se deslizó hacia el interior.

El gentío, maravillado, terminó lanzando otro aullido de placer.

—¡Yehohanan... Yehohanan!

No supe cómo lo hizo. No en esos momentos...

Y, libre de las abejas, clausuró de nuevo la colmena. Alzó los brazos y, victorioso, clamó con todas sus fuerzas:

—¡Él me ha elegido!... ¡Preparad el camino!... Y vosotros, impíos, pueblo que me irrita en mi propia cara de continuo, vosotros, pueblo rebelde que sigue un camino equivocado en pos de sus pensamientos, que sacrifica en los jardines y quema incienso sobre los ladrillos, que habita en tumbas y en antros hace noche, que come carne de cerdo y bazofia descompuesta en sus cacharros, vosotros, temblad... ¡Él viene a medir la paga de su obra!

Creí reconocer el pasaje, pero no estuve seguro...

Y mi atención se desvió nuevamente hacia la orilla. Los de las parihuelas cargaban a los enfermos y, entre discusiones y forcejeos con otros vendedores, trataban de entrar en el río. ¿Qué sucedía?

—¡Arrepentíos!... ¡Buscad la paz con Dios!... ¡De lo contrario, esperad la espada!... ¡Todos caeréis degollados!... ¡Yo vengo a preparar el camino de otro, más fuerte que yo!

La gente, inquieta, se volvió hacia los porteadores que avanzaban ya por el agua. El hombrecito y los armados detectaron también la bronca. Dudaron. Miraron al Anunciador y esperaron. Pero el de la larga cabellera rubia no se inmutó. Y prosiguió:

—Él reunirá a todas las naciones... Él anunciará la gloria del Justo y gobernará desde el trono de David...

Imaginé que Yehohanan estaba refiriéndose al Mesías

judío. Y el nombre de su primo lejano —Jesús de Nazaret— regresó a mí. ¿Hablaba del Maestro? ¿Era éste el mensaje del Hijo del Hombre? ¿Sangre y espada?

—¡Arrepentíos! —bramó el Anunciador, al tiempo que los de las parihuelas alcanzaban a los dos centenares de inquietos e indecisos espectadores—. Si aceptáis el nuevo orden, si reconocéis vuestros pecados..., ¡«bajad al agua»!

Y Yehohanan repitió la última expresión, dirigiendo la potente voz hacia los de la sófora:

—*Šakak!*

Fue instantáneo.

Al pronunciar la palabra «*šakak*», los dieciocho hombres se movilizaron. Parecía una clave, una señal. No me equivoqué...

Rodearon parte de la pilastra y formaron un cinturón, un semicírculo protector. Yo permanecí oculto, a espaldas de todos ellos.

El del sofar hizo sonar el cuerno. Fue un toque largo...

Y el gentío, que esperaba sin duda aquel momento, corrió hacia los armados, entonando de nuevo el nombre del Anunciador. Los de la sófora resistieron y, hombro con hombro, hicieron presión, deteniendo el avance de los más exaltados. Los gritos se multiplicaron. Y las manos de los acampados se escurrieron entre los defensores, en un vano intento de alcanzar al impasible y silencioso hombre de las pupilas rojas.

Yehohanan siguió en lo alto de las piedras. Y así permaneció hasta que la gente, obligada por la muralla humana, fue cediendo en sus exigencias de tocar al vidente.

Un segundo bramido del sofar, más corto, me puso en guardia. Todo estaba minuciosamente estudiado...

Se hizo el silencio, roto de vez en cuando por las maldiciones de los porteadores, que pujaban por abrirse paso hacia los esforzados hombres de la sófora. Pero los propios acampados lo impidieron, de momento...

Todos querían acercarse al insólito personaje. Todos deseaban tocar sus trenzas o la correosa piel.

Y a una orden del hombrecito, varios de los armados empuñaron los *gladius*. La gente, obviamente, retrocedió. Pero nadie protestó o recriminó la acción. Y los cuatro o cinco individuos, con las espadas apuntando a las gargantas de los más próximos, dieron un par de pasos atrás, dibujando un segundo cinturón de seguridad alrededor de la pilastra. Entonces, el Anunciador saltó a la corriente y, dirigiéndose al gentío, proclamó con aquella voz ronca, arrastrando cada letra:

—*Š-a-k-a-k!*

Y los allí congregados, vibrando, repitieron:

—¡Bajad al agua!

Fue así como presencié la ceremonia de inmersión que tan célebre hizo a Yehohanan, el Anunciador. Una ceremonia que, con los siglos, ha sido pésimamente interpretada por los seguidores de las iglesias, en especial de la católica.

Sonó de nuevo el sofar, corto y solemne, anunciando que todo estaba dispuesto.

Y uno de los acampados se despegó del grupo. El primer cinturón lo dejó pasar. También los de los *gladius*.

Entonces, al llegar frente a Yehohanan, el hombre —apenas un muchacho— palideció. Y sus ojos se levantaron temerosos, buscando el rostro del gigante.

Todo fue muy rápido.

—¿Te arrepientes?

No tuvo tiempo de replicar. Sin previo aviso, sin palabras, las manos de Yehohanan cayeron sobre los hombros del joven y, haciendo presa, lo empujó violentamente sobre sus espaldas y lo sumergió en el río. Nada más desaparecer bajo las aguas, la gente, al unísono, vociferó otra palabra, siempre repetida en tales inmersiones:

—*Neqe!* («Limpio.»)

Yehohanan esperó un par de segundos. Después tiró del muchacho hacia la superficie y lo puso en pie como un muñeco. El joven, sofocado, con un ataque de tos, ni veía ni oía.

—¡Limpio! —exclamó Yehohanan al tiempo que lo desplazaba a un lado—. ¡Siguiente!

Y un segundo candidato a la inmersión —una mujer— siguió el camino del primero. Esta vez, el de las pupilas rojas no preguntó. La muchacha, avisada, cerró los ojos y se llevó la mano izquierda a la nariz, bloqueando los orificios. Fue derribada con la misma violencia. Al salir de la corriente, Yehohanan no reconoció su «limpieza». La empujó y gritó:

—¡Siguiente!

Y así sucedió con todas las mujeres. Sólo los hombres eran preguntados y recibían el correspondiente y obligado «neqe». Al principio, este injusto comportamiento me desconcertó. Después, con el paso del tiempo, fui entendiendo...

Y el sofar acompañó cada inmersión, excepción hecha de las mujeres. Aunque espero volver sobre ello, me resisto y me resistiré a llamarlo «bautismo»...

Conté diez o doce inmersiones. Ahí, prácticamente, concluyó la «ceremonia» y no por deseo de Yehohanan o de su grupo...

Supongo que fue inevitable. Aquello, después de todo, sólo era un negocio para algunos (como siempre).

Cansados de esperar, los porteadores presionaron de nuevo, empujando a los que aguardaban para ser sumergidos y provocándolos con insultos y desafíos. Estaban allí para presentar a los enfermos y lisiados ante el Anunciador y no se irían sin conseguirlo. La gente protestó nuevamente y braceó para impedir el paso de los de las parihuelas. Los gritos y los golpes arreciaron, y el gentío, obligado, rompió el primer cinturón de seguridad. Los hombres armados se replegaron y, con las espadas en alto, trataron de proteger a Yehohanan. Ahí, como digo, finalizaron las inmersiones.

Y los acampados, comprendiendo que aquello tocaba a su fin, hicieron causa común con los que pretendían llegar hasta el vidente. En segundos, la situación cambió. Todos se volvieron hacia el gigante, extendiendo los brazos y reclamando a voces que los tocara y que los liberase de sus dolencias.

Los armados, sin saber qué hacer, retrocedieron, forzando a Yehohanan a saltar sobre la base de piedra.

Quien esto escribe, desde una de las esquinas del pilón, se sintió tan atrapado como el grupo del predicador.

¿Qué sucedería si aquella chusma descubría que estaba desnudo?

No tuve tiempo de plantear la cuestión por segunda vez. Por mi izquierda percibí una sombra... Alguien se aproximaba.

Me sumergí por completo y me aferré a las rocas.

Aquel individuo...

De pronto, bajo el agua, lo vi trastear con una de sus piernas. Mejor dicho, con una pata de palo. Soltó las vendas que sujetaban el armazón de madera y apareció un pie...

¡Era el maldito bribón que se hacía pasar por cojo!

Aguanté pegado a la pilastra. ¿Qué pretendía?

Y lo vi alejarse, rodeando la base. En realidad, sólo vi sus piernas, pero fue suficiente. Lo reconocí de inmediato.

Regresé a la superficie y, con el agua por la nariz, seguí los pasos del sujeto.

El tumulto iba a más...

Los de la sófora, desbordados, se gritaban entre sí, dándose órdenes, blandiendo los *gladius* hacia el cada vez más próximo gentío y ordenando al de las siete trenzas que huyera.

El «cojo», entonces, se presentó frente a los indignados acampados y levantó la pata de palo por encima de su cabeza, al tiempo que gritaba con todas sus fuerzas:

—*At!*

La aparición del truhán fue tan súbita que la mayoría de los presentes no tuvo tiempo de meditar con un mínimo de cordura.

El griterío se desplomó como por encanto, y las caras, descompuestas, quedaron fijas en la negra y chorreante prótesis.

—*At!* —repitió el estafador con renovados bríos, agitando el artefacto—. *At!*...

Y alguien, imagino que previamente conchabado, replicó con otro sonoro y convincente «*at!*».

Al cabo de unos instantes, contagiados e histéricos, recordando que aquel hombre era uno de los vendedores de Damiya, los acampados prorrumpieron en un rotundo y repetitivo «*at!*».

—¡Milagro!... ¡Milagro!... ¡Milagro!

No podía creerlo...

El entusiasmo se desbordó, y aquellos infelices, necesitados de algo —a ser posible sobrenatural— que estimulase sus precarias vidas, creyeron sin reparos en la realidad del «prodigio». Si alguien cuestionó el «milagro», nadie lo oyó...

Y al grito de «*at*» se arrojaron sobre los armados con el objetivo de alcanzar al vidente. No sé qué habría sucedido si los fanáticos lo hubieran atrapado...

Pero Yehohanan, ágil y, al parecer, habituado a ese tipo de situaciones, se adelantó a los propósitos de la ciega y desordenada turba.

Tomó la colmena de colores y se lanzó al río, huyendo a saltos por el vado, con la cabellera al viento, como una hidra, dejando tras de sí una nerviosa estela y un grupo de vociferantes y defraudados seguidores. Y desapareció en los negros, verdes y rojos del espeso bosque de acacias que observaba desde la orilla oriental.

La luna llena corrió también a ocultarse...

Algunos se atrevieron a cruzar las aguas pero, al llegar a la espinosa vegetación por la que había desaparecido el Anunciador, se detuvieron y dieron media vuelta.

Yo aproveché la confusión para deslizarme tan rápidamente como el Bautista, pero en dirección contraria, al tiempo que recuperaba mis cosas y me vestía. Y regresé presuroso a nuestra cabaña. Según las comprobaciones posteriores, Yehohanan permaneció a la vista hasta las 6 horas y 44 minutos...

En el refugio todo seguía igual. Kesil, pendiente del alboroto, preguntó. Narré parte de lo ocurrido, silenciando mi poco afortunado desliz, y el *felah*, sonriendo pícaramente, confirmó lo que resultaba evidente. El «cojo» era un *kedab* (en arameo, una persona «falsa y mentirosa»). Todos lo conocían en Damiya y alrededores. No era la primera vez que actuaba así. Entre los incautos y recién llegados al «vado de las Columnas», la estratagema daba siempre resultado. El «cojo» agotaba las existencias de «agua de Dekarim», y el resto de vendedores obtenía igualmente un buen provecho. Nadie se atrevía a denunciar el engaño. ¿Por qué hacerlo si atraía a nuevos posibles «clientes»?

Poco a poco, con el progresivo ascenso de la temperatura, todo volvió a la normalidad. Los acampados se entregaron a interminables discusiones y el hombrecito y su grupo retornaron bajo la copa de la frondosa sófora. Los observé largo tiempo. También discutían y polemizaban, pero no sobre el áspero y violento final de la reunión. La huida de Yehohanan y las magulladuras sufridas en el asalto del gentío no les preocupaban demasiado. El motivo principal de los parlamentos era la alusión del Anunciador a «otro más fuerte que él y al camino que estaba preparando». No entendían. Si Yehohanan era el *nebi*, el profeta o vidente, y si el espíritu de Dios estaba sobre él, ¿quién era ese más fuerte para el que preparaba la senda?

Y, mientras vigilaba al dormido Eliseo, procuré ordenar las ideas...

Era desconcertante.

Estaba allí, a orillas de un río en el que actuaba Yehohanan, el Anunciador, merced al seguimiento del Hijo del Hombre. Todo un cúmulo de aparentes «casualidades» nos había situado frente a un hombre que también formaba parte de la vida del Galileo. Al menos, eso era lo que suponía...

¿Cómo explicar racionalmente que el robo de una de las bolsas de hule, una increíble avería en la nave, la recuperación de la citada bolsa, la inesperada desaparición de Jesús, la precipitada fuga en el barco de los muertos, etc., hubieran contribuido para favorecer aquel encuentro con el de la «mariposa» en el rostro?

Curioso Destino. ¿O no era el Destino?

Cuanto más lo observaba, más convencido estaba de que el grupo de la sófora era mucho más que un puñado de seguidores o entusiastas del Anunciador. ¿Podían ser sus discípulos? En los textos evangélicos casi no se habla de ellos. Tenía que profundizar en la incipiente relación con el pequeño-gran hombre y averiguar la verdad.

Los toques de sofar, la fallida palabra dirigida a los acampados por parte del que parecía el jefe de los hombres armados, los movimientos en torno a Yehohanan y el aislamiento de los dieciocho, separados del resto por el *guilgal* o círculo de piedras, eran muy elocuentes. Es más: yo juraría que el vidente y aquellos hombres también estaban de acuerdo a la hora de actuar.

La intuición no me defraudó. Algún tiempo después lo comprobaría.

Y de pronto recordé...

Las palabras lanzadas por Yehohanan no eran suyas; correspondían al profeta Isaías. Al menos, la mayor parte del discurso.

Lo sé. Tenía mucho que averiguar sobre aquel misterioso y singular personaje...

Y sin querer volví a formularme una vieja pregunta: ¿cuál era la relación del hombre de las pupilas rojas con Jesús de Nazaret? Lo que había oído en mitad del río me dejó perplejo. El Maestro jamás amenazó. Nunca habló de la ira de Yavé o de la venganza del Padre. Jesús no hizo temblar a las gentes con el fuego o con la espada de los cielos. Su reino era diferente. Yehohanan planteó el fin de una época y, sobre todo, de Roma. Durante el tiempo que permanecí junto al Galileo jamás oí nada semejante. Jamás predicó un catastrofismo como el que apuntaba el de la larga cabellera. Jamás se inclinó por el poder o por la política. Jamás recurrió al castigo como medio para purificar los corazones.

¡Qué extraño!

Ni física, ni mentalmente, se parecían. ¿Por qué lo calificaron entonces de precursor del Hijo del Hombre? ¿Qué tenían que ver el uno con el otro, al margen del posible parentesco? ¿Por qué hablaban de Yehohanan como «el más grande entre los hombres»?

Necesitaría tiempo para profundizar en la vida del Anunciador y descubrir que la verdad, una vez más, no fue como la imaginan creyentes y seguidores...

Pero no adelantemos los acontecimientos. Aunque las fuerzas me fallan, debo ser fiel a lo sucedido, paso a paso.

Sólo así, con un cierto orden, es posible aproximarse a la verdad. Sólo «aproximarse»...

En aquellas fechas —setiembre del año 25 de nuestra era—, Yehohanan ya había hablado del Maestro, pero sin mencionar su nombre. Yo sí entendí el sentido de la frase —«otro más fuerte que yo»—, pero no el grupo que se reunía y que lo esperaba bajo el árbol de las vasijas rotas.

¡Jesús de Nazaret!

¿Dónde estaba? Lo habíamos perdido...

Ciertamente, el Padre de los cielos tenía otros planes, tanto para Él como para estos desolados exploradores...

En cuanto a la gente acampada frente a las «Columnas», los hechos confirmaron las primeras noticias: la mayoría buscaba al vidente para resolver sus problemas. Lo vi con mis propios ojos y lo seguiría viendo. La fama de sanador y brujo del Anunciador terminó por precederle. Y todos los días, decenas de enfermos y lisiados eran trasladados al lugar donde predicaba y en el que intentaba materializar la muy particular ceremonia de la inmersión. Vibraban con sus palabras y con el torrente y la fuerza de su personalidad, y deseaban —especialmente los más pobres y necesitados— que se hiciera realidad el nuevo reino y la justicia prometidos. Ésos, sin embargo, como decía, no eran los objetivos fundamentales de los que llegaban y abandonaban el vado día a día. No sé cómo nació el rumor sobre el poder curativo y sobrenatural del gigante de la cabellera hasta las rodillas, aunque no era muy difícil de imaginar...

Y los mal llamados «escritores sagrados» olvidaron también este notable aspecto en la vida de predicación de Juan el Bautista (no sé por qué razón, siempre me refiero a él como «Yehohanan, el Anunciador». Quizá es más exacto). Todos hablan de su verbo, de su sentido de la justicia y de su audacia. Pero hubo más, mucho más...

Esa tarde, cuando los calores del valle declinaron, nuestro vecino, el de la sucia y enredada pelambrera, se presentó de nuevo en la cabaña. Traía un majado de ajos crudos y una especie de compota de manzana. Se interesó por la salud de mi compañero y, como era habitual, ceremonioso, solicitó permiso para examinar al enfermo. Le impuso las manos sobre el rostro y, por último, buscó la rodilla derecha del ingeniero. La maniobra fue nueva para mí. En silencio, en actitud recogida, colocó los dedos índice y pulgar izquierdos a cada lado de la rótula y con el dedo corazón buscó un punto sobre la región exterior de la tibia. Presionó varios segundos y soltó la pierna. Después repitió el gesto tres veces.

—¿Lo has visto? —preguntó de improviso—. ¿Ha satisfecho tu curiosidad?

Supuse que se refería a Yehohanan. Negué con la cabeza y el hombrecito, no sabiendo a cuál de sus dos preguntas estaba contestando, insistió:

—Era él. Tú lo buscabas...

Le rogué que aceptara sentarse y compartir conmigo un tiempo. Hizo una señal a los hombres que permanecían bajo la sófora y aceptó.

—Lo he visto —aclaré—, pero sus palabras me han dejado confuso...

Fue así como inicié un beneficioso contacto con Abner —ésta era su gracia—, el hombre de confianza del Anunciador.

Durante dos semanas, y en posteriores visitas a Yehohanan, aquel pequeño-gran hombre, un año mayor que su ídolo, fue informándome de cuanto precisé. Su testimonio y su ayuda resultarían extremadamente valiosos, en especial durante el período en el que el Anunciador fue hecho prisionero por Herodes Antipas. Un período apasionante y del que casi no hay información. Un período vital en el que empezó a germinar el resentimiento en uno de los íntimos del Maestro...

Era judío. Mejor dicho, *kuteo* (samaritano). Vivía en Sebaste, al norte de la Samaría. Era lo que llamaban un *adam-halaq* (mal traducido: «hombre-suerte»); algo así como un talismán, alguien que procuraba la buena suerte y que era contratado con los propósitos más variados y peregrinos. Podía permanecer en una casa hasta que la diosa fortuna favoreciese al dueño de la propiedad y su familia o acompañar a una caravana o a un peregrino en particular. Nadie osaba tocarlo. Sólo él estaba capacitado para extender las manos sobre quien estimase oportuno. Esta singular «virtud» (?) para «corregir» la suerte procedía del hecho (no menos singular) de haber «llorado en el vientre de la madre». Eso decían...

Su pasión era Yehohanan y los caballos. Por este orden.

Iba conduciendo y «protegiendo» una manada de caballos árabes, desde las alturas de Moab, al este del mar Muerto, hacia los territorios de Efraim, al norte de Jerusalén, cuando, justamente, fue a tropezar con el hombre de la larga cabellera rubia y los ojos de pupilas rojas. Quedó impresionado, como casi todos los que acertaban a cruzarse en su camino. Fue a finales del mes de *adar* (marzo) de ese mismo año 25.

Abner escuchó al Anunciador en el río Jordán, en el «vado de las Doce Piedras», muy cerca de Jericó, la ciudad de las palmeras (1). Y decidió seguirlo.

Había recorrido parte del valle en compañía de Yehohanan. Allí, en las «Columnas», llevaban casi un mes. La intención del Anunciador era continuar hacia el norte. No sabían por qué. Yo, instintivamente, imaginé la razón, pero guardé silencio...

Poco a poco, la fama del rudo y llamativo —yo diría que espectacular— predicador fue propagándose. Empezó a sanar con las manos y a exigir justicia y arrepentimiento, anunciando lo que, poco más o menos, yo había escuchado en el vado del Yaboq.

En cuestión de días —según Abner— surgió un grupo de hombres que solicitó permanecer a su lado. Eran los primeros discípulos. El *adam-halaq*, como el más antiguo y uno de los más despiertos, se convirtió de inmediato en el segundo. Todos lo respetaban y lo querían. Sólo su aspecto, desaliñado y frágil, provocaba equívocos entre los que no lo conocían, lo que daba lugar, incluso, a desagradables altercados, como el que había presenciado en el referido vado.

(1) El «vado de las Doce Piedras» fue el lugar por el que cruzó Josué con el pueblo judío y en el que, según la Biblia, el arca de la Alianza obró el prodigio de separar las aguas. Josué, el nuevo caudillo, mandó sacar doce piedras del lecho seco del Jordán, y erigió un monumento. Cada piedra representaba una de las doce tribus de Israel. *(N. del m.)*

Él también preguntó...

¿Qué hacían dos griegos tan lejos de su patria? Comprendí que las dudas no habían desaparecido.

Se interesó por nuestras respectivas profesiones y, sobre todo, por los propósitos de aquellos «ricos comerciantes». No lograba entender por qué nos sentíamos atraídos por los problemas religiosos de un pueblo como el judío. ¿Buscar la verdad? ¿En la provincia romana de la Judea? ¿Y por qué en un vidente como Yehohanan?

No fue fácil explicarle que procedíamos de un mundo insatisfecho. Estábamos cansados de la mediocridad y de la mentira. No creíamos en los dioses. En ninguno. Y mucho menos en el poder o en el dinero. Sencillamente, buscábamos.

Al principio tuve especial cuidado en no mencionar al Maestro. Todo debía seguir un curso natural.

En cuanto al Anunciador, la explicación fue tan explícita como fue posible...

Era un *nebi*, un profeta. Eso decían. ¿Por qué no buscar la verdad en sus palabras?

—Y bien. Ya lo has oído —simplificó Abner—. ¿Qué dices?

—Sigo confuso —me ratifiqué—. Ese Dios de la ira y de la venganza no es lo que necesito...

Guardó silencio. No observé desagrado o reproche en su mirada. Creo que le gustó mi sinceridad.

Fue un buen comienzo, a pesar de todo...

DEL 27 DE SETIEMBRE AL 10 DE OCTUBRE

Eliseo mejoró. La fiebre fue desapareciendo y también los restantes síntomas. Pronto se incorporó y, con mi ayuda y la del fiel Kesil, empezó con algunos cortos paseos y recuperó el habitual temple. Su organismo, lentamente, fue admitiendo sólidos (cereales blandos y hervidos y huevos pasados por agua) y líquidos calientes. Durante unos días, por precaución, mantuve una dosis de difenoxilato (entre dos y tres tabletas al día), reforzando el primer tratamiento antibiótico.

Los remedios naturales de Abner —especialmente a base de belladona, polvo de bismuto y caolín procedente de las colinas del este del Jordán— también contribuyeron al restablecimiento del ingeniero. Yo, sin embargo, no me quedé tranquilo. Tenía que proceder a lo ya planificado. Era importante someterlo a una detallada analítica y aclarar la situación de forma definitiva. Para eso debíamos retornar a la nave...

Y me concedí tiempo. El viaje hasta lo alto del Ravid exigía un mínimo de recuperación. Esperaría. El Destino nos había llevado hasta el «vado de las Columnas». El Destino nos sacaría...

En el campamento, a orillas del Yaboq, y en el interior del *guilgal,* el círculo de piedras que rodeaba la sófora, poco cambió, excepción hecha del lógico trasiego de curiosos, enfermos y lisiados que iban y venían a diario.

El Anunciador estuvo varios días sin dar señales de vida. Los acampados, como es natural, se hacían preguntas. Interrogaban a los discípulos. Protestaban por la ausencia. Discutían. Defendían o atacaban a Yehohanan, considerándolo un vidente, un loco o un estafador. Nada nuevo...

Los vendedores siguieron frotándose las manos. En el tiempo que llevábamos en el vado sumé más de quinientas personas. Todo un negocio...

A diario, poco antes del alba, el responsable del cuerno de carnero trepaba a lo alto de la sófora y vigilaba la orilla de las acacias. Eran las órdenes de Abner. Y allí permanecía durante casi dos horas. Cuando el sol empezaba a caldear, el hombre descendía a tierra y el grupo renunciaba a la vigilancia. Si Yehohanan no aparecía antes de la *tercia* (las nueve de la mañana), Abner tomaba la iniciativa y, previo toque del sofar, se encaminaba a la primera de las pilastras existentes en el río. Allí, como tuve oportunidad de contemplar, dirigía la palabra a los asistentes. Al menos, lo intentaba...

Después lo supe. Era lo establecido por el propio Anunciador. En su ausencia, la prédica y la ceremonia de inmersión corrían a cuenta del segundo. Pero los acampados, llegados en ocasiones desde muy lejos, no se contentaban con la voz aflautada y la poco agraciada lámina del hombrecito. Y las protestas, como digo, menudeaban, especialmente entre los enfermos y sus familiares. Todos querían verle. Todos deseaban tocarlo. Todos pretendían que el Anunciador los curase. Y los astutos vendedores «negociaban» los puestos en el agua, asegurando a los confiados e ingenuos «que ellos serían los primeros en verlo y en ser sanados». Fui testigo del pago de hasta cinco denarios de plata por uno de esos «primeros puestos» en el río.

Nada de esto, obviamente, fue contado por los evangelistas. Ni esto ni otros sucesos no menos significativos.

El bueno de Abner acudía regularmente a nuestra cabaña y se alegraba con los progresos de mi hermano.

Y en una de aquellas charlas, cada vez más distendidas, el lugarteniente de Yehohanan, que nunca olvidaba, sacó a relucir un viejo asunto:

—Entonces, si no crees en la cólera y en la justa indignación de Dios, tu vida no tiene sentido...

Eliseo, a quien yo había puesto al corriente de todo lo

sucedido, cruzó una mirada de complicidad con quien esto escribe. Prudentemente, guardó silencio. Y mantuve una cierta distancia, replicando con parte de la verdad.

—Ahora, justamente, al descubrir que Dios no castiga, es cuando la vida empieza a tener sentido...

Abner abrió los ojos, desconcertado.

—¿Cómo puedes pensar algo así?

Sonreí, complacido. Y la imagen de nuestro Amigo se presentó en dos de los corazones de los allí reunidos.

¿Fue el instinto? ¿Quizá el Destino?

La cuestión es que me aventuré a satisfacer la curiosidad de mi generoso vecino.

—Conocimos a un Hombre. Él nos ha enseñado...

—¿Un profeta, como el Anunciador?

—Mucho más que eso...

El hombrecito enredó en su memoria, procurando una respuesta a la nada fácil sugerencia. No la encontró. Y, encogiéndose de hombros, me animó a despejar el misterio.

—Yehohanan —arriesgué— ha hablado de Él. Yehohanan anuncia que «otro, más fuerte que él, está por llegar»...

Abner asintió con la cabeza. La curiosidad lo venció.

—¿Conocéis al que está por llegar?... ¿Cuál es su nombre?

—Yešúaᶜ...

El hombre palideció. Se acercó a mi oído y, bajando el tono de voz, susurró:

—Jesús, nacido en Belén de Judá... Yehohanan nos ha hablado de Él en secreto... Dice que en Él se cumplen todas las profecías. Pero ¿cómo sabéis?

Lo miré directamente a los ojos. Creo que recibió el mensaje.

—Entonces —titubeó—..., lo habéis conocido...

No esperó respuesta. Ni siquiera se despidió. Se alejó y fue a perderse entre los armados, a la sombra de la sófora. Eliseo y yo pensamos que lo habíamos ofendido. Pero ¿en qué? Kesil apuntó otra posibilidad: el «hombre-suerte» estaba asustado...

No le di mayor importancia. El *halaq*, como todos, también tenía comportamientos erráticos. Y ya que lo menciono, ya que he hablado de actitud imprevisible, bueno será que haga alusión a la reacción de Eliseo respecto a la pasada borrachera y al misterioso brindis. Ninguna. No hubo reacción. Una de dos: o no recordaba o no deseaba volver sobre el asunto. Decidí esperar. No sería yo quien lo obligara a desvelar aquel «amor imposible»...

De vez en cuando, el ingeniero se aislaba. Se aproximaba al río y allí, sentado junto a las aguas, permanecía horas. Nunca me atreví a entrar en sus pensamientos. Fue un error. Ahora, al saber lo que sé, creo que ambos nos equivocamos...

El sábado, 29, con el pretexto de adquirir provisiones, entré de nuevo en el pueblo de Damiya. Kesil, el criado, se quedó junto a mi compañero.

En realidad, mis intenciones eran otras. Hacía tiempo que deseaba visitar la casa de Nakebos, el nabateo. Sabía que el alcaide y Belša, el guía del sol en la frente, continuaban enfermos, con los síntomas que, al parecer, había presentado Eliseo. Quería contrastar las informaciones. Eso ayudaría al definitivo restablecimiento de mi hermano.

Los vendedores estaban en lo cierto. El capitán y el persa, así como una parte de la servidumbre, habían contraído la misma infección intestinal que Eliseo. Al carecer de una medicación adecuada se encontraban en un estado de postración más acusado. Me reconocieron, pero casi no prestaron atención. Se hallaban débiles. El único tratamiento consistía en miel en abundancia e infusiones de ruda e hisopo. Deduje que la dolencia terminaría remitiendo y, deseoso de aliviar sus sufrimientos, aconsejé que tomaran uno de mis «preparados» (de 15 a 30 miligramos de codeína al día y un extracto de raíces de cinoglosa). Aquello no alteraría el normal discurrir de la patología, pero, al menos, suavizaría el rigor de la misma. Era lo mínimo que podía hacer por ellos...

Y sucedió. Ocurrió por segunda vez.

Al día siguiente, domingo, 30, de aquel mes de *tišri* (setiembre) del año 25 de nuestra era, el Anunciador se presentó de nuevo en el vado.

Oímos un toque largo. El hombre del sofar, alertado, avisó desde lo alto del árbol.

Fue al alba. Abner y su gente, como en la primera oportunidad, corrieron hacia el río. Todos corrimos.

Yehohanan apareció por el mismo lugar y, prácticamente, a la misma hora. Presentaba idéntico aspecto. La colmena de colores se balanceaba ligeramente en su mano izquierda.

Avanzó a grandes zancadas y saltó sobre la misma pilastra.

Los discípulos, esta vez, no se mantuvieron a distancia. Desde el primer instante rodearon la base de piedras para proteger al predicador.

Eliseo, Kesil y yo nos apostamos en la «playa» de los cantos rodados, mezclados entre los numerosos y ansiosos acampados.

Dejó correr unos segundos. Paseó la agresiva mirada entre los presentes y fue alzando los brazos, despacio, con teatralidad. Nada cambió.

Los dedos se extendieron hacia el cielo, todavía dormido y violeta, y exclamó con aquella voz ronca y tormentosa:

—¿Sabéis que el espíritu del Santo está en mí?

Eliseo, que veía al Anunciador por primera vez, se quedó mudo.

—¿Sabéis que os encontráis en un lugar sagrado?...

Y señaló las aguas del Yaboq.

—¿Sabéis que aquí, en este vado, nuestro padre Jacob peleó con el Santo?

Mi hermano, sin comprender, pidió que le explicara. Rogué silencio. Creía saber a qué se refería el predicador, pero no deseaba perder ni una sola palabra. El tono, arrogante, no me gustó...

—En estas aguas, Jacob vio el rostro de Dios... Luchó con Él y lo venció... Entonces, Dios le cambió el nombre y lo llamó «Yisrael» porque luchó con Dios...

La gente, tan desconcertada como el ingeniero, miraba la corriente. Algunos, incrédulos, tocaron las aguas.

Yehohanan conocía bien las Escrituras. Estaba narrando —a su manera— el episodio de Jacob cuando vadeaba aquel mismo afluente del Jordán (1). El lugar, sin embargo, no era el paraje que refiere el Génesis. Nos hallábamos muy cerca de la desembocadura y Jacob, al parecer, luchó con el extraño «hombre» mucho más al norte, aguas arriba, en lo que los arqueólogos llaman «Peni El» (Penuel) o «rostro de Dios». La inexactitud, sin embargo, no parecía importar al predicador.

—Somos el pueblo santo porque luchamos con Dios y lo vencimos... Él nos favoreció y nos llamó Israel... Nosotros vimos su rostro... Ahora, Él reclama lo suyo... Él reclama la gloria de Israel, arrebatada por la iniquidad de los impíos... Roma pagará...

Los acampados, estupefactos, tardaron en reaccionar. Algunos, rendidos ante la elocuencia de Yehohanan, replicaron con gritos contra el invasor. Fueron los menos. Esta vez, el gentío no se entregó. Y a pesar de la vehemencia del predicador, de sus gestos y del apoyo de varios de los asistentes, la atmósfera se mantuvo en calma. Los vendedores lo percibieron y también los de las parihuelas. Y todos permanecieron en un prudente segundo plano.

—¡Yo también he visto el rostro del Santo!... ¡Yo he visto su cara y sigo vivo!... ¡Yo soy el ungido y el que prepara el camino de la justicia!...

Eliseo no pudo contenerse.

—¡Está loco!...

¿Estaba loco? ¿Qué entendía el Anunciador por haber visto el rostro de Yavé? Y me prometí que lo averiguaría. Tenía que hablar con aquel extraño hombre...

—¡Yo he visto su cara! —repitió con escaso éxito—. ¡Su espíritu me bendijo, como a Jacob!... ¡Y Él dice: «Arrepentíos»!... ¡El nuevo reino es hoy!

---

(1) El Génesis (capítulo 32) describe esta «encarnizada» pelea entre el nieto de Abraham y un singular hombre. Jacob lo identifica con Yavé. La pelea con el varón se prolongó hasta el amanecer. «Y cuando el extraño vio que no podía vencerlo, le presionó la articulación de la cadera, en su lucha con él, y la descoyuntó. Y le dijo [a Jacob]: "Suéltame porque llegó el alba." Pero Jacob le contestó: "No te despediré, salvo que me bendigas." Jacob llamó a este lugar "rostro de Dios" porque dijo: "He visto a Dios cara a cara y se salvó mi alma." Por eso no comen los hijos de Israel el tendón encogido que está en la articulación de la cadera, hasta el presente, porque un ángel de Yavé se lo descoyuntó a Jacob.» *(N. del a.)*

Fue una de las escasas variantes en aquel segundo discurso. Personalmente, la referencia al «rostro divino» me dejó intrigado...

El resto del «sermón» fue tan apocalíptico como el que había escuchado desde el agua. No hubo cambios. Sólo al final introdujo una novedad (para quien esto escribe, naturalmente). Por lo que llegué a conocer en posteriores oportunidades, los parlamentos del Anunciador giraban siempre en torno a tres o cuatro principios básicos: él era un elegido, el final de los tiempos se acercaba, Dios exigía justicia y arrepentimiento y el mesías libertador de Israel estaba al llegar.

Debo confesarlo. Conforme fui conociéndolo, su mensaje perdió credibilidad. Yehohanan, realmente, no era digno de atar las correas de las sandalias del Hijo del Hombre. Pero no adelantemos acontecimientos...

—He tenido una visión nocturna —proclamó de pronto, avivando el interés general—. Ante mí apareció una gran estatua, enorme y de gran brillo... Era una estatua terrible...

La voz fue fortaleciéndose, elevando el tono entre las estudiadas pausas. Yehohanan tenía un don para la oratoria. Evaluaba bien el uso de las palabras y sabía inyectar silencios.

—... Su cabeza era de oro puro... El pecho y los brazos, de plata... El vientre y los lomos, de bronce... Las piernas, de hierro... Sus pies, parte de hierro y parte de arcilla... Y estaba mirando cuando, de pronto, una piedra se desprendió...

Yehohanan se apoderó de los corazones. Y dilató la pausa.

Me incliné hacia Eliseo y susurré:

—Sin intervención de mano alguna y vino a dar sobre la estatua en sus pies...

Mi compañero me contempló, perplejo. ¿Yo también había perdido el juicio?

Acto seguido, al oír al predicador, comprendió...

—... sin intervención de mano alguna... Y vino a dar sobre la estatua en sus pies de hierro y arcilla...

El ingeniero trató de decir algo. No era necesario. Yehohanan estaba recitando un texto que no era suyo. El sueño, como tal, no era del Anunciador, sino de Nabucodonosor... Yehohanan mentía.

—...¡Y la piedra los pulverizó!... Entonces quedó pulverizado todo a la vez: oro, plata, bronce, arcilla y hierro... Y el viento se lo llevó sin dejar rastro.

Los corazones se encogieron un poco más. Y el predicador supo sacar partido.

—¡Yo os anuncio que Roma y todos los reinos sufrirán ese mismo fin!... ¡El Justo los derribará y hará surgir un reino que jamás será destruido!... ¡Subsistirá eternamente!... ¡Él, el Justo, me lo ha comunicado en sueños!...

Yehohanan siguió recitando al profeta Daniel, a su manera...

—...¡Y he aquí que lo vi en mis visiones!... ¡Venía en las nubes como un Hijo del Hombre!... ¡Y a Él se le dio imperio, honor y reino, y todos los pueblos, naciones y lenguas le sirvieron!... ¡Su imperio es eterno!...

Silencio. Nadie se atrevió a corear al impulsivo gigante de las pupilas rojas.

—¡Mirad mi cara!... ¡No es como la de los demás!... ¡Yo soy el elegido!... ¡Yo preparo el camino de ese Hijo del Hombre!... ¡Yo os anuncio que está cerca!... ¡Arrepentíos!... ¡Andad en orden!

El resto fue muy parecido a lo escuchado la vez anterior. Amenazas. Advertencias. «El hacha a punto de talar.» Amonestaciones. «La cólera divina dispuesta a quemar y degollar...»

Como he dicho, oído uno de sus discursos, oídos todos. Y la imagen del Hijo del Hombre —dulce, compasivo, amoroso, tierno y feliz— me tocó en el hombro, recordándome que los «planes del Padre son inescrutables».

Acepté la sutil advertencia. Nuestro trabajo —Él lo manifestó— consistía en observar. Sólo eso. Y así sería. El Destino quiso que conociéramos a Yehohanan, el Anunciador, y que supiéramos de él directamente, sin filtros. Después, cada cual sabrá cómo interpretar estos diarios...

El final de aquella aparición en público transcurrió sin

incidentes. Esta vez, como dije, los acampados no se movilizaron. No hubo gritos ni histerismos.

Sonó el sofar y, lentamente, con un cierto orden, los que lo desearon (no todos) formaron una hilera, sometiéndose a la ceremonia de la inmersión.

La palabra clave para la iniciación de dichas inmersiones fue *šakak*. No había duda. Era una «señal» previamente establecida entre Yehohanan y su grupo.

El predicador actuó exactamente igual, con la misma violencia y desconsideración. Más que limpiar los cuerpos y purificar las almas, parecía querer ahogar a los arrepentidos...

Y observamos algo que también fue nuevo para mí. De vez en cuando, a una indicación del predicador, el del cuerno de carnero interrumpía los toques y Yehohanan autorizaba la presencia de los de las parihuelas. Entonces mojaba las manos en el río y las llevaba sobre la cara, el pecho, el vientre o las piernas del enfermo, según la dolencia. La imposición era breve. Y recordé el gesto de Abner con Eliseo. ¿Quién imitaba a quién? No tardaría en averiguarlo...

Por más que busqué, por más que exploré el comportamiento del Anunciador, no percibí un solo signo de ternura en sus palabras o acciones. ¡Qué increíble personaje y, sobre todo, qué gran manipulación histórica!

Una hora después del amanecer, cuando el sol empezó a clarear bosques y cañaverales, noté inquietud en el predicador. Sus miradas se volvían reiteradamente hacia aquel sol, cada vez más intenso. Parecía preocupado.

De pronto, en plena ceremonia de inmersión, Yehohanan echó mano del zurrón blanco que colgaba en bandolera y extrajo —cómo definirlo— una suerte de *talith* o manto (quizá lo más aproximado sería nuestro chal). Lo desplegó ceremoniosamente y, ajeno a la expectación general, fue a cubrirse con él.

Mi compañero y yo nos miramos sorprendidos. El sol prometía fuego, como casi todos los días, pero no a esas horas. ¿Por qué se protegía? Y empecé a sospechar una razón...

Era un chal igualmente singular. En la distancia no

acerté a distinguir su verdadera naturaleza. Brillaba como el oro, pero, evidentemente, no era tal. Parecía ligero, muy liviano. Era amplio. Tendría que aguardar algunas horas para despejar el nuevo misterio. Y puedo asegurar que me dejó confundido, una vez más...

Súbitamente, tras observar el sol por enésima vez, Yehohanan se dirigió a su segundo y le dijo algo. Después, sin más, dio media vuelta. Se hizo con la colmena que reposaba sobre la pilastra y se alejó río abajo. La concurrencia, sin saber qué partido tomar, permaneció un tiempo en mitad de las aguas, atónita y siseando. Abner anunció que la ceremonia quedaba suspendida. El sofar avisaría.

—El vidente —exclamó— se retira a meditar...

Supongo que lo creyeron. Los acampados retornaron a la orilla y los armados siguieron los pasos de su jefe. En esta ocasión, el Anunciador no se dirigió hacia el bosque de acacias, en la margen derecha del Yaboq. Ante mi sorpresa, el gigante, con la cabeza y los hombros cubiertos por el chal «amarillo», avanzaba hacia la sófora...

Nosotros también regresamos al improvisado refugio de cañas. La situación era nueva. El vidente había decidido meditar (?)...

Nos sentamos al pie de la cabaña y contemplamos a Yehohanan y a los dieciocho durante largo rato.

El Anunciador, siempre cubierto, depositó la colmena en el exterior del *guilgal*, muy cerca del caminillo de tierra roja. Algunos de los acampados se aproximaron al círculo de piedras, pero, al reparar en el cilindro de colores, optaron por no tentar la suerte. Las abejas resultaron una muy eficaz arma disuasoria.

Y el predicador empezó a pasear alrededor del árbol, seguido por Abner y el resto de los hombres. No parecían hablar. Sencillamente, se limitaban a caminar tras los pasos del vidente. Era una imagen poco grata: entre la comicidad y el patetismo.

Y así siguieron durante más de una hora...

A Eliseo le faltó poco para romper a reír. Debido a su gran altura, y al manto que lo cubría, Yehohanan tenía que esquivar de continuo los trozos de vasijas que colgaban de las ramas de la sófora. En más de una ocasión topó con los «ostracones», lo que provocó las risitas y los cuchicheos de los discípulos. El vidente se revolvía y permanecía inmóvil, intentando averiguar quién osaba burlarse. Los hombres, sorprendidos, chocaban unos con otros y terminaban bajando las cabezas, aturdidos y temerosos. Yehohanan no hablaba, pero —supongo— la mirada lo decía todo. Y vuelta a empezar...

La insólita «meditación», como digo, se prolongó un buen rato. Calculé unas cincuenta vueltas alrededor del tronco. Y, cada poco, el Anunciador interrumpía la marcha, retirándose a la orilla del río. Allí orinaba abundantemente. Aquello no era normal. Y asocié la referida poliuria (trastorno en la micción) con otros «síntomas» que empezaban a despuntar. El instinto me advirtió...

—¿Y éste es el precursor de Jesús?

La pregunta del ingeniero estaba más que justificada. La imagen actual de Juan el Bautista poco o nada tiene que ver con lo que me fue «revelado». Pero así se hace la historia...

Yehohanan, imagino que harto de las impertinentes vasijas, fue a sentarse al pie de la sófora. El sol apretaba lo suyo. En esos momentos (diez de la mañana, aproximadamente), la temperatura en el Yaboq superaba los 20 grados Celsius. El día prometía calor.

El vidente, cubierto por el *talith*, fue rodeado por el grupo. Por los gestos interpreté que era el turno de preguntas. Desde nuestra posición era imposible escuchar. Deduje que el Anunciador los aleccionaba.

Y a eso de la *sexta* (mediodía) percibimos varios movimientos extraños. En primer lugar, la totalidad de los discípulos giró las cabezas y dirigió las miradas hacia estos exploradores. No supimos qué pensar. Después, el lugarteniente se levantó, se aproximó y susurró algo al oído del vidente. Abner también nos miró. Acto seguido, el samaritano y cinco de sus hombres salieron del *guilgal* y se encaminaron al lugar donde nos encontrábamos.

Algo sucedía...

Nos pusimos en pie.

Abner, amable, nos deseó paz. A continuación, señalando hacia el árbol, rogó que lo acompañase.

—Quiere hablar contigo —añadió sin disimular su satisfacción—. Eres un hombre afortunado...

No comprendí, pero, dispuesto a aprovechar la oportunidad, asentí con otra sonrisa.

Abner dio media vuelta y me fui tras él. Pero, al instante, los cinco armados se interpusieron en mi camino. Uno de ellos, casi sin palabras, me obligó a levantar los brazos. Y allí mismo, ante la atenta mirada del resto, fui cacheado.

Eliseo sonrió amargamente. Y entendí su pensamiento.

Los armados, satisfechos, me franquearon el paso. Pero, al llegar al círculo de piedras, me detuve y esperé. No quería nuevos incidentes, y mucho menos un *gladius* en la garganta...

Abner, ya en el centro del *guilgal,* comprendió mis dudas y, agitando las manos, me animó a rebasar la «barrera». El vidente, mudo, seguía sentado y con la cabeza y parte del cuerpo cubiertos por el chal de color dorado. Los hombres, también en silencio, me observaban, curiosos.

Obedecí y fui aproximándome a la sófora.

Fue entonces, al llegar a la altura del Anunciador, cuando reparé en la auténtica naturaleza del manto con el que se cubría. Sentí una sensación incómoda...

¡Era cabello humano!

El *talith* había sido trenzado con pelo rubio, muy similar al del vidente. Sospeché que podría haber sido tejido con la cabellera del hombre de las siete trenzas. ¿Cómo era posible? Las citadas trenzas colgaban casi hasta las rodillas. ¿Cuánto pelo se necesitaba para confeccionar un chal de semejantes características? Todo tenía su explicación...

El siguiente recuerdo de aquella inesperada reunión con el Anunciador fue un olor acre, un inconfundible tufo a sudor humano. Era intenso, y convertía el entorno de la sófora en un lugar poco recomendable, casi asfixiante. Algunos de los allí congregados —pensé— no se lavaban desde hacía tiempo.

Me equivoqué de nuevo.

Yehohanan me observó desde la penumbra de su embozo. ¿Me reconoció? ¿Supo que era el mismo individuo que se ocultaba en las aguas del río cuando se disponía a dirigir la palabra a los acampados?

El silencio y la descarada observación se prolongaron más de un minuto. Me sentí intranquilo. No podía remediarlo. Aquel hombre no terminaba de gustarme...

—¿Es cierto que conoces a Yešúaꜥ, de la casa de David e hijo del *naggar* de Nazaret?

El tono, arrogante, me puso en guardia. Todos esperaron una respuesta afirmativa.

Se refería, evidentemente, al Maestro. El término *naggar*, en arameo, como *tekton* en griego, significaba «contratista de obras» (una mezcla de carpintero de exteriores, albañil y «arquitecto»). Ésa fue, según mis noticias, la verdadera profesión de José, el padre terrenal de Jesús.

No me permitió replicar. Antes de que acertara a responder, preguntó y preguntó, manipulando mis silencios...

—Sabía que lo conocías... ¡Habla!... ¿Dónde está ahora?... ¿Cuándo inaugurará el reino?... Comprendo... Te ha pedido que guardes silencio... ¡Somos sagrados!... ¡Hay espías en todas partes!... ¡Te daré un mensaje para él!...

Levanté la mano izquierda, interrumpiéndolo.

—No me gusta hablar con quien oculta su rostro...

Mi tono también fue firme. Y el Anunciador comprendió.

El silencio fue un mal preludio.

Yehohanan se alzó y, con él, el resto del grupo. Volvió a escrutarme desde la oscuridad que le proporcionaba el *talith* y, en un estudiado intento de intimidarme, avanzó un paso y se inclinó ligeramente sobre quien esto escribe. Percibí la amenaza, y los dedos, lenta y disimuladamente, fueron a situarse en lo alto de la «vara de Moisés», y acariciaron el clavo de los ultrasonidos. No estaba dispuesto a dejarme avasallar por ninguno de aquellos fanáticos...

No retrocedí. Ni siquiera parpadeé. La gran altura del predicador era un «argumento» demoledor, pero resistí. No cedería ante aquel energúmeno...

Confundido ante mi terquedad, se aproximó un poco más. El chal amarillo casi me rozó. Y la peste a sudor me golpeó el rostro.

Permanecí imperturbable (aparentemente).

—¿Sabes quién soy? —estalló—. ¿Sabes con quién estás hablando? ¿Sabes que he sido visitado por el espíritu de Dios?... ¿Sabes que soy de Él?

Los gritos, rebozados en una soberbia más que preocupante, hicieron retroceder a los hombres. Eliseo y Kesil, alertados, corrieron hasta el límite de las piedras blancas. Mi hermano debió de ver la posición de la mano derecha, en lo alto del cayado, y permaneció atento. Afortunadamente, no traspasó el *guilgal.*

—¡De Él! —repitió altanero, al tiempo que situaba la mano izquierda a una cuarta de mi cara—. ¡Soy de Dios!

Poco faltó para que activase el clavo. La mano, interminable, de unos veinticinco centímetros de longitud, podría haberme derribado con un simple empujón...

Pero no eran ésas las intenciones del Anunciador.

En la palma, sobre la piel arrugada y encallecida, distinguí unas letras. Parecía un tatuaje...

Y leí: «Suyo.» En hebreo, literalmente, «Yo, del Eterno».

¡Habían sido grabadas a fuego, como el sol en la frente de Belša!

«Suyo» o «de Él» («de Yavé») era una «señal» que acreditaba la «pertenencia», en cuerpo y alma, al Dios del Sinaí. Aunque el Levítico prohibía formalmente los tatuajes (19, 28), los judíos más religiosos o fanatizados gustaban de este tipo de manifestación externa, haciendo ver así su piedad y su celo por el Dios de los patriarcas. Muchos se amparaban en Isaías (44, 5) para grabar la «marca» en cuestión, bien en la palma de la mano (siempre en la izquierda, puesto que la derecha era utilizada habitualmente para limpiarse después de defecar), bien sobre la frente. Todo dependía del rigor religioso del individuo. Las mujeres lo tenían prohibido...

Y me gritó de nuevo, con la voz estrangulada por la cólera:

—¡Soy de Él!... ¿Quién como yo?... ¡Que se levante y hable!

El profeta Isaías volvía a su boca, utilizando el texto a su antojo. En esos momentos presentí algo. Yehohanan no era un hombre normal. El ingeniero, con su habitual intuición, había dado en la diana. Pero necesité tiempo para convencerme y, sobre todo, para demostrarlo...

—¡Nadie me da órdenes! —clamó, estirando los enormes dedos y paseando las letras a derecha e izquierda, con la clara intención de que todos vieran la cicatriz—. ¿Sabes que puedo hacer bajar fuego del cielo y abrasarte? Yo sí que podía. Bastaba con activar el láser de gas... Pero me contuve.

Di media vuelta y me retiré. Y allí quedó el predicador y su grupo, tan desconcertados como Eliseo y el criado...

El resto del día discurrió con normalidad, más o menos.

Mi compañero, impulsado por lo que acababa de presenciar, sugirió un cambio de planes. Ya habíamos visto suficiente. Sabíamos quién era el Anunciador. Era mejor regresar a Nahum. El Maestro sí merecía toda nuestra dedicación...

Lo dejé hablar. Tenía razón, en parte. Su estado de salud, sin embargo, no era todavía el aconsejado. Convenía no precipitarse. Y así se lo hice saber. Seguiríamos en el vado hasta nueva orden.

En ello estábamos cuando, a eso de la *décima* (las cuatro de la tarde), cuando faltaba hora y media para el ocaso, Yehohanan y los suyos se presentaron de improviso frente a estos sorprendidos exploradores. Nos encontrábamos a la sombra de la choza de cañas y no los vimos llegar. Kesil, temeroso, se hizo a un lado.

Enmudecimos. La «vara de Moisés» se hallaba a mi derecha, apoyada en la pared del refugio. Demasiado lejos para alcanzarla desde mi posición, sentado al pie de la cabaña.

Abner, al frente, se adelantó. El Anunciador, cubierto con el chal, permanecía inmóvil, rodeado por la totalidad de los armados. Los rostros, como siempre, aparecían imperturbables. Algunos habían cerrado los dedos sobre las respectivas empuñaduras de los *gladius*.

No terminaba de comprender...

—Él desea disculparse...

Y el *kuteo* mostró su habitual y catastrófica sonrisa.

Tanto el ingeniero como yo quedamos definitivamente confundidos. ¿El vidente quería presentar sus disculpas?

No tuve tiempo de pronunciarme. Yehohanan empujó sin miramiento a los dos o tres armados que lo protegían por delante y avanzó hacia nosotros.

Abner, rápido, lo esquivó.

El predicador sostenía entre las manazas un recipiente de madera, minuciosamente cubierto por un paño.

No supimos qué hacer. ¿Nos levantábamos o continuábamos sentados? Tampoco tuvimos opción.

Yehohanan se arrodilló frente a estos exploradores y depositó el cuenco en el suelo. El olor a sudor nos golpeó como una tabla. Su gente no se movió.

Acto seguido, en silencio, tomó el *talith* y lo echó hacia atrás, descubriéndose.

Era la primera vez que lo contemplaba de tan cerca. Me estremecí. Después sentí piedad por él. E intenté corresponder al gesto de buena voluntad con una amplia y sincera sonrisa. Lo logré a medias.

Aunque nos hallábamos a la sombra, la tragedia de aquel hombre apareció en toda su crudeza. La mancha en forma de mariposa era quizá lo de menos. Lo que encogía el alma eran los ojos, azules —de un bellísimo celeste— y, al mismo tiempo, endiablados, con las pupilas como el fuego. Mirarlo a los ojos era un suplicio. Al albinismo ocular había que sumar, además, un persistente y molesto nistagmo vertical (una oscilación del globo en sentido vertical, provocada por espasmos involuntarios de los músculos motores). Este continuo subir y bajar de los ojos provocaba extrañas reacciones entre sus interlocutores, casi siempre de rechazo. El resto tampoco ayudaba: orejas largas con lóbulos carnosos y oscilantes, boca grande con la dentadura apiñada, labios gruesos y sensuales, nariz aplastada, glabela (entrecejo) prominente y bóveda craneal, como las manos y los pies, estirada. El tórax presentaba una ligera depresión en forma de embudo *(pectus excavatum)*. El suyo era un rostro duro e impresionante. Hasta el más avisado experimentaba un lógico rechazo...

Jamás lo vi sonreír. Nunca...

Miraba como un halcón. Más que mirar, clavaba. Como ya referí, no era fácil percibir un rasgo de ternura. Era extraño, muy extraño...

—Y ahora, háblame...

Seguía encaramado en la arrogancia.

—...¿Dónde está?... ¿Cuándo inaugurará el reino?

Yehohanan no sentía el menor deseo de rectificar o de excusarse. Eso lo hizo su segundo. El Anunciador se acercó por interés. Poco a poco iría dibujando su perfil. Era frío y calculador. Sólo le interesaban sus ideas, sus objetivos. Y yo hice lo propio. Acepté responder por interés...

Le hablé de nuestro reciente encuentro en las cumbres del Hermón, «aparentemente por casualidad». No profundicé ni le proporcioné dato alguno que pudiera ratificar sus sospechas sobre el Maestro. «Todo se limitó a un fructífero y mutuo conocimiento.» El Galileo, eso sí, nos había impresionado por su inteligencia y claridad de ideas.

—¿Dónde se encuentra?

La pregunta delató sus intenciones. Como ya insinuó Abner, el predicador intentaba reunirse con su primo lejano. Hacía meses que había iniciado el camino de búsqueda, al tiempo que predicaba y bautizaba.

Respondí con la verdad:

—Lo ignoramos...

Supongo que me creyó. Y, astuto, planteó una cuestión en la que no habíamos entrado hasta ese momento.

—¿Por qué dices que es el mesías esperado?

Yo no había dicho tal cosa. Ni siquiera lo había sugerido. Y no caí en la trampa.

—¿El mesías? Somos griegos... ¿Por qué íbamos a creer en un libertador judío?

Y remaché:

—...Ese Hombre es un ser especial. Eso he dicho.

Los ojos me taladraron. No sé si buscaba segundas intenciones en mis palabras. Imagino que le agradaron.

—Sé que te reunirás con Él en breve —añadió, sorprendiéndonos—. Te daré un mensaje. Pero, antes, déjame hacer...

Se aproximó y colocó sus grandes manos sobre mi cabeza. No hice el menor movimiento.

Cerró los ojos y levantó el rostro hacia el cielo. Así permaneció un rato, murmurando algo incomprensible. De vez en cuando suspiraba profundamente y continuaba en su «rezo» (?). Eliseo, tan perplejo como yo, siguió mudo. Los más sorprendidos fueron los dieciocho seguidores. Al bueno de Abner, feliz, se le humedecieron los ojos. Aquello —supuse— era importante, al menos para Yehohanan y los suyos. Yo, por mi parte, sentí calor, un notable calor que, sin duda, nacía de las largas y toscas manos. No tuve explicación. El sol se retiraba ya hacia el Jordán. Aquella «energía» (?) nada tenía que ver con la temperatura ambiente.

La imposición de manos fue providencial...

Concluida la ceremonia, Yehohanan habló de nuevo. La voz, ronca y emboscada, llegó «5×5» a cuantos asistíamos al encuentro:

—Ahora, para nosotros, serás «Ésrin»...

¿«Ésrin»? La palabra, en arameo, significaba «veinte». ¿Qué había querido decir?

—... Tu nombre es Ésrin —aclaró, solemne—. Atiende... Pregúntale: ¿cuánto más debo esperar?... ¿Has comprendido?

Asentí sin atreverme a pronunciar palabra alguna.

No hubo más. El predicador se alzó. Tomó el misterioso cuenco y fue a depositarlo en las manos del ingeniero. Sólo hizo un comentario:

—Ellas trabajan para mí...

Ahí concluyó la reunión.

Yehohanan se retiró al *guilgal*. Conversó con los suyos brevemente y, tras recuperar la colmena de colores, se introdujo en el vado, se alejó con rapidez y desapareció en el bosque rojo y verde de las acacias.

De nuevo, aquel misterioso lugar...

Mi compañero, al ver cómo se introducía en la espesura, preguntó:

—¿Estás pensando lo mismo que yo?

Respondí afirmativamente.

¿Qué sucedía en la otra orilla? ¿Por qué abandonaba a sus discípulos? ¿Por qué en el ocaso?

Así nacieron un nuevo reto —averiguar el porqué de aquellas extrañas escapadas— y un sobrenombre.

«Ésrin» fue el apodo que recibí de Yehohanan. Según el Anunciador, yo era el «heraldo» número veinte...

El «bautizo» no me disgustó. Como he dicho, resultaría útil a nuestros propósitos.

Eliseo destapó el recipiente que le había regalado el predicador. Kesil sonrió satisfecho. Yo también. Parecía un buen regalo. «Ellas», efectivamente, «trabajaban bien». El criado probó el contenido y sentenció: «De primera calidad...»

Y quedé pensativo. ¿Por qué Yehohanan había dicho que «ellas», las abejas, trabajaban para él? Porque de eso se trataba, de una generosa ración de miel (de espliego, según Kesil), densa, naranja, dulcísima y muy adecuada para pelear con las infecciones gastrointestinales (1). Fue uno de los escasos gestos de «humanidad» que contemplé en el Anunciador durante el tiempo que permanecí cerca de él. Ahora, sabiendo lo que sé, no lo culpo...

Si la miel fue beneficiosa, la deferencia del predicador para con quien esto escribe lo fue mucho más. Aquella loca designación y el mensaje que debía trasladar a Jesús de Nazaret me abrieron todas las puertas. Un mensaje, por cierto, que jamás comuniqué al Maestro...

A partir de ese día, como digo, fui «Veinte». Hasta mi compañero admitió el alias, y no sin cierta sorna. No importaba. Tuve acceso al *guilgal* (increíble Destino) y, especialmente, al corazón del grupo. Desde entonces me acogieron como uno más, me protegieron y, en cierto modo, me envidiaron. Su ídolo confiaba en aquel extranjero. Y supe sacar partido de las circunstancias.

---

(1) La miel, entre otras propiedades, es antiséptica. Actúa sobre la flora intestinal, combatiendo infecciones de toda índole. Para la disentería, por ejemplo, resulta especialmente indicada. También previene las fermentaciones. Elementos como el ácido fórmico, enzimas, esencias y levulosa trabajan sobre el intestino, favoreciendo el peristaltismo (movimiento característico que hace progresar el contenido de dicho intestino). *(N. del m.)*

Para empezar, durante el tiempo que continuamos en el «vado de las Columnas», lo pregunté todo sobre Yehohanan. Abner fue el que más disfrutó. Era el mejor informado.

Un buen día, complacido ante la insaciable curiosidad de Veinte, fue a mostrarme un cesto. En él, cuidadosamente envuelto en un lienzo, guardaba su «tesoro», el fruto de casi siete meses de seguimiento de su ídolo. Deshizo el lío y puso en mis pecadoras manos un mazo de papiros.

—Ahí está lo que buscas...

Las hojas vegetales aparecían escritas en arameo. Leí, intrigado.

Al verificar el contenido lo miré, asombrado.

—¿Quién lo ha escrito?

—Yo, naturalmente. Todo procede de él... Puedes leerlo. Después hablamos.

Abner había iniciado la redacción de sus «memorias», siempre en torno al Anunciador. Allí encontré datos sobre su vida, los discursos, su pensamiento y sus principales objetivos e, incluso, pormenores sobre los otros dieciocho «heraldos». Lo leí con avidez, aun reconociendo que procedía de una mano interesada y, hasta cierto punto, poco objetiva. Pero, como digo, fue útil e interesante. Con aquella información en mi poder, el seguimiento de Yehohanan resultó más sencillo.

Trataré de sintetizar lo que el Destino me reveló en dichas jornadas.

Yehohanan nació el 25 de *nisán* (marzo) del año 7 a. J.C. Tenía, por tanto, cinco meses y cuatro días más que su pariente lejano, Jesús (las respectivas madres —Isabel y la Señora— eran primas segundas). El nacimiento, en realidad, tuvo lugar en la madrugada del 25 al 26 (quizá en las proximidades de la última vigilia, la del alba: en esas fechas, hacia las 6 horas).

El acontecimiento se produjo en una aldea situada al oeste de Jerusalén, a poco más de una hora de camino (alrededor de seis kilómetros). El lugar, en aquel tiempo, recibía el nombre de «Manantial de la Viña» (posiblemente «Ain Kárim» o «Ein Kárim») (1). Se trataba de un puñado de casas (treinta o cuarenta), habitado por pastores y campesinos.

Fue un parto normal, según mis informantes. Antes, sin embargo, en los meses previos, ocurrieron algunos hechos poco habituales. Mejor dicho, nada habituales...

La madre se llamaba Isabel (occidentalización del nombre hebreo «Elisheba» o «Mi Dios siete veces»). Era una mujer instruida, de buena familia, descendiente de las «hijas de Aarón», el hermano de Moisés (2). Al nacer Yehohanan contaba unos cincuenta y tres años. Es decir, una mujer mayor (la expectativa de vida para los varones no superaba la media de treinta y cinco o cuarenta años. Las mujeres vivían algo más).

El padre (Zacarías o «Zejaría» —«Recordado por Dios»—) era sacerdote. Pertenecía al clan de los Abiá [octava clase sacerdotal (3)], una de las familias más respetadas en las cuestiones del culto a Yavé.

(1) *Ain* significa «fuente o manantial» y *Kárim* o *Kárem* es la vocalización del grupo radical semítico *krm* («viñedo»). Existe un segundo significado para *krm*: «noble», «generoso».
En la tradición de las iglesias se ha dicho que el Bautista nació en Jerusalén (Eutimio, Girolamo y Agostino, entre otros), en la ciudad de Hebrón, al sur (Cesare Baronio), en Maqueronte, Sebaste, en Beit Zekaria (suroeste de Belén) y en Beit Shar'ar (supuesta tumba del profeta Zacarías, también cercana a Belén). Ninguna de estas versiones tiene un fundamento sólido. *(N. del m.)*
(2) Aarón, hermano mayor de Moisés, acompañó también al pueblo hebreo hasta la llamada Tierra Prometida. Fue nombrado sumo sacerdote por Yavé. Falleció antes de pisar Canaán. Las mujeres descendientes de Aarón eran consideradas de la «familia sacerdotal» (véanse Éxodo y Números). Dada la posible tartamudez de Moisés, Aarón lo reemplazaba a la hora de hablar con el faraón, que debía propiciar la salida de Egipto del referido pueblo hebreo. *(N. del m.)*
(3) La intrincada burocracia sacerdotal en la época de Jesús se dividía en veinticuatro clases. Cada una desempeñaba una semana de servicio en el Templo, de sábado a sábado. Acudían desde todo el país, especialmente desde las ciudades «levíticas». Así fue establecido desde los tiempos de David (mil años antes de Cristo). Los sacerdotes se reunían el día señalado y pasaban la primera noche en el patio del Templo. Allí procedían al sorteo de los «trece oficios»: inmolación, limpieza, quema de perfumes, toque de trompetas, bendición del pueblo, etc. Durante esa semana, el turno correspondiente era responsable de todo lo concerniente al Templo (desde la administración de justicia a la del dinero). Aunque no dispongo del dato exacto, cada sección semanal reunía del orden de setecientos sacerdotes y levitas, repar-

Nadie supo aclararme con exactitud la edad del padre de Yehohanan cuando se produjo el nacimiento del Anunciador. Quizá tuviera sesenta años. Puede que más. Estos datos, como espero referir en su momento, eran muy significativos...

No me equivoqué.

Zacarías repartía el tiempo entre el cuidado de una granja de ovejas, ubicada en el «Manantial de la Viña», y el Templo, en la cercana Ciudad Santa (Jerusalén). Allí desempeñaba su labor como simple sacerdote, uno más entre los dieciocho mil que, al parecer, formaban la nómina del llamado Segundo Templo. Recibía el salario correspondiente, trabajando a razón de una semana cada seis meses. La venta de ovejas era su principal sustento. Zacarías era también un excelente esquilador.

No habían tenido hijos. Al nacer Yehohanan, Isabel y su esposo acababan de cumplir cuarenta años de matrimonio. Aquello me llamó la atención. Pregunté y siempre obtuve la misma respuesta: Isabel era estéril. Estaba «maldita» (!). La sociedad judía no planteaba siquiera que la esterilidad pudiera tener un origen masculino...

Abner no supo aclarar la siguiente cuestión. ¿Por qué Zacarías no repudió a su mujer? Las severas leyes mosaicas contemplaban esta posibilidad. Entre las familias sacerdotales, el rigor, incluso, era más acusado (1). El fin

---

tidos en 156 secciones diarias. Esto sitúa el cómputo total en unos dieciocho mil sacerdotes y levitas. Ni que decir tiene que el turno que coincidía con una fiesta resultaba «especialmente beneficiado»: los animales sacrificados y las donaciones aumentaban considerablemente. *(N. del m.)*

(1) Según Yavé (Levítico 21, 7-8), la dignidad y la pureza de origen en los sacerdotes exigían que éstos no contrajeran matrimonio con una divorciada, una prostituta o una mujer que no fuera virgen. Sólo podían tomar por esposa a una virgen o a una viuda, siempre y cuando fueran israelitas, con una ascendencia genealógica pura. Si el sacerdote no tenía hijos, podía volver a casarse, pero nunca con una viuda estéril. Tampoco le estaba permitido el matrimonio con una prosélita o con una liberta, aunque sí con sus hijos, siempre y cuando la madre fuera judía. A estas leyes, sujetas a la arbitrariedad y la injusticia, el Dios (?) del Sinaí añadió la prohibición de desposar a la *halûsah* y a la mujer estéril (Deuteronomio 25, 9). La primera era la viuda que había rechazado casarse con el hermano de su difunto esposo (matrimonio levirático). En cuanto a la estéril, un sacerdote sólo estaba autorizado a tomarla por esposa cuando éste ya disponía de mujer e hijo. El

del matrimonio era la prole. Según Yavé, si la mujer no estaba capacitada para dar hijos, el varón podía divorciarse o buscar nuevas esposas. Lo contrario no existía...

Quise creer que Zacarías amaba a Isabel. Por eso no la abandonó. Las leyes judías también tenían un límite...

Aun así, debería preguntar al propio Yehohanan. Quizá él tuviera una respuesta. Pero ¿cómo plantear tan delicado interrogante? El Destino supo hacerlo..., ¡y de qué forma!

Y, como decía, empezaron a registrarse algunos hechos insólitos en la vida de la pareja y de la sencilla y olvidada aldea.

A lo largo del mes de *tammuz* (junio) del año 8 a. J.C., fueron muchos los vecinos del «Manantial de la Viña» que observaron, atónitos y aterrados, las evoluciones sobre casas y campos de unas pequeñas y veloces «esferas luminosas» que ponían en fuga el ganado y que llegaban a atravesar muros y terrados. Hacían acto de presencia al atardecer y desaparecían con el alba. Fue una señal. Hablaban de una catástrofe, anunciada por este *raz* o «misterio» (más que «misterio» podría traducirse como «designio misterioso»). Naturalmente, para aquella gente, el *raz* era obra de Yavé o de sus «siervos», los espíritus maléficos.

Las noticias sobre los «fuegos inteligentes» corrieron veloces por el pequeño país. Y fueron numerosos los escribas que consultaron los textos sagrados, haciendo *hitpa* (profetizando) sobre tales sucesos. De todo esto tampoco hablan los evangelistas.

Fue a finales de ese mes de junio cuando se produjo el segundo y extraordinario hecho en la aldea de Yehohanan. Isabel, que también fue testigo del *raz* mientras regresaba con el ganado desde las vecinas montañas, recibió

---

rabí Yudá ben Elay prohibía este último matrimonio, sin excepciones. Si un sacerdote incumplía esta normativa, la ley caía sobre él y sus descendientes con extrema severidad. El matrimonio era declarado ilegítimo, y los hijos, si los había, quedaban apartados del derecho a ser sacerdotes, como lo era el padre. A Flavio Josefo le sucedió algo parecido cuando, prisionero de los romanos, fue obligado a casarse por Vespasiano con una judía prisionera de guerra; es decir, sospechosa de haber sido violada. *(N. del m.)*

una «visita» muy poco común. En lo escrito por Abner, dictado, a su vez, por el Anunciador, se hablaba de un «varón de considerable estatura, cabellos largos y amarillos y una vestimenta como la de los persas» (con pantalones). Emitía luz a todo su alrededor. Era fuerte, musculoso, con el rostro áspero, «como trabajado con martillo y cincel». En el pecho lucía un «dibujo» (?): una especie de bordado rojo que reproducía tres círculos concéntricos.

¿Círculos? La imagen me recordó algo...

Isabel se hallaba sola. Esos días, su marido se encontraba en el Templo de Jerusalén, oficiando. Era el turno de la sección semanal a la que pertenecía.

El «hombre de luz» —así lo definieron— no abrió los labios, pero Isabel oyó palabras en el interior de su cabeza. Al principio, la presencia del ser en el corral de la casa la aterrorizó. Quedó inmovilizada (quizá por el miedo). Quería gritar y solicitar ayuda. No pudo. Y escuchó lo siguiente: «Mientras tu marido, Zacarías, oficia ante el altar, mientras el pueblo reunido ruega por la venida de un salvador, yo, Gabriel, vengo a anunciarte que pronto tendrás un hijo que será el precursor del divino Maestro. Le pondrás por nombre Yehohanan (Juan). Crecerá consagrado al Señor, tu Dios, y cuando sea mayor, alegrará tu corazón, ya que traerá almas a Dios. Anunciará la venida del que cura el alma de tu pueblo y el libertador espiritual de toda la Humanidad. María será la madre de este niño, y también apareceré ante ella.»

Yo conocía el mensaje de Gabriel. La Señora y sus hijos me habían informado en su momento (1). Los dos textos eran prácticamente iguales. Cinco meses después, a mediados del *marješván* (noviembre), la entonces casi niña María recibía una «visita» similar, protagonizada por el mismo «hombre luminoso», Gabriel (2). El anun-

---

(1) Véase información en *Masada. Caballo de Troya 2. (N. del a.)*

(2) En esa segunda aparición, el ángel Gabriel se expresó así: «Vengo por mandato de aquel que es mi Maestro, al que deberás amar y mantener. A ti, María, te traigo buenas noticias, ya que te anuncio que tu concepción ha sido ordenada por el cielo... A su debido tiempo serás madre de un hijo. Lo llamarás Yešúaꞌ (Jesús o "Yavé salva"), e inaugurará el reino de los cielos

cio a la Señora tuvo lugar en el interior de la casa de Nazaret.

Por lo que alcancé a deducir en posteriores encuentros con el Anunciador, la presencia del «hombre de luz» ante Isabel y, poco después, ante María, y, sobre todo, los mensajes, marcarían profundamente la vida de Yehohanan. Su comportamiento estuvo íntimamente ligado a estos hechos sobrenaturales. La influencia, al margen de otros «problemas» a los que me referiré en su momento, fue total.

¡Era el precursor del mesías! ¡El anunciador! ¡El que abre camino y el que prepara!

Lamentablemente, ni Isabel, ni María, ni tampoco Yehohanan entendieron el verdadero sentido de las palabras de Gabriel...

Y durante años, la madre del Anunciador se encargaría de avivar la llama del gran error: Yehohanan sería el segundo en el mando. Yehohanan ocuparía un lugar de honor en el reparto del reino. Yehohanan, como el mesías, como Jesús de Nazaret, sería un *šallit*, un hombre con fuerza (tanto física como mental). Yehohanan se consideraba un elegido, un ser especial, dotado del don de la profecía y de la sanación. Tenía razón, hasta cierto punto...

Por eso —según Abner—, trazaba círculos de piedras allí donde iba. El *guilgal* era una manifestación física de su capacidad como *šallit*. Al verlo, todos sabían que se hallaban ante un hombre «santo», capaz de imponer su voluntad sobre el mal y sobre la naturaleza. Era una vieja creencia que se remontaba a los tiempos del profeta Elías (ochocientos años antes de Cristo) (1). Yo fui uno

_____

sobre la Tierra y entre los hombres... De esto, habla tan sólo a José y a Isabel, tu pariente, a quien también he aparecido y que pronto dará a luz un niño cuyo nombre será Yehohanan. Isabel prepara el camino para el mensaje de liberación que tu hijo proclamará con fuerza y profunda convicción a los hombres. No dudes de mi palabra, María, ya que esta casa ha sido escogida como morada terrestre de este niño del Destino... Ten mi bendición. El poder del Más Alto te sostendrá... El Señor de toda la Tierra extenderá sobre ti su protección.» *(N. del a.)*

(1) Entre los judíos, y en otras culturas, existía la creencia de que determinados hombres podían dominar las leyes de la naturaleza. Algunos los llamaban *ašap* (adivino o brujo), otros, *ittim* o *šallit*. Eran capaces de atraer

de los pocos que no lo tuvieron en cuenta y casi lo pagué con la vida…

Pero regresemos a Isabel y a la singular «visita» del «hombre luminoso».

La mujer, asustada primero y desconcertada después, no dijo nada a nadie, ni siquiera a Zacarías. Con el paso de los días, como es natural, llegó a dudar, incluso, de sí misma. ¿Lo había soñado? ¿Era fruto de su mente, ya cansada y anciana?

El embarazo, sin embargo, era real. Y al poco, a lo largo de ese verano del año 8 a. J.C., cuando los signos de la gestación empezaron a ser evidentes, Isabel cayó en una crisis más profunda.

¿Cómo era posible? Tenía cincuenta y tres años. Hacía tiempo que había experimentado la menopausia. No existía ovulación. ¿Cómo explicar aquel embarazo? Además, según la sociedad que la rodeaba, era estéril…

¿Era cierto? ¿Fue visitada por un ángel? ¿Era Dios quien había hecho el prodigio?

Lentamente, Isabel se convenció. Era cierto…

Y a los cinco meses, en noviembre, se decidió a comunicárselo al marido.

Zacarías reaccionó como era de esperar. Primero lo tomó a broma. Después, ante la insistencia de Isabel, pasó al desconcierto y, finalmente, al escepticismo.

¿Embarazada? ¿A su edad? ¿Por obra del Justo?

Y el desasosiego del anciano sacerdote se multiplicó cuando, efectivamente, nadie pudo dudar del estado de buena esperanza de su mujer. Diciembre y enero fueron espantosos. Zacarías pensó que se volvía loco.

No es que dudase de la honestidad de Isabel, anciana y estéril. Lo que no entendía era el porqué de aquella elección. Conocía bien las profecías sobre el libertador (más

---

la lluvia, terminar con una plaga o lograr que un incendio quedara extinguido con el solo uso de su palabra. Para ello dibujaban un círculo, se situaban en el centro, y rezaban hasta que Dios concedía el prodigio de turno. Uno de estos magos —quizá el más famoso— fue Honi, el «Trazador de Círculos», al que Flavio Josefo llama Onías, el Justo (siglo I a. J.C.). Siempre aparecen enfrentados a los sacerdotes, legítimos y únicos responsables de la aparición de las lluvias en todo Israel. (N. del m.)

de quinientas), pero a sus sesenta años se había vuelto poco crédulo. ¿Por qué aceptar que aquel hijo fuera el precursor del Mesías?

¿Quiénes eran ellos? Nadie. ¿Quién era María, la pariente de Isabel? Nadie...

¿Podían estar confabuladas las mujeres? Zacarías también rechazó la idea. ¿Por qué maquinar semejante enredo?

«¿Y si fuera una niña?»

La confusión fue tal que Zacarías acudió al Templo y rogó que Dios le diera una señal. De momento, el atormentado sacerdote no dijo nada. La plegaria a Yavé fue guardada en su corazón. Sólo algún tiempo después se lo comunicaría a Isabel, cuando sucedió lo que sucedió...

En febrero del año 7 a. J.C., María, la Señora, entonces una jovencita desposada con José, acudió al «Manantial de la Viña» con el propósito de visitar a Isabel. Faltaban dos meses para el nacimiento de Yehohanan.

Fue el primer encuentro de las embarazadas. María estaba ya de diez semanas, aproximadamente.

Según la versión del Anunciador, transmitida a su segundo, las mujeres se comunicaron sus mutuas experiencias —en especial, las respectivas presencias de Gabriel—, lo que reforzó creencias y provocó más desasosiego, si cabe, en el aturdido Zacarías.

En aquella histórica reunión fueron trazados los primeros planes para Jesús de Nazaret y su lugarteniente, Yehohanan. Isabel y María, entusiasmadas, hicieron y deshicieron. El Maestro reuniría los ejércitos, expulsaría al invasor y tomaría posesión del trono de David. Ellas serían las madres del rey y del «heraldo» del rey. El mundo estaría a su servicio. Jesús —así lo había anunciado el «hombre de luz»— era el niño de la Promesa o del Destino. Yehohanan prepararía ese reino de gloria y esplendor judíos, esperado durante siglos.

Estaba muy claro...

Como ya he referido en otras ocasiones, ni la Señora ni su prima segunda entendieron el significado de las expresiones «reino de los cielos» o «libertador espiritual».

Y allí, en la casa de Zacarías, nació un malentendido que oscureció la vida del Galileo...

Y se produjo el tercer suceso de carácter extraordinario.

Ocurrió el 11 de febrero, cuando María llevaba poco más de una semana en el «Manantial de la Viña».

Esta vez, el protagonista fue el derrotado Zacarías...

Así constaba en las «memorias» de Abner: «Fue un sueño, un *hélem* [más que un sueño, una visión]. Zacarías soñó que estaba en el Templo de Jerusalén. Era uno de los turnos en el que oficiaba. Le tocó en suerte el incienso [ofrecer incienso y otros perfumes en el Santo (1)]. Cuando entró en el lugar, con sus compañeros, se dirigió al citado altar de los perfumes. De pronto vio a un "hombre" junto a dicho altar. No era sacerdote. Vestía pantalones, como los babilónicos. Zacarías y sus compañeros quisieron avisar a los vigilantes. ¿Cómo había entrado en el recinto sagrado? Pero Zacarías y los otros no pudieron moverse. Estaban amarrados al pavimento, como cosi-

---

(1)   El *Hekal* o Santo era una de las zonas sagradas del Templo judío. En él desembocaban todas las estancias (38 cámaras repartidas en tres pisos o alturas que servían de almacenes, alojamientos, oficinas, etc.). Tenía forma de larga galería, con los muros enchapados con maderas nobles e incorruptibles. Una gran puerta permitía el acceso al Santo. Inmediatamente, varias cortinas, entrecruzadas, impedían la visión desde el exterior. Era el primer velo del Templo. En el *Hekal* se hallaban el célebre candelabro de siete brazos, la mesa de los panes de la proposición y el altar de los perfumes o del incienso, todo cubierto de oro. La liturgia judía exigía que el incienso fuera ofrecido dos veces al día (en realidad, se trataba de una mezcla de incienso, gálbano, ónice y estoraque). Para la ofrenda del incienso se necesitaban, como mínimo, tres sacerdotes. Además del responsable de la ofrenda, un segundo sacerdote, con una pala de plata, acudía al altar de los holocaustos y recogía carbones encendidos que transportaba hasta el referido altar de los perfumes. El segundo ayudante recibía la bandeja o cuchara de grandes proporciones (capaz para siete kilos) en la que había sido depositada la mezcla de perfumes y que el sacerdote principal ofrecía a Yavé. Así consta en el escrito llamado *tamid* (sacrificio cotidiano). Al fondo del Santo, separado por un segundo velo o cortina, se encontraba el *Debir* o «Santo de los Santos» *(Qadosh haqedoshim)*. Era el lugar donde, supuestamente, habitaba Yavé. En tiempos de Jesús estaba vacío. En épocas anteriores había contenido el arca de la Alianza, hoy desaparecida. En el «Santo de los Santos» sólo entraba el sumo sacerdote y una vez al año, en la solemne festividad del Yom Kippur (Día del Perdón) o Yom ha-Kippurim, como era denominado en aquel tiempo. *(N. del m.)*

dos a las piedras. Entonces, el "hombre" habló, pero no movía los labios. Zacarías, aterrorizado, se orinó. Y oyó: "No temas, Zacarías... No te haré daño... Tu petición ha sido escuchada... Yo soy la señal que has solicitado al Todopoderoso... Tendrás un hijo que abrirá camino al que es más santo y fuerte, al libertador espiritual de los hombres..."

»Y Zacarías respondió en el sueño: "Soy viejo. ¿Podré verlo?"

»El "hombre" ordenó a uno de los sacerdotes que saliera del Santo y mirase si había llegado la hora de la inmolación del cordero. El sacerdote pudo moverse y huyó del lugar. Pero no regresó.

»Y el "hombre" formuló la misma pregunta al segundo compañero de Zacarías. Pero tampoco retornó.

»Entonces preguntó a Zacarías: "¿Luce la luz?"

»Zacarías recuperó el movimiento y se asomó al exterior. Vio que no había llegado la aurora, regresó y respondió: "Ni siquiera se ve Hebrón." El "hombre" volvió a preguntarle: "¿Luce la luz?" Zacarías repitió la operación y también la contestación. El "hombre" preguntó hasta un total de dieciocho veces: "¿Luce la luz?" Zacarías salió otras dieciocho veces y regresó con las mismas palabras: "Ni siquiera se ve Hebrón."

»El "hombre", entonces, condujo a Zacarías hasta la sala de los corderos. Allí tomó uno de los animales y le hizo beber en un recipiente de oro. Volvió a hablar a Zacarías y dijo: "Tu hijo precederá al cordero y tú precederás a tu hijo, Yehohanan."

»Así concluyó el "sueño".»

Según mi informante, al despertar, Zacarías, impresionado, aceptó la versión de su mujer. Nunca volvió a dudar: Yehohanan sería el nombre de su hijo, el que inauguraría el reino. Y durante mucho tiempo, el «secreto» permaneció en la familia.

Quedé tan perplejo como el bueno de Zacarías. Aquella versión poco o nada tenía que ver con lo narrado por Lucas, el evangelista, en su capítulo primero, cuando cuenta cómo se produjo la anunciación de Yehohanan, el Bautista o Precursor del mesías. Asombrado, al regresar al Ravid, estudié y volví a estudiar el citado pasaje (1), y llegué a una vieja conclusión: Lucas manipuló los hechos por enésima vez (no trato de hacer un juego de palabras). He aquí mi interpretación, siempre sujeta a error, naturalmente:

1. Lucas, en el texto evangélico, convierte en un suceso real lo que, según mis informaciones, fue un sueño. Un *hélem* o «visión» (?) importante, pero un sueño, a fin de cuentas...

2. Lucas, o quien escribiera el referido evangelio, usurpó el protagonismo en la citada anunciación del ángel. No fue Zacarías, sino la esposa, Isabel, quien recibió

(1) En el capítulo 1 (versículos 1 al 26), Lucas escribe textualmente: «Hubo en los días de Herodes, rey de Judea, un sacerdote de nombre Zacarías, del turno de Abías, cuya mujer, de la descendencia de Arón, se llamaba Isabel. Eran ambos justos en la presencia de Dios, e irreprensibles, caminaban en los preceptos y observancias del Señor. No tenían hijos, pues Isabel era estéril y los dos ya avanzados en edad.

»Sucedió, pues, que ejerciendo él sus funciones sacerdotales delante de Dios según el orden de su turno, conforme al uso del servicio divino, le tocó entrar en el santuario del Señor para ofrecerle el incienso, y toda la muchedumbre del pueblo estaba orando fuera durante la hora de la oblación del incienso. Apareciósele un ángel del Señor, de pie a la derecha del altar del incienso. Al verlo se turbó Zacarías y el temor se apoderó de él. Díjole el ángel: "No temas, Zacarías, porque tu plegaria ha sido escuchada, e Isabel, tu mujer, te dará a luz un hijo, al que pondrás por nombre Juan.

»"Será para ti gozo y regocijo, y todos se alegrarán en su nacimiento, porque será grande en la presencia del Señor. No beberá vino ni licores, y desde el seno de su madre será lleno del Espíritu Santo; y a muchos de los hijos de Israel convertirá al Señor su Dios, y caminará delante del Señor en el espíritu y el poder de Elías para reducir los corazones de los padres a los hijos, y los rebeldes, a los sentimientos de los justos, a fin de preparar al Señor un pueblo bien dispuesto."

»Dijo Zacarías al ángel: "¿Y qué señal tendré de esto? Porque yo soy ya viejo, y mi mujer muy avanzada en edad." El ángel le contestó diciendo: "Yo soy Gabriel, que asisto ante Dios y he sido enviado para hablarte y comunicarte esta buena nueva. He aquí que tú estarás mudo y no podrás hablar hasta el día en que esto se cumpla, por cuanto no has creído en mis palabras, que se cumplirán a su tiempo."

»El pueblo esperaba a Zacarías y se maravillaba de que se retardase en el templo. Cuando salió no podía hablar, por donde conocieron que había tenido alguna visión en el templo. Él les hacía señas, pues se había quedado mudo. Cumplidos los días de su servicio, volvióse a la casa. Y después de algunos días concibió Isabel, su mujer, que se ocultó durante cinco meses, diciendo: "He aquí lo que ha hecho conmigo el Señor, acordando quitar mi oprobio entre los hombres."» *(N. del a.)*

la visita del «hombre luminoso». ¿Por qué Lucas cometió este burdo error? ¿O no fue un error? Sólo se me ocurren dos posibles explicaciones. Lucas no se informó correctamente o se dejó llevar por algo más reprobable: el desprecio por las mujeres. ¿Por qué airear que Isabel fue la protagonista de un hecho tan notable? Personalmente, me inclino por la segunda posibilidad. Aunque Lucas entrevistó a muchos testigos presenciales de la vida del Maestro años después, nadie pudo tergiversar los hechos de forma tan lamentable. Sencillamente, o el «escritor sagrado» (?) redactó el suceso de la anunciación a Isabel como le vino en gana (no era la primera vez) o alguien «influyó» en dicha redacción. Automáticamente me vino a la mente el nombre de Pablo de Tarso, inspirador del evangelio de Lucas. Médico, natural de Antioquía, en la región de Pisidia (actual Turquía), Lucas fue convertido al recién estrenado cristianismo hacia el año 47. Fue Pablo quien lo atrajo hacia la nueva religión. Habían transcurrido diecisiete años desde la muerte del Maestro. A partir de esa conversión, Lucas siguió a Pablo, tomando notas de cuanto decía. Tras la muerte de «Saulo» (nombre hebreo de Pablo), Lucas terminó retirándose a la región griega de Acaya. Allí, en el año 82, empezó a escribir una trilogía sobre Jesús. Sólo escribió el referido evangelio y los Hechos de los Apóstoles (sin terminar). Murió en el 90. Aunque disponía de parte de los escritos de Marcos y Mateo, Lucas, como digo, fundamentó la «vida de Jesús» en los recuerdos e impresiones de Pablo. Y me pregunto: ¿a qué recuerdos se refería Pablo si nunca coincidió con el Maestro? Naturalmente podía tratarse de los «recuerdos» de Pedro y otros discípulos, que sí fueron conocidos por Saulo y por el propio Lucas. E intentaré no desviarme del asunto capital: ¿influyó Pablo en la «versión» de Lucas, tergiversando lo sucedido? De ser así, ¿por qué?

Los especialistas en los escritos del llamado «apóstol de los gentiles» están de acuerdo en algo: Pablo fue un misógino. Su antipatía por la mujer aparece reflejada en las epístolas que le atribuyen. Sentía aversión y un intenso desprecio por el sexo femenino. He aquí algunas de esas «lindezas», difícil de oír hoy en día en las iglesias: «Bueno es al hombre no tocar mujer... La mujer no es dueña de su propio cuerpo: es el marido... Que la mujer no se separe del marido, y de separarse, que no vuelva a casarse o se reconcilie con el marido... Pues se santifica el marido infiel por la mujer y se santifica la mujer infiel por el hermano... El tiempo es corto. Sólo queda que los que tienen mujer vivan como si no la tuvieran... La mujer está ligada por todo el tiempo de vida de su marido... La cabeza de todo varón es Cristo, y la cabeza de la mujer, el varón... Toda mujer que ora o profetiza descubierta la cabeza, deshonra su cabeza: es como si se rapara. Si una mujer no se cubre, que se rape... El varón no debe cubrir la cabeza, porque es imagen y gloria de Dios: mas la mujer es gloria del varón, pues no procede el varón de la mujer, sino la mujer del varón; ni fue creado el varón para la mujer, sino la mujer para el varón. Debe, pues, llevar la mujer la señal de la sujeción por respeto a los ángeles... Como en todas las iglesias de los santos, las mujeres cállense en las asambleas, porque no les toca a ellas hablar, sino vivir sujetas, como dice la Ley. Si quieren aprender algo, que en casa pregunten a sus maridos, porque no es decoroso para la mujer hablar en la iglesia» (primera Carta a los Corintios).

Y el «santo», según la iglesia católica, dijo más: «Las casadas están sujetas a sus maridos como al Señor; porque el marido es cabeza de la mujer... Y como la iglesia está sujeta a Cristo, así las mujeres a sus maridos en todo...» (Epístola a los Efesios).

No hace falta ser muy despierto para deducir que, si el evangelio de Lucas fue alimentado y dirigido por Pablo, el protagonismo de Isabel corría peligro. ¿Una mujer —siempre inferior al varón, según Pablo—, recibiendo el mensaje de un ángel de Dios? Eso era insoportable en aquel tiempo...

Y lo cambiaron.

Y volví a preguntarme: ¿por qué Lucas, es decir Pablo, «acepta» que ese mismo ángel se presente ante María, la madre de Jesús? Sólo encuentro una respuesta: convenía a los planes de la naciente iglesia. De la Señora no se podía prescindir. De Isabel, personaje de segundo o tercer orden, sí. Aun así, en la anunciación de Gabriel a María, se percibe la mano de Pablo. Sospechosamente, Lucas es el único evangelista que califica a la Señora de «virgen» (habla de ello en tres oportunidades). El resto de los «escritores sagrados» no lo menciona. [Mateo, en su capítulo 1, versículo 18, afirma que María concibió antes de convivir con su esposo (!).] Y digo «sospechosamente» porque también ahí planea la machista sombra de Saulo. Por razones que nadie se ha atrevido a poner sobre la mesa, Pablo no soportaba las relaciones sexuales con mujeres. En la primera epístola a los Corintios lo dice con mayor o menor claridad: «... Quisiera que todos los hombres fuesen como yo [es decir, célibes]; pero cada uno tiene de Dios su propia gracia... Sin embargo, a los no casados y a las viudas les digo que les es mejor permanecer como yo... ¿Estás libre de mujer? No busques mujer. Si te casares, no pecas; y si la doncella se casa, no peca; pero tendréis así que estar sometidos a la tribulación de la carne, que quisiera yo ahorraros... El célibe se cuida de las cosas del Señor, de cómo agradar al Señor.»

Que fuera o no homosexual no es el problema. Lo grave es que su mente, enfermiza o desequilibrada, pudo influir en otros (caso de Lucas) que, a su vez, cambiaron los hechos...

Como decía el Maestro, quien tenga oídos que oiga...

3. Si lo anterior es cierto —y así lo creo—, la credibilidad de Lucas queda en entredicho. Lo manifestado por el ángel a Zacarías le fue dicho a Isabel. Lucas, confuso o pésimamente informado, cae en nuevos errores. Ejemplo: al leer el texto lucano, el lector deduce que Zacarías elevó sus plegarias a Dios para conseguir descendencia. En un hombre de sesenta años, o más, dicha petición no es verosímil. Sí es creíble, en cambio, que solicitara una señal que despejara sus dudas sobre el porqué del embarazo que tenía a la vista.

4. Tanto la pregunta de Zacarías —«¿Y qué señal tendré de esto? Porque yo soy ya viejo...»— como la respuesta del ángel, condenando al sacerdote a la mudez, no

se sostienen. Si la visita de Gabriel a Zacarías hubiera sido cierta, la propia presencia habría sido más que suficiente. Dudo que el sacerdote formulase una pregunta tan estúpida. En cuanto a la represalia del ángel, privando del habla a su interlocutor, sólo una mente mezquina o poco informada puede creer que Dios responde al supuesto mal con el mal. La pregunta de Zacarías, en el sueño, sí fue lógica: «Soy viejo... ¿Podré verlo?» El sacerdote se refería al anuncio del «ser luminoso»: Isabel daría a luz un hijo que abriría camino al libertador espiritual de los hombres. Zacarías pregunta, simplemente, si le dará tiempo a ver semejante maravilla.

Los hijos de los sacerdotes seguían el camino del padre. Al llegar a la edad canónica establecida por la Ley (veinte años), el Sanedrín se reunía en la sala de las piedras talladas y procedía a examinar la legitimidad de su origen y el aspecto físico del aspirante. Ésa era la norma, según Yavé (Éxodo y Levítico). Si lo hallaban apto, el hijo era ordenado.

Zacarías, al tener el sueño o visión (febrero del año 7 a. J.C.), no sabe qué sucederá con ese niño, Yehohanan. Y piensa o imagina que será consagrado al Tempo de Yavé, como un sacerdote más. Por eso formula la pregunta: «¿Podré verlo?» Si todo discurría con normalidad, Yehohanan sería aceptado como sacerdote cuando él tuviera ochenta años. Demasiado lejos...

Lucas, sin embargo, olvidó el importante «detalle» o, sencillamente, se ajustó a las exigencias del «inventor» del cristianismo, el nefasto Pablo de Tarso (hace tiempo que me niego a reconocer la santidad en ningún ser humano. Sólo Él es santo o perfecto).

5. Lucas, al relatar la supuesta aparición de Gabriel a Zacarías, demuestra, además, un escaso conocimiento de la rígida normativa judía en asuntos de liturgia. No es cierto que «el pueblo esperase a Zacarías y que se maravillase porque tardaba en salir del Templo». En el turno que oficiaba, Zacarías era un sacerdote más entre los cientos que formaban las secciones semanales. Tampoco era, como se ha insinuado, un sumo sacerdote. Desempeñaba su trabajo según sorteo, y siempre en compañía

de otros (1). En este caso, ofreció incienso y la mezcla de perfumes en el interior del Santo. Si se hubiese retrasado, como afirma el evangelista, los sacerdotes ayudantes y los que se hallaban en el *Hekal* lo hubieran advertido. Todos, en el turno, estaban pendientes de todos. Y aquí surge otro escollo en el relato de Lucas. Si hubiera perdido el habla, jamás habría continuado en el servicio litúrgico, como escribe el seguidor de Pablo. El Levítico (21, 16-24) es rotundo en este sentido: «Ningún hombre que tenga defecto corporal ha de acercarse [a Yavé] (2).» Sobre estas injustas disposiciones del Dios (?) de Moisés, los judíos habían elaborado una compleja y no menos injusta «ley» con un total de 142 defectos que incapacitaban para

(1) El *tamid* (tratado sobre el «sacrificio cotidiano») establece lo siguiente: «El encargado (de los sacerdotes) les decía: "Venid y echad las suertes", para ver a quién le tocaba realizar la inmolación, a quién asperjar la sangre, a quién limpiar de las cenizas el altar interior, a quién las del candelabro, a quién subir a la rampa las porciones sacrificiales: la cabeza y la pierna (derecha), las dos patas delanteras, las nalgas y la pierna (izquierda), el pecho y el pescuezo, los dos laterales, las entrañas, la harina fina, las tortas y el vino. Echaban a suertes y tocaba a quien tocaba.» En otras palabras, cada servicio religioso exigía alrededor de treinta sacerdotes. Otros hablan de cincuenta y seis, repartidos en veintisiete servicios matutinos y otros tantos vespertinos. Si aceptamos que cada trabajo demandaba uno o dos sacerdotes ayudantes, la cifra de congregados se hace todavía mayor. Respecto a la misión específica de ofrecer el incienso y los perfumes, el citado *tamid* precisa que «al subir las gradas del pórtico (los sacerdotes encargados del perfume), aquellos a quienes había tocado en suerte limpiar de la ceniza el altar interior y el candelabro les precedían». Y al ofrendar el incienso, los que lo rodeaban advertían: «Ten cuidado, no comiences por delante, no sea que te quemes» (el perfume debía ser extendido por todo el altar. Si empezaba por la parte delantera, corría el riesgo de quemarse al esparcirlo por la zona posterior). Zacarías, por tanto, se hallaba necesariamente acompañado por otros sacerdotes cuando ofreció el incienso en el Templo. *(N. del m.)*

(2) El Levítico dice textualmente: «Yavé habló a Moisés y dijo: "Habla a Aarón y dile: 'Ninguno de tus descendientes en cualquiera de sus generaciones, si tiene un defecto corporal, podrá acercarse a ofrecer el alimento de su Dios; pues ningún hombre que tenga defecto corporal ha de acercarse: ni ciego ni cojo ni deforme ni monstruoso, ni el que tenga roto el pie o la mano; ni jorobado ni raquítico ni enfermo de los ojos, ni el que padezca sarna o tiña, ni el eunuco. Ningún descendiente de Aarón que tenga defecto corporal puede acercarse a ofrecer los manjares que se abrasan en honor de Yavé. Tiene defecto; no se acercará a ofrecer el alimento de su Dios...'"» *(N. del a.)*

el servicio sacerdotal (1). Un mudo, aunque sólo fuera temporalmente, no podía aproximarse al Santo. De haberse registrado el «percance» durante la ofrenda del incienso, Zacarías habría sido reemplazado de inmediato.

La minuciosidad y enfermiza obsesión de la ley por estas cuestiones llegaba al extremo de no considerar apto para el culto al que había experimentado una polución (emisión involuntaria de semen durante el sueño) (2). El

(1) El tratado «Bejorot» o «Primogénitos» (capítulo siete) recoge algunas de esas increíbles disposiciones que incapacitaban a un varón para el desempeño del cargo de sacerdote, en cualquiera de sus funciones. Poco importaba que el defecto fuera pasajero. He aquí parte de esa «ley»: tener la cabeza deforme (en forma de martillo o nabo, hundida o aplanada), ser cheposo (había división de opiniones entre los sabios), ser calvo (aquel que no tenía ni una línea de pelo que le cruzara la cabeza de lado a lado, aunque, si la tenía —decían—, era apto), el que no tenía cejas o sólo tenía una ceja (otros hablaban de cejas «colgadas»), el chato (para los judíos era el que podía pintarse los ojos sin la interrupción de la nariz), si uno tenía los ojos muy arriba o muy abajo, si tenía un ojo alto y otro bajo, si veía simultáneamente la habitación y el piso de arriba, si no soportaba la luz (albinismo), si tenía miembros pares desiguales (un ojo negro y otro azul), o si los ojos lagrimeaban, entonces, no era apto. Si a uno se le habían caído las pestañas también estaba descalificado (a causa de su apariencia). Tampoco era apto el que presentaba ojos grandes, como los de un ternero, o pequeños, como los de un ganso. Si su cuerpo era grande y desproporcionado o demasiado pequeño (enanos) tampoco era aceptado. Los narigudos y los desorejados, o con orejas arrebujadas (como esponjas), también eran rechazados. Si el labio superior sobresalía del inferior y éste, a su vez, sobresalía sobre el superior, el candidato no podía ser sacerdote. El que carecía de dientes también era considerado no apto. Si uno tenía los pechos colgados, como una mujer, o el vientre inflado, o el ombligo abultado, si sufría de epilepsia (aunque sólo fuera una vez al año), si padecía de asma o si los testículos o pene eran demasiado grandes, no era apto. Si no tenía testículos, si sólo tenía uno o los tenía «aplastados», tampoco era aceptado por Yavé. Así reza en el Levítico (21, 20): «Si uno, al caminar, golpea los tobillos o las rodillas, o si tiene una protuberancia en el pie, o si es zambo, tampoco es admitido (zambo es aquel cuyos talones se tocan pero cuyas rodillas no pueden juntarse). Cualquier defecto en los pies invalida. Si uno tiene un dedo de más y lo corta, en caso de que tenga hueso, es inepto; en caso contrario, apto. Si uno tiene un dedo de más en cada mano y en cada pie, seis en cada, es decir, en total veinticuatro, los sabios dividen sus opiniones. Si uno tiene la tez negra, o roja, o albina, si es excesivamente alto o enano, sordomudo, idiota, borracho, o si tiene signos de lepra, tales defectos hacen inepto al hombre aunque en los animales [para los sacrificios a Yavé] no son invalidantes.»

La relación resulta tan agotadora como interminable... *(N. del m.)*

(2) La Misná *(tamid),* en su capítulo primero, así lo especifica: «Los jóvenes sacerdotes echaban sus colchonetas al suelo. No dormían vestidos

sacerdote, en este caso, abandonaba el Templo, y no recuperaba la pureza hasta el atardecer del día siguiente. Los sacerdotes con defectos, por tanto, jamás podrían haber «cumplido los días de su servicio», como asegura Lucas. Como mucho, estaban autorizados a permanecer en el llamado atrio de los sacerdotes, nunca en el Santo, y sólo durante la procesión de los sauces, en la fiesta de los Tabernáculos. Como cuenta Josefo, tenían derecho a un salario, pero no podían lucir la túnica sacerdotal o participar en los referidos actos de culto a Yavé. En *Antigüedades* (XIV) se cuenta cómo Antígono mutiló al sumo sacerdote Hircano II (siglo I antes de Cristo), arrancándole las orejas a mordiscos. De esta forma lo incapacitó para las funciones sacerdotales. Lucas, o Pablo, sabían —o deberían saber— del rigor de los judíos en este sentido y, sin embargo, manipularon los hechos.

6. Lo ya observado invalida las restantes afirmaciones del evangelista. Para mí, poco o nada es creíble. Su evangelio, como tendré oportunidad de ir demostrando, es una estafa…

«Y después de algunos días concibió Isabel, su mujer, que se ocultó durante cinco meses, diciendo: "He aquí lo que ha hecho conmigo el Señor, acordando quitar mi oprobio entre los hombres."»

Lucas desvaría.

La esterilidad (siempre femenina, según la ley) era causa de vergüenza pública, cierto. No así la maternidad. Si Isabel se quedó embarazada, terminando con la deshonra y, de paso, con la maldición de Yavé, ¿por qué ocultarse durante cinco meses? Lo lógico es que hubiera aireado, sin demora, su estado de buena esperanza. Y lo mismo puede decirse del padre, más afectado, socialmen-

---

con las vestiduras sagradas, sino que se las quitaban, las doblaban y las ponían debajo de sus cabezas. Si uno de ellos (la noche previa al culto) sufría una polución nocturna, salía e iba a través de un pasadizo circular debajo del edificio del templo hasta que llegaba al lugar de la piscina de la inmersión… Descendía y se inmergía, luego se secaba, se iba y se acostaba junto a sus hermanos los sacerdotes hasta que se abrían las puertas, se marchaba y se iba [del Templo] [la emisión de semen rompía la pureza ritual].» (*N. del m.*)

te, por la esterilidad, que la propia Isabel. Zacarías habría sido el primero en comunicar la buena nueva. Lucas, o Pablo, oyeron campanas, pero no supieron dónde...

Esos cinco misteriosos meses que el evangelista inserta en la narración fue el tiempo de silencio que mantuvo la mujer, como ya mencioné. A finales de noviembre, Isabel decide hablar y lo hace, en primer lugar, con su marido. Si había guardado silencio era por otra razón: la insólita «visita» de un «hombre luminoso». ¿Quién la iba a creer?

7. María, la madre de Jesús, no permaneció en el «Manantial de la Viña» durante tres meses, como asegura Lucas. La estancia junto a Isabel fue de tres semanas. De haber sido como dice el evangelista, la Señora habría estado presente en el alumbramiento de Yehohanan, cosa que no sucedió.

El resto del pasaje evangélico —anunciación de Jesús por el ángel, visita de María a su pariente Isabel y nacimiento del Anunciador— es otra suma de despropósitos. Como referí en su momento, María jamás conversó con el ser de luz. Se limitó a escuchar, que no es poco. El mensaje de Gabriel fue distinto (radicalmente distinto). Los saludos de Isabel a María, y viceversa, cuando la Señora llegó a la casa de su prima segunda, son pura invención de Lucas o de su «inspirador», Pablo de Tarso. El célebre *magnificat* de María nunca existió. Lucas o Pablo lo inventaron, inspirándose en algunos textos bíblicos (1), en especial en el «cántico de Ana», madre del profeta Samuel (2) («estéril» como Isabel), y en los sal-

(1) Véanse Jueces (5, 24), Judit (13, 18), Primer Libro de Samuel (2, 1-10), Isaías (29, 19 y 61, 10), Habacuc (3, 18), Génesis (12, 3-13, 15-22, 18 y 30, 13), Job (12, 19) y Salmos (89, 11-103, 17 y 107, 9), entre otros. *(N. del m.)*

(2) Según cuenta el Libro Primero de Samuel, Elcaná tenía dos mujeres: Ana y Peninná. La primera no tenía hijos. Ana pidió a Yavé que le concediera descendencia. Según los judíos era estéril. Y Ana dio a luz un hijo al que llamó Samuel («solicitado a Dios»). Ana, como sucedería mil años después con Isabel y Zacarías, también consagró a su hijo a Dios. Ana —dice el citado libro— compuso una oración de agradecimiento a Yavé. Este texto fue otra de las bases inspiradoras de Lucas, el evangelista, probablemente con una finalidad didáctica o teológica. La coincidencia en la esterilidad de Ana y en la consagración del hijo —supongo— fueron determinantes a la hora de inventar el saludo de María. *(N. del m.)*

mos que se atribuyen a David. Estos últimos eran muy populares entre los judíos. Los conocían de memoria y los cantaban sin cesar. Pablo, como antiguo fariseo, fue educado desde niño en la recitación de dichos salmos. Sabía, por tanto, lo que hacía...

Por supuesto, lo que narra Lucas sobre la imposición del nombre a Yehohanan es igualmente inventado. Nadie trató de ponerle Zacarías. No hubo tablillas ni el padre del Anunciador hizo profecía alguna.

Todo fue manipulado...

Y a la vista de semejante desastre, uno no tiene más remedio que preguntarse: ¿tienen alguna credibilidad los evangelios?

A juzgar por lo que llevaba visto, muy poca...

Prosigamos.

A finales de aquel mes de febrero del año 7 a. J.C., María se despidió del «Manantial de la Viña» y regresó a Nazaret. Su ánimo, probablemente, resultó reforzado.

Yehohanan, según mi informante, vino al mundo el 25 de marzo. No hubo complicaciones en el parto.

A los ocho días, como ordenaba la Ley, fue presentado en el Templo y circuncidado. Zacarías, como sacerdote, se ahorró el impuesto de los primogénitos, ordenado por Yavé en el Pentateuco (si una mujer, en su primer alumbramiento, daba a luz un varón, el padre tenía que rescatarlo mediante el pago de cinco siclos de plata al Templo: alrededor de veinte denarios de plata. Si el padre era levita o sacerdote, o si la madre era hija de sacerdote o de levita, el niño no tenía por qué ser rescatado).

María recibió puntual aviso del feliz acontecimiento.

Y el niño creció con normalidad en la pequeña granja, entre las ovejas y el campo.

Al principio, nadie percibió nada extraño...

Cuando Yehohanan empezó a comprender, los padres —en especial, Isabel— se apresuraron a informarle de quién era en realidad. La madre fue decisiva en esta temprana y machacona mentalización del pequeño: él era un ser especial, anunciado por Yavé, que tendría un papel muy destacado en la próxima materialización del reino de Dios en la Tierra.

Y el niño escuchó y escuchó...

Isabel le habló también de su pariente, Jesús de Belén, residente en Nazaret. Narró la «visita» de Gabriel a María y le explicó que aquel primo remoto era el mesías anunciado por los profetas, el libertador de Israel. Isabel, convencida y feliz, fue dibujando lo que ella consideraba el futuro de Yehohanan: «heraldo» y hombre de confianza de Jesús, futuro rey de los judíos. Yehohanan sería un gran maestro espiritual y, al mismo tiempo, un poderoso héroe nacional. El padre, más prudente, no intervino con tanto empeño en dicha preparación, aunque sí se ocupó de llevarlo al Templo. Yehohanan quedó muy impresionado con la liturgia y los sacrificios de animales.

En junio del año 1 a. J.C., cuando acababa de cumplir seis años, Isabel viajó a Nazaret. Fue el primer encuentro de Jesús con Yehohanan. El Galileo tenía cinco años. Y las madres volvieron a estudiar el «espléndido futuro» de sus hijos. Fue otra «cumbre» histórica, en la que Isabel y María se reconfortaron mutuamente, prometiéndose días de gran felicidad. Las conversaciones fueron en secreto. Por lo que pude averiguar con la Señora, José permaneció distante. Aquella planificación de las vidas de los todavía niños no era de su agrado. El padre terrenal del Maestro, como ya mencioné en su momento, no tenía claro el supuesto destino de su primogénito como «libertador político y religioso» de su país. Fue el único que acertó, aunque no vivió para verlo...

No todo fueron satisfacciones en la familia de Isabel y Zacarías.

Un día, los padres comprendieron que Yehohanan no podría ser consagrado a Yavé, tal y como había ordenado el «hombre luminoso». Los defectos que ya habían observado en el rostro se hicieron más notables. Aquello lo invalidaba como sacerdote. Fueron días de incomprensión y de angustia. Lo lógico era que el niño siguiera los pasos del padre. A los veinte años debería ser ordenado (1). Ésa

---

(1) Una vez aceptado por el sanedrín, el aspirante a sacerdote de Yavé era consagrado mediante un rito especial, según figura en el Éxodo (29) y en el Levítico (8). Al obligado baño de purificación le seguían la entrega de las

era la edad, reconocida oficialmente, para el inicio de cualquier actividad pública. Pero ¿cómo proceder a la preparación de la llegada del Mesías si no tenía acceso al sacerdocio?

Quedaba otro camino...

Y Zacarías, resignado, se dirigió a la orilla occidental del mar Muerto. Allí, en una aldea llamada En Gedi, existía un grupo de hombres y mujeres consagrados a Yavé. El sacerdote negoció, y Yehohanan fue aceptado como *nazir* (1). El «nazireato» fue establecido por el propio Yavé

---

vestiduras sagradas y una serie de sacrificios rituales. El nuevo sacerdote era rociado con sangre y sus manos recibían ciertas porciones de la víctima sacrificada (rito de «llenar las manos»), señalando así sus deberes y privilegios. La unción, al parecer, estaba destinada, únicamente, al sumo sacerdote. La ceremonia tenía una duración aproximada de una semana. *(N. del m.)*

(1) *Nazir* (de la raíz hebrea *nzr*) (no confundir con *notzri:* habitante de Nazaret o nazareno) significaba «guardados» o «reservados». Era un estilo de vida. El *nazir* no podía probar ningún producto de la vid (uvas frescas o secas, pulpa u hollejo, ni nada que estuviese mezclado o empapado en vino). Así fue establecido por Yavé y recogido en Números: «... no beberá vino ni bebidas embriagadoras, ni vinagre de vino, ni ningún zumo de uvas...» Se trató, probablemente, de una reacción contra las costumbres de los cananeos, muy aficionados al vino...

El *nazir*, además, debía conservar el pelo largo. Ésa era otra señal de santidad, según la Biblia. La navaja estaba prohibida. Ni él, ni sus amigos o familiares estaban autorizados a rasurarle la cabeza. Podía atusar, echar el pelo a un lado o recogerlo en trenzas, pero no peinarlo. Si el *nazir* bebía vino o tocaba a un muerto (voluntaria o involuntariamente), rompía el voto y debía rasurarse la cabeza, volviendo a empezar de cero. En el caso de un «nazireato» temporal, el tiempo mínimo para el voto era de treinta días.

Por último, el *nazir* quedaba contaminado si entraba en contacto con el cadáver de una persona. No importaba que fuera su padre, madre, hermanos, amigos o desconocidos. Aunque el trozo de cadáver tuviera el tamaño de una aceituna, el *nazir* resultaba impuro. Sólo había una excepción: que el *nazir* hallase el cuerpo en el camino. «Si el muerto yacía de forma usual —reza la Misná—, puede removerlo, lo mismo que la tierra sobre la que yace.»

En caso de quebrantamiento del voto, el *nazir* estaba obligado a acudir ante los sacerdotes y sacrificar tres animales. Las mujeres podían ser *nazir*, pero sus votos se encontraban sujetos a la voluntad del marido o del padre. Ellos estaban capacitados para anularlos.

Lo más frecuente era el voto temporal o promesa. Se hacían *nazir* por cualquier motivo: por obtener la curación de alguien, por lograr que un hijo volviera sano y salvo de una guerra o de un viaje, por conseguir un buen negocio, etc. En ocasiones se convertía en una especie de «deporte»: se apostaba por cualquier cosa. («Me haré *nazir* —decían— si aquel que veo en la lejanía es fulano de tal.» Otros apostaban por lo contrario: «Seré *nazir* si no es fulanito.») Si el *nazir* temporal invalidaba el voto, tenía que volver a em-

(Números 6, 1-21). Consistía en una consagración —permanente o temporal— al Todopoderoso. El *nazir* se comprometía a tres votos solemnes: no beber vino, no cortarse el pelo y no entrar en contacto con los muertos. El niño o la niña podían ser «apartados» para Dios desde antes de su nacimiento (caso de Samuel, el profeta, del no menos célebre Sansón [véase Jueces, 13] y del propio Yehohanan).

La información arrojó luz sobre el porqué de la larga cabellera del Anunciador. Era el signo visible que distinguía a los *nazir* perpetuos. Y creí entender, incluso, la razón de las siete trenzas. Yehohanan, probablemente, había imitado el peinado de Sansón, el héroe que, como él, había nacido de una mujer estéril a la que también se le presentó un extraño personaje (1), identificado en la Biblia como un «ángel de Yavé». Pero la confirmación de esta sospecha, y de otros datos que fueron apareciendo con posterioridad, exigía una conversación directa con el gigante. Un interrogatorio sin intermediarios. Tenía que buscar la fórmula para llegar a su corazón. Eran muchas las dudas que me asaltaban. A decir verdad, no sabía nada de aquel singular vidente...

Y a los catorce años, Yehohanan se trasladó al suroeste del mar Muerto. En la aldea *nazir* recibió las primeras instrucciones. Así empezó a germinar en él su gran objetivo: predicar el cambio, preparar al mundo para la llegada de otro, más fuerte que él.

La elección de Zacarías —consagrando a su hijo como *nazir*— fue acertada. En esos años, Yehohanan alcanzó

---

pezar. Si era mujer, el vino o el contacto con un cadáver suponían cuarenta azotes. Los paganos no estaban sujetos al «nazireato», aunque sí los esclavos. *(N. del m.)*

(1) En el libro de los Jueces (13, 1-25) se habla de Manóaj, de la tribu de Dan, que tenía una esposa estéril. Un hombre, con el aspecto de un ángel de Dios, muy terrible, se presentó ante la mujer y le dijo: «Vas a concebir y dar a luz un hijo. En adelante, no bebas vino ni bebida fermentada y no comas nada impuro, porque el niño será *nazir* de Dios desde el seno de su madre hasta el día de su muerte.» En una segunda aparición, el ángel ordenó a la mujer y al esposo que el niño no debería probar nada de lo que procede de la viña. La mujer dio a luz y lo llamó Sansón. Fue el héroe que luchó contra los filisteos y al que Dalila arrebató la fuerza tras cortarle las siete trenzas de su cabellera. *(N. del m.)*

310

una estatura poco frecuente. A los defectos del rostro hubo que sumar la desproporción del cuerpo (a los quince años medía ya 1,90 metros). El Templo de Jerusalén nunca lo habría admitido como sacerdote. Yehohanan, como *nazir* perpetuo, tenía derecho, sin embargo, no sólo a entrar en el Templo, sino, incluso, a pisar el «Santo de los Santos», el lugar más sagrado y en el que, supuestamente, residía la Divinidad. Sólo el sumo sacerdote disfrutaba de este derecho y penetraba en el «Santísimo» una vez al año, durante el Yom Kippur (y dice la tradición judía que lo hacía con miedo y brevemente). Yehohanan, según mis informaciones, nunca hizo uso de este privilegio.

Su figura —espectacular— llamaba la atención de cuantos lo conocían. Y durante varios años se dedicó por completo al cuidado de las ovejas, en la granja de sus padres, en el «Manantial de la Viña». Crecía sano, aunque algunas de sus costumbres —según Abner— no eran comprendidas. Un día, tras una de las acostumbradas y regulares visitas a En Gedi, Yehohanan se despojó de las vestiduras y, ante el desconcierto de propios y extraños, eligió vestir con un simple *saq* o taparrabo. En invierno —no siempre— se cubría con un *aba* o manto de pastor, confeccionado con pieles de animales (generalmente, cabras o camellos). El padre trató de hacerle entrar en razón: «Aquella desnudez no era honesta ni recomendable.» La aldea, en las montañas existentes al oeste de Jerusalén, alcanza en invierno temperaturas extremas (por debajo de cinco y diez grados bajo cero). Permanecer desnudo, en las colinas, era un riesgo. Nadie, en aquellas fechas, acertó a entender el porqué de tan peregrina actitud. Fue inútil. Yehohanan no cedió. Desde entonces, desde los quince o dieciséis años, vistió siempre como un «salvaje», en opinión de la mayoría. Algún tiempo más tarde, cuando este explorador logró ganarse su confianza definitivamente, Yehohanan me confesó su «secreto»…

Pero vayamos paso a paso.

Zacarías acertó también en la pregunta formulada en el «sueño»: «Soy viejo… ¿Podré verlo?»

¿Alcanzaría a ver a su hijo ejerciendo como «heraldo» del mesías?

No, nunca vio semejante cosa...

Zacarías falleció en julio del año 12 de nuestra era, cuando Yehohanan tenía dieciocho años.

El sueño-profecía empezaba a cumplirse...

Pero de este curioso asunto no fui plenamente consciente hasta mucho tiempo después. Eliseo lo descubrió. La «visión» del sacerdote era más que un «sueño»...

La muerte del padre fue un trauma para Yehohanan. La condición de *nazir* le impedía tocar a los muertos. Eso significaba no poder dar el último abrazo al viejo Zacarías...

Y el joven, abatido, tuvo que «asistir» al sepelio..., a distancia.

No fue la única calamidad...

La desaparición de Zacarías trajo consigo otra cadena de imprevistos que condicionaría la vida del Anunciador. Como sacerdote, la familia de Zacarías tenía derecho a seguir percibiendo la paga correspondiente (1), una espe-

---

(1) En la época de Jesús, los sacerdotes recibían los emolumentos cada seis meses, coincidiendo con el turno en el que debían oficiar. En síntesis, el dinero y la compensación en especies procedían de los siguientes capítulos:

Productos de la tierra

El pago al Templo de Jerusalén se hacía en género o en el equivalente en dinero. Abarcaba cuatro conceptos que debían ser apartados en el orden establecido por la ley:

1. Primicias o *bkwrym*. Contemplaba las siete principales cosechas fijadas en el Deuteronomio (8, 8): trigo, cebada, uvas, higos, granadas, aceitunas y miel. Se organizaban largas procesiones que llevaban dichas primicias desde todos los rincones de Israel. Si la colecta procedía de zonas remotas, los productos se presentaban secos. Cada judío depositaba su cesto junto al altar, al tiempo que recitaba un pasaje del Deuteronomio (26, 5-10). Y los sacerdotes se frotaban las manos. Todos los años entraban en el Templo cientos de toneladas de productos...

2. *Terumah*. Era el pago simbólico, siempre en especie, de lo más escogido de las cosechas. El impuesto equivalía a una quincuagésima parte de los ingresos del ciudadano. Aunque la ley ordenaba que la *terumah* sólo podía ser consumida por la clase sacerdotal, la picaresca y la corrupción convertían la ofrenda en otro suculento «negocio».

3. Diezmo. Era el impuesto religioso más importante. Proporcionaba miles de siclos (un siclo equivalía a cuatro denarios de plata, aproximadamente). «Cuanto sirve de alimento y se cultiva y nace de la tierra está sometido al diezmo», reza la Misná. El diezmo, sin embargo, no se destina

cie de pensión de viudedad. Yehohanan, sin embargo, por razones que no logré aclarar, rechazó dicha compensación económica y los ingresos familiares, poco a poco, fueron mermando.

Dos meses después de la muerte de Zacarías, la viuda y su hijo decidieron viajar al norte. Hacía mucho que no

---

«oficialmente» a los sacerdotes, sino a los levitas (ministros de segundo orden). Una décima parte de este impuesto era recuperada por los sacerdotes. Así lo establecía Yavé. Lo que no establecía el Dios (?) del Sinaí eran las corruptelas y los trapicheos que se producían en torno al diezmo y de los que salían beneficiados los mencionados sacerdotes, una vez más. (El llamado «segundo diezmo» —otra décima parte de los ingresos del propietario que sólo era utilizada en banquetes oficiales— no constituía un ingreso propiamente dicho y, por tanto, expertos como Schürer no lo consideran emolumento.)

4. Ofrenda de la masa o *hallah*. Afectaba al trigo, la cebada, la espelta, la avena y el centeno. La ofrenda se hacía, no en harina, sino en forma de masa. El ciudadano aportaba una vigésima cuarta parte del total. A los panaderos les correspondía una cuadragésima cuarta parte.

Ganado

Los sacerdotes recibían también sustanciales cantidades procedentes del sacrificio de animales. El dinero entraba en metálico o en especie. Los emolumentos tenían el siguiente origen:

1. Primogénito macho. La ley decía que el primogénito macho del ganado debía ser sacrificado y consumido en un banquete sagrado. La Torá fijó también la obligación de «rescatar» a los hijos primogénitos mediante el pago de un impuesto: cinco siclos. Ambos impuestos iban directamente a los bolsillos de los sacerdotes. A cambio del «no sacrificio» del animal, el propietario pagaba. A cambio del «rescate» del hijo (del dominio de Yavé), el padre pagaba. El dueño podía entregar el animal para que fuera sacrificado (toros, carneros y machos cabríos). Si dicho animal era puro —sin defecto—, los sacerdotes lo sacrificaban en el Templo. La carne era patrimonio exclusivo de la casta sacerdotal y de sus mujeres (sólo podía ser comida en Jerusalén, según Yavé). Si el primogénito del ganado era un animal impuro (especialmente, asnos, camellos y caballos), el propietario pagaba nuevamente, según criterio de los sacerdotes (añadiendo un quinto; véanse Números y Levítico). Esta carne, y la de los animales puros, pero defectuosos, era vendida a la ciudadanía, y así se multiplicaba el negocio. A esto había que sumar la venta, bajo cuerda, de la carne pura...

2. Porciones del animal sacrificado. Según reza el Deuteronomio (18, 3), los sacerdotes tenían derecho a tres porciones de cada sacrificio: paletilla, cuajar y las dos quijadas. Todo ello volvía a ser vendido «extraoficialmente».

3. Esquileo. El nuevo impuesto ascendía a cinco *selá* (alrededor de diez siclos), dependiendo del número de ovejas. Según la escuela de Sammay, el impuesto afectaba al propietario si disponía de dos ovejas o más. Hillel decía que a partir de cinco.

veían a María y al supuesto mesías. Cuando Yehohanan y Jesús se vieron por primera vez —trece años atrás— sólo eran unos niños.

La reunión fue un fracaso. «Mi primo —comunicó Yehohanan a Abner— tenía dudas. Escuchó pero, a la hora

---

Sacrificios

También reportaban dinero (y mucho). Los llamados «santísimos» eran los más «interesantes», desde el punto de vista económico. Conocemos cuatro modalidades:

1. Sacrificios expiatorios.
2. Sacrificios penitenciales.

En ambos sólo quemaban la grasa de los animales. La carne era propiedad de los sacerdotes. La venta, a espaldas de la ley, era continua. Todo dependía del grado de corrupción.

3. Ofrendas de grano. Sucedía exactamente lo mismo.
4. Panes de la proposición. Los doce panes eran renovados en cada turno semanal. Los retirados eran propiedad de los sacerdotes (la mitad para los que terminaban el turno y el resto para los entrantes).

En este capítulo se incluían otras dos fórmulas «no santísimas»:

1. Sacrificios de acción de gracias o de comunión. Los sacerdotes recibían el pecho y la paletilla del animal. Podían ser comidos fuera del Templo, siempre en lugar puro, bien por los sacerdotes o por sus familias. Y surgía de nuevo la picaresca: la carne era vendida, a escondidas, al mejor postor. Se daba la paradoja de que el dueño del animal sacrificado en acción de gracias terminaba comprando parte del mismo.

2. Holocaustos. Los animales eran quemados totalmente. Sólo las pieles reportaban dinero a los sacerdotes. Según Filón, «mucho dinero».

Ofrendas extraordinarias

Además del río de dinero que suponía lo anteriormente mencionado, los sacerdotes percibían otros ingresos en concepto de sacrificios privados u ocasionales. Estas ofrendas eran de muchas clases. Alguien, por ejemplo, acosado por una enfermedad propia o ajena, acudía al Templo y se ofrecía a sí mismo, a cambio de la curación. Este gesto significaba dinero. El que se «consagraba» pagaba. Después, para «ser rescatado» (tanto si se producía la curación como si no), los sacerdotes fijaban la «liberación» en cincuenta siclos (doscientos denarios de plata) en el caso del varón y treinta para la mujer.

El ciudadano podía «consagrar» al Templo cualquiera de sus esclavos o pertenencias. Todo tenía un precio.

En el caso del anatema (ofrenda votiva sin posibilidad de «rescate»), la situación era más delicada. El que hacía anatema ofrecía a Yavé, sin más. Por agradecimiento (a cambio de un favor recibido o por cualquier otra razón de índole personal), el individuo donaba personas o cosas (tierras, casas, etc.) a su Dios. Es decir, a los sacerdotes. Esos bienes entraban a formar parte del patrimonio de las diferentes familias sacerdotales. Todo un negocio.

de decidir, se echó atrás, planteando que nuestras respectivas familias eran lo prioritario en esos momentos.»

Imaginé el semblante del joven Jesús, atento a la encendida propuesta del Anunciador: «Es el tiempo del nuevo reino... La cólera de Dios no espera más... Roma y los impíos deben pagar... El país entero espera... Salgamos a los caminos... Tú eres el Mesías, el rey... Yo estaré contigo...»

También la restitución de lo robado, o adquirido ilícitamente, si no existía la posibilidad de devolución a su legítimo dueño, pasaba al clan sacerdotal.

Pecados

Si alguien suponía que había cometido una falta, el camino indicado por la ley era presentarse en el Templo y «lavar» el error con el correspondiente sacrificio. En otras palabras: más dinero... Como ya mencioné, «curar» y «perdonar los pecados» eran lo mismo. Por eso Jesús de Nazaret fue odiado por los sacerdotes desde el primer momento de su vida de predicación. Jesús perdonaba los pecados (curaba) sin cobrar dinero. ¡Intolerable!

Diáspora

El dinero procedente de los judíos que residían fuera de Israel resulta difícil de calcular. Ésa fue, probablemente, una de las fuentes de ingresos más importantes en aquel tiempo. El dinero entraba directamente en el Templo.

Impuestos religiosos

Destinados «oficialmente» al mantenimiento del culto. El más famoso era el didracma o «medio siclo». Debía ser abonado anualmente por todo varón judío mayor de veinte años. Cada comunidad se ocupaba de cobrarlo, casi siempre en el mes de *adar* (febrero-marzo), enviando la recaudación al Templo. Ascendía a más de cuatrocientos mil denarios. A este impuesto se añadían otros de menor cuantía, como el destinado a la compra de leña para el altar de los holocaustos.

Donaciones voluntarias

En el Templo, en tiempos del Maestro, se contabilizaban trece cofres o cepillos en los que se depositaban toda clase de monedas. Tenían bocas en forma de trompeta para evitar robos. A estas donaciones había que añadir el oro, la plata, las maderas nobles, etc., que regalaban judíos y gentiles. Era normal ofrecer racimos de oro que se añadían a la viña de oro situada sobre la puerta del Templo. Alejandro de Alejandría, por ejemplo, donó el oro y la plata necesarios para bañar las puertas del atrio exterior, según Josefo.

En suma, los ingresos de los sacerdotes —por todos los conceptos— podían superar los diez mil talentos al año (un talento eran 14.400 denarios. Más de ciento cuarenta millones de dólares). *(N. del m.)*

Isabel respaldó a su hijo y animó a Jesús a emprender la misión como libertador de su pueblo. María, al parecer, no se mostró tan combativa e ilusionada como en la «cumbre» anterior. No tenía nada de extraño. Pocos meses antes, la familia había entrado en una profunda crisis, consecuencia de la negativa de Jesús a formar parte de los grupos de zelotas o revolucionarios que luchaban clandestinamente contra los *kittim* (romanos). Como ya informé oportunamente, aquel suceso dividió a los vecinos de Nazaret, y colocó a Jesús y a su familia en una difícil situación. La Señora no entendía la actitud y los pensamientos de su Hijo. Tampoco Isabel y, por supuesto, tampoco Yehohanan.

La información proporcionada por el Anunciador a su segundo era correcta, excepción hecha de un solo detalle: «Jesús nunca se echó atrás», porque, sencillamente, jamás adoptó el papel de libertador político-social-religioso-militar que pretendían sus familiares. Esa afirmación por parte de Yehohanan fue gratuita. Él dio por sentado lo que afirmaban y creían las madres, pero nunca preguntó al Maestro.

Finalmente, Jesús no tuvo más remedio que refugiarse en el silencio. Era lo mejor para todos...

Según Abner, si Jesús hubiera aceptado la propuesta de Yehohanan, allí mismo, en Nazaret, con toda seguridad, habría arrancado la «campaña» del Anunciador. Isabel, incluso, estaba dispuesta a dejar la granja y mudarse a la pequeña aldea de su prima segunda, colaborando en la planificación del trabajo de su hijo y del Mesías.

Como digo, desde ese punto de vista, la reunión de las familias fue un estrepitoso fracaso.

E Isabel y el frustrado Yehohanan retornaron al «Manantial de la Viña».

Jesús y el hombre de las pupilas rojas no volverían a verse en otros trece años. Cada uno siguió su Destino, tal y como estaba previsto.

La economía del Anunciador empeoró. Las ovejas no daban lo suficiente. Aun así, Isabel continuó animando al hijo y trazando planes para el momento de la «liberación nacional». Según Abner, Yehohanan y su madre llegaron a plantear la posibilidad de prescindir de Jesús. Pero la dura realidad se impuso, y ambos tuvieron que aplazar los ambiciosos planes religiosos. La ruina amenazó a la familia, y dos años después de la visita a Nazaret, cuando Yehohanan contaba veinte, lo dejaron todo y viajaron con el rebaño hasta la vecina ciudad de Hebrón, al sur, en territorio idumeo. El «sueño» de Zacarías, de nuevo...

Empezaba así una nueva etapa en la vida del Anunciador. Una etapa que se prolongaría por espacio de once años...

Yehohanan se adentró entonces en el desierto de Judá. Era su primer encuentro, en serio, con el desierto. Allí pasó mucho tiempo con sus ovejas, meditando sobre su trabajo y el de su primo lejano. Y fue en esos años cuando intensificó el contacto con «su gente», los *nazir* de En Gedi, en el extremo suroccidental del mar Muerto. Ellos lo acogieron, sustituyendo, en parte, a la madre. Isabel permaneció en Hebrón, cada vez más sola y decepcionada. Su hijo no terminaba de cumplir lo anunciado por el «ser luminoso». Y las visitas de Yehohanan a Hebrón se hicieron menos frecuentes.

En la comuna de los *nazir* tuvo ocasión de consultar las Escrituras, e indagó en lo que tanto le preocupaba: las profecías y los principales textos sobre la llegada del «reino de Dios». Los profetas le daban la razón: «Se acercaba el fin de una era... Yavé exigía cuentas... Roma, sin duda, era la cabeza del impío... Había que decapitarla...»

En cuanto a Jesús, supuesto libertador, nuevo y ansiado rey, que debería ocupar el trono de David, las ilusiones de Yehohanan se debilitaron peligrosamente. Su primo no daba señales de vida. No respondió a ninguno de los mensajes. Ni siquiera sabía si estaba vivo...

El Anunciador —según mi confidente— preparó un plan. Actuaría sin Jesús. Primero en Israel. Después en el resto del mundo. Llamaría la atención a judíos y a paganos. Todos disfrutarían de la misma oportunidad. «¡Arrepentíos!», ése sería el grito de guerra...

La súbita muerte de Isabel hundió el proyecto. Sucedió en el mes de *elul* (agosto) del año 22 de nuestra era, cuando el hombre de las siete trenzas contaba veintiocho años de edad. La mujer fue sepultada en Hebrón antes de que Yehohanan recibiera la noticia. Ésa era la norma entre los *nazir* a perpetuidad.

El Anunciador acudió a la casa de la madre y, en otra reacción injustificada (nunca llegó a tocar el cadáver de Isabel), procedió a cortar los largos cabellos rubios. Hacía catorce años que la navaja no rasuraba su cráneo. Y fueron guardados (la ley establecía que, en caso de quebrantamiento del voto, el cabello debía ser arrojado al fuego).

Abner confirmó mis sospechas: la larga cabellera sirvió a Yehohanan para trenzar el chal o *talith* que lo cubría con frecuencia. El samaritano tampoco comprendió el anormal comportamiento...

El tosco y desconcertante Yehohanan casi no abrió la boca en los tres días que permaneció en la casa en la que había vivido Isabel. Los parientes, desconcertados, no supieron qué hacer. No comía ni bebía. «Sólo daba vueltas y vueltas alrededor de un pozo.» De vez en cuando exclamaba: «Todo es mentira...»

Sin previo aviso, tal y como llegó, desapareció de Hebrón. Nunca regresó.

Condujo el ganado hasta En Gedi y lo donó a la comunidad *nazir.*

Mandó avisos a Nazaret. Nadie respondió. Jesús, en aquellas fechas, se hallaba ausente. Ya no residía en Nazaret. Según mis noticias, se encontraba inmerso en su primer gran viaje fuera de Israel. En cuanto al silencio de la Señora, nunca supe el porqué. Se lo preguntaría...

Y en solitario, sin dar explicaciones a nadie, Yehohanan salió un día de la comuna y se retiró al interior del desierto de Judá, otro lugar extremo, con altas temperaturas durante el día y considerables descensos térmicos en la noche (1).

Allí vivió como un asceta, desnudo como siempre, rezando y reflexionando. Se alimentaba de carne de oveja,

---

(1)   En los barrancos de Mampsis, Arad y Ziph, las temperaturas nocturnas, entre noviembre y marzo, pueden descender por debajo de los cinco grados bajo cero. *(N. del m.)*

langostas (había hasta seis tipos comestibles), leche y, sobre todo, miel. Fue en esa época, durante los dos años y medio que vivió en el desierto, cuando adoptó la no menos insólita costumbre de «convivir» con una colmena. Las abejas lo acompañaban a todas partes. No daba un paso sin ellas. Y me propuse desvelar el nuevo misterio. ¿Por qué el Anunciador sentía aquella enfermiza afinidad hacia esos insectos?

De vez en cuando se presentaba en la aldea de los *nazir*. Cargaba provisiones e intentaba convencerlos de la «proximidad del fin». Las arengas —apocalípticas— tuvieron escaso éxito. Los *nazir*, según Abner, lo querían, pero sólo lo consideraban un niño grande. Su forma de vivir y vestir era causa de disputa. Allí donde aparecía surgía la polémica...

Y fue en ese dilatado período de tiempo, en las cuevas y barrancas del desierto de Judá, cuando Yehohanan fue testigo de otros sucesos extraordinarios. Abner guardó silencio. No supe si cumplía órdenes de su líder o si, sencillamente, no habló porque ignoraba lo ocurrido. ¿«Sucesos extraordinarios»? ¿Qué sucedió en el desierto en esos treinta meses?

Tenía que hablar directamente con el Anunciador. Sólo él podría aclararlo.

Y las dudas siguieron estrangulándolo...

¿Empezaba sin Jesús, el cada vez más supuesto Mesías? ¿Por qué no respondía a los mensajes? ¿A qué obedecía aquel silencio? ¿Se había arrepentido de su excelsa misión como Ungido de Dios y legítimo heredero del trono de David? ¿Y qué pasaba con él, su heraldo y precursor? ¿Quién era realmente el Mesías? ¿Jesús o él mismo? Las profecías hablaban también de Elías. El profeta precedería al libertador. ¿Era él Elías?

Lo escrito por Abner no resolvía ninguna de estas delicadas cuestiones. Me resigné. Había otros procedimientos para despejar los interrogantes. Lo intentaría en su momento...

Inexplicablemente (al menos para mí), el Hijo del Hombre no contestó a los escritos y las demandas de su pariente. Ahora, después de verificar lo que, en un primer momento, sólo fue una sospecha, creo entender la postura de mi amigo, el Galileo.

El Destino, una vez más...

Yehohanan, finalmente, tomó una decisión. Inauguraría el «reino» en solitario. Iniciaría el trabajo como «anunciador de la nueva era» en el valle del Jordán. Y esperaría. Quizá Jesús, al saber de él y de su proclama, terminaría «despertando y encabezando los ejércitos del Justo». Caminaría hacia el norte, hacia el *yam*. Su objetivo era Nahum. Ésas eran las últimas noticias sobre Jesús y su familia: ahora residían en la costa norte del mar de Tiberíades.

Y el 3 de marzo de ese año 25, tras la contemplación de un eclipse total de luna, el gigante se puso en marcha. Remontó el mar Muerto por la orilla occidental y se reunió con el río Jordán. En el «vado de las Doce Piedras» inició los encendidos discursos y las no menos llamativas ceremonias de inmersión. Allí lo conoció Abner. Después, lentamente, ascendieron por el valle hasta alcanzar el lugar donde nos encontrábamos.

Hacía un mes que había decidido montar el *guilgal* —símbolo de su poder— en el «vado de las Columnas». Sobre la siguiente etapa, nadie sabía nada. Sólo Yehohanan.

Ésta, en síntesis, era la pequeña gran historia de Juan o Yehohanan, el Bautista o Anunciador. Una historia, lo sé, en la que faltaban piezas. Todo llegaría...

Y también llegó la recuperación de mi compañero. Eliseo se mostraba fuerte y capaz. Los cuidados del bondadoso e insustituible Kesil fueron decisivos. ¿Qué haríamos sin él?

Y fijamos la partida hacia el Ravid para el 11 o 12 de ese mes de octubre. Kesil fue el encargado de negociar el carro que debería trasladarnos hasta la localidad de Migdal, en la orilla oeste del *yam*. No quise arriesgar. Haríamos el viaje lo más cómodamente posible. Mi hermano lo necesitaba. Y ambos captamos una sombra de tristeza en la mirada del fiel criado. Lo hablamos. ¿Qué podíamos hacer? ¿Lo llevábamos con nosotros? Imposible. Al ascender al «portaaviones» tendríamos que abandonarlo...

El Destino decidiría, como siempre.

Y aquellas últimas jornadas en el Yaboq las destinamos a observar, a conversar con Abner y su grupo, y a un tercer objetivo..., mucho más «electrizante»: el misterioso bosque de acacias en el que desaparecía Yehohanan cada dos o tres días.

El gentío seguía fluyendo. Todos los días aparecían decenas y decenas de judíos y gentiles, procedentes de la Judea, Perea, Galilea, Samaría y, sobre todo, de Jerusalén. Otros se retiraban, más o menos convencidos ante lo que tenían a la vista. Las disputas estaban a la orden del día. La mayoría, como creo haber referido, se aproximaba al vado por simple curiosidad y por el afán de recibir algún beneficio: curación, golpe de suerte, etc. Y en medio, lógicamente, los que sólo pretendían ganar dinero a costa del Anunciador...

Fue una mañana, mientras asistíamos desde la cabaña a otro de los sermones de Yehohanan sobre la «inminente cólera de Yavé», cuando Eliseo, con sus preguntas, dio pie a un jugoso debate sobre el «espectáculo» que estábamos contemplando.

—No consigo entender —se lamentó—. Ese hombre no está en sus cabales...

—No te precipites. Nos falta información. Parece un loco, pero...

Eliseo no me dejó concluir.

—¿Cómo pueden creer en un «Dios-espada»? El Mesías no es así.

—¿El Mesías? ¿A quién te refieres?

Mi hermano observó de reojo a Kesil. El hombre, sentado a escasa distancia, permanecía mudo y atento a la conversación.

—Ya sabes a quién... Él no es un Dios de fuego y venganza.

—Me temo que tus ideas siguen revueltas. Dios (Yavé) no es el Mesías que predican éstos, los judíos. Y Él, tu amigo, el Maestro, no es ni lo uno ni lo otro. Él no es Yavé, y tampoco el Mesías.

—¿El Maestro no es —rectificó sobre la marcha—, no será el Mesías?

Negué decidido. Kesil, intrigado, esperó una respuesta. El criado, obviamente, no sabía quién era el Maestro.

—Ése es un concepto erróneo, alimentado por las religiones...

Y añadí:

—¿Sabes cuál es la traducción de *mšyh* (mesías en arameo) o *hmšyh* (en hebreo)?

El ingeniero, adiestrado como yo en hebreo y arameo, conocía la respuesta. Pero insistí, intentando aclarar su error.

—«Mesías», para los judíos, significa «Ungido», siempre con mayúsculas. El «Ungido de Dios», aquel sobre el que Yavé derramará su aceite y su bendición. Alguien que está por llegar. Alguien sagrado...

—¡El Maestro, evidentemente!

—No —repliqué con la misma firmeza—. Si estudias los escritos judíos observarás que ese *mšyh* tiene otras características y propósitos. El «mesías» histórico y tradicional de Israel, cantado en más de quinientas profecías y textos bíblicos, nada tiene que ver con tu amigo...

Eliseo me animó a proseguir.

—Refréscame la memoria...

—En este pueblo existen tantas interpretaciones mesiánicas como individuos. Cada judío tiene su Mesías ideal. Y lo mismo sucede con cada secta o movimiento social o religioso (1). Hay, sin embargo, un denominador

(1)   Entre las *hairéseis* u «opciones» mesiánicas en la época de Jesús, cada una con sus variantes, podemos distinguir las siguientes:

1.   Sacerdotes y levitas: creían en un Mesías eminentemente religioso que, tras la eliminación de los paganos, haría posible la observancia integral de la ley y la pureza del culto.

2.   Escribas y doctores de la ley: hacían mil cábalas y combinaciones con los textos bíblicos y las profecías o supuestas profecías, buscando detalles que aclarasen la llegada del Mesías.

3.   Saduceos: eran los más reacios. No creían en los profetas. El Mesías podía poner en grave peligro su beneficiosa relación económica con Roma.

4.   Zelotas: veían con buenos ojos a un Mesías político y libertador del dominio extranjero, en cualquiera de sus modalidades. Se lanzaron a la guerra de guerrillas, preparando así el camino del futuro rey.

5.   Esenios: creían en un Mesías triple: profeta, rey y sacerdote.

6.   Fariseos: el Mesías ocuparía el vacante trono de David. La tendencia era parecida a la de los sacerdotes. Tras la fracasada rebelión macabea

común, aceptado por la mayoría: el Mesías significará la restauración de Israel como nación líder y soberana del mundo. El Mesías judío es eso: el «camino» para la definitiva hegemonía de Israel. La cólera de Yavé —dicen los videntes— ha llegado al límite. Dios enviará al Mesías para restablecer el orden y el reino. Será un intermediario, un rey de la casa de David que derrotará a los impíos, especialmente a Roma, y devolverá al «pueblo elegido» sus derechos y su prestancia. El mesías judío será un guerrero, un rey sabio y justiciero, un sacerdote, un superhumano, un destructor e, incluso, un hijo de Dios, según los grupos...

—¡La gloria de Israel! —resumió el ingeniero con precisión—. Todo consiste en eso: poder, dominio, dinero y superioridad racial...

—¡Exacto! Ése es el concepto tradicional judío sobre el Mesías, al menos el más extendido. Al principio, hace siglos, con los primeros profetas, la hegemonía, de la mano del Mesías, se limitaba a Israel. Una vez destruidos los impíos, Yavé, gracias al Ungido, restablecería la ley y el culto. Sería un reino de paz y alegría. Ahora, ese concepto ha trascendido las fronteras. El Mesías será el libertador de Israel y el rey y el juez que controlará el mundo entero. Israel será el centro del universo. Todo pasará por sus manos. La creación será removida. Un gran desastre precederá la llegada de ese rey-juez. Y surgirá una nueva tierra, más hermosa y pacífica, siempre bajo el control de Israel. Ése es el «reino de Dios» del que tanto hablan y que, posteriormente, con el paso del tiempo, será tan pésimamente interpretado como el propio concepto de Mesías...

—Entonces, el «reino de Dios» no será un invento del Maestro...

(167 a. J.C.), los «piadosos o separados» prescindieron de la idea de un Mesías humano que restituyera la vieja gloria de Israel y volvieron los ojos hacia Yavé, el único capaz de cambiar el rumbo de la nación. Yavé terminaría con los impíos y restablecería el rigor y la pureza en el culto.

A estas «opciones», como las llama Flavio Josefo, había que sumar las de los apocalípticos, los legalistas, los helenizantes, los ascetas y los gnósticos, entre otros. *(N. del m.)*

—«Reino de Dios» o los «días del Mesías» son conceptos muy antiguos. Los judíos dicen que Yavé ha entregado a su pueblo a los gentiles, temporalmente, a causa de sus pecados. Pero llegará el día —muy próximo, según Yehohanan— en que los impíos serán derrotados por ese Mesías y Dios mismo tomará el mando y gobernará de nuevo el mundo. De ahí el nombre de «reino de Dios». En otras palabras: «reino de Dios» es igual a reinado de Israel sobre todo lo creado. Y cuanto más penosa sea la situación de los judíos como pueblo, más grande es la esperanza en la llegada de ese personaje. Tu «amigo», como sabes, hablará de un «reino» muy distinto. Ésa será otra de sus geniales innovaciones.

Kesil, con los ojos muy abiertos, no disimulaba su interés, en especial por aquel enigmático Maestro. Pero, discreto, no abrió la boca.

—¡Están locos! —clamó Eliseo—. ¿Una nueva creación?

—Así es. En ese «reino» todos vivirán mil años. Nadie trabajará. Mejor dicho, los «no judíos» trabajarán para los judíos. Y así será durante seis mil años, período estimado por los rabinos para ese tiempo de «paz».

—¿Mil años? ¡Y sin trabajar!...

—Los profetas aseguran que esos mil años serán en realidad como mil días. No habrá viejos, sino niños. Todos disfrutarán de salud. Según Filón, «el segador trabajará sin esfuerzo y los partos se producirán sin dolor».

La incredulidad en los rostros de Eliseo y de Kesil fue creciendo.

—Están locos...

—No, Eliseo, ellos lo creen. En su opinión, el mundo actual *(wlm hzh)* está controlado por el Mal y sus ángeles, con el permiso de Yavé. Eso tiene que cambiar necesariamente. El nuevo «reino», el mundo futuro *(wlm hb)*, será lo contrario: bien y justicia. Pero, para que llegue el «reino de Dios», el mundo de hoy tendrá que ser demolido. Recuerda: «El hacha está ya en la base del árbol...» Yehohanan está gritando lo que fue escrito y lo que ha hecho suspirar a generaciones enteras. Lo que ahora ves es el reverso de lo divino. Será Dios —dicen— quien destruya este viejo orden y restablezca el «reino» desde lo alto. El Mesías será su heraldo y la mano de hierro que sacudirá la Tierra.

—¿Y cuándo dejaremos de trabajar? —manifestó el ingeniero con sorna—. Porque nosotros, después de todo, estamos con ellos...

Supuse que se refería a Estados Unidos y a su relación con el Estado de Israel. No le hice el menor caso.

—La llegada del «reino» —según las Escrituras (Os. 13 y Dn. 12)— estará precedida por el llanto y la calamidad. Serán los célebres «dolores de parto del Mesías», anunciados por los profetas. Esa aflicción mundial también estará precedida por señales de todo tipo: el sol y la luna se oscurecerán, aparecerán jinetes entre las nubes y espadas brillantes en los cielos, los árboles destilarán sangre, las rocas gritarán, el sol alumbrará en la noche, los graneros quedarán vacíos, las aguas dulces se convertirán en saladas, el mar arrasará la tierra, el hombre se levantará contra el hombre, el padre contra el hijo y el hermano contra el hermano...

Kesil, atemorizado, se tapó los oídos, negándose a oír.

—Tienes mucha imaginación...

—No lo digo yo. Lo dicen los escritos rabínicos, el segundo libro de los Macabeos, los rollos esenios, Flavio Josefo y Tácito, entre otros. Las referencias y alusiones a ese desastre son más de trescientas, según los judíos. Pero antes, como otra importante señal, deberá aparecer el profeta Elías.

—¿Elías? —argumentó mi compañero con razón—. Pero ¿no desapareció en un «carro de fuego» (1)?

(1) En el libro segundo de los Reyes (capítulo 2) se cuenta que el profeta Elías fue arrebatado a los cielos por un extraño «carro de fuego con caballos de fuego». Sucedió en el río Jordán: «...Cincuenta hombres de la comunidad de los profetas (posiblemente de Jericó o la comarca) vinieron y se quedaron enfrente, a cierta distancia; ellos dos (Elías y su discípulo Eliseo) se detuvieron junto al Jordán. Tomó Elías su manto, lo enrolló y golpeó las aguas, que se dividieron de un lado y de otro, y pasaron ambos a pie enjuto. Cuando hubieron pasado, dijo Elías a Eliseo: "Pídeme lo que quieras que haga por ti antes de ser arrebatado de tu lado." Dijo Eliseo: "Que tenga

—Sí, de eso hace ya ochocientos sesenta años, aproximadamente. Al igual que con Moisés, nunca se supo dónde fue sepultado.

Y reza la tradición que regresará para preparar el camino del Mesías, modificando el desorden y restableciendo la paz. Otros, esgrimiendo una afirmación de Moisés, dicen que Elías llegará «para excluir del reino a los que hayan sido introducidos a la fuerza y para admitir a los que serán excluidos, también por la fuerza». Él dirá quién es impuro y, por tanto, indigno de entrar en el «reino de Dios». Los doctores de la ley, sin embargo, no se ponen de acuerdo. Algunos aseguran que ungirá al Mesías. Otros lo niegan, afirmando que aparecerá para cambiar los corazones (Mal. 4) e, incluso, para resucitar a los muertos.

Se hizo un silencio.

Eliseo y yo nos miramos. Creo que pensamos lo mismo...

¿Se identificaba el Anunciador con el profeta Elías?

—¡Arrepentíos! —seguía clamando Yehohanan en el vado—. ¡Nada escapará a la ira de Dios!

Mi compañero negó con la cabeza. Entendí: aquellas palabras tenían mucho que ver con el Mesías judío, pero ninguna relación con el futuro mensaje del Maestro.

—Después —proseguí, tratando de evitar el asunto de la vuelta de Elías—, tras esas guerras y catástrofes, será el tiempo del Mesías y del «reino».

—En suma —terció mi compañero—, el concepto de Mesías es muy anterior al cristianismo...

—En los escritos de Baruc, Esdras, en los antiguos Oráculos Sibilinos, en las parábolas de Henoc, en los Salmos de Salomón, etc., se menciona a un Mesías que vencerá a los impíos. Los esenios también han escrito sobre ello. Recuerda a sus «jefes de millares» y la derrota que

---

dos partes en tu espíritu." Le dijo: "Pides una cosa difícil; si alcanzas a verme cuando sea llevado de tu lado, lo tendrás; si no, no lo tendrás." Iban caminando mientras hablaban, cuando un carro de fuego con caballos de fuego se interpuso entre ellos, y Elías subió al cielo en el torbellino... Y no lo vio más.» *(N. del m.)*

sufrirán los «hijos de las tinieblas», según el manuscrito de la Guerra. Serán los futuros cristianos los que harán suyo el concepto judío, modificándolo a su criterio. Ese Mesías precristiano, como te digo, deberá ser humano, totalmente humano, descendiente de la casa de David (rey), y también sacerdote y profeta o vidente. Los judíos lo proclaman como un enviado de Dios, dotado de poderes extraordinarios, capaz de prodigios y sanaciones masivas, justo, sabio y libre de pecado. Para algunos es un ser «preexistente». Se hallaría sentado a la diestra de Dios, preparado para actuar desde toda la eternidad.

—¿Un hijo de Dios?

—En cierto modo, sí. Como dice Henoc, un «Hijo de Hombre» pero, al mismo tiempo, un Dios.

—En eso no están equivocados...

—Sí y no. Tu «amigo» —disimulé una vez más— es un hombre y un Dios. Los judíos, sin embargo, no comprenderán que ambas naturalezas —humana y divina— puedan vivir simultáneamente...

—Y nosotros tampoco...

Asentí en silencio. Aquél fue otro de los grandes misterios para el que no encontramos explicación racional. Pero ésa es otra cuestión.

—El Mesías judío (según las Escrituras) será un desafío para el mundo. Las naciones formarán una alianza y lucharán contra Israel. Dios saldrá victorioso y la destrucción de las potencias hostiles será su gran venganza...

—¡Qué absurdo! «Dios victorioso»... «Dios vengativo». ¿Desde cuándo necesita Dios de la victoria? ¿Es el Padre un Dios de la venganza?

Eliseo conocía mi pensamiento. No tuve que replicar. El Padre, en efecto, no es lo que afirman los judíos. No fue eso lo que enseñaría el Maestro.

Y añadí:

—... Más absurda es la creencia en un Mesías destructor de dientes.

Y cité la sentencia de Henoc (libro primero 46, 4-6): «El "Hijo del Hombre" que expulsa a los reyes y poderosos de sus campamentos, rompe los dientes de los pecadores y derroca a los reyes de sus reinos y tronos.»

¿Jesús de Nazaret rompiendo los dientes de los pecadores o cargando de cadenas a los impíos?

—Has olvidado algo —intervino Kesil tímidamente—. Los pobres también tenemos una razón para esperar al Mesías...

Lo animé a continuar.

—... Ese «reino de Dios» será un lugar sin impuestos.

Tenía razón.

El Mesías judío, en suma, no encaja en el perfil del Maestro. No era suficiente con hacer una revelación del Padre (un Dios «humano», muy diferente del colérico Yavé). El Mesías tenía que ser alguien que estableciera el «reino» (la superioridad de Israel). Por eso los suyos no lo comprendieron. Por eso la Señora y los íntimos, los apóstoles, vivieron en una permanente confusión. Jesús no fue un rey, tampoco un sacerdote o un guerrero. Por eso sus compatriotas lo rechazaron, al igual que hicieron con otros (1). Y siguen esperando a ese supuesto libertador. En el siglo XX todavía no ha llegado, según los rabinos...

(1) Entre los numerosos falsos mesías han destacado tres. Fueron capaces de movilizar a miles de personas. Uno de ellos apareció en el año 35 de nuestra era (cinco años después de la muerte del Maestro). Ya fue mencionado en estos diarios. Se trataba de un samaritano, un *kuteo*, que dijo saber dónde estaban enterrados los vasos sagrados de Moisés. Convocó a una multitud en el monte Gerizím. Poncio disolvió a la muchedumbre, provocando una carnicería. El incidente supuso una nueva denuncia contra el célebre gobernador romano, que tuvo que viajar a Roma para dar cuentas.

El segundo «mesías» se llamó Teudas (44 a 46 d. J.C.). También convenció a miles de judíos (*Antigüedades*, XX, 5). Los condujo al río Jordán y prometió separar las aguas, como había hecho Josué con el arca de la Alianza y, posteriormente, el profeta Elías. El fracaso fue estrepitoso. Fado, procurador romano, envió un destacamento de caballería y mató a muchos. Teudas fue capturado y decapitado. La cabeza fue llevada a Jerusalén. Yehohanan, en otras circunstancias, sufrió el mismo castigo. Lucas, el evangelista, habla también de un falso profeta —Teudas—, aunque no se tiene la certeza de que sea el mismo que refiere Josefo (véase Hechos de los Apóstoles 5, 36).

El tercer «mesías» fue un egipcio. Así lo narra Flavio Josefo en sus libros *Antigüedades* (XVIII y XX) y *Guerras* (II). El falso profeta reunió a más de seis mil hombres, mujeres y niños en el desierto. Desde allí los llevó a lo alto del monte de los Olivos. Prometió que haría caer las murallas de Jerusalén. El suceso ocurrió entre los años 52 y 60 después de Cristo. Obviamente, las murallas siguieron en su lugar...

A estos «mesías» habría que sumar Judas de Galilea, Simón de Perea (esclavo de Herodes), Atronges (pastor de la Judea), Menahemo (nieto de Judas el Galileo) y Bar Coqueba, entre otros. *(N. del m.)*

Por eso no me gustan las palabras «Cristo», versión griega de «mesías» («*Khristos*» o «Ungido»), o «Jesucristo». Las he utilizado. Ahora, ya no. Él no fue *Khristos*. Fue mucho más (1).

Y al concluir la filípica volvió a repetirse la escena que había presenciado desde el río, en mi primer «encuentro» con el hombre de las siete trenzas. El gentío, los de las parihuelas y los enfermos presionaron y provocaron el caos. Yehohanan se vio forzado a huir nuevamente, y se refugió a la carrera en la orilla de las acacias.

El Destino me alertó.

El bosque verde y rojo... Tenía que descubrir el «secreto» de las acacias. ¿O no existía tal «secreto»?

Abner y los discípulos del Anunciador terminaron regresando al pie de la sófora. Yo me decidí a visitarlos, en un inútil empeño por animar al grupo.

Estaban desolados. Llevaban meses con Yehohanan, pero no entendían su extraño proceder. ¿Por qué aparecía y desaparecía? ¿Por qué no permitía que lo acompañaran? ¿Por qué no se separaba de aquella odiada y temida colmena? ¿Por qué era tan brusco?

Se lamentaron. Discutieron y, por supuesto, no llegaron a ninguna conclusión.

No comprendían sus medidas de seguridad, aunque admitían la posibilidad de ser espiados por los esbirros de Herodes Antipas, de los sacerdotes, de la casta saducea o de Roma. Allí había cientos de personas. Cualquiera podía ser un informante.

¿Y por qué aquella obsesión con la miel? ¿Por qué tener que comerla a todas horas, como ordenaba el gigante? ¿Por qué predicar cuando él no estuviese? Casi siempre terminaba en fracaso...

Lo peor es que Yehohanan no admitía opiniones distintas de la suya. Su verdad no era negociable. Nadie podía criticarla, ni criticarlo. Todo lo interpretaba a su

---

(1) La confusión de las religiones, en especial de la iglesia católica, llega al extremo de celebrar la fiesta de «Cristo Rey». Dicha festividad fue instituida por el papa Pío XI en 1925 para celebrar «la realeza mesiánica de Jesús». Como se ha dicho, Jesús no fue «Cristo» (mesías) ni tampoco rey. *(N. del m.)*

manera, excluyendo lo que no entrara en su línea apocalíptica.

Era testarudo, autoritario, egocéntrico, dramático cuando le convenía, arrogante, sin tacto, frío y calculador, sin el menor sentido del humor, e incapaz de sonreír.

Sus hombres, en ocasiones, se sentían ridículos. ¿Por qué escribir frases de sus sermones en las vasijas que se balanceaban bajo la sófora? En realidad, como fui descubriendo, eran expresiones extraídas de los textos bíblicos (sobre todo de Isaías, Daniel, Samuel y Elías, su favorito): «Escucha al rey, hijo de David»... «Cíñele de fuerza para que destruya a los impíos»... «El espíritu de Yavé habla por mí»... «Con vara de hierro los aniquilaré»... «Las naciones impías serán destruidas con el aliento de su boca»... «¿Quién como yo?»

Al egocentrismo había que sumar un profundo narcisismo, alimentado en su día por Isabel, la madre.

Y empecé a sospechar algo peor... La colmena, los ostracones colgados de las ramas, el chal sobre la cabeza, las «meditaciones» alrededor del árbol y el resto del singular comportamiento podían ser manifestaciones de un trastorno mental. Pero no quise precipitarme.

¿Por qué Yehohanan seleccionaba tan minuciosamente los lugares en los que acampaban? ¿Por qué inspeccionaba con detalle los vados en los que procedía a la ceremonia de inmersión? Aquella enésima e inusual costumbre desconcertaba también a sus hombres. Según Abner, «sólo predicaba en aguas golpeadas o manaderas» (1).

---

(1) La rigurosa ley mosaica establecía un orden, incluso, entre las aguas que servían para la purificación ritual. El tratado *miqwaot* es elocuente en este sentido (*miqwaot:* baños por los que alguien obtiene la purificación o liberación de algún tipo de impureza). Las aguas, según este tratado, aparecían clasificadas en seis órdenes (de menor a mayor pureza): aljibe, charca, piscina de baños rituales, fuente, aguas «golpeadas» y manaderas. La piscina, para ser «pura», debía contar con un mínimo de cuarenta *seás* (alrededor de 656 litros). Entendían por aguas «golpeadas» las saladas o termales, como refiere «Pará», otro tratado de la Misná. Las «golpeadas» no eran potables. Tampoco servían las llamadas «aguas engañosas» o intermitentes (las que «engañan o dejan de fluir, al menos una vez cada siete años»; si desaparecían por causa de la guerra o de una sequía, entonces sí eran «puras»). Las manaderas o aguas vivas eran las más «puras». En ellas podían sumergirse los

Antes de asentarse en un paraje lo recorría e intentaba averiguar qué sucesos bíblicos se habían registrado en el tramo de río en cuestión. Si no existía tal, sencillamente, lo inventaba, como era el caso de la lucha de Jacob con el «ángel». En posteriores encuentros confirmé la versión del segundo...

A pesar de todo, Abner y el grupo lo querían. Era su ídolo.

Es más: Yehohanan no era el precursor o anunciador del futuro Mesías. Para aquellos «heraldos» era el auténtico libertador, aunque nadie se atrevía a manifestarlo en su presencia. ¿Otro más fuerte que Yehohanan? Eso era imposible o, en el mejor de los casos, un recurso oratorio del Anunciador. Y empecé a intuir que Alguien como el Maestro no sería bien recibido por aquellos sencillos hombres (sólo varones, por cierto).

No me equivoqué...

Ellos lo seguirían hasta el fin del mundo. Serían testigos de la llegada del «reino de Dios» y ocuparían los puestos de honor junto al nuevo e indiscutible rey: Yehohanan. Nada podía detenerlos. Las multitudes acudían sin cesar. El éxito del gigante de las pupilas rojas era incuestionable. ¿Quién le arrebataría la gloria?

Abner lo advirtió en varias oportunidades: «Nadie puede sustituir al enviado por Dios.»

Me eché a temblar...

¿Qué sucedería cuando el Maestro se lanzara abiertamente a los caminos? ¿Sería posible que ambos grupos participaran en el mismo proyecto? ¿Dos líderes?

Verdaderamente, el Destino «sabe»...

---

hombres que sufrían blenorrea. Con este tipo de aguas se llevaba a cabo la aspersión de los leprosos. Todo estaba previsto por los meticulosos judíos: desde la conducción del agua (para no hacerla impura) hasta las cosas u objetos que podían adherirse a la piel del que se bañaba, pasando por los líquidos que cambian el color del agua. No todos los ríos servían. El Jordán, por ejemplo, o el Yarmuck, en el norte del valle, no eran «puros» (arrastraban fango: aguas inservibles para la purificación). Los afluentes sí eran «puros», siempre que sus aguas corriesen. Lo mismo ocurría con los arroyos (estaba autorizada la inmersión, al margen del volumen o el caudal de las aguas). Cualquier mar era considerado «piscina de inmersión», ya que está escrito: «A la congregación de las aguas llamó mares» (Génesis 1, 10). *(N. del m.)*

Ahora entiendo por qué fuimos a parar al «vado de las Columnas». Era menester que fuéramos por delante, también en esto.

Nada es azar...

El 9 de octubre, martes, decidí probar fortuna. Yehohanan no había regresado. Hablé con mi compañero y se mostró de acuerdo. Teníamos que salir de dudas.

¿Qué demonios hacía el Anunciador en el bosque de acacias?

Eliseo esperaría mi regreso.

Y antes del alba, discreta y silenciosamente, procurando no ser visto, crucé el vado y alcancé la orilla derecha del Yaboq. Mi intención era simple: localizarlo y averiguar por qué desaparecía en el espeso boscaje de acacias, ricinos y salvadoras. Sabía que estaba prohibido seguirlo pero, aun así, decidí arriesgarme. No quería retornar al módulo con esta duda. Algo me decía que la «visita» al otro lado del afluente era de suma importancia...

Aguardé el clarear del día.

Tuve suerte.

Nadie se percató de la maniobra. Exploré la espesura con la vista y, lentamente, con el auxilio de la «vara de Moisés», fui ganando terreno entre el enredado ramaje. No descubrí camino alguno. Aquella zona del Yaboq era salvaje e improductiva. Las acacias, armadas con miles de espinas de hasta diez centímetros de longitud, marfileñas y despiadadas, eran una barrera excelente. Sólo un loco se habría atrevido a penetrar en aquel territorio. Los frutos, ligeramente curvados, se hallaban en plena sazón. Cientos de pájaros se disputaban las copas, agitando con sus vuelos las flores rojas y amarillas. El amanecer despabiló a las crías, y el trino de las *passer* (golondrinas del Jordán), los alcaudones, los herreruelos y los roqueros solitarios desplazó al silencio, condenándolo hasta el ocaso.

Cuando había caminado alrededor de quinientos metros me detuve. ¿Hacia dónde debía dirigir los pasos? La espesura no parecía tener fin...

Entonces lo vi. Mejor dicho, lo oí.

Era su voz, estaba seguro. Sonaba muy próxima.

Instintivamente me refugié tras uno de los troncos. Dado el carácter agrio y bronco del Anunciador, mi presencia podía resultar poco grata. Tenía que ser cauteloso.

Era como una oración...

Deduje que se hallaba solo, pero tampoco estaba seguro. ¿Con quién hablaba?

Avancé despacio y fui a descubrir un pequeño claro.

Yehohanan, sentado sobre un árbol abatido, manipulaba el interior de una tinaja de barro. Efectivamente, se hallaba solo.

—... Porque así habla Yavé... No se acabará la harina en la cántara, ni el aceite en la orza hasta que Dios...

Al tratar de aproximarme un poco más, una rama se quebró bajo mi sandalia y alertó al de las pupilas rojas. Me parapeté tras los troncos y dejé casi de respirar. Si me descubría, ¿qué podía decirle?

El Anunciador interrumpió la plegaria y, alzándose, dirigió la mirada hacia la zona del bosque donde intentaba ocultarme. Fueron unos segundos interminables.

Finalmente, olvidando el crujido, regresó a lo suyo. Introdujo la mano izquierda en la tinaja y extrajo un puñado de harina.

—No se acabará la harina en la cántara...

Inspeccionó el interior del recipiente y depositó la harina que mantenía en la palma de la mano en una segunda tinaja. Después repitió la operación y la letanía. Y la harina fue totalmente trasvasada.

Entonces interrumpió la monótona oración. Miró de nuevo en el interior de la cántara que había contenido la harina y, de pronto, comenzó a gemir y a lloriquear. Era un llanto amargo que, sinceramente, me encogió el alma. ¿Qué le sucedía?

Y tan súbitamente como aparecieron, así se extinguieron las lágrimas.

El Anunciador se puso en pie y comenzó a caminar alrededor del madero caído. Y lo oí susurrar:

—Todo es mentira...

Así permaneció un buen rato, dando vueltas alrededor del árbol y repitiendo sin cesar el enigmático «todo es mentira».

Después regresó al centro del tronco. Se sentó nuevamente y comenzó la extracción de la harina, depositándola en la cántara que había sido vaciada en la primera operación.

—Porque así habla Yavé... No se acabará la harina en la tinaja... No se agotará el aceite en la orza hasta el día en que Dios conceda la lluvia sobre la Tierra.

Aquél era un pasaje del libro primero de los Reyes.

Pero lo de la harina... No podía ser... Y rechacé la idea.

Yehohanan continuó la labor, vaciando el recipiente y llenando la segunda tinaja. A cada puñado repetía la plegaria.

Me dejé caer sobre el terreno, ciertamente derrotado. Y aquel pensamiento, apuntado por el ingeniero, cobró fuerza.

Concluido el trasvase de la harina, el Anunciador se asomó de nuevo a la cántara vacía y prorrumpió en otro llanto, más escandaloso si cabe.

Poco faltó para que diera la vuelta y regresara. Pero no lo había visto todo...

Concluido el desconsolado llanto, el hombre de la larga cabellera rubia repitió también los pasos en torno al madero, al tiempo que se lamentaba una y otra vez:

—Todo es mentira...

La escena se prolongó varias horas, con un solo cambio: al observar cómo el sol se despegaba de las acacias, Yehohanan se hizo con el *talith* de pelo y se cubrió.

Y las iniciales sospechas fueron confirmándose. Aquel hombre era víctima de un desequilibrio mental...

El claro era un campamento o refugio improvisado. Eso deduje, a la vista de los pocos enseres que acompañaban al Anunciador. Junto a las cántaras descubrí el barril-colmena, siempre a mano.

Alrededor del árbol caído, Yehohanan había dispuesto otro círculo o *guilgal*, pero con ramas de acacia. El zurrón blanco descansaba junto a las tinajas de barro.

¿A qué obedecía ese aislamiento?

Al principio, confuso, no acerté a encontrar una explicación. Después, poco a poco, la triste realidad se impuso...

Hacia la hora *sexta* (mediodía), Yehohanan abandonó el cansino proceso de trasvasar harina de una cántara a otra y salió del círculo de ramas.

Permanecí atento y oculto.

Volvió a orinar por quinta o sexta vez y dirigió los pasos hacia uno de los árboles más altos. Aunque el chal lo cubría casi por completo, me pareció que inspeccionaba el ramaje.

¿Qué buscaba?

Traté de hallar algo inusual en la copa de la acacia. Sólo vi pájaros, una alegre e incansable colonia de herrerillos, con el plumaje pintado de azules, negros, blancos y amarillos. Entraban y salían del árbol. Los machos retornaban con larvas e insectos, para alimentar a una prole con el pico siempre abierto. Las *passer*, más numerosas, bregaban por conquistar el ramaje, aproximándose veloces. Las hembras de los herrerillos, sin embargo, tan celosas y combativas como las golondrinas, no lo permitían. Y las *passer*, sofocadas, terminaban trenzando los nidos en forma de pera en las acacias cercanas.

Yehohanan, entonces, empezó a trepar por el tronco.

¿Qué pretendía?

Lo hizo despacio, calculando cada movimiento. Los pájaros, alertados, emprendieron el vuelo, huyendo.

El hombre, ágil, alcanzó las ramas y luego se detuvo. Allí continuó largo rato, absolutamente inmóvil.

No logré entender, no supe qué lo guiaba. Pensé en las crías. ¿Intentaba capturarlas? ¿Para qué? ¿Tenía hambre?

Siguió ganando cada palmo, lenta y silenciosamente, como un reptil. ¿Cómo logró esquivar las blancas y desordenadas espinas? Ni idea, pero lo consiguió.

Y el Anunciador fue a situarse muy cerca de uno de los nidos de herrerillos.

Los pájaros, tan desconcertados como este explorador, se posaron en la vecindad, trinando con desesperación y agitando las alas, mostrando los vivos colores al «invasor», en un inútil intento por asustarlo.

Cambié de árbol y me aproximé. El rostro, sin embargo, siguió oculto.

Fue por poco tiempo...

Yehohanan, de pronto, retiró el *talith* y lo dejó caer sobre los hombros. Cerró los ojos. La luz, sin duda, lo molestaba. Después pegó el rostro a una de las ramas y situó la boca a la altura del nido en el que piaban incesantes cuatro o cinco desnudas y diminutas crías.

Los herrerillos siguieron protestando desde el ramaje. Obviamente, ninguno se atrevió a saltar sobre el nido.

Y quien esto escribe, perplejo, asistió a otra escena que no sé cómo describir...

Yehohanan separó los labios y, durante un tiempo, imitó a las crías, piando.

Supongo que palidecí.

Y así continuó, en cuclillas sobre la acacia, abriendo la boca rítmicamente y copiando, a su manera, el angustioso reclamo de los hambrientos pajarillos.

No supe si reír o llorar...

Pero la «representación» no terminó ahí. El Anunciador, cansado, cesó en la mímica y, sin separar el rostro de la rama, exclamó:

—¡Pan por la mañana!... ¡Pan!

¿Pan? ¿A quién solicitaba pan?

Mis temores se intensificaron...

Yehohanan repitió:

—¡Pan por la mañana!... ¡Pan por la mañana!

Los herrerillos, al oír el sonido, abandonaron las ramas y se alejaron hacia los *karus* (acacias) más cercanos.

—¡Pan!... —insistió, al tiempo que levantaba la mano izquierda, mostrando el «tatuaje»—. ¡Pan por la mañana!... ¡Soy del Eterno!

No había duda. Yehohanan hablaba a los herrerillos... ¡Pretendía que lo alimentasen! ¡Les enseñaba la «señal» que lucía en la palma!

La patética escena me recordó algo pero, en esos críticos instantes, confuso y entristecido, no afiné.

Las peticiones de «pan por la mañana» se sucedieron durante mucho tiempo. Calculé dos o tres horas.

Finalmente, agotado, Yehohanan se quedó dormido en lo alto de la acacia.

Fue suficiente. Al regresar junto a Eliseo y Kesil, mi corazón se hallaba encogido. El Anunciador, en efecto, padecía un grave trastorno. Tenía que explorar más a fondo al extraño personaje. Pero ¿cómo?

El Destino lo tenía minuciosamente previsto...

Sólo mi compañero tuvo conocimiento de lo que presencié al otro lado del vado. No dijo nada. Lo había advertido. La historia, sin embargo, volvió a mentir. Yehohanan no fue un santo, como aseguran las religiones. Fue un desequilibrado.

Pero debo contenerme. Todo en su momento...

El día siguiente fue igualmente duro. Como le sucedía al Maestro, tampoco a mí me gustan las despedidas. En el adiós se muere un poco. Y eso fue lo que hicimos: nos despedimos de todos.

Los discípulos lo lamentaron y me animaron a trasladar el mensaje de su ídolo a Jesús de Nazaret. Yehohanan no se presentó. Yo aproveché las circunstancias para hacer un pequeño regalo al siempre bondadoso Abner, el «hombre-suerte». Le debía mucho.

Una de las ampollitas de barro de la «farmacia» de campaña fue a parar a sus manos. Era tintura de árnica, muy apropiada para aliviar la enfermedad dental que lo consumía. Bastarían un par de enjuagues para aligerar la piorrea. No terminaría con la inflamación y el sangrado de las encías, pero, al menos, reduciría los dolores durante un tiempo.

También a Belša y Nakebos, todavía postrados y debilitados, les proporcioné sendas dosis de antibióticos. La infección intestinal parecía remitir. La medicación no alteraría el curso de los acontecimientos. Era lo menos que podía hacer.

Ambos se mostraron tristes por nuestra partida. Apenas habíamos hablado. Ni ellos, ni quien esto escribe, sabíamos en esos momentos que volveríamos a encontrarnos...

Pero lo peor fue Kesil, el cariñoso y servicial amigo,

más que sirviente. Se había encariñado con nosotros, en especial con el ingeniero.

La víspera de la marcha se esmeró. Preparó sopa al estilo de Damiya —deliciosa—, espesa, de color ámbar, con unos suculentos y tiernos pedazos de carnero, y barbo frito, rociado con pimienta y comino molido.

Apenas habló.

A la mañana siguiente, con lágrimas en los ojos, preguntó una sola vez: «¿Podría acompañaros? Trabajaré por la mitad.»

Eliseo, emocionado, bajó los ojos. Rechacé la oferta e insistí en lo que ya sabía: éramos unos viajeros incansables. Ahora estábamos en Damiya. Mañana en Migdal. Después, quizá, en Nahum. Su lugar estaba en el valle, junto a su familia.

Lo abrazamos y saltamos al carro que nos trasladaría hacia el norte, hasta la ciudad de Migdal, en la orilla occidental del *yam*.

Lo vimos alzar el brazo, saludando.

Nuestra aventura en el «vado de las Columnas» había terminado. Nos esperaba el Ravid y, acto seguido, el Maestro...

¿El Maestro?

Ni siquiera sabíamos dónde estaba. ¿Había regresado a Nahum? ¿Seguía en aquel misterioso viaje a Jerusalén?

Lo cierto es que hacía veintitrés días que no lo veíamos...

Lo echábamos de menos.

El alquiler del carro y del *sais*, el conductor, fue un acierto. Eliseo viajó descansado y, francamente, nos ahorramos posibles inconvenientes.

Hicimos noche en la conocida posada de Yardena y al día siguiente, viernes, a media mañana, alcanzamos Migdal. Despedimos el carro y despacio, sin prisas, ascendimos al «portaaviones».

Todo transcurrió en orden, «de primera clase». No se registró un solo susto. Hicimos acopio de provisiones en la vecina plantación en la que residía Camar, el viejo beduino, e ingresamos en la nave.

Santa Claus mantenía los sistemas de forma impecable. El trabajo de inspección fue mínimo y rutinario. Y durante las siguientes jornadas me ocupé de Eliseo y de la preparación de las inmediatas e hipotéticas etapas. Hipotéticas porque, a decir verdad, nos hallábamos en blanco. No sabíamos nada. Desconocíamos los planes de Jesús. El Destino era imprevisible. Mejor así...

Ahora, al revisar estas memorias, me sorprendo una y otra vez. Nosotros, científicos, terminamos confiando en el Destino. Pocos lo creerán. ¿Qué importa? Yo sé que fue cierto. Con eso basta. Aprendí tarde, pero aprendí: en la vida conviene escuchar los susurros de la intuición. La lógica y la razón son mensajeros. Sólo eso...

Como me temía, la analítica practicada a mi hermano dio positivo. Eliseo fue víctima de una *salmonella typhimurium*, una variante de salmonelosis, muy común en hombres y animales. El recuento leucocitario se hallaba prácticamente normalizado, aunque la eosinofilia (formación y acumulación de un número extraordinario de células eosinófilas en la sangre) recordaba la grave infección parasitaria. Los cultivos de orina y heces lo confirmaron.

Por fortuna, el ingeniero se recuperó. Aquellos angustiosos días en el «vado de las Columnas» sólo fueron un mal recuerdo. Y me prometí a mí mismo algo muy difícil de cumplir: seríamos más estrictos en el consumo de líquidos y alimentos. La agitada dinámica del día a día nos obligaría a desistir...

No sabíamos nada, como digo, sobre el inmediato futuro. Sin embargo, terco como una mula, me empeñé en diseñar (?) los siguientes pasos. Eliseo se burló, con razón.

Lo primero sería el alojamiento. Buscaríamos un refugio en Nahum. A ser posible, en las cercanías de la «casa de las flores». Lo más probable es que el Galileo hubiera vuelto de la Ciudad Santa. Teníamos que permanecer cerca de Él y no volver a perderlo.

—¿Y si no ha regresado? ¿Qué haremos, mayor, si tu amigo no se encuentra en Nahum?

Preferí ignorar las sensatas dudas de Eliseo. Esta vez se equivocaba. Estaba seguro...

¿O eran mis deseos de reencontrarme con el Maestro?

Una vez instalados en Nahum decidiríamos.

Y «ella» regresó a mi mente. ¿Formaba parte de los planes? Naturalmente que no. Ese sentimiento no era viable. Estaba prohibido. Tenía que anularlo...

Y me concentré en el siguiente y no menos supuesto objetivo: Yehohanan.

Estudié y me documenté cuanto pude, confirmando algunas de las sospechas. Otras siguieron en el aire, pendientes de una información más exhaustiva.

Las «pupilas» rojas, efectivamente, eran una consecuencia del albinismo ocular. Se trata de una condición heredada que afecta a los ojos, en especial, al pigmento llamado melanina. Lo más probable es que el «defecto» procediera del cromosoma X, transmitido por la madre *(nettleship-falls)*. No conocimos a Isabel y, por tanto, no puedo saber si presentaba la misma pigmentación coloreada en la región posterior del ojo. Aunque fuera la portadora de este fallo cromosómico, no tendría por qué sufrir el referido albinismo ocular. Su visión podía ser normal. En el hijo, sin embargo, a juzgar por mis observaciones, la visión sí aparecía afectada por el nistagmo o movimiento involuntario de los ojos, por la fotofobia (sensibilidad a la luz) y por una más que probable disminución en la agudeza visual. Esto explicaría el *talith* sobre la cabeza, la aparición del Anunciador en los primeros momentos del día, cuando la luz solar es todavía débil, y el hecho de que no me viera con nitidez cuando me hallaba detrás de la pilastra de piedra, en pleno río Yaboq (1). ¿Por eso no me reconoció en las posteriores entrevistas, en el *guilgal* y en la cabaña? Era probable. Por eso, quizá, no se percató de mi presencia en el bosque de las acacias. Quién sabe...

Pensé en un segundo encuentro. Resultaría útil y esclarecedor.

Eliseo volvió a tomarme el pelo. ¿No era suficiente con la experiencia en el «vado de las Columnas»?

Preferí guardar silencio. Había otro asunto más delicado que el albinismo ocular y sus secuelas. Nadie, en los escasos testimonios escritos que se han conservado sobre el Bautista, habla de un posible deterioro psíquico (2). Era comprensible. Como ya referí, ninguno de los

(1) La fóvea (fosa en el centro de la retina) proporciona la agudeza visual. Si aparece alterada —caso del albinismo ocular—, la citada agudeza disminuye, el ojo se ve afectado por la luz y no puede procesar las imágenes agudas o muy luminosas. En el albinismo ocular, los nervios que se dirigen al cerebro no siguen el «camino» habitual. Pero, para confirmar esta anomalía, deberíamos someter al Anunciador a un examen específico *(visually evoked potential)*, algo, obviamente, muy poco probable. *(N. del m.)*

(2) Al margen de los evangelios canónicos —de escasa credibilidad, como he podido demostrar a lo largo de estos diarios—, el único testimonio medianamente fiable corresponde al historiador judío romanizado Flavio

evangelistas se habría atrevido a empañar la imagen de un hombre que, supuestamente, «abrió la senda del Maestro». Sólo Juan Zebedeo lo conoció en persona. Su testimonio, sin embargo, no aclara dicho extremo. Es más: como tendré ocasión de exponer, las palabras de Juan, el evangelista, sobre Yehohanan tampoco se ajustan a la verdad...

Y empecé a madurar un plan. Los *nemos* disiparían las dudas. Para eso tendría que aproximarme de nuevo al Anunciador. El problema era cuándo...

No dije nada. Estudiaría el proyecto con minuciosidad. Después, si surgía la oportunidad, lo comentaría con mi compañero y tomaríamos una decisión. Entendí que también Yehohanan formaba parte de los objetivos en los que estábamos embarcados. Convenía despejar todas las dudas, incluyendo el posible deterioro mental del gigante.

Y puse manos a la obra, centrándome en la preparación de los *nemos*, cuya descripción (en la medida de lo posible) dejaré para más adelante, y en los capítulos que estimé de utilidad para esa hipotética segunda reunión con el tosco hombre de las «pupilas» rojas. Me dejé llevar por la intuición y dediqué un tiempo especial al mundo de las abejas. El instinto me advirtió. Podía ser importante...

Así transcurrieron aquellos días de relativo descanso. *Santa Claus*, una vez más, fue vital. Todo cuanto necesité lo hallé en su millonario banco de datos.

Esta vez no hubo sobresaltos. La avería en el sistema ECS no se repitió. En esos momentos, insisto, no me per-

---

Josefo (véase su libro *Antigüedades de los judíos*, XVIII). En dicho texto se menciona a Yehohanan, aunque las razones del encarcelamiento no coinciden con las de los evangelistas. Para Josefo fue un problema político. La alusión al Bautista, sin embargo, es de origen dudoso. Para autores como Herrmann se trataría de una interpolación posterior, «fabricada» por los cristianos. Otros críticos como Bilde y Meier opinan lo contrario. Desde mi modesto parecer, comparto la opinión de Herrmann. Las 172 palabras griegas que integran el supuesto testimonio de Josefo sobre el Anunciador podrían corresponder a una versión medieval de la referida obra, tal y como ocurrió con la llamada «versión eslava» (rusa, en realidad) de *La guerra judía*, también de Flavio Josefo. (*N. del m.*)

caté de un «detalle»: sólo yo manejé el ordenador central. Eliseo permaneció al margen...

¿Cómo no me di cuenta?

Y fijamos el descenso a Nahum para el amanecer del jueves, 18 de octubre del año 25.

Los dos últimos días en el Ravid observé un comportamiento extraño en el ingeniero. Apenas hablaba. Lo noté nervioso y huraño. Como había sucedido en el «vado de las Columnas», prefería la soledad. Se alejaba del módulo y caminaba hasta los restos de la muralla romana. Allí permanecía horas, cabizbajo y con el semblante grave. Me aproximé en dos ocasiones, intentando averiguar qué le preocupaba. Fue inútil. No conseguí que se sincerase. Me contemplaba con ojos tristes y perdidos, y terminaba huyendo. No supe qué hacer ni qué decir. Llegué a pensar en un nuevo trastorno, consecuencia del mal que nos aquejaba y que, por el momento, parecía respetarnos.

Nunca aprenderé...

18 DE OCTUBRE, JUEVES

El sol se presentó a las 5 horas, 38 minutos y 55 segundos.

La estación meteorológica de la «cuna» avisó. Los barómetros registradores y de mercurio descendieron sensiblemente, apuntando hacia los 995 milibares. El «ceilómetro» y los *sferic* confirmaron el posible cambio atmosférico. Un frente nuboso de cien kilómetros se aproximaba por el noroeste. Velocidad: quince nudos. Base de los cumulonimbos: 34 (3.400 metros). A partir del mediodía, el acostumbrado *maarabit* (viento del oeste) aceleraría la marcha de los «cb». La lluvia podía presentarse en la zona en cuestión de horas. Teníamos que actuar con presteza. Convenía llegar a Nahum lo antes posible.

Y así lo hicimos.

Más o menos hacia la hora *tercia* (las nueve de la mañana), Eliseo y quien esto escribe nos aproximamos a la «ciudad de Jesús».

Percibí cómo mi corazón se aceleraba. De nuevo junto al Maestro...

El lago vestía ahora de otro color. La superficie, azul y plateada, había mudado al blanco y al rojo púrpura, casi violeta. La explicación se hallaba en miles de aves acuáticas, recién llegadas del norte, en especial de los pantanos del Hule. Descansaban y se alimentaban en el mar de Tiberíades, y reemprendían el vuelo hacia las soleadas tierras del África tropical a finales de octubre. La garza púrpura y el pelícano eran las familias dominantes. Estos últimos, sobre todo, constituían un problema para los esforzados pescadores del *yam*. Aunque la estancia no era muy larga, aquellas masas blancas, que formaban «islas» en el centro del lago, se convertían en un serio obstáculo para la navegación en general y para las faenas de pesca en particular. Los galileos trataban de espantarlos, utilizando toda clase de recursos, incluyendo el fuego y los venenos. Pero los pelícanos, enormes y alborotadores, se limitaban a cambiar de emplazamiento. Esta incómoda situación era soportada dos veces al año: entre marzo y abril, cuando se dirigían hacia el norte, y ahora, en los meses de setiembre y octubre, en su habitual emigración hacia el sur. A estas aves había que sumar otras colonias de patos multicolores e igualmente escandalosos, así como varias especies de somormujos, todos excelentes pescadores. El encopetado, por el ostentoso flequillo que luce sobre la cabeza, era el más abundante y activo. Se sumergía sin cesar en las aguas y capturaba toda clase de peces. Su codicia era tal que, en ocasiones, terminaba enredado en las redes, con el consiguiente enojo de los propietarios de las artes. Al final del verano se incorporaban también las inevitables carroñeras, las gaviotas procedentes de lo que hoy conocemos como Europa. Llegamos a estimar la población invernal en más de diez mil ejemplares. Eliseo las clasificó en cuatro especies: plateada (la más grande), negra, pequeña y, sobre todo, la de los lagos, que constituía el ochenta por ciento. Las aves ayudaban a los pescadores, señalando la posición de los bancos de tilapias. En abril desaparecían y regresaban al Mediterráneo.

Fue otro impulso...

Al cruzar frente a la taberna de Nabú, el sirio, me detuve. Si deseábamos empezar con buen pie aquella nueva etapa en Nahum, ¿por qué no aclarar la situación desde el primer momento?

El ingeniero se mostró conforme.

Y entramos decididos.

Mi intención era simple: encararme con el violento individuo y explicarle que no éramos ladrones. La bolsa de hule que arrebatamos al *kuteo*, el falso tuerto de la barba teñida de rojo, era de nuestra propiedad.

El local se hallaba vacío. Nabú, de espaldas, trasteaba al otro lado del mostrador. Nos aproximamos en silencio.

Prudentemente, situé la mano derecha en lo alto del cayado. Al menor síntoma de violencia activaría los ultrasonidos.

No fue necesario.

Al girar, y descubrirnos, el sirio palideció. Supongo que era lo último que esperaba encontrar en aquella mañana.

Se secó las manos en el mugriento mandil y nos repasó de arriba abajo. No le di opción. Intervine y, con voz firme, le expuse lo que no tuvimos ocasión de aclarar en la pasada oportunidad, cuando nos atacó con el machete.

Escuchó, perplejo. Y el argumento principal —el ladrón era el samaritano— debió de moverlo a la reflexión. El *kuteo,* bien lo sabía Nabú, era un truhán y un vividor. Además, ¿qué ladrón se presenta en el lugar del robo para despejar las dudas sobre su honorabilidad si verdaderamente es culpable?

El sirio, inteligente, se apeó de toda rencilla y se mostró conforme. Olvidaríamos el asunto, siempre y cuando siguiéramos frecuentando su «honrado negocio».

Lo prometimos, aunque, a decir verdad, no teníamos la menor intención de regresar por aquel antro. La mirada, aviesa, y la sonrisa, forzada, no me gustaron. Deberíamos permanecer atentos...

Y antes de que tuviera tiempo de plantar sobre la negra madera del mostrador un par de jarras con la «especialidad» de la casa —la *schechar* o cerveza de mijo (y orina)—, dimos media vuelta y desaparecimos en el trajín del *cardo maximus,* la calle principal de Nahum.

El siguiente objetivo fue menos laborioso de lo que suponíamos.

Los comerciantes nos orientaron. Allí mismo, algo más abajo, en dirección al muelle, alquilaban habitaciones.

El edificio, todavía en construcción, se levantaba a escasa distancia de la «casa de las flores», la vivienda propiedad del Maestro. Para ser exactos, a cosa de cincuenta metros, en la mano opuesta. La coincidencia nos animó. La proximidad podía ser importante.

Se trataba de una *insula,* un bloque de casas populares de tres plantas. La moda de las *insulae* o «islas», como ya mencioné en su momento, había llegado también de la vieja Roma. La falta de espacio había obligado a los constructores a edificar «hacia lo alto», descubriendo así un saneado negocio. Y en todo el imperio fueron surgiendo este tipo de «colmenas», habitadas, en su mayoría, por las familias menos pudientes.

En este caso, como digo, el bloque de «apartamentos» disponía de tres alturas. La última se hallaba todavía a medio terminar. Las paredes consistían en un armazón de madera que se iba rellenando con piedras y argamasa. Era otra de las excepciones en la negra Nahum, donde las casas disponían de una sola planta, levantadas casi siempre con piedra basáltica. Un precario andamiaje, trenzado con tablas y pértigas, ocultaba parte de la fachada. En los bajos se abrían pequeñas tiendas, similares a las *tabernae* que había contemplado en Cesarea. Eran los habitáculos más caros. Algunos llegaban a costar doscientos denarios al año. Allí se instalaban comerciantes, banqueros, cambistas, vendedores de plantas medicinales, fabricantes de muebles, panaderos y exportadores e importadores en general. En ocasiones, los ingeniosos vendedores formaban «empresas o cooperativas», y ofrecían al público los más variados productos (algo similar a lo que hoy entendemos por «supermercados»). En la parte superior de estas *tabernae*, en estrechos y sofocantes desvanes de madera, vivían los familiares del comerciante en cuestión.

Un judío viejo y encorvado dijo ser el responsable de la *insula*. Nos invitó a entrar y a inspeccionar las habitaciones disponibles. Una escalera interior conducía a los pisos superiores.

El «portero» rebuscó entre las largas y pesadas llaves de hierro que colgaban del cinto y, lamentándose por el peso del manojo, abrió una de las puertas de la primera planta. La habitación, según el anciano, era un «lujo». Podía sumar veinte metros cuadrados. Un catre de tijera era todo el mobiliario. Eliseo y yo nos miramos. Si no había más remedio…

El hombre desatrancó un doble ventanal de madera y

mostró el exterior. La luz terminó de revelar el único «lujo» de la estancia: unas paredes cubiertas con estuco y decoradas con pinturas casi infantiles. En cada uno de los muros laterales habían sido pintadas —con más voluntad que acierto— dos ventanas, con toda suerte de columnas y perifollos, que pretendían «ensanchar» la habitación.

Me asomé y comprobé que la visión del Ravid era nula. No interesaba. Uno de los propósitos del arrendamiento era disponer de un lugar desde el que pudiéramos vigilar el «portaaviones» con un mínimo de comodidad. Si se registraba una nueva avería en la «cuna», el ordenador central avisaría, proyectando un haz de luz hacia lo alto («ojo del cíclope»).

Seguimos mirando. Los obreros que trabajaban en la parte superior se cruzaban en la estrecha escalera, acarreando agua, maderos y herramientas. La casi totalidad de las puertas del segundo piso aparecía abierta. Algunos niños, curiosos, se asomaban al largo pasillo. Detrás se oían las voces de las matronas, atareadas en sus faenas. De muchas de las estancias, amén de gritos y canturreos, escapaba un repertorio de olores, típicos de las *insulae*, que delataban el «menú» de cada familia.

Tampoco nos interesó. La visibilidad no era buena. Y el «portero», refunfuñando, nos condujo al último piso. Desde aquella planta sí se divisaba el Ravid. Era la más barata. En las *insulae,* el precio de las habitaciones disminuía con la altura.

Elegimos tres. Dos se hallaban orientadas al oeste, hacia el «portaaviones». La tercera hacía esquina, y proporcionaba un inmejorable panorama sobre el *yam* y, lo que era más importante, sobre las azoteas y parte del patio a cielo abierto de la casa del Galileo. Desde aquella tercera estancia podíamos vigilar los movimientos de la familia.

El lugar —mejor dicho, la ubicación— me pareció excelente. Había otras *insulae*. Era cuestión de seguir buscando. Sin embargo, después de meditarlo, nos decidimos por la «isla» del *taqa*. Así llamaban al «portero», porque todo lo pactaba con un apretón de manos. Taqa, además, era dueño de buena parte del inmueble y de algunas de las tiendas de la planta baja. Como tendríamos ocasión de comprobar en días sucesivos, las otras *insulae* de Nahum eran muy parecidas. A saber: comodidad, lo mínimo. No importaba. Estábamos acostumbrados. Lo importante era Él. Lo vital era permanecer lo más cerca posible y durante un máximo de tiempo. Ése era nuestro trabajo.

Y la intuición me salió al encuentro. Podríamos habernos contentado con una o dos estancias. Seleccioné tres. En principio, como digo, por la estratégica situación de las mismas. Después, poco después, el Destino volvería a las andadas. Y se produciría otra sorpresa...

Taqa regateó, lloriqueó, maldijo su fortuna y, finalmente, cerró el trato. Doce denarios al mes. Consideramos que era un buen precio.

Las habitaciones elegidas, contiguas, fueron la 39, 40 y 41. Como las cuarenta y ocho que formaban la comunidad, presentaban el correspondiente número, pintado toscamente sobre las endebles maderas de las puertas. No había reglas, contratos ni normativas. Las únicas leyes respetadas eran las del dinero y las del miedo. Cuanto más abajo en la *insula,* más respetado. Los inquilinos de la primera planta abonaban alrededor de veinte denarios por una habitación sencilla. El alquiler de una tienda o «taberna», como dije, podía alcanzar los doscientos denarios de plata, dependiendo de la superficie y de los artículos vendidos. No era lo mismo un negocio de amuletos contra el mal de ojo que una panadería. Cuanto más exótica fuera la mercancía, más alto el arrendamiento.

El «portero» nos proporcionó las incómodas llaves y, tras quedarnos solos, procedimos a una nueva inspección.

La 39, tan pequeña como las restantes (apenas veinte metros cuadrados), disponía de una litera triple, pegada al muro de la izquierda. Este tipo de cama, «impuro» (1)

---

(1) Las retorcidas leyes judías declaraban impuro a un hombre que, voluntaria o involuntariamente, tuviera una eyaculación, al margen de la cantidad de semen vertido. En el caso de una litera, si el individuo dormía en cualquiera de los lechos superiores, podía contaminar al que se hallaba de-

para los ortodoxos o legalistas judíos, hacía furor también en el imperio. Los inventores, al parecer, fueron los bárbaros del norte. La cuestión es que, bajo cuerda, muchos judíos, más pendientes de la rentabilidad de sus negocios que de Dios, introducían estos armazones de dos y tres plazas, haciendo más atractivo el alquiler de las habitaciones. De no disponer de estos «revolucionarios catres», las familias se veían en la necesidad de descansar en el suelo. Los fondos o somieres eran igualmente de tablas. Tendríamos que adquirir algunos edredones.

Eso era todo. En el centro del piso había sido practicada una concavidad de unos cuarenta centímetros de diámetro y poco más de quince de profundidad que servía de «estufa» y hogar. El hueco se llenaba de madera o carbón. En invierno, cuando sólo quedaban las brasas, se tapaba con un recipiente o con una tabla, lo que mantenía la estancia relativamente caldeada. El sistema resultaba tan asfixiante como peligroso, y obligaba a mantener las ventanas abiertas. Un par de hornacinas en las paredes, con sendas lucernas o lámparas de aceite, completaban la «decoración». Si deseábamos asearnos deberíamos acudir a las *tabernae* y comprar lo necesario. Ése fue el consejo de Taqa, que nos recomendó su propio negocio, como era de esperar...

La habitación 40 era prácticamente igual. La litera, de dos plazas, arruinada por la polilla, se hallaba en un dudoso estado.

En cuanto a la tercera, la 41, ligeramente más amplia, aparecía totalmente vacía. Si pretendíamos amueblarla tendríamos que comprar o alquilar los enseres, pasando, claro está, por las garras del judío o de sus compin-

---

bajo. Si quien dormía en este tipo de cama era una mujer, la situación se complicaba. La menstruación —según el tratado *nidá*— hacía impura a la mujer durante siete días. En ese período de tiempo quedaba prohibido el trato conyugal. Cualquier persona u objeto que fueran manchados por una menstruante resultaban igualmente contaminados. «Si tres mujeres han estado durmiendo en una misma cama —dice la Misná— y se encuentra sangre debajo de ellas, todas son consideradas impuras.» Las literas, para los judíos muy religiosos, «eran un invento de Satanás». Las mujeres, sobre todo, tenían terminantemente prohibido dormir en ellas. El pueblo, sin embargo, no prestaba demasiada atención a dicha normativa. *(N. del m.)*

ches. No teníamos alternativa. Así era el negocio de las *insulae*. Allí, como digo, todo se hallaba sujeto a la ley del denario. Si se precisaba agua, los *aquarii* o aguadores estaban a nuestras órdenes. Cada viaje (dos cántaras) suponía un as (1). Si el «contrato» era por una jornada completa (tres viajes), el precio se mantenía en dos ases. Lo mismo sucedía con el lavado de ropa o el abastecimiento de comida. Si uno disponía del dinero necesario, no tenía problema. Cada gremio se disputaba a los clientes. En el *cardo*, la calle principal, unos y otros iban y venían, pregonando a voz en grito sus servicios y excelencias. Había, incluso, «expertos» en el transporte de excrementos. Por otro as subían a las viviendas, descargaban los recipientes destinados a dichas necesidades mayores y, provistos de un aro de madera o metal, transportaban las heces en grandes cubos. El aro en cuestión ayudaba a mantener alejados de las piernas los referidos y malolientes cubos. Para los pobres, estos lujos eran impensables. Cada familia se organizaba para disponer del agua necesaria, transportándola desde los pozos o fuentes más próximos. Las *insulae* tampoco disponían de retretes y, mucho menos, de agua corriente. Las necesidades fisiológicas se resolvían, bien acudiendo al campo, o a los «excusados de mano», como los llamaban en Nahum (cubos que podían ser transportados hasta el «barranco» o basurero del pueblo). Las aguas menores eran arrojadas por las ventanas, con el consiguiente riesgo para los transeúntes. Había una tercera alternativa, a la que me referiré en su momento: las letrinas públicas, insólitas «tertulias» en las que se reunía hasta una treintena de individuos…

Un largo y oscuro pasillo cruzaba el edificio de parte a parte en cada una de las plantas. A uno y otro lado se alineaban las puertas de las viviendas. En el tercer piso, quince habitaciones, con un total de diez familias. Parte del inmueble, como decía, se encontraba en obras.

Diez familias significaban otros tantos problemas…

(1) En aquel tiempo, un denario de plata (patrón monetario) equivalía a 24 ases o 128 leptas (seis sestercios). *(N. del m.)*

Nos mentalizamos.

No sabíamos por cuánto tiempo permaneceríamos en aquel lóbrego edificio. Todo dependía del Maestro...

Y dimos la inversión por bien empleada. La visión del «portaaviones» era perfecta. Todas las noches, según lo previsto, antes de retirarnos a descansar, uno de los dos se ajustaría las lentes de visión nocturna e inspeccionaría lo alto del monte.

En principio seleccionamos la número 40. Era la habitación más limpia. Allí fijamos el «cuartel general».

Y el resto de la mañana lo dedicamos a las compras prioritarias: «excusados de mano», jofainas para la limpieza diaria, esponjas, etc. El portero se mostró feliz y encantado, y nos aconsejó dónde acudir y dónde no. Los comerciantes, a su vez, alertados por Taqa, fueron especialmente afables y serviciales. Y, como sucede también en nuestro tiempo, terminamos comprando lo que necesitábamos y lo que no necesitábamos. Las «almohadas» de madera, por ejemplo, con una pequeña depresión en el centro —«recién llegadas del Nilo»—, fueron un capricho de Eliseo. Yo, por mi parte, me empeñé en adquirir dos edredones rellenos de algodón (algo que tampoco era necesario en el suave clima del *yam*). Nos hicimos igualmente con sendos cinturones de cuero, provistos de bolsillos interiores, muy prácticos para guardar el dinero, y desechamos las tentadoras bolsas de hule que habíamos utilizado hasta ese momento.

Y hacia la hora *nona* (las tres de la tarde) me asomé de nuevo a una de las ventanas de la 41. En la «casa de las flores» no se registraba movimiento alguno. Nuestra visión, por supuesto, tampoco era completa. Me extrañó. Y mis ojos recorrieron los terrados y la parte del patio que se contemplaba desde la *insula*. ¿Buscaba al Maestro o a ella?

Ahuyenté aquel increíble sentimiento. Sólo contaba Él.

Había llegado el momento de llamar a la puerta de la casa del Hijo del Hombre.

¿Se hallaría en Nahum? ¿Y si no fuera así?

Eliseo se asomó también y, tras unos instantes de observación, propuso algo que me pareció correcto: no deberíamos presentarnos con las manos vacías.

Dicho y hecho.

Taqa nos recomendó el mercado habitual, situado a espaldas de la *insula*, a dos calles del *decumano*. En realidad, en Nahum no había distancias. Recordé que era jueves y, por tanto, día de mercado semanal. En esas fechas, buhoneros, agricultores, «dentistas» y comerciantes de todos los pelajes y procedencias se reunían en la plaza de la fuente de los seis chorros y ofrecían sus variadas y más económicas mercancías (1). El «portero» insistió. El mercado semanal era más barato, pero menos recomendable. Seguimos su consejo y nos encaminamos hacia el mercado propio del pueblo.

Evidentemente, «alguien» dirigió la recomendación de Taqa. De haber seguido mi impulso, visitando el mercado situado en el extremo oeste del muelle, no habría sucedido lo que sucedió...

El mercado o plaza habitual de Nahum era un espacio abierto, rodeado, a su vez, por otras *insulae* y casas de una planta. Allí se alineaban cinco hileras de pequeños puestos de madera, provistos de otros tantos toldos de colores.

Lo primero que llamó nuestra atención fue el ruido. Todo el mundo hablaba a gritos. No importaba que estuvieran a un paso.

E iniciamos una lenta inspección del pintoresco lugar. Adquirimos un par de cestas y empezamos la selección de víveres. Mi hermano tenía razón: no era aconsejable abusar de la hospitalidad de la familia.

Dos de las filas de tiendas se hallaban destinadas a la comida *kasher* o pura (alimentos prescritos por Yavé). El resto de los tenderetes ofrecía comida pura o impura, indistintamente. En estos últimos, el cerdo era la pieza más abundante, así como el pescado sin escamas.

Continuamos examinando la mercancía. Había de todo: legumbres de Guinosar, frutas de la alta Galilea, corderos de la Judea, de Siria y del este de la Decápolis,

(1) Amplia información en *Saidan. Caballo de Troya 3. (N. del a.)*

especias y flores del valle del Jordán y un rico surtido de pescado fresco del *yam*, recién capturado.

Eliseo se detuvo en uno de los puestos de flores y, tras examinar el género, permaneció pensativo. ¿Qué pretendía?

Finalmente tomó un apretado ramillete de anémonas coronarias azules y blancas —los célebres lirios del campo cantados por Mateo, el evangelista— y abonó el importe. Ni siquiera me miró. Guardó las flores cuidadosamente y proseguimos entre los escandalosos vendedores. Todos nos reclamaban, mostrando las húmedas tilapias, las enormes cebollas de los huertos de Migdal y Gadara, o las ensangrentadas cabezas de los puercos cebados en las cercanas colinas de la orilla oriental del lago. Unos pisaban la palabra a los otros, pujando por reclamar nuestra atención. Y se mesaban cabellos y barbas cuando pasábamos de largo. Detrás quedaban los «precios más irrisorios», los productos «más sabrosos» y, de vez en cuando, las obligadas maldiciones, condenándonos al fuego del *seol* o a las minas de sal del mar Muerto. Todo normal...

Y me pregunté: ¿cuáles eran las intenciones del ingeniero? Él sabía —o debía de saber— que los hombres no regalaban flores a las mujeres, al menos entre los judíos y en aquel tiempo. Pero ¿por qué suponía que los lirios estaban destinados a una mujer? ¿Quizá a la Señora? ¿Eran para las hijas?

Poco faltó para que lo interrogase. Sin embargo, me contuve. Tampoco debía invadir la escasa intimidad de que disfrutábamos. Si él no daba el primer paso, yo no preguntaría.

Creo que ahí empezaron nuestros «problemas». Mejor dicho, nuestro «problema».

Pero dejemos que los acontecimientos sigan su curso natural...

Ocurrió al detenerme en uno de los tenderetes. Eliseo prosiguió, distanciándose unos metros.

El tendero ofrecía un excelente surtido de ánades. Examiné los patos, ya desplumados y listos para cocinar. Los había del tipo rabudo, de cuello delgado, y real, de considerable envergadura y patas grandes. El galileo me observó, animándome a comprar el ánade real, más sabroso y, lógicamente, más caro.

Por un momento pensé en el *mahaneh*, el campamento en el monte Hermón, y en la memorable cena del 21 de agosto, preparada por el Maestro y el «pinche» de cocina, Eliseo. El primer pato se malogró, pero el segundo estuvo delicioso. Era una buena idea. Compraríamos uno de aquellos ánades. A Jesús de Nazaret le encantaba el pato asado...

Tanteé uno de los ejemplares y, cuando me disponía a regatear el precio, sentí una mano en mi hombro izquierdo. Supuse que se trataba de mi hermano. Sin embargo, en un primer instante, al mirar de reojo, comprobé que mi compañero se hallaba a diez o quince pasos, examinando uno de los puestos de fruta.

Sentí un escalofrío.

Aquella mano...

Y al volverme lo hallé sonriente, con aquella luminosa mirada de color miel.

¡El Maestro!

Fue a posar las manos sobre mis hombros y, antes de besarme y abrazarme, exclamó:

—¡Patos no, por favor!

Una vez más, no supe qué decir. Jesús me atrajo con fuerza hacia sí y, tras besarme en la mejilla derecha y, posteriormente, en la izquierda, susurró al oído:

—¡Gracias por confiar!

No podía creerlo.

¿Qué hacía Jesús en el mercado? La respuesta a la estúpida pregunta se hallaba en el cesto de la compra, depositado a sus pies. Había olvidado que, entre los judíos, eran los varones los que se ocupaban de este menester. Eran los hombres los que acudían regularmente a la plaza, a comprar los artículos de primera necesidad.

Jesús vestía su habitual túnica blanca, hasta los tobillos, con un ceñidor de cuerdas. Los cabellos, sueltos, descansando sobre los musculosos hombros, aparecían ligeramente recortados, al igual que la barba.

Noté un brillo especial en los ojos. Parecía más alegre

que en la jornada del 18 de setiembre, cuando ingresamos en Nahum.

Saludó a Eliseo con el mismo afecto y, durante un rato, se interesó por nuestras andanzas. Sólo hablamos nosotros. Después, lentamente, mientras narrábamos algunos pormenores del viaje al valle del Jordán, fuimos acercándonos a la «casa de las flores».

El Maestro no hizo comentario alguno sobre Yehohanan. Se limitó a oír con atención.

Otro escalofrío me advirtió. Ella estaba allí...

Me equivoqué.

La casa se hallaba vacía. La Señora y sus hijas regresarían antes del ocaso. Según el Galileo, se encontraban en la vecina Migdal. Allí vivía y trabajaba Judá, el hermano menor, el que fue la oveja negra de la familia. Ahora, casado y con un niño pequeño, había perdido la antigua agresividad. En junio cumplió veinte años de edad.

Nos acomodamos bajo el granado y, durante unos minutos, tuvimos que soportar la cariñosa reprimenda del Maestro por haber alquilado las habitaciones en la *insula*. Tenía razón, y nosotros también.

Jesús guardó las provisiones y, cuando se disponía a retirar las flores que sujetaba Eliseo, el ingeniero, rojo como una amapola, se negó y situó el ramillete a su espalda.

Seguía sin entender las intenciones del testarudo y enigmático Eliseo.

El Maestro sonrió con picardía y fue a tomar asiento sobre las esteras de los círculos concéntricos.

Traté de suavizar el momento y desvié la conversación hacia un asunto que me tenía intrigado.

¿Viajó a Jerusalén?

Y Jesús procedió a relatar lo ocurrido en aquellas casi tres semanas de ausencia de la «casa de las flores».

El domingo, 23 de setiembre, en efecto, partió de Nahum, tal y como nos informaron las mujeres. Su intención era viajar a la Ciudad Santa y asistir a la solemne festividad del Yom Kippur o Día del Perdón.

Me sorprendió. No imaginaba al Hijo del Hombre en

una celebración tan contraria a lo que era la esencia de Ab-bā, el buen Padre. Pero guardé silencio.

Caminó por la orilla norte del *yam* hasta llegar a la aldea de Saidan. Allí convenció a Juan Zebedeo para que lo acompañase. Al día siguiente descendieron por la costa oriental del lago, y emprendieron la marcha por el valle del río Jordán.

Y comprendí. Por eso no logramos darle alcance. Eliseo y yo siempre fuimos por delante...

¡Increíble Destino!

El Maestro parecía escuchar mis pensamientos. Sonrió levemente y, sin más, me guiñó un ojo.

¿Cómo lo hacía? Era imposible...

—¿Recuerdas? —exclamó, apartándose momentáneamente del tema principal—. El Padre tiene otros planes...

Asentí, reconociendo que hablaba con razón. Aquel error, adelantándonos en el camino, fue providencial.

Y prosiguió, supongo que feliz y divertido ante mi desconcierto.

Se detuvieron en la aldea de Betania, cerca de Jerusalén, compartiendo algunas jornadas con Lázaro y su familia.

Guardé silencio aunque, sinceramente, ardía en deseos de plantear una cuestión: al cruzar el valle debió de saber de las andanzas del Anunciador. ¿Por qué no acudió a verlo?

Jesús me observó y percibí una fugaz sombra de tristeza en su semblante. Fue suficiente. Creí entender.

Y durante tres semanas, como digo, el Maestro y el Zebedeo recorrieron la Ciudad Santa. En ocasiones, Jesús se separaba del amigo y se retiraba a las colinas que rodean Jerusalén. Allí, como lo había hecho en el Hermón, entraba en comunicación con el Padre de los cielos. Juan, al parecer, no entendía estos retiros y, mucho menos, el estrecho «contacto» con Dios (algo incomprensible, casi prohibido, en la religión judía).

El Día del Perdón, o de la Expiación, ambos acudieron juntos al Templo, y asistieron a las ceremonias y los sacrificios de animales.

El Maestro fue sincero, como siempre. No ocultó su

desagrado por aquel ritual (1), tan lleno de sangre y, como decía, tan opuesto a lo que Él entendía como Dios. Se sintió frustrado. Eso no era Dios. Eso no era el Padre-Amor del que habíamos hablado en tantas oportunidades. Y reconoció que estaba deseando inaugurar su tiem-

(1) El 10 del mes de *tišri* (setiembre), el pueblo judío conmemoraba una antiquísima fiesta, cuyos orígenes se remontaban a los tiempos de Aarón, hermano mayor de Moisés y sumo sacerdote. Dos de los hijos de Aarón, también sacerdotes, habían penetrado en la Tienda de la Reunión (lugar en el que se presentaba Yavé) sin previo aviso, y fueron fulminados por Yavé (!). Esta «inadvertencia» o «pecado involuntario» dio lugar a un ritual, ordenado por Dios y que aparece en el Levítico (16). Una vez al año, Aarón debía sacrificar un novillo, y ofrecerlo a Yavé por sus pecados. Después tomaba dos machos cabríos. Uno era destinado a Yavé y el segundo al pueblo. El sumo sacerdote degollaba el que había caído en suerte a Dios y mezclaba su sangre con la del novillo. Después imponía las manos sobre el segundo carnero y trasvasaba los pecados del pueblo al animal. El macho cabrío era conducido entonces a unos veinte kilómetros de Jerusalén, al desierto de Judá, y allí, solemnemente despeñado. La muerte era comunicada al Templo y proseguía la fiesta: el pueblo había sido purificado de sus culpas —voluntarias o involuntarias— y retornaba a sus casas con la alegría y la satisfacción del que «empieza de cero». Así lo ordenaba Yavé: «Ésta será para todos ley perpetua; el séptimo mes, el día diez del mes, mortificaréis vuestras personas y no haréis trabajo alguno, ni el indígena ni el extranjero que habita en medio de vosotros; porque ese día se hará la expiación por vosotros para que os purifiquéis y seáis purificados ante Yavé de todos vuestros pecados.»

Esta ceremonia, de gran trascendencia para el pueblo judío, sólo podía llevarla a cabo el sumo sacerdote. La noche anterior permanecía en vela, cuidando muy especialmente de no transgredir las leyes de la pureza. Vestía una túnica blanca que cambiaba varias veces durante el largo y complejo ceremonial, se bañaba cinco veces y se lavaba manos y pies en otras diez ocasiones. Era el único día en el que tenía acceso al Santo de los Santos o Santísimo, en el que se suponía que habitaba Yavé. Entraba tres veces. En la primera ofrecía incienso. Salía y el pueblo respiraba aliviado. En la segunda rociaba el aposento con la sangre del novillo (en tiempos de Jesús, el citado Santo de los Santos estaba vacío; el arca de la Alianza había desaparecido). «No debía demorarse, para no inquietar al pueblo.» En la tercera entrada rociaba de nuevo el lugar con la sangre del macho cabrío destinado a Dios. A continuación regresaba junto a la muchedumbre e imponía las manos sobre el segundo macho cabrío. Una vez declarados los pecados del pueblo (?), el animal —que recibía el nombre de Azazel— era conducido al desierto. Después de la confesión de cada pecado, el sumo sacerdote pronunciaba el nombre de Yavé, el célebre tetragrámaton («YHWH» o «JHVH»). Ésa era también la única ocasión en la que podía pronunciarse dicho nombre. Los judíos estaban autorizados a escribirlo, pero no a decirlo. En su lugar utilizaban sinónimos o toda suerte de circunloquios. El Santo o el Bendito eran los más frecuentes.

po de predicación. Quería abrir los ojos de los hombres y revelar la auténtica naturaleza de ese Dios «que no castiga y al que no es posible ofender». Lo hablamos en el *kan* días antes, al descender del Hermón. Fue, probablemente, una de las conversaciones más importantes que llegué a sostener con el Hijo del Hombre. Al menos, una charla «liberadora»...

Para Jesús, aquellos sacrificios y la sangre vertida nada tenían que ver con el Padre Azul. Eran un ritual de otro tiempo y la consecuencia de un concepto divino equivocado. El hombre, aunque se empeñe, no está capacitado para comprender a Dios. Somos carne y, por tanto, materia finita.

—Entonces, si esto es así —y evidentemente lo es—, ¿cómo una criatura limitada puede imaginar siquiera que tiene la capacidad de herir a un ser ilimitado?

No éramos teólogos, pero reconocimos la verdad en las palabras del Maestro.

—... Sólo vosotros, en vuestra ceguera, creéis ofender a quien sólo os ama.

Días después, Jesús y Juan Zebedeo tomaron parte también en la fiesta de *Succot* o de las «Tiendas» («Tabernáculos»). Era otra celebración típica, en la que los judíos daban por finalizada la recolección de las cosechas en general y la vendimia en particular. Se festejaba desde los tiempos de Moisés. Así lo decía el Éxodo (23, 16 y 34, 22). Durante siete días, todo judío varón estaba obligado a vivir en una tienda o cabaña elaborada con hojas de palmera. Las mujeres, los esclavos y los enfermos quedaban libres de esta obligación. Incluso los niños que no dependieran del cuidado de las madres de-

---

El día del Yom Kippur o de la Expiación, el ayuno era absoluto. Nadie trabajaba ni desarrollaba actividad alguna. Era, con seguridad, el día más severo del año, en el que se perdonaban los pecados del hombre hacia Dios. Con el paso del tiempo, el Día del Perdón fue modificando su esencia y los judíos empezaron a perdonar también los pecados de los hombres contra sus semejantes. El día era dedicado al rezo en las sinagogas y en el Templo. Sólo los enfermos estaban disculpados del obligado ayuno y de las correspondientes visitas a los lugares de culto. También era el día de las visitas a las tumbas de rabinos y familiares. A diferencia de los romanos, los judíos, en aquel tiempo, no depositaban flores en dichas tumbas. *(N. del m.)*

bían cumplir con el precepto de dormir y comer «bajo la tienda». Se levantaban en los terrados, en el campo o en plena calle. Cualquier lugar era bueno. Sólo las lluvias o una calamidad podían suspender la *sukka*, un período de alegría y de descanso en el que el pueblo judío reflexionaba sobre su propia suerte. Con el tiempo, la fiesta de las Tiendas se convirtió en la rememoración de los cuarenta años en el desierto del Sinaí, viviendo, justamente, en chozas y tiendas. Los judíos recordaban así los prodigios de Yavé desde la partida de Egipto y el largo tiempo de exilio, antes de alcanzar la Tierra Prometida. La permanencia en las cabañas durante una semana era otra forma de expiación de los pecados. «Coger el *lulav*» era uno de los ritos de la *sukka*. Consistía en tomar con la mano derecha un ramo formado por hojas o ramas de palmera, mirto y sauce, tal y como ordena el Levítico (23, 40). En la izquierda sostenían el *etrog*, un cítrico parecido al limón. La agitación del ramo o *lulav* era uno de los momentos culminantes de la fiesta (1).

Jesús, como ya expresé anteriormente, tenía una idea distinta de Yavé. Y a media semana se despidió del Zebedeo y se retiró de nuevo a las colinas. Juan tampoco comprendió el porqué de aquella actitud. Para aquellos hom-

---

(1) A lo largo de la semana de las Tiendas, consumado el sacrificio diario, cuando los levitas entonaban los versículos 25 a 29 del Salmo 118, la multitud se ponía en pie y agitaba las palmas y el *etrog*, proclamando la palabra *hosanna*. En esta celebración nace la bendición de las palmas que llevan a cabo los cristianos. Todas las mañanas salían del Templo dos procesiones sacerdotales. Una se dirigía a las afueras de Jerusalén y procedía a la recogida de ramas para la confección del *lulav*. La segunda marchaba al estanque o piscina de Siloé, al sur de la Ciudad Santa. Recogían agua y la transportaban hasta el altar. Desde allí la derramaban por los peldaños del Templo, simbolizando que la fe judía daría satisfacción al mundo, de la misma manera que el agua rodaba hasta el exterior. El pueblo se aproximaba al altar y daba una vuelta a su alrededor durante los seis primeros días de la fiesta. El séptimo y último lo hacía siete veces, en recuerdo del ritual practicado por Josué antes de la destrucción de Jericó. Sólo los varones podían caminar alrededor del altar. Toda Jerusalén era iluminada, en especial, el atrio de las mujeres, en el que situaban cuatro grandes candelabros con los tazones llenos de aceite. La gente danzaba y cantaba, y los sabios tenían por costumbre hacer malabarismos con antorchas encendidas, entre las risas de la gente sencilla. La luz de los fuegos era la viva representación de la revelación y de la verdad de la religión judía, manifestadas por Yavé en el Sinaí. *(N. del m.)*

bres y mujeres, el comportamiento del Galileo, pretendiendo hablar directamente con el Santo, era un sacrilegio o un signo de locura. Como hemos visto, sólo el sumo sacerdote estaba autorizado a pronunciar el nombre de Yavé, y una vez al año. ¿Hablar de tú a tú con Dios? ¿Tratarlo como a un amigo o un Padre? Eso era inviable en aquella religión. Semejante desobediencia suponía la pena capital.

Jesús regresó solo a Nahum. Lo hizo a primera hora del viernes, 12 de octubre, poco antes de que Eliseo y yo despidiéramos el carro en Migdal. Estuvimos cerca...

Al día siguiente, como todos los sábados, el Maestro se dirigió a la vecina aldea de Saidan, prosiguiendo el dictado de sus viajes «secretos». Así lo haría durante casi tres meses. Al alba se embarcaba en alguna de las numerosas lanchas que iban y venían por el *yam*, y permanecía en el caserón hasta la puesta de sol. Sólo el patriarca de los Zebedeo fue testigo de este minucioso relato (minucioso y apasionante, añado). Nadie más fue informado de esas dos largas etapas del Maestro fuera de Israel.

Aquel sábado, 13, el Hijo del Hombre planteó al jefe de los Zebedeo la necesidad de trabajar y «mantenerse ocupado mientras llegaba su hora». El Zebedeo no lo dudó. Jesús había formado parte del astillero familiar. Conocían su excelente forma de trabajar. Y lo contrató, naturalmente.

El 14, domingo, primer día de la semana para los judíos, el Maestro se reincorporó al varadero que yo conocí «en el futuro» (año 30), ubicado a orillas del lago, en la esquina oriental del muelle de Nahum. Llevaba, pues, cinco días en aquel trabajo.

La información me dejó pensativo. Si el Maestro había empezado a trabajar en Nahum, eso significaba que, durante un tiempo, no emprendería su labor como predicador. Pero ¿cuánto? Nadie lo sabía. Nuestra única pista, como ya referí, era el Zebedeo padre. Él habló de enero del año 26 como el mes en el que Jesús sería bautizado por Yehohanan. Y me incliné a creer en esta posibilidad. El viejo Zebedeo estaba bien informado. Esto representaba una estancia de dos meses, largos, en Nahum. De cumplirse los pronósticos, la idea de alquilar habitaciones en la *insula* habría sido un acierto. Y surgió un segundo asunto, no menos problemático. Si el Galileo dedicaba la casi totalidad de la jornada al varadero, ¿cómo hacíamos para seguirlo? Mi intención era una y muy clara: convertirnos en su sombra. A partir de esos momentos deberíamos estar al lado, o lo más cerca posible, de aquel nuevo Jesús.

¡El Hijo del Hombre en un astillero de barcos! Algo insólito, nunca mencionado.

Tuve una idea, pero, cuando trataba de exponerla, fui interrumpido.

Faltaba una hora, más o menos, para la caída del sol. Nunca olvidaré aquel atardecer...

De pronto vimos entrar a la Señora y a los suyos. Santiago, el hermano de Jesús, cargaba al pequeño Amós.

La charla quedó en suspenso. Todos se alegraron al vernos.

Eliseo, nervioso, se puso en pie, olvidando las normas. Nadie se alzaba para recibir a alguien.

Vi cómo el ingeniero pasaba las flores de una mano a otra. Evidentemente, algo lo intranquilizaba. Después, al comprobar que seguíamos sentados, se excusó entre dientes.

Intentó sentarse de nuevo, pero los lirios, en uno de los movimientos, resbalaron entre los dedos del cada vez más aturdido compañero y rodaron por el enlosado del patio.

Me apresuré a auxiliarlo.

Avancé hacia las anémonas e inicié la recogida. Eliseo, descompuesto, no se movió.

Y fue en esos instantes cuando ella, obedeciendo el mismo impulso, se arrodilló a recoger también algunas de las flores.

La escena fue breve pero inolvidable (para mí).

Ambos, de rodillas, casi tropezamos. Las miradas se cruzaron. En esta ocasión, más cerca que nunca. Pude respirar su perfume, una intensa fragancia a jazmín. Los ojos verdes permanecieron fijos en los míos. Fueron segundos, aunque, para mí, todavía están ahí. Y Ruth habló sin hablar. Fue una mirada de mujer...

Entonces, un fuego perturbador y benéfico al mismo tiempo me consumió. Fue la única respuesta. Las entrañas, misteriosamente para mí, ardieron como pavesas. Creí ahogarme...

Y ambos enrojecimos. Nos apresuramos a levantarnos, sobre todo quien esto escribe, y depositamos los lirios en las manos de mi compañero.

A partir de ahí, los recuerdos se mezclaron. Sólo ella permaneció transparente en mi memoria y en mi corazón. Lo registrado aquella tarde-noche en la «casa de las flores» fue reconstruido prácticamente por Eliseo. Él sí conservó un mínimo de entereza, a pesar de todo...

Yo sólo tuve ojos para Ruth. La veía pasar, ayudando en los preparativos de la cena, y nuestras miradas se reunían siempre, siempre...

No había duda: estaba enamorado de Ruth.

¡Dios santo! Era la primera vez que experimentaba un sentimiento como aquél. La primera y en el lugar y con la persona equivocados...

«¡Es absurdo! —me dije—. ¡Imposible! ¡Está terminantemente prohibido! ¡La operación no lo admite! ¡Tú regresarás a tu "ahora"! ¿Por qué? ¡Quiero borrarlo todo! ¡Necesito olvidarlo! Pero ¡Dios!..., ¡no puedo! ¡Ella está en mí! ¡Ella se ha instalado en mí y ocupa todo mi "ahora"! ¿Ella?... Ni siquiera sé si siente lo mismo que yo...»

Estaba perdido.

Y en mitad de aquella lucha conmigo mismo acerté a cruzar una mirada con el silencioso Jesús. Fue un salvavidas. Sus ojos me acariciaron y, no sé cómo, volvieron a mi memoria unas palabras pronunciadas por el Maestro en aquel mismo lugar cuando, días atrás, «descubrí» el bello sentimiento por la muchacha: «¿Recuerdas la esperanza?... La tuya acaba de despertar.»

Tenía razón. El amor significa esperanza, aunque nazca aparentemente muerto, como el mío. ¿O no estaba muerto?

La Señora también nos amonestó. «Allí tenían habitaciones de sobra.» En aquellas circunstancias —lo reconozco—, no hubiera sido fácil. Y bendije el momento en que decidimos alquilar las habitaciones en la *insula*.

Durante la cena —según Eliseo—, la familia se interesó por el viaje al Jordán y, sobre todo, por Yehohanan. Santiago y la Señora fueron los que más preguntaron. Esta, como siempre, casi no abrió la boca. En cuanto a Ruth, se limitó a cenar, extrañamente silenciosa. ¿Extrañamente? ¡Pobre tonto! ¿Cuándo aprenderé?

Respondí cuando me preguntaron, pero siempre con vaguedad. Fue mi compañero quien precisó, aunque supo mantenerse «a distancia», evitando, inteligentemente, cualquier alusión al posible trastorno psíquico del Anunciador.

Las flores continuaron a su lado, inseparables...

Y Santiago se aventuró en la duda principal: ¿Qué opinábamos? ¿Era Yehohanan el precursor del Mesías?

El ingeniero argumentó que no éramos los más indicados para responder a esa cuestión:

—Jasón y yo somos extranjeros.

Santiago insistió, dando por hecho que, para ser extranjeros, estábamos muy bien informados.

¿Qué quiso decir? Convenía estar atentos. Los errores del pasado —o del «futuro», según se mire— no debían repetirse...

El ingeniero escapó del apuro como pudo. Repitió lo que todo el mundo sabía, más o menos. El mesías judío era un libertador que ocuparía el trono de David. Conduciría a los ejércitos israelitas a la victoria y sometería a los gentiles e impíos como nosotros. Sólo habría un poder, una cultura y una fe: Israel. Entonces, Dios descendería de los cielos e inauguraría el «reino». Según los profetas y los textos bíblicos, ese Mesías estaba al llegar. Alguien lo anunciaría y le abriría camino.

La exposición, impecable desde el punto de vista judío, fue elogiada y ratificada por la Señora y Santiago.

Jesús permaneció mudo y atento.

Entonces intervino María, la Señora, y anunció algo que nosotros, supuestamente, no conocíamos. Yehohanan era el precursor, el hombre que abriría la senda...

Eliseo simuló sorpresa e incredulidad. La Señora comprendió que se había precipitado (fuera de la familia, nadie estaba al corriente de las respectivas apariciones del «ser luminoso»), pero, tras una breve vacilación, prosiguió con el mismo coraje.

—El tiempo del cambio está próximo —dijo—, aunque algunos no quieran hablar de ello...

Y desembocó en el impasible rostro de Jesús. El Maestro, sin embargo, no reaccionó.

Yo me hallaba perdido en la serena quietud de los ojos de Ruth. Dulcemente perdido...

—... Aunque algunos —repitió sin contemplaciones y con los ojos clavados en los de su Hijo— quieran huir de su Destino...

El espeso silencio que rodó a continuación casi me sacó de mis pensamientos.

Y la mujer, dolida ante la postura del Galileo, remató sin piedad:

—Él ha sido más valiente. Yehohanan ya está en el camino, preparando el reino. Y tú, ¿a qué esperas?

Esta vez sí hubo respuesta. El Maestro, corrigiendo a la madre, exclamó, rotundo:

—Ese reino —e insistió en el término *malkuta' di 'elaha'* («reino de Dios»)— nada tiene que ver conmigo...

Fin de la conversación.

La Señora replicó con un mohín de desagrado y materializó la oposición al criterio del Hijo levantándose y desapareciendo tras la cortina de red de su vivienda.

El distanciamiento entre Jesús y parte de la familia parecía insalvable...

Pero aquello sólo fue el principio de un largo calvario. Algo que tampoco refieren los textos evangélicos.

Era el momento de abandonar la casa.

Y ya en el portalón, cuando nos dirigíamos a la *insula,* Eliseo dio media vuelta y buscó al hermano de Jesús. Le susurró algo al oído y depositó el ramo de flores en las manos del perplejo Santiago. Después nos perdimos en la oscuridad...

19 DE OCTUBRE, VIERNES

Al igual que sucede con las anémonas, que cierran sus pétalos con la oscuridad, así ocurrió conmigo durante un tiempo. También mis ojos permanecieron cerrados, ignorando la lucha en la que se debatía mi compañero de venturas y desventuras. En realidad, «nuestra lucha»…

Pero vayamos por orden.

Esa noche, en la *insula*, no fue noche. Fue un suplicio añadido. Intentamos conciliar el sueño en la 39, aunque hubiera sido lo mismo en cualquiera de las habitaciones. A mis inquietos pensamientos se sumó un lamento; mejor dicho, varios y continuados lamentos —casi cánticos— que parecían proceder de alguna de las viviendas contiguas. Creo recordar que, al entrar en la habitación, ya se oían en el pasillo, pero no prestamos demasiada atención. Pensamos en algún niño. Pues bien, las tristes lamentaciones —probablemente de dos o más personas— duraron hasta el amanecer. No hubo forma de dormir, salvo a ratos, cuando los llantos y los quejidos declinaban o se interrumpían. Súbitamente regresaban, y con renovados bríos, apoderándose del silencio y de mis castigados nervios. Extrañamente, nadie protestó.

Por último terminé saltando de la litera y, acodado en la ventana, contemplé el paso de las reatas de onagros que partían hacia el norte o que se incorporaban al muelle de Nahum. Y esperé pacientemente el alba. Con las primeras luces, como digo, aquel infierno enmudeció.

El ronroneo de la molienda fue abriéndose paso en el pueblo. Nahum despertaba.

Nos aseamos y, casi sin palabras, bajamos a las *taber-nae* con el fin de reponer fuerzas y establecer un plan para la nueva jornada. Eliseo seguía triste y perdido en sí mismo. Yo, por mi parte, más perdido si cabe...

Ella continuaba allí, cercana e imposible.

Eliseo llamó mi atención sobre la masa nubosa que se divisaba por el oeste. Eran los «cb», los cumulonimbos que habíamos detectado desde la «cuna». Se aproximaban a la región. En cuestión de horas podrían descargar sobre el lago. Convenía no descuidarse...

Y planteé la idea que no llegué a exponer el día anterior en la «casa de las flores». Si solicitábamos trabajo en el astillero de los Zebedeo, el seguimiento del Maestro resultaría más sencillo. El lugar, según recordaba, era lo suficientemente reducido como para no perderlo de vista. Si éramos aceptados, la práctica totalidad de la jornada estaríamos juntos. El resto, ya veríamos.

Eliseo, con su habitual sentido práctico, hizo de abogado del diablo: ¿por qué tenían que dar trabajo a dos extranjeros que, además, carecían de experiencia en la construcción de barcos?

Tenía razón, pero ¿qué otra cosa podíamos hacer? ¿Esperar cruzados de brazos en Nahum a que regresase a su hogar?

Ambos rechazamos esta posibilidad. No lo hubiéramos resistido. Había que probar. Contábamos, además, con la recomendación —o supuesta recomendación— de Santiago y del propio Jesús. Respecto a la amistad con el jefe del varadero, el Zebedeo, era mejor olvidarla. Él me conoció en el año 30. Ahora estábamos en el 25. Si nos encontrábamos, para él sería la primera vez.

Así lo decidimos. Nuestra misión era seguirlo y dar testimonio de su vida y de sus palabras. Estaríamos donde Él estuviese. No importaba cómo...

Cruzamos el muelle y, por prudencia, aunque recordaba el lugar donde se levantaba el astillero, interrogué a los *am-ha-arez* («escoria del pueblo», según los ortodoxos de la ley) que cargaban y descargaban las embarcaciones atracadas en el puerto. Señalaron hacia el este, al final del muelle.

El varadero, en efecto, se hallaba junto al río Korazaín, pero, ante mi sorpresa, no se trataba del solar que yo visité en la primera oportunidad, en compañía de Jonás, el afable *felah* que me acompañó en aquellas fechas. Aquel astillero era de regulares dimensiones. El que ahora teníamos a la vista era mucho más grande. ¿Qué había sucedido?

Descendimos los peldaños de piedra que conducían desde el muelle a la orilla del *yam* y caminamos sobre la alfombra de guijarros blancos y negros que cubría aquella zona de la costa.

Al principio, como es natural, todo fue confusión. Sobre una larga franja de terreno, entre el pueblo y el río que desembocaba en el lago, se alzaba el próspero astillero de los Zebedeo. Como digo, para nosotros, al principio, una confusa mezcolanza de barcos a medio construir, pabellones de madera, altas pilas de troncos, fosos, herramientas, golpeteo de martillos y hombres por doquier, semidesnudos o cubiertos con mandiles de cuero negro y brillante.

Buscamos con la mirada. Jesús o Santiago, su hermano, tenían que estar allí, en alguna parte.

Al poco, uno de los trabajadores nos indicó un foso en el que armaban dos embarcaciones. Aunque se hallaba de espaldas, lo reconocimos al momento. Jesús, encorvado sobre una barca de unos ocho metros, se afanaba en el ajuste de las cuadernas. Vestía el *saq* o taparrabo y uno de aquellos largos mandiles, desde el pecho hasta las rodillas. De su cintura colgaban un martillo y un saquete repleto de clavos. El cuerpo, bronceado y sudoroso, brillaba con los primeros rayos del sol.

No pareció muy sorprendido. Yo diría que nos esperaba.

Saltó sonriente fuera del foso y, tras desearnos paz, escuchó nuestra petición. No dijo nada. Ajustó la cinta de tela que recogía sus cabellos y, sin dejar de sonreír, rogó que aguardásemos. Luego se perdió en uno de los pabellones de madera. Al poco regresaba en compañía de un hombre relativamente mayor. No levantaría más de

1,60 metros. Era calvo y con los ojos rasgados. Su origen parecía asiático.

Dijo llamarse «Yu» o algo similar...

Sus ojos, remansados en una constante paz, me llamaron la atención desde el primer momento. Era flaco pero fuerte. Los dedos, increíblemente largos, aparecían cruzados sobre el pecho.

Nos observó despacio. Después, en un impecable arameo, se interesó por lo que ya habíamos expuesto al Galileo. Repetimos el deseo de trabajar, aunque reconocimos que carecíamos de experiencia. E insistí en el hecho de que no importaba el puesto.

El *naggar* o maestro —algo similar a lo que hoy entendemos como «carpintero de ribera»— no formuló más preguntas. Aquellos ojos, limpios e inquisidores a un tiempo, debieron de percibir que hablábamos con el corazón. Necesitábamos aquel trabajo...

Y antes de retirarse aclaró que la decisión no dependía de él. Era el «patrón» el que decidía. Todavía no había llegado. Tendríamos que esperar.

Dio media vuelta y se alejó hacia el barracón.

Jesús me hizo un guiño y sugirió que aguardásemos allí mismo. El «jefe», el Zebedeo padre, siempre era puntual. En breve desembarcaría. Todas las mañanas viajaba desde Saidan. A la puesta de sol regresaba a su aldea.

Y el Maestro retornó al foso, entregándose a la faena de entablado de las cuadernas.

No tuvimos alternativa. Convenía armarse de paciencia y esperar al propietario del varadero. Algo me decía que la fortuna estaba de nuestro lado. El guiño de Jesús fue una señal...

Si no recordaba mal, aquélla fue la primera vez que contemplamos a un Jesús de Nazaret «obrero». Y durante un tiempo quedé absorto. El Galileo se entregaba materialmente a lo que hacía. No importaba que fuera grande o aparentemente nimio. Se aislaba. Acariciaba la madera. Casi hablaba con ella. No regateaba esfuerzos. Y lo hacía con alegría, satisfecho y, como repetía sin cesar, «pendiente de las sorpresas con que le obsequiaba su Padre cada jornada». Al principio no entendí muy bien a qué se refería. Después, con el paso de los días, comprendí y participé encantado...

Quizá no me he expresado correctamente. Hoy, en el siglo XX, al hablar de un astillero, imaginamos casi siempre una factoría en la que se construyen buques, generalmente de gran tonelaje. Éste no era el caso de los «astilleros» existentes en las orillas del *yam*. Allí no se hacían únicamente barcos. El concepto era diferente. Allí se explotaba el tanino que se extraía de la corteza de los árboles, se labraban anclas de piedra, se atendía la reparación de cualquier objeto o mueble de madera y, por supuesto, se fabricaban embarcaciones, aunque difícilmente superaban los diez o quince metros de eslora. El término «astillero» (*mézah*, en hebreo) era algo difuso y, sobre todo, poco relacionado con la mar. Los judíos nunca fueron marinos, al menos por vocación, como en el caso de los fenicios. En la Biblia se menciona muchas veces la mar —alrededor de doscientas—, pero casi siempre con reverencia o temor. Los navíos eran, generalmente, naves extranjeras, nunca propias. Y esto obedecía a una circunstancia eminentemente geográfica. En tiempos de Jesús, la costa de Israel carecía de puertos seguros y abrigados. Sólo el de Cesarea, levantado por Herodes el Grande en la antigua aldea siriofenicia de Estratón (1), ofrecía garantías a la navegación. El resto —Jope (actual Jaffa), Dor o la ensenada del Carmelo— sólo eran modestos fondeaderos en los que los pescadores se resguardaban de los vientos de África. Los navíos de mayor calado tenían que fondear lejos de la costa, pendientes de los escollos y de unas playas traicioneras y cambiantes en las que las marejadas alteraban constantemente los fondos. En cuanto a Tolemaida (San Juan de Acre), al ser una población griega, no contaba para los judíos. Los hombres de negocios, fundamentalmente los dedicados a la exportación e importación, recurrían a las compañías romanas, griegas, fenicias o egipcias, alquilando los servicios de sus buques. Y lo mismo sucedía a la hora de los viajes particulares. La mar no era judía, aunque Jacob y Moisés

(1) Amplia información en *Cesarea. Caballo de Troya 5. (N. del a.)*

371

hablaran de las ventajas de Zabulón, la tribu que se instaló en la costa (Génesis y Deuteronomio). Los judíos sólo navegaban por necesidad, y siempre con bandera ajena.

En este sentido, el *yam* o mar de Tiberíades no era una excepción. Los galileos pescaban y navegaban en él, aunque los conceptos y las técnicas no eran propiamente «marinos». Esto no significaba que se hallaran más retrasados respecto a sus «colegas», los pescadores o marineros del «gran mar» (Mediterráneo) (1). Sencillamente, eran distintos.

Tal y como nos aseguraron, el viejo Zebedeo se presentó puntual en la costa. Bogaba en solitario.

Pasó ante nosotros y, durante unos instantes, sin detenerse, nos recorrió con la vista.

Poco había cambiado. Quizá tuviera cincuenta y cinco años. Mostraba un porte atractivo: alto, enjuto como sus hijos, fibroso, con el cabello blanco, muy corto, el rostro arrugado por el sol y los vientos y los ojos claros, siempre intuitivos y confiados.

Saludó con la cabeza y entró en el barracón de Yu.

_____

(1)   En el *yam*, en los tiempos del Maestro, existían hermandades o asociaciones de pescadores y marinos, exactamente igual que en el Imperio romano y en las vecinas Grecia, Egipto o Fenicia. Una de ellas, denominada «Ah Tiberias» («Hermanos de Tiberíades»), controlaba minuciosamente los períodos de pesca, sancionando a los que violaban las normas y los «paros biológicos». Era una especie de «sindicato» que decidía cuándo pescar o cuándo dedicarse al transporte de mercancías. Todos, en el lago, respetaban lo establecido por los *Ah*, como llamaban popularmente a dicha asociación (*Ah*, en arameo, significa «hermano o compañero»). Junto a los *Ah* se hallaban otros grupos o «cooperativas» —menos numerosos— que competían con los primeros. Eran controlados por Antipas, el tetrarca, y por sociedades mixtas, integradas por judíos (generalmente sacerdotes y saduceos ricos) y extranjeros. Aunque la ley prohibía este tipo de asociación con paganos, el dinero era el dinero...

Durante las fiestas judías, ningún extranjero podía pescar con embarcaciones. Sólo estaban autorizadas las cañas y las trampas. Esto desembocaba en innumerables litigios.

Cada grupo o asociación obligaba a sus «socios» a pagar determinadas cuotas semanales, tanto en dinero como en especie, sufragando con ello los accidentes o pérdidas de barcos. La negligencia o el descuido no justificaban el pago de una nueva embarcación. Los «sindicatos», además, eran los que fijaban los precios del pescado y del transporte. *(N. del m.)*

Jesús continuaba con sus tablas, martilleando.

Eliseo me hizo una señal. La masa nubosa se aproximaba.

El Zebedeo retornó y, junto a él, el asiático. Tras las presentaciones, el «patrón» escuchó nuestras demandas. Yu le ofreció uno de los mandiles y siguió atento a mis palabras mientras se acomodaba la pieza de cuero.

—...No es un problema de dinero —aclaré, en un intento de ser lo más honesto posible—. Somos viajeros y, ahora, las circunstancias nos obligan a buscar ocupación.

—¿Por cuánto tiempo? —intervino el carpintero de ribera.

—El que decida el Destino —repliqué sin rodeos—. Pueden ser días, meses...

Hablaba con absoluta sinceridad. Todo dependía de Él y de sus movimientos.

El Zebedeo mantuvo los ojos fijos en los míos. Después desvió la mirada hacia el ingeniero y lo vació sin pronunciar una sola palabra.

Y aceptó, enumerando las condiciones. Trabajaríamos como ayudantes. De eso se ocuparía Yu. Salario: veinticuatro ases por día (un denario de plata). La comida por nuestra cuenta. La jornada empezaba al amanecer y concluía con el ocaso. Robar representaba el despido inmediato. Podíamos empezar en esos momentos...

Entendí todo menos lo del robo. Para ser exacto, utilizó la palabra *bazaz* («saquear»).

El Zebedeo se retiró y Yu se hizo cargo. Durante unos segundos permaneció pensativo, con su habitual postura: las manos cruzadas sobre el peto. Deduje que no sabía qué hacer con nosotros.

Señaló las túnicas y la «vara de Moisés» y recomendó que, para la próxima jornada, olvidáramos aquel atuendo «tan refinado».

Fue entonces cuando caí en la cuenta. ¿Qué hacíamos con el cayado? Mientras trabajase en aquel lugar no debía llevarlo conmigo. No sería lógico. ¿Dónde lo guardaba? ¿Lo dejaba en la *insula*? La vara era un eficaz sistema de seguridad. No deseaba prescindir de sus servicios. Y así surgió un nuevo problema...

Yu tomó la mejor de las decisiones posibles. Nos mostró el *mézah* y dejó que nosotros mismos nos inclináramos por el trabajo en el que podíamos rendir con mayor comodidad y, en consecuencia, más plenamente. Siempre agradecí su extrema delicadeza.

La construcción y la reparación de barcos ocupaban la mayor parte del terreno del *mézah* o astillero de los Zebedeo. En aquella zona del *yam* sumé otras tres «instalaciones» parecidas. Una de ellas, propiedad de los *Ah.* El de la familia de los Zebedeo tenía forma rectangular. Discurría paralelo al río. Todo en él se hallaba inteligentemente dispuesto. La aparente confusión o caos inicial se debió a mi propia ignorancia.

Los Zebedeo sólo construían barcos por encargo. El astillero disponía de una colección de modelos en miniatura, de unos treinta centímetros, labrados en madera y sobre los que elegía el comprador. Las variantes no eran muchas. El futuro dueño aportaba las sugerencias oportunas y el «patrón» y los carpinteros de ribera (socios del Zebedeo) se reunían y estudiaban la propuesta. Generalmente construían embarcaciones de carga, las más rentables, y, de tarde en tarde, barcos de pesca, siempre más refinados y costosos. En aquellos momentos, al incorporarnos al *mézah,* trabajaban en dos «pesqueros» y en la reparación de cinco «cargueros». Ninguno superaba los quince metros de eslora.

En el extremo norte del «rectángulo», al otro lado del lago, había sido dispuesto el depósito de madera. Una o dos veces al año, los trabajadores del astillero acudían a los bosques vecinos (casi siempre a la Gaulanitis) y procedían a la necesaria tala de robles, sauces, alisos y pinos, entre otros ejemplares. El conocimiento de la madera por parte de aquellas gentes era muy amplio (1). No

(1)   La referencia del profeta Ezequiel (27, 3) sobre las maderas que servían para la construcción de barcos no parece muy correcta. Las quillas no se hacían de ciprés, ni los mástiles de cedro. Tampoco los remos se fabricaban con encina, ni los bancos con la madera del boj. Lo habitual era construir con roble y pino (especialmente, el *pinea* o piñonero). El roble dispone de una considerable dureza y de una estimable resistencia al agua (una vez en el agua, la resistencia se multiplica). En tiempos de Jesús sabían que

era de extrañar. Se trataba de la materia prima. La cuidaban y mimaban sin cesar.

Una vez en el varadero, los operarios separaban las cortezas de los troncos recién talados y las reunían en grandes montones, con las caras internas hacia tierra. De esta forma protegían los taninos de las lluvias y del viento. Este producto —el tanino— era otra de las fuentes de riqueza del *mézah*. Sus elementos químicos naturales evitaban la podredumbre de las pieles y las transformaban en excelentes cueros, flexibles y duraderos. El roble era el árbol seleccionado para este menester.

A continuación se procedía al secado de la madera, un proceso delicado que exigía una permanente atención y, como digo, un profundo conocimiento de cada árbol. En ocasiones se ahumaba, embelleciéndola y favoreciendo el secado. Lo normal, sin embargo, era extraer la corteza, aserrarla y apilarla durante el tiempo necesario, según el árbol y la finalidad. La mayor parte de la corteza era vendida como combustible o aprovechada para las «estufas» y los hornos del varadero. Si el encargo lo requería, la madera podía ser secada de forma artificial, bien enterrándola en estiércol, cenizas o barro, bien sumergiéndola en agua corriente (si el cliente lo reclamaba, se recurría a los baños de sebo y al agua con cal). La teca, por ejemplo, permanecía dos y tres años bajo tierra. El resultado era sorprendente: la madera parecía hierro y quedaba blindada contra los insectos destructores que

---

el roble era la madera adecuada para introducir «tirafondos». Una vez en el interior resultaba muy difícil la extracción. El pino, por su parte, muy abundante, resultaba tan útil como barato. Sus altos contenidos resinosos convertían la madera en ideal para luchar contra la intemperie. En los astilleros se trabajaba también con sauce (muy estable y con gran docilidad a la hora de curvarse), aliso (madera muy recomendada para permanecer bajo el agua), teca (de gran estabilidad y aconsejada por los carpinteros de ribera para todas las piezas que exigían resistencia y estabilidad, en especial las cubiertas), olmo (muy duradera bajo el agua) e iroko, un árbol importado de África, similar a la teca pero más económico. Sólo cuando el comprador lo exigía se trabajaba con maderas nobles, como el cedro. La tala y el transporte, generalmente del norte, encarecían sensiblemente el precio final del barco. El entablamiento de algunas embarcaciones de pesca era fabricado con este tipo de madera, procedente casi siempre de los macizos del Hermón. *(N. del m.)*

abundaban en las aguas del *yam* (1). Estos procedimientos de secado eran altamente beneficiosos, y evitaban, sobre todo, las temidas plagas de hongos que devoraban un barco en cuestión de meses. Yu y su gente eran tan escrupulosos en el secado que pesaban los troncos, controlando así el grado de humedad que perdían semanal o mensualmente (2). La totalidad del sector destinado al acopio y secado de la madera aparecía protegido por una pared de cañas. De esta forma se evitaba la acción de los vientos del sur, muy nociva por el calor y la sequedad. En el recinto en cuestión observamos varios carteles, clavados en lugares estratégicos y en los que se leía, en arameo y griego: «Prohibido robar.» La palabra «robar» había sido escrita en sus tres acepciones (*bazaz:* «saquear»; *gazal:* también «robar», «saquear» o «arrancar», y *ganab:* «tomar a escondidas»). En otros «departamentos» se repetía la misma advertencia. Y empecé a comprender.

El depósito de madera era responsabilidad de un viejo operario, especialista, sobre todo, en algo que me dejó perplejo: el «lenguaje» de los tablones. Debo adelantar que mi ignorancia en estos asuntos era, y sigue siendo, casi total. Pido disculpas, por tanto, al hipotético lector de estos diarios.

El *sab* o anciano, que respondía al nombre de «Sekal» (literalmente, «mirar con atención»), además de controlar las ya referidas operaciones de secado, tenía la obliga-

(1)   Uno de los peores «enemigos» de los pescadores y marineros del mar de Tiberíades era el teredo, del género de los lamelibranquios, que prolifera en aguas de escasa salinidad. Se encuentra repartido por todos los mares. Son los responsables de la carcoma de los buques. Los huevos se transforman en larvas velígeras que se fijan a la madera y la devoran. La larva se introduce perpendicularmente a la veta de la madera, y gira y taladra según el sentido de dicha veta. La madera termina desapareciendo. El enterramiento o la protección con asfalto, etc., era la única solución. *(N. del m.)*

(2)   En el siglo xx se ha podido comprobar que una carga de postes libera, en cuestión de dos o tres días, hasta veintitrés mil litros de agua. Para ello se hace pasar la madera por un tanque en el que se inyecta una corriente de aceite a 93 grados. En la época de Jesús, los constructores de barcos aceleraban el secado sumergiendo los troncos o las tablas en depósitos o piscinas de agua que calentaban a una temperatura «soportable por el cuerpo humano» (alrededor de 30 o 40 grados). En dos semanas, la madera perdía una notable cantidad de agua, aunque disminuía su resistencia. *(N. del m.)*

ción de dar el visto bueno a las tablas que eran utilizadas en la construcción de los barcos propiamente dichos. Para ello, amén del examen del color, ausencia de agujeros, olor, etc., Sekal se ocupaba de «escuchar» el sonido de la madera. Colocaba cada tablón sobre dos soportes y lo golpeaba en su mitad exacta con la ayuda de un mazo. Si la respuesta era «sorda», mala señal. La madera se hallaba invadida por los hongos y, naturalmente, rechazada. No todos los astilleros actuaban con tanta honestidad. Si el «lenguaje» era limpio, pasaba la prueba.

A continuación se hallaba el aserradero, estratégica e inteligentemente ubicado entre el citado depósito y el foso en el que se procedía a la fabricación de las embarcaciones.

Eliseo, al descubrir los tajos, los bancos y las herramientas, quedó fascinado. Acarició los listones, las sierras de arco y las de contornear y, con la mirada encendida, solicitó a Yu que le adjudicara un puesto de ayudante. Aquel trabajo de precisión era lo suyo. Una de las sierras, movidas a pedal, me llamó la atención. Era asombroso. Poco a poco iría descubriendo el ingenio del asiático...

Por último, en la zona inferior del astillero, arrancando en la costa, Yu nos enseñó el «corazón» del varadero: el foso en el que se construían los barcos. Allí estaba Jesús.

Los Zebedeo excavaron una galería de un metro de profundidad por cinco de anchura y otros sesenta de longitud que nacía, como digo, en la orilla del *yam*. Las paredes habían sido entibadas con recios maderos y el lecho del foso —por debajo del nivel del lago— fue cubierto con los guijarros de la playa. Una puerta de gran peso, fabricada con postes de roble y olmo, hacía de esclusa principal. En el momento indicado se abría, y el agua del lago inundaba el foso, permitiendo una cómoda botadura de las embarcaciones. En otros astilleros se trabajaba todavía con el concurso de cabos y molinetes, facilitando el deslizamiento de los barcos con el uso de sebo y grasa de animales. En eso, los Zebedeo también llevaban ventaja. Una vez botado el barco, el agua era retirada mediante el uso de dos canalillos laterales que desembocaban en el río Korazaín, situado a poco más de treinta metros del *mézah*. Cerrada la esclusa de roble y olmo, dos ruedas hidráulicas alojadas en la pared derecha del foso (tomaré siempre como referencia principal la línea del agua del *yam*), en el nacimiento de dichos canalillos, procedían a la extracción, bombeando el agua acumulada en el foso con la ayuda de una larga pieza de madera, similar a un «tornillo de Arquímedes». El agua era trasvasada de un lugar a otro conforme giraba el citado tornillo. El «invento» no era de Yu, pero supo adaptar el tornillo sin fin del sabio de Siracusa a sus necesidades.

Cuando el diseño del barco era definitivamente aprobado, Yu, como jefe de los carpinteros de ribera del varadero, construía la maqueta-guía. Se trataba de un modelo macizo, en madera de pino, de treinta o cuarenta centímetros de longitud. Lo aserraba en láminas finas y en cada una de las «rodajas» escribía o marcaba las medidas fundamentales. Después, cada lámina era perforada con varios espiches y el modelo colgaba del mandil de Yu hasta que se daba por terminada la construcción del barco. En un siguiente paso, con una maestría admirable, Yu dibujaba las piezas básicas de la embarcación en la pared o en el suelo de su casa-barracón, ubicada a poca distancia del foso. Así «nacía» el barco propiamente dicho, siempre a escala (hoy correspondería a un patrón 1:48). El resto de los oficiales procedía, entonces, a la confección de las correspondientes plantillas, que pasaban, de inmediato, al aserradero. Allí tenía lugar otro proceso no menos delicado y comprometido. Un error significaba desechar una tabla, algo costoso y, sobre todo, mal visto por los maestros. Eliseo, al principio, lo pasó mal.

Finalmente, con las piezas meticulosamente medidas, se iniciaba la construcción del pesquero o carguero.

Yu había introducido varias «novedades». En primer lugar, la presencia de la quilla, algo no muy habitual en aquel tiempo y que, al parecer, copió de los astilleros de Tiro, lugar que visitaba con cierta regularidad. Fue otra «revolución» entre los marinos y pescadores del *yam*. Al principio, los más viejos —incluyendo la gente de su varadero— dudaron del «invento». Sólo el Zebedeo padre lo apoyó. Ahora no daban abasto. Los pedidos eran continuos. Todos deseaban que sus barcos fueran reformados. La segunda innovación consistió en la forma de fabricar. Yu pensó que lo más cómodo y rentable era situar el barco boca abajo. Y así lo hizo, ante la lógica extrañeza y el recelo inicial de sus compañeros. Pero el asiático tenía razón. La preparación del costillar o entablado era más fácil y rápida. En cuanto a la tercera «novedad», lo dejaré para más adelante...

Empezaban por la quilla, generalmente construida en una sola pieza, tras elegir el roble adecuado. Después levantaban la roda (pieza curvada que servía de proa) y el codaste (popa). Nada más fijar la roda, los hombres —fueran o no judíos— colocaban una cuerda sobre la pieza. Era el «nudo de Isis», un amuleto de la buena suerte, según decían. Ningún barco, en el *yam*, se hacía a la navegación sin el referido «nudo divino».

Después trabajaban con las cuadernas maestras, procediendo al montaje de forros y costillajes. Más que carpinteros de barcos parecían ebanistas, siempre pulcros y esmerados. Utilizaban las más variadas técnicas para calzar o embonar los tablones. La más frecuente era la llamada «mortaja y barbilla» y «caja y espiga». Las espigas embonaban milimétricamente en las cajas y las uniones eran afirmadas con pernos de madera, taladrados, a su vez, por clavos de bronce. Las ensambladuras no podían superar un *span* entre una y otra (1). Lo normal, para los buenos carpinteros de ribera, es que se hallaran a un dedo de distancia. El gran problema era la obtención de un madero lo suficientemente curvo para labrar el codaste, la pieza de popa que recibía la tablazón y, en ocasiones, las cintas que arriostraban las bandas. No todos los árboles presentaban las líneas, mejor dicho, las curvas, exigidas por Yu y su gente.

Al aproximarnos al filo del foso, Jesús nos vio. Y siguió con el rítmico martilleo sobre el cascarón exterior del

---

(1) Medida existente entre los dedos pulgar y meñique de la mano de un varón (aproximadamente, dieciocho centímetros). *(N. del m.)*

pesquero. Aquel barco se hallaba todavía en plena construcción. El carguero, sin embargo, más cercano a la esclusa principal, estaba casi rematado. Los artesanos habían empezado el calafateado.

Durante algunos segundos no lo percibí con claridad. El golpeteo del martillo sobre los pernos de sauce terminaba solapando el canturreo del Maestro. En una de las pausas, mientras el Galileo extraía varios clavos de bronce de uno de los bolsillos del mandil y los alineaba entre los labios, creí entender parte de la letra de la canción: «Dios es ella... Ella, la primera *hé,* la que sigue a la *iod...* Ella, la hermosa y virgen..., el vaso del secreto... Padre y Madre son nueve más seis... Dios es ella... Ella, la segunda *hé,* habitante de los sueños... Dios es ella...»

En los días que siguieron tuve oportunidad de oírla casi de continuo. Jesús trabajaba al ritmo de aquella extraña canción.

«Dios es ella» era el verso o estribillo principal. Eso entendí.

Pero ¿qué significaba?

«Dios es ella»...

Hé e *iod* son letras hebreas. Ahí terminaban mis conocimientos.

Jesús la entonaba con emoción, acomodando el ritmo a los golpes. Siempre terminaba con un vibrante «¡Dios es ella!».

En algunos momentos, mientras lo contemplaba, me vino a la mente una idea, pero la rechacé. No era posible: ¿era Dios una mujer? Personalmente, me encantaría...

Tenía que preguntarle.

Y Yu fue concluyendo...

Cuando la embarcación había sido rematada entraba en acción la cuadrilla de calafateado y pintura. Era el último proceso o *hamar* (tapado de rendijas). Primero carbonizaban la madera (interior y exteriormente) con la ayuda de antorchas. Era un quemado rápido en el que el fuego lamía y besaba. Sólo eso. Así neutralizaban las posibles invasiones de hongos. El roble lo agradecía más que ningún otro árbol.

Al «besado del fuego», como lo llamaban, seguía el calafateado, otra operación para la que se precisaba maestría. Un oficial veterano era siempre el responsable. Los ayudantes preparaban la estopa (generalmente fibras de cáñamo) y la sumergían en alquitrán, diferentes tipos de liga (1), resinas, brea o, sencillamente, aceite. El experto abría las rendijas mediante el auxilio de unas llaves de hierro y, tras enrollar la estopa sobre el muslo, la introducía en las junturas de la madera con un martilleo especial. Más que martilleo, un sonsonete, con un doble golpe. Y la estopa penetraba hasta el fondo. El calafate, así, impedía que el agua entrara en el barco, lo que aliviaba, además, el futuro esfuerzo de los maderos.

Después se «maquillaba» la nave: una capa de masilla, elaborada con cal en polvo y aceite de pescado y, finalmente, pintura y brea. Estas protecciones, como dije, eran vitales en las aguas del *yam*, conquistadas permanentemente por los «barrenillos» o carcomas y por algunas algas que terminaban por adherirse al casco, lo que mermaba la velocidad de la embarcación y amenazaba su integridad (2). Yu había propuesto un remedio

(1) A la hora de elaborar la liga, Yu era partidario del muérdago, viburno y corteza de acebo. Tras hervir la mezcla, se procedía al majado. La pulpa resultante era expuesta a la intemperie durante un par de semanas, y así se lograba una putrefacción homogénea. La buena liga —según el asiático— debía ser tan verde como agria. El calafateador jefe la probaba siempre antes de utilizarla. Otros preferían majar los materiales y, tras diluir la pasta en un poco de agua, la masticaban, acelerando el proceso mediante la acción de los fermentos de la saliva. Después se dejaba reposar, humedeciéndola antes de impregnar los hilos de lino o cáñamo que daban forma a la estopa. *(N. del m.)*

(2) Durante nuestra estancia en el mar de Tiberíades detectamos numerosos tipos de algas. La *peridinium westii* era la más abundante. Se trata de un ejemplar esférico protozoario, del grupo de las «brillantes» *(pirofita).* En enero se multiplica con gran rapidez, y llega a las 3.300 unidades por centímetro cúbico entre febrero y abril. Un par de flagelos le proporcionan una estimable velocidad, y puede moverse en vertical u horizontal. El diámetro medio es de entre cuarenta y setenta micrones, aunque localizamos colonias de 125. Su principal alimento es el nitrógeno y el fósforo. Con ello consigue una notable masa orgánica que termina dificultando la navegación y las faenas de pesca (en una de las primaveras calculamos una biomasa superior a las veinte mil toneladas). Con el alba asciende a la superficie y ocupa una lámina de hasta cuatro metros de espesor. A primera hora de la tarde desciende, y duerme a entre cinco y siete metros de profundidad. En junio, con el aumento de la temperatura, la *peridinium* muere. *(N. del m.)*

extra: revestir parte del casco con planchas de plomo, tal y como hacían los cargueros en el «gran mar». El Zebedeo, sin embargo, lo desestimó. El coste encarecía sensiblemente el precio final. Un barco de ocho metros, por ejemplo, destinado a la pesca, con dos remos-timones laterales, podía costar entre ochocientos y mil doscientos denarios de plata, dependiendo del material utilizado. En cinco o seis meses quedaba terminado.

En la botadura, el propietario estaba obligado a pagar una comida a la totalidad de las cuadrillas que habían participado en la construcción del barco. Nadie faltaba. Generalmente terminaba en una borrachera colectiva.

Cada embarcación disponía de un nombre, impuesto siempre por el dueño o, en su defecto, por Yu. Aparecía pintado a proa y, en ocasiones, a popa.

El resto del astillero, amén de otras dependencias de menor importancia, se hallaba integrado por tres barracones de madera. Uno hacía las veces de vestuario y comedor. Allí se guardaba la ropa y la comida que se tomaba a media mañana. A veces era utilizado por los trabajadores que, por una u otra razón, no disponían de un techo fijo. En una de las paredes colgaba el ya referido aviso: «Prohibido robar.»

Eliseo y yo nos miramos y, creo, tuvimos el mismo pensamiento: ¿qué hacíamos con la «vara de Moisés»?

La segunda caseta, más amplia, aunque igualmente tosca, era la vivienda y el lugar de trabajo de Yu, el jefe de los carpinteros de ribera. Allí, en una de las paredes, como dije, dibujaba las piezas sobre las que se fabricaban las plantillas. Vivía solo. Poco a poco fui conociéndolo..., y admirándolo.

Su verdadero nombre era «Yūxuè», aunque todo el mundo lo llamaba Yu. Era chino. Yūxuè, según me explicó, quería decir «sangre tranquila o remansada». En una traducción poco ortodoxa podría asociarse a «hombre en calma». Lo que los judíos conocían por *neqe*, una persona calmada y, además, pura y limpia de corazón. Así era Yu, transparente, honrado, brillante y con los nervios de acero. También terminó siendo un seguidor del Maestro, aunque nunca figuró en los textos evangélicos...

Cuatro o cinco generaciones antes, uno de sus ante-
pasados emigró del archipiélago de Chusan (actual China) con toda su familia. Era hermano de un general
llamado Xiang Yu, rival del emperador Liu Bang, que gobernó hacia el 202 a. J.C. La derrota de Xiang Yu obligó
al destierro a toda su gente. Algunos llegaron hasta el
yam y allí se establecieron, siguiendo la tradición familiar: eran constructores de barcos.

Yu se consideraba digno descendiente de los *han*, el
verdadero pueblo chino. Seguía practicando la filosofía
de sus mayores. Creía en Kongfuzi o maestro Kong,
como designaban a Confucio, aunque sus ideas se hallaban influenciadas por las obras de Lao-Tse, otro de los
grandes filósofos que influyó en la religiosidad china (1).
El *Tao-Te-Kin*, libro escrito por Lao-Tse, era su principal
referencia moral (estudio del «no ser» y del «ser»).

Era un hombre bueno, con una intensa inquietud intelectual. Su trabajo, en el fondo, sólo era un medio para
sobrevivir. Lo que realmente le apasionaba era la búsqueda de la verdad —«si es que existía»— y los «inventos»…

Pero de esto último hablaré en su momento.

El tercer barracón, muy próximo al aserradero, fue un

---

(1)   Kongzi o Kongfuzi (Confucio para los occidentales) vivió entre el
552 y el 479 antes de Cristo. Fue el fundador de la doctrina conocida como
«confucianismo», una corriente ético-social que nada tuvo que ver, inicialmente, con la religión. Lo poco que sabemos sobre Confucio se debe a lo
escrito por la segunda generación de sus discípulos en el texto que recibe
el nombre de *Lunyu*. Se supone que, al final de su vida, trabajó para el gobierno pero, desencantado, terminó exiliándose. Vivió errante durante trece años.

Según los citados discípulos, Confucio defendía el honor, el orden y la
cultura como los valores máximos a los que puede aspirar el ser humano. Al
estudiar, reflexionar y cultivar su propia persona, el hombre se transforma
en sabio, y expande a su alrededor un principio que beneficia a todas las
criaturas. Este orden supremo y magnífico —según el «confucianismo»—
descendía de los cielos. Por eso el emperador debía ser una fuente de inspi-
ración para sus súbditos.

Lao-Tse, anterior a Confucio, defendía la renuncia total del hombre frente a las riquezas o el poder. El destino estaba trazado. Todo debía seguir su
curso, sin alteración. El tao, entre otros principios, enseña que la solida-
ridad del hombre con la naturaleza es prioritaria. El tao transforma el
universo en el juego eterno del yin (oscuro y frío) y del yang (luminoso y
cálido). *(N. del m.)*

misterio durante mucho tiempo. Siempre permanecía cerrado. En la puerta colgaba otro cartel que rezaba: «Sólo Yu.»

Nadie entraba, salvo el referido chino. Lo hacía con sigilo. En las manos cargaba uno o dos bultos, cuidadosamente envueltos en tela o en sacos. No hubo forma de averiguar el contenido. Miraba a uno y otro lado y, cuando estaba seguro de que no había nadie en las proximidades, abría la puerta y se encerraba a toda prisa. Allí permanecía largo rato. No se oía un solo ruido. La única señal de actividad era una columna de humo que se elevaba desde una de las esquinas de la caseta.

Eliseo y yo lo bautizamos como el «barracón secreto».

Y quien esto escribe fue destinado al «departamento» que Yu llamó *hezeer*...

¿Hezeer?

El asiático sonrió con picardía.

¿Qué significaba aquella palabra? No la conocía. Quizá se trataba de uno de los muchos modismos que colgaban del arameo galilaico y a los que nunca me acostumbré.

«*He-zeer*», repitió despacio, separando el primer sonido. Seguía sin comprender.

«*Zeer*» era «pequeño», pero «*he-zeer*»...

Y Yu ordenó que lo siguiéramos. Entramos en el barracón vestuario y nos proporcionó sendos mandiles de cuero, más negros por la mugre que por el color del material. Me desvestí y traté de acomodarme el peto. Y digo traté porque, a decir verdad, la pieza me quedaba escandalosamente corta. Con mi metro y ochenta centímetros de estatura, la estampa era ridícula. Estaba claro que el mandil pertenecía a un muchacho. No había otro. Tenía que resignarme. Y las túnicas quedaron colgadas en un clavo, en una de las paredes, junto al resto de la ropa y los almuerzos de los trabajadores. Mi compañero, algo más bajo, tuvo más suerte.

Pero la verdadera preocupación no fue mi lámina, más o menos cómica, sino la «vara de Moisés». Allí la dejé, junto a la túnica. No podía trabajar con ella...

Ahí dio comienzo un nuevo tormento.

¿Qué sucedería si la robaban? No quise ni pensarlo. Si alguien sustraía el cayado y activaba, por accidente, alguno de los sistemas de defensa, el resultado sería catastrófico.

Los carteles, advirtiendo a los posibles ladrones, se me antojaron premonitorios. Y temblé...

Eliseo se dirigió al aserradero, y quien esto escribe fue conducido al nacimiento del foso, en las proximidades del pesquero sobre el que martilleaba y canturreaba el Galileo. El *he-zeer* no era otra cosa que un cobertizo de tablas y cañas, en el centro del varadero, en el que se almacenaban las cántaras del agua potable y el material con el que se procedía a la fabricación de tintes, pinturas y barnices. Aquél sería mi lugar de trabajo. Estaría a las órdenes del oficial encargado de los referidos productos protectores de la madera. Sería su ayudante, y algo más...

No tardé en averiguar en qué consistía ese «algo más».

De pronto, en el depósito de leña, sonó un «¡Eh, pequeño!». Alguien me reclamaba con el pellejo de cabra que servía para transportar el agua.

—¡Eh..., *ze'er*!

Comprendí.

El *he-zeer* pronunciado por Yu era una expresión, en arameo, algo distorsionada, que equivalía a una llamada: «¡Eh, pequeño!», refiriéndose al muchacho o aprendiz que hacía de «chico para todo». Por derivación, el cobertizo donde se almacenaba el agua terminó por recibir el citado nombre. Todos, en el astillero, solicitaban la presencia del «chico para todo» con el consiguiente «¡Eh, *ze'er*!». Era la señal. Cuando sonaba, mi obligación era dejar lo que tuviera entre manos y acudir presuroso —mejor a la carrera— al punto en el que se solicitaba mi servicio. Ese servicio abarcaba el aprovisionamiento de clavos o pernos, afilado de las herramientas, transporte de maderas, alimentación de los hornos y estufas, barrido del serrín, recogida de la basura y su transporte al cercano basurero o *gehenna*, limpieza diaria del vestuario y, por supuesto, la preparación de los mencionados barnices y pinturas.

Así fue como nació «¡Eh, *ze'er*!» o «¡Eh, pequeño!». Durante la estancia en el varadero, todos me conocieron por este alias. ¡Quién lo hubiera imaginado! Yo, piloto de la USAF, terminé barriendo un astillero y corriendo como una liebre de un lugar a otro...

No importaba. Habíamos logrado nuestro objetivo. Él estaba cerca. Nunca lo perdimos de vista. Y supimos de un Jesús desconocido, un trabajador esmerado y responsable que esperaba su hora...

Pero estoy siendo injusto. También disfruté como «chico para todo». Aprendí mucho, en especial sobre la mansedumbre y la humildad. Servir bien es tan arduo como saber mandar. Quizá más...

Y disfruté, sobre todo, con mi trabajo como aprendiz en la elaboración de productos protectores de la madera (1). Mi maestro, un fenicio viejo y desencantado, me enseñó algunos secretos, demostrando que también se puede vivir en el pequeño mundo de un recipiente lleno de pintura o de cola de carpintero.

Aquella jornada, sin embargo, fue un desastre. A mi despiste tuve que sumar la preocupación (casi miedo) por la suerte de la «vara de Moisés». Toda mi atención se fue hacia la puerta del vestuario. Cada vez que alguien entraba o salía del barracón interrumpía lo que tuviera encomendado, y así me gané las primeras reprimendas y

(1) Durante ese período me hice «experto» en toda suerte de ligas, pinturas, protectores contra la carcoma, tintes y barnices en general. El pegamento más utilizado era un engrudo fabricado con la harina de trigo estropeada. Una vez disuelta en agua se calentaba hasta el punto de ebullición, y se añadían pequeñas cantidades de esencia de trementina, una resina que se obtenía de los pinos y abetos. El resultado era asombroso. También fabricábamos una pasta especial que se aplicaba a rendijas y juntas, lo que evitaba que la madera fuera atacada por roedores e insectos. El fenicio mezclaba vidrio molido con brea y pelo de vaca. Ni una sola rata invadía las embarcaciones. Las maderas y los metales eran protegidos con un líquido que el maestro destilaba del alquitrán natural, llegado del mar Muerto. Las superficies quedaban brillantes, y destellaban con el agua y el sol. Nadie conocía la fórmula exacta. Las embarcaciones construidas en el astillero de los Zebedeo se distinguían, entre otras características, por el *or* o «luz» que emitían, consecuencia, justamente, de la habilidad del viejo maestro. El único capítulo en el que no permitía ayuda alguna era el de las pinturas. Sólo él conocía los ingredientes para la obtención de los deslumbrantes blancos o de los rojos fuego. *(N. del m.)*

maldiciones. Fue superior a mí. No pude acostumbrarme. Teníamos que hallar una solución…

Hacia la *quinta* (las once de la mañana), Yu golpeó la barra metálica que colgaba del *eh, ze'er,* anunciando la hora del almuerzo.

¿Almuerzo? Ni Eliseo ni yo lo habíamos previsto. Y por pura prevención nos sentamos en el interior de la caseta que servía de vestuario y comedor.

La vara continuaba en su lugar.

Los operarios se hicieron con sus respectivos cestos y hatillos y buscaron acomodo dentro y fuera del barracón. Eran momentos de bromas y confidencias.

Primero vimos entrar al Galileo. Nos sonrió fugazmente. Tomó su comida y se dirigió de nuevo a la puerta. Comprendimos que deseaba estar solo. Ésta, como dije, era otra norma sagrada. Nosotros éramos espectadores, siempre en la sombra. Él decidía.

Pero, al llegar al umbral, se detuvo. Permaneció quieto un par de segundos, dio media vuelta y regresó hasta la pared sobre la que estábamos recostados. Se colocó en cuclillas. Destapó el cestillo de mimbre y fue extrayendo parte de los víveres: huevos pasados por agua, pan de trigo y fruta. Depositó la comida en nuestras manos y, sin mediar palabra, intensificó la sonrisa. Después se incorporó y se alejó, desapareciendo en la claridad del astillero.

Mi compañero hizo ademán de levantarse y salir tras Él. Lo contuve. Si hubiera querido sentarse junto a estos exploradores, lo habría hecho, sin duda, como había sucedido en otras oportunidades. Le daríamos las gracias en su momento.

Después llegó Santiago, el hermano del Maestro. Trabajaba como oficial en el aserradero, junto a Eliseo.

Tomó su almuerzo y se unió a nosotros, interesándose por aquellas primeras horas en el varadero. El ingeniero palideció. Casi no habló. Y me vino a la mente la imagen del día anterior, en el portalón de la «casa de las flores», cuando nos retirábamos a la *ínsula.* Eliseo entregó el ramo de lirios a Santiago y le comentó algo al oído. ¿Era ésa la causa de su silencio? ¿Qué ocultaba? ¿Por qué tanto misterio?

El buen hombre, deseoso de complacernos, preguntó por nuestros planes inmediatos. No había tales planes.

Permaneció pensativo y, finalmente, animado, propuso que los visitáramos esa misma tarde-noche. Cenaríamos juntos.

—Esta, mi mujer, habla poco pero cocina una excelente *bamia* —dijo.

No sabía qué era una *bamia*, pero di por hecho que tenía razón. Lo que fuera sería de primera...

Concertó la cena para «después de la ceremonia» en el *kahal*. Aquello me interesó. *Kahal* era una de las denominaciones de lo que hoy conocemos como sinagoga. Otros —especialmente los rabinos— la designaban por *vaad*, Keneset, zibbur o kenisah, entre otros nombres. Todo dependía del lugar y del grado de ortodoxia.

Y digo que me interesaba porque, hasta esos momentos, no había tenido ocasión de pisar uno de estos lugares de «reunión» (el significado más correcto sería «reunión congregada», con propósitos religiosos). ¿Acudiría Jesús?

Santiago estimó que sí, aunque no podía asegurarlo. No lo consultó. Su familia acudía al *kahal* a la puesta de sol del viernes o a primera hora de la mañana del *shabbat* o sábado (los judíos, como es sabido, consideraban el inicio del nuevo día en el ocaso de la jornada anterior).

El Hijo del Hombre en la sinagoga...

¿Cómo reaccionaría?

Nosotros lo vimos orar en las nieves del Hermón. Su estilo no guardaba relación con las formas del resto de los judíos y, mucho menos, con los ortodoxos e intransigentes defensores de la Ley.

Me costaba trabajo imaginar al Maestro en una de estas tradicionales reuniones, invocando el nombre del colérico Yavé, «al que había que temer y después amar». No lo visualizaba en mitad de una gente que ni siquiera se atrevía a pronunciar el nombre del Padre...

No debía perderme semejante oportunidad. Y discretamente, simulando interés por la ceremonia en sí, formulé algunas preguntas. Santiago, gratamente sorprendido por la curiosidad de aquel forastero, respondió cumplidamente e hizo algo más: se brindó a acompañarnos a la galería de la sinagoga destinada a los prosélitos (paganos convertidos al judaísmo) y extranjeros, un recinto apartado del resto de la comunidad pero integrado en el edificio.

Nos veríamos al toque de trompeta, en la puerta del *kahal*. Éste era el procedimiento habitual para anunciar la entrada y el final del sábado, el día de descanso fijado por Yavé, el día santo por excelencia entre los israelitas (1).

Cuando Yu reclamó al personal con el sonido del hierro, Jesús se hallaba sentado al pie del pesquero. Tenía la cabeza reclinada sobre el casco y los ojos cerrados. Parecía dormido. Despertó a la llamada y, estirando los brazos, se desperezó feliz durante varios segundos. En eso cayeron las primeras gotas. Más que gotas, goterones...

Al poco, el frente nuboso, instalado ya sobre el lago, dijo «aquí estoy yo». Fue el diluvio.

El trabajo quedó interrumpido y, durante un tiempo, permanecimos a cubierto, contemplando impotentes cómo el foso y los aliviaderos se llenaban de agua. Nadie pudo hacer nada y Yu, hacia la hora *décima* (las cuatro de la tarde), comprendiendo que la lluvia no cesaría, corrió al *eh, ze'er* y golpeó la barra metálica por tres veces. Eso significaba «fin del trabajo». Y el chino se refugió en el «barracón secreto».

Cada cual tomó sus cosas y, como buenamente pudimos, abandonamos el astillero.

Perdimos de vista a Jesús y a Santiago. Supuse que habían corrido, como el resto.

Las calles se convirtieron en ríos. Sólo el *cardo,* ligeramente inclinado hacia el *yam,* permitía un tránsito medianamente aceptable.

Los obreros, en la *insula,* también interrumpieron los trabajos de reparación del tercer piso. Cambiamos las túnicas mojadas y, siguiendo la recomendación de Eliseo,

---

(1)   Como he mencionado en estos diarios, las llamadas al culto, incluido el anuncio del *shabbat,* se hacían al toque de sofar o de trompeta. El cuerno sonaba el primer día de Año Nuevo, y las trompetas en las jornadas de ayuno. *(N. del m.)*

oculté la «vara de Moisés» entre los pliegues de uno de los edredones, en la litera de la habitación 39. Era lo más práctico. En la sinagoga no me hubieran permitido el ingreso con un cayado.

Lo comprendí. Aun así quedé tan intranquilo como en el varadero. La llave de la 39, como las de las restantes estancias, viajaba siempre con nosotros pero...

Traté de serenarme. Ahora, supuestamente, no la necesitábamos. Esa noche cenaríamos en la casa del Maestro. Al día siguiente, jornada de descanso, ya veríamos...

Tuvimos el tiempo justo. Al llegar a la sinagoga, uno de los funcionarios, situado en un pórtico que se abría a la derecha de la fachada, hizo sonar una trompeta de plata, para convocar al pueblo. Fue un toque con dos notas, repetido tres veces. La búsqueda del *by(t) knyšt,* el edificio propiamente dicho, fue fácil. Era el único inmueble de piedra caliza. Se hallaba, además, en la parte alta de Nahum, tal y como recomendaba la tradición (de esta forma se simbolizaba que la actividad de la sinagoga debía figurar por encima de cualquier otra, recordando a Isaías [2, 2]: «Sucederá en días futuros que el monte de la Casa de Yavé será asentado en la cima de los montes y se alzará por encima de las colinas.»). Si esto no era posible, la sinagoga se levantaba en las esquinas de las calles o en las plazas. En algunos pueblos o ciudades, en los que no existían elevaciones del terreno, la comunidad judía plantaba un largo palo sobre el tejado del *kahal,* de forma que se alzara por encima de la azotea de la casa más alta. Para los supersticiosos judíos, una sinagoga construida por debajo del resto de las viviendas implicaba un inminente riesgo de destrucción. En Nahum, la zona más elevada se hallaba en el extremo noroeste, cerca del cinturón de huertos y a cosa de trescientos metros de la *insula.* Como dije, en la «ciudad de Jesús» todo estaba a un paso.

No había pérdida porque, como decía, era el único edificio en piedra blanca y con un tejado a dos aguas, construido en madera. La fachada, de veintitrés metros, aparecía delicadamente trabajada, con sillares de más de cuatro toneladas. Me llamaron la atención las ventanas. Conté

cinco, todas con las correspondientes protecciones fijas...
¡de vidrio! Algo poco común en una población como
Nahum. Tres puertas daban acceso al interior. Puertas
por las que sólo entraban los varones judíos. Las mujeres
lo hacían por el extremo opuesto, en la cara norte. El resto —prosélitos o paganos simpatizantes— estábamos
obligados a entrar por una escalera lateral adosada al
muro oeste. En la fachada destacaban también tres orificios practicados en el centro geométrico. Habían sido
dispuestos verticalmente. En el dintel de la puerta central (la más grande) habían sido labradas dos guirnaldas
de flores que acompañaban a una ánfora romana. Después supe que representaba el «vaso del maná».

La gente, acosada por la lluvia, se refugiaba en el pórtico existente a la derecha. Allí, entre las columnas, sacu-
dían las ropas, procedían al obligado lavado de manos en
una pequeña fuente y desplegaban los mantos blancos o
talith, y se cubrían con ellos la cabeza y los hombros. Nadie debía asistir descubierto a la ceremonia sagrada de la
oración. Algo así hubiera significado la expulsión inme-
diata. Eliseo y yo disponíamos también de sendos «cha-
les», confeccionados, tal y como marcaba la ley, con lana
cruda de cordero.

Una fuerte descarga eléctrica provocó un murmullo
generalizado. La tormenta continuaba implacable, iluminando con los relámpagos el entablado azul del tejado y
los rostros nerviosos y atemorizados de la comunidad.

¿Dónde estaba Santiago?

No teníamos más remedio que aguardar frente a la
fachada, bajo el diluvio. Mezclarnos con los del pórtico
o buscar el acceso que nos correspondía era arriesgado.
Y esperamos, imperturbables, bajo el fuerte aguacero.

Los varones, cubiertos con los mantos, salían de la galería porticada a la carrera y entraban por cualquiera de
las tres puertas de la fachada. Al principio pensé que las
prisas se debían a las adversas condiciones meteorológicas. Parecía obvio, pero no. Más adelante, conforme fui
conociendo el singular mundo de las sinagogas, supe que
aquellas supuestas «prisas» eran una forma de acatar las
Escrituras. Según los escribas y demás intérpretes de la

Ley, el judío creyente y respetuoso tenía que correr al encuentro del conocimiento. Así lo dice Oseas (6, 3): «Conozcamos, corramos al conocimiento de Yavé.» Por eso, al entrar en la sinagoga, lo hacían lo más rápidamente posible. La salida, en cambio, era lenta y pausada (1).

Santiago se presentó. Acababa de dejar a su madre y a su hermana en el recinto de la cara norte, el único lugar en el que podían permanecer las mujeres. Esta, embarazada y con un bebé, se hallaba disculpada.

El hermano nos guió hasta la cara oeste y ascendimos por una escalera de piedra adosada al muro. Allí se abría una estrecha puerta que permitía el acceso a una galería superior. Era el «mirador», el rincón destinado a los no judíos. Sólo estábamos autorizados a mirar y a rezar. Ningún prosélito intervenía en las discusiones.

Cuatro o cinco hombres se hallaban de pie, acodados en una barandilla de madera; contemplaban a los que entraban por las puertas. Nada más pisar el pavimento de piedra, los judíos olvidaban las «prisas» y buscaban lugar en los largos bancos que corrían paralelos a las paredes. Necesité tiempo para hacerme con el recinto. Me encontraba a unos cinco metros, en lo alto del flanco izquierdo de la sinagoga (tomaré siempre como referencia la fachada del edificio). Lo primero que llamó mi atención en aquel rectángulo fueron las lámparas de aceite. Colgaban del techo mediante cabos de dos y tres metros. Sumé quince, distribuidas en cinco hileras. Era una luz amarilla, parpadeante, que perfumaba el recinto con un suave olor a aceite. Al fondo, frente a las puertas de la fachada, separadas por una reja, divisé a las mujeres. Se apretaban en dos estancias. Consulté a Santiago y me explicó que la división se debía a la condición de judías o esclavas o prosélitas. Las primeras ocupaban el habitáculo de

---

(1)   Los judíos muy religiosos mantenían esta actitud a lo largo de todo el sábado. Cada vez que salían a la calle lo hacían corriendo, tratando de demostrar su celo por Yavé. En el sábado, como se sabe, estaba ordenado el más absoluto reposo. Cuando pisaban la calle era porque, supuestamente, se dirigían a la sinagoga. De ahí que corrieran o caminaran a paso ligero. En muchas ocasiones sólo se trataba de una postura falsa e hipócrita. *(N. del m.)*

la derecha. Un tabique grueso impedía el contacto entre «puras» e «impuras». La congregación llamaba a dicho tabique la *geniză*, una especie de «cementerio» de libros de la Ley, usados o deteriorados. Allí eran encerrados y tapiados. Los judíos consideraban estos rollos como seres vivos. No podían ser arrojados a la basura o aprovechados para otros menesteres.

Sabía del machismo de los judíos en general, pero ahora, al contemplar a las hebreas y prosélitas detrás de la alta reja, volvió la vieja indignación. Éste fue otro capítulo en el que el Hijo del Hombre luchó sin cuartel (1).

Ella, Ruth, también estaba allí...

Y los hombres fueron ocupando los lugares. Conté tres hileras de bancos en cada uno de los costados, todos de madera negra y lustrosa, con respaldos de un metro de altura. Los de las primeras filas lucían sendas inscripciones, grabadas a fuego en los reposabrazos de la izquierda. Eran los nombres de los «propietarios», los «principales» de Nahum, todos benefactores de la sinagoga, todos ricos y poderosos, según Santiago.

Frente a la *geniză* colgaba un paño cuadrado de unos dos metros de lado, de terciopelo rojo. Había sido suspendido del entablamiento de la techumbre, al igual que las lucernas de aceite. Ocultaba el objeto más sagrado de la sinagoga: el *aron* o arca en la que se guardaban los rollos o libros de las Escrituras, delicadamente envueltos en lino y encerrados, a su vez, en estuches de oro, plata y maderas nobles. El cofre o arca de la Ley de Nahum disponía de ruedas, de forma que podía ser desplazado por el interior de la sinagoga e, incluso, en el exterior, con ocasión de determinados ayunos y celebraciones. Tanto el velo como el arca recordaban al «Santísimo» o Santo de

(1) Los rabinos y expertos en la Ley buscaban siempre una justificación para cualquiera de sus acciones o movimientos. La separación de las mujeres en las sinagogas arrancaba de un texto del profeta Zacarías (12, 11-14) en el que, hablando de las lamentaciones de Israel, explica que las mujeres deben lamentarse aparte. El texto «sagrado» lo repite cinco veces: «Cada familia aparte y sus mujeres aparte.» Los judíos interpretaron al pie de la letra este pasaje, no consintiendo que las mujeres formaran parte del ritual o de los tribunales que se constituían en las citadas sinagogas. Esta actitud fue heredada después por los cristianos. *(N. del m.)*

los Santos del Templo de Jerusalén (1). Por delante del velo, muy cerca, colgaba también el *ner olam,* la lámpara santa, siempre encendida.

Observé atentamente pero no distinguí al Maestro. Los varones continuaban entrando, con las túnicas y los mantos empapados. Santiago no supo responder a mi

(1) Aunque los especialistas no se ponen de acuerdo, la opinión más extendida es que el origen de las sinagogas habría que buscarlo en la época de Babilonia, durante el exilio de los judíos (año 587 antes de Cristo). Alrededor de cuatro mil familias fueron arrancadas de Israel, y el Primer Templo de Salomón, en Jerusalén, totalmente arrasado y saqueado por Nebuzardán, capitán de los ejércitos de Nabucodonosor. Fue en esos años de destierro, al carecer del Templo, cuando los judíos se plantearon la necesidad de seguir reuniéndose, tanto para rezar y estudiar la Ley como para sostener el sentido de nación y contrarrestar el paganismo que los estaba invadiendo. Así, probablemente, nació el *kahal* (sinagoga es una palabra griega). Los indicios en los libros de Esdras y Nehemías son elocuentes. Algunos pretenden que fue Moisés el primero que dio forma a una sinagoga, y que estableció, incluso, la plegaria que debía recitarse (Éxodo 18, 20). Filón y Flavio Josefo también son de esta opinión. Lo cierto es que la sinagoga surgió como una clara defensa contra la amenaza babilónica, con el objetivo clave de mantener la instrucción de la Torá o Ley mosaica. El resto —culto, tribunales, reuniones políticas, etc.— era secundario, al menos en los primeros tiempos.

Las sinagogas eran también los lugares habituales donde se impartía la enseñanza en general. Eran las escuelas, tal y como las entendemos en la actualidad. Uno de los empleados o funcionarios —el *hazán*— se ocupaba de ello.

Todos los pueblos y ciudades en los que pudieran vivir un mínimo de diez hombres (varones) «piadosos e interesados en los asuntos divinos» (los llamados *batlanim*) debían contar con una sinagoga. El número de diez procedía, al parecer, de la Biblia (Números 14, 27), donde se cita a los espías que trajeron un informe negativo (diez hombres, una vez descartados Josué y Caleb). En muchas poblaciones se contrataban los servicios de diez hombres en paro para que formaran el *mnyn* o número mínimo necesario para la constitución de la asamblea religiosa. Llegué a conocer habituales del *mnyn* que asistían a diario a los oficios sinagogales. Todos los días tenía lugar una ceremonia, aunque las jornadas más importantes eran las del *shabbat* y las del lunes y jueves (días de mercado semanal y de reunión de los tribunales locales de justicia). El fanatismo de los ortodoxos llegaba al extremo de contar a los varones antes de iniciar una sesión. E invocaban a Isaías (50, 2) y a Jeremías (12, 4), amenazando con la cólera de Dios si no lograban reunir el *mnyn.* «Si el Eterno ve a menos de diez hombres reunidos, se enciende su ira, como está escrito: "¿Por qué cuando he venido no había nadie?"» Para los muy religiosos, la oración sólo tenía valor si se practicaba en la sinagoga. Si alguien dejaba de frecuentarla, Yavé pedía cuentas. Si un judío no acudía al *kahal,* los vecinos podían calificarlo de «malvado», propiciando así el rechazo social e, incluso, el exilio. *(N. del m.)*

pregunta. Jesús no los acompañaba al salir de la «casa de las flores». Debía de estar al llegar...

Y proseguí con la observación. En el centro de la nave se alzaba la *bema,* un estrado, también de madera, de casi dos metros de lado, sobre el que habían situado un sillón y una pequeña mesa (más exactamente, una «torre» o *migdal*).

Nuestro informante explicó que se trataba de la tribuna en la que se leían los libros de la Ley y de los Profetas, y desde la que se pronunciaban los «avisos», una exhortación o sermón que cerraba generalmente la ceremonia. Varias de las lucernas coincidían exactamente sobre la mesita de lectura. Entre el velo y la *bema* se alzaba un destacado candelabro de siete brazos, la *menorá,* con otras tantas y generosas lámparas de aceite. La luz alcanzaba las paredes con docilidad, y mostraba un espectáculo poco común entre los estrictos judíos. El artista —probablemente pagano— había dibujado sobre el estuco un Hércules peleando con un grifo, otro ser mitológico, mitad águila, mitad león. La pintura, en la que aparecían también un centauro y una especie de unicornio (?), se extendía a lo largo de todo el muro de la derecha, interrumpida únicamente por pequeñas ventanas en forma de estrella de David. Era la primera vez que veía representaciones «humanas» en un lugar eminentemente judío. La Ley, como es sabido, lo prohibía terminantemente. Y entendí un poco mejor el desprecio de los habitantes de la Judea por aquel «círculo de gentiles», como llamaban a la Galilea.

En el muro de la fachada, en el centro, descubrí los ya referidos tres agujeros, de unos dieciocho centímetros de diámetro cada uno, alineados verticalmente. Santiago resolvió la duda. Se trataba de la referencia obligada a la hora de rezar. La pared estaba orientada al sur, hacia Jerusalén, y los orificios eran el punto focal que, supuestamente, señalaban a Dios. Quedé perplejo. A la hora de rezar, en efecto, la comunidad alzaba los ojos, buscando los tres círculos. ¿De dónde procedía esta costumbre? Santiago no lo sabía. Era muy antigua. Y apuntó a un príncipe, Melquisedec, del tiempo de Abraham...

¿Melquisedec?

El Génesis lo menciona, y también el Salmo 110. Dicen que fue un sacerdote. Nadie sabe de dónde procedía ni cómo vivió. Aseguran que fue rey de Salem, una antigua población del valle del Jordán. Otros lo hacían rey de Jerusalén y fundador (?) de una singular orden: los «melquisedec». Y me propuse indagar en la cuestión. Si era cierto lo indicado por Santiago, ¿por qué el tal Melquisedec identificó a Dios con «tres círculos»?

Otra vez los «círculos»...

Lo que no imaginaba en esos momentos es que, en breve, recibiría una interesante «pista» al respecto.

Con el ocaso —«cuando resulta imposible distinguir un hilo blanco de uno negro»— dio comienzo la ceremonia que —según Santiago— llamaban «*Kabalat shabbat*», la «bienvenida al sábado»; una ceremonia triplemente solemne en aquel 19 de octubre. Fue una suerte. La especial formalidad y el esplendor se debían, en primer lugar, a una coincidencia. En esa jornada concluía la lectura de la Torá o «*Shemini atzeret*» (Octavo día de la asamblea). El Pentateuco, los cinco libros supuestamente escritos por Moisés (Génesis, Éxodo, Levítico, Números y Deuteronomio), era leído poco a poco, generalmente en un ciclo de tres años, dividido en 154 secciones. En otros parajes, la lectura de la Torá era más larga, y alcanzaba los tres años y medio. En segundo lugar, durante la festividad de la *Shemini*, el pueblo tenía la costumbre de formular la oración por las lluvias. Octubre era un mes clave. Si el 3 de *marješván* (aproximadamente, el 20 de octubre) no llegaban las primeras lluvias, el Sanedrín, en Jerusalén, ordenaba tres días de ayuno nacional. Si en la luna nueva de *kisléu* (noviembre) continuaba la sequía, la comunidad judía se sometía a otros tres días de ayuno. Si el agua seguía retrasándose, a finales de noviembre se decretaba una semana de ayuno. La tormenta, justamente en la fiesta de la *Shemini*, era una «señal de los cielos». Ni siquiera habían tenido tiempo de entonar la plegaria por las lluvias y el agua ya descendía sobre la tierra. «Ahora —añadió Santiago— lo importante es que el Santo, bendito sea su nombre, distribuya el agua con equilibrio.» El comentario era lógico en aquel tiempo y entre aquellas gentes. Yavé era el único responsable de las lluvias. Así lo dice en el Deuteronomio: «Yo daré a tu país la lluvia a su tiempo: la lluvia de la primera estación (octubre) y la lluvia de la última (marzo-mayo)...» Suponer que Dios nada tenía que ver con las precipitaciones era inimaginable. El tercer motivo de solemnidad, como digo, era la «acogida del *shabbat*», el día sagrado.

Cuando los bancos se hallaban ocupados —calculé unos doscientos hombres—, alguien se aproximó a un individuo sentado en uno de los puestos de los «notables», en la primera hilera de la derecha. Todos los «notables» eran ancianos o relativamente viejos. Se sentaban en los asientos preferentes. Detrás aparecían los más jóvenes.

Repasé de nuevo las caras y los perfiles, medio ocultos por los mantos. No lograba descubrir al Maestro.

Quizá había cambiado de opinión. Quizá no deseaba participar de la ceremonia religiosa...

Otra seca descarga de la tormenta sonó como una advertencia. Y el instinto, como siempre, llamó a mi corazón. Algo estaba a punto de suceder.

—Es la hora...

Santiago señaló al «notable» y añadió:

—Su nombre es Yehudá ben Jolí. Él preside. Ahora recibirá al *shabbat*...

El tal Yehudá (hijo de Jolí) era un individuo extremadamente grueso, alto, con los ojos maquillados en un cinabrio bermellón y escandaloso, y el cabello corto y teñido de un rubio «romano», como dictaba la última moda importada de Roma.

Respondió afirmativamente a lo que le fue susurrado por el recién llegado y trató de ponerse en pie. La obesidad, sin embargo, no se lo permitió. Y varios de los que lo rodeaban se apresuraron a auxiliarlo. Imagino que superaba los 130 kilos de peso. Vestía una larga túnica blanca, hasta los tobillos, y las filacterias negras en la frente y en el brazo izquierdo.

Resopló como una ballena y, finalmente, lo logró, encaminándose a la puerta central de la fachada. Detrás, el resto de los «notables»...

Ben Jolí era el presidente de la sinagoga. Es decir, el funcionario más importante. Recibía el nombre de «archisinagogo» *(Roŝ-ha-keneset)*. Era el dueño y señor del inmueble y de muchas de las vidas de los allí presentes. Era prestamista, administrador de los bienes de la sinagoga, responsable del culto y activo miembro del partido del pueblo, los fariseos. A todo esto sumaba la condición de sacerdote, descendiente de los hijos de Aarón. Era uno de los hombres más temidos y odiados de Nahum. Yo no lo sabía en esos instantes, pero aquel sujeto jugaría un papel destacado en la vida pública del Hijo del Hombre. Un triste papel...

Rondaba los cincuenta años.

Y con pasos vacilantes, oscilando a derecha e izquierda, fue aproximándose a la puerta.

Lo que sucedió a continuación nos dejó perplejos a todos. Según nuestro informante, la tradición establecía que el sábado debía ser recibido con el *Lejá dodí*, un himno típico y alegre, con el que la comunidad «abrazaba el *shabbat* como si de una novia se tratara». La costumbre, antiquísima, fue iniciada en la ciudad de Safed, en la alta Galilea. Salían de la población, recibían el sábado y lo conducían a sus casas con todos los honores. Pues bien, al llegar al umbral, el sofocado Jolí alzó los brazos y se arrancó con el cántico. Todos, a sus espaldas, corearon los primeros versos:

—¡Ven con paz, corona de tu esposo!... ¡Con alegría y regocijo!

Y el sacerdote se inclinó cuanto pudo, reverenciando la simbólica entrada del *shabbat* en la sinagoga. Pero, al desplazar la mole de grasa hacia adelante, el manto resbaló de los hombros y la cabeza y se precipitó sobre el pavimento de losas. Los «notables» corrieron hacia el «chal», pero una mano se adelantó. Tomó la prenda y se la ofreció al archisinagogo, al tiempo que entonaba parte del *Lejá dodí:*

—¡Sacude el polvo, yérguete!... ¡Coloca tus mejores vestidos, oh, mi pueblo!...

¡Era el Maestro!

Llevaba la cabeza cubierta con un *talith* claro del que colgaban cinco o seis borlas azules.

—¡Por medio del vástago de Ishai de Belén... —prosiguió— se acerca tu redención!

Y la comunidad, entusiasmada, repitió las proféticas palabras de Jesús, vástago o hijo de Belén.

Jolí tomó el manto y concluyó el himno. Después dio media vuelta y regresó a su banco.

No podía dar crédito a la escena. ¿Casualidad? Lo dudo...

Jesús se mantuvo junto a la puerta principal, medio oculto entre otros fieles.

Jolí prosiguió con la ceremonia. Hizo un gesto y se alzó otro de los «notables».

—Es Nitay —aclaró Santiago—, hermano de Yehudá, responsable de las bendiciones.

Nitay ben Jolí era igualmente sacerdote, aunque totalmente opuesto al «saco de sebo», como llamaban despreciativamente a Yehudá (sobre todo sus víctimas). Era flaco como una pértiga, dócil y de buenos sentimientos. Era también funcionario, responsable de las limosnas (1) o *gby-sdqh* y director de las «secciones menores» del culto. Estaba dedicado por entero a la sinagoga y al auxilio de los pobres y extranjeros necesitados. También desempeñaría un cierto protagonismo en el período de predicación del Hijo del Hombre.

Nitay ascendió los breves escalones que llevaban a lo alto de la *bema* o tarima ubicada en el centro de la nave y, tras inclinar la cabeza levemente, saludando a los «notables», dirigió la mirada hacia los «círculos» de la fachada, iniciando el servicio religioso propiamente dicho. Y lo hizo con dos bendiciones, a las que siguió el *Šema* («Oye,

---

(1) El limosnero, según la tradición, tenía que ser israelita de ascendencia pura, sin mezcla de otras razas. Era el responsable de las diferentes recaudaciones, tanto en dinero como en especie, todas depositadas en la sinagoga y controladas por el archisinagogo. Existía un cestillo o *cupa* para las limosnas semanales, que, en teoría, era destinado a los pobres del lugar, y la bandeja o *tmhwy*, en la que los fieles entregaban toda clase de productos, especialmente comida. La bandeja estaba destinada, sobre todo, a los extranjeros sin recursos económicos. Quien tuviera dinero para dos comidas al día no podía echar mano de la bandeja. *(N. del m.)*

Israel»), el credo judío por excelencia, basado en la Biblia (Deuteronomio 6, 4-9 y 11, 13-21 y Números 15, 37-41), en el que se proclama la autoridad de Yavé. Esta confesión de fe debía pronunciarse dos veces al día, en la mañana y en la tarde, allí donde estuviera el varón judío. Mujeres, niños y esclavos se hallaban libres. Por supuesto, no todo el mundo cumplía con el citado precepto.

—¡Escucha, Israel!... ¡El Santo, nuestro Dios, es el único Santo!

Nitay recitó el *Šema* con voz engolada y una artificial entonación nasal.

Y los fieles repitieron algunos de los conceptos, al tiempo que empezaban a balancearse hacia adelante y hacia atrás, cada vez con más intensidad.

—¡Amarás al Santo con todo tu corazón, con toda tu alma y con toda tu fuerza!

Las miradas estaban fijas en los «círculos». Y la mayoría, atenta a la recitación del sacerdote, procedió a amarrar en el brazo izquierdo y en la frente las filacterias de cuero negro. Estas cajitas, en las que guardaban frases del Pentateuco, eran más grandes y brillantes en los «notables». De esta forma ponían de manifiesto que «eran más justos y mejores observantes de la Ley».

—¡Queden en tu corazón estas palabras que yo te dicto hoy!... ¡Las atarás a tu mano como una señal y serán como una insignia entre tus ojos!

—¡Y serán como una insignia entre tus ojos! —repitió la congregación, cada vez más excitada.

En el exterior, la lluvia continuaba golpeando el tejado.

Busqué al Maestro. Permanecía inmóvil, junto a la puerta principal. Su cuerpo no oscilaba. Tampoco repetía el *Šema*. Sus labios se hallaban cerrados y tenía el rostro grave. En ningún momento dirigió la mirada hacia el sur.

Temí que sus paisanos pudieran llamarle la atención. Jesús estaba en la sinagoga, pero no estaba...

—¡Amén! —fue la respuesta colectiva a las últimas palabras de Nitay.

Concluido el «Escucha, Israel», el limosnero descendió de la plataforma de madera y caminó despacio hacia la cortina de terciopelo rojo. Era la segunda parte del oficio: la recitación de las *Šemoneh esreh,* las diecinueve plegarias, la oración por excelencia del pueblo judío. Así la llamaban, la «plegaria», la *htplh.* Todos estaban obligados a recitarla tres veces al día (por la mañana, a primera hora de la tarde y al ocaso) (1).

Nitay se situó frente al velo y, con voz igualmente engolondrinada, «dirigió la plegaria», haciendo lo que los judíos llamaban *br lpny htybh.* Cualquiera podía hacerse cargo de esta recitación, excepción hecha de las mujeres y los menores de edad (el judío alcanzaba la mayoría legal a los doce años y medio). No era necesario que fuera sacerdote o funcionario de la sinagoga.

—¡Bendito eres, Señor Dios nuestro y Dios de nuestros padres...! ¡Dios grande, poderoso y terrible!...

Y la reunión coreó las últimas palabras.

—¡Grande!... ¡Poderoso!... ¡Terrible!

Algunos de los «notables», balanceándose sin cesar, levantaron los brazos y empezaron a golpearse en el pecho y en la frente. La congregación los imitó, elevando la temperatura y el frenesí de los más fanáticos.

Me alarmé. El Maestro no se inmutó. Parecía una estatua. Afortunadamente, la comunidad miraba al norte, hacia el lugar en el que seguía recitando Nitay. Poco faltó para que interrogara a Santiago sobre la conducta de su Hermano. ¿Por qué no se expresaba como los demás? La duda, ahora lo sé, fue una estupidez...

—¡Señor, tú eres todopoderoso por siempre!... ¡Tú haces vivir a los muertos!

—¡A los muertos! —repitió la asamblea, fuera de sí—. ¡Tú haces vivir a los muertos!

Varios de los «notables», embriagados en la atmósfera de fervor, empezaron a golpear los brazos de los bancos...

_____

(1) Las *Šemoneh* constan de diecinueve *berakot* o bendiciones. En las primeras alaban la omnipotencia y la gracia de Yavé. En las centrales aparecen las súplicas y las peticiones de conocimiento, arrepentimiento, perdón, liberación del mal, salud y buenas cosechas. Finalmente se solicita la restauración de la soberanía nacional judía, la reunión de los dispersos, la destrucción de los impíos (en aquel tiempo de Roma), el premio de los justos y el envío del Mesías libertador. Años después, hacia el 70-100 d. J.C., quedaron reducidas a dieciocho. *(N. del m.)*

El Galileo no pestañeó.

Y mis ojos, sin querer (?), volaron hacia la reja que separaba a las mujeres. Ruth alzó la vista y nos miramos.

—¡Tú otorgas conocimiento a los hombres y les enseñas a entender!

Ella, creo, comprendió. ¿Qué otra cosa podía deducir de aquella mirada?

—¡Perdónanos, Padre, porque hemos pecado!... ¡Proclama nuestra liberación con la gran trompeta y alza una bandera para reunir a todos nuestros dispersos...!

Los hombres aullaron de placer, difuminando las palabras de Nitay.

—¡Que no haya esperanza para los delatores y que perezcan pronto todos los que hacen la maldad!

Los «notables» se alzaron de los asientos y, con furia, se abofetearon a sí mismos, clamando e invocando el nombre del Santo. La voz de Nitay casi se extinguió.

—¡Que no seamos avergonzados!

Jesús bajó la cabeza y permaneció con los ojos fijos en el pavimento.

¿Qué locura era aquélla?

—¡Haz que brote pronto el renuevo de David y levanta su cuerno por tu salvación!

El final de la «plegaria» fue ininteligible. Los gritos, los golpes en los bancos y las peticiones de «Mesías ya» eclipsaron las últimas bendiciones. También Santiago, con los brazos en alto, se unió a la congregación, reclamando al libertador.

Era claro como la luz. El Maestro estaba allí, pero no estaba...

Nitay inclinó la cabeza tres veces y retornó a su lugar, en el primer banco de la derecha. Y los ánimos se calmaron súbitamente. Era asombroso. Aquella gente pasaba de la más absoluta frialdad al paroxismo en un abrir y cerrar de ojos. Bastaba con que alguien supiera dirigirlos. Y en mi memoria se abrieron paso algunas escenas de la pasión y muerte del Hijo del Hombre... (1).

(1) Amplia información en *Jerusalén. Caballo de Troya 1.* (*N. del a.*)

Sí, claro como la luz. Allí también comulgaban con el concepto de un Mesías o libertador que los arrancara del yugo de los invasores y que situara a Israel en lo más alto, dominando y dominante.

Bajé los ojos. Claro como la luz...

Jolí aprovechó el respiro y, como «maestro de ceremonias», dio las órdenes oportunas para continuar el servicio religioso. Así entramos en la tercera parte, la lectura de la Ley.

Un anciano de pequeña estatura, con túnica y manto blancos, se aproximó al velo y lo recogió hacia la izquierda. La congregación, entonces, se puso en pie.

Santiago siguió informando. Detrás de la cortina apareció el arca, provista de ruedas. Era una especie de armario de casi dos metros de altura, todo en madera de olivo y bellamente labrado. En el *tybh,* como lo llamaban, se guardaban (celosamente) los rollos de la Ley y de los Profetas. Cada libro cuidadosamente envuelto en un doble paño de lino fino *(mtphwt)* y encerrado en un *tyq* o estuche de metal precioso. Aquel hombre se llamaba Tarfón. Era funcionario de la sinagoga. Más exactamente, ministro o *hazzan ha-keneset.* Hacía de todo. Preparaba y trasladaba los libros desde el arca hasta la mesa de la *bema,* asistía a los lectores, corrigiéndolos si se equivocaban, devolvía los rollos sagrados al *tybh,* tocaba la trompeta anunciando el *shabbat* y otras celebraciones, atendía la escuela, hacía de verdugo, ayudaba en las colectas, procuraba la limpieza y el mantenimiento del edificio y, sobre todo, espiaba para el archisinagogo. Todo el mundo lo sabía. «Tarfón era un indeseable al servicio de Jolí.» Nunca supimos su edad. Rondaría los sesenta años. Caminaba encorvado, con la vista en tierra, «por si encontraba un as». Nunca miraba a los ojos cuando hablaba. Sufría un permanente tic en los dos ojos. Lo apodaban «Repas» (literalmente, «pisotear») porque era capaz de pisar a su madre, «si la hubiera tenido», por dinero. Éste fue otro de los enconados enemigos de Jesús en Nahum...

Tarfón abrió el armario y extrajo uno de los estuches de madera y nácar. En el interior se hallaba el rollo que debía ser leído en esa jornada. En aquel tiempo, la Torá (1) se copiaba en tiras de pergaminos previamente curados y tratados, posteriormente cosidas entre sí y sujetas a dos varas o «árboles de la vida».

Retiró la funda de lino que lo protegía y desenrolló el «libro», mostrando parte del texto. La congregación, al ver las columnas en tinta negra, con la letra cuadrada y medida del hebreo sagrado, prorrumpió en un suspiro generalizado. Era la Ley, la palabra de Dios.

El *hazán* levantó entonces el rollo por encima de su cabeza e inició un lento paseo por la sinagoga. Todos pudimos contemplar la esmerada escritura. De eso se trataba. Y los fieles, emocionados, saludaron el paso de la Ley con gritos ensordecedores que repetían: «¡Torá!... ¡Torá!... ¡Torá!» Y reanudaron el rítmico balanceo de los cuerpos.

Jesús, silencioso, siguió con la vista el desplazamiento del «libro». ¿Qué pensaba de todo aquello? Tenía que interrogarlo...

La lluvia cesó.

Tarfón depositó el rollo sobre la mesa de la *bema* y procedió a buscar el párrafo correspondiente. Para ello desenrolló la vara de la derecha y fue enrollando el arrollador o «árbol de la vida» de la izquierda. Una vez localizado, permaneció en pie, al lado de la mesa o *migdal,* pendiente del «tesoro». E hizo una señal al presidente.

Jolí asintió con la cabeza y alzó los brazos, solicitando silencio. Con la última exclamación —vitoreando a la Torá— vi levantarse a otro de los «notables». Caminó rápido y subió los escalones de la plataforma por el costado derecho. El *hazán* señaló un punto en la vitela y el hombre, tras cerciorarse del texto marcado por el dedo índice izquierdo del anciano, comenzó a leer. Concluido el primer versículo se detuvo e hizo *targum;* es decir, tradujo el hebreo a la lengua del pueblo, el arameo (2). Y prosiguió

(1) La palabra hebrea «*torá*», como ya referí, significa «enseñanza, guía o instrucción». En aquel tiempo abarcaba tres grandes capítulos: el Pentateuco, la ley oral o *misná* y el resto de la literatura religiosa judía. *(N. del m.)*

(2) El *meturgeman* o traductor era otro personaje importante en el mundo de las sinagogas. Era imposible llevar a cabo la lectura de la Ley o

con el segundo versículo y la obligada traducción. Concluida la tercera lectura, y el correspondiente *targum,* el «notable» bajó los peldaños por el lado opuesto por el que había subido y rodeó la tarima, volviendo a ascender a la *bema.* Continuó la lectura y la traducción de la Ley, y al finalizar el sexto versículo repitió la extraña ceremonia de bajar y volver a subir. Santiago se excusó por lo que consideró «una falta de respeto hacia el Eterno»: la lectura de la Torá debía ser efectuada por diferentes miembros de la comunidad. Según algunos doctores y rabinos, el mínimo de lectores era de tres. Otros permitían hasta siete. Lamentablemente, muy pocos leían hebreo en Nahum. Ésa era la razón por la que el «notable» bajaba y subía a la tarima cada tres versículos, «simulando» que la lectura era hecha por individuos diferentes (!). Así era aquel pueblo…

El simulacro se repitió siete veces.

Y el servicio religioso entró en su última fase: la lectura de un texto de los Profetas o «recitación de despedida», también conocida como *haftará.*

---

de los Profetas si no se hallaba presente. El hebreo sagrado dejó de utilizarse entre el pueblo, y fue sustituido por el arameo. Sólo era obligatorio en las recitaciones escolares y en las referidas lecturas de la Ley. A las escuelas sólo acudía una minoría. De ahí que no fuera comprendido por la generalidad del pueblo judío. Es posible que la costumbre de hacer *targum* naciera con la vuelta de Babilonia. Así lo deducen los expertos al leer el capítulo 8 de Nehemías. Cuando Esdras leyó la Ley, y el pueblo respondió con el «amén», los levitas leyeron en el libro de la Ley de Dios «con claridad y precisando el sentido, de suerte que entendieran la lectura». Todo estaba previsto por los escribas y doctores: la Ley sólo podía ser traducida versículo a versículo (los Profetas de tres en tres versículos) y nunca leída (sólo memorizada). Si el lector cometía un error, el *hazán* lo rectificaba. Y lo mismo sucedía con el traductor. Si el pasaje en cuestión provocaba extrañeza, escándalo o la risa de la congregación, el ministro detenía la lectura o el *targum.* Según las prescripciones rabínicas, la Ley o Torá sólo podía ser leída, nunca recitada de memoria (al contrario de las traducciones). Esto obedecía al siguiente principio: la Biblia es inmutable y sagrada, es la palabra de Dios. Nadie debe modificarla, ni siquiera de forma involuntaria. Ninguna traducción, ni la más fiel y esmerada, es comparable con la categoría de la palabra de Dios. Toda traducción —decían— lleva consigo el carácter de provisionalidad. El *targum* no es definitivo. La Torá, sí. Por eso se traducía de memoria y sin mirar el libro. Por eso las traducciones escritas eran repudiadas por los más religiosos y puristas. Ninguna traducción era capaz de aproximarse a las «setenta caras de la Biblia» y, mucho menos, a la sutileza y a la sabiduría de sus textos. Así argumentaban los rabinos, con cierta razón. *(N. del m.)*

El *hazán* retiró el rollo de la Ley y regresó a la mesa con otro «libro». Lo extendió con idéntica pulcritud sobre la pequeña mesa y advirtió a Jolí. Todo estaba dispuesto.

La congregación, en silencio, aguardó a que el obeso presidente se incorporase. Empeño inútil. Jolí lo intentó un par de veces. Fue necesario que los «notables» tiraran de él. Después, bamboleándose y respirando con dificultad, subió los escalones de la *bema* y se situó frente a la mesa. El que había hecho de lector y traductor se posicionó a su izquierda. Y el archisinagogo dio comienzo a la lectura, en hebreo, de los tres versículos seleccionados.

—Les dirás: Así dice el Eterno: «He aquí que llenaré a todos los habitantes de esta tierra, aun a los reyes que se sientan sobre el trono de David, y a los sacerdotes, y a los profetas, y a todos los moradores de Jerusalén, con embriaguez.»

El «notable» tradujo al arameo con la vista fija en los círculos de la fachada. Su memoria era excelente.

—Y arrojaré a unos contra los otros —prosiguió Jolí—, aun a los padres contra sus hijos, dice el Eterno… No tendré piedad ni compasión para destruirlos.

Los fieles, mudos, se encogieron ante las palabras del profeta Jeremías.

El Maestro había levantado la mirada hacia una de las lámparas de aceite que colgaban del techo. Parecía definitivamente ausente…

Y Jolí concluyó el tercer versículo de aquel capítulo 13 deletreando una de las frases:

—Escuchad y prestad oídos… no se-á-is al-ta-ne-ros…, porque el Eterno ha hablado.

Terminada la traducción, a la que el «notable» inyectó el mismo énfasis y tono amenazador utilizado por el presidente de la sinagoga, Jolí se dejó caer pesadamente sobre la silla. Y la congregación se dispuso para la «lección final», un discurso, generalmente breve, en el que el predicador o *darshan* exponía sus ideas respecto al pasaje que acababa de leer (1).

_____

(1) A lo largo del período de predicación de Jesús de Nazaret —casi cuatro años—, tanto Eliseo como quien esto escribe tuvimos la oportunidad

Un sospechoso murmullo se despegó de la asamblea. Santiago aclaró el porqué.

—¿Altaneros? ¿Sólo nosotros somos soberbios y altivos?

Sonrió con sorna.

—¿Y qué podemos decir de él?... ¡Hipócrita!

Fue un adelanto sobre la personalidad de aquel sujeto. Con el tiempo seríamos testigos de algo mucho peor...

—Ni siquiera respeta sus propias normas —añadió en alusión al maquillaje—. Sólo las «burritas» se pintan para salir a la calle...

Los sacerdotes, en efecto, no podían participar en el culto con el rostro, las manos o los cabellos pintados. Algunos rabinos discutían si esa prohibición afectaba únicamente al Templo de Jerusalén o a la totalidad de los lugares de reunión, como era el caso de las sinagogas. Las «burritas» o prostitutas tenían la obligación de salir a la calle con una peluca amarilla que las distinguiera de las mujeres «no pecadoras». En raras ocasiones se cumplía con este precepto.

Jolí hizo *maftir*. Sus palabras fueron claras y directas. Todos los presentes comprendieron, a excepción de estos exploradores.

Amparándose en las frases de Jeremías acusó a determinados miembros de la comunidad (siempre sin mencionarlos) de «ruines, miserables y vagos». Para ser exacto, utilizó el término «frotaesquinas». Y los amenazó con la destrucción anunciada por el profeta...

Santiago despejó nuestras dudas.

El sacerdote y archisinagogo atacaba a los que no acudían regularmente a la entrada del *shabbat*. Eso, obviamente, repercutía en la colecta...

de asistir a diferentes ceremonias religiosas en las sinagogas judías. La «lección final» contemplaba dos posibilidades: «hacer *maftir*» o «hacer *amora*». La primera versión consistía en un discurso directo, al alcance del pueblo. En la segunda, el maestro o rabí susurraba su lección al oído de un *amora* y éste, a su vez, como un traductor, con palabras sencillas, trasladaba a la congregación los complejos y laberínticos postulados del predicador. Era la única forma de que el pueblo entendiera los planteamientos doctrinales de los sabios. Jesús siempre utilizó la primera técnica: «hacer *maftir*» o enseñar con palabras «luminosas». *(N. del m.)*

En suma, otro problema de interés.

Y durante un rato prosiguió con las diatribas, a cuál más injuriosa, recordando a la congregación —«y a los ausentes»— «que si un hombre deja de ir una sola vez a la sinagoga, el Santo, bendito sea su nombre, le pedirá cuentas».

La comunidad, molesta, empezó a removerse en los bancos.

—¡Y el Santo, bendito sea, romperá sus dientes y no tendrá piedad! ¡Y arrojará a los unos contra los otros!

Jolí manipulaba el texto de la Ley a su antojo. El pasaje de Jeremías no hacía alusión, ni mucho menos, a lo apuntado por el del pelo teñido. Lo anunciado por el profeta se refería al destierro de los judíos a Babilonia y al desastre del reinado de Joaquim, asesinado, probablemente, hacia el 598 antes de Cristo.

—Pero, si no sois altaneros —añadió vociferante—, si os veo todas las semanas en este santo lugar, entonces, Él, bendito sea su nombre, os recompensará con una larga vida...

—Y a él —murmuró Santiago sin piedad— le llenará la bolsa...

Al buscar a Jesús me sobresalté. Lo había perdido de vista. No aparecía junto a la puerta principal. Recorrí las proximidades con la mirada, pero fue igualmente inútil. El Maestro no estaba en la sinagoga...

¿Qué ocurría?

No pregunté. No quise inquietar a su hermano. El instinto me decía que el Galileo no se hallaba cómodo...

El presidente y archisinagogo concluyó la poco caritativa «homilía» e intentó incorporarse para dar la bendición final. El *hazán* se apresuró a recoger el rollo y se alejó hacia el arca.

Luchó una y otra vez por despegarse del sillón curvado. Imposible. La aparatosa humanidad de Yehudá ben Jolí se había empotrado en el asiento. Estaba atascado. Resopló impotente, y el traductor y varios de los «notables» corrieron en su auxilio por enésima vez.

La congregación, atónita, no sabía qué ocurría. Y regresaron los murmullos.

Intentaron liberar las posaderas. Unos tiraron de la silla y otros de los 130 kilos.

Los murmullos crecieron y surgieron las primeras risitas...

Jolí consiguió ponerse en pie, pero la silla siguió pegada al enorme trasero.

Los fieles, al descubrir la comprometida y ridícula situación, se tapaban la boca con las manos, tratando de frenar las carcajadas. Y el individuo, rojo de ira, se apresuró a mascullar lo establecido por Números (6, 22), recitando las bendiciones a toda velocidad, sin respirar y sin pausas:

—El Santo te bendiga y te guarde ilumine el Santo su rostro sobre ti y te sea propicio el Santo te muestre su rostro y te conceda la paz.

Sólo algunos replicaron con el acostumbrado «amén». La risa fue general y, en cierto modo, tan despiadada como el sermón.

—Ojo por ojo —sentenció Santiago, al tiempo que nos invitaba a abandonar la galería.

Así finalizó el servicio religioso de aquel sábado recién estrenado. Como digo, no sería la última vez que asistía a una ceremonia semejante...

El Destino nos reservaba varias sorpresas, justamente en aquel lugar y con aquellos personajes. Pero demos tiempo al tiempo.

La noche, limpia y estrellada, con la luna nueva en su último tramo, nos recibió cálida y prometedora. Busqué a Jesús entre los fieles que permanecían a las puertas de la sinagoga, conversando y comentando el último «incidente». No pude hallarlo. Y deduje que se había marchado hacia la «casa de las flores».

En el umbral de la puerta principal, Nitay, el limosnero, agitaba la *cupa* o cestillo al paso de los que se retiraban, animándolos a depositar su dinero. A cada cual lo llamaba por su nombre y, a voz en grito, proclamaba el importe de la donación. La gente hablaba y reía, pero, en realidad, estaba más atenta a los anuncios del sacerdote que a las conversaciones y a los chismorreos. Todos, al regresar a sus casas, sabían lo que había ofrecido cada cual, y eso era motivo de murmuración durante el resto de la semana. Murmuración, entregara lo que entregara.

A su lado, frente a un gran cesto, encorvado y silencioso, se hallaba Tarfón, el *hazán* o «sacristán». Era el responsable del *tmhwy* o «bandeja» para los extranjeros. Los que no podían o no deseaban participar con monedas lo hacían en especie, entregando grano, fruta, pescado, comida ya cocinada, panes (algunos rellenos), animales vivos (nunca muertos), ropa, calzado, etc. Todos conocían muy bien el «destino» de la colecta: los respectivos bolsillos del archisinagogo y demás funcionarios. La gente, sin embargo, no tenía alternativa.

Santiago, tras despedirse de algunos de los vecinos, se encaminó hacia el *cardo*, recordándonos la invitación a la cena. Varios niños, con teas encendidas, nos salieron al paso, ofreciéndose a alumbrarnos por un par de leptas. No era preciso. Los tres conocíamos el camino. Insistieron. Para los «iluminadores», el final del oficio religioso era una oportunidad de ganar algunas monedas, aunque sólo fuera calderilla. Ellos caminaban por delante, acercando la lámpara o la antorcha a las proximidades de los pies de la persona que solicitaba sus servicios. Por determinadas calles y barrios eran realmente útiles...

Fue entonces cuando Eliseo me advirtió. Uno de los «niños» que nos rodeaban, disputándose los posibles «clientes», era un viejo «amigo»...

Creo que nos reconoció. Mejor dicho, estoy seguro.

Se quedó atrás, desconcertado y con la tea entre las manos.

Apretamos el paso, despidiendo a la chiquillería. No me atreví a volver la cabeza. No deseaba nuevos problemas y menos como los vividos con el *kuteo*, el samaritano que le robó la bolsa de hule a mi compañero.

No había duda: era él. La baja estatura lo camuflaba entre los muchachos, pero la larga barba teñida de rojo sangre era inconfundible. Por supuesto, no vimos parche alguno en el ojo...

Aquel fugaz tropiezo con el «cambista» y falso tuerto no me gustó. El sujeto no era de fiar. Tendríamos que estar muy atentos...

No me equivoqué.

Como ya he referido en otras oportunidades, la oscuridad de las casas judías fue siempre un problema para quien esto escribe. Eliseo, en cambio, sabía moverse con habilidad. Yo tuve continuas dificultades. Los judíos iluminaban sus hogares con lucernas y las mantenían encendidas, incluso, durante la noche. Pero no era suficiente...

Santiago cruzó el patio de la «casa de las flores» y se detuvo al fondo de la vivienda. Retiró la cortina de red y entró en la estancia que hacía las veces de cocina y comedor en la época de lluvias. Nosotros, frente a la puerta, no supimos qué hacer.

Al poco, comprendiendo, el hermano apareció de nuevo en el patio a cielo abierto y nos reprendió cariñosamente.

—¡Adelante!... Ésta es vuestra casa...

Yo entré en primer lugar pero, sinceramente, casi no vi nada. La estancia, escasamente alumbrada por un par de lámparas, alojadas en otras tantas hornacinas practicadas en los muros, fue como boca de lobo para este torpe explorador. Y en el afán de dejar paso a mi compañero me hice a un lado. Eso fue lo peor que pude hacer...

Tropecé con un bulto y, sin poder remediarlo, perdí el equilibrio y caí sobre el enlosado.

Lo siguiente que recuerdo es el llanto del bebé y las palabras de consuelo de la hija mayor de Santiago y Esta. Palabras de consuelo para Amós, naturalmente...

Santiago se apresuró a auxiliarme. Acudió con una de las lucernas e iluminó la escena y a este inútil larguirucho. Eliseo me interrogó. Todo estaba bien, salvo mi ánimo, nuevamente por los suelos.

En mi torpeza, como digo, no distinguí a Raquel, la niña del citado matrimonio, que sostenía entre los brazos al benjamín de la familia. Di gracias al cielo. Después de todo, el tropezón fue con la pequeña. No sé qué hubiera sucedido de haber pisado al bebé...

Esta, la madre, también acudió. Tomó al niño y salió de la habitación. Detrás, cogida a la túnica, la siguió la providencial niña.

Me alcé y, lentamente, fui acostumbrándome a la penumbra.

Ella no estaba en el lugar. Me sentí mejor...

Y al pasear la mirada por la habitación descubrí al Maestro. Se hallaba de pie, en lo alto del nivel superior, contemplándome. La estancia era muy similar a la que había visitado en la casa de José y María, en Nazaret: dos niveles (el más elevado, a cosa de un metro del suelo, era utilizado habitualmente para cocinar y dormir). En el inferior, cubierto por esteras, se reunía la familia a la hora de comer, conversar o recibir a los amigos e invitados.

Jesús levantó la mano izquierda e indicó que me acercara. Subí los escalones de piedra y llegué hasta Él. Sostenía un pequeño soplador circular de esparto con el que solían avivar el fuego. Me lo entregó y, por todo comentario, sonriendo pícaramente, exclamó:

—Ven, aprende a mantener vivo el *ur*...

Un extraño calor me recorrió el estómago. La palabra *ur* admitía varios significados. Era «fogón» o «fuego», y también «luz» o «resplandor exterior o interior». Podía entenderse como «enamoramiento». Y así lo recibí.

Él lo sabía...

Y ambos, turnándonos, agitamos el soplador, avivando el *ur* del hogar sobre el que las mujeres debían preparar la cena del sábado, y el *ur* de mi corazón.

No hubo más palabras. No eran necesarias. Él, como digo, lo sabía y, lo que era más importante, conocía el final...

Aquel gesto —avivar el fuego del hogar— era otra señal de la «liberalidad» de la familia que nos acogía. Para los muy religiosos, una vez iniciado el *shabbat*, el trabajo estaba rigurosamente prohibido. Así lo exigía Yavé en el Éxodo (1). Cualquier violación era castigada, incluso con

---

(1) El libro del Éxodo (31, 12-17) dice textualmente: «Habló Yavé a Moisés diciendo: "Habla tú a los israelitas y diles: 'No dejéis de guardar mis sábados; porque el sábado es una señal entre yo y vosotros, de generación en generación, para que sepáis que yo, Yavé, soy el que os santifico. Guardad el sábado, porque es sagrado para vosotros. El que lo profane morirá. Todo el que haga algún trabajo en él será exterminado de en medio de su pueblo. Seis días se trabajará; pero el día séptimo será día de descanso completo,

la muerte. Sumé decenas de prohibiciones, algunas absurdas y ridículas, a las que espero dedicar atención más adelante. Una de ellas, justamente, era hacer o atizar el fuego. Los ortodoxos y judíos observantes de la Ley estaban obligados a la comida fría, aunque, a la hora de la verdad, casi nadie lo cumplía. Era tan simple como encender el fuego antes de la puesta de sol y lograr que se mantuviera encendido con la ayuda de alguien no judío. Para eso estaban, por ejemplo, los «iluminadores». Por unas monedas ingresaban en las casas y hacían lo que los rigoristas no querían hacer. El pecado —decían— lo cometían los paganos...

La mayor parte del pueblo, sin embargo —como sucedía con la familia del Maestro—, no llegaba a esos extremos y, mucho menos, en la Galilea. La gente respetaba el sábado —no trabajaba—, pero se comportaba con sentido común. Aguardaban los toques de trompeta (generalmente tres) para dejar sus ocupaciones. El primero advertía a los *felah* o campesinos para que interrumpieran las labores del campo. El segundo era el aviso a los comerciantes judíos. Y los propietarios de las *tabernae* cerraban las puertas de los negocios. El último toque alertaba a las mujeres: era el momento de encender la llama sagrada que debería presidir la casa durante toda la jornada. El *hazán* o ministro, como ya referí, era el responsable de la trompeta. Cuando el sol se ocultaba —más exactamente, cuando aparecía la primera estrella en el firmamento— tenía la obligación de abrir las puertas de la sinagoga y hacer sonar la trompeta. A veces subían a las azoteas y repetían los toques hasta seis veces. Ése era uno de los sonidos más esperados por los trabajadores.

---

consagrado a Yavé. Todo aquel que trabaje en sábado morirá. Los israelitas guardarán el sábado celebrándolo de generación en generación como alianza perpetua. Será entre yo y los israelitas una señal perpetua; pues en seis días hizo Yavé los cielos y la tierra, y el séptimo día descansó y tomó respiro.'"» También los esclavos, extranjeros al servicio de los judíos y toda clase de animales se hallaban exentos de la obligación de trabajar en *shabbat*. Esto provocaba situaciones complejas que desembocaban en interminables discusiones entre los doctores de la Ley. Por ejemplo: ¿qué sucedía si una gallina ponía huevos en la festividad del sábado? ¿Era culpable? Sin comentarios... *(N. del m.)*

A partir de ahí, la gente se aseaba, vestía ropas limpias y se disponía para acudir al primer servicio religioso, la «acogida o bienvenida al *shabbat*», la «novia» de Israel.

La Señora no tardó en irrumpir en la sala. Portaba una llamita amarilla, tímida y oscilante en la mano izquierda. Era la lámpara del *shabbat*. Y María, levantando el candil, proclamó:

—El sábado comienza a brillar... Bendito sea el Eterno, rey del mundo, que nos santificó con sus preceptos y nos ordenó encender la luz del sábado.

La noté feliz, muy distinta a la de las anteriores jornadas...

Había un porqué. El sábado no sólo era el día de descanso. También era el día «oficial» de la alegría. Así lo demandaba Yavé. Nadie debía entristecerse. Estar alegre era una obligación señalada en la Torá. En eso los envidié. Nunca supe ser feliz «por decreto»...

El *shabbat*, además, era la jornada en la que los rigoristas aconsejaban hacer el amor (1). Como es fácil imaginar, sólo los ortodoxos (no todos) se ajustaban a esta normativa, supuestamente dictada por el Dios del Sinaí.

El *shabbat*, en definitiva, era la «festividad de las festividades», en la que se conmemoraba una serie de «sucesos», a cuál más improbable, pero que a los judíos los llenaba de orgullo y satisfacción. Por ejemplo: «En sábado fue perdonado Adán.» Y en sábado fue formulada la primera canción humana, obra del referido Adán cuando supo que el Eterno lo había perdonado (!). Otros afirmaban que ese primer hombre fue creado en sábado, justamente a la puesta de sol del viernes. El *shabbat*, en defi-

_____

(1)   En aquel tiempo, según la ley oral (*ketubbot* o «documento matrimonial»), el acto sexual o «débito matrimonial», como lo llamaban, se hallaba establecido de la siguiente forma: los obreros debían cumplir una vez a la semana, como mínimo; los escribas y demás estudiosos de la Ley podían ausentarse durante un mes, como máximo; los ociosos estaban obligados a satisfacer a sus mujeres todos los días; los operarios manuales, dos veces por semana; los arrieros, una vez a la semana; los camelleros y burreros, una vez cada treinta días, y los marinos, una vez cada seis meses. Si la esposa se oponía al «débito marital», los ancianos disminuían la dote a razón de siete denarios por semana. Si era el marido el que se oponía, tenía que sumar tres denarios por semana a la mencionada dote. *(N. del m.)*

nitiva, fue el final de la creación (la mujer era notablemente inferior al hombre —aseguraban—, porque, entre otras cosas, «fue creada en domingo»). También celebraban lo que llamaban la «correlación de Moisés», el hombre que materializó los deseos de Dios, según decían (1).

Detrás entraron Esta, sin los hijos, y Ruth...

Ella, con el cabello recogido, los ojos levemente sombreados y la túnica azul que tanto me gustaba...

Sobre su pecho colgaba un *amphoriskos,* una minúscula esfera de alabastro en la que las mujeres acostumbraban a guardar perfume. El cuello largo y fino permitía verter la esencia gota a gota. Estaba realmente bella...

En cuestión de minutos, todo quedó listo para la celebración de la cena del *shabbat.* Ni Eliseo ni yo tuvimos que hacer nada. No lo permitieron.

Tras el obligado lavado de manos, Santiago, como cabeza de familia, nos invitó a tomar asiento sobre las esteras, en el nivel inferior. Como ya informé en su momento, hacía años que Jesús había traspasado el cargo y las responsabilidades como jefe de la familia a su hermano Santiago, el mayor de los varones después del Maestro.

Y así lo hicimos, siguiendo las indicaciones del anfitrión.

El Galileo fue el primero en sentarse, «a las doce», digamos, de mi posición (2). Formamos un círculo. De acuerdo con el sentido de las agujas del reloj, Santiago se sentó a la izquierda de su Hermano. Eliseo ocupó el siguiente lugar y yo me senté a continuación, frente a Jesús. Las mujeres siguieron trasteando, subiendo y bajando de uno a otro nivel. Esta depositó una bandeja de madera sobre las esteras, en el centro del todavía incompleto círculo. Contenía dos panes de trigo o *jalot* y ocho

(1)   Para los sabios judíos, Moisés fue el artífice del *shabbat.* Él lo organizó, proporcionando a la semana su aspecto definitivo. Para ello jugó con la correlación existente entre las letras «sb», que significan «siete» *(šéba),* y «sbt», que quieren decir «parar o cesar» *(shabbat).* La semana *(sb)* era, por tanto, un tiempo entre dos *sbt* o «sábados». Así lo ratifica el profeta Ezequiel en el capítulo 20, versículo 12. *(N. del m.)*

(2)   «A las doce», en el lenguaje aeronáutico, equivale «al frente» del piloto. Las «nueve» sería a su izquierda, y las «tres», a la derecha. El resto de las horas marca las correspondientes posiciones. *(N. del m.)*

copas de barro, una de ellas más alta y ancha. Acto seguido, la embarazada se acomodó en silencio entre su esposo y el ingeniero.

Santiago reclamó a la madre y a Ruth. Ambas acudieron al punto. La Señora se hizo con la lucerna con la que había entrado en la sala y la dejó cuidadosamente entre las copas. Se lo agradecí. Ahora la visión era más cómoda...

Supongo que fue casualidad. ¿O no? Pero ¿desde cuándo creo yo en la casualidad? No, no fue casualidad...

Ella se sentó a mi izquierda. Mejor dicho, se arrodilló. Y aquel incontrolable «fuego» ascendió por mi vientre. No me atreví a mirarla. El perfume a jazmín me hizo volar...

La Señora cerró el círculo, arrodillándose también a la izquierda de Ruth, la «pequeña ardilla».

Y Santiago procedió con las bendiciones. Primero a los hombres: «Dios te haga como a Efraím y Menashé...», y después a las mujeres.

Me sentí turbado. No sabía dónde fijar la mirada. Mi corazón se aceleró. E imaginé que todos empezaban a preguntarse el porqué de aquella inquietud. Un enamorado supone cosas extrañas, verdaderamente.

Después, la familia entonó el *Shalom alejem*...

Jesús cantó con fuerza. Parecía más tranquilo y alegre que en la sinagoga.

Ni Eliseo ni yo abrimos la boca.

—¡La paz sea con vosotros, mensajeros de la paz, ángeles de la guarda..., heraldos celestiales...!

Al pronunciar la palabra «heraldos», el Maestro nos buscó con la mirada y sonrió durante unos segundos. Nadie se percató del fugaz pero entrañable «guiño». Mensaje recibido.

Y Santiago dio paso al *Kidush*, la plegaria que recitaba el cabeza de familia al tiempo que imponía las manos sobre el vino y los panes, declarándolos sagrados (1):

---

(1) En la ceremonia de despedida del *shabbat* o *Havdalá* también se procedía a la consagración o «declaración de sagrado» del vino y las especies, generalmente el pan de trigo. Los cristianos, posteriormente, copiaron parte de esta ceremonia, adaptándola a la fórmula mágico-matemática que

—Y fue la tarde y fue la mañana... El sexto día se concluyó la creación del cielo, de la tierra y de todo lo que está en ellos. El Santo había concluido su obra en el día séptimo...

Terminada la recitación del *Kidush* (1), Santiago, en mitad de un solemne silencio, tomó la copa más voluminosa y se la ofreció a mi compañero. Eliseo, agradecido, bebió y, sin saber qué hacer, consultó al jefe de la familia. La lógica ignorancia del ingeniero provocó algunas risas. Santiago, fiel a las reglas de la hospitalidad, me señaló, indicándole que me pasara la copa.

Bebí. Era un vino negro y dulce, muy agradable.

Entonces sucedió algo que no he sabido explicar. ¿O sí?

En lugar de entregar la copa a Santiago, para que siguieran bebiendo los hombres, tal y como establecía la costumbre, se la ofrecí a Ruth. La mujer dudó. Interrogó a su hermano con la mirada y éste, sonriendo, aprobó la supuesta incorrección con un ligero y afirmativo movimiento de cabeza.

Y ocurrió. Al entregarle la copa, sus dedos rozaron los míos. Fue nada y todo. Y al momento nos miramos de nuevo. Fue todo y nada.

Retiré las manos y me quedé con aquel «todo», para siempre...

Los ojos del Maestro, pendientes, brillaban con una luz especial. Y la mujer, encendida como una amapola, se apresuró a pasar la copa a su hermano. No bebió.

Y las risas estallaron, aliviando mi «despiste»; mejor

---

conocen como Eucaristía. La familia invocaba a Dios, solicitando una semana en paz y con salud e implorando la «pronta vuelta del profeta Elías», anunciador del Mesías, hijo de David. *(N. del m.)*

(1) El texto, en aquel tiempo, continuaba así: «... y reposó el día séptimo de toda la obra que había hecho. Y bendijo el Santo al día séptimo y lo santificó, porque en él reposó de toda la obra que había hecho. Bendito sea nuestro Dios, el Rey del mundo que creó el fruto de la vid. Bendito sea nuestro Dios, Rey del mundo que nos santificó con sus preceptos, nos eligió y nos instituyó el sábado con amor y gracia en conmemoración de la creación del mundo. Éste es el primer día de santas convocaciones, en recuerdo de la salida de Egipto. Nos lo diste porque nos elegiste entre los pueblos, nos santificaste y nos hiciste observar el sábado con amor y gracia. Bendito sea el Santo que santifica el sábado». *(N. del m.)*

dicho, mi supuesto despiste. Sólo la Señora permaneció callada. Tenía el rostro grave, como si hubiera descubierto mi «secreto». Ahora lo sé: ella lo supo desde esa misma noche...

Santiago tenía razón: la *bamia* cocinada por Esta era excelente. Nunca había probado aquella hortaliza de la baja Galilea. La embarazada la condimentó con sal y pimienta, ordenándola en el plato en forma de estrella. La sirvió fría. Todos disfrutamos con la salsa, untando el pan de *pitah* hasta agotarla.

Jesús, como digo, parecía de buen humor. Y parte de la cena transcurrió entre bromas, comentando las peripecias de los novatos en el astillero, en especial las del «¡Eh, pequeño!».

El segundo plato trajo consigo un cambio que me hizo pensar...

Las mujeres abandonaron el círculo y empezaron a servir el *sini'ye*, una carne de cordero, molida, cubierta con piñones y queso fundido. La receta era de la Señora: carne, cebollas, ajos, sal, aceite de oliva, un chorro de vino, pimienta y el «secreto» de la casa: dos pellizcos de canela. Una vez preparada se dividía la mezcla y se servía en cuatro porciones por plato. Ni uno más ni uno menos. Ésa era la costumbre. El «cuatro» representaba las cuatro décadas en el desierto. Cuando el queso empezaba a burbujear era el momento de llevarla a la mesa. En este caso, a las esteras.

El *sini'ye*, igualmente delicioso, fue situado frente a estos hambrientos exploradores. Pero la Señora ocupó el lugar de Ruth, desplazando a la pelirroja junto al Maestro. Todo fue tan rápido y ocurrió con tal naturalidad que nadie, o casi nadie, se percató del cambio. Yo sí, naturalmente. Y deduje que algo así tuvo que ser hablado previamente, mientras cocinaban la carne en el nivel superior.

Me sentí dolido.

Santiago sirvió el vino y, al escanciar el recio licor en mi copa, preguntó sobre lo que había contemplado en la sinagoga. Sinceramente, no respondí. Me hallaba absorto en lo que acababa de suceder. Mis ojos buscaron los de

Ruth, pero la mujer, plenamente consciente de lo ocurrido, no alzó la vista. Estaba pálida.

Mi dolor se multiplicó.

Fue Eliseo quien acudió en mi ayuda, replicando con toda su buena voluntad y su proverbial falta de tacto:

—No me gusta vuestro Dios...

La referencia al pasaje de Jeremías, leído por Jolí, el archisinagogo, no podía ser más sincera..., e inoportuna. Santiago, perplejo, permaneció con la jarra en alto, sin saber qué decir. Fue la Señora, atenta, quien solicitó una explicación. Y Eliseo, que nunca atrancaba, se la dio. Por supuesto que se la dio...

—«Y arrojaré a unos contra los otros —repitió las palabras del sacerdote—, y no tendré piedad ni compasión para destruirlos.» ¿Qué clase de Dios es ése, que lanza a padres contra hijos?

—El Santo es la *Chejina* de nuestros mayores. Grande, sí. Poderoso, sí. Terrible, sí, como dice la *Šemoneh*...

La Señora, al hablar de *Chejina*, se refería a Dios, pero, como todos los judíos, evitaba el nombre de Yavé. *Chejina* significaba «Presencia» o algo similar. Era uno de los habituales circunloquios. También se referían a Él como la «Gloria», la «Potencia», el «Santo», el «Eterno», la «Majestad», el «Altísimo», el «Lugar», el «Todopoderoso», el «Nombre», el «Santo Único» o la «Morada», entre otros nombres.

—Ni siquiera pronunciáis su nombre...

La Señora, desconcertada ante el sutil (?) ataque de aquel invitado, reaccionó con firmeza.

—¿Qué sabes tú de nuestras leyes y tradiciones? Decir el Nombre es morir...

Ésa era la Ley. El nombre de Yavé («YHWH», puesto que no utilizaban vocales) sólo lo pronunciaba el sumo sacerdote en el Día del Perdón, como ya mencioné. Si alguien se atrevía a decirlo en voz alta, ante testigos, «era pasible de muerte», como reza el tratado *Pesikta*. Nadie, en su sano juicio, hubiera hecho algo semejante.

—Terrible —reaccionó el ingeniero con ironía—, en eso tienes razón... ¿Qué Dios hace lapidar a un hombre por recoger leña en sábado?

La *Šemoneh* o «plegaria» recitada en la sinagoga decía, efectivamente, que «Dios era grande, poderoso y terrible». Y Eliseo utilizó el último de los adjetivos, apoyándose, para su certera argumentación, en el libro de Números (1). Yavé, según la Biblia, ordenó el apedreamiento de un hombre porque recogía leña en *shabbat*.

—¡Terrible...!

María no supo qué responder. Aquel pasaje, como otros igualmente injustos o sangrientos del Antiguo Testamento, era una incógnita para los judíos. Sobre todo para la gente sencilla. Personalmente, creo que estas acciones de Yavé fueron las que desencadenaron el terror. De ahí, probablemente, nació el temor a pronunciar el nombre del sanguinario dios (lo he escrito con minúsculas con toda intención. Quizá, algún día, me atreva a vaciar mi corazón). Lo cierto es que la nación judía, más que amar a Yavé, lo temía. Era el Dios del pánico y de las prohibiciones. Los rabinos y los sabios trataban de justificar este terror, argumentando —por los pelos— que «temor era sinónimo de justicia». Así, a los paganos que simpatizaban con la Torá los llamaban «temerosos de Dios», y el Salmo 112 cantaba: «¡Dichoso el hombre que teme a Yavé...!» El profeta Isaías echó más leña al fuego, proclamando que «su profunda alegría era el temor a Yavé».

—¿Y qué entiendes tú por Dios? —terció Santiago con evidente curiosidad.

Ambos, Eliseo y yo, desembocamos en los ojos del Maestro. Jesús asistía a la pugna dialéctica con absoluta tranquilidad. Se sirvió una segunda ración de carne y esperó la respuesta de mi hermano. Una cierta satisfacción se agazapaba en aquellos ojos color miel. Mensaje recibido...

(1) El capítulo 15 (versículos 32 a 37) dice textualmente: «Cuando los israelitas estaban en el desierto, se encontró a un hombre que andaba buscando leña en día de sábado. Los que lo encontraron buscando leña lo presentaron a Moisés, a Aarón y a toda la comunidad. Lo pusieron bajo custodia, porque no estaba determinado lo que había que hacer con él. Yavé dijo a Moisés: "Que muera ese hombre. Que lo apedree toda la comunidad fuera del campamento." Lo sacó toda la comunidad fuera del campamento y lo apedrearon hasta que murió, según había mandado Yavé a Moisés.» *(N. del m.)*

—Estamos aprendiendo —intervine, en un intento de calmar el oleaje provocado por Eliseo—. Todavía no sabemos qué es Dios...

—Yo sí lo sé —cortó mi compañero, que no aceptaba componendas—. Mejor dicho, sé lo que no es...

Todos aguardaron impacientes. Yo me eché a temblar. ¿Qué se proponía?

—Sé que el Padre no es un ser destructor y terrible. El Padre no enviará nunca a un «rompedor de dientes»...

La alusión al Mesías no gustó a la Señora, y tampoco a Santiago.

—Está escrito —sentenció María—: «Yo os destino a la espada y todos vosotros caeréis degollados.»

—Él no es así —lamentó Eliseo, ignorando el pasaje de Isaías.

Por un momento dudé. ¿Se refería al Padre o a Jesús?

—¿Y cómo es? —preguntó Ruth, que parecía recuperar el ánimo.

El ingeniero la contempló en silencio. Sonrió comprensivo y, eligiendo las palabras, como si deseara no lastimarla, comentó:

—Como el padre que nunca has conocido, pero que tú sabes que te ama...

Ruth era hija póstuma. Cuando nació, José, su padre, hacía siete meses que había fallecido. Ella lo entendió perfectamente.

Y el ingeniero, sin dejar de mirarla, prosiguió:

—Así es el Dios en el que nosotros... —rectificó—, en el que yo creo...

¿Por qué hablaba así? Yo también creía en ese Dios-Padre. En esos momentos no comprendí la dura e injusta actitud de mi compañero. Ahora lo entiendo...

—¿Y cómo sé que me ama si nunca lo he conocido? Silencio.

Las miradas se volvieron hacia la Señora. Y María dio la razón a Eliseo.

—Tu padre amaba a sus hijos, a todos —insistió sin posibilidad o sombra de duda—, aunque no hubieran nacido. Y sigue amándote, allá donde esté. Para saber esto no necesitas pruebas, sólo un corazón...

Sin proponérselo, la Señora ratificó y redondeó la idea sobre Dios sugerida por el ingeniero.

Jesús, feliz, dejó que la conversación siguiera su curso.

—Te hablo —añadió Eliseo con renovados bríos— de un Dios al que sólo hay que sentir, nunca temer.

—Pero no comprendo —interrumpió la bella pelirroja—. La tradición dice que el Santo, bendito sea su nombre, es sangre, fuego, cólera, justicia y espada. Tú hablas de amor...

Esperé que sus ojos verdes me buscaran. No fue así.

—Somos los hombres los que hacemos a Dios a nuestra imagen y semejanza. No al revés...

Aquellas palabras de Eliseo fueron pronunciadas por el Maestro en las nieves del Hermón.

Jesús, al oírlas, sonrió levemente, con dulzura.

—Dios, querida Ruth —prosiguió mi compañero tomando una de las copas entre las manos—, no es como dicen o como deseamos. Dios no es ira o venganza. Ni siquiera es poder...

Y Eliseo situó la copa en el centro del círculo que formaban los atentos oyentes.

—¿Qué ves en el interior?

Todos, instintivamente, nos inclinamos.

—Vino —confirmó Ruth, intrigada—, ¿qué otra cosa debo ver?

—Exacto. Pero, mientras observas el vino, ¿puedes ver lo que hay a tu espalda?

—No, claro que no...

—Pues bien, Dios sí puede.

Jesús asintió con la cabeza.

—No entiendo —intervino Santiago, sin disimular su confusión—, ¿qué quieres decir?

—Que ése es el problema: no podemos comprender a Dios... Nuestra mente es como el vino que contiene esta copa. Dios sería la ciudad de Nahum. ¿Crees que podrías introducir el pueblo entero en esta pequeña copa?

Los ojos de Ruth brillaron. Y durante un tiempo se posaron en los del ingeniero.

—Mucho más que Nahum...

El Maestro, al fin, intervino en la conversación. Y precisó, rotundo:

—El Padre es mucho más que Nahum...

—¿Dios no es poder? —cortó la Señora, que no había olvidado las afirmaciones de Eliseo—. ¡Eso es blasfemia!

Fue mi hermano quien replicó con idéntica firmeza.

—Me he explicado mal. El Padre sí es poder, pero no lo utiliza. No lo necesita. Él es amor. Y tú, como mujer, sabes muy bien que el amor no precisa de la palanca del poder o de la fuerza...

Eliseo dejó que rodaran los pensamientos. Después, con entusiasmo, clavando los ojos en Jesús, matizó:

—Una caricia tiene más eficacia que un ejército. Puede mover la voluntad...

El Maestro hizo un guiño a mi hermano.

—¿Eso es Dios? ¿Ése es tu Dios? —preguntó la Señora, claramente a la defensiva—. ¿Tu Dios es como una mujer?

Eliseo no respondió de inmediato. Comprendió que María no podía asimilar sus palabras. ¿Cómo explicarle que sí, que Dios, probablemente, tiene más de mujer que de hombre? Y optó por lo sensato. Se limitó a reafirmarse en lo ya dicho.

—Mi Dios, nuestro Dios, es un Padre, incapaz de la cólera, de la venganza o de la injusta muerte de un hombre que recogía leña en sábado...

—El Eterno, bendito sea su nombre, nos ha elegido entre todas las naciones de la Tierra. Somos sus hijos. Él es nuestro Padre, pero nos conduce con vara firme...

Era inútil. La Señora, como el resto de la comunidad judía de aquel tiempo, aceptaba el concepto de Padre, pero en un sentido puramente colectivo. Los profetas se habían encargado de insistir en ello. «Tu prole heredará naciones», gritaba Isaías. También el *Libro de la Sabiduría* «se vanagloria de tener a Dios por padre». El problema es que ese «Ab-bā» o Padre que defendía el Maestro nada tenía que ver con el «ojo que ve, el oído que escucha y el libro en el que son registradas todas las obras del hombre», según afirmaba el rabí Yehudá, uno de los compiladores de la Misná. Para los israelitas, Ab-bā era juez y fiscal. Ésta sería una de las grandes y revolucionarias innovaciones de Jesús: un Dios, más que Padre, «papá»...

—Te equivocas, mamá María...

Jesús tomó la palabra. El tono fue inflexible.

—... El Padre jamás —e insistió en el término—, jamás, ha utilizado una vara... El Padre no es el ser enfurecido del que tú hablas.

Y deletreó «enfurecido» *(za'ep)* para que no quedara duda.

La Señora se encrespó.

—¡Ya empezamos con tus locuras!... ¡Quiera el Santo que no te oigan esos fanáticos de Jerusalén!

Quien no pareció escuchar fue el Maestro.

—... Si el Padre condujera a sus hijos con una vara sería un dios menor... Sería Yavé.

—Entonces, según tú, ¿cómo nos guía?

El Galileo extendió el brazo izquierdo, mostró la palma de la mano y sentenció:

—*Pas!* (literalmente, «palma de la mano»).

—¿Estamos en la palma de su mano? —terció Ruth con una sonrisa.

—En todo momento. En la oscuridad y en la alegría. En el error y en el acierto. En el amor y en el desamor. Al principio y al final...

—Eso es imposible —lo interrumpió su hermano—. Los malvados no tienen sitio en la mano del Santo, bendito sea su nombre...

Jesús se limitó a esbozar una enigmática sonrisa. Y Ruth presionó.

—¿Qué ocurre con los malvados y los impíos?

Era la misma cuestión que le había planteado en el *kan* de Assi. Y el Maestro respondió en términos parecidos:

—*Raz!*... ¡Misterio!... ¡Todo a su debido tiempo!

Así finalizaron la conversación y la cena del *shabbat* en la «casa de las flores».

Y la realidad siguió imponiéndose...

El distanciamiento ideológico entre el Maestro y los suyos, en especial con la Señora, iba en aumento. Ellos creían firmemente en un mesías político y libertador social y religioso del pueblo de Israel. Un enviado —«rompedor de dientes»— que inauguraría el «reino de Dios»: la hegemonía de la nación judía sobre el resto del mundo. Y todos quedarían rendidos ante la espada y la gloria del vástago de David. Él, sin embargo, hablaba de otra clase de «enviado». Él hablaría —llegada su hora— de un Dios «papá»...

Pero lo peor estaba por llegar. Nunca imaginé que aquella diferencia en las ideas podría alcanzar extremos tan dolorosos. Yo mismo fui testigo.

Y regresamos a la *insula* con nuevas dudas. ¿Por qué Jesús comparó a Yavé con un «dios menor»? ¿Quién era realmente el Dios (?) del Sinaí? Tenía que hablar a solas con el Maestro y preguntarle sin rodeos.

También el asunto de los malvados y de la maldad químicamente pura me intrigaba. En el *kan* del lago Hule no quedó claro, y tampoco ahora, cuando Ruth planteó el oscuro asunto. ¿Por qué Jesús justificaba el mal? ¿O no era así? Quizá no había sabido interpretar sus palabras adecuadamente.

En cuanto a la bella Ruth, ¿qué podía pensar? El acertado discurso de Eliseo parecía haberla deslumbrado. Sólo tenía ojos para él. ¿Qué debía hacer?

La Señora, además, no demostró excesiva satisfacción al observar que mis dedos rozaban los de su hija...

Todo se presentaba en mi contra. Pero ¿qué estaba pensando? Aquello era absurdo. Era un sueño. Tarde o temprano despertaría.

Y ya lo creo que desperté...

Pero la realidad nos aguardaba en el largo pasillo del tercer piso.

Los lamentos aparecieron nuevamente. Mejor dicho, ya estaban allí cuando entramos en la habitación 39. Eran idénticos, continuados, apenas interrumpidos.

Eliseo, furioso, se dejó caer en la litera. Yo recurrí al dudoso remedio de la ventana.

Una hora después, con los nervios en tensión, opté por despejar el misterio. Cogí una de las lucernas e informé a mi compañero. Tenía que averiguar qué demonios sucedía.

El ingeniero se mostró conforme. Se hizo con otra lámpara de aceite y abandonamos el lugar.

El corredor, en tinieblas, se hallaba lógicamente desierto. Quizá fuera la segunda vigilia, la del gallo (alrededor de las dos de la madrugada). Todo el mundo dormía, a excepción de los responsables de aquellos insufribles gemidos.

Recorrimos parte del pasillo, atentos a las numerosas puertas. La última era la 48.

Eliseo señaló una de las viviendas. Pegué el oído a la madera y, en efecto, comprobé que los lloriqueos —casi cánticos— procedían del interior.

Alcé la lucerna y repasé la puerta. Se hallaba tan podrida y desvencijada como las restantes. Empujé suavemente y comprobé que estaba cerrada.

¿Qué hacíamos? ¿Llamábamos?

Mi compañero buscó una de las rendijas e intentó mirar.

—Parece fuego...

Lo aparté, alarmado, y repetí la operación. Así era. En el interior se percibían reflejos. Podían ser llamas...

No lo dudé. Golpeé la puerta con fuerza. Dos veces. Tres...

Primero fue el silencio. Los llantos cesaron.

Eliseo y yo nos miramos.

Repetí los golpes y, al instante, los lamentos arreciaron. Eran dos, quizá tres personas...

Volví a mirar, pero sólo vi la luz rojiza y algunas sombras que se desplazaban, rápidas.

Si estábamos ante un incendio teníamos que actuar con celeridad. ¿Actuar? Según la operación «Caballo de Troya» eso estaba rigurosa y terminantemente prohibido...

¡A la mierda la operación!

Golpeé la 44 por tercera vez. Inútil. Los lamentos se convirtieron en gritos. Eran gritos de terror.

Me eché atrás y advertí a Eliseo. Derribaría la puerta. Con una patada saltaría por los aires.

Pero, cuando me disponía a golpear la madera, el ingeniero me detuvo.

—¡La vara!... ¡Un momento!

Y corrió hacia nuestra habitación. Habíamos olvidado la «vara de Moisés»...

Tenía razón. No sabíamos qué podíamos encontrar al otro lado.

Los gritos, ahora chillidos, me helaron el corazón. ¿Qué pasaba en aquel lugar?

Algunos vecinos, alertados por el griterío y los golpes en la puerta, se asomaron al corredor.

Preguntaron, pero no supe qué decirles.

Eliseo retornó veloz y me entregó el cayado.

No aguardé ni un segundo. La puerta voló con un solo golpe. Y los vecinos, aterrorizados, huyeron hacia sus viviendas.

Estábamos ante una sola estancia, como las nuestras. En el centro del pavimento, en el orificio practicado como hogar, se elevaban algunas llamas.

Los chillidos cesaron.

Avanzamos unos pasos e intenté acostumbrarme a la penumbra. Allí, a primera vista, no había nadie. ¡No era posible!

De pronto oímos un gemido.

Eliseo indicó uno de los rincones. Acerqué la lámpara y advertí un bulto.

¡Eran niños!

Me relajé. Nos aproximamos y los iluminamos. Eran tres, de unos cinco o seis años. Temblaban. Nos miraban con terror, abrazados. Vestían túnicas negras hasta los tobillos.

Paseé la lucerna frente a los rostros e intenté averiguar qué sucedía. No respondieron a mis preguntas. No sé si comprendieron. Eran idénticos y extraños. Tenían algo especial. Los cabellos, hasta los hombros, eran blancos, con tintes rojizos. También la piel era muy blanca, como la leche. En cuanto a los ojos, rasgados, presentaban los iris amarillos. Parecían trillizos, posiblemente de origen asiático. Vestían pulcramente, con los rostros y las manos igualmente limpios, y los cabellos dóciles y sedosos. Evidentemente, no estaban abandonados. Pero ¿por qué chillaban? ¿Qué hacían solos, en mitad de la noche y tan cerca del fuego? ¿Dónde estaban sus padres?

No tuvimos posibilidad de aclarar el enigma. Súbitamente, uno de ellos golpeó la lámpara de aceite que este explorador sostenía en la mano izquierda y la lucerna rodó por el suelo. Visto y no visto. Como si se hubieran puesto de acuerdo, los tres escaparon veloces, sorteándome y esquivando al ingeniero. Desaparecieron en la oscuridad del corredor.

Y allí quedamos los dos, atónitos, con los ojos fijos en las cimbreantes llamas. No entendía nada de nada...

Los vecinos, algo más calmados, levantaron los restos de la puerta y nos observaron con curiosidad y recelo. No era para menos...

Al salir me atreví a preguntar. Sólo obtuve una respuesta:

—Son los niños de la luna...

A la mañana siguiente, sábado, 20 de octubre del año 25 de nuestra era, Taqa, el viejo portero de la *insula*, aclaró parte del misterio.

Para empezar, no eran los «niños de la luna», como había creído entender, sino «niños luna». Y los llamaban así porque sólo se los veía durante la noche. Jamás abandonaban la *insula* a la luz del día.

Supuse, con razón, que me hallaba ante un nuevo caso de albinismo. Trillizos con fotofobia o intolerancia a la luz por razones oculares o neurológicas; algo no muy común en un caso de trillizos.

La madre era una «burrita». Había emigrado de la lejana isla de Melita. Trabajaba especialmente en el muelle... Regresaba al alba y se marchaba a la caída del sol. Los niños permanecían solos toda la noche. Yo no podía saberlo en esos momentos. Aquellos niños también tendrían su protagonismo; un triste protagonismo.

Tuvimos que pagar una puerta nueva; era lo justo.

El resto del sábado lo dedicamos a las labores «propias del hogar»: limpieza, compras, etc.

Jesús, como todos los sábados, se desplazó a Saidan, prosiguiendo el dictado de los viajes al Zebedeo padre. Como dije, nadie estuvo presente en esas reuniones privadas. Ni siquiera los hijos del Zebedeo.

Al día siguiente, domingo, 21, nos incorporamos al astillero. Y volví a ser «¡Eh, pequeño!»...

Jesús continuó con su trabajo en el pesquero y con su habitual canción, «Dios es ella»...

Eliseo siguió preocupándome. Estaba triste y distante. Conversábamos lo preciso. El aserradero lo animó un poco y también los «niños-luna». Día a día, con su infinita paciencia, fue ganándose el cariño de los trillizos y la confianza de la madre, la prostituta. La mayor parte de la noche la pasaba en la 44. No me pareció mal. Nos hallábamos en un período de espera y, por tanto, sometidos a una doble tensión. Cualquier distracción era positiva. La idea de mi compañero, además, nos permitió dormir. Los niños, atendidos y divertidos ante las ocurrencias del ingeniero, terminaron volviendo a su ciclo natural. Todos, en el tercer piso, lo agradecimos. Desde esos días, Eliseo fue el hombre más popular de la *insula* de Taqa.

Aquel cariño, sin embargo, le costaría caro...

Todo, en definitiva, discurrió con relativa normalidad hasta el martes, 23 de octubre...

En cierto modo fue un día decisivo para nuestro trabajo como exploradores...

Sí, el Destino, una vez más.

Ocurrió hacia el mediodía, poco antes de que Yu, el chino, golpeara la barra de hierro, anunciando el tiempo del almuerzo. Me hallaba —¿casualmente?— ofreciendo agua al Maestro.

Entonces oímos gritos y otras tantas maldiciones. Jesús me devolvió el cazo de madera y dirigió la mirada hacia el nordeste, al otro lado del río Korazaín. Su rostro se oscureció.

Otros operarios, igualmente alertados, interrumpieron las faenas y volvieron las cabezas hacia el lugar del que procedía el alboroto.

Jesús dio un par de pasos y se situó en el filo del foso.

A un centenar de metros, más o menos, sobre el humeante e incendiado basurero de Nahum, quince o veinte individuos discutían acaloradamente. Era una de las habituales trifulcas. Ya estábamos acostumbrados. Aquellos infelices eran los *tofet* («esputos»), una despreciativa definición de los que trabajaban (?) en el *tafat* (palabra aramea que significa «quemar» y que era atribuida también a los basureros o *gehenna*, siempre ardiendo). Los rabinos y puristas de la Ley asociaban así a estos marginados con lo más «impuro y execrable». Eran los «dueños» de la *gehenna*. Todos los días la recorrían con sacos y canastas, rescatando lo que nadie quería. Con eso se alimentaban o negociaban. Como digo, las peleas estaban a la orden del día. Si dos *tofet* —hombres, mujeres o niños— coincidían en la captura de un desperdicio, el resultado era siempre la agresión, hasta que uno de ellos cedía o quedaba malherido. ¡Y pobre del «intruso» que invadía su «territorio»! Lo normal es que fuera golpeado hasta la muerte.

La disputa fue a más. Los *tofet* empujaban a alguien, amenazándolo con puños y palos.

Varios de los trabajadores se movilizaron. Yu, el primero. Y corrieron hacia la *gehenna*.

El Maestro no lo dudó. Soltó el martillo, dejó el foso y se dirigió igualmente hacia el basurero.

Yo salí tras Él, sin saber muy bien a qué atenerme. No importaba. Lo vital era no perderlo de vista. Eliseo nos vio desde el aserradero, pero no llegó a moverse.

Yu y sus hombres ascendieron por el montículo que formaban las basuras y, a gritos, trataron de impedir la pelea. En un instante se mezclaron con los enfurecidos «esputos», forcejeando con unos y con otros, en un vano intento por separarlos. Jesús llegó a continuación. Yo trepé por la *gehenna*, hundiéndome en fruta podrida, restos de pan duro, excrementos humanos, trapos y muebles viejos o rotos, cascotes de cerámica, vidrio, huesos de animales y perros y gatos muertos.

La peste casi me echó para atrás.

Y sucedió lo que nadie podía imaginar...

Al llegar al grupo, el Maestro se detuvo. No hizo ni dijo nada. Y quien esto escribe, aturdido y sin aliento, contempló una escena a la que, en un futuro no muy lejano, debería acostumbrarme.

No tengo palabras. No sé explicarlo.

Jesús, con el rostro grave, contempló a los que pugnaban. Fue recorriéndolos con la mirada. Y se hizo el silencio.

¿Qué sucedió? Sinceramente, lo ignoro. Mejor dicho, sólo lo sospecho...

Y los *tofet,* ante el desconcierto de Yu y los suyos, bajaron los palos, retrocediendo. Las caras, mugrientas y crispadas, presentaban los ojos muy abiertos y fijos en la mirada de acero del Hijo del Hombre. Un «acero» poco habitual en aquel Humano...

Jesús se abrió paso entre ellos y llegó a la altura de un hombre, caído entre las basuras. Gemía. Era, sin duda, la causa de la bronca y, obviamente, la víctima. Aparecía acurrucado, en posición fetal, en un intento de proteger la cabeza de los golpes.

El Maestro se inclinó, lo tomó entre los brazos y lo alzó como una pluma. El individuo, al notar el contacto de las manos, intuyó que la chusma volvía a la carga y se estremeció, encogiéndose cuanto pudo.

Jesús lo apretó contra el mandil de cuero y, dulce y mansamente, besó sus cabellos.

Los ojos de Yu se humedecieron..., y también los míos.

¿Quién era aquel Hombre? ¿Hasta dónde llegaba su poder y su ternura?

Y el Maestro caminó decidido sobre la *gehenna,* alejándose de los atónitos buscadores de basura.

Fue entonces, al cruzar frente a este explorador, cuando lo reconocí.

¡Dios!...

El hombre que había estado a punto de morir y que ahora era trasladado en brazos del Hijo del Hombre era...

¡No podía ser!

Corrí tras el Maestro e intenté confirmar la primera sensación.

Sí, lo era...

Pero ¿cómo era posible?

Jesús, con sus habituales grandes zancadas, no tardó en alcanzar el astillero. Se dirigió al pabellón que hacía las veces de vestuario y allí lo recostó. Solicitó agua y le dio de beber.

Eliseo, al verlo, se estremeció. Y, señalando al hombre, exclamó:

—Pero...

Me encogí de hombros. Yo sabía tanto como él.

Jesús lo dejó en manos de Yu y regresó a su puesto. Yo lo miraba y no daba crédito...

El chino lo exploró, y dedujo, acertadamente, que no tenía ningún hueso roto. Había tenido suerte. Sólo eran visibles algunas magulladuras, una ceja rota y sangrante, una túnica sucia y hambre, mucha hambre...

¡Dios santo!... ¡Kesil!...

Nuestro fiel servidor y amigo en el valle del Jordán. Pero ¿cómo había llegado hasta Nahum?

Cuando logró recuperarse, nos abrazó. Y Eliseo lloró con él.

Hacía días que nos buscaba. Yo mismo, si no recordaba mal, a la hora de la despedida en Damiya, le proporcioné las pistas necesarias. Le hablé de Migdal y Nahum. Pues bien, movido por la necesidad y el cariño, Kesil se decidió a probar en la primera población. Después, con cierto desaliento, acudió a Nahum. Nadie sabía nada de dos griegos «que viajaban por el mundo». Y las escasas monedas de que disponía se agotaron. Acudió a la sinagoga, pero el *hazán* lo tomó por un pícaro y le negó la ayuda. Tampoco halló trabajo en el muelle. Fue así como terminó en la *gehenna*, revolviendo en la basura, hambriento...

El Destino...

¿Qué hacer? Eliseo no consintió que lo abandonáramos de nuevo. Me pareció justo. Aquel hombre tenía algo especial. El beso del Maestro fue una «señal»...

Lo contratamos, claro está. Se lo había ganado a pulso.

Se ocuparía de nosotros, de las habitaciones en la *insula* y de lo que fuera necesario, según sus palabras. Nos acompañaría en los viajes, siempre que fuera posible.

Y Kesil lloró nuevamente. Quiso besarnos las manos. Eliseo se puso serio y lo obligó a prometer que visitaría a su familia regularmente. Así lo hizo.

A partir de ese día todo fue más cómodo para estos exploradores. Pudimos dedicarnos por entero a la labor que realmente nos interesaba: el seguimiento continuo del Hijo del Hombre. Para eso estábamos en aquel «ahora»...

La verdad es que la ayuda de Kesil —nuestro querido «Orión»— fue decisiva..., mientras duró.

Pero no adelantemos los acontecimientos. Antes sucedieron otras muchas cosas...

Las noticias sobre Yehohanan, el Anunciador, seguían llegando a los pueblos y ciudades del *yam*. Todo el mundo hablaba del nuevo vidente. Como siempre, unos se mofaban. Otros ardían en celo por el esperado mesías, defendiendo al fogoso Juan el Bautista. Jesús escuchaba. Lo hacía atento y permanecía en silencio. Al principio —¡torpe de mí!—, no supe interpretar esta actitud...

Eliseo y yo planteamos la necesidad de regresar junto al Anunciador. Lo habíamos hablado con anterioridad, pero, ahora, a la vista del empuje que presentaban las noticias procedentes del río Jordán, entendimos que mi presencia en el valle era importante. Los *nemos* estaban dispuestos en la «cuna». Convenía suministrárselos y empezar a despejar dudas. Si el bautismo de Jesús se producía en enero, y con ello, supuestamente, el arranque de la vida pública del Maestro, no disponíamos de mucho tiempo. Todo parecía tranquilo. El Galileo desarrollaba su labor en el astillero. No era probable que abandonara Nahum. Eliseo, además, estaría permanentemente a su lado. Kesil lo ayudaría en lo que fuera necesario.

Y así fue planificado. Quien esto escribe buscaría a Yehohanan y se integraría nuevamente en el grupo de los discípulos. Después de todo, era *Ésrin* («Veinte»), uno de ellos...

El viaje fue programado para mediados de noviembre.

El Destino, sin embargo, lo calculó de otra forma y en otro momento.

Nunca aprenderé...

Me equivoqué. No todo se hallaba tranquilo...

Fue en la mañana del 26, viernes, en el astillero. Eliseo me reclamó y acudí con el agua. No era agua lo que necesitaba...

Me observó, serio. Dejó a un lado el tronco que manipulaba y comentó con aire preocupado:

—Tengo que hablarte...

Asentí y aguardé impaciente.

—Aquí no —añadió con severidad—. Esta noche, en el Ravid...

—¿Qué ocurre?

—Algo grave —murmuró, mirándome a los ojos—. Muy grave...

No conseguí moverlo de su mutismo. Y prosiguió con el aserrado. Dirigí la mirada hacia Jesús. ¿Tenía algo que ver con la enigmática actitud de mi compañero? El Maestro continuaba a lo suyo, ordenando la tablazón del forro del pesquero. Era el martilleo típico, alegre, al ritmo del «Dios es ella...». No me pareció inquieto o preocupado.

¿Qué demonios pasaba?

Tuve que soportar toda una jornada. Fue un suplicio. Por mi mente pasó de todo...

¿Qué era aquello tan grave? ¿Por qué teníamos que hablar en la nave?

Lo pensé todo, sí, y no acerté...

Kesil no preguntó. Nos vio hacer el saco de viaje y asintió, resignado, a mis observaciones: regresaríamos al día siguiente, sábado; debería ocuparse de las compras y, como siempre, vigilar y socorrer, si fuera preciso, a los «niños luna».

¡Increíble Destino! No volvería a verlo en mucho tiempo...

No importó que alcanzáramos el «portaaviones» en plena oscuridad. Mi hermano tiró de mí en silencio. No logré sacarle ni una palabra. Seguía mudo y ausente. No insistí. Al llegar a lo alto, supuse, me sacaría de la angustiosa duda.

Una vez en el módulo, esperé.

Eliseo, nervioso, entró y salió varias veces. Se sentó en el filo del acantilado y allí permaneció un tiempo, con la mirada perdida en las lejanas antorchas que se movían en las plateadas aguas del lago. La luna, casi llena, fue su compañera durante parte de la noche. Estaba claro que no le resultaba fácil.

Por último, tratando de zanjar la tensa situación, me reuní con él y, simulando serenidad, le pregunté. Tenía la cabeza baja. Me miró y me asusté. No podía creerlo...

Era la primera vez que lo veía con lágrimas en los ojos.

—Quiero regresar —exclamó, al fin, con una voz vencida y desconocida—. ¡Volvamos, mayor!...

—No comprendo...

—¡Terminemos con esto! ¡Suspendamos la misión!

—Tendrás que proporcionarme una buena razón...

—La tengo —se adelantó—, la tengo...

—¿Y bien...?

—Me he enamorado...

Me observó con angustia, aguardando un reproche que, por supuesto, nunca llegó.

Creo recordar que sonreí, intentando restar importancia a su confesión.

—Estoy enamorado —añadió con vehemencia—. Sé que está prohibido. Sé que no es posible. Sé que es una locura. Lo sé, mayor, pero no puedo evitarlo. No puedo...

Lo contemplé, atónito. Y empecé a comprender el porqué de su extraña actitud desde aquella primera noche, en el terrado de la «casa de las flores», cuando lo vi removerse, inquieto. Ahora entendía sus silencios y sus paseos, en soledad, en el «vado de las Columnas», sus anormales distanciamientos y, sobre todo, el brindis en Damiya...

Eliseo hablaba en serio. Estaba enamorado y, al mismo tiempo, angustiado. Él sabía, en efecto, que ese tipo de sentimientos no era viable. No para nosotros, que pertenecíamos a «otro mundo», y al que, necesariamente, tendríamos que retornar.

Lo comprendía perfectamente. Yo, después de todo, estaba pasando por lo mismo...

Y me pregunté: ¿cómo era posible que ambos nos hubiéramos enamorado en el lugar y en el tiempo no recomendados?

Dejé pasar los minutos.

Las lágrimas siguieron rodando por el rostro del ingeniero. Y el instinto me previno. Su confesión no había terminado...

Finalmente, haciendo un esfuerzo, conociendo la respuesta, pregunté:

—¿Quién es?

Mi compañero trató de secarse las lágrimas y, dibujando una media sonrisa, con la voz quebrada, susurró:

—Tú la conoces... Es lo más hermoso que he visto jamás... ¡Lo siento, mayor!

Y Eliseo pronunció su nombre. Yo, entonces, sentí que el mundo se desmoronaba...

—¿Ruth?

—Sí, Ruth, la pelirroja, la hermana del Maestro —confirmó Eliseo.

Fue un mazazo.

No fui capaz de responder. Me aislé...

Sé que debería haber luchado. Sé también que mi corazón quedó encharcado. No sé qué sucedió. Sencillamente, guardé silencio. Y durante un tiempo lo vi hablar y gesticular. Creo que se refería a ella, a su bondad y a sus cualidades. Yo no estaba allí realmente. Sólo deseaba huir, escapar de todo y de todos. Por un momento estuve a punto de aceptar. Suspenderíamos la misión. Regresaríamos a Masada y a nuestro «ahora», en 1973.

Después, lentamente, recuperé la sangre fría. Una calma que ahora, al recordar aquellos críticos momentos, me aterra. ¿Cómo pude resistir? Lo ignoro.

Lo cierto es que me convertí en una tumba. Mi compañero no debía saber cuáles eran mis sentimientos. Nadie lo sabría jamás. La misión era lo único que contaba. Él tenía prioridad. Ése fue nuestro compromiso, y yo era un hombre de honor. Cumpliríamos hasta el final...

Nunca me arrepentí de aquella decisión, pero ella, misteriosamente, tampoco desapareció de mi corazón y de mi memoria.

Solicité tiempo.

Tenía que reflexionar, mentí. Eliseo comprendió y aceptó.

Y al alba, destrozado, le expuse parte del plan que acababa de madurar. El ingeniero escuchó en silencio.

De momento, la misión seguía adelante. El Maestro estaba por encima de nosotros mismos. El asunto de Ruth —y creo que la voz me tembló al pronunciar su nombre— pasaría. Lo mejor era esperar...

Le sugerí un mes, con otra condición.

La idea de continuar, en el fondo, lo levantó por los aires. Era lo que deseaba. Eso pensé... Su corazón —eso imaginé— caminaba en una dirección y su mente en otra...

Asintió, incluso, sin saber.

—... Necesito un mínimo de calma para pensar. Adelantaré el viaje al Jordán. Ésa es mi condición. Permaneceré lejos durante un mes. Tú te ocuparás del seguimiento del Maestro. En ese tiempo analizarás y analizaré la situación. Después, ya veremos. El Destino y yo decidiremos.

Eliseo me miró agradecido. Y exclamó:

—Confío en ti, mayor...

¡Maldito hipócrita! Pero consiguió que me sintiera como un gusano. No tuve el valor suficiente para confesarle la verdad. Y lo que era peor: también me desprecié a mí mismo. No supe pelear por ella...

—¿Cuándo piensas reunirte con Yehohanan?

—Inmediatamente...

Mi compañero percibió algo extraño. Aquella súbita reacción no era habitual en mí, siempre ponderado y minucioso en todas, o en casi todas, mis acciones. Eliseo, como digo, intuyó algo pero, prudentemente, guardó silencio, aceptando.

—A tus órdenes...

Sí, tenía razón. Algo le ocultaba. Sólo pretendía huir. El viaje al valle, los *nemos* y Yehohanan eran lo de menos...

No quería volver a verla. No lo hubiera resistido.

Miento. Sí lo deseaba..., y lo deseo.

Hice cálculos.

Si todo discurría sin incidentes, dentro de una o dos jornadas, quizá tres, podría localizar al Anunciador y enrolarme en el grupo de Abner.

Preparé el petate.

No necesitaba gran cosa. Farmacia de campaña y, sobre todo, antioxidantes. Estimé que treinta tabletas serían suficientes. Quizá me calmase. Quizá volviese antes de lo previsto.

¡Pobre idiota!

¿Cuál era mi objetivo? Supuestamente, continuar el estudio del precursor del Maestro.

Sí, supuestamente...

Mi afán poco tenía que ver con los designios del Destino.

Eliseo me dejó hacer. Se retiró de nuevo al filo norte del Ravid y esperó.

Fue al verlo sentado al borde del acantilado cuando, de pronto, me vino a la memoria. Sonó como una advertencia. ¡El cuaderno de bitácora, el diario en el que anotaba hasta la más nimia de las experiencias! Allí aparecían mis sentimientos hacia Ruth. Y obedecí a la intuición.

Entré en el ordenador, procedí a un minucioso repaso y anulé los textos comprometedores. Nadie debía estar al tanto de mi secreto. El ingeniero, aunque no era su costumbre, estaba capacitado para acceder a dicho diario y aportar, obviamente, lo que estimase conveniente.

No, ése era mi secreto *(ma'ch)* (1). Sólo mío...

Consulté los relojes.

En esa jornada del 27, sábado, el sol se ocultaría a las 16 horas, 53 minutos y 9 segundos (en un supuesto «tiempo universal»). Tenía que actuar con rapidez.

Sentí una cierta tristeza. Eliseo no era culpable. Sencillamente, había sucedido. Él estaba enamorado de un imposible y yo también.

Nos abrazamos y nos deseamos suerte. Eso fue todo.

---

(1) El mayor no aporta ninguna información complementaria sobre la referida palabra. ¿Podría tratarse de hebreo o arameo? Los expertos consultados por el autor no coinciden. La transcripción a letras latinas de los sonidos originales del hebreo o del arameo, al carecer de vocales, no es fácil. ¿Estamos ante un error ortográfico del original, en inglés?: ¿*match*, en lugar de *ma'ch*? Algunas de las acepciones corresponden a «semejante, igual o pareja». *(N. del a.)*

Me hice con el saco de viaje y el inseparable cayado y desaparecí.

Eran las siete de la mañana. Un día espléndido y luminoso. Una burla a mi corazón, perdido en la oscuridad. ¿Por qué no luché? ¿Por qué no le planté cara al Destino? Ella lo merecía. Además, ¿de quién estaba enamorada? Yo me había cruzado con su mirada. Los ojos nunca mienten. Lo sabía. Ella sentía algo por mí. Pero ¿por qué huía? ¿Por qué había decidido enterrar aquel amor, el único de mi vida? ¿Por las malditas normas de la operación? ¿Quizá por miedo? ¿Quizá por ser quien era? ¿Por qué no actuaba valientemente? Era tan simple como acudir a su encuentro y hablarle con claridad. «¡Estás loco! ¿Y qué se supone que le vas a decir? ¿Que la quieres, que deseas casarte con ella y que te acompañe a tu mundo?

»Sí, estás loco…

»Es mejor así. Olvídala. Pertenezco a otro "ahora". No sería lógico. Tenemos que regresar. Él es lo único que cuenta. Somos sus "mensajeros". Es preciso contar la verdad. Olvídala, si puedes…»

Unas dos horas después, enredado en estos pensamientos y torturas, divisé los obeliscos, al sur del *yam*... El camino por la orilla occidental fue rápido y sin tropiezos. El tránsito de hombres y animales, en el *shabbat*, descendió notablemente.

Y allí, en lo que denominábamos los «trece hermanos», inicié las consultas. Tuve suerte. Burreros y *sais*, los conductores de carros, estaban al tanto del vidente. Las noticias llegaban sin cesar. Era el «espectáculo» del momento. Todos obtenían algún beneficio con aquel nuevo profeta.

Predicaba y sumergía a las gentes en la zona de Enaván, a poco más de doce kilómetros de Bet She'an, en el sureste y relativamente cerca del río Jordán. Eso significaba que Yehohanan y sus discípulos habían avanzado alrededor de 32 o 33 kilómetros desde que los dejamos en el «vado de las Columnas», junto al pueblo de Damiya.

Y contraté los servicios de uno de los «taxis». Esta vez ahorraría esfuerzo.

«Omega es el principio.»

No pude evitarlo. Antes de partir del centro de aprovisionamiento volví a asomarme a los orificios de los obeliscos y verifiqué lo ya visto anteriormente.

«Omega es el principio.»

¿Qué significaba la misteriosa inscripción?

Y el Destino sonrió, burlón...

Todo a su debido tiempo.

El carro cubrió los escasos cuarenta kilómetros en poco más de dos horas. El sol, en lo alto, señalaba la hora *sexta* (mediodía).

Y el *sais,* de pocas palabras, aclaró que aquella modesta aldea en la que nos habíamos detenido era Salem o Salim. Yehohanan se hallaba muy cerca. Recibió lo estipulado y dio la vuelta, retornando por la polvorienta senda que Eliseo y yo recorrimos a pie.

Traté de ubicarme. Si no recordaba mal, aquel paraje lindaba con la frontera de la Perea, el territorio de Herodes Antipas. La aduana, de triste recuerdo, no estaba muy lejos. Quizá a cinco o seis kilómetros. Algo más allá, hacia el sur, aparecía la también pequeña población de Mehola o Abel Mehola (en la actualidad, identificada con el tel El-Jiló). Después, como ya expliqué, la senda corría hacia El Makhruq, Jericó y, finalmente, Jerusalén.

Mi primera impresión, en aquellos momentos, fue de confusión. Recordaba el lugar, pero lo habíamos cruzado a buen paso, sin fijar ninguna referencia de importancia. Sólo vi palmeras. Bosques y bosques de palmeras, y al frente, a la izquierda del camino, la línea verde y negra de la jungla del Jordán. El río podía hallarse a dos kilómetros de la referida aldea de Salem.

¿Aldea?

Observé con detenimiento. Entre los palmerales y los huertos se presentó ante este explorador un puñado de casas, no más de veinte, desordenadas, rojas por la arcilla y cubiertas en la techumbre por el amarillo de las hojas de palma, ya mustias por el implacable sol del valle. Lo más adecuado sería emplear el término villorrio...

Y caminé decidido hacia el simulacro de pueblo. No convenía arriesgarse. Primero reuniría toda la información posible. Después buscaría a Yehohanan. Ahora era «Ésrin» o el «heraldo» número veinte. No debía olvidarlo.

E imaginé que Enaván era un lugar cercano a Salem. En arameo significaba «manantiales o fuentes». El Bautista, probablemente, se había instalado en algún torrente o corriente de agua próximos. Por supuesto, conociendo sus estrictas costumbres, debían de ser aguas «puras».

Me adentré en la aldea, espantando a los únicos seres vivos que desafiaban el intenso calor: corros de alborotadoras gallinas negras y nubes de moscas. Jamás había visto tantas. Pronto se convirtieron en una segunda túnica...

El «pavimento» de Salem también era diferente de todo lo que llevaba visto. Estaba formado por conchas marinas. ¡Cientos de miles de conchas blancas, restos del primitivo mar de Lisán! (1).

Era un buen sistema para mantener las «calles» (?) medianamente limpias y para advertir la proximidad de cualquier intruso. Los crujidos eran inevitables y delatores.

Salem era un lugar especial. No tardaría en comprobarlo. El Destino, una vez más, sabía lo que hacía...

Los lugareños, casi todos campesinos, se ofrecieron a darme toda suerte de explicaciones. El vidente acampaba hacia el este, a no mucha distancia del pueblo. La llegada de Yehohanan y los suyos había trastornado, hasta cierto punto, la monótona y lineal rutina de la zona. Todos se hacían lenguas sobre la figura, espectacular, del «profeta» y sobre sus métodos y palabras, nunca vistos en aquellos apartados parajes. Y, como siempre, las opiniones estaban divididas. La mayoría no sabían qué pensar. Unos lo criticaban y otros lo defendían.

Lo cierto es que opté por buscar alojamiento en Salem. Según los vecinos, Yehohanan hacía días que no daba

---

(1) Como ya expuse en estos diarios, en la antigüedad, el valle del río Jordán fue un gran mar al que actualmente llaman Lisán o de la Lengua. Fue en el período del holoceno (hace unos diez mil años) cuando adquirió la forma que hoy conocemos. Posteriormente, al desaparecer, quedaron los yacimientos de sal, caliza y yeso, así como notables acumulaciones de conchas marinas y toda suerte de fósiles. El mar de Tiberíades o *yam* es uno de los restos, así como el mar Muerto, al sur. *(N. del m.)*

señales de vida. Lo vieron rodear la espesa selva del Jordán y perderse en dirección al Querit, uno de los afluentes orientales. Recordaba muy bien aquella actitud esquiva. ¿También aquí buscaba la soledad?

Y, como digo, elegí Salem. No quería precipitarme. Tenía que actuar con calma. Tiempo habría para reunirme con el Anunciador.

Uno de los amables *felah* me condujo hasta la casa de Abá Saúl. Él, seguramente, podría proporcionarme lo que necesitaba. Sólo requería un rincón en el que poder dormir y, quizá, alguien con quien hablar. Acerté.

Abá o «padre» Saúl era un anciano venerable. Había sido escriba y doctor de la Ley en Jerusalén. Ahora, cansado, esperaba la muerte en aquel escondido rincón, dedicado a su mujer, a sus «hijos» y al cultivo de un pequeño huerto. Todos lo saludaban con reverencia y lo llamaban *rby* («mi señor»). Aquel rabí había logrado la categoría de *hakam* o «doctor ordenado», la máxima dignidad entre los expertos en la Ley. Era un profesional de los libros (lo que llamaban un *swpr*).

Disponía de una casita tan humilde como su mirada. Vivía en compañía de Jaiá, su esposa, igualmente anciana, y de sus «hijos», los libros. Toda la casa aparecía conquistada por rollos y rollos. Colgaban en las paredes, dormían en las arcas o se apretaban en los rincones, entorpeciendo el paso del matrimonio.

Curioso Destino…

De haber intentado localizar a Yehohanan nada más pisar Salem, lo más probable es que no hubiera entrado en contacto con aquel singular sabio.

Abá Saúl escuchó al *felah* que me había conducido hasta su hogar. Después atendió mi súplica. Sólo buscaba un lugar donde refugiarme durante la noche; no molestaría.

Me dejó hablar, observando atentamente mis manos y mis ojos.

No me sentí incómodo. Inspiraba paz. Todo en él era luminoso. Vestía de blanco. Siempre de blanco. Sus cabellos, hasta la espalda, eran como la espuma marina. Nunca los recogía.

Sonrió y me hizo pasar. Conversó brevemente con Jaiá y me invitó a tomar asiento sobre una de las esteras de esparto. Así fue como iniciamos aquella intensa amistad.

Jaiá, cuya traducción podría ser «viviente», sirvió el tradicional *r'fis* (sémola tostada y amasada con dátiles triturados) y un dulce zumo de savia de palma.

Me asombró el brindis de Saúl:

—*Lehaim!*...

—¡Por la vida! —repetí. Y la tristeza me salió al paso. Pero disimulé, o eso creí...

Y el anciano siguió formulando preguntas. ¿Quién era? ¿De dónde procedía? ¿Cómo era mi vida? ¿En qué dios creía?...

Respondí hasta donde me fue posible.

Y de pronto, inmersos en aquel interrogatorio, reparé en algo que me desconcertó. Los acaricié con las yemas de los dedos.

«¿Casualidad?... No, imposible.»

Abá Saúl se percató de mi «descubrimiento». A partir de ese momento, su tono cambió. Pareció feliz.

En la estera sobre la que me hallaba aparecían, trenzados, los misteriosos tres círculos concéntricos que había visto en la «casa de las flores», en Nahum. Eran idénticos a los que acarició el Maestro...

Su última cuestión —¿cuál era mi dios?— quedó en suspenso. Y decidí plantear abiertamente la duda:

—¿Por qué tres círculos?

—¿Estás aquí por eso?

No comprendí. Y lento, como siempre, en lugar de profundizar en la pregunta del sabio, repliqué con la verdad:

—Busco a Yehohanan, el vidente. Dicen que anuncia un nuevo reino...

Saúl se lamentó.

—Por un instante creí...

Y continuó interesándose por mi vida.

Al final, sin poder contenerse, hizo una reflexión que tampoco supe evaluar...

—Por un instante creí que buscabas al Altísimo...

Suspiró y reclamó a su mujer. Le susurró algo al oído y Jaiá, mirándome, asintió y sonrió.

Fui aceptado, con dos condiciones. No debería pagar por mi estancia. Eso —sentenció Saúl— no era asunto suyo, ni tampoco mío. En segundo lugar, a cambio de su hospitalidad, tendría que prometer alguna conversación, de vez en cuando, «con aquel viejo entrometido». En aquella aldea no era fácil conversar...

No supe qué decir.

—No es necesario —aclaró, satisfecho—. El silencio fue antes que la palabra.

Acerté en todos los sentidos. Aprendí, cuidaron de este voluntarioso pero torpe explorador y, cuando llegó el momento, salvaron mi vida...

DEL 28 DE OCTUBRE AL 4 DE NOVIEMBRE

A la mañana siguiente, al alba, más calmado, crucé el villorrio y me dirigí a la zona que llamaban «Enaván» (hoy conocida también como Enón o Ainot Mechatzetsim). Aquella casa y sus habitantes ejercieron sobre mí un benéfico influjo. Fue Saúl, muy probablemente, quien me proporcionó las fuerzas y la claridad mental necesarias para continuar...

Las «fuentes» o «manantiales» era un lugar paradisíaco. Se encontraba más cerca de lo que suponía. Un caminillo rojo, embarrado por las últimas lluvias, partía de Salem y guiaba al caminante, sin pérdida, hasta una amplia llanura en la que dormían, plácidos, cinco o seis lagos de escasa profundidad y aguas azules, como los cielos del Jordán. Conté doscientos metros, aproximadamente, hasta el primero de los lagos. En realidad, un paseo desde la casa de Abá Saúl.

Los campesinos, madrugadores, se afanaban en los huertos y las plantaciones de palmeras existentes entre las lagunas. Por detrás, a lo lejos, entre los mástiles negros de los bosques, se asomaba, tímida, la línea verde e intrincada de la jungla, un territorio en el que no había penetrado, de momento.

El grupo de Yehohanan no se hallaba lejos. Según los *felah*, junto al árbol de «hierro», en el «tercer lago». Sólo debía rodear dos de los *yam*. No tenía pérdida.

Y así lo hice. En realidad, al aproximarme, observé que no se trataba de lagunas propiamente dichas. El agua nacía en generosos manantiales —conté seis, repartidos por la planicie—, quedaba remansada y, finalmente, huía en torrenteras hacia la línea de la jungla. Eran los laboriosos *felah* quienes habían sabido aprovechar los caudales, convirtiendo la zona en una excelente reserva de agua. Para ello habían cerrado las salidas naturales con poderosas barreras de troncos, creando embalses y una red de canales que regaba las plantaciones y llegaba hasta Mehola.

Una espesura de cañas, tamariscos, los llamados arbustos de Abraham y voluntariosas adelfas peleaban en las orillas, disputándose cada palmo de aquella tierra roja y fértil como pocas. En las aguas, atentas, observaban cientos de garzas grises y blancas, pendientes de la comida y de los inoportunos intrusos. Algunas, al descubrirme, se alejaron prudentes o levantaron el vuelo, cambiando de lago.

El silencio, con seguridad, era el sello de Enaván. Sólo los manantiales y las aves se atrevían a alzar la voz, y siempre discretamente.

Fue simple. Reconocí el estilo del Anunciador a distancia...

Al sur de uno de los embalses —el que llamaban «tercer *yam*»—, en la orilla, se alzaba un solitario árbol de mediana corpulencia. De sus ramas colgaban los familiares ostracones o trozos de vasijas que había tenido ocasión de ver en la sófora del «vado de las Columnas». Muy cerca brotaban dos fuentes. Ambas impetuosas y con una singular característica: de una manaba agua fría; de la otra, separada poco más de un metro, surgía un caño templado, a unos treinta grados Celsius. Los chorros brincaban desde una peña, a unos cinco metros sobre el nivel del lago, formando una doble y «divertida» cascada. La llamaban *te'omin* («gemelos»). La fría era agua potable. La caliente, en cambio, se presentaba ligeramente salada. Ofrecían un asombroso contraste.

Abner y los suyos me reconocieron y se apresuraron a darme la bienvenida, abrazándome y besándome.

—Ésrin («Veinte») ha regresado...

Quedé sorprendido. El grupo había crecido considerablemente. Ahora sumaba treinta hombres.

Seguían manteniendo el *guilgal* o círculo de piedras.

En esta ocasión lo habían trazado alrededor del mencionado y solitario árbol, muy cerca del agua. Los campesinos lo llamaban «árbol de hierro». Al retornar al Ravid, *Santa Claus* me puso al corriente. Se trataba de una especie no muy frecuente en Palestina. Los griegos le dieron el nombre de *métra sideros* o «médula de hierro» a causa de la dureza de su madera. Florecía en un rojo «marte», con flores provistas de una fuerte nerviación que proporcionaban el aspecto de melena al viento. Para mí, desde esos momentos, fue el árbol «de la cabellera».

En los alrededores, entre las lagunas, cerca de los manantiales, acampaban curiosos y seguidores. En un principio, menos numerosos que en el «vado de las Columnas». Casi no vi vendedores y tampoco tullidos, enfermos, o los inevitables pícaros que contrataban sus servicios y los de las parihuelas. Deduje que el lugar, más apartado que Damiya, era la causa de esta aparente calma. Me alegré. Yo también necesitaba un mínimo de paz.

Y durante varias horas, sentado bajo las «melenas rojas» del árbol de hierro, observando el oscilar de los trozos de vasijas que colgaban de las ramas, este explorador recibió cumplida información de lo acaecido en aquellos días de ausencia. Todo, más o menos, había transcurrido con «normalidad»: los mismos discursos, la misma furia en las palabras del vidente, las mismas ceremonias de inmersión y, de vez en cuando, los mismos y catastróficos finales, con el Anunciador corriendo hacia el bosque de las acacias.

Yehohanan, como advirtieron los *felah* de Salem, se hallaba ausente. Abner no respondió a mi pregunta sobre el porqué de aquella ausencia. Bajó los ojos, resignado. Entendí.

Y el segundo en el «cuerpo apostólico» del Bautista procedió a presentarme a los «nuevos». Diez entusiastas del «reino» que creían en la misión de Yehohanan como precursor o preparador del camino del Mesías libertador político, religioso y militar.

La verdad es que recuerdo sus nombres y sus rostros con dificultad, a excepción de uno...

Todos, conforme eran mencionados, se levantaban y

me abrazaban. Abner se extendía entonces en la enumeración de las virtudes del recién llegado, así como en la pureza de su origen genealógico. Supuse que la mayor parte de lo que aseguraba era pura invención, muy apropiada, eso sí, para los planes «salvadores» del grupo. Me armé de paciencia y resistí. Era lo establecido a la hora de las presentaciones en aquel tiempo y con aquellas gentes.

Y, súbitamente, Abner mencionó su nombre y el pueblo del que procedía. Lo vi levantarse despacio, con desgana.

Me estremecí.

Parecía más joven, obviamente. Calculé entre veintisiete y treinta años.

Se aproximó y, en lugar de abrazarme, me besó en las dos mejillas.

Fueron dos besos fríos...

«Judas, de Queriot...»

¡Judas, el Iscariote! ¡El hombre de Queriot, una de las aldeas de Judá, al sur de Jerusalén!

Entonces, ¡era cierto! Judas fue primero discípulo del Anunciador. Mis informaciones eran correctas.

Debió de notar mi interés, pero, tímido y reservado, se limitó a volver a su lugar. Es curioso, jamás lo vi sonreír.

Abner lo presentó como hijo de una rica y noble familia de saduceos. Su padre, Simón de Judea, era célebre por sus empresas de fabricación de barriles. Judas había decidido dejarlo todo y buscar «la liberación de su alma y de su pueblo, por este orden». Por eso estaba allí, junto al nuevo profeta de Israel...

A partir de esos instantes, las palabras del segundo resbalaron en mi mente. Casi no le presté atención. Estaba fascinado ante la aparición del «traidor». Y di gracias a los cielos por la cadena de sucesos que me había llevado, finalmente, a Salem y ante la presencia del Iscariote.

¡Increíble Destino!

Y fue justamente a raíz de aquel 28 de octubre del año 25, domingo, cuando empecé a conocer al esquivo y retorcido Judas y a entender, en definitiva, el porqué de su comportamiento final con el Hijo del Hombre. Nada fue como lo han contado...

Casi no hablaba y, si lo hacía, seleccionaba muy bien a sus interlocutores. Mantenía la misma figura y los ademanes discretos y educados. Era alto (1,70 metros), si tenemos en cuenta la media de los varones en aquel tiempo. Siempre me recordó a un pájaro, con la nariz aguileña y afilada. Mostraba una piel blanca, casi transparente, con un rostro imberbe y unos ojos negros, profundos, inquisidores pero inseguros. Sus cabellos eran más largos que en el año 30. Caían delicadamente sobre los hombros. Eran tan negros y frágiles como su corazón. Entonces vestía con cierto lujo, siempre con túnicas de lino bordado, generalmente de color marfil. E inseparable, en la faja o *hagorah* que lo ceñía, una espada o una *sica* (un puñal corto), según el momento y el lugar...

Durante el tiempo que permanecí en Enaván no lo perdí prácticamente de vista. Estudié a fondo sus modales y penetré discretamente en su mundo. Así fue como supe de algunos de sus más acariciados «secretos». En aquellos momentos, el complejo universo de Judas se limitaba a una idea central y otras de menor rango. Su objetivo era colaborar, como fuera, en la liberación de su patria. Los zelotas (1) eran sus ídolos. Sólo aspiraba a formar parte de aquel grupo de patriotas y a expulsar a los *kittim* (romanos), arrojándolos al «gran mar» (Mediterráneo).

Entendí que la asociación con Yehohanan era una vía para demostrar su patriotismo, y más adelante, quién sabe, formar parte de pleno derecho de los «celosos por la Ley», como también llamaban a los zelotas. Como ya he referido en otras oportunidades —y no me cansaré de insistir en ello—, para la mayoría de los judíos, los romanos eran déspotas, sacrílegos, parricidas, incestuosos, ladrones, asesinos y pederastas (entre otras «lindezas»). Judas estaba convencido del triunfo de Israel sobre Roma. Creía en el Mesías y en la inevitable «depuración de los impíos». En algunos momentos llegó a pensar que el gru-

(1) Amplia información sobre los zelotas en *Jerusalén. Caballo de Troya 1; Masada. Caballo de Troya 2; Nazaret. Caballo de Troya 4,* y *Cesarea. Caballo de Troya 5. (N. del a.)*

po que encabezaba el Anunciador era el ansiado movimiento de liberación nacional del que —según él— hablaban los profetas. Ésa fue la razón inicial que lo movió a solicitar el ingreso entre los discípulos del vidente del Jordán. De hecho, durante aquel tiempo, Judas se autoproclamó *maquisard* o «guerrillero» («iscariote»); así se lo conocería en el futuro. Su verdadero nombre era Judas ben Simón. Los padres, al tener conocimiento de esta decisión, lo repudiaron y lo desheredaron. Como ya mencioné, el grupo o secta de los saduceos, al que pertenecía la familia del Iscariote, predicaba el buen entendimiento con los invasores. Eso favorecía sus intereses económicos y mantenía sus destacadas posiciones entre las clases sacerdotales y la aristocracia judía. Y Judas supo jugar con el rechazo de su familia, aprovechándolo como una «condecoración». Los zelotas, por lo que pude deducir en aquellas fechas, ya se habían fijado en él. Pero, desconfiados en extremo, lo mantuvieron «bajo vigilancia», pendientes de sus palabras y sus actuaciones. Y lo adelanto ya: de no haberse producido la muerte de Yehohanan, el *maquisard*, muy probablemente, no se hubiera unido a Jesús de Nazaret. Pero Dios escribe recto con renglones torcidos...

Hablé mucho con Judas. Al principio, receló. Después, al comprobar mi amistad con Abner y, sobre todo, con el Anunciador, cedió, permitiendo un cierto acceso (lo justo) a sus pensamientos e intenciones. Su filosofía, como digo, era zelota. Judas practicaba el «deporte» de la libertad. Creía en ella por encima de todo. Era un indomable defensor del pueblo. Sus ídolos eran Pinjás (también llamado Fineés), nieto de Aarón y mencionado en Números (25), el profeta Elías y los hermanos Macabeos. Todos demostraron un especial celo por Yavé. Pinjás atravesó con su lanza a Zimrí, el israelita que se atrevió a introducir una mujer madianita en su tienda. Dice la Biblia que Yavé elogió el «celo» de Pinjás y detuvo una plaga que había enviado sobre su propio pueblo y que provocó la muerte de veinticuatro mil judíos. Elías, por su parte, según Judas, era el prototipo de «celoso por Yavé». En el libro primero de los Reyes (18, 40) se cuenta cómo el profeta terminó con la vida de más de cuatrocientos videntes del dios Baal, sencillamente «por celo hacia Dios». Él mismo los degolló. También los Macabeos eran el vivo ejemplo de la libertad y de la fidelidad al Dios de Israel. La rebelión contra la dinastía helénica de los seléucidas, en el año 167 antes de Cristo, fue un momento de gloria en la historia de su pueblo, en palabras del Iscariote (1). Era preciso imitar al «Martillo» o «Macabeo». Era necesario levantar al pueblo y repetir la masacre del mar Rojo. Los romanos —según Judas— eran la encarnación del mal, como lo fue Egipto en los tiempos de Moisés. «¡Abajo los seléucidas! ¡Abajo Roma! ¡Dios es el único rey!» Éstos eran los pensamientos de aquel Judas del año 25, cuando todavía no había conocido a Jesús de Nazaret. ¡Lástima que los evangelistas tampoco hagan men-

(1)   Si existe un rey nefasto para los judíos, ése fue Antíoco IV Epífanes. Fue un convencido defensor de la cultura griega y trató de imponerla, por la fuerza, a la nación israelita. En el año 172 a. J.C., siguiendo esta línea de helenización, cambió al sumo sacerdote, sustituyendo a Jasón (nombre griego de Jesús) por Menelao, miembro de una familia pro seléucida. Menelao prometió al rey Epífanes que doblaría los impuestos y modificaría las costumbres religiosas de los judíos. Desde entonces, como cuenta el libro segundo de los Macabeos (4, 25), Menelao se comportó con el furor de un tirano cruel y con la ira rabiosa de una fiera. Los judíos no cumplieron las aspiraciones de Menelao y se produjo un hecho inconcebible: los partidarios del sumo sacerdote saquearon el tesoro del Templo. Fue el principio de una serie de rebeliones contra los helenistas. Judíos contra judíos. Epífanes consiguió sofocar los levantamientos y fue más lejos en sus locos proyectos: intentó unificar las etnias de Israel y suprimir las sagradas costumbres religiosas. Prohibió las prácticas del *shabbat* y los sacrificios, así como la circuncisión y la lectura de los libros. El pueblo, escandalizado, estalló en nuevas revueltas. Pero Antíoco IV estaba decidido a llevar a cabo la gran revolución. Y el 6 de diciembre del año 176 a. J.C. ordenó levantar un altar a Zeus en el corazón del Segundo Templo. Fue la «abominación de la desolación». El intento de Antíoco IV Epífanes de igualar a Yavé con Zeus provocó el desastre final. La población, temerosa, se resignó, pero no así los «celosos por Yavé». Entre éstos se hallaban Matatías y sus cinco hijos. Huyeron a las montañas de Judá y allí formaron guerrillas. Eran los *hasidim*, hombres celosos y piadosos que se dejaban matar antes de infringir la Ley. A Matatías, muerto en el 166 a. J.C., le sucedió Judas, su hijo, con un ejército de seis mil hombres. Judas recibió el alias de «Martillo» o «Macabeo», por su especial dureza como caudillo. En diciembre del 164 a. J.C., Judas, el Macabeo, logró la purificación del Templo. Así surgió la *hanukah* o fiesta de las Luces. Antíoco IV Epífanes tuvo que ceder ante la presión de Roma, que terminó aliándose con los sublevados. *(N. del m.)*

ción de este importante capítulo del Judas aspirante a zelota y discípulo del Anunciador!

Judas Iscariote, sencillamente, era un terrorista, tal y como entendemos hoy el fanatismo religioso llevado a sus más sangrientos extremos. Pero debo ser riguroso en los planteamientos. Judas, en esos momentos, era un aspirante a terrorista. Sólo contemplaba la vía armada como solución al problema del invasor romano. Se oponía a la materialización de cualquier censo. Los consideraba un insulto y un atentado contra la propiedad. Pagar impuestos a Roma era reconocer un gobierno impío y permanecer sumidos en la esclavitud. E iba más allá, haciendo suya la filosofía zelota: el beneficiario de esa lucha no era otro que el pueblo. «Tenemos que liberarlo —decía— y saldar sus deudas.» Para ello, lo mejor era saquear los registros de Jerusalén. Allí constaban todas las deudas. «Hay que quemarlos —repetía—. El reino de Dios se aproxima, como dice Yehohanan, y nosotros debemos colaborar en ese gobierno de los cielos. Dios no dará el primer paso si antes no lo damos nosotros.» Ésta era la filosofía medular del Iscariote. Y creía, incluso, que, una vez iniciado el combate, Yavé obraría sus acostumbrados prodigios. Quizá derribase ciudades, como había sucedido con Jericó, o abriera de nuevo las aguas y sepultara a los *kittim*. Aquella férrea creencia en un Dios hacedor de milagros, tal y como pronosticaban los profetas, los llamados Oráculos Sibilinos y el primer libro de Henoc, me puso en guardia. ¿Qué sucedería con Judas cuando fuera testigo directo de los asombrosos prodigios de Jesús de Nazaret? Empecé a sospechar algunas de las razones por las que se había unido al Galileo...

—El resto —manifestó sin la menor sombra de duda— es basura y debe ser tratado como tal. Todo el que colabore con los impíos será destruido. Eso incluye a los tibios...

Los «tibios», según él, eran los que «no sabían o no deseaban saber». Yavé era Dios, el único Dios, y no aceptaba competencia. Roma, los saduceos, sus propios padres, serían aplastados por el rodillo zelota. Si Yehohanan era el precursor en la lucha, él estaría en primera fila.

Naturalmente, no todos compartían esta idea sobre la urgente liberación nacional. Conocí a infinidad de judíos que, aun siendo patriotas, preferían el orden establecido por los romanos. Los bandidos habían sido reducidos, los caminos rehabilitados, el comercio intensificado y anuladas las antiguas invasiones extranjeras. No era lo ideal, pero se parecía. Si he de ser honesto, la *pax romana* fue bien recibida por un alto porcentaje de la población. En ese porcentaje no figurarían Yehohanan, sus discípulos, los apóstoles del Maestro ni, naturalmente, la Señora y parte de sus hijos. Pero de eso me ocuparé a su debido tiempo...

El 30, martes, apareció Yehohanan.

Siguiendo mi costumbre, todos los días, al alba, abandonaba Salem y me reunía en el *guilgal* con Abner y los suyos. Ese día, antes de la súbita irrupción del Anunciador bajo el árbol «de la cabellera», quien esto escribe se hallaba fuera del círculo de piedras, conversando con una de las familias de los acampados. Eran galileos y vecinos de Nahum. Conocían bien la «casa de las flores» y a sus habitantes. Buscaban remedio para uno de sus hijos, semiparalizado desde la infancia. Pensaban que Yehohanan podría sanarlo.

De pronto, oí voces. Procedían del *guilgal*. ¡Era el Anunciador! Nadie lo vio llegar. Discutía con Abner y su gente. Me quedé quieto, desconcertado ante los gritos.

Yehohanan parecía muy irritado. Señaló al responsable del sofar o cuerno de carnero. Creí entender. Sus órdenes eran terminantes. Al verlo llegar, el encargado del sofar tenía que alertar a los acampados, como siempre. Esta vez, ignoro la razón, el discípulo no lo hizo. Y el Anunciador, molesto, les reprochó su «falta de consideración para con el enviado de Yavé».

¡Dios santo! Aquel energúmeno seguía tan intolerante e irritable como en el «vado de las Columnas»...

Él mismo cogió el cuerno y lo hizo sonar. Después, con paso firme, se introdujo en el embalse, caminando con el agua hasta las rodillas hacia los *te'omin* o fuentes gemelas.

Su atuendo y su aspecto eran idénticos. La larga melena, aparejada en las habituales siete trenzas, danzaba a cada movimiento, tan amenazante como los ojos y la formidable estatura.

Se situó por delante de la doble cascada y, sin esperar a los atolondrados discípulos, empezó a predicar. La gente, sin demasiado entusiasmo, se puso en pie y fue aproximándose.

No percibí novedades en la filípica. Yehohanan repitió amenazas y avisos, advirtiendo de la inminente llegada del reino y de cómo los que no obedecieran sus órdenes serían arrojados a la *gehenna* eterna y se consumirían como paja seca. El infeliz del sofar se dio por aludido y enrojeció de vergüenza. Yo también me sentí incómodo. ¿Cómo era posible que los cristianos llegasen a deformar la imagen de aquel hombre, hasta el extremo de convertirlo en santo?

Y tras los acostumbrados «¡Arrepentíos!», el Anunciador pronunció la palabra clave (*šakak* —«bajad al agua»—) y el del sofar se apresuró a romper el silencio con un toque largo. Era la señal para la ceremonia de inmersión. En esta ocasión sí se produjo un notable cambio. Abner y los armados habían logrado establecer un mínimo de orden. Los que deseaban «purificar» sus cuerpos aguardaban en fila, sin empujones ni prisas. Los discípulos rodearon al vidente y, con las armas dispuestas en la cintura, fueron permitiendo el paso, uno a uno, sin enfermos, tullidos o parihuelas.

—Las sanaciones en otro momento —gritó Abner—, cuando el profeta lo disponga...

Y en un respetuoso y, para mí, inusual silencio, los doscientos o trescientos acampados fueron desfilando por delante de las fuentes gemelas.

También la «liturgia» fue modificada, adaptándose a las «necesidades» del lugar.

El «candidato al reino» llegaba a la altura de Yehohanan y, como era previsible, quedaba atónito ante la imponente figura del Anunciador y, sobre todo, ante el aspecto feroz del vidente.

—¿Te arrepientes?

Si el hombre era rápido en la respuesta, Yehohanan lo

empujaba materialmente bajo el chorro de agua templada, y allí lo mantenía durante dos o tres segundos.

Por el contrario, si el aspirante dudaba o balbuceaba una respuesta poco clara, el de las siete trenzas rubias lo desplazaba hacia el caño de agua fría, «como castigo a su tibieza» (!).

—*Neqe!* («¡Limpio!»)

Y el individuo se alejaba de los *te'omin*.

—¡Siguiente!

Las mujeres, como pude apreciar en el «vado de las Columnas», no contaban para el profeta. No preguntaba ni les prestaba la menor atención. Iban directamente a la cascada de agua fría. Todas —según él— eran «tibias».

Estaba claro. Dependiendo del paraje y de la proximidad a núcleos humanos más activos, así era el desarrollo de la actividad de Yehohanan. Si los pícaros y vendedores profesionales no lo seguían, los sermones y los «bautizos» transcurrían sin novedades dignas de mención. Éste fue el caso de Salem y sus manantiales.

Cuando el sol despegó sobre la línea de la jungla del Jordán, Yehohanan, atento, suspendió las «inmersiones» en la doble cascada. Abner solicitó paciencia a los que aguardaban en la cola.

—Al día siguiente...

Ésa fue la consigna transmitida por los discípulos. Y los acampados, decepcionados, retornaron a sus tiendas y chozas. En la orilla, silenciosos y derrotados, divisé a los miembros de la familia de Nahum, con el niño en brazos. No se atrevieron a moverse. Sentí una profunda lástima. El pequeño padecía una paraplejía inferior o crural (1) que le provocaba la parálisis de las piernas. Algún tiempo después, cuando el Destino lo estimó conve-

(1) Por lo que llegué a verificar, el niño en cuestión sufría la parálisis como consecuencia de una posible falta congénita de fusión de las estructuras internas de la columna vertebral («disrafia espinal»). Una de las formas más graves de este trastorno congénito o de nacimiento es el llamado «meningomielocele», que aparece cuando la médula espinal, las raíces nerviosas (o ambas) emergen a través de los defectos óseos y cutáneos de la región posterior. Además de la parálisis de los miembros inferiores, el pequeño presentaba un déficit neurológico, con pérdida del control intestinal y de vejiga. En aquel tiempo, el meningomielocele era incurable. *(N. del m.)*

niente, confirmé el diagnóstico. Aquel niño, en cierto modo, formaría parte de la vida del Hijo del Hombre. Mejor dicho, de su gloria...

Seguí a los discípulos y me incorporé al *guilgal*.

Yehohanan, como era su costumbre, extrajo el *talith* del zurrón blanco y se cubrió la cabeza. Junto a las piedras que formaban el círculo, manteniendo a los curiosos a distancia, se hallaba la colmena ambulante.

El gigante tomó asiento al pie del árbol de hierro y, sin demora, inició una de sus habituales «clases», adoctrinando a los «heraldos» sobre el «inminente reino». Nada nuevo. Todo giró alrededor de sus obsesivas ideas: Yavé llegaba. Yavé enviaba a sus ejércitos. El Mesías aparecería en primera línea, con las armas y el escudo preparados, listo para romper los dientes de los impíos, los romanos. Yavé apacentaría los rebaños de Israel y los hijos de los extraños se convertirían en sus esclavos, labradores y viñadores...

Judas vibró. Aquél era su hombre...

Al concluir, Abner llamó la atención de Yehohanan sobre mi persona. Veinte había regresado...

No lo dudó. Me reclamó ante su presencia y preguntó por Jesús, su primo lejano.

Los discípulos, tan expectantes como el Anunciador, esperaron mi respuesta.

—Debo hablar contigo a solas...

Por un instante pensé que estallaría, obligándome a replicar de inmediato. No fue así. Tras unos segundos de silencio, y de tensión, terminó alzándose y, pasando el brazo izquierdo sobre mis hombros, me invitó a caminar. Detrás quedó un murmullo de admiración. Aquel gesto del vidente no era normal. Y Veinte ganó nuevos e interesantes «dividendos» entre los discípulos, especialmente con el Iscariote.

El Destino, una vez más...

Probablemente fueron los treinta metros más angustiosos de mi estancia en Salem. Yehohanan entró en el agua y, naturalmente, yo con él. Y me condujo despacio hacia la peña de la que brotaban las pequeñas cascadas.

¿Qué le decía? Tenía que inventar algo. Jamás me atreví a trasladar su mensaje al Maestro: «¿Cuánto más debo esperar?»

Recuerdo que el olor corporal de Yehohanan me nubló momentáneamente.

¿Qué respondía?

Y al llegar junto al chorro de agua templada, el Anunciador preguntó por segunda vez.

—¿Has visto a Jesús?

No me dejó hablar. Y siguió formulando toda clase de cuestiones. Algunas, realmente lamentables...

—¿Cuánto tiempo debemos esperar? ¿Sabe que los ejércitos de Yavé están preparados? ¿Le has dicho que podemos reunir a miles de patriotas? ¿De qué armas dispone? ¿Entiende que tenemos que coordinar nuestros esfuerzos? ¿Le has hablado de mi poder para curar?

¿Curar? Yo no había asistido a ninguno de los prodigios que corrían de boca en boca y que, supuestamente, obraba el vidente de la «mariposa» en el rostro.

Finalmente, retirando parte del chal, me atravesó con aquella incómoda mirada. ¡Qué difícil resultaba acostumbrarse a las «pupilas» rojas!

Respondí con la verdad:

—No ha llegado su hora...

Se revolvió, furioso.

—¿Y cuánto más hará esperar al Santo?..., bendito sea su nombre. ¿Pretende que llegue hasta el *yam* y que le implore?

Dio media vuelta y, sin esperar respuesta —¿qué podía decirle?—, se dirigió a la cascada de agua fría, dejando que el salto lo cubriera. Y así permaneció, inmóvil, como un fantasma, bajo el rumor de la espumeante agua.

No los vi llegar. Me hallaba tan absorto en el imprevisible Yehohanan que no me percaté de su presencia hasta que los tuve a mi lado. Era la familia de Nahum. El padre, al vernos junto a los *te'omin*, se armó de valor y, tomando al pequeño entre los brazos, se aventuró en el embalse, dispuesto a solicitar el socorro del vidente. La madre, asustada, sostenía a un bebé. No supieron qué hacer.

De pronto, el gigante abandonó la cascada y, chorreando, con el *talith* de pelo humano pegado a la cabeza y a los hombros, se dirigió hacia quien esto escribe y, gritando, amenazó:

—¡Pues lo haré…! ¡Subiré hasta Nahum y me pondré de rodillas, si es necesario!

La familia, más aterrorizada aún ante la súbita reacción del profeta, se echó atrás.

—Y vosotros, ¿qué queréis? —preguntó con idéntica agresividad—. ¿No sabéis que soy el enviado? ¿No podéis dejarme ni un momento?

—Maestro —replicó al fin el hombre—, coloca tus manos sobre nuestro hijo… Sólo eso…

Por unos instantes, confundido, no supo qué hacer. Miró al niño. Después, acorralado, observó a quien esto escribe.

Alertados por los gritos, Abner y los suyos se lanzaron al agua. Judas, en cabeza, empuñaba la *sica* en la mano izquierda. El puñal brillaba, amenazador.

Yehohanan los contuvo con un simple ademán. Y los *gladius* regresaron a las fajas.

—Haré algo mejor…

Solicitó al pequeño, y el padre, obediente, lo depositó en los largos brazos del Anunciador. La madre, intuyendo algún tipo de peligro, se refugió tras el marido.

Abner me interrogó con la mirada. No supe qué responder. En realidad sabía tanto como el pequeño-gran hombre…

—Ahora observa hasta dónde llega el poder del Santo, bendito sea su nombre…

La advertencia fue lanzada directamente a los ojos de este explorador.

¿Qué se proponía?

Y midiendo las palabras —yo diría que recreándose—, sentenció:

—Soy suyo… Su poder está en mí… Cuando vuelvas a verlo, recuérdale que somos hijos de la promesa… Somos el poder…

Supuse que se refería al Maestro.

Y ante el desconcierto de todos dio media vuelta y caminó hacia los saltos de agua. Al llegar frente a las cascadas volvió a dudar. La madre se fue tras él, pero los discípulos le cortaron el paso.

Yehohanan eligió el de la izquierda y se colocó bajo el chorro, sosteniendo a la criatura entre los brazos. El niño, al contacto con el agua fría, reaccionó y, asustado, rompió a llorar. La madre intentó esquivar la muralla que formaban los discípulos y rescatar al hijo. No lo consiguió. Abrazó al bebé, retrocedió, y se amparó en el marido.

El gigante, impasible, ajeno a los lamentos del pequeño, continuó bajo el agua por espacio de varios minutos.

¿Qué trataba de demostrar? ¿Pretendía curar la parálisis?

Reconozco que dudé. Durante algunos segundos me vi sorprendido por una absurda idea: ¿estaba el Anunciador en condiciones de hacer desaparecer un meningomielocele? ¿Era cierto lo de su poder?

Lo rechacé a la misma velocidad a la que había llegado. Eso era imposible, al menos en aquel tiempo. Ni siquiera conocían las causas de la referida patología.

Aquello sólo podía ser teatro, o algo peor...

¿O era yo el equivocado? ¿Qué clase de individuo tenía ante mí?

La historia y la tradición, especialmente la cristiana, lo han presentado como un hombre valiente, devoto y convencido de la misión espiritual de Jesús de Nazaret. Yo, en cambio, me hallaba frente a un déspota, un iluminado, defensor de un Dios cruel y vengativo y, probablemente, un desequilibrado.

¿Quién tenía razón?

Al fin se retiró de la cascada y, lenta y teatralmente, mostró al niño a su familia y a los discípulos.

El muchacho seguía llorando. Temblaba de frío.

El padre acudió con rapidez y se hizo cargo del hijo.

—Ahora —sentenció Yehohanan con satisfacción— volved a casa...

Y la familia, convencida de la curación, quiso besar las manos del hombre de las «pupilas» rojas. Yehohanan lo permitió. Después, el matrimonio se alejó hacia el campamento. La gente, sospechando que algo extraño había sucedido en los *te'omin,* rodeó de inmediato a los de Nahum.

Quise seguir los pasos de la familia y verificar (!) si el niño continuaba con las piernas paralizadas. No pude. La mirada del vidente me buscó. Alzó los brazos y, a voz en grito, proclamó:

—¡Soy de Él!... ¿Quién como yo?

A partir de ahí, el Anunciador actuó con tanta celeridad como inteligencia. La noticia de la supuesta sanación se propagó como la pólvora entre los acampados. Y se produjo algo similar a lo que contemplé en otras ocasiones. Seguidores y curiosos despabilaron y se lanzaron hacia el *guilgal,* enfervorecidos y deseosos de tocar al «sabio». Fue demasiado tarde. Cuando reaccionaron, Yehohanan ya había tomado su colmena y desaparecido hacia la jungla del Jordán. Abner y los discípulos sólo pudieron contenerlos a medias. Arrancaron los ostracones que colgaban del árbol de hierro y los guardaron como recuerdo.

Judas, a pesar de la confusión y del destrozo de los fanáticos, se sentía feliz y pletórico. Yehohanan era el líder. Él los conduciría a la victoria sobre Roma. Los zelotas tendrían puntual información de lo acaecido en aquella memorable fecha. Ésos fueron los pensamientos del Iscariote. Y no estaba equivocado, al menos en lo que a los zelotas se refiere...

Yo busqué a la familia de Nahum. La encontré empaquetando sus enseres. Era la orden del vidente.

Me trataron con gratitud, como si hubiera tenido algo que ver en el gesto del Anunciador. No dije nada. Me limité a observar al pequeño. Tal y como suponía, las piernas seguían desmayadas. El único cambio que constaté fue la fiebre. Era alta...

Al poco se retiraban de Enaván, tomando la senda del valle, rumbo a su casa, en el mar de Tiberíades.

Nos veríamos en el *yam.* Eso prometí...

Cuando la situación se apaciguó, Abner hizo un aparte y me interrogó. ¿Qué opinaba de lo sucedido? Y, sobre todo, ¿qué le diría a Jesús cuando volviera a verlo? ¿Le contaría la extraordinaria curación del niño paralítico?

—¡La victoria es nuestra, Ésrin! El Santo ha enviado a su Mesías... No lo dudes... ¡Él, Yehohanan, es el libertador!

Era evidente: la situación empeoraba. ¿Qué podía decirle? Día a día, como ya manifesté, los discípulos del Bautista se aferraban a la consoladora idea de un Yehohanan Mesías. Jesús no existía. Era un nombre, al que sólo hacía alusión el Anunciador. Era él, Yehohanan, el que arrastraba a las masas y ponía en pie los corazones. El posible, más que posible, conflicto entre los seguidores del Anunciador y los futuros discípulos del Maestro empezaba a dibujarse en una lejanía no tan lejana...

Me evadí como pude. Me sentí cansado y, lo que era peor, decepcionado. El personaje de la cabellera hasta las rodillas no era fácil. Me agotaba. Las primeras sospechas sobre un posible desequilibrio mental continuaban prosperando. Y pensé en los *nemos*. Tendría que buscar el momento y la fórmula para suministrárselos. Pero ¿cómo? ¿Me arriesgaba a seguirlo cuando se retirara hacia la línea de la selva, en el río Jordán? La posibilidad no parecía tan simple como en el «vado de las Columnas». Si me descubría, lo más probable es que me rechazase. Tampoco podía proporcionárselos en el *guilgal*. No era sencillo. Sus permanencias en el círculo eran cortas e imprevisibles. Además, Yehohanan casi no comía cuando se hallaba en compañía de los discípulos. La miel de la colmena ambulante era su único sustento.

El instinto me previno.

Tenía que actuar con rapidez. «Algo» se avecinaba...

Y cansado, como digo, busqué refugio en la pequeña casa de Abá Saúl, en Salem.

Sí, extraña e intensamente cansado...

El resto del día lo dediqué a pensar. Jaiá y Saúl, pendientes, supieron que algo me atormentaba. No intervinieron. Respetuosos, me dejaron conmigo mismo y con la nunca ganada batalla en la que debía pelear con mis propios sentimientos.

Ella estaba allí, entre las estrellas. Era la única conexión. Si levantaba los ojos, me vería, a veces brillante, a veces apagado. Si yo alzaba los míos, también la veía a ella, hermosa, silenciosa y distante.

Desde entonces, desde mi permanencia en Salem, cuando me sentía ahogado y perdido —es decir, sin ella—, buscaba en el firmamento e imaginaba que la mujer de mis sueños hacía lo mismo. Cada destello era un «te quiero»...

Nunca lo supo.

Dos días permanecí en Salem sin salir prácticamente de la casa. Las fuerzas me abandonaron. Casi no me tenía en pie.

Traté de racionalizar el problema. ¿A qué se debía aquel abatimiento? ¿Tenía origen en la crisis que bauticé como *ma'ch*? (1) ¿Podía la lucha interna provocar un desmoronamiento físico y moral como el que soportaba?

También pensé en el mal que nos aquejaba desde el primer «salto» en el tiempo. ¿Fallaban las neuronas? ¿Me encontraba ante un episodio de alteración espacio-temporal?

Me asusté. Si era así, si resultaba atacado por lo que conocíamos como «resaca psíquica», estaba perdido. Me hallaba solo y a cuarenta kilómetros del *yam*. Si perdía el control de la situación, ¿cómo advertir a Eliseo? ¿Sería capaz de retornar al Ravid? Podía morir o, lo que era peor, vagar sin rumbo fijo y sin saber quién era realmente...

Doblé la dosis de antioxidantes. No lograba entender. Mantenía la medicación, la comida era saludable...

E imaginé que ella tenía más fuerza de lo que había supuesto.

Sí y no...

El viernes, 2 de noviembre, al despertar, me sentí bien. Los ánimos se pusieron en pie y los viejos fantasmas huyeron. Fue una falsa alarma. ¿O no?

Y regresé a Enaván.

Todo continuaba más o menos igual. Yehohanan, el Bautista, no había regresado. Seguía en algún punto desconocido del Jordán. Abner, acostumbrado a sus ausen-

---

(1) Obviamente, la palabra *ma'ch* no es un error, como había supuesto. (*N. del a.*)

cias, procuraba suavizar la situación con sus diarias y, la verdad sea dicha, poco afortunadas prédicas. El número de curiosos creció. Ahora sumaban alrededor de quinientos. Judas también proseguía con lo suyo, medrando y cuchicheando entre los fieles seguidores, convencido de la secreta presencia de sus ídolos, los zelotas, entre los acampados.

Opté por retirarme. Prefería la soledad de Salem y la buena conversación de Abá Saúl.

Algo extraño, además, me reclamaba en la aldea. No supe definirlo en esos momentos. Era una permanente inquietud. Se posó en mi corazón desde que acerté a divisar el villorrio.

«Algo» singular, sí, tiraba de mí hacia aquel puñado de casas de barro...

Y me dejé llevar por la intuición. Caminé sin rumbo, saludando a los pacíficos *felah* y jugueteando con la numerosa población infantil. Poco a poco, todos fueron familiarizándose con aquel larguirucho extranjero, casi siempre silencioso y taciturno.

Lo había visto desde que llegué a Salem. Sin embargo, por una razón o por otra, no tuve ocasión de visitarlo. Se trataba de un pequeño cerro situado al oeste de la aldea, a escasos quinientos metros. Los huertos y palmeras lo rodeaban casi por completo. No creo que alcanzase más de quince metros de altitud respecto a la planicie de los «manantiales». La gente lo llamaba el «lugar del príncipe», en recuerdo, al parecer, de un noble que construyó su palacio en lo alto de la suave colina.

Fue asombroso...

Ahora, al revisar estas memorias, casi no puedo creerlo.

Curioseé entre las ruinas. Eso era todo lo que quedaba del supuesto palacio. Piedras y más piedras, la mayor parte derruidas, recordando habitaciones y corredores. Sólo los reptiles daban vida y movimiento a los bloques de caliza, desgastada por la lluvia y los vientos.

A pesar de la desolación del paraje, me sentí bien. Era un lugar bendecido por el silencio, ese pequeño-gran dios que siempre termina huyendo de nosotros.

Busqué una sombra y me senté sin prisas. Y dejé que

mi mente volara, trasladándome al *yam*. Allí estaban ellos...

Al poco, un benéfico sueño me alejó del Maestro y de Nahum. Y soñé...

Fue una ensoñación breve pero nítida. Todavía la veo...

Estaba dormido. Era el lugar en el que me hallaba en esos momentos. Podía verme a mí mismo, reclinado en uno de los muros de piedra blanca...

Alguien se aproximó. Lo vi llegar, pero fingí que dormía (?). Se inclinó ligeramente y me observó con curiosidad. Era un hombre tan alto como yo. Vestía una túnica, en un blanco roto, hasta los pies. Parecía seda. Los ojos, de un azul intenso, no parpadeaban.

Apreté la «vara de Moisés» entre los dedos y me preparé ante un posible ataque del desconocido.

El hombre sonrió y negó con la cabeza. El cayado no era necesario...

Los cabellos, tan blancos como los de Abá Saúl, eran más largos. Descendían hasta la cintura.

En el pecho, bordado en azul, lucía algo que me resultó familiar: ¡tres círculos concéntricos! Era un emblema o distintivo. Realzaba con intensidad sobre el brillante de la túnica.

Entonces abrió los labios y me «habló». Pero no fueron palabras lo que «pronunció». De su boca salió luz. Y quien esto escribe «comprendió» el significado de dicha «luz» (?): «Yo soy el verdadero precursor del Hijo de Hombre...»

Y la «luz» repitió: «*Bar Nasa... Bar Nasa... Bar Nasa...*»

Aquel «Hijo de Hombre» o *Bar Nasa* se propagó por las ruinas del palacio. Y el eco devolvió la «luz»: «*Bar Nasa...*»

«Cuando llegue el momento —prosiguió el hombre de las "palabras luminosas"—, busca a tus pies. Entonces comprenderás que esto no es un sueño... Habla a tu hermano, y seguidme.»

Después desperté.

Allí, obviamente, no había nadie. Sólo lagartos verdes y amarillos, bebiendo sol y, supongo, estupefactos ante la presencia de aquel «loco».

¡Qué extraño! ¡Otra vez los círculos!

Y di por hecho que la ensoñación era consecuencia de la presión que venía soportando. No conocía al personaje de las «palabras luminosas». No se parecía a nadie que yo hubiera visto hasta esos momentos. Sólo el anciano Saúl guardaba un remoto parecido...

¿Me estaba volviendo loco?

Pero las imágenes y las «palabras» (?) permanecieron en mi memoria, dominantes y vivas. Ahora, al saber qué sucedió poco tiempo después, en uno de los seguimientos del Hijo del Hombre, me estremezco. Nada es casual, y mucho menos los sueños...

Permanecí otro buen rato en el «lugar del príncipe». Revisé la ensoñación e intenté hallar algún sentido lógico. ¡Pobre idiota! ¿Desde cuándo la Divinidad está sujeta al raciocinio?

Soy así. No pude evitarlo. Repasé las «palabras» y, concediendo una hipotética verosimilitud a lo vivido, traté de comprender. ¿Por qué los tres círculos concéntricos? ¿Por qué aquellos misteriosos círculos en las esteras de la «casa de las flores» y en la de Saúl, el «doctor ordenado» de la Ley? ¿Es que Jesús y Abá Saúl tenían algo en común? ¿Se trataba de una simple coincidencia? ¿Por qué el hombre del sueño aseguró que él era el verdadero precursor? ¿Obedecía a mi rechazo hacia Yehohanan? ¿Estaba siendo víctima de mis propios sentimientos? ¿Por qué repitió *Bar Nasa* cuatro veces? Mejor dicho, cinco, si contaba el eco. ¿Qué debía buscar a mis pies? ¿Hablar con Eliseo? ¿Sobre qué? ¿Y por qué debíamos seguirle? ¿Seguir a un fantasma?

Me rendí. No comprendía nada de nada. Definitivamente, aquello era un manicomio...

Abá Saúl y Jaiá se alegraron ante mi inesperado retorno. No sé si el anciano percibió algo. Me miró a los ojos y preguntó:

—¿Has encontrado lo que buscabas?

Sonrió malicioso y me invitó a tomar asiento sobre las esteras de los círculos.

Fue otro impulso. Me dejé arrastrar por la intuición, ese pequeño-gran dios que nunca traiciona. Y le abrí mi corazón, relatándole el reciente sueño. Mejor dicho, parte del mismo...

Saúl, asombrado, me obligó a repetir el sueño por segunda vez. En ningún momento le hablé de las «palabras de luz». No mencioné el «mensaje» del caballero de la túnica de seda. No sé si hice bien o mal.

El anciano meditó unos instantes. Me perforó con sus ojos y removió en mi interior, como el que busca con afán. Por último, sereno, con una autoridad que todavía me confunde, exclamó:

—Estás aquí por eso...

Recordé su pregunta, cuando lo interrogué por primera vez sobre los enigmáticos círculos concéntricos de las esteras, pero, torpe de mí, no capté el sentido de esta última respuesta.

—No te comprendo...

—No importa —esquivó inicialmente—, ahora sé lo que debía saber.

Y al punto, arrepentido, retornó sobre sus propios pasos.

—Ahora sé que estaba en lo cierto: buscabas al Altísimo...

Intuí que Saúl ardía en deseos de manifestar algo. Y lo animé.

—No buscaba al Altísimo... Lo busco.

Fue así como el rabí de Salem accedió a contarme una historia de la que todavía no me he repuesto...

Pero antes de iniciar el relato reclamó a Jaiá y solicitó su *talith*. Al poco, Abá Saúl se cubría la cabeza y los hombros con un manto blanco. Y habló en voz baja, como el que revela un secreto...

—Fue hace mucho tiempo, en la época de nuestro padre Abraham... (1).

»Un día, en lo que hoy es la ciudad de Jerusalén, apareció un hombre. Era alto y con el cabello blanco hasta la cintura...

Sonrió, adivinando mis pensamientos.

(1) Por los datos que me proporcionó Abá Saúl, es muy posible que la aparición del extraño «hombre» sucediera alrededor del año 1980 a. J.C. *(N. del m.)*

470

—...Vestía una túnica blanca. Sobre el pecho presentaba unos extraños círculos. Tres exactamente. Tres círculos de color azul, como el cielo.

»Nadie supo de dónde procedía. Jamás mencionó a sus padres o familia. Dijo ser un príncipe, al servicio del Altísimo. Se llamaba Malki Sedeq.

—¡Melquisedec!

Saúl aceptó mi incorrecta pronunciación. Santiago, el hermano de Jesús, había mencionado su nombre en la sinagoga, al preguntarle sobre el origen de los tres círculos verticales que aparecían en la fachada del edificio. Eran la referencia a la hora de rezar. Para Santiago, los orificios en la pared procedían del referido príncipe o rey, aunque no estaba seguro.

—¿El Altísimo? ¿A qué te refieres?

—Al Único, al Santo, bendito sea su nombre... El Altísimo.

Saúl utilizó la palabra «*Elyon*» («Altísimo»), una de las cualidades de Yavé.

Quedé confundido.

Si los cálculos no fallaban, aquel príncipe, según el *hakam* o «doctor ordenado» de la Ley, fue anterior o contemporáneo del patriarca Abraham. ¿Cómo sabía de la existencia de Yavé? Pero, deseoso de llegar al corazón de la historia, no profundicé (1).

—¡Tres círculos! ¡Como el hombre del sueño!

El rabí negó con la cabeza.

—¿He comprendido mal? ¿No presentaba tres círculos en el pecho?

—Has entendido perfectamente —avanzó Saúl—, pero no ha sido un sueño...

(1) En el libro del Génesis (14, 17-20) aparece la primera referencia conocida a Melquisedec. Dice textualmente: «Y el rey de Sodoma llegó a recibirlo (a Abraham) cuando volvió de haber castigado a Quedorlaómer y a sus aliados, al valle de Shavé, que es el valle del rey. Y Melquisedec, rey de Salem, trajo pan y vino. Él era sacerdote del Dios Altísimo y lo bendijo, diciendo: "Bendito sea Abram del Altísimo, dueño del cielo y de la tierra, y bendito sea el Altísimo, que ha entregado a tus adversarios en tu mano." Y le dio diezmo de todo.»

En el Salmo 110 figura la segunda alusión. Refiriéndose al Mesías, dice: «Tú eres por siempre sacerdote, según el orden de Melquisedec.» *(N. del m.)*

—Entonces...

—Déjame proseguir...

Y el anciano, en el mismo tono de confidencialidad, abordó la clave de su relato.

—... Aquel príncipe explicó a los hombres cómo era Dios y, para eso, dibujó tres círculos concéntricos.

Acarició con los dedos los círculos trenzados en la estera sobre la que estábamos sentados y prosiguió, bajando la voz hasta el extremo que me obligó a pegarme literalmente a su rostro.

—Cada círculo representa un atributo de Elyon. El centro es el «presente para siempre». El príncipe lo llamó «amor».

El instinto volvió a golpear en mi corazón.

—De ahí brota todo lo demás. Ese centro flota en la eternidad y en la infinitud de Elyon. Ese centro es la «iod», la letra que inaugura el sagrado Nombre y la creación toda...

Guardó silencio.

Sí, había comprendido. Del amor nace lo visible y lo invisible, lo infinito y lo eterno.

—Los tres círculos, en suma, son la «bandera» de Dios, bendito sea su nombre...

—Y de esas características divinas, ¿cuál es tu preferida?

—No es un problema de elección, querido amigo. El centro, lo que proporciona sentido a todo lo demás, es el amor. Si no fuera así, no serían «tres» y no sería Dios. Por eso el príncipe lo llamó también «*Ab-bā*» («papá»).

Aquella palabra era la favorita de Jesús de Nazaret. Fue el término más repetido a lo largo de su vida.

«*Ab-bā!*»

¿Qué estaba pasando? ¿Quién fue aquel príncipe? ¿Por qué apareció en el sueño?

Saúl, adivinando mis pensamientos, replicó:

—Nosotros creemos que fue un enviado del Altísimo. El primero. Después, algún día, llegará el segundo. El príncipe lo anunció...

—¿Anunció al Mesías judío?

Saúl sonrió con desgana.

—No, Jasón, no fue eso. El príncipe anunció un *Bar*

Nasa, un Hijo de Hombre, alguien pacífico que nacerá de una mujer y refrescará la memoria del mundo...

Debió de notar mi palidez.

«*Bar Nasa!*»

—¿Comprendes ahora? ¿Entiendes cuando digo que no ha sido un sueño?

—Pero...

—Lo sé —adelantó el sabio—, todo ha sido cambiado. Fue Ezrah quien empezó a modificar la sagrada tradición...

Se refería a Esdras, el sacerdote que, al parecer, inició la labor de recopilación que, posteriormente, daría lugar a lo que hoy conocemos como Pentateuco. Esdras, judío de Babilonia, retornó a Jerusalén hacia abril del año 428 antes de Cristo.

—...Después, mis propios compañeros, los escribas, alteraron los términos y casi borraron al príncipe. El mesías del que tanto hablan, el libertador político, el que devolverá la hegemonía y la gloria a Israel, es un invento de aquellos bastardos. El *Bar Nasa* que anunció el príncipe abrirá los ojos de los hombres a una realidad espiritual. Él mostrará una «cara» del Altísimo que nada tiene que ver con lo que pretenden esos ignorantes...

—¿Por qué lo cambiaron?

—El amor, amigo mío, no llena los bolsillos. Los sacrificios al Dios del terror sí colman las arcas del Templo y mantienen sujeto al pueblo. A los escribas, sacerdotes y demás ralea no les interesa perder sus privilegios. El príncipe modificó los sacrificios a los dioses y el ritual de la sangre por la ofrenda de pan y vino y por la promesa de un Dios «amor». Es suficiente con buscar en uno mismo, en el «círculo central», para encontrar al Altísimo. Dios es un regalo, no un contrato...

—¿Y qué fue del príncipe?

—Tenía casi cien años cuando desapareció. Nosotros creemos que fue un *mal'ak* (literalmente, «ángel» o «mensajero»). Elyon lo envió, y Elyon lo arrebató en uno de sus *paraš*...

Abá Saúl utilizó el hebreo, la lengua sagrada, para

referirse al «carro» *(paraš)*, más exactamente al «carro que vuela y que es tirado por caballos» (1). Y pronunció el nombre del «carro divino» cerrando los ojos e inclinando la cabeza con respeto.

—¿Supones que no murió?

—Fue el primero. Después le ocurrió a Moisés y también a Elías (2).

—Pero...

—Lo sé, la razón lo niega. Yo no estoy hablando de razón, sino de Dios, bendito sea su nombre.

Y Abá Saúl me brindó la segunda versión.

—Otros dicen que el príncipe está enterrado ahí arriba, en las ruinas que acabas de visitar...

—El «lugar del príncipe» —exclamé—. ¿Y por qué eligió este paraje?

—Escucha con atención...

El anciano alzó las manos, señalando su entorno.

—No oigo nada —repliqué, al tiempo que me esforzaba por apartar el denso silencio—. ¿A qué te refieres?

El rabí llevó el dedo índice izquierdo al oído y sugirió que prestara más atención.

—Lo siento —me rendí—, sólo oigo el silencio...

---

(1) Para los doctores de la Ley, el «carro» representaba a Dios. Existían tres definiciones —siempre en hebreo— que hacían alusión a tres modalidades de «carro volante»: el *tebel* (que era capaz de posarse en tierra firme), el *éber* («alas», porque se desplazaba como un pájaro) y el *šamáyim* («cielo», que permanecía siempre en lo más alto). Otros sabios preferían el nombre de *ofan* («rueda»). *(N. del m.)*

(2) Muchos creían que Moisés y el profeta Elías no murieron y que fueron arrebatados por otros tantos *paraš* o «carros de fuego». Melquisedec, según Abá Saúl, desapareció de la misma forma. En la Epístola a los Hebreos, el autor o autores de la misma informan de algo parecido: «En efecto, este Melquisedec, rey de Salem, sacerdote de Dios Altísimo, que salió al encuentro de Abraham cuando regresaba de la derrota de los reyes y lo bendijo, al cual dio Abraham el diezmo de todo, y cuyo nombre significa, en primer lugar, "rey de justicia" y, además, "rey de Salem", es decir, "rey de paz", sin padre, ni madre, ni genealogía, sin comienzo de días, ni fin de vida, asemejado al Hijo de Dios, permanece sacerdote para siempre.» Esta versión, coincidente con la de Abá Saúl, tuvo que proceder de una fuente muy remota. Sólo algunos pocos, pertenecientes a la llamada «orden del príncipe o de los melquisedec», se hallaban al corriente del «no nacimiento» y de la «no muerte» del *mal'ak* o mensajero de Elyon. *(N. del m.)*

—Exactamente. Por eso eligió este lugar. La paz prefiere anidar en el silencio. Nosotros somos discípulos del silencio. Acudimos a su escuela todos los días. El silencio es una ventana que se abre directamente sobre Dios, bendito sea su nombre, pero el hombre todavía no la ha abierto.

Según Abá Saúl, Salem o Šalom («paz») fue el nombre impuesto por los discípulos del «príncipe de la paz» a la «región que más amaba». Allí, en lo alto del cerro, transcurrieron sus últimos días en la Tierra.

—¿Nosotros? ¿Por qué hablas en plural?

No quiso responder. Se limitó a sonreír, solicitando calma.

No fue difícil imaginar que, al hablar de «nosotros», hacía alusión a un grupo o movimiento que mantenía vivo el recuerdo de Melquisedec y sus enseñanzas. Melquisedec, el primero que, al parecer, habló de un Dios Altísimo y de un Dios Padre, el «verdadero precursor o anunciador del Hijo de Hombre». Santiago, el hermano del Galileo, estaba en lo cierto cuando apuntaba la existencia de una especie de orden, la de los melquisedec o príncipes de la paz. Un grupo hermético del que no sabía nada y que, sin embargo, llenó mi corazón, ratificando las palabras de Jesús de Nazaret.

Estaba desconcertado y, al mismo tiempo, deslumbrado. Aquel venerable anciano de cabello blanco y largo, como el príncipe, no sabía nada del Maestro y, no obstante, sabía más que nadie, mucho más que la familia de Jesús y muchísimo más que Yehohanan...

Por supuesto, silencié mi amistad con el Hombre-Dios. Si así estaba calculado por el Destino, ambos se reunirían, en su momento...

A decir verdad, Abá Saúl fue el primer judío, de los que acerté a conocer, que no creía —para nada— en un mesías «rompedor de dientes». Cuando insistí en lo singular del «hallazgo», Saúl me amonestó. Supongo que tenía razón.

—La verdad no ha sido hecha para ser pregonada. Cuando alguien cree poseerla y la expone al aire libre, la verdad confunde la lengua de su amo...

—Pero tú, vosotros —me apresuré a rectificar— sabéis que el pueblo está en un error. El Mesías no será un libertador político...

—¿El pueblo? —sonrió con ironía—. Sólo importa el hombre. El mundo cambiará cuando los gobernantes aprendan ese sencillo principio: cada hombre es un mundo diferente, de la misma manera que no hay dos círculos iguales. No hay que hablar a las multitudes. Conviene hablar a cada corazón. Y eso es lo que hacemos. Ahora te ha tocado a ti...

—No comprendo. ¿Por qué dices que la verdad no está hecha para ser pregonada? El príncipe de la paz lo hizo. Ese «Hijo de Hombre» que llegará algún día también la proclamará...

—No te confundas, Jasón. Ellos no son como nosotros. La verdad es el lenguaje de los Dioses. Los humanos ni siquiera sabemos hablar. El príncipe o el próximo *Bar Nasa* no se refieren a la verdad, sino a una muy remota aproximación a la verdad.

Me observó, intentando averiguar si lo seguía.

Negué con la cabeza. No eran palabras fáciles para mí.

—No te asustes, querido e impaciente amigo. La verdad existe, pero no aquí. Si llegaras a poseerla te consumiría como el fuego. Una cosa es manifestar que la verdad está ahí, en el Altísimo, y otra muy distinta desnudarla delante de los hombres.

Aquellas palabras sí me resultaron familiares...

—Y para ti, ¿qué es la verdad?

—¿A cuál te refieres?

Me derribó, una vez más.

—¿Es que hay varias?

La sonrisa fue ensanchándose, y los ojos, finalmente, se iluminaron.

—¿Preguntas por la verdad de mi juventud? Huyó y me dejó esto...

Retiró el *talith* y mostró la cabellera nevada.

—¿Preguntas por la verdad que descubrí al enamorarme?

Creo que notó mi turbación.

—... Aquélla fue una de las más cercanas. Creí tocar el cielo. También huyó, esta vez de puntillas...

»¿Preguntas por la verdad que se sienta a tu lado, junto al dolor? A ésa la espanta uno mismo, en cuanto puede...

»¿Preguntas por mis ilusiones y esperanzas? Cada una viaja con una verdad sobre los hombros, todas diferentes...

»¿Te refieres, quizá, a la verdad que habita en esta casa, amasando con Jaiá el presente? Todos los días, el Altísimo se ocupa de cambiar su rostro...

»¿A cuál de esas verdades te refieres?

Mensaje recibido.

E intenté sanear otra de las dudas:

—¿Por qué insistes en llamarlo «príncipe de la paz», cuando, en realidad, su título es «Malki Sedeq» o «rey de justicia» (1)?

Complacido, muy complacido, replicó:

—La justicia es para los hombres. Los que trascienden el «círculo central» caminan por el territorio del amor. Es preferible pasar por esta vida dando, mejor que exigiendo. La paz es más saludable que la justicia. ¿Comprendes por qué cambiamos el título del príncipe? La justicia es ácida, siempre con esquinas. Es humana. Es vinagre. No es malo, pero sólo ayuda a condimentar. Preferimos el vino, la paz.

—Sí, lo sé —añadí, rememorando las palabras del Maestro en el *kan* de Assi—. El Padre no sabe de la justicia...

—Y tú, ¿cómo sabes eso?

No respondí. No era el momento.

Lo que sí estaba claro para quien esto escribe es que Abá Saúl era un hombre especial, un escriba con altos conocimientos que, a diferencia de otros doctores de la Ley, no guardaba para sí su ciencia y su sabiduría. Durante la primera parte del período de predicación del Hijo del Hombre tendría oportunidad de comprobarlo. Los *ha-*

---

(1) Malki Sedeq significa «mi rey justo» (*melek* es «rey», y *tzedeq* o *tzedec*, «justicia»). *(N. del m.)*

kam o «doctores ordenados» se mostraban reticentes a la hora de dar a conocer sus secretos (1). Sólo los compartían entre ellos, y casi siempre terminaban como armas arrojadizas contra adversarios o potenciales enemigos. Estaba desconcertado y deslumbrado, sí...

¿Qué sucedió en las ruinas? ¿Por qué Saúl lo calificó de *halom*, un «sueño-visión»?

(1) La institución de los escribas o doctores de la Ley, también conocidos como sabios *(jajamim)*, era una de las más importantes e influyentes en la vida social y religiosa de Israel. Su cometido era el estudio de la Torá, de las tradiciones paternas *(halaká* o tradición oral) y la correspondiente aplicación jurídica al día a día. Según el Eclesiástico (38, 25-39, 15), un buen escriba era aquel que dedicaba la mayor parte del tiempo al estudio de la Ley de Moisés, a las sentencias dictadas por los mayores, a las sentencias oscuras y a la enseñanza. No podían cobrar. Esto los obligaba a compaginar estudio y transmisión de la Torá con toda clase de oficios: carpinteros, jornaleros, pescadores, albañiles, *felah*, refinadores de lino, etc. Existían numerosas escuelas, especialmente en Jerusalén, donde los escribas desarrollaban la interpretación de la Ley, merced a una minuciosa e intrincada casuística. Ese «derecho bíblico» sumó tal cantidad de normas y contradisposiciones que se convirtió en una «alta rama del saber» para los escribas y en una pesadilla para el pueblo. La relación maestro-alumno era sagrada. El rabí tenía preferencia sobre el padre y la madre. En caso de peligro de muerte —decían—, hay que salvar primero al maestro. El padre y la madre te traen al mundo, pero el maestro te proporciona la sabiduría y, sobre todo, te abre las puertas del mundo futuro. El *talmíd* o alumno estudiaba durante varios años, recibiendo las enseñanzas de forma oral, nunca por escrito. Cuando dominaba todas las materias y el método de la *halaká*, el *talmíd* era designado «doctor no ordenado». Entonces se hallaba capacitado para adoptar decisiones personales en materia religiosa o de derecho penal. Era un *talmíd hakam*. El paso siguiente se registraba a partir de los cuarenta años (edad canónica) y dependiendo de su sabiduría y «diplomacia». Si el rabí o maestro se aliaba con el partido de los fariseos podía tener más posibilidad de escalar en la categoría de los escribas. No obstante, también el grupo de los saduceos contaba con numerosos representantes de los sabios. (A estas dos sectas me referiré más ampliamente cuando llegue el momento.)

Si todo iba bien, a partir de los cuarenta, el rabí era aceptado por la congregación de los escribas como miembro de pleno derecho o *hakam* (doctor ordenado), y podía participar en los tribunales de justicia, en los debates civiles y en las discusiones religiosas. A partir de ahí, como digo, todo era cuestión de talento y de política...

Muchos eran vanidosos e intratables. Gustaban del título de rabí o «señor», de los primeros puestos en las fiestas o en las reuniones, de las comilonas y del reconocimiento público por las calles. Casi todos, al pasar un rabí, se ponían en pie y saludaban con una inclinación de la cabeza. Eran los depositarios del saber y, muy especialmente, del saber oculto o secreto: el esoterismo de la Torá. Esta tradición esotérica fue, justamente, lo que les

Tímidamente, insistí. ¿Qué significado tenía aquel sueño o visión?

El anciano no supo o no quiso despejar mis dudas.

—Los sueños son como los deseos. Se cumplen siempre, aunque los hayas olvidado. A su debido tiempo tendrás la respuesta...

Hizo una pausa y concluyó con una frase no menos enigmática:

—Los caminos de Ab-bā, el Altísimo, son circulares...

Algo sí quedó claro en la mente de aquel explorador. Si la historia sobre el «príncipe de la paz» era cierta, el gran Melquisedec sí fue el auténtico precursor de *Bar Nasa,* el «Hijo de Hombre». Esto satisfacía mis viejas incertidumbres. Como ya referí, el trabajo o papel de Yehohanan como iniciador del camino del Maestro era algo que no terminaba de entender. Jesús no necesitaba de un adelantado como el Anunciador. La obra del príncipe, en cambio, en mi modesta opinión, sí fue decisiva. El hombre de los tres círculos preparó la senda del Galileo, anunciando a un Dios Altísimo (El-Elyon) que, sobre todo, era «*Ab-bā*» («papá»). De él bebieron todos los demás: Abraham, Moisés, etc.

En cuanto a las últimas «palabras» del hombre que «hablaba con luz», francamente, me hallaba en blanco. Lo que sí puedo decir es que, a partir del «sueño», presté más atención a mis pies...

Y el Destino —estoy seguro— sonrió, burlón.

«Cuando llegue el momento busca a tus pies...»

---

proporcionó el poder. Según los escritos rabínicos, «no se deben explicar públicamente las leyes del incesto delante de tres oyentes, ni la historia de la creación del mundo delante de dos, ni la visión del carro delante de uno solo, a no ser que éste sea prudente y de buen sentido» *(Hagiga II)*. Entre ellos existían niveles de secreto. No era lo mismo acceder al misterio del «carro» que a los «círculos» de los nombres de Dios o a los secretos de la creación. Había expertos en «topografía cósmica», en la «nada», en el mundo más allá de la muerte, en las postrimerías y en el Santo, antes de ser Santo. Y, como en todos los «servicios de inteligencia», esos niveles de confidencialidad no siempre coincidían con las mentes más brillantes o cualificadas. La ambición, el poder, el dinero y la envidia hacían estragos...

Abá Saúl, como digo, era una excepción, un escriba de alto rango que había elegido la «ventana» del silencio. *(N. del m.)*

Y sucedió, naturalmente.

Esa noche, al retirarme, empecé a madurar una idea. En cuestión de minutos me dominó. Tenía que zanjar la misión de los *nemos* y dedicar más tiempo al anciano Saúl. Estaba seguro: con él podría aprender mucho más que con el fogoso y repetitivo Yehohanan. La intuición aplaudió.

No lo dudé. Me hice con la pequeña ampollita de barro que contenía el «escuadrón» de *nemos* y la guardé en la bolsita de cuero que colgaba permanentemente de mi cuello y en la que conservaba las «crótalos», o lentes para la visión infrarroja. No sabía cómo ni cuándo, pero lo intentaría: le proporcionaría los *nemos* a la primera oportunidad. Después, cumplido el objetivo, apostaría por el escriba. Era mucho lo que deseaba preguntar...

El Destino —lo sé— volvió a sonreír, burlándose de este ingenuo explorador. El hombre no aprende de sus errores, porque lo que cuenta no es aprender...

Al día siguiente, sábado, 3 de noviembre, ansioso por activar el plan que acababa de concebir, me dirigí a los manantiales.

Yehohanan no había regresado.

Indagué, pero mi búsqueda fue estéril. Tal y como suponía, ninguno de los discípulos estaba al tanto del paradero del Anunciador. Lo sabía muy bien: seguirlo era violar las reglas del grupo. Abner indicó algo que ya sospechaba: lo más probable es que se encontrase en alguno de los ríos tributarios del Jordán, que descienden en las proximidades de Enaván. El problema era en cuál de ellos. En apenas cinco kilómetros, a partir de la frontera entre la Decápolis y la Perea, corrían dos grandes afluentes —el Querit y el Kufrinja—, amén de otros de menor porte. Buscarlo hubiera sido una pérdida de tiempo y de energía, con una probabilidad muy baja de hallarlo. Quedaba, además, la zona de la jungla jordánica. Cuando se alejaba del *guilgal*, todos lo veíamos desaparecer por la línea verde e impenetrable de la selva. ¿Permanecía aislado en esa, para mí, desconocida y nada recomendable región? Después de lo que contemplé en el bosque de las acacias, ¿de qué podía extrañarme?

Lo más sensato era aguardar. Y así lo hice.

La espera, sin embargo, fue inútil. Yehohanan no regresó.

Y al ocaso, convencido de que el gigante de las siete trenzas no daría señales de vida, al menos en aquella jornada, me despedí de los habituales y me retiré a mi refugio, en la casa de Abá Saúl y Jaiá.

Esa noche, durante la cena, el anciano habló de la sabiduría. Quien esto escribe, intrigado ante sus muchos y brillantes conocimientos, se interesó por las fuentes en las que había bebido. El rabí me dejó hablar. Después, parco y misterioso, como siempre, desvió la cuestión hacia algo más importante.

—¿Qué entiendes por sabio?

Improvisé.

—La persona que tiene una información extensa y profunda...

Negó con la cabeza.

—Ésos son los «tannaítas» (1) o «cara de libro»...

—No entiendo.

—El verdadero sabio, amigo mío, es el que dispone de conocimientos, sí, pero sobre sí mismo. Lo otro, almacenar información, no es sabiduría.

Y añadió, seguro de lo que planteaba:

—¿Qué sabes de ti mismo?

Me atrapó.

—¿Sabes de dónde vienes, por qué estás aquí y cuál es tu destino?

Teóricamente lo sabía. Sólo teóricamente...

—Muy pocos alcanzan a descubrirlo. ¡Y pobre del que lo haga!

---

(1) Los «tannaítas» o «tanaítas» eran los «repetidores» de la Ley (básicamente de la tradición oral). Generalmente se trataba de escribas o doctores de la Ley, especializados en la memorización de determinados tratados, tanto civiles como religiosos. Conocían de memoria cientos de sentencias, y tenían a gala repetirlas, siempre sin variar una sola letra. Si un tannaíta cometía un error en la recitación, debía comenzar de nuevo. El fallo afectaba directamente a su prestigio como «enseñante» o «maestro». Los tannaítas, como tales recitadores, desaparecieron hacia el año 220 d. J.C., cuando la tradición oral *(Misná)* fue puesta por escrito por Yehudá el patriarca. *(N. del m.)*

—¿Pobre?

—Sí, el hombre lucha hasta que le llega ese momento. Si una de las verdades le sale al paso y lo hace sabio, ¡adiós! Nada será igual...

Yo había oído ese concepto...

—El hombre pelea hasta que los cielos le descubren su Destino...

¿A quién le había oído decir algo similar? ¿Al Maestro?

—... La verdadera sabiduría, la que informa sobre uno mismo, termina apartándote. Como te digo, nada es igual a partir de esos momentos. Sabes pero no debes proclamar.

—Conozco hombres que, aun sabiendo quiénes son, han seguido en la lucha...

—Ésos no son hombres... ¡Son Dioses! ¡Son príncipes encarnados!

Al fin recordé. Fue en los «trece hermanos». Fue aquel nómada. También habló del «ojo del Destino»...

—Resulta difícil de concebir —intervine, recuperando uno de los conceptos—. ¿La verdadera sabiduría aparta?

Comprendí que tenía dificultades para expresarse. Ésa es otra de las características del sabio.

—Cada cual hará bien en ocuparse del agua de su propio pozo. Es el Destino el responsable de llenarlos o vaciarlos, según... Sólo el que ha recibido esa revelación entiende lo que te digo.

Sí, la sabiduría aparta...

Dudó. Acto seguido, rectificó:

—Aunque lo más exacto sería hablar de la verdad... Es la posesión de cualquiera de ellas la que aparta.

—¿Sabiduría y verdad son la misma cosa?

—Sí, por eso el que «sabe» no levanta la voz. Por eso las verdades no deben ser proclamadas...

—Eso no parece justo...

—Te lo dije: las verdades son incendiarias. Deja hacer su trabajo al Destino. No interfieras. Cada cual tiene marcada su hora. Insisto: no pretendas sacar agua de dos pozos a la vez.

—Pero yo, por ejemplo, quiero saber, y tú estás proclamando tu verdad...

—No estoy proclamando, querido Jasón... Yo susurro...

—Eso es hacer trampas...

Abá Saúl, sonriente, tomó mis manos y las acarició con dulzura.

—El primer tramposo es Ab-bā...

Y se apresuró a explicarse.

—Todo sale de Él y todo regresa a Él. Los círculos son su juego favorito. Arrancamos en el camino sin saber que retornaremos al punto inicial... Dime, ¿quién hace trampas?

¡Ab-bā, el tramposo! Nunca lo hubiera imaginado.

Y el Destino, una vez más, llamó a mi puerta y me movilizó.

En realidad, fueron otros...

Sucedió de madrugada. Esa misma madrugada del sábado al domingo. Así empezó un amargo período, de triste recuerdo...

Pero trataré de ir paso a paso.

Fue en la última vigilia —la del gallo— cuando golpearon la puerta de Abá Saúl. Despertamos asustados. ¿A qué venía aquel escándalo?

Eran Abner y dos de los armados. Portaban antorchas.

Entraron como un vendaval, reclamándome. Ni siquiera me dejaron preguntar.

—¡Él te llama!

Y tiraron de quien esto escribe. Sólo tuve tiempo de ponerme la túnica...

Jaiá y Saúl, desconcertados, me vieron desaparecer en la oscuridad de la aldea.

Cuando llevaba recorridos algunos pasos me percaté de algo grave: no portaba la «vara de Moisés»...

Imposible regresar. Los discípulos casi me arrastraban.

Intenté serenar los ánimos y averiguar qué ocurría. No prestaron atención. Siguieron a lo suyo, repitiendo una y otra vez:

—¡De prisa!... ¡Él te llama!

Sólo había una explicación para aquella súbita e intempestiva irrupción. «Él» sólo podía ser Yehohanan...

¡Qué extraño! ¡Había regresado en mitad de la noche! ¿Qué demonios sucedía? Mejor dicho, ¿qué le sucedía?

Al entrar en la zona de las fuentes y embalses no observé nada anormal. Todo parecía en calma. Los acampados dormían. Sólo en el *guilgal* danzaba un pequeño fuego. La mayoría de los discípulos se hallaba reclinada alrededor del árbol «de la cabellera».

En un primer momento no distinguí al Anunciador. Al hacerme con la oscuridad lo descubrí junto al círculo de piedras. Dormía profundamente. Tres de sus hombres, sentados a un metro y con los *gladius* dispuestos, montaban guardia. El cuarto «vigilante», al otro lado del *guilgal*, era la colmena de colores.

No comprendí el porqué de tanta prisa.

Abner, en voz baja, sugirió que me sentara y tratara de echar un sueño. «El día podía ser muy intenso para Veinte.»

¿Qué tramaban?

Mis preguntas cayeron en saco roto. Abner era una tumba. Se limitó a responder:

—Él quiere hablarte.

Tenía que reconocerlo. La fidelidad de aquellos treinta hombres era admirable. No cuestionaban las órdenes del líder (según ellos, el futuro mesías). Sencillamente, las cumplían. Hubieran dado la vida por él. La única incógnita, para mí, era Judas, el Iscariote.

E inquieto por el olvido del cayado busqué amparo en las cercanías del árbol de hierro.

Sí, todo era muy extraño...

La «vara de Moisés»... ¿Cómo pude? Sin ella me sentía desnudo. Tenía que recuperarla...

Faltaban unas dos horas para el alba. La casa de Abá Saúl se hallaba muy cerca. Tenía que intentarlo...

Repasé la situación. Los del *guilgal* seguían dormidos. Tampoco en el campamento se percibían demasiados movimientos...

Y tomé la decisión. Me incorporé y, apresuradamente, sin mirar atrás, me alejé de Enaván. Sería cuestión de minutos...

Al parecer tuve suerte. Nadie se percató de mi ausencia. Entré en la vivienda y, sin aliento, recuperé la vara.

Pero, cuando me disponía a retornar a los «manantiales», Jaiá, la «Viviente», me salió al paso. Tenía los ojos húmedos. Se secó las lágrimas y, aproximando la lámpara de aceite a mi rostro, imploró:

—Eres como un hijo para nosotros... ¡No vayas!

—¿Qué ocurre?

No respondió. Presentí algo.

—¿Dónde está Saúl? ¿Qué sucede?

—Él está bien. Eres tú el que corre peligro. Antes de que llamaran a la puerta tuve un sueño...

Abá Saúl entró en la habitación. Jaiá bajó la cabeza y se hizo a un lado.

—Deja que cumpla lo que está escrito —susurró el rabí—. Él mismo lo dispuso así...

Abrió la puerta y, amablemente, me invitó a seguir mi camino. Jaiá continuaba llorando.

Aturdido, corrí de nuevo hacia las «fuentes». ¿A qué peligro se refería? ¿Había escrito yo mi propio Destino?

Nadie se percató de mi breve ausencia. Pude recuperar la «vara de Moisés», sí, pero acababa de sumar otra inquietud a mi ya vencido ánimo.

Me resigné. En realidad hacía tiempo que lo había perdido todo...

Me despedí de las últimas estrellas.

«Te quiero...»

Al amanecer, el mundo, de nuevo, se puso en movimiento. Los acampados despertaron y también Yehohanan. Preguntó por Veinte. Abner me condujo hasta él y esperé. ¿Por qué nunca sonreía?

—Quiero enseñarte algo... —fue su escueto comentario.

Acto seguido, ignorándome, se dirigió a la colmena de colores. Abrió la tapa superior del «tonel» y extrajo uno de los panales. Lo hizo sin miramientos, como el peor de los apicultores. Pensé que las abejas, irritadas, se lanzarían sobre él. No fue así. Ante mi desconcierto, las africanas no se alteraron. El panal aparecía repleto de obreras y pecoreadoras (1). Con seguridad, varios miles. Pues bien, los insectos, sencillamente, se retiraron y volaron al interior de la colmena. ¿Cómo lo hacía? Después fue perforando los alvéolos y sorbió la miel.

Yo continué de pie, aguardando una aclaración. Supongo que lo entendió. Avanzó hacia quien esto escribe y me interrogó con aquella mirada de fuego.

—¿De qué se trata? —adelanté con curiosidad.

Yehohanan siguió desayunando. Giró la cabeza hacia los acampados y exclamó con desprecio:

—Después, cuando se marchen ésos...

Me dio la espalda y fue a sentarse al pie del árbol.

¿«Ésos»?

Abner, atento, aclaró la duda. «Ésos», a los que el gigante se había referido tan despreciativamente, eran ocho o diez sacerdotes del Templo de Jerusalén. Estaban allí desde la noche pasada. Constituían una representación del resto del clero. Las noticias, inquietantes, no dejaban de fluir. ¿Quién era el tal Yehohanan? ¿Quizá el Mesías prometido? ¿Era un loco de atar, como tantos?

—Algo quieren —remató el pequeño-gran hombre—. El maestro no se fía de ellos. Veremos...

La verdad es que no pasaban desapercibidos. Se aislaron, permaneciendo lejos de los acampados. Eran inconfundibles. Todos vestían igual. Sobre un *kolbur* o prenda interior de lino con mangas cortas presentaban sendas túnicas blancas, igualmente tejidas en lino inmaculado, sin rastro de algodón, a las que llamaban *efod*. A pesar del clima caluroso del Jordán, aquellos rigoristas de la Ley habían viajado provistos de medias, igualmente blancas *(empiljjot)*, que no podían retirar mientras estuvieran lejos del Templo. Se cubrían con un turbante o pañuelo de cabeza *(ma'aphoret)*, también blanco, cuyos extremos descansaban sobre la nuca. Un *pundar* o bolsa blanca colgaba de cada cinto. Fueron éstos —los cintos de tela o *hazor*—, coloreados en azul y rojo, los que, poco después,

(1) Uno de los tipos de abejas obreras (entre recolectoras y exploradoras) que recogen polen, néctar, agua, etc., y que pueden alejarse alrededor de cinco kilómetros de la colmena. *(N. del m.)*

cuando se aproximaron al Anunciador, llamaron mi atención. Cada uno exhibía una frase, extraída de los Proverbios o del libro de los Salmos. Todas aparecían bordadas en oro: «Maravillosos son Tus testimonios»… «Líbrame de la opresión del hombre y observaré Tus preceptos»… «El Eterno sopesa los espíritus»… «Más vale poco con justicia»… «¿Cuándo juzgarás a quienes me persiguen?»… «Tú estás cerca, oh, Eterno»…

Junto al grupo de «impecables» descubrí a otros viejos conocidos, de no menos triste memoria…

Eran los policías del Templo. En este caso lo que denominaban una *tabbah* o guardia personal. En total, una decena de individuos, claramente identificables por sus largas túnicas verdes, hasta el suelo, y las «camisas» de escamas metálicas que los protegían hasta la mitad del muslo. Se tocaban con cascos bruñidos, muy brillantes y cupuliformes. Algunos portaban arcos de doble curvatura. La mayoría presentaba los largos y temibles bastones con los extremos armados con clavos. Eran los levitas (1),

(1) Los levitas constituían una especie de «clero menor». Desde tiempos remotos se ocupaban de la vigilancia del Templo, especialmente del exterior, así como de la seguridad de los sacerdotes. Eran porteros, mantenían limpio el santuario, se ocupaban del sacrificio de muchos de los animales y formaban los grupos de músicos y cantores. Originariamente procedían de Leví, uno de los hijos del patriarca Jacob o «Israel». Fueron los célebres «hijos de Leví» que se unieron a Moisés cuando éste solicitó ayuda al bajar del Sinaí y hallar el becerro de oro (Éxodo 32). Por acudir a la llamada de Moisés, Yavé les confió un trabajo especial, al servicio del Tabernáculo. Fue siempre una tribu «diferente». Eran intocables, aunque su prestigio no alcanzó nunca el de la casta de los sumos sacerdotes. Al no poseer tierras, Yavé ordenó que recibieran un diezmo de cuanto se producía o cultivaba. Los tres hijos de Leví dieron lugar a otros tantos clanes. El de Quehat se ocupó de transportar el equipo de la Tienda de la Reunión. Guersón y su gente fueron los responsables de las cortinas y, por último, Merar condujo el Tabernáculo. Concluida la peregrinación de cuarenta años por el desierto, las funciones de los levitas fueron cambiando gradualmente. Al construirse el Primer Templo se ocuparon de las puertas y de la vigilancia externa (estaba prohibido, bajo pena de muerte, que se aproximaran al altar). De esta forma terminaron convirtiéndose en policías al servicio de los sacerdotes y, muy especialmente, del Sanedrín. Los levitas acompañaron a una patrulla romana al huerto de Getsemaní para proceder al prendimiento del Hijo del Hombre. Ellos montaron guardia en el exterior del sepulcro en el que fue depositado el cadáver de Jesús de Nazaret. Sus métodos eran brutales. El pueblo los detestaba. Además de practicar detenciones, torturar y ejecutar

la escolta de la representación sacerdotal. Oficialmente protegían a los sacerdotes.

Abner tampoco sabía por qué estaban allí. ¿Simple curiosidad? ¿Eran portadores de algún mensaje para el Anunciador?

No tardaría en averiguarlo...

Los policías se hallaban bajo el mando de un *ammarkelîn*, una especie de guardián del Templo, aunque mi confidente, Abner, aseguró que su rango era superior (quizá se tratase de un *šrym* o jefe de turno de los levitas). Era un sujeto muy corpulento, de casi 1,90 metros de altura. Ejercía también como jefe de matarifes. Su habilidad con el cuchillo era asombrosa. Según Abner, degollaba a tres corderos de un solo tajo. Si alguien se interponía en su camino, estaba muerto...

Su nombre era Musí, aunque todo el mundo, en Jerusalén, lo conocía por el alias: «Mašroqi» o «Flauta».

—¿«Flauta»?

—Sí —aclaró mi amigo—, por lo que sopla...

Necesité una segunda aclaración.

Musí era un bebedor sin cuartel.

—Cuando se embriaga, día sí, día también, es más temible aún. Él solo podría incendiar una ciudad. Pase lo que pase —recomendó Abner—, no te acerques al Flauta...

Instintivamente acaricié la parte superior del cayado. Había hecho bien en recuperarlo.

Concluido el desayuno, Yehohanan dio la orden y el

---

las penas dictadas, los levitas tenían fama por su habilidad como matarifes. Eran los responsables del degollamiento de la mayor parte de los animales que se sacrificaba en el Templo. Entre sus obligaciones figuraban también las de ayudar a vestir y desvestir a los sacerdotes, preparar el libro de la Ley, amontonar los *lulab* en el Día de la Expiación y acompañar con su música el culto diario. Las rencillas con el clero principal estaban a la orden del día. Si unos robaban, los otros no se quedaban atrás. Las peleas, dentro y fuera del Templo, entre sacerdotes y levitas, eran todo un espectáculo. En tiempos de Jesús se calcula que el número de levitas ascendía a diez mil. El ingreso en su círculo era tan difícil como en el del sacerdocio. Se requería un testimonio de «pureza» racial de hasta ocho generaciones, como mínimo. En realidad, se transmitía por herencia. *(N. del m.)*

del sofar entró en el agua, tocando el cuerno de carnero. El Anunciador se disponía a hablar.

Me eché a temblar...

El gigante de las siete trenzas rubias salió del círculo y se adentró en el embalse. Lo hizo despacio, solemne y teatral. Sabía perfectamente que lo estaban observando, sobre todo los sacerdotes.

Avanzó hasta situarse frente a la doble cascada. Levantó los brazos y buscó el azul del cielo. Después cerró los ojos y permaneció así varios minutos. Los acampados llegaron hasta la orilla. Los «impecables», con el Flauta al frente, hicieron otro tanto. Todos aguardaron, expectantes.

Abner y sus hombres, con los *gladius* en los cintos, ocuparon posiciones. Se agruparon cerca de su ídolo, con el agua por las ingles y a poco más de treinta pasos de los acampados. Judas, seguramente, era uno de los más nerviosos. Al parecer nos encontrábamos ante la primera «visita» oficial del Templo al que decía ser enviado de Yavé. En realidad, todos estábamos nerviosos...

Me situé junto a la roca de la que saltaban las fuentes gemelas, entre Yehohanan y los discípulos, y esperé.

El Anunciador bajó los brazos y comenzó el «sermón»:

—¡Yo soy el enviado!... ¡Yo soy de Él!...

La voz ronca dejó estupefactos a sacerdotes y levitas.

Y mostrando la palma de la mano izquierda, en la que se leía el «tatuaje», clamó:

—¡Suyo!... ¡Soy del Santo!... ¡Oh, Eterno, tú que salvas a los que buscan!... ¡Mirad mi mano!... ¿Quién como yo?

Uno de los sacerdotes cuchicheó al oído del más próximo. Ambos asintieron con la cabeza.

—...Él me guarda de los impíos que me acosan y de los enemigos ensañados que me cercan...

Y dirigió el dedo índice izquierdo hacia los ilustres visitantes.

Aquello empezó a calentarse.

—...Están ellos cerrados en su grasa. Hablan con la arrogancia en la boca... Avanzan contra mí... Ya me cercan, me clavan sus ojos para tirarme al suelo...

¿Qué hacía? ¡Estaba recitando, a su manera, el Salmo 17! Lo utilizaba contra los recién llegados...

Temí lo peor. Yehohanan carecía de tacto.

—¡Levántate, oh, Santo!... ¡Hazle frente!... ¡Derríbalo!... ¡Libera con tu espada mi alma del impío!

Los «impecables», dándose por aludidos, se removieron molestos.

—... ¡Mas yo, en la justicia, contemplaré tu rostro!... ¡Al despertar me hartaré de tu imagen!

Los acampados, igualmente atónitos, no se atrevían ni a respirar.

Y el Anunciador prosiguió con los ataques, gesticulando y centrando su ira en la representación del Templo. Grave error...

—... Si brotan como hierba los impíos, si florecen todos los agentes del mal..., ¡es para ser destruidos por siempre!

Ahora acudía al Salmo 92. Su memoria —tenía que reconocerlo— era prodigiosa.

—... ¡Pero yo soy de Él!... Y asistiré a la derrota... ¡Mira cómo tus enemigos perecen!... ¡Tú eres el Dios de la cólera y de la venganza!... ¡Tú levantarás mi frente como la del búfalo!... ¡Tú derramarás sobre mí aceite nuevo!

Judas, entusiasmado, alzó la *sica* y proclamó el nombre del Anunciador. Algunos de los discípulos lo imitaron. Fueron los menos. Nadie, entre los acampados, pronunció un solo Yehohanan.

El Flauta dio un paso al frente, dispuesto a entrar en el agua. El sacerdote que había cuchicheado se lo impidió, reteniéndolo. Y el de la túnica verde, furioso, golpeó la tierra con el bastón de clavos.

Abner, impotente, aparecía pálido.

El Anunciador no se inmutó. Al contrario. Y arreció...

¡Dios bendito! ¡Yehohanan se hallaba a años luz del mensaje del Hijo del Hombre!

—... ¡Mis ojos os desafían!... ¡Mis oídos escuchan a los malvados! ¿Hasta cuándo los impíos?... ¿Hasta cuándo triunfarán?... ¡A tu pueblo aplastan y a tu heredad humillan!... ¡Comprended, estúpidos!... ¡Insensatos!...

¿Cuándo vais a ser cuerdos?... ¡Yo soy de Él!... ¡Yo os anuncio que la ira del Santo brota ya como estos *te'omin*!... ¿Dónde os esconderéis?...

Las andanadas se prolongaron un buen rato, acusando por igual a blancos y verdes. Yehohanan tenía y no tenía razón. Aquellos individuos eran corruptos, hipócritas y malvados. Eso era cierto, pero, hasta esos momentos, no habían manifestado sus intenciones. Las acusaciones del Anunciador no eran justas. Abner y los discípulos más sensatos lo sabían: Yehohanan se precipitaba, una vez más. Su actitud beligerante sólo podía acarrear problemas...

Y recordé el «sueño». Recordé al hombre de los tres círculos y sus enigmáticas «palabras luminosas»: «Yo soy el verdadero precursor del Hijo de Hombre.»

Tenía razón. Yehohanan no merecía ser el «heraldo» de Alguien tan pacífico y cálido como Jesús. Algo no encajaba...

De pronto cortó la prédica. Inspeccionó la posición del sol y extrajo el manto o *talith* de cabello humano del zurrón que colgaba en bandolera. Se cubrió y dio la siguiente orden:

—*Šakak!*

Los discípulos, alertados, se gritaron unos a otros:

—¡Bajad al agua!

El del sofar animó a los acampados a participar en la ceremonia de inmersión (en este caso, bajo los chorros de las fuentes gemelas). El toque del cuerno dejó indecisos a los sacerdotes.

Tímidamente, algunos de los que contemplaban la escena desde la orilla del lago fueron entrando en las aguas y se acercaron al grupo de los armados. Los discípulos los condujeron ordenadamente hasta el gigante, formando una hilera.

Así dio comienzo la «liturgia» de purificación de los cuerpos.

—¿Te arrepientes?... ¡Limpio!... ¡Siguiente!

Yehohanan, con el rostro cubierto, no miraba casi al candidato.

Poco a poco, al verificar que la presencia de los «impecables» no representaba peligro alguno, otros acampados siguieron el ejemplo de los primeros y se sumaron a la larga fila.

No perdí de vista a los del Templo. Hablaron entre sí durante varios minutos. Discutieron. No parecían ponerse de acuerdo. Por último, el más viejo, quizá el que mandaba, hizo una señal a uno de los policías. El levita entregó su bastón a uno de los compañeros y tomó en brazos al sacerdote que lo había reclamado. Acto seguido se adentraron en el embalse. En cabeza, el citado policía, con el viejo entre los brazos. A la izquierda, el Flauta. Detrás, el resto.

Y avanzaron entre las aguas, por la izquierda de la hilera de fieles que aguardaban el chorro de agua fría o templada, según...

Abner y los suyos no tardaron en detectarlos.

Permanecieron indecisos. ¿Trataban de «bajar a las aguas», como el resto? ¿Deseaban purificarse y reconocer así el papel de Yehohanan? Las dudas se desmoronaron inmediatamente.

Los sacerdotes y levitas prosiguieron en silencio. El agua obligó a más de uno a recoger las vestiduras, ciñéndolas a los respectivos cintos. Las medias terminaron en la ruina...

Los discípulos, prudentemente, se replegaron hacia los *te'omin*, formando una barrera protectora ante su ídolo. Yehohanan seguía absorto en la ceremonia de inmersión bajo las fuentes gemelas.

—¡Limpio!...

Y la representación del Templo se detuvo ante la doble cascada. Judas deslizó la mano izquierda hacia la *sica* que ocultaba bajo la faja. Otros discípulos, igualmente recelosos, acariciaron las empuñaduras de los *gladius*.

—¡Siguiente!

No hubo siguiente. El aspirante al «reino» que debía ser purificado no se movió. Todos estaban pendientes de los blancos (ahora no tan blancos) y de los verdes, en especial de los bastones de estos últimos.

—¡Siguiente! —clamó Yehohanan, al tiempo que descubría la presencia del clero y de sus protectores.

Nadie movió un músculo. La reacción del hombre de la mariposa en el rostro era imprevisible.

Y en mitad del embarazoso silencio, el que permanecía en brazos del policía preguntó:

—¿Quién eres?

Yehohanan se volvió hacia el sacerdote y lo observó desde la penumbra del *talith*. No respondió.

—¿Eres el Mesías?

Sólo el agua siguió con su conversación, ignorándolos.

El sacerdote, impaciente, repitió la pregunta.

Yehohanan, sin embargo, siguió mudo.

—¿Con qué autoridad haces esto?

El Flauta, estimando el mutismo del Anunciador como una falta de respeto, alzó el bastón de clavos por encima de la cabeza y amenazó al de las siete trenzas. Los discípulos no lo consintieron y, al instante, desenvainaron las espadas.

Yehohanan no se movió. Los acampados, aterrorizados, dieron media vuelta y huyeron como pudieron.

El sacerdote que presidía la delegación solicitó calma. Y el Flauta, lentamente, bajó el arma. Abner hizo una señal y los *gladius* regresaron a los cintos. Sólo Judas, el Iscariote, permaneció con el puñal en la mano, atento.

—Te lo preguntaré una vez más... ¿Eres el Mesías esperado? ¿Con qué autoridad predicas?... ¿Eres doctor de la Ley?

No terminaba de entender el porqué del silencio de Yehohanan.

—¿No has oído? —bramó el Flauta.

El Anunciador había bajado la cabeza. Parecía contemplar el perezoso movimiento del agua, impulsada por la caída de los *te'omin*.

—¡Bastardo!... ¡Responde!

Y el jefe de los levitas levantó de nuevo la temible maza. Los clavos destellaron en el aire.

Todo fue rápido.

Judas saltó sobre uno de los policías y colocó la *sica* en la garganta del sorprendido levita.

—¡Lo es! —gritó el Iscariote con los ojos encendidos—. ¡Es el Mesías prometido!

El Flauta, desconcertado, se apresuró a bajar el bastón.

—Y ahora, ¡fuera de aquí!

La orden del Iscariote no llegó a cumplirse. Abner quiso mediar, pero, de pronto, se oyó la voz ronca y severa de Yehohanan.

Levantó la cabeza y, dirigiéndose a Judas, lo llamó «*ewil*» (más que estúpido).

El Iscariote, pálido, pensó que se trataba de un error.

El Anunciador, sin embargo, avanzó un par de pasos y se encaró con el atónito discípulo.

—*Hara'im!* («Excremento humano».)

No había error. Y Judas, lívido, bajó el puñal. El levita retrocedió, alejándose del Iscariote. Y en otra impulsiva reacción, Judas dio media vuelta y avanzó a toda prisa hacia el *guilgal*. O mucho me equivocaba, o ambos, Judas y Yehohanan, acababan de cometer un grave error...

El Anunciador, entonces, buscó al Flauta. Se colocó a una cuarta de su rostro y retiró el manto, descubriendo las pupilas. El jefe de los matarifes, asustado, dio un paso atrás.

—Id y decid a vuestros amos que habéis oído una voz que clama...

Yehohanan hizo una pausa. Recorrió con la mirada a la comisión y continuó con el pasaje de Isaías, siempre a su manera.

—¡Abrid camino al Eterno!... ¡Preparad en el desierto un camino para nuestro Dios!... ¡Cada valle será levantado y cada colina y montaña serán bajadas, y lo rugoso será alisado!

Regresó junto al Flauta y, deslizando los dedos sobre la coraza metálica que cubría el pecho del policía, repitió la última frase:

—¡Lo rugoso será alisado!

Era asombroso. El Anunciador, evidentemente, no medía el peligro...

—¡Y será revelada la gloria del Eterno!

El Flauta dio otro paso atrás. La tensión no aflojó.

—¿Eres tú el Mesías? —insistió el que continuaba en brazos, a salvo de las aguas.

—Te lo he dicho... Soy una voz que grita: ¡Anunciad!... ¿Qué anunciaré? Que toda carne es hierba... Sécase la hierba y la flor se desvanece porque el aliento del Eterno la sopla... Eso es lo que os aguarda, a vosotros y a Roma...

—Por última vez —amenazó el sacerdote—. ¿Eres tú el Mesías?

—Él escoge un árbol que no se apolille —replicó Yehohanan con una seguridad que me dejó perplejo—. ¿No habéis comprendido los fundamentos de la tierra? Él, el Santo, es quien se sienta sobre el círculo...

Levantó los brazos y clamó con toda la potencia de que fue capaz:

—¡Y otro, más fuerte que yo, será enviado para restituir lo que es suyo!

Algunos sacerdotes y levitas, temerosos, retrocedieron.

—¡Es a ése a quien buscáis!... ¡El señor de los círculos!

A partir de ese momento no tengo muy claro cómo se sucedieron los hechos.

¿El señor de los círculos? ¿Qué sabía Yehohanan sobre esa cuestión?

La comisión, decepcionada, se retiró de Enaván.

—¡Está loco!

Ése fue el comentario unánime.

Yo no podía pensar. En mi mente flotaba una frase: «¡El señor de los círculos!... ¡El señor de los círculos!... ¡El señor de los círculos!»

¿Se refería al Maestro?

Recordaba bien los tres círculos concéntricos en las esteras de su hogar, en Nahum. Yo vi cómo los acariciaba mientras conversábamos.

¿Era Jesús de Nazaret el señor de los círculos? ¿De dónde procedía la información de Yehohanan?

Abá Saúl, que yo supiera, jamás había hablado con el Anunciador. Es más: al rabí de Salem no le agradaba el estrambótico personaje, y mucho menos su mensaje sobre un mesías político e instaurador de un reino puramente terrenal.

Entonces, ¿cómo sabía...? Tenía que salir de dudas.

Y hacia la hora *sexta* (mediodía), el hombre de dos metros de altura y la cabellera hasta las rodillas me reclamó bajo el árbol de hierro. Se inclinó hacia mí y, en voz baja, anunció:

—¡Vamos!... Te mostraré mi secreto.

E, hipnotizado, fui tras él.

Abner y el resto comentaron:

—Veinte es afortunado. Va adonde nadie ha ido.

Nos alejamos hacia el este. Después tomó la dirección de la jungla jordánica, el territorio prohibido...

Él siempre delante, con la colmena oscilando en la mano izquierda y cubierto con el *talith* de pelo humano. No me atreví a preguntar.

Y el sol, de pronto, se ocultó tras una nube. Fue como un presagio...

Jaiá, la Viviente, me lo había advertido: «Corres peligro...»

Supongo que ganó la curiosidad.

«¡No vayas!... ¡Tuve un sueño!... ¡No vayas!»

Jaiá acertó.

En Ab-bā, cuando son las 10 horas y 25 minutos del 24 de marzo de 2005.